Ahmed Ümit

Patasana – Mord am Euphrat

metro wurde
begründet von
Thomas Wörtche

Zu diesem Buch

Eine internationale Gruppe von Archäologen macht am Euphrat im Südosten der Türkei einen sensationellen Fund: 2700 Jahre alte Tontafeln, auf denen Patasana, der Hofschreiber der Hethiter, die Vernichtung eines ganzen Volkes beschreibt. Während der Ausgrabungen erschüttern Morde die Region. Für Esra, die junge Leiterin, sind es Fundamentalisten, die Grabungen an heiligen Orten verhindern wollen. Hauptmann Eşref ist überzeugt, dass die kurdische Guerilla dahintersteckt. Vielleicht ist gar der deutsche Archäologe Bernd der Täter? Doch plötzlich gibt es eine Spur, die zu den Morden vor 78 Jahren führt, als der armenische Priester Kirkor vom Kirchturm heruntergestoßen wurde.
Ahmet Ümit erzählt in zwei parallel verlaufenden Geschichten von Liebe und Verrat, von Licht und Schatten der menschlichen Seele – in Geschichte und Gegenwart.

»Es geht um politische Brennpunkte der heutigen Türkei. Darüber vergisst der Erzähler jedoch keineswegs die kleinen Dinge des Alltags und die großen Geschichten des Lebens.« *Norbert Mecklenburg, literaturkritik.de*

»Man greift nicht zu hoch, wenn man Ahmet Ümit als türkischen Georges Simenon bezeichnet.« *Bruder Gerold Zenoni*

Der Autor

Ahmet Ümit, 1960 in Gaziantep, Südostanatolien, geboren, war aktives Mitglied der Türkischen Kommunistischen Partei und kämpfte nach dem Militärputsch von 1980 im Untergrund gegen die Diktatur. Seit den Achtzigerjahren schreibt er Gedichte, Erzählungen, Essays und Romane. Er lebt in Istanbul.

Im Unionsverlag ist außerdem lieferbar: *Nacht und Nebel.*

Der Übersetzer

Recai Hallaç, 1962 in Istanbul geboren, besuchte eine deutsch-türkische Schule und absolvierte in Brüssel eine Ausbildung zum Simultandolmetscher. 1990 übersiedelte er nach Deutschland, wo er als Redakteur und als Sprecher für Film- und Hörspielproduktionen arbeitet.

Mehr über Buch und Autor im Anhang
und auf *www.unionsverlag.com*

Ahmed Ümit

Patasana – Mord am Euphrat

Kriminalroman

Aus dem Türkischen
von Recai Hallaç

Unionsverlag

Die Originalausgabe erschien 2000 unter dem Titel
Patasana bei Doğan Kitapçılık, Istanbul.
Die deutsche Erstausgabe erschien 2009 unter dem Titel
Patasana in der Edition Galata im Dağyeli Verlag, Berlin.

Die Veröffentlichung wurde gefördert von TEDA,
einem Projekt des Ministeriums für Kultur und Tourismus
der Republik Türkei.

Im Internet
Aktuelle Informationen,
Dokumente, Materialien
www.unionsverlag.com

Unionsverlag Taschenbuch 606

Rieterstrasse 18, CH-8027 Zürich
Telefon 0041-44-283 20 00, Fax 0041-44-283 20 01
mail@unionsverlag.ch

Reihengestaltung: Heinz Unternährer
Umschlaggestaltung: Martina Heuer, Zürich
Umschlagfoto: Ladida
Druck und Bindung: CPI – Clausen & Bosse, Leck
ISBN 978-3-293-20606-9

Für Gül

Zur Aussprache des Türkischen

c wie dsch in Dschungel
ç wie tsch in Kutsche
ğ weiches, nicht hörbares g; es verbindet den voranstehenden Vokal mit dem nachfolgenden Buchstaben
ı kurzes i wie das e in Katze
s stimmloses s wie in Maus
ş wie sch
z stimmhaftes s wie in Hase

1

Über der Tiefebene lag Dunkelheit. Doch plötzlich flackerte ein Licht auf, phosphoreszierend wie ein Glühwürmchen. Sie lehnte an der steinernen Festungsmauer der antiken Stadt und beobachtete dieses seltsame Glühen. Eine sanfte Brise trug süßen, an Nelken erinnernden Duft von Oleander herbei. Sie schloss die Augen und spürte, wie der Wind ihre Haut streichelte. Auf einmal verschwand die Brise; stattdessen nahm sie aus der Ferne ein Dröhnen wahr. Neugierig öffnete sie die Augen. Das seltsame Geräusch kam von den sich vermehrenden Glühwürmchen: zwei, fünf, acht … Sie vervielfältigten sich so rasch, dass sie nicht mehr mitzählen konnte. Gebannt schaute sie auf die immer näher kommende, immer größer werdende Lichtermenge und lauschte dem in Wellen ansteigenden Dröhnen. Jetzt konnte sie auch Stimmen vernehmen. Obwohl sie die Worte nicht verstand, glaubte sie, eine vertraute Melodie auszumachen. Ein alter, bekannter Refrain: »Allahüekber, Allahüekber … Allah ist erhaben.«

Plötzlich tauchten aus der Dunkelheit Menschen auf, die Fackeln in den Händen trugen. Im Widerschein des Feuers sah sie die in den Himmel gereckten Fäuste der Männer und ihre grünen flatternden Fahnen. Ihr Körper spannte sich vor Angst an; sie versuchte zurückzuweichen, aber die eingefallenen Stadtmauern ließen sie nicht durch. Die Menge kam immer näher. »Allahüekber, Allahüekber …«

Das gesamte Volk der Kleinstadt stand versammelt vor ihr. Als seien alle ein einziger Körper, hatten sie ihre Blicke auf sie gerichtet und starrten sie an. Das Licht, das zwischen den Schatten tanzte, zog eine seltsame Maske über die Gesichter dieser Menschen. Ihr Herz schlug so wild, als würde es im nächsten Augenblick ihren Brustkorb durchbrechen und herausspringen. »Allahüekber, Allahüekber …«

Sie wollte fliehen, konnte sich aber nicht bewegen; es war, als klebte sie an der antiken Mauer fest. Die Menschen näherten sich beharrlich und schrien wie aus einem Munde: »Allahüekber, Allahüekber ...«

Jetzt kann mich nichts mehr retten, dachte sie voller Entsetzen. Jeden Moment könnte ein Stein oder eine Faust ihren Kopf treffen. Sie verbarg ihn unter ihren Armen und Händen und wartete bange auf den ersten Schlag. Doch anstelle des Schmerzes drang aus weiter Ferne ein Rufen an ihr Ohr, so kräftig, dass es den Refrain übertönte. Sie hob den Kopf und suchte in der Finsternis hinter der Menschenmenge diese Stimme, die immer wieder dieselben zwei Wörter rief. Sie wusste, dass sie ihr bekannt waren, verstand aber ihren Sinn nicht und lauschte wie verzaubert. Der Besitzer dieser Stimme blieb hartnäckig. Unermüdlich rief er wieder und wieder die gleichen Worte. Endlich gelang es ihr, zu verstehen: »Esra Hanim ... Esra Hanim ...«

Da erhellte sich das Zimmer. Licht floss durch das Fenster in den kleinen Raum einer Grundschule, die noch vor zwei Monaten mit den Kindern des Dorfes gefüllt war. Mit einem Ruck richtete sie sich im Bett auf. Irgendjemand hämmerte wie verrückt an die Tür und wiederholte pausenlos ihren Namen: »Esra Hanim ... Esra Hanim ...«

Sie sprang aus dem Bett und rannte zur Tür. Verwirrt machte sie kehrt und blieb abrupt in der Mitte des Zimmers stehen. Sie versuchte, sich zu beruhigen. Da fiel ihr auf, dass sie nur ein T-Shirt anhatte.

»Einen Moment, ich komme«, rief sie dem Mann draußen zu. Sie griff zu ihrer Leinenhose, die auf einem Stuhl lag. Während sie in die Hose schlüpfte, dachte sie darüber nach, dass sie seine Stimme kannte, konnte ihr aber weder einen Namen noch ein Gesicht zuordnen. Sie öffnete die Tür und blickte in die schüchternen schwarzen Augen des Hauptmanns.

Hauptmann Eşref stand einen Schritt von der Tür entfernt. Bei seinem Anblick musste Esra unwillkürlich lächeln. Sie mochte keine Uniformen, aber dieser grob gewebte, kakifarbene Stoff schien an Eşref seine Funktion zu verlieren und sah in Esras Augen wie eine ganz normale Kleidung aus. Sie erinnerte sich an die Zeit, als sie in Istanbul die fremdsprachige Schule besucht hatte; damals verachtete sie die Mädchen, die mit den Schülern der Militärschulen ausgingen: »Diese blöden Weiber, die lassen sich doch nur vom Glanz der Uniformen blenden.« Jetzt war sie also auf deren Niveau gesunken. Und obwohl sie außerdem der Ansicht war, dass solche Beziehungen für die Leistung bei Ausgrabungen nicht förderlich seien, hielt sie ihr Interesse an dem groß gewachsenen, schüchternen Hauptmann aufrecht.

Als sie ihr Staunen überwunden hatte, fragte sich Esra, wie sie wohl gerade aussah. Ohne einen Blick in den Spiegel zu werfen und ihre Haare in Ordnung zu bringen, hatte sie dem Mann geöffnet. Morgens war ihr Gesicht meistens geschwollen und ihre Augen gerötet. Heute jedoch tat sie sich mit dieser Annahme unrecht. Die zerzausten Haare, die ihr in die Stirn fielen, verliehen ihrem Gesicht einen unschuldigen Ausdruck; ihre großen hellbraunen Augen blickten weich und verträumt.

Esra hatte eine Schönheit, die sich nicht auf den ersten Blick preisgab; ein feines Gesicht, von dem die Falten sich fernhielten, obwohl sie in ihren Dreißigern war; leuchtende, honigfarbene Augen unter sanft geschwungenen Augenbrauen; Lippen, weder besonders voll noch besonders dünn, die sich zwischen ihrer kleinen Nase und dem zarten Kinn leicht nach rechts neigten und vom Küssen genauso viel verstanden wie vom Sprechen. Wenn sie sprach, zeigte sich die Asymmetrie ihres Mundes deutlicher, aber dieser Fehler gab ihrem ernsten Gesicht einen kindlichen Ausdruck und machte es noch liebenswürdiger. Esra war sich dessen nicht bewusst. Sie empfand sich selbst nicht als besonders schön.

Hauptmann Eşref begrüßte sie mit einem verlegenen Lächeln.

»Entschuldigung, ich habe Sie geweckt. Ich habe versucht, Sie auf Ihrem Handy anzurufen, aber es war ausgeschaltet.«

»Ich schalte es nachts aus. Aber es macht nichts, dass Sie mich früh wecken, wir stehen immer um diese Zeit auf.« Sie bemerkte Eşrefs besorgte Miene. »Aber wie sehen Sie denn aus, ist was passiert?«

In seinen Augen flackerte es unruhig. Er versuchte, ihr nicht ins Gesicht zu sehen.

»Haci Settar ist tot.«

Esra schwankte, als wäre sie geschlagen worden. Sie dachte an Haci Settars weißen Bart, sein strahlendes Gesicht, seine Mütze mit Pompon, die er nie absetzte und die ihm das Aussehen eines aramäischen Geistlichen vor Tausenden von Jahren gab.

»Er ist wirklich tot?«

»Ja, er ist heute Morgen gestorben«, sagte der Hauptmann niedergeschlagen. »Er ist vom Minarett heruntergestürzt. Wie jeden Freitag ist er auch heute Morgen hinaufgestiegen, um zum Gebet zu rufen ...«

»In diesem Alter hätte er nicht mehr aufs Minarett steigen dürfen.«

Der Hauptmann schüttelte traurig den Kopf.

»Wir gehen nicht davon aus, dass es ein Unfall war. Man hat ihn von dort oben heruntergestoßen.«

»Sind Sie sicher?«

»Die Mauern des Umgangs sind sehr hoch; es ist ausgeschlossen, dass er heruntergefallen ist, weil ihm vielleicht schwindlig wurde. Jemand hat Haci Settar umgebracht.«

»Aber das ist nur eine Vermutung ...«

»Wenn es nur so wäre. Aber Leute, die zum Morgengebet gegangen sind, haben einen Mönch gesehen, der ganz in Schwarz gehüllt war und aus der Moschee geflohen ist ...«

Haci Settar, vom Minarett heruntergestoßen, ein fliehender Mönch in Schwarz ... Esra versuchte zu verstehen, was überhaupt geschehen war.

»Einen Moment, Eşref Bey«, unterbrach sie ihn. »So geht es nicht. Kommen Sie rein, damit Sie mir alles von Anfang an berichten können.«

Der Hauptmann zeigte sich unentschlossen, aber einen Augenblick später nahm sein Gesicht einen fügsamen Ausdruck an. Er drehte sich zu dem bewaffneten Soldaten um, der ein paar Schritte entfernt neben dem Jeep stand.

»Warte dort auf mich!«, rief er ihm zu. »Wir werden gleich weiterfahren.«

Der Soldat nahm Haltung an und brüllte: »Zu Befehl, mein Kommandant!«

Esra schaute auf den Euphrat, der einige Hundert Meter entfernt in seinem jahrtausendealten Bett still dahinfloss und in der Morgensonne lapislazulifarben leuchtete.

Als ihr die Unordnung in ihrem Zimmer auffiel, bereute sie, Hauptmann Eşref hereingebeten zu haben, ärgerte sich aber sogleich, diesen Gedanken überhaupt gefasst zu haben. Wo es um einen Tod ging, der vielleicht die ganze Ausgrabung gefährden würde, hatte sie nichts Besseres zu tun, als sich um das Durcheinander im Zimmer zu sorgen. Sie räumte den Stuhl neben dem Tisch frei.

»Setzen Sie sich doch.«

Der Hauptmann ließ sich auf einen Stuhl fallen, Esra setzte sich ihm gegenüber. Auf dem Tisch lagen Fotografien der ausgegrabenen Tontafeln. Eşref betrachtete sie interessiert, als würde er die akkadische Schrift darauf entziffern wollen. Aber Esra hatte jetzt nicht die Nerven, seine Neugier zu befriedigen. Mit einer raschen Handbewegung zog sie die Fotos zu sich heran.

»Sind Sie sicher, dass Haci Settar umgebracht wurde?«

»Ich fürchte, ja. Die Aussagen der Augenzeugen und unsere Erkundungen vor Ort deuten darauf hin, dass es sich um Mord handelt.« Während er erzählte, ruhte sein schüchterner Blick auf Esra. Diese verängstigte Haltung eines Soldaten, der in der Frontlinie des Krieges in dieser Region gekämpft, an Dutzenden von Schusswechseln teilgenommen, Hunderte von Toten gesehen hatte, überraschte Esra und entmutigte sie. Denn unter den Menschen, denen sie vertrauen konnte, stand Hauptmann Eşref an erster Stelle. Er hatte die Ausgrabungstruppe von Anfang an unterstützt und war ihnen immer zu Hilfe geeilt, wenn sie ihn brauchten. Aber vielleicht irrte sie sich, vielleicht hatte der Hauptmann gar keine Angst, und dieser geheimnisvolle Tod hatte ihn nur für einen Moment durcheinandergebracht und hilflos erscheinen lassen … Sie versuchte, möglichst stark zu wirken.

»Schauen Sie, Eşref Bey, Sie wissen, wie wichtig diese Angelegenheit für uns ist. Wenn die Nachricht, dass Haci Settar vom Minarett heruntergestoßen wurde, und dazu noch von einem Mönch in Schwarz, sich verbreitet …«

»Sie verbreitet sich bereits«, unterbrach er resigniert. »Abid, der Vorbeter der Moschee, hat sich sogar neben dem Leichnam aufgebaut und verkündet: Das Schwarze Grab wurde angetastet. Deswegen ist das passiert.«

Esra bekam eine Gänsehaut. Was ihr damals durch den Kopf ging, als sie zum ersten Mal hergekommen war und das Grab dieses Heiligen gesehen hatte, widerfuhr ihr jetzt wirklich.

»Völlig absurd! Wie können die so was denken?«

Der Hauptmann gab keine Antwort. Esra nahm an, dass er dachte: Wenn ihr aufhört zu graben, wird sich alles wieder fügen. Er hatte sogar die Befugnis, die Grabung auszusetzen. Würde er davon Gebrauch machen?

»Sie müssen die Schuldigen finden.« Sie wusste, dass ihre Stimme lauter als nötig geklungen hatte; sie befürchtete aber, dass Eşrefs Zaudern auch von ihr Besitz ergreifen würde, wenn sie schwieg.

»Sie müssen die Schuldigen finden«, sagte sie noch einmal mit Nachdruck. »Wenn sie gefunden sind, wird sich zeigen, dass diese Sache nichts mit unserer Ausgrabung zu tun hat.«

Sie glaubte, ein Leuchten in den erschöpften Augen des Hauptmanns zu erkennen. Vielleicht könnte sie ihn überzeugen.

»Das ist ein kleiner Ort hier, es dürfte nicht so schwer sein, einen Mörder zu finden.«

Eşref wich ihrem Blick aus.

»Falls, wie ich vermute, die separatistische Organisation dahintersteckt, wird es nicht so einfach sein«, sagte er leise.

»Die Separatisten? Sie meinen also, die hätten Haci Settar umgebracht?«

»Zweifellos ja. Ich vermute, sie sind in diese Gegend hier geflohen. Um das Dorf Göven herum haben wir alles abgesucht, aber niemanden gefunden. Da habe ich gedacht, wo ich schon mal da bin, komme ich doch kurz bei Ihnen vorbei und sage Bescheid.«

»Vielen Dank, dass Sie vorbeigekommen sind. Aber diese Sache mit der Organisation erscheint mir nicht besonders logisch. Warum sollten die denn Haci Settar töten wollen?«

»Um Unruhe zu stiften, Anarchie zu erzeugen, das Vertrauen in den Staat zu erschüttern.«

»Es gibt doch so vieles, was man benutzen kann, um das Volk anzustacheln; ich glaube nicht, dass die dafür auf einen solchen Mord angewiesen sind.«

»Sie kennen die Menschen in dieser Region nicht. Ihnen sind die Orte heilig, an denen Sie graben. Das beunruhigt die Leute in der Kleinstadt. Und die Separatisten schrecken nicht davor zurück, jedes Ereignis zu nutzen, das Beunruhigung auslöst. Deswegen haben sie meiner Meinung nach Haci Settar getötet.«

»Ich bin mir nicht sicher, aber ich habe das Gefühl, es stecken andere dahinter. Ich denke eher, dass die religiösen Fanatiker Haci Settar umgebracht haben. Sie haben ja selber gesagt, dass der Vorbeter Abid sofort uns dafür verantwortlich gemacht hat. Und wie Sie bereits wissen, erhalte ich auch Drohungen am Telefon.«

»Wir wissen aber nicht, ob es die Religiösen sind, die Sie bedrohen.«

»Meiner Meinung nach sind die es. Ich habe sie an ihrer Art zu sprechen erkannt. In jedem Satz fiel das Wort Allah. Und trotz aller Drohungen haben sie mich kein einziges Mal beschimpft.« Sie schwieg für einen Moment, dann fügte sie hinzu: »Wenn Sie sie fassen, wird sich sicher alles klären. Dann gibt es kein Problem mehr zwischen den Leuten und uns.«

»Doch. Glauben Sie mir, auch wenn wir die Mörder fassen, werden die Menschen in der Kleinstadt weiterhin die Ausgrabung beschuldigen. Sie werden sagen: Bevor man hier gegraben hat, war die Welt in Ordnung. Jetzt sind die hierhergekommen und haben uns unsere Ruhe geraubt.«

»Das ist doch der Aberglaube von Analphabeten!«, widersprach sie.

»Analphabeten oder was auch immer, diese Menschen leben so«, entgegnete der Hauptmann.

»Und was tun wir jetzt?«, fragte sie gereizt. »Sollen wir die Ausgrabung abbrechen?«

»Ich weiß es nicht, glauben Sie mir, Esra Hanim, ich weiß es wirklich nicht.«

Seine eingeschüchterte, resignierte Haltung nervte sie jetzt langsam.

»Schauen Sie, Hauptmann«, sagte sie, das Wort »Hauptmann« besonders betonend. »Es mag sein, dass Sie nicht wissen, was Sie tun sollen, ich aber muss diese Ausgrabung bis zum Ende weiterführen. Wir haben sehr wichtige Erkenntnisse gewonnen. Wegen des Aberglaubens von irgendwelchen Leuten kann ich diese Arbeit nicht abbrechen.«

»Ein Mensch ist tot …«, sagte er missbilligend.

»Ebendeswegen dürfen wir die Ausgrabung nicht abbrechen«, fiel ihm Esra ins Wort. »Haci Settar war auf unserer Seite. Er hat immer gesagt, unsere Arbeit sei keine Respektlosigkeit dem Grab des Heiligen gegenüber. Vielleicht hat man ihn deswegen getötet. Wenn wir die Ausgrabung nicht zu Ende führen, werden wir uns vor allem dem Andenken Haci Settars gegenüber als respektlos erweisen. Wir müssen diese Arbeit weiterführen, damit die Mörder ihr Ziel nicht erreichen.«

Der Hauptmann schwieg und dachte nach. Dann zeigte er auf die Fotos, die vor Esra auf dem Tisch lagen. »Ist es das, was Sie ausgegraben haben?«

»Ja, das sind die ersten Tafeln, die wir gefunden haben. Sie wurden vor ungefähr 2700 Jahren geschrieben.«

»Darf ich?«

Er nahm ein Foto in die Hand und betrachtete die fremdartigen Schriftzeichen.

»Wer hat das geschrieben?«

»Die Hethiter, besser gesagt, die späten Hethiter.«

»Diese späten Hethiter, ist das nicht die Zivilisation, die wir Eti nennen?«

»Ja, genau. Sie gründeten das erste große Reich in Anatolien. Und obwohl sie indoeuropäischer Abstammung waren, ähneln sie unseren Osmanen; sie kamen auch von außen nach Anatolien. Genauso wie die türkischen Stämme lebten sie ein paar Jahrhunderte lang mit den

Völkern in Anatolien zusammen, vermischten sich mit den hier ansässigen Menschen und gründeten ein großes Imperium. Wenn ich groß sage, meine ich das auch wörtlich. Damals war es nach den Ägyptern das zweitgrößte Reich der Erde.«

»In der Tat sehr groß«, staunte der Hauptmann. »Und was ist das für eine Schrift?«

»Keilschrift. Eigentlich benutzten die späten Hethiter die Hieroglyphenschrift. Aber der Schreiber hat hier die Keilschrift verwendet, weil sie haltbarer war, und er hat die akkadische Schrift benutzt, weil sie einen größeren Kreis von Menschen erreichte. Akkadisch ist eine Art Englisch von damals; die Schriftsprache, in der sich in Mesopotamien und Anatolien die Völker verständigten.«

»Und können Sie auch verstehen, was auf den Tafeln steht?«

»Natürlich. Timothy Hurley, unser amerikanischer Experte für tote Sprachen, hat bereits elf Tafeln entziffert. Wir haben es mit einem höchst interessanten Fund zu tun. Denn diese hier ähneln nicht den Tafeln, die man gewöhnlich findet.«

Der Hauptmann runzelte die Stirn. »Wie meinen Sie das?«

»Normalerweise stehen auf den Tafeln die Vermächtnisse der Könige oder religiöse Schriften, Abkommen zwischen Staaten, Gesetze und Verträge, die das gesellschaftliche Leben ordnen, oder Epen. Aber auf diesen wird eine ganz andere Geschichte erzählt.«

»Eine Geschichte?«

»Das Wort Geschichte habe ich so dahergesagt; vielleicht hätte ich sagen sollen: Geständnisse. Denn diese Tafeln wurden nicht von einem König diktiert.«

»Und wissen Sie auch, wer sie geschrieben hat?«

»Ja, jemand namens Patasana. Er war der Erste Hofschreiber. Bei den Hethitern bekleidete der Erste Hofschreiber ein sehr wichtiges Amt im Staat. Diese Männer wurden sehr gut ausgebildet und lernten mehrere Sprachen. Sie standen im Dienst des Königs und führten seine Korrespondenz. Ihre eigenen Gefühle und Gedanken hatten dort nichts zu suchen. Aber seltsamerweise hat der Schreiber Patasana hier seine eigenen Erinnerungen aufgeschrieben. Deswegen sind diese

Tafeln sehr wichtig. Wir planen, unsere Entdeckung bald der Weltöffentlichkeit mitzuteilen.«

»Sind sie wirklich so wichtig?«

»Ich denke schon. Haben sie schon mal vom Gilgamesch-Epos gehört?«

»Ich habe davon gehört, es aber nicht gelesen.«

»Das ist eines der ersten niedergeschriebenen Epen der Menschheit. Wir glauben, dass diese Tafeln mindestens genauso bedeutend sind. Wir sind davon überzeugt, das erste Dokument der inoffiziellen Geschichtsschreibung der Menschheit gefunden zu haben. In ein paar Tagen werden wir eine internationale Pressekonferenz geben. Das Deutsche Archäologische Institut hat schon mit der Öffentlichkeitsarbeit begonnen.«

»Und was hat dieser Mann geschrieben, was so wichtig sein soll?«

»Wir haben Grund zur Annahme, dass er die Geschichte von der Vernichtung der antiken Stadt erzählt. Aber das ist nicht alles, denn zusammen mit der Geschichte dieser Stadt erzählt er auch seine persönliche Geschichte. Die erste Tafel fängt mit den Worten an: Ich war ein niederträchtiger Schuft, der in Zeiten erbarmungsloser Peiniger lebte.«

In Gedanken versunken, sah sich der Hauptmann noch eine Weile die Fotos an. Dann stand er auf.

»Ich muss jetzt gehen.« Er warf einen letzten Blick auf den Tisch, schaute dann Esra an und lächelte bitter: »Er sagt also, ich war ein niederträchtiger Schuft, der in Zeiten erbarmungsloser Peiniger lebte, ja?«

Erste Tafel

Ich war ein niederträchtiger Schuft, der in Zeiten erbarmungsloser Peiniger lebte. Ein Schuft, den die Götter zu einem Feigling gemacht haben. Der kümmerlichste aller Niederträchtigen, der abscheulichste. Ein hinterhältiger Hofschreiber, der sein Herz von würdelosem Schmeicheln, seinen Geist von Feindseligkeit ernährt.

Ein schuldbeladener Dichter, der nicht mit dem Zauber, den ihm seine wahren Gebieter, der Gott der Stürme des Himmels Teschup, seine Frau, die Sonnengöttin Hepat, und unsere Göttin Kupaba in den Atem einhauchen, Gedichte vor sich hin sprach, wie es sich gebührt, sondern im Interesse der Könige Abkommen schrieb und seine Fähigkeiten verriet.

Ein scheinheiliger Mann der Zeremonien, der den ehrwürdigen Hass in allen Poren seines Körpers, den tiefen Schmerz im Gesicht über prunkvoller Kleidung, hinter einer Maske härter als Bronze verbarg und dem König von Hatti zu Befehl eilte.

Der unwürdigste Mann der Erde, der, während die geliebte Frau seiner Liebe wegen starb, es vorzog, vor seinem König in würdevoller Ergebenheit die Arme auf der Brust zu verschränken und stillzuhalten. Eine Schande für die Männer. Der schamloseste aller Wüstlinge, der, anstatt die Erhabenheit des Todes für seine Liebe zu wählen, sich skrupellos hinter dem prachtvollen, auf den Steinmauern des Schlosses wachsenden Schatten seines wertlosen Wesens verschanzte.

Ich, Patasana, Berater des Königs Pisiris, Erster Hofschreiber des Hethitischen Hofes, das erlauchte Mitglied der großen Versammlung Panku, ich, der tadeligste aller Adeligen.

Ich, Erster Hofschreiber Patasana, der im Blut der Toten schwimmt, ich, dem die Götter »bis in alle Zeiten wird er Qualen leiden« auf die Stirn geschrieben haben.

Ich, erbärmlicher Patasana, der mit den Abkommen, mit den Briefen, die er verfasste, das Schicksal seines Landes veränderte und seinem eigenen Schicksal ohnmächtig gegenübersteht.

Dir, der diese Tafeln finden wird, sage ich:

Nimm dich in Acht! Damit der Fluch der Götter, der mein Leben von einem blühenden Baum in einen verdorrten Zweig verwandelte, nicht auch dich befällt. Damit sie nicht auch dein Leben wie meines durch Befehle eines erbarmungslosen Königs zur Unglücklichkeit verurteilen.

Bevor du diese Tafeln liest, gehe zum Tempel. Erweiche das Herz der tausend Götter des Landes Hatti. Bringe meinen und deinen Gebietern, dem Gott der Stürme Teschup, seiner Frau, der Sonnengöttin Hepat, und der Göttin Kupaba wertvolle Gaben, erweise ihnen Achtung. Damit sich zu den Tausenden Menschen, die durch meine Schuld gekreuzigt, enthäutet, ins Feuer geworfen, aus ihrem Land vertrieben wurden, nicht ein weiterer gesellt. Und damit mein Jahre anhaltender Fluch nicht einen weiteren Menschen ins Verderben stürzt.

Wirst du das alles nicht erfüllen, hüte dich davor, diese Tafeln anzuschauen, zu berühren, zu lesen. Atme nicht die schimmelige Luft dieser steinernen unterirdischen Kammer ein, in der ich sie versteckt habe. Seist du jung, mit so schwungvollen Beinen wie ein Fohlen, oder seist du ein Greis, der kaum noch stehen kann, entferne dich von diesen Gegenden mit aller Kraft. Sprich zu niemandem von diesen Tafeln, nicht einmal deinem Allernächsten, nicht einmal deinem Weib, das du nachts in die Arme schließt. Vielleicht erbarmen sich dann die Götter deiner, vielleicht entkommst du in dieser weisen Stadt diesem unheilvollen, sich auf die glanzvollen Ufer des Euphrat wie eine finstere Mauer niederstürzenden Fluch.

Du, der Mensch, dessen Antlitz meinen Augen, dessen Stimme meinen Ohren, dessen Name meinem Gedächtnis fremd ist. Ich weiß, wenn du die Kammer unter dem Hofe, diesen geheimen Ort, an dem ich diese Tafeln versteckt habe, betrittst, werde ich schon längst ins Reich der Toten gewandert sein. Ich weiß, auch nach meinem Tod werden mir die Götter nicht verzeihen. Sie werden mir diesen Fluch, der mein Herz versengt, bis in die Unendlichkeit zum Weggefährten geben. Sollen sie es, ich bitte sie nicht um Vergebung. Ich habe es verdient. Mein einziger Wunsch ist, meine Nachkommen würden erfahren, was ich erlebt habe. Dafür habe ich diese Tafeln geschrieben. Damit sie dem Zahn der Zeit, nagender als die Zähne einer hungrigen Ratte, widerstehen mögen, habe ich sie im Feuer gehärtet.

Ich habe sie in der Kammer unter dem Hofe auf den Regalen, die ich bauen ließ, aufgereiht. Diese Tafeln sind für dich. Diese Tafeln sind für den, der liest.

Du kannst alles in Zweifel ziehen, aber sei dir versichert, auf diesen Tafeln gibt es keine Lüge. Meine Feigheit und meinen Mut, meine Güte und meine Bösartigkeit, meine Zuversicht und meinen Zweifel, meine Barmherzigkeit und meine Erbarmungslosigkeit, meine Selbstsucht und meine Selbstlosigkeit habe ich unverfälscht in Worte gefasst. Danach habe ich diese Worte auf die Waage meines Geistes gelegt. Ich habe alles getilgt, was fad, was gefälscht, was übertrieben war. Ich habe mir gewünscht, der Mensch, der meine Geständnisse, dieses große Vermächtnis meiner, in die Hand nimmt, möge sich nicht langweilen. Er möge es mit Neugier, in Schmerzen und Zorn in einem Atemzug zu Ende lesen, wie wenn er das Epos des Gottes Telipinu lesen würde. Selbst wenn es mir nicht gegönnt sein sollte, mein Anliegen gebührend vorzutragen, sei dir versichert, unter allem, was ich geschrieben habe, gibt es kein einziges Wort, das nicht Wahrheit ist. Meine unwahren Worte habe ich in die Mauer am Wassertor geritzt, um den König Pisiris zu loben, in Briefen ausgebreitet, um den phrygischen König Midas hinters Licht zu führen, aneinandergereiht, um den urartäischen König Rusa zu verwirren, verschleudert, um den assyrischen König Sargon anzustacheln. Die übertriebenen, geschmückten, gelogenen Worte habe ich benutzt, um diese Könige, die sich mit dem Lob, das sie bekommen, aufblasen, diese Könige mit großen Namen und kümmerlichen Wesen gegeneinander aufzuhetzen. In die Tafeln, die du lesen wirst, fand kein einziges dieser gelogenen Worte Einlass.

Du, der Fremde, der an meinen Geheimnissen teilhaben wird, bist du ein Adeliger, ein Glaubender, ein Gutherziger oder ein Peiniger, bist du ein Kluger, ein nichtsnutziger Dummer? Ich weiß es nicht. Ich hoffe, du bist ein guter Mensch. Ich hoffe, dein Herz ist voller Liebe und Mut. Ich hoffe, du bist klug genug, um zu verstehen, was du liest, um aus dem Lehren zu ziehen, was du verstehst. Ich hoffe, du erzählst anderen, was du gelesen, und sie dann wieder anderen. Ich hoffe, mein schwarzes Schicksal wird von Ohr zu Ohr geflüstert, in alle Sprachen an den Ufern des Euphrat übersetzt, auf Tafeln geschrieben, von Alten den Jungen erzählt, Kinder wachsen mit diesem Epos auf. Vielleicht werden dann die Menschen klug, vielleicht peinigen sie dann nicht mehr, vielleicht gibt es dann weniger Tote, vielleicht wird weniger Schmerz erlitten.

2

Auf Esras Gesicht lag der Schatten der schmerzenden Nachricht, die sie erhalten hatte. Sie stand vor der Tür und sah dem Jeep des Hauptmanns hinterher, der sich schaukelnd entfernte. Die Sonne stand noch nicht hoch, aber die Hitze hatte sich bereits über der Tiefebene ausgebreitet. In dieser Gegend ging der kühle Morgen so schnell vorbei wie die Dauer eines Frühstücks. Nach der trockenen Kälte der Nacht, die einen frösteln ließ, kam nur kurz eine Frische auf. Wenn die Farbe des Himmels von Schwarz zu Aschgrau und Orange wechselte und die Sonne ihre Nase am Horizont zeigte, wurde es in wenigen Minuten heiß wie in der Hölle. Gärten, die von Nuss- und Pflaumen-, Aprikosen- und Maulbeerbäumen beschattet wurden, Baumwoll- und Maisfelder, deren Grenzen große Steine markierten, Dörfer mit ihren Lehmhäusern, die antike Stadt, die mit ihren robusten Festungstürmen, die der Zeit noch immer widerstanden, ihren eingefallenen Schlössern, Tempeln, Reliefs und unzähligen Geheimnissen den Hethitern über Hunderte von Jahren als Metropole diente – sie alle fingen an zu brennen.

Um sich vor der Hitze zu schützen, begannen sie vor dem Sonnenaufgang mit der Arbeit, noch bevor der wohlriechende, feine Dunst, der vom Euphrat aufstieg, sich im endlosen Blau des Himmels auflöste. Und bevor der Tag den Mittag berührte, machten sie Pause, bis der Nachmittag vorbei war, die Sonne ihre Wut zügelte und sich zum Horizont zurückzog. Dann kehrten die Archäologen, die noch zu tun hatten, wieder zum Ausgrabungsort zurück. Aber heute war Freitag, das heißt Ruhetag. Die Arbeiter, selbst die am wenigsten religiösen, wollten ihr Freitagsgebet in der Kleinstadt verrichten. Deswegen war der Ruhetag auf den Freitag verlegt worden. Die Grabung war jetzt dem alten Selo, dem ehemaligen Schmuggler, und seiner Selbstspanner-Doppelflinte anvertraut. Das war auch der Grund, warum Hauptmann Eşref Esra im Schlaf überrascht hatte. An einem anderen Tag hätte man sie zu dieser Stunde nur bei der Arbeit antreffen können.

Als der Jeep des Hauptmanns hinter einer Staubwolke verschwunden war, dachte Esra: Wenn er bloß nicht hergekommen wäre! Wenn er mir bloß diese Nachricht nicht überbracht hätte! Die Dimensionen der Katastrophe, die der Mord an Haci Settar auslösen konnte, wurden ihr immer klarer, je länger sie darüber nachdachte. Jede Einzelheit, die ihr einfiel, deprimierte sie mehr und ließ ihre Hoffnung schwinden. Als hätte Hauptmann Eşref auch Esras Selbstvertrauen mit in den Jeep genommen und würde sich mit ihm davonmachen. Ihre Entschlossenheit, die sie ihm gegenüber eben noch an den Tag gelegt hatte, war auf einmal, wie die Staubwolke hinter dem Jeep, verflogen. Sie fühlte sich hilflos wie ein kleines Mädchen, das in einem fremden Land auf sich selbst gestellt war.

Eşref hatte recht. Esra kannte die Menschen dieser Gegend nicht wirklich. Sie war zwar in den letzten zehn Jahren jeden Sommer zwei oder drei Monate lang bei Ausgrabungen mit den Menschen unterschiedlicher Regionen in Südostanatolien zusammengekommen, war bei ihnen zu Gast gewesen, hatte sie als Arbeiter eingesetzt, den Frauen bei Entbindungen geholfen, war zu Hochzeiten eingeladen worden. Sie war Zeugin ihres Unwissens geworden, ihrer Freigebigkeit, ihrer Armut, ihrer kleinen Intrigen, ihrer Aufrichtigkeit und ihrer Bereitschaft, einander erbarmungslos zu vernichten. Aber es war ihr nicht gelungen, das Geheimnis der hartnäckigen Schweigsamkeit, die auf ihren dunklen, von der Sonne schonungslos verbrannten Gesichtern nie fehlte, zu lüften. Was sie, Frauen wie Männer, Alte wie Junge hinter dieser etwas unterwürfigen Stille, die sie wie eine eiserne Maske auf ihrem Gesicht trugen, verbargen, hatte sie nicht herausgefunden. Ihre Art, das Leben zu betrachten, die wahren Gründe ihres Verhaltens und ihre Denkstrukturen hatte sie in diesen zehn Jahren nicht begriffen. Obwohl sie mit ihnen im gleichen Land lebte, waren sie für Esra immer noch Fremde, deren Reaktionen sie nicht einschätzen konnte.

Diese Ungewissheit war auch die eigentliche Ursache ihres wachsenden Unbehagens, seitdem Probleme mit dem Schwarzen Grab aufgekommen waren. Als die Angelegenheit dank der entschlossenen Haltung von Hauptmann Eşref und der beschwichtigenden Vermittlung von Haci Settar friedlich gelöst werden konnte, hatten sich ihre Sorgen einigermaßen gelegt. Aber jetzt, mit der Nachricht von Haci Settars Tod, regte sich dieses Unbehagen in ihr stärker als früher. Und dummerweise musste sie immer an die schlimmsten Möglichkeiten denken. Schreckliche Szenen spielten sich vor ihren Augen ab, von einem Aufstand der Bauern wie in ihrem nächtlichen Albtraum, die für die Ereignisse die Archäologen verantwortlich machten und das blutige Hemd von Haci Settar in ihren Händen, »Allah ist erhaben« auf ihren Lippen, die Ausgrabungsstätte steinigten, bis hin zu der Vorstellung, sie würden alle Mitglieder des Teams gefangen nehmen und in den Kellergewölben des antiken Schlosses unterhalb des Schwarzen Grabes bei lebendigem Leibe begraben. Wie um die schlimmen Bilder zu verjagen, fuhr sie mit der rechten Hand durch die Luft und murmelte vor sich hin: »Ich muss mich beruhigen, ich muss mich beruhigen!« Dann fiel ihr ein, dass jemand sehen könnte, wie sie derart wunderliche Gesten machte und mit sich selbst sprach, und eilte hinein. Aber kaum war sie in ihrem Zimmer, bereute sie es auch schon wieder. Warum erzählte sie ihren Kollegen nicht von dem Vorfall? Wenn eine Entscheidung getroffen werden musste, sollten sie sie alle gemeinsam treffen. Das würde sie auch davor bewahren, die Verantwortung ganz allein zu tragen. Der Gedanke hatte etwas Beruhigendes, aber eine innere Stimme sagte ihr, das sei falsch. Sie war die Leiterin der Ausgrabung, deswegen musste sie, Esra Beyhan, die Entscheidung treffen. Aber auch der verantwortliche Archäologe konnte eine Aussetzung der Grabung beschließen. Anders als die Leiterin hatte er die Funktion eines autorisierten Beobachters, der vor Ort die staatliche Kompetenz repräsentierte. Zu seinen Aufgaben gehörte die Auflistung der Funde und die Aufsicht über die ausländischen Archäologen. Und er durfte im Falle einer negativen Entwicklung die Ausgrabung auch abbrechen. Zum Glück war diesmal Kemal verantwortlicher Archäologe, was übrigens kein Zufall war. Kemal arbeitete im Archäologischen Museum in Istanbul. Bei der letzten Ausgrabung hatte er die Fotografin Elif kennengelernt, und zwischen beiden war eine große Liebe entflammt. Um bei dieser Ausgrabung mit ihr zusammen sein zu können, hatte er, auch mithilfe einflussreicher Personen im Ministerium, diese Aufgabe übernommen. Es kam Esra gelegen, dass ein alter Freund wie Kemal, mit dem sie in Harmonie zusammenarbeiten konnte und der sich nicht in ihre Arbeit einmischen würde, für die Ausgrabung zuständig war. Was wäre wohl geschehen, wenn statt Kemal einer der üblichen bürokratischen Archäologen da gewesen wäre? Wahrscheinlich hätte dieser die Ausgrabung sofort abgebrochen. Aber war es denn richtig, sie nicht zu beenden? Ein Mensch war ermordet worden; nicht nur die Zukunft der Grabung war in Gefahr, sondern vielleicht sogar das Leben der Mitarbeiter. Es war also nur richtig, dass sie sich an der Entscheidung beteiligen durften. Aber musste sie nicht als Leiterin ihren Kollegen die verschiedenen Alternativen präsentieren, damit sie sich entscheiden konnten? Andererseits könnte es auch als Schwäche ausgelegt werden, wenn sie die Entscheidung anderen überließ, und das könnte die Kollegen an ihrer Kompetenz zweifeln lassen …

Während sie noch unentschlossen in der Mitte des Zimmers herumstand, fiel ihr Blick auf die Zigarettenschachtel, die auf dem kleinen Beistelltisch am Kopfende des Bettes lag. Hastig nahm sie eine Zigarette heraus. Als sie sie an die Lippen führte, fiel ihr das Zittern ihrer Hände auf. In diesem Augenblick wurde ihr klar, wie sehr sie all diese Gedanken, die wirr in ihrem Kopf herumflogen, dieses verzweifelte Herumstehen in der Mitte des Zimmers und das Zittern ihrer Hände verabscheute. Sie schleuderte die Zigarette zurück auf den Tisch, als wäre sie für den ganzen Schlamassel verantwortlich. Was sie brauchte, war keine Zigarette. Sie musste sich sammeln; falls sie in Panik geraten sollte, würde diese erste Ausgrabung, die sie leitete, in einem Fiasko enden. Ihr Scheitern würde nicht nur ihre Karriere an der Universität beeinträchtigen, sondern auch von ihr geschätzte Persönlichkeiten wie Professorin Behice Hanim und einen Kollegen wie Professor Krencker, den Leiter der Istanbuler Abteilung des Deutschen Archäologischen Instituts, der sie immer unterstützt hatte, enttäuschen. Und was sollte sie Elif, Teoman und Kemal sagen? Sie hatten mehr als zwei Jahre mit ihr dieses Projekt vorbereitet. Monatelanger Schriftwechsel, die ganzen Bemühungen, Geldgeber zu finden und Kontakte mit ausländischen Archäologen zu knüpfen. Und wie sollte sie den Ausländern in der Gruppe die Situation erklären? Sollte sie Timothy und Bernd gegenübertreten und ihnen sagen, tut mir leid, wegen eines dummen Aberglaubens lassen wir die Arbeit, gerade in einem Moment, in dem wir wahrscheinlich die ersten Dokumente der inoffiziellen Geschichtsschreibung der Menschheit gefunden haben, ruhen? Timothy, der schon mit allen Wassern gewaschen war, könnte ihr vielleicht recht geben. Aber Bernd, der sich von Anfang an bemüht hatte, Grabungsleiter zu werden, dieses Ziel aber nicht erreicht hatte und Esra nicht leiden konnte, würde er sich nicht über sie lustig machen? Würde er nicht dem Deutschen Archäologischen Institut berichten, die von der Universität Istanbul erwählte Grabungsleiterin habe alles vermasselt? Nein, nein … Sie durfte die Ausgrabung nicht abbrechen. Sie musste sich besinnen und tun, was zu tun war. Die Mitglieder der Gruppe sollten in so einem kritischen Moment eine selbstbewusste Leiterin vor sich haben. Sonst wären alle Bemühungen umsonst. Als Erstes musste sie das verlorene Selbstbewusstsein wiedererlangen oder wenigstens zu der Ruhe wiederfinden, die sie gestern vor dem Schlafengehen noch gehabt hatte …

Esra fiel ein, dass sie nicht einmal ihr Gesicht gewaschen hatte. Entschlossen ging sie hinaus in den kleinen Garten und lief zu dem Wasserhahn unter der Weinlaube. Das Wasser hatte die nächtliche Kälte aufgenommen und war eisig. Sie machte sich nichts daraus, klatschte das Wasser ins Gesicht, kühlte sich hinter den Ohren und am Hals ab. Leider half es nicht. Weder verschwand die unheilvolle Unruhe, die in ihr immer weiter wuchs, noch wurden die Fragen, die in ihrem Kopf hämmerten, weniger. »Dir gehts gut, dir gehts gut«, murmelte sie und nickte zustimmend. Dabei wusste sie, dass es ihr nicht gut ging. Ihr war klar, dass ihr Zustand an ihrem Gesicht abzulesen war und dass sie wie jemand wirkte, der gleich losheulen würde.

Sie kehrte ins Zimmer zurück. Ohne sich weiter zu wehren, nahm sie die weggeworfene Zigarette und presste sie zwischen die Lippen. Sie zündete sie hastig an, schloss die Augen und inhalierte tief. Bitterer Tabakgeruch füllte den Raum. Als sie die Augen einen Spaltbreit öffnete, sah sie den aschgrauen Rauch zur Decke aufsteigen. Sie nahm noch ein paar Züge, als wäre der Rauch sonst vergeudet. Sie betrachtete wieder ihre Hände; sie zitterten zwar noch, aber sie fühlte sich etwas besser. Sie setzte sich auf den Stuhl, von dem vorhin der Hauptmann aufgestanden war, und dachte nach.

Haci Settar musste getötet worden sein, um die Archäologen aus der Region zu vertreiben. Ihr fiel der groß gewachsene Fayat mit dem schütteren Bart und den blauen Augen ein, der in der Kleinstadt als Laufbursche für den Korankurs arbeitete. Fayat war der Sohn der Schwester von Haci Settar, ähnelte aber seinem Onkel nicht im Geringsten. Im Sommer wie im Winter lief er mit seinem grünen Turban auf dem Kopf, dem braunen Talar auf dem Rücken und einem Stab in der Hand herum. Sosehr Haci Settar der Ausgrabungstruppe nahestand, so distanziert war Fayat ihnen gegenüber. Immer, wenn sie sich begegneten, verzog er das Gesicht, als hätte er den Teufel in Person gesehen. In der zweiten Woche war er den ganzen Weg von der Kleinstadt bis hierher gelaufen, um die Archäologen zu warnen. Dieser Tag ging Esra nicht aus dem Kopf.

Ihr Stellvertreter Teoman, der verantwortliche Archäologe Kemal, die Fotografin der Ausgrabung Elif und der Student Murat hatten unter der Weinlaube Tee getrunken und die Fotos betrachtet, die vor zwei Tagen gemacht worden waren. In diesem Augenblick war Fayat gekommen. Wie ein Geist war er aus der Hitze aufgetaucht und hatte sich vor ihnen aufgebaut. Er hatte reglos unter der Sonne gestanden und seine blauen, hasserfüllten Augen auf sie geheftet. Eine Zeit lang hatte er die unter der Weinlaube Versammelten wortlos, mit wildem Blick betrachtet, als wären sie Außerirdische. Auch sie hatten diesen seltsamen Fremden angestarrt, ratlos darüber, was er von ihnen wollte. Esras Blick war auf den staubbedeckten Plastikschuhen und den dünnen, dunklen Fußknöcheln Fayats haften geblieben, die sich unter der schwarzen Bauernhose zeigten. Diese mageren Knöchel, die den Eindruck erweckten, als würden sie jeden Moment durchbrechen, standen in einem seltsamen Widerspruch zu seinen kraftvoll blickenden Augen. Esra hatte die Anspannung nicht weiter ausgehalten und Fayat gesagt, er solle nicht in der Sonne stehen bleiben, sondern zu ihnen unter die Laube kommen. In ihrer Stimme war keine Spur von Missbilligung, sie war freundlich gewesen.

Aber Fayats Lippen hatten sich leicht verzogen, und in einem schlechten Türkisch mit kurdischem Akzent hatte er vorwurfsvoll verkündet, es sei eine schwere Sünde, in der Nähe des Schwarzen Grabes zu graben, großes Unheil würde über sie kommen, wenn sie davon nicht lassen sollten. Während sie sich ratlos, was sie diesem seltsamen Mann antworten sollten, gegenseitig anschauten, war Halaf, ihr Koch und Fahrer, der gerade mit dem Abwaschen des Mittagsgeschirrs in der Küche beschäftigt gewesen war, in seiner Schürze herausgestürzt, hatte »Wem glaubst du hier zu drohen, Kerl!« geschrien und Fayat am Kragen gepackt. Bis Esra und ihre Kollegen dazwischengehen konnten, hatte er ihm bereits zwei saftige Ohrfeigen verpasst und ihn zu Boden geworfen. Ehe Fayat von dem stattlichen Teoman und dem flinken Murat gerettet wurde, hatte ihn Halaf ordentlich verprügelt. Fayats Lippen waren aufgeplatzt, das herausrinnende Blut hatte seine Zähne rot gefärbt. Er hatte die Hand, die Teoman zur Hilfe ausgestreckt hatte, abgewiesen und war aus eigener Kraft aufgestanden. Als er seine staubbedeckte Bauernhose sauber klopfte, hatte er mit hasserfüllter Stimme gesagt: »Gott soll euch alle verdammen! Wartet nur ab, Gott, der Erhabene, wird euch alle bestrafen!«

Dann war er in der Hitze verschwunden, aus der er aufgetaucht war. Kaum war Fayat gegangen, hatte Esra Halaf zu sich gerufen und ihm eingeschärft, seine Aufgabe sei es, zu kochen, er solle sich in diese Angelegenheiten nicht einmischen. Halaf war es nur darum gegangen, die Archäologen in Schutz zu nehmen, deswegen war er von Esras Kritik überrascht und enttäuscht gewesen, hatte es aber nicht versäumt, sich zu entschuldigen.

Dieser Vorfall hatte Esra sehr nachdenklich gemacht. Aber sie hatte dem Hauptmann nichts davon erzählt. Sie wollte die Angelegenheit nicht aufbauschen, indem sie die Gendarmerie mit einbezog. Stattdessen hatte sie mit Haci Settar gesprochen. Als er von Fayats Verhalten erfahren hatte, war Haci Settar vor Zorn außer Rand und Band gewesen; noch am gleichen Abend hatte er Fayat aufgesucht und ihm die Ohren lang gezogen. Seitdem war das Ausgrabungsteam von Fayat nicht mehr belästigt worden, aber jedes Mal, wenn sie sich begegneten, hatte er das Gesicht verzogen wie beim Anblick von Kot.

Ob Fayat der Mörder war? Nein, das glaubte sie nicht. Fayat mochte die Archäologen hassen, aber seinen Onkel Haci Settar achtete er sehr. Es hieß, er habe seine erste religiöse Unterweisung von ihm bekommen. Aber was, wenn Fayat auch fanatische Lehrer haben sollte, die es ins Auge gefasst hatten, zu sterben oder umgebracht zu werden? Sogar Abid, der Vorbeter der Moschee, hatte sogleich vom Fluch der Ausgrabung gesprochen. Man erzählte von konspirativen Aktivitäten der radikalen Organisation Hizbullah, die vor allem in den Gebieten mit hohem kurdischen Bevölkerungsanteil tätig war. Vielleicht hatten diese Leute Haci Settar getötet, weil er die Archäologen unterstützte? Warum nicht? Zwar war Haci Settar bei jedem beliebt und hatte großen Einfluss, aber vielleicht hatten sie ihn aus genau diesem Grunde umgebracht, weil sie ihn als Hindernis betrachteten, ihre konservativen Ansichten unter dem Volk zu verbreiten. Dann könnten sie nämlich mit den gottlosen Archäologen schneller abrechnen. Es würde auch leichter sein, die Bewohner der Kleinstadt zu beeinflussen, wenn Haci Settar nicht mehr existierte.

Die Archäologen hatten ihre Hände gegen das heilige Schwarze Grab ausgestreckt, dem sich die Menschen anvertrauten, dessen Hilfe sie erbaten, wenn sie krank wurden, keine Kinder bekamen, ihre Töchter nicht verheiraten konnten. Sie hatten das Grab des Heiligen geöffnet, das den Leuten diesseits wie jenseits eine Hilfe war. Dass sie es als einen Angriff auf ihren Glauben betrachteten, als Gotteslästerung, wie Fayat es ausdrückte, war nur verständlich. Und jetzt, wo Haci Settar tot war, würde niemand die religiösen Eiferer daran hindern können, das Volk aufzuwiegeln, so wie es heute Morgen der Vorbeter Abid getan hatte.

Doch andererseits war in dieser Region seit Jahren kein religiös motivierter Mord verübt worden. Auch wenn die Menschen etwas ablehnten, weil es nicht ihrem Glauben entsprach, und selbst, wenn sie Drohungen aussprachen, hatten sie deswegen nie jemanden umgebracht. Aber möglicherweise irrte sie sich auch, vielleicht waren es nicht die religiösen Fanatiker. Gut, aber wer sonst würde denn Haci Settar töten wollen?

Während ihr Blick über die Fotografien der Tafeln auf dem Tisch wanderte, ging ihr ein Licht auf. »Schatzsucher«, sagte sie sich. Natürlich, Schatzsucher! Warum hatte sie nicht daran gedacht? Sie konnten hinter dem Schatz her sein, den Pisiris, der letzte hethitische König der Stadt, vor den Assyrern versteckt haben soll. Sie würden dafür morden, ohne sich die Mühe zu machen, herauszufinden, ob ein solcher Schatz existierte oder nicht. Als sie gesehen hatten, dass hier ein Ausgrabungsteam die Arbeit aufgenommen hatte, mussten sie an die Existenz des Schatzes mehr denn je geglaubt haben. Wer waren wohl diese Menschen, die dermaßen brutal und schlau sein konnten? Sie hatte Memili den Einarmigen vor Augen, der erwischt worden war, als er aus dem Königstor herausgeschnittene Reliefs verkaufte. Nein, Memili konnte es nicht sein. Es war völlig absurd, anzunehmen, dass dieser kleinwüchsige verkümmerte Mann, der hinter ihrem Rücken wetterte, jedoch immer, wenn er sie traf, sich schmierig anbiederte, ein so umfangreiches Komplott einschließlich eines Mordes schmieden könnte. Aber sonst fiel ihr niemand ein.

Der Hauptmann hatte gesagt, ein schwarz gekleideter Mönch hätte Haci Settar heruntergestoßen. Der Mörder musste sich in Schwarz gehüllt haben, um nicht erkannt zu werden. Vielleicht wollte er dadurch den Zusammenhang des Mordes mit dem Schwarzen Grab deutlich machen. So würde das Volk an einen Fluch glauben und auf die Beendigung der Ausgrabung drängen. Und das würde sowohl den Fanatikern als auch den Schatzsuchern nützen. Aber wer, verdammt noch mal, hatte den armen Haci Settar auf dem Gewissen?

Zweite Tafel

Ich, Verantwortlicher aller Morde, Verdächtiger aller Verbrechen, Mörder und Opfer zugleich. Ich armseliger Untertan, den die tausend Götter von Hatti verdammt haben. Ich gewesener Dichter, ich unheilvoller Liebhaber, ich Erster Schmeichler und Henker des Königs, ich, der Schreiber Patasana, der verraten hat das Brot, das er gegessen, das Wasser, das er getrunken, die Luft, die er geatmet, den Boden, auf dem er gelebt.

Dir, der diese Tafeln lesen wird, sage ich:

Ich wünsche, der fluchgeladene Schatten der Götter bleibe dir fern, ich wünsche, du habest ein Leben süß wie der Honig, lang wie der Euphrat.

Ich habe ein schönes Leben gehabt in vergangenen Zeiten. Für viele Menschen im hethitischen Lande war die Familie Patasana vom Glück begünstigt. Meine Vorfahren und ihre Ahnen wurden weder versklavt, noch waren sie gewöhnliche Menschen. Sie haben immer am Hofe gelebt. Seit der Zeit des großen heldenhaften Königs Suppiluliuma, inzwischen eine Gottheit, sind sie Hofschreiber gewesen. Auch nachdem unser großes Land in kleine Königreiche aufgeteilt wurde durch die Angriffe der Barbaren, die vor Hunderten von Jahren mit Schiffen über das Meer und mit Ochsenkarren über Land gekommen, haben meine Ahnen weiter ihren Beruf ausgeübt. Denn Könige brauchen gut ausgebildete, der staatlichen Regeln kundige Menschen wie uns. So, wie der Königstitel durch Blutsbande vom Vater auf den Sohn übergeht, so wurde auch in unserer Familie das Amt des Schreibers vom Vater auf den Sohn übertragen. Ich habe also diesen Beruf nicht selbst erwählt, den Beruf des Hofschreibers habe ich durch Blut von meinem Vater geerbt wie einen unheilvollen Bruder.

Von meinen Ahnen den Schreibern kenne ich nur meinen Großvater Mitannuva und meinen Vater Araras. Und mehr als meinen Vater Araras liebte ich meinen Großvater Mitannuva. Er war mir nicht nur ein Großvater; er war mein Lehrer, mein Freund, er war der Mann, der Patasana zu Patasana gemacht hat. Sosehr mein Vater ein kühler strenger Mann war, so sehr war mein Großvater Mitannuva ein warmherziger Mensch voller Lebensfreude. Allein die Vorstellung, zwei Menschen von solch gegensätzlicher Natur seien Vater und Sohn, mutet seltsam an. Was mich betrifft, so bin ich meinem Großvater wie auch meinem Vater ähnlich. Meine Gefühle sind nach meinem Großvater geraten, mein Verstand nach meinem Vater. Weißt du, wie schrecklich das ist? Was mein Herz mir gebietet, will mein Verstand mir verbieten. Was meinem Verstand edel, ist meinem Herzen würdelose Schmeichelei; was meinem Herzen richtig erscheint, ist für meinen Verstand Verbrechen. Eine Seite von mir ist launenhaft und beschwingt wie der Frühlingswind, die andere streng und hartherzig wie die Kälte des Winters. Die eine Seite lauscht den Stimmen, die aus meinem Inneren kommen, die andere Seite dem, was ich gelernt habe, was ich weiß.

Ich habe über viele Jahre zwei Menschen in mir getragen, die in die gleiche Richtung gesehen und dort Unterschiedliches erblickt haben, ich habe versucht, die Wünsche von zwei Menschen gleichzeitig zu erfüllen. Zu meinem Verdruss konnte ich weder zu dem einen noch zu dem anderen werden. Ich habe immerfort zwischen ihnen geschwankt. Wäre es mir gelungen, ich hätte mich auf der Stelle von meinem Vater befreit und wäre ganz so geworden wie mein Großvater. Aber das war mir nicht vergönnt. Die Götter hatten mir nun einmal gesagt: »Du wirst diese beiden Menschen gleichzeitig in dir tragen.« Ich konnte dem nicht widersprechen, auch wenn ich es wünschte. Deshalb habe ich versucht, sie miteinander zu versöhnen. Das ein oder andere Mal glaubte ich, Erfolg zu haben, am Ende jedoch musste ich immer meinen Irrtum erkennen.

Wenn mein Großvater auf den Euphrat blickte, sah er im Glanz des Wassers das Geheimnis der Freude in uns, mein Vater sah im Euphrat die Kraft, die uns unseren Feinden überlegen machte; er sah dort Oliven, Kichererbsen, Weizen, Aprikosen und Weintrauben.

Wurde mein Großvater gefragt: »Was ist der Euphrat?«, so antwortete er: »Am Tag ist er das Licht, das in die Augen der Geliebten fällt. Und nachts ist er das gelöste schwarze Haar der Geliebten.« Würde mein Vater gefragt werden, könnte es nur eine Antwort geben: »Ein ergiebiges Wasser, das man dem Feind nicht überlassen darf, das ist der Euphrat.«

3

Die Strahlen der Sonne berührten das dunkle Wasser des Euphrat. Am Flussufer wurden alte Nussbäume, Heilpflanzen, junge Feigenbäume und giftige Kräuter sichtbar; zahme und wilde Tiere begannen, sich zu regen; in den Dörfern erwachten die Menschen und erhoben sich von ihren Nachtlagern.

Entschlossen verließ Esra ihr Zimmer. Sie wollte mit ihren Kollegen sprechen, bevor sie wieder in Panik geriet, zauderte und noch mehr Zeit verlor. Als sie aus der Tür trat, wurde sie von gleißendem Licht geblendet. Sie merkte, dass sie ihren Strohhut, der sonst nie auf ihrem Kopf fehlte, nicht aufgesetzt hatte, ging aber nicht zurück, um ihn zu holen, sondern schritt auf die Klassenzimmer im vorderen Teil der Schule zu.

Teoman, Kemal und Murat übernachteten in dem großen Klassenraum, wo auch die Computer standen. Eigentlich hatte Kemal mit seiner Freundin Elif ein Zimmer teilen wollen, aber weil Esra gemeint hatte, das würde sich im Hinblick auf die hiesigen Sitten nicht ziemen, und Elif diese Ansicht unterstützte, musste er mit seinen Kollegen vorliebnehmen. Elif bewohnte die kleine Kammer neben ihnen. Bernd hatte sich im Klassenzimmer direkt gegenüber niedergelassen und Timothy den hellen Raum mit dem Fenster zum Garten gewählt.

Esra wollte zuerst mit ihren türkischen Kollegen sprechen. Als verantwortlicher Archäologe, auch wenn diese Verantwortung nur auf dem Papier zu bestehen schien, hatte Kemal ein Recht darauf, über die Lage informiert zu werden. Nachdem sie untereinander darüber diskutiert hätten, würde sie Timothy Hurley und Bernd Burns Bescheid geben. Aber gerade, als sie am Schulgebäude um die Ecke bog, tauchte Timothy vor ihr auf. Er trug eine schwarze Hose aus feinem Stoff, ähnlich einer Pumphose, und darüber ein ausgeblichenes T-Shirt. Obwohl er einundfünfzig war, sah er ziemlich fit aus.

»Guten Morgen«, sagte er in einem fast akzentfreien Türkisch. In der rechten Hand hielt er einen dünnen Ast, an dem mehrere Fische aufgespießt waren. Er hob den Ast hoch und zeigte Esra die Fische: »Sapit ist der leckerste Fisch des Euphrat. Geschenk der Fischer in Antep …«

Esra schaute die Fische mit ihren in der Sonne rot glitzernden Schuppen desinteressiert an. Timothy entging ihr unruhiger Gesichtsausdruck nicht. Während er den Zweig mit den Fischen sinken ließ, fragte er besorgt: »Was ist los, ist was passiert?«

Der Klang seiner Stimme war so freundlich, so herzlich, dass Esra ihren Entschluss vergaß.

»Haci Settar ist getötet worden.«

Timothys große, schwarze, samtene Augen weiteten sich vor Staunen.

»Getötet?«

»Ja. Wir müssen uns gleich versammeln und darüber sprechen. Kannst du bitte Bernd wecken? Ich wecke die anderen.«

Timothy stellte keine weiteren Fragen und folgte ihr.

Sie hatten den großen Klassenraum, in dem Teoman und die anderen Kollegen wohnten, als Versammlungsort gewählt. Vier Schulbänke standen in der Mitte des Raums und dienten als Computertische. Einige Bänke hatten sie an der Fensterseite zusammengerückt und daraus drei Betten mit ein paar Metern Abstand zueinander gemacht.

Nachdem sie alle zusammengetrommelt hatten, mussten sie nur noch auf Bernd warten, der eine Viertelstunde später auftauchte. Er sei mit dem Fahrrad am Euphrat gewesen, entschuldigte er sich.

»Warum sind wir uns dann nicht begegnet?«, fragte Timothy.

»Das ist normal«, erwiderte Bernd. »Der Euphrat ist ein langer Fluss.«

Timothy führte das Thema nicht weiter aus. Als auch von den anderen in der Gruppe keine Fragen kamen, erklärte Esra, bemüht, die Fassung zu bewahren, Haci Settar sei ermordet worden. Niemand wollte es glauben, alle stellten unzählige Fragen. Als sie endlich überzeugt waren, dass es stimmte, überkam sie große Traurigkeit. Es gab keinen unter ihnen, der Haci Settar nicht gemocht hatte. Der alte Mann hatte es geschafft, alle Herzen zu erobern. In der Stille, die im Klassenzimmer entstand, ergriff Teoman als Erster das Wort: »Vielleicht hatte Haci Settar einen Herzinfarkt und ist von selbst heruntergestürzt.«

»Es könnte auch eine alte Blutfehde sein«, meinte Kemal.

»Der Haci hatte doch keinen einzigen Feind«, widersprach Murat. »Wer könnte ihn töten wollen?«

»Murat hat recht«, unterstützte ihn Elif. »In der ganzen Region habe ich niemanden getroffen, der ihn nicht mochte.«

Esra wollte gerade sagen, dieser Mord sei verübt worden, um die Ausgrabung zu verhindern, da kam Halaf herein. Der junge Koch hatte durch die offene Tür das Gespräch mit angehört. Er vergaß, dass er gekommen war, um zu fragen, ob er das Frühstück vorbereiten solle. »Zerbrecht euch nicht unnötig den Kopf«, sagte er stattdessen, »ich weiß, wer ihn getötet hat.«

Alle Augenpaare richteten sich auf Halaf. Was sagte er da? Er wich einen Schritt zurück, als er so viele Blicke auf sich gerichtet sah. Er musste an Esras Reaktion denken, als er Fayat verprügelt hatte.

»Verzeihen Sie, Esra Hanim«, entschuldigte er sich. »Ich habe Ihr Gespräch gehört, und da ist es mir so herausgerutscht.«

»Woher weißt du, dass Haci Settar getötet wurde?«, fragte Esra streng.

»Während Hauptmann Eşref drinnen mit Ihnen gesprochen hat, hat es mir der Soldat am Jeep erzählt.«

»Weiß der Soldat, wer Haci Settar getötet hat?«

»Nein, der Soldat weiß es nicht, aber ich.«

»Woher weißt du es?«, fragte Esra erstaunt.

»Der Mörder hat es gesagt«, antwortete Halaf. In seinem Gesicht lag die Unschuld eines Kindes, das die Bedeutung seiner Worte nicht erfassen konnte.

Kemal war der Ansicht, dass der Koch spann.

»Soll das etwa heißen«, fragte er mit einem spöttischen Lächeln,

»der Mörder hat den Mord verübt, dann ist er zu dir gekommen und hat alles erzählt?«

Halaf guckte ihn entnervt an. Mit dieser Bohnenstange aus Istanbul würde er wohl nie warm werden.

»Wo gibts denn so was?«, entgegnete er. »Natürlich hat er es vorher erzählt.«

Murat, der Jüngste und Ungeduldigste in der Gruppe, fragte aufgeregt: »Wer ist denn nun der Mörder?«

»Sehmuz. Der Sohn des Onkels von Rojin.«

Esra wurde nervös, weil Halaf so bruchstückhaft erzählte: »Und wer ist Rojin?«

»Rojin ist die letzte Frau von Haci Settar.«

Esra sah eine lächelnde, vollschlanke junge Frau mit roten Ornamenten auf den Händen und tätowierten Schläfen vor sich. Sie waren sich begegnet, als Haci Settar sie eingeladen hatte. Rojin könnte fast die Enkelin des alten Mannes sein. Hätte Haci Settar nicht gesagt: »Und das ist meine dritte Frau«, wären sie nie darauf gekommen, dass dieses junge Mädchen seine Frau war. Seltsamerweise wirkte das Mädchen ganz und gar nicht unglücklich. Während die beiden anderen Frauen auf dem Boden die Tafel deckten, hatte Rojin mit großer Hingabe unglaublich leckere Çigköfte, rohe Hackfleischklößchen, für sie geknetet.

»Sehmuz ist in Rojin verliebt. Aber sein Onkel hat das Mädchen nicht ihm, sondern Haci Settar gegeben.«

Esras Ärger legte sich, ihre Stimme klang ruhiger: »Woher weißt du das alles?«

»Unterwegs zwischen Antep und hier bin ich ein paar Mal mit deren Minibus mitgefahren. Sehmuz hat es erzählt.«

»Fährt Sehmuz Minibus?«

»Er ist Gehilfe in dem Minibus von Memili. Sie erzählens mir zwar nicht, aber sie machen auch andere dreckige Geschäfte. Er hat ständig Fragen über die Ausgrabung gestellt. ›Hat man Gold gefunden? Gibt es einen Schatz?‹, solches Zeug eben. Letztes Jahr war er im Knast, weil er Gras in seinem Garten gezüchtet hat.«

»Gras?«, fragte Esra.

»Haschisch«, erklärte Timothy, »der indische Hanf, den kennen Sie doch.«

Bernd lachte leise über Timothys Worte. Auch Murat grinste verstohlen. Esra sah ihn tadelnd an, der angehende Archäologe schaute weg. Eigentlich war sie nicht Murat böse, sondern Bernd, weil er gelacht hatte.

»Ja, Haschisch«, fuhr Halaf fort. »Egal nach welchem Dreck Sie suchen, Sie finden ihn bei diesem Kerl. Wenn Sie mich fragen, hat bestimmt dieser Saukerl von Sehmuz Haci Settar getötet.«

»Was hat dir Sehmuz genau gesagt?«, mischte sich dieses Mal Elif ein. Halaf wurde rot, als er den Blick ihrer moosgrünen Augen auf sich spürte. Ohne sich zu trauen, das Mädchen anzusehen, antwortete er: »Er sagte immer wieder: Bei der ersten Gelegenheit jage ich diesen alten Popen in die Hölle.«

»Interessant«, meinte Esra. Sie war erleichtert. Wenn diese Annahme stimmte, war die Ausgrabung nicht in Gefahr. Vielleicht war es Memili, der Sehmuz angestachelt hatte. So könnte Sehmuz die geliebte Frau bekommen, und gleichzeitig würde sich das Gerücht vom Fluch über die Ausgrabung verbreiten. »Wirklich interessant«, murmelte sie erneut. In ihren hellbraunen Augen glänzte kaum merklich ein Hoffnungsschimmer.

»Das müssen wir dem Hauptmann erzählen«, sagte sie zu ihren Kollegen.

»Du hast recht«, pflichtete Teoman ihr bei. »Sie sollen Sehmuz gleich festnehmen.«

Alle außer Bernd teilten diese Meinung. Der deutsche Archäologe rückte auf seiner Schulbank hin und her und monierte: »Warum mischen wir uns in diese Angelegenheit ein? Ist das nicht die Aufgabe der Sicherheitskräfte?«

Esra antwortete streng: »Es ist auch unsere Aufgabe. In der Kleinstadt haben die Leute schon angefangen, vom Fluch des Schwarzen Grabes zu reden, als sie hörten, dass man Haci Settar vom Minarett heruntergestoßen hat.«

»Aber das ist doch Unsinn«, widersprach Bernd.

»Es ist überhaupt kein Unsinn«, entgegnete Timothy mit dem selbstsicheren Ton eines Mannes, der schon viel gesehen und erlebt hatte. »Das ist ihr Glaube. Und da wir ihre Gäste sind, müssen wir ihren Glauben respektieren, auch wenn es uns unsinnig vorkommt.«

Bernd lachte nervös.

»Bei jeder Ausgrabung gibt es solche Gerüchte«, murmelte er. »Auch als Howard Carter im Tal der Könige das Grab von Tutanchamun fand, sprach man vom Fluch des Pharaos. Aber die Gerüchte brachten die Archäologen nicht von ihrem Ziel ab.«

»Sie verstehen es nicht«, wollte Esra gerade erwidern, da übernahm Murat das Wort: »Das sagen Sie zwar so, aber diese Geschichte konnte bis heute nicht wirklich geklärt werden. Es hat ja nach der Graböffnung mit dem Tod von Lord Carnarvon angefangen, einem der Verantwortlichen der Ausgrabung. Und danach sind alle im Team nacheinander aus dem Leben geschieden. Damals war dieses Thema in allen Zeitungen Londons in den Schlagzeilen.«

Diese Behauptung von Murat, der an übernatürliche Kräfte glaubte und der Parapsychologie nahestand, bewirkte bei Esra einen tiefen Seufzer. Auf Timothys Lippen zeichnete sich ein spöttisches Lächeln ab, Teoman und Elif schauten interessiert. Kemal schüttelte wortlos den Kopf, als wollte er sagen: »Jetzt haben wir den Salat«, und Halaf schienen diese Erklärungen erschreckt zu haben.

»Diese Diskussion ist doch längst beendet«, sagte Bernd und schaute den jungen Studenten abschätzig an. »Schon 1933 hat Professor Steindorff die Gerüchte zweifelsfrei widerlegt. Und die Zeitungen widmeten sich anderen Themen, um ihre ungebildeten Leser zu unterhalten. Es ist sehr erstaunlich, dass ein brillanter Student wie Sie immer noch an so etwas glaubt!«

Murat setzte gerade zu einer Antwort an, da wurde er von Esra unterbrochen: »Das könnt ihr ein andermal diskutieren. Jetzt geht es darum, diesen Mord aufzuklären, bevor er die Ausgrabung gefährdet … Ich nehme es sehr ernst, was Halaf gesagt hat. Der Mörder von Haci

Settar kann tatsächlich Sehmuz sein. Das sollten wir auf jeden Fall dem Hauptmann mitteilen. Aber wir müssen auch vorsichtig sein.«

»Wieso vorsichtig?« Es war wieder Bernd, der widersprach. »Wir machen hier eine Ausgrabung. Was uns interessiert, sind die späten Hethiter, nicht, wie Haci Settar getötet wurde.«

Esra sah den Deutschen entschlossen an: »Schauen Sie, Herr Burns, ich weiß nicht, wie Sie die Beziehungen zu der örtlichen Bevölkerung gestalten, wenn Sie Grabungsleiter sind, aber ich bin für gute Beziehungen. Und sowohl dieses Land als auch seine Menschen kenne ich besser als Sie. Für die Sicherheit von uns allen bitte ich Sie, mir zuzuhören, ohne zu unterbrechen!«

»Sicherheit?«, fragte Timothy. »Gibt es etwas, was Sie erfahren haben?«

Statt zu antworten, wandte sich Esra an den jungen Koch, der immer noch vor ihnen stand.

»Danke, Halaf! Es war sehr wichtig, was du gesagt hast. Aber du musst zur Gendarmerie gehen und das alles auch dem Hauptmann erzählen.«

Halaf zog ein langes Gesicht.

»Muss man denn hingehen? Ich kanns doch am Telefon sagen …«

»Bevor wir fahren, rufen wir auch an. Damit Sehmuz ihnen nicht entwischt. Aber sie werden deine Aussage protokollieren wollen.«

Als Esra merkte, dass dieser Gedanke Halaf nicht behagte, versuchte sie, ihn zu beruhigen: »Keine Sorge, wir werden den Hauptmann zusammen besuchen.«

Halaf war zwar nicht beruhigt, senkte aber den Kopf wie ein Mann, der sich seinem Schicksal beugen muss.

»Gut, dann bereite ich mal das Frühstück vor«, sagte er und verließ das Zimmer.

»Es gibt eigentlich keine konkrete Gefahr«, fuhr Esra fort, als der Koch sich entfernt hatte. Sie schaute zwar Timothy an, schien aber allen zu antworten. »Trotzdem macht mir dieses Gerücht, es liege ein Fluch über dem Schwarzen Grab, ernsthaft Sorgen. In dieser Region sind die religiösen Überzeugungen sehr stark. Wir müssen der Bevölkerung klarmachen, dass die Ausgrabung keine Missachtung ihres Glaubens ist und zu keinem Fluch führen wird. Und das dürfen wir auf keinen Fall der Gendarmerie überlassen. Haci Settars Anwesenheit war für uns sehr wichtig. Er war jemand aus der Kleinstadt, die Leute haben auf ihn gehört. Jetzt gibt es ihn nicht mehr. Wir haben den Menschen verloren, der die Fanatiker aufhalten konnte, die gegen die Ausgrabung wettern. Jetzt müssen wir mehr Verantwortung übernehmen.«

»Du hast recht«, sagte Timothy und kratzte seinen kupferfarbenen Siebentagebart. »Einen ähnlichen Fall haben wir bei einer Ausgrabung in der Nähe von Ninova erlebt. Wir wollten die Keilschrifttafeln einsammeln, die der Bevölkerung heilig waren. Die Leute meinten, diese Tafeln würden sie vor Unheil schützen, und wollten sie nicht hergeben. Der Grabungsleiter war der französische Professor André; er hat sich an die Regierung gewandt. Es sind sehr unangenehme Dinge passiert: Man hat auf uns geschossen, wir mussten unsere Arbeit und den Ort verlassen und fliehen. Wir konnten keine einzige Tafel mitnehmen. Das Schlimmste in diesem Beruf ist böses Blut mit der Bevölkerung. Wenn es so weit kommt, muss man seine Sachen packen, denn das bedeutet das Ende der Ausgrabung.«

»Aber«, übernahm Esra wieder das Wort, während Bernd deutlich machte, dass er diesen Worten keine besondere Beachtung schenkte, »das bedeutet auch nicht, dass wir unsere Ausgrabung abbrechen müssen. Allerdings dürfen wir unsere Sorgen den Arbeitern nicht zeigen. Die Arbeit muss weitergehen wie bisher. Niemand soll daran denken, die Ausgrabung zu verlassen.«

»Wieso denn verlassen?«, fragte Bernd. »Das Deutsche Archäologische Institut arbeitet mit aller Kraft an der Pressekonferenz. Gestern habe ich mit Herrn Krencker gesprochen. Er hat gesagt, die Vorbereitungen sind schon abgeschlossen.«

Jetzt war Esra erleichtert. »Bernd hat recht«, sagte sie. »Die Ausgrabung abbrechen und von hier fortzugehen, diese Gedanken müssen wir vergessen.«

»Richtig«, bekräftigte Timothy. »Wir haben keine andere Wahl.

Gerade, wo wir einen so wichtigen Fund gemacht haben, können wir unsere Arbeit nicht aufgeben. Ich weiß nicht, wie es euch geht, aber ich brenne darauf, die anderen Tafeln von Patasana zu lesen.«

Dritte Tafel

Du, der Mensch, der diese meine Worte lesen wird, vielleicht wirst du denken, es sei unzureichend, was du liest, vielleicht wirst du dir wünschen, mehr zu erfahren. Wie die bodenlosen Brunnen im Euphrat, die Flöße und Rinder, Schafe und Menschen schlucken, willst du alles Wissen in einem Zug einsaugen und aufbrauchen. Lernen aber ist nicht leicht, du musst geduldig sein wie die Schildkröte und beharrlich wie der Wind, der die steilen Felsen, die mit ihren Köpfen den Himmel berühren, zu Mehl zerkleinert.

Oder vielleicht wirst du denken, ich mache zu viel Wesens, meine Erzählung sei voller mysteriöser Fallen, die den Leser irreleiten. Vielleicht wirst du sagen: »Solche Geschichten habe ich schon oft gehört.« Glaub mir, wovon du hörst, ist nur ein kleiner Landstrich am Ufer des nebelverhangenen Euphrat. Die Wahrheit aber ist mit ihrer ganzen Grausamkeit und Pracht in den Zeilen dieser Tafeln versteckt, wie ein überschäumender Fluss, den dichter Nebel verhüllt.

Zuerst werde ich dir von meinem edelmütigen Großvater, dem Dichter Mitannuva erzählen. Dichter, sage ich, denn er wünschte, man gedenke seiner als Dichter, obwohl er bis zum Ersten Hofschreiber emporgestiegen war. Wenn er mich aus den Tafeln lesen ließ, auf welchen sich Wörter aus fremden Sprachen aneinanderreihten, sprach er zu mir:

»Akkadisch, Luwisch, Hurritisch, Aramäisch – diese fremden Sprachen sollst du nicht nur um des staatlichen Schriftwechsels willen lernen. Verträge, Gesetze, Abkommen sagen einem nichts. Sie schützen nur die kleinlichen Interessen der Götter, der Könige, der Adligen. Epen, Mythen und Gedichte aber erweitern den Horizont des menschlichen Geistes. Was liegt hinter den Bergen, wie ist das Meer beschaffen, in welches der Euphrat fließt, wonach sehen die

Bäume aus, dort, wo die Tiefebene ihr Ende erreicht, das alles lehren sie den Menschen. Wichtiger noch, sie lehren uns, dass wir ein Teil der Erde sind. Dass der Nussbaum mit seinem dunklen Schatten, der kleinwüchsige Weinstock, die üppigen Ähren, das vertrocknete Gras, die Ameise am Boden, die Schlange in der Höhle, der Wolf auf dem Berge, der Habicht in der Luft unsere Schwestern und Brüder sind, das alles lehren sie uns. Diese Schriften berichten uns von uns selbst. Du musst Akkadisch lernen, um das Gilgamesch-Epos und die Gedichte des sumerischen Dichters Ludingirra, du musst Hurritisch lernen, um das Epos Gurparanzah in den Sprachen zu lesen, in denen sie verfasst wurden. Natürlich musst du auch die anderen Epen, Mythen und Lieder kennen. Die Epen Kumarbi, Keshi, Gut und Böse, den Mythos über den Mond, der vom Himmel fällt, den Telipinu-Mythos musst du in den Sprachen, in denen sie geschrieben, auswendig kennen. Sonst kannst du nicht das Geheimnis des Lebens erlangen, sonst unterscheidet dich nichts von den grauen Eseln, die von morgens bis abends das Wasser des Euphrat schleppen; du wirst zu einem Mann wie dein Vater Araras, der seine Zeit für die Interessen der Könige vergeudet, der nicht lacht, nicht weint noch sich erzürnt.«

Ich habe auf ihn gehört, habe getan, was er mir geheißen. Ich war erst fünfzehn, da hatte ich schon alle Mythen, die er genannt, auswendig gelernt. Meinem Vater war nicht recht, wie ich die meiste Zeit den Epen und Mythen widmete, aber er hat nicht versucht, mich davon abzuhalten, vielleicht, weil er einem Streit mit meinem Großvater aus dem Wege gehen wollte. Ich für meinen Teil habe mir Mühe gegeben, ihn, soweit mir das möglich war, nicht zu ärgern. Ohnehin war ich keine rebellische Natur wie mein Großvater. Ich war sanftmütig, mochte keinen Streit, war für Versöhnung.

Mein Vater ermahnte mich zur Achtsamkeit gegenüber dem Assyrischen Reich, unter dessen Herrschaft wir lebten; dieses Königreich war so gefährlich und so wild, dass es hemmungslos Tausende Menschen auf einen Schlag umbringen konnte. Auch die Urartäer in unserem Nordosten durfte man nicht unterschätzen. Sie warteten auf die erstbeste Gelegenheit, uns zu zerschlagen. Und was die Phrygier zu unserem Nordwesten betraf, so war ihre einzige Sorge, den Assyrern, die sich Tag um Tag ausdehnten, Einhalt zu gebieten.

Mein Vater sprach nicht nur von Politik, er erklärte auch, wie ein fremder Text in unsere Sprache zu übersetzen sei, in leicht verständlicher, jedoch leidenschaftsloser Art und Weise. Immer, wenn er Gelegenheit dazu fand, führte er mich in die Bibliothek des Hofes, bemerkte, eine der Aufgaben des Ersten Schreibers sei, diese Bibliothek zu leiten, und erläuterte alles mit großer Sorgfalt, von der Bewahrung der Tafeln bis hin zu ihrer Reihenfolge in den Regalen. Wenn er mit seinen Ausführungen fertig war, ließ er mich alles einzeln wiederholen, um zu prüfen, ob ich auch verstanden hatte.

Mein Großvater Mitannuva und mein Vater Araras haben mich also auf verschiedenen Gebieten mit unterschiedlichen Methoden erzogen. Auch den Erklärungen meines Vaters lauschte ich mit Interesse, aber an dem Unterricht in dem Haus meines Großvaters mit Blick auf den Euphrat fand ich mehr Gefallen.

4

Die Gendarmeriewache war auf einem der hohen Hügel am Euphrat errichtet worden. Es war ein einstöckiges, hübsches Haus mit einem kleinen Garten, der von Aprikosen-, Pflaumen- und Maulbeerbäumen beschattet und von einem niedrigen Wall aus Steinen umgeben war. Das Gebäude befand sich genau in der Mitte dieser Umgrenzung, die an ein größeres Quadrat erinnerte. An allen vier Ecken der steinernen Grenze hatte man Wachhäuschen errichtet. Zusätzlich zu den zwei Posten am Eingang hielten dort in der Hitze des Sommers und in der Kälte des Winters die Soldaten Tag und Nacht Stellung. Zwischen der Wache und dem Fluss stand ein zweistöckiges Dienstwohnhaus mit vier Wohnungen. Der Garten des Wohnhauses war gepflegter und ansehnlicher. Gleich neben der Wache verlief eine asphaltierte, etwas löchrige Straße, die die Kleinstadt mit den Dörfern verband und seit den letzten Wahlen nicht mehr ausgebessert worden war. Bauern, die in die Kleinstadt gingen, haben keinen einzigen Tag ein unbesetztes Wachhäuschen gesehen. Dabei waren die Kämpfe, die schon seit sechzehn Jahren andauerten, in dieser Region nicht wirklich spürbar gewesen. Vor fünf Jahren hatte die kurdische Guerilla einen Militärkonvoi angegriffen, aber die meisten Guerillakämpfer waren »tot aufgegriffen« worden. Danach hatten sie, abgesehen von ein paar kleineren Aktionen, in dieser Gegend keine bewaffnete Präsenz mehr gezeigt. Haci Settar der Selige begründete das damit, dass die Gegend wohlhabend war. Jeder hatte einen Garten zu pflegen, ein Feld oder Gemüsebeete zu bestellen. Wer würde seine Arbeit liegen lassen und in die Berge gehen? Der Hauptmann erklärte diese Ruhe damit, dass die Guerilla schon bei ihrem ersten Angriff eine gebührende Antwort bekommen hatte. Trotzdem konnte niemand behaupten, der Hauptmann sei entspannt. Er war der Meinung, dass die Organisation in der Region aktiv war, selbst wenn sie keine bewaffneten Aktionen durchführte. Auch wenn er nicht in jedem ein Mitglied der Organisation witterte, wusste er, dass es in der Kleinstadt und den benachbarten Dörfern Menschen gab, die mit ihr sympathisierten und sie unterstützten. Vor allem verdächtigte er die Familie Genceli, einer der zwei großen Stämme. Die Tatsache, dass der jüngere Sohn der Genceli in die Berge gegangen war, bestärkte seinen Verdacht, dass sie Verbindungen zur Organisation hatten. Der andere Stamm dagegen, der, obwohl sie Kurden waren, den Namen Türkoglu, Sohn des Türken, führte, war immer auf der Seite des Staates gewesen. Der Hauptmann mochte auch sie nicht wirklich. Er glaubte, der Stamm Türkoglu würde sich nur deswegen auf der Seite des Staates präsentieren, weil ihm das System der Dorfschützer Pfründe einbrachte; niemand konnte garantieren, dass sie ihre Waffen nicht gegen die Soldaten richten würden, wenn sich die Umstände ändern sollten.

Esra hatte die Besorgnis Eşrefs gleich nach ihrer Ankunft bemerkt. Als der Hauptmann ihr zu Beginn der Ausgrabung angeboten hatte, die Archäologen von Soldaten begleiten zu lassen, hatte sie ohne Zögern abgelehnt.

»Ich glaube nicht, dass sie uns angreifen werden«, hatte sie gesagt. »Wir sind Wissenschaftler.«

Der Hauptmann hatte sie angeschaut wie ein unbedarftes Mädchen, das von der Welt keine Ahnung hat, und gesagt: »Sie kennen sie überhaupt nicht. Denen geht es darum, Unruhe zu stiften. Dafür scheuen sie vor nichts zurück. Es interessiert sie überhaupt nicht, dass Sie sich mit der Wissenschaft beschäftigen.«

Dabei kannte Esra sie; vor zwei Jahren, als sie in der antiken Stadt Milidia in der Nähe von Malatya arbeitete, hatten sie eines Nachts den Ausgrabungsort überfallen. In der Dunkelheit konnte man nicht ausmachen, wie viele es waren. Nur einer hatte sich ihnen genähert. Dieser groß gewachsene, schlanke Mann mit dichtem Bart, der sich als Azad, Freiheit, vorstellte, dessen Blick einem ins tiefste Innere drang, hatte in einem sehr gepflegten Türkisch nach Nahrungsmitteln gefragt. Als der Grabungsleiter Ertem Bey sich mit der Zusage Zeit ließ, hatte Azad mit seinem Gewehr auf das Häuschen gedeutet, das sie als Küche nutzten, und gesagt: »Wenn Sie uns nichts geben, bedienen wir uns.« Dass jemand, der ihnen völlig fremd war, ihr Lager bis auf die Lagerstätte ihrer Lebensmittel kannte, hatte den Grabungsleiter dermaßen eingeschüchtert, dass er befahl, das Gewünschte sofort zusammenzustellen. Während die Lebensmittel verpackt wurden, hatte Azad seine Aufmerksamkeit auf die Fundstücke gerichtet. Er hatte die Steine mit den Hieroglyphen, die Statuen der Götter und Göttinnen und die Gebrauchsgegenstände mit großem Interesse betrachtet und gefragt: »Ist das alles sehr wichtig?«

»Ja, sehr wichtig«, hatte Esra geantwortet. »Diese Funde geben uns Auskunft über die Zeit vor Tausenden Jahren. Gewissermaßen retten wir so die Vergangenheit aus der Finsternis.«

Azad hatte sein Gewehr von einer Hand in die andere geschoben und gemurmelt: »Eine schöne Beschäftigung.« Dann hatte er Esra eindringlich angeschaut und hinzugefügt: »Aber eigentlich muss man die Gegenwart vor der Finsternis retten. Wenn ein Volk in Finsternis und Unterdrückung lebt, reicht es nicht aus, nur die Vergangenheit ans Licht bringen zu wollen.«

Esra hätte gerne geantwortet, dass sie diese Meinung nicht teilte, dass Wissenschaft und Politik zwei verschiedene Dinge seien und man mit Terror nichts erreichen würde; sie hatte sich aber vor Azad gefürchtet, der, schweigend mit der Waffe in der Hand, so bedrohlich gewirkt hatte, und den Mund gehalten. Azad hatte die vorbereiteten Lebensmittel an sich genommen, sie mit den Worten: »Falls die Gendarmen davon hören, werden wir euch zur Verantwortung ziehen«, gewarnt und war zusammen mit seinen Freunden in der Dunkelheit verschwunden.

Sie hatten die Gendarmerie nicht benachrichtigt. Es hatte keinen Sinn, sich unnötig Probleme aufzuhalsen.

Von diesem Vorfall hatte sie Eşref nichts erzählt. Auch wenn sie dem Hauptmann vertraute, war sie der Ansicht, er sei Teil dieses Krieges und würde alles mit den Kämpfen in der Region erklären.

All das war Esra in Sekundenschnelle durch den Kopf geblitzt, als der Minibus vor der Gendarmeriewache hielt.

Hauptmann Eşref wartete unter dem alten Aprikosenbaum auf sie. Vor ihm auf dem Tisch war eine blau-schwarz karierte Decke ausgebreitet, auf der ein klobiges Funkgerät lag und unaufhörlich surrte. Eşref stand lächelnd auf, als er seine Gäste durch den Eingang eintreten sah. Er trug kein Barett; seine kurzen Haare legten seine Stirn in ihrer ganzen Breite bloß, die Harmonie zwischen den hervorstehenden Backenknochen und den dunklen Augen unter dichten Augenbrauen wurde durch sein kräftiges Kinn unterstützt, und sein sonnengebräunter Teint verlieh ihm eine männliche Attraktivität.

Wie süß dieser Mann lacht, dachte Esra. Sie hatte gehört, er sei auch geschieden wie sie und habe eine Tochter.

»Willkommen«, erklang Eşrefs Stimme und holte Esra aus ihren Gedanken. Der Hauptmann, der mit der Hand auf die leeren Stühle neben dem Tisch wies, schien seine Unruhe von heute Morgen abgelegt zu haben. Esra fragte hoffnungsvoll, während sie sich auf den Stuhl setzte: »Haben Sie etwa Sehmuz schon gefasst?«

»Noch nicht. Nach Ihrem Anruf habe ich eine Einheit hingeschickt. Meine Soldaten haben ihn zu Hause nicht angetroffen. Sie sind zur Garage gefahren. Wir hoffen, dass er dort ist.«

Esra ärgerte sich über ihre Ungeduld, während sie dem Hauptmann zuhörte. Als sie Strohhut und Sonnenbrille abnahm und auf den Tisch neben das knisternde Funkgerät legte, entstand eine Stille.

»Hat wirklich er Haci Settar getötet?«, fragte der Hauptmann.

Sie entnahm dem Ton seiner Stimme, dass er diese Möglichkeit bezweifelte, und erklärte: »So hat er es Halaf gegenüber gesagt.« Und zu dem jungen Koch, der immer noch herumstand, sagte sie: »Setz dich doch. Setz dich und erzähle es dem Hauptmann.«

Halaf setzte sich schüchtern auf den Stuhl vor ihm. Eşref bestellte Tee. Im Nu erschien ein Soldat mit drei Teegläsern.

»Aus welchem Dorf bist du?«, fragte der Hauptmann nach dem ersten Schluck.

»Aus Alagöz«, antwortete Halaf und zeigte auf den Hügel in einiger Entfernung. »Hinter dem da. Ungefähr zehn Kilometer von hier.«

»Bist du Kurde?«

Diese Frage verunsicherte Halaf, er tat sich schwer mit der Antwort. Auch Esra war befremdet.

»Ich frag mal anders«, sagte der Hauptmann. »Sprichst du Kurdisch?«

Halafs wettergegerbtes Gesicht entspannte sich. »Spreche ich, mein Kommandant«, erwiderte er. »Jeder in unserem Dorf spricht Kurdisch.«

Der verdächtigende Ausdruck im Blick des Hauptmanns änderte sich nicht.

»Und wie lange kennst du diesen Sehmuz?«

»Schon sehr lange, ich sehe ihn immer, wenn wir vom Dorf in die Kleinstadt kommen.«

»Spricht er auch Kurdisch?«

»Spricht er, mein Kommandant. Die meisten Menschen hier können Kurdisch.«

»Wie kommst du mit Sehmuz aus?«

»Wir kommen nicht miteinander aus. Guten Tag, guten Tag, das ist alles.«

»Obwohl er nicht dein Freund ist, hat er dir erzählt, dass er Haci Settar töten wird. Warum?«

Halaf wurde kreidebleich, er dachte, der Hauptmann beschuldigte ihn.

»Ich weiß nicht, mein Kommandant. Wir waren im Minibus. Gerade losgefahren. Ich saß hinten. Neben mir war der Platz frei. Dieser Sehmuz setzte sich neben mich. Seit ich bei der Ausgrabung arbeite, versucht er, enger mit mir zu werden. Vor der Garage haben wir Haci Settar gesehen. Sehmuz hat geschimpft, als er ihn gesehen hat. Und ich habe gesagt: Warum schimpfst du über den gottgefälligen Mann? Da hat er mir die ganze Zeit erzählt, wie sehr er Rojin liebt. Er hat gesagt, eines Tages wird er Haci Settar töten.«

Der Hauptmann hörte ihm aufmerksam zu, als befürchtete er, eine einzige Regung im Gesicht oder das kleinste Zittern in der Stimme des jungen Kochs zu verpassen.

»Gut«, sagte er, als er mit seinen Fragen fertig war. »Danke für deine Hilfe! Trink jetzt deinen Tee! Guck, der steht immer noch unberührt da. Trink ihn erst mal aus, dann werden unsere Jungs deine Aussage protokollieren.«

Nach einem Schluck von dem inzwischen kalt gewordenen Tee sagte Halaf mit verängstigter Stimme: »Herr Kommandant ... also ... Sehmuz wird nicht erfahren, dass ich ihn angezeigt habe, nicht wahr?«

Eşref schaute Halaf streng an.

»Und was ist dabei, wenn er es erfährt?«

»Nichts ist dabei, mein Kommandant«, antwortete Halaf und schluckte. »Aber die sind wie Schakale, völlig unerwartet beißen sie von hinten zu.«

Die dichten Augenbrauen des Hauptmanns zogen sich zusammen.

»Wen meinst du mit die?«

»Memili der Einarmige und seine Leute. Sehmuz ist deren Schakal.«

»Memili der Einarmige schmuggelt auch historische Güter«, fühlte sich Esra gezwungen zu erklären. Sie schien dem Hauptmann böse zu sein, weil er Halaf so in die Enge trieb. »Möglich, dass er Sehmuz angestachelt hat.«

»Möglich«, sagte Eşref nickend, wandte sich dann zu Halaf und fügte mit einem väterlichen Lächeln hinzu: »Mach dir keine Sorgen, niemand wird von deiner Aussage erfahren.«

Halaf trank seinen restlichen Tee in einem Zug aus und wurde vom Hauptmann in die Wache geführt. Esra, die allein am Tisch geblieben war, ließ ihren Blick über den Euphrat schweifen, der unter ihr friedlich vor sich hinfloss. Obwohl sie seit Tagen hier war und den Euphrat auch vorher oft gesehen hatte, erinnerte sie der Fluss zum ersten Mal an den Bosporus. Als wäre sie in eine Zeit vor Tausenden von Jahren hineinversetzt worden und würde auf einem der Hügel sitzen und den Bosporus betrachten. Die alten Holzvillen, die Betonvillen, die Restaurants, Cafés, die asphaltierte Straße, die immer mit

Fahrzeugen überfüllt war, sie waren alle nicht da. Es gab nur ein blaues Wasser, das, an beiden Ufern eine grüne Linie aus Bäumen hinterlassend, immer weiterfloss. Und die Zivilisationen, die in diesem Grün seit wer weiß wie viel tausend Jahren gegründet und vernichtet, vernichtet und wieder gegründet wurden …

»Sie haben sich in Gedanken verloren«, holte Eşrefs Stimme sie aus ihrem Tagtraum zurück. »Was denken Sie?«

»Nichts«, sagte Esra. »Der Euphrat erschien mir für einen Moment wie der Bosporus.«

»Der Bosporus?«

Auch Eşref schaute nun zum Euphrat.

»Ja, aber der Bosporus vor Hunderten, vielleicht vor Tausenden von Jahren.«

»Sie haben wohl Sehnsucht nach Istanbul. Mir fehlt diese Stadt auch sehr.«

Dann fiel ihm auf, dass Esras Teeglas leer war.

»Noch einen Tee?«

»Gerne«, antwortete Esra mit einem herzlichen Lächeln.

Der Hauptmann wies einen Soldaten, der ein paar Meter weiter in Habtachtstellung stand, per Handzeichen an, noch zwei Tee zu bringen. Der Soldat schoss wie ein Pfeil los.

»Haben Sie Angehörige in Istanbul?«, fragte Esra.

»Meine Mutter und meine Tochter«, erwiderte Eşref. Er war nachdenklich geworden. »Meine Mutter lebt allein in Üsküdar. Sie ist ziemlich alt, ich mache mir Sorgen, dass ihr etwas zustoßen könnte. Meine Tochter wohnt mit meiner Frau zusammen.«

»Denken Sie nicht daran, nach Istanbul zurückzugehen?«

Eşref schaute Esra mit einem so intensiven Blick an, als würde er gleich ein Geheimnis mit ihr teilen. So hatte er sie noch nie angeschaut. Esra glaubte, dass er im Begriff war, etwas Wichtiges zu sagen, und wurde ganz aufmerksam, aber Eşref schaute plötzlich weg wie ein Kind, das befürchtet, seine Schuld würde aufgedeckt.

»Ich denke nicht daran«, wich er aus. »Und wen haben Sie in Istanbul?«

»Meine Eltern.«

»Wohnen Sie bei Ihren Eltern?«

»Aber ich bitte Sie, Hauptmann, Sie denken wohl, ich sei ein junges Mädchen, das gerade von der Uni kommt. Seit Jahren wohne ich nicht mehr bei meiner Familie. Im selben Jahr, als ich das Studium abgeschlossen habe, also vor dreizehn Jahren, habe ich geheiratet und bin in meine eigene Wohnung gezogen. Seitdem wohne ich in Küçük Çamlica.«

Eşref deutete mit dem Kopf auf Esras linke Hand.

»Weil ich bei Ihnen keinen Ehering gesehen habe, dachte ich, Sie sind ledig.«

»Ich habe mich scheiden lassen ... Wir haben uns vor zwei Jahren getrennt.«

Der Soldat brachte neuen Tee und nahm die alten Gläser mit. Esra zog ihre Zigaretten aus der Tasche und bot Eşref eine an. Der Hauptmann rührte sich nicht, sah nur auf die Schachtel. Esra dachte, er wollte nicht, aber da streckte er die Hand vor und zog eine heraus.

»Wenn ich eine rauche, wird nicht die Welt untergehen, oder?«, und er führte die Zigarette an die Lippen.

»Haben Sie noch nie geraucht?«, fragte Esra, während sie sich auch eine nahm.

Eşref lächelte vielsagend.

»Bis vor einem Jahr war ich ein passionierter Raucher. Dann haben es die Ärzte verboten.«

»Ärzte?«, fragte sie und zündete die beiden Zigaretten an. »Ich hoffe, nichts Schlimmes.«

»Ach nein. Sie kennen ja die Ärzte.«

Als er merkte, dass Esra ihn aufmerksam ansah, wechselte er schnell das Thema.

»Das ist eigentlich nicht das erste Mal, dass ich mit dem Rauchen aufhöre. Angefangen habe ich bei meinem Eintritt ins Militärgymnasium Kuleli. Sie wissen, da will man immer älter wirken. Aber, ich weiß nicht, ob ich sagen soll, dass ich Pech hatte oder vielleicht eher Glück, eines Tages wurde ich von unserem Schulkommandanten Generaloberst Salih erwischt. Für uns war Oberst Salih eine Legende; er wurde von allen Schülern bewundert. Er war groß, hatte blonde Haare und blaue Augen wie Mustafa Kemal, ein ganz eindrucksvoller Mann. In seinem ganzen Verhalten konnte man nichts Gekünsteltes sehen. Mit seinem Blick, seinem Benehmen, seinen Worten, seiner Uniform war er ein tadelloser Soldat. Immer wenn er an uns vorbeigelaufen ist, standen wir sofort stramm und haben sogar den Atem angehalten. Stellen Sie sich vor, ich wurde von diesem Mann erwischt! Eigentlich ist ›erwischt‹ nicht das richtige Wort, er hat mich nur gesehen. Er wurde nicht wütend, er hat mich nur tadelnd angeschaut und in strengem Ton gesagt: ›Wirf das weg!‹ Ich warf die Zigarette sofort weg. Ich habe mich fürchterlich geschämt. Ich hatte auch Angst, dass ich eine Disziplinarstrafe bekommen würde. Aber ich wurde nicht angeklagt, ich bekam nicht einmal einen Verweis. Ich habe nie wieder eine Zigarette angefasst. Bis ich '91 nach Sirnak ging.«

Der Hauptmann schwieg. Sein Blick hatte sich im Rauch verloren.

»Haben Sie in Sirnak wieder angefangen?«, fragte Esra, wie um ihn daran zu erinnern, dass sie noch da war.

»In den Bergen«, sagte Eşref. Er sprach wie im Traum. »Eigentlich sagten wir Gelände, die Terroristen sagten Berge.«

Er lächelte und sprach, den Kopf schüttelnd, weiter: »Wenn der Krieg lange anhält, wird man seinem Feind ähnlich. Man redet so wie er, denkt wie er und verhält sich auch so.«

Auf einmal warf er seine noch nicht einmal halb aufgerauchte Zigarette auf den Boden und murmelte: »Verzeihen Sie, ich langweile Sie mit meinen Erinnerungen.«

»Nein, Sie langweilen mich überhaupt nicht. Bitte erzählen Sie weiter«, bat Esra, aber er schwieg beharrlich. Sie musterte ihn fragend, aber schließlich gab sie gelangweilt auf und schaute wieder auf den Euphrat.

»Soll ich Ihnen was sagen, Esra Hanim?«, beendete er mit sachlichem Ton das Schweigen. »Ich glaube eigentlich nicht daran, dass Sehmuz es getan hat.«

»Warum? Warum glauben Sie Halaf nicht?«

Sie hatte versucht, ihre Stimme ebenso sachlich klingen zu lassen.

»Ich glaube Halaf«, korrigierte Eşref. »Aber das sind Dinge, die Sehmuz aus Zorn gesagt hat. Weder Sehmuz noch Memili würden sich trauen, Haci Settar umzubringen. Das sind kleine Fische. Keine Typen, die die Folgen eines Mordes tragen könnten.«

»Eifersucht ist ein sehr mächtiges Gefühl, Hauptmann«, widersprach Esra. Sie hatte ihre Arme verschränkt und sah den Hauptmann selbstbewusst an. »Der eifersüchtige Mensch verhält sich meistens, ohne an die Folgen zu denken.«

»Sie haben vielleicht recht, aber ich glaube nicht, dass jemand wie Sehmuz eine so starke Eifersucht empfinden kann. Seine Eifersucht reicht nur so weit, dass er über Haci Settar hinter dessen Rücken schimpft.«

Esra regte sich darüber auf, dass Eşref so altklug sprach. Sie wollte gerade fragen: »Kennen Sie denn Sehmuz wirklich so gut?«, da knatterte das Funkgerät lauter.

»Das können unsere Jungs sein«, sagte Eşref und nahm es.

»Hier Wache, ja, ich höre.«

In das Knattern mischte sich eine hohe Männerstimme: »Hier Feldwebel Ihsan, mein Kommandant.«

»Ja, Ihsan, habt ihr den Verdächtigen gefasst?«

»Wir haben ihn gefasst, mein Kommandant. Im Moment sind wir auf der Straße nach Antep.«

»Was macht ihr auf der Straße nach Antep?«

»Wir haben den Verdächtigen auf der Flucht nach Antep gefasst, mein Kommandant. Wir fahren jetzt zurück.«

Für einen Moment wanderte Eşrefs Blick zu Esra, die ihn anlächelte mit dem Stolz, recht behalten zu haben.

»Gut, Ihsan, ich warte auf euch«, beendete der Hauptmann das Gespräch und legte das Funkgerät auf den Tisch.

»Sehen Sie?«, sagte Esra verschmitzt. »Sie wollten es nicht glauben, aber der Mann hat versucht zu fliehen.«

»Es wird sich klären, Esra Hanim«, antwortete Eşref und versuchte ebenfalls ein Lächeln. In diesem Moment sah Esra Halaf die Wache verlassen und auf den Tisch zukommen. Sie nahm ihre Sachen.

»Gehen Sie?«, fragte Eşref. Er wirkte traurig.

»Es gibt noch viel zu tun«, erwiderte Esra, als sie ihre Brille in den Hut fallen ließ. »Und selbst wenn ich bleibe, werden Sie mir nicht erlauben, beim Verhör dabei zu sein.«

»Leider nicht, aber ich teile Ihnen das Ergebnis mit.«

»Ich würde mich sehr freuen«, sagte Esra und wandte sich an Halaf, der inzwischen am Tisch angekommen war: »Fertig? Wollen wir gehen?«

»Fertig, Esra Hanim«, sagte Halaf. Während er sprach, nahm er, genauso wie der Soldat, der den Tee gebracht hatte, Habachtstellung ein.

»Dann können wir zurück nach Hause.« Sie stand auf.

»Wir müssen in die Kleinstadt und ein paar Lebensmittel einkaufen«, sagte Halaf.

»Es wäre besser, wenn ihr heute nicht in die Kleinstadt fahrt«, schaltete sich Eşref ein. Auch er war aufgestanden. »Die Sache ist noch sehr heiß. Irgendein Hitzkopf könnte Ihnen etwas antun.«

Im Gesicht des folgsamen Kochs blitzte ein entschiedener Ausdruck auf. »Machen Sie sich keine Sorgen, mein Kommandant«, sagte er. »Mit Gottes Hilfe, solange ich neben ihr bin, kann niemand Esra Hanim etwas antun.«

Esra bedachte Halaf, der sich an ihrer Seite wie ein Held aus alten Zeiten aufplusterte, mit einem freundlichen Lächeln.

»Müssen wir unbedingt in die Kleinstadt?«, fragte sie.

»Wir müssen nicht, aber wo wir schon mal hier sind …«

»Dann fahren wir lieber nicht hin; wir sollten die Leute nicht unnötig reizen.« Sie wandte sich an Eşref und fragte besorgt: »Und wann wird das aufhören?«

»Wenn ich das nur wüsste«, antwortete Eşref. »Erst mal das Begräbnis abwarten, dann sehen wir weiter.«

Esra hatte die Beerdigung völlig vergessen.

»Stimmt, wann ist das Begräbnis?«

»Ich glaube, nicht vor morgen. Der Staatsanwalt hat den Leichnam nach Antep zur Autopsie geschickt.«

»Ich möchte auch an der Beerdigung teilnehmen.«

»Tut mir leid, aber das geht nicht. Es wird nicht gern gesehen, wenn Frauen zu Beerdigungen kommen. Sie können später einen Beileidsbesuch machen. In diesen Gegenden trauert man lange.«

Vierte Tafel

Du, der Mensch, der Zeuge meiner fortwährenden Trauer wird. Du geduldiger Leser, der die Geheimnisse unter der Schale des Lebens zu lüften versucht. Ich werde dir von der tiefen Abscheu zwischen zwei Menschen erzählen, die das gleiche Blut in den Adern tragen. Ich werde dir davon erzählen, wie die Seelen zweier Körper, die sich ähnlich sehen, sich nicht im Geringsten ähneln. Ich werde dir von der erbitterten Feindschaft zwischen Vater und Sohn erzählen. Ich werde dir von der großen Unrast in meiner Familie erzählen, die der Grund dafür war, warum mich der Sturmgott Teschup verdammt hat.

Mein Großvater Mitannuva liebte seinen leiblichen Sohn Araras nicht einmal so viel wie seinen schlimmsten Feind. Dabei bekleidete mein Vater das höchste Amt nach dem Rang des Königs, das ein Mensch erreichen konnte. Obwohl er nicht alt war, hatte sein Wort in der Versammlung der Adligen das meiste Gewicht. Aber das alles war meinem Großvater Mitannuva einerlei. Er liebte seinen Sohn nicht. Er scheute sich auch nicht, das offen auszusprechen. Wenn sie unter sich waren und selbst vor aller Augen schmähte er seinen leiblichen Sohn. Mein Vater Araras hingegen gab seine Gefühle nicht vor anderen Leuten preis, doch auch er konnte den alten Mitannuva nicht leiden.

Nach dem, was mein Vater mir erzählte, zog er sich gleich nach seiner Geburt die Feindschaft meines Großvaters zu. Denn Tunnavi, die erste Frau meines Großvaters, starb bei der Geburt meines Vaters.

Tunnavi war der Augapfel meines Großvaters, seine größte Liebe. Er sprach sie immer mit »Geliebte meines Herzens« an. Auch Tunnavi liebte meinen Großvater sehr und erfüllte ihm jeden Wunsch. In jenen Tagen, als Tunnavi meinen Vater unter dem Herzen trug, fing mein Großvater im Euphrat einen großen Karpfen. Als er ihm den Bauch aufschnitt, kam ein schwarzer Fisch zum Vorschein, wie er nie einen im Fluss gesehen hatte. Mein Großvater hielt das für ein schlechtes Omen und eilte zum Wahrsager. Der Wahrsager erklärte ihm, das sei ein böses Zeichen, und hieß meinen Vater den Fisch wieder in den Euphrat werfen. Mein Großvater leistete den Worten des Wahrsagers sogleich Folge. Aber diese Maßnahme hat nichts genützt. Der Sturmgott Teschup muss die schöne Tunnavi mehr geliebt haben als meinen Großvater, sodass er sie zu sich holte.

Die Nachricht von Tunnavis Tod stürzte meinen Großvater in tiefste Trauer; er aß und trank nichts mehr, konnte tagelang den Königshof nicht betreten und vor allem, seinen neugeborenen Sohn würdigte er nicht einmal eines Blickes. Erst Tage später nahm er seinen Sohn auf den Arm, hielt ihn aber stets verantwortlich für den Tod seiner Frau. »Er hat mir nie verziehen«, erzählte mein Vater. »Nicht ein einziges Mal habe ich gesehen, wie er mir liebevoll ins Gesicht schaut, nicht ein einziges Mal gespürt, wie er zärtlich meine Hand berührt. Ich war für ihn nicht ein Sohn, sondern der Mensch, der den Tod seiner Frau zu verantworten hatte. So hat er mich während meiner ganzen Kindheit behandelt. Den Göttern sei Dank, hat Kamanas, der Vater unseres Königs, mich in seine Obhut genommen und keinen Unterschied zwischen mir und seinem eigenen Sohn gemacht. So konnte mir mein Vater nicht mehr Schaden zufügen. Wenn es nach ihm gegangen wäre, hätte er mich nicht als Schreiber, sondern als Hirte erzogen. Aber der mächtige frühere König Kamanas, jetzt eine Gottheit, übernahm auch meine Erziehung wie die seines Sohnes Astarus. Er schützte mich vor Mitannuva. Weil mein Vater sich an mir nicht rächen konnte, hielt er seine Feindschaft mir gegenüber aufrecht, solange er unter uns lebte. Als ein Sohn werde ich meinem Vater nie verzeihen.«

Während mein Vater Araras all diese Worte sprach, sah ich, wie sein schmales Gesicht blutleer wurde, und fürchtete mich vor dem tiefen, Feuer speienden Hass in seinen zusammengekniffenen Augen. Manchmal aber bemerkte ich, dass ihn Traurigkeit überkam. Auf das Gesicht dieses selbstbewussten Mannes, der die wichtigsten Aufgaben am Hofe meisterte, legte sich der Kummer eines verwaisten Kindes, das von seinem Vater nicht geliebt wurde. Auch wenn ich eine große Liebe für meinen Großvater Mitannuva empfand, konnte ich in diesen Momenten nicht anders, als ihm zu zürnen. Ich konnte nicht verstehen, wie der weiseste Mann entlang des ganzen Euphrat seinem leiblichen Sohn gegenüber so unbarmherzig sein konnte.

5

Der Minibus fuhr, auf dem Asphalt schaukelnd, an den ergiebigen Wassern des Euphrat entlang. Als sie ihr Lager in der Schule erreichten, war es Mittag geworden. Die Hitze brannte überall. Abgesehen von dem hartnäckigen Zirpen der Grillen, das von den Pappeln her tönte, die in dem kleinen Wald vor der Schule mit ihren feinen Zweigen und zarten Blättern wie im Wettkampf miteinander gen Himmel ragten, hatte sich eine heiße Stille ausgebreitet.

Esra bot sich ein erfreuliches Bild, als sie das Klassenzimmer betrat, in dem Kemal und Teoman vor den Computern saßen. Sie hatten die Fenster sperrangelweit geöffnet und arbeiteten auf Hochtouren. Teoman war mit den Zeichnungen der antiken Stadt beschäftigt, und Kemal listete die Funde der Ausgrabung auf. Als sie ihre Kollegen arbeiten sah, als sei nichts passiert, fragte sich Esra, ob sie nicht übertrieb. Dass ein Mord verübt worden war, war schlimm, aber in dieser Region wurden viele Menschen umgebracht. Haci Settars Gesicht erschien ihr wieder vor Augen. Es war ein trauriger Vorfall, aber, wie auch Bernd gesagt hatte, was hatte das mit ihnen zu tun? Wie konnte es sein, dass dieses Ereignis sie dermaßen beunruhigte? Sie gab die Schuld daran dem Hauptmann. Er hatte die Nachricht noch vor Sonnenaufgang überbracht und dazu in dieser hasenfüßigen Haltung. Sie ärgerte sich, dass sie sich von seiner Stimmung hatte mitreißen lassen. Es mochte sein, dass sie ihn anziehend fand, aber sie durfte nicht zulassen, dass er ihre Gedanken so leicht beeinflusste.

»Hallo, Esra«, sagte Teoman, der sie eintreten sah. »Wie wars?«

»Gut«, erwiderte sie und nahm Hut und Brille ab. »Sehr gut. Sehmuz wurde gefasst, gerade als er fliehen wollte. Wenn er jetzt auch noch den Mord gesteht, haben wir das Problem vom Hals.«

Kemal schaute kurz vom Bildschirm auf, grüßte Esra und sagte murmelnd: »Hm, wird also alles wieder gut.«

»Wo sind die anderen?«

Kemal machte ein verdrossenes Gesicht, und Teoman antwortete: »Tim ist zusammen mit Elif und Murat in das Dorf Yazir gefahren. Er will für sein Buch mit den Bauern sprechen. Elif wird Fotos machen. Und Murat wollte einfach mitgehen.«

»Ich dachte, Tim würde Tafeln übersetzen.« Sie war ein wenig enttäuscht. Es gab noch drei Tafeln, die entziffert werden mussten.

Kemal bemerkte den Ton ihrer Stimme und ließ vom Computer ab.

»Ich verstehe diesen Tim sowieso nicht«, sagte er gereizt. »Ist der Mann Archäologe oder Soziologe? Er hält sich überhaupt nicht bei der Grabung auf. Ständig fährt er in der Gegend rum. Den ganzen Euphrat entlang gibt es kein Dorf, das er nicht kennt, und keinen einzigen Bauern, mit dem er nicht Freundschaft geschlossen hat.«

»Kein Wunder, der Mann ist seit fünf Jahren hier«, klärte Teoman ihn auf. »Wären wir so viele Jahre immer wieder hergekommen, würden wir die Region genauso gut kennen.«

»Ich kann auch Elif nicht verstehen«, führte Kemal seine Klage fort. »Warum jagt sie diesem Kerl hinterher?«

Kemals Eifersucht auf den Amerikaner war so offensichtlich, dass Teoman ihn ein bisschen provozieren musste: »Na klar, der Mann sieht gut aus, und dazu ist er noch Ausländer. Unsere Mädels sind ganz verrückt nach ausländischen Männern.«

»Verrückt!«, entrüstete sich Kemal. »Der Kerl könnte ihr Vater sein.«

»Freud der Selige hat sich ja nicht umsonst den Kopf über den Elektrakomplex zerbrochen.«

»Hau ab mit deinem Freud und Elektrakomplex!«

»Beruhigt euch, Jungs«, sagte Esra lachend und spürte, wie ihre Anspannung endlich nachließ. »Es ist nichts zwischen Tim und Elif.«

Teoman prustete los und klapste Kemal freundschaftlich auf den Kopf: »Meine ich auch, aber dieser blöde Kerl hier glaubt, die hätten was miteinander, weil er bis über beide Ohren in sie verliebt ist.«

»Selber blöder Kerl«, gab Kemal zurück und zog den Kopf ein. »Wie hättest du wohl an meiner Stelle reagiert?«

»Spaß beiseite, es ist ein großes Glück, dass Tim mit uns zusammenarbeitet«, sagte Esra. »Stellt euch mal vor: Wenn Tim nicht da wäre, müssten die Tafeln erst zur Uni gelangen, dann muss man dort jemanden finden, der Akkadisch kann, und ihn dazu kriegen, dass er sich hinsetzt und übersetzt … Es ist ein großes Privileg, am gleichen Tag zu erfahren, was auf den Tafeln steht. Wir können von ihm nicht erwarten, dass er jeden Tag zur Grabung kommt. Er ist ein Spezialist.« Sie hielt einen Moment inne, fügte dann, den Kopf schüttelnd, hinzu: »Trotzdem wäre es gut, wenn er heute die Tafeln entziffert hätte … Aber er wollte wohl an unserem freien Tag für sein eigenes Buch arbeiten. Na gut, so viel Luxus müssen wir dem Mann gönnen.«

»Klar müssen wir ihm das gönnen«, stichelte Kemal. »Genauso soll es sein. Wir sollen uns an freien Tagen vor dem Bildschirm den Kopf zerbrechen, und der Herr soll in den Jeep springen und von einem Dorf zum anderen ziehen.«

»Ach Jungs, lasst mal das Jammern und macht weiter mit eurer Arbeit«, wich Esra aus. »Wo ist Bernd eigentlich?«

»Woher sollen wir das wissen?«, sagte Teoman. »Wenn er nicht auf seinem Zimmer ist, ist er bestimmt auf dem Fahrrad. Er lässt sich ja nicht dazu herab, mit uns zu reden. Was willst du von diesem arroganten Kerl?« Esra dachte über Bernd ähnlich wie Teoman. Aber sie wollte das nicht offen zeigen: »Im Team hat sich Ausländerfeindlichkeit ausgebreitet, wie ich sehe.«

»Komm, Esra!«, protestierte Teoman. »Diesen Mann mit der Nazivisage kannst du doch auch nicht leiden.«

»Du sollst nicht so über ihn reden! Er ist kein schlechter Mensch. Nur hat er eine andere Art.«

»Es wäre gut, wenn er seine Art ändern würde«, brummte Teoman. »Wir können uns ja nicht alle an ihn anpassen.«

»Ich dagegen meine, es wäre gut, wenn du dich beruhigen würdest«, tadelte Esra. »Die Ausgrabung findet in unserem Land, mit unserer Verantwortung statt.«

»Und das Geld kommt von den Deutschen«, entgegnete Teoman ironisch.

»Auch das kommt hinzu; es ist aber nicht der Grund, warum wir mit Bernd auskommen sollten. Er ist ein Mitglied unseres Teams. Und ich möchte nicht, dass jemand im Team von den anderen geschnitten wird.«

Teoman sah Esra gequält an, erwiderte aber nichts. Esra hielt sein Schweigen für ein Zeichen der Zustimmung und wandte sich zum Gehen.

»Wenn ihr mich nicht braucht, schaue ich mal bei ihm vorbei.«

An der Tür drehte sie sich um und sagte mit sanfter Stimme, um das Herz ihrer Kollegen zu gewinnen: »Wir sehen uns beim Essen. Halaf brät uns ganz leckere Zucchinipuffer, und dazu gibts Bulgur mit Butter und bestimmt jede Menge Salat.«

Als sie den Gang entlanglief, an dessen Wänden sich feine Risse zeigten und an einigen Stellen der Putz abblätterte, dachte sie, dass Teoman recht hatte. Bei keiner Ausgrabung vorher war sie jemandem begegnet, der unangenehmer war als Bernd. Kühl, verbissen, unverträglich … Wenn er die Leidenschaft fürs Radfahren nicht gehabt hätte, könnte man meinen, der Mann habe mit dem gewöhnlichen Leben nichts zu tun. In der Freizeit gesellte er sich nicht zu den anderen, sondern schloss sich entweder in seinem Zimmer ein oder schwang sich aufs Rad und fuhr zu den benachbarten Dörfern. Doch wie sehr Bernd auch versuchen sollte, sich fernzuhalten, es war Esras Aufgabe, ihn zu gewinnen und die Distanz zwischen ihnen zu verringern. Archäologen hatten, anders als die anderen Wissenschaftler, nicht nur die Aufgabe, sich um ihre fachlichen Angelegenheiten zu kümmern, sie mussten dazu noch meisterhafte Organisatoren und Psychologen sein, die gute Beziehungen zu den anderen aufbauen konnten. Sie hatte keine andere Wahl, als sich mit Bernd zu vertragen.

Mit diesen Gefühlen klopfte sie an die Tür des deutschen Archäologen. Als sie sein »Herein!« hörte, streckte sie lächelnd den Kopf hinein: »Störe ich?«

In dem Klassenraum, wo alles wohlgeordnet an seinem Platz lag, saß Bernd an einer Schulbank und sah zur Tür. Er hielt einen Kugelschreiber in der Hand, vor ihm lagen Papiere. »Nein. Kommen Sie bitte herein!«

»Sind Sie gerade beschäftigt?«

»Ich schreibe einen Brief.«

»Entschuldigung, dann komme ich später vorbei.«

»Nein, gehen Sie nicht. Bitte kommen Sie herein, der Brief ist fertig.« Bernd zeigte auf die Schulbank neben sich: »Bitte, nehmen Sie Platz.«

Er schien die Diskussion von heute Morgen vergessen zu haben. Esra setzte sich. Ihr Blick wanderte auf die Papiere vor Bernd. »Schreibt der Deutsche etwa einen Bericht an das Archäologische Institut?«, fragte sie sich besorgt.

»Mein Brief«, sagte Bernd, als hätte er ihre Gedanken erraten. Sein schmales Gesicht mit den scharfen Linien wirkte gelöster, und seine stahlblauen Augen blickten sanfter. »Ich schreibe an meine Frau Vartuhi. Nach Deutschland.«

Esra hatte diesen Namen noch nie gehört. »Vartuhi?«

»Ja, in der armenischen Sprache bedeutet das Rose«, erklärte Bernd mit weicher Stimme.

Er liebt seine Frau sehr, dachte Esra. Sie musste an ihren ehemaligen Ehemann Orhan denken.

»Haçik, also mein Schwiegervater, wurde in der Türkei geboren«, fuhr Bernd fort. Die Bedeutung seiner Worte konnte Esra, wenn auch mit etwas Verspätung, erfassen. »Türkisch habe ich zuerst von ihm gelernt.«

»Im Ernst?«, fragte Esra interessiert. »Wann hat er die Türkei verlassen?«

»Vor langer Zeit«, antwortete Bernd. Jetzt glänzten seine hellblauen Augen nicht mehr. »Vor sehr langer Zeit … In Kriegszeiten, in schlimmen Zeiten … Sie haben schreckliche Dinge erlebt. Die Türken haben sie grausam behandelt. Sie haben die Männer getötet, die Frauen vergewaltigt und das ganze Volk samt Greis und Kind vertrieben.«

»Solche Vorfälle gibt es leider in der Geschichte jeden Landes«, wollte sich Esra verteidigen.

»Aber es war sehr schlimm. Der Vater meines Schwiegervaters war gestorben. Mein Schwiegervater konnte nur unter großen Mühen mit seiner Mutter nach Frankreich fliehen. Aber er hat sich nie daran gewöhnen können. Ständig wiederholt er, ach, meine Heimat, meine Heimat! Und gleichzeitig verflucht er die Türken.«

»Das ist natürlich nicht einfach. Aber diese Geschehnisse sind sehr umstritten.«

»Es gibt da nichts zu streiten. Das war ein Völkermord. Die ganze Welt sieht das so. Nur die türkische Regierung leugnet es.«

Esra versuchte, sich zu beherrschen: »Wie Sie heute früh selbst gesagt haben, ist das nicht unsere Angelegenheit. Wir sollten die Aufklärung der Vergangenheit den Historikern überlassen und uns unserer Ausgrabung zuwenden.«

Bernd sprach weiter, als hätte er nichts gehört: »Trotz all dieser Barbarei lieben sie dieses Land sehr. Bis zum letzten Jahr kam ich immer mit Vartuhi hierher. Mein Schwiegervater interessiert sich sehr dafür, wie es heute hier ist. Jedes Mal, wenn wir aus der Türkei zurückkehren, stellt er uns unzählige Fragen.«

»Warum ist Ihre Frau dieses Jahr nicht mitgekommen?«

»Sie ist schwanger.«

»Es wäre schön, wenn sie mitgekommen wäre«, sagte sie in der Hoffnung, damit eine Tür zur Versöhnung aufzustoßen. »In welchem Monat ist sie?«

»Im sechsten.« Bernds Stimme war wieder sanft geworden und die Kälte aus seinem Blick gewichen, seine blauen Augen glänzten wie das Wasser des Euphrat unter der Nachmittagssonne. »Wir erwarten das Baby Anfang September.«

»Wissen Sie, ob es ein Junge oder ein Mädchen ist?«

»Ein Mädchen, wie ichs mir gewünscht habe. Haben Sie ein Kind?«

Esra schaute weg. »Nein.« Für einen Moment hatte sie den Wunsch, von ihrer Fehlgeburt im fünften Monat der Schwangerschaft zu erzählen, es war ein Mädchen, dann überlegte sie es sich anders. »Ich habe kein Kind.«

Bernd war Esras Traurigkeit aufgefallen. »Sorgen Sie sich nicht, Sie sind noch jung, eines Tages bekommen Sie bestimmt ein Kind.«

Ich werde nie ein Kind bekommen, dachte Esra, aber das behielt sie ebenfalls für sich.

»Vergessen wir das.« Sie versuchte ein Lächeln. »Welchen Namen geben Sie Ihrer Tochter?«

»Mayreni. Vartuhi möchte es so. Das war der Name ihrer Großmutter.«

»Ich hoffe, Mayreni wird ein gesundes und langes Leben haben.«

»Das hoffe ich auch. Danke für Ihre guten Wünsche!«

Esra dachte, jetzt sei die beste Gelegenheit, und sagte: »Heute Morgen war ich etwas streng mit Ihnen. Wenn ich Sie verletzt habe, bitte ich um Entschuldigung.«

Bernd sah sie aufmerksam an, dann schüttelte er den Kopf. »Nein, nein. Sie brauchen sich nicht zu entschuldigen. Das ist Ihre Aufgabe. Ich habe meine Meinung gesagt, und Sie Ihre. Es gibt überhaupt kein Problem.«

Esra war erleichtert. Sie hatte geglaubt, der deutsche Archäologe würde sich für die Diskussion am Morgen revanchieren wollen oder gereizt reagieren. Mit Timothy auszukommen, war leichter. Der Amerikaner ließ sich vom gesunden Menschenverstand leiten, er war sehr gut ausgebildet und erfahren. Als Esra noch nicht im Entferntesten daran gedacht hatte, Archäologin zu werden, war er schon dabei, Tafeln aus den sandbedeckten Hügeln Mesopotamiens zu entziffern. Aber diese Eigenschaften hatte er nie in die Waagschale gelegt, um sich wichtigzumachen. Die Tafeln zu berühren, die Schriften zu entziffern, mit den anderen Mitgliedern der Gruppe Schulter an Schulter zu arbeiten, genügte ihm. Esra hatte manchmal den Eindruck, er würde etwas verbergen, hatte aber bis jetzt nichts Negatives an ihm bemerkt. Er spielte sich nicht in den Vordergrund, um zu beweisen, wie viel Wissen und Erfahrung er hatte. Wahrscheinlich hatte er deswegen in der Gruppe alle Herzen außer Kemals gewonnen. Bernd dagegen war ganz anders. Zwar war auch er sehr gut ausgebildet und beherrschte sein Gebiet, aber von Anfang an hatte er eine unnötige Akribie an den Tag gelegt und bei jeder sich bietenden Gelegenheit Schwierigkeiten gemacht. Er wirkte, als suchte er ständig nach Mängeln. Esra war sich nicht sicher, ob er wirklich aufrichtig war. Schon oft hatte sie sich gesagt: »Hätten wir Bernd bloß nicht ins Team aufgenommen!« Aber an den türkischen Universitäten hatten die deutschen Archäologen einen unübersehbaren Einfluss. Das Studienfach Hethitologie war von deutschen Archäologen etabliert worden, die vor Hitler geflohen waren. Die Türken hatten sich die Arbeitsmethoden der Deutschen angeeignet. Aus diesen Gründen war es nicht so leicht möglich, jemanden wie Bernd abzulehnen. Esra sah für sich keine andere Möglichkeit, als ihn auszuhalten und Konfrontationen zu vermeiden. Aber Bernds jetzige Reaktion erstaunte sie. Ich habe mich also in dem Deutschen getäuscht, dachte sie. Vielleicht war Bernd so empfindlich, weil er von seiner geliebten Vartuhi getrennt war. Sie musste mehr Verständnis für ihn aufbringen.

Dankbar sah sie ihn an: »Es freut mich, dass Sie es so sehen.«

»Wie könnte es anders sein?«, erwiderte er. »Wir nehmen uns hier der schwersten Aufgabe der Welt an. Diskussionen sind notwendig, aber viel notwendiger als alles andere ist Disziplin. Wie Sie heute Morgen gesagt haben, sind Sie hier die Verantwortliche.«

Auch in diesen Worten könnte Esra eine hochmütige Haltung wittern, hätte sie nicht zum ersten Mal einen positiven Dialog mit Bernd geführt. Das heutige Gespräch hatte das Eis zwischen ihnen gebrochen.

Fünfte Tafel

Ich habe nie erlebt, dass mein Großvater Mitannuva und mein Vater Araras sich nähergekommen sind. Auch über die Feindschaft zwischen ihnen erzählten sie Unterschiedliches. Den Worten meines Großvaters nach war mein Vater viel hinterhältiger und verlogener als ein assyrischer Händler. In seinen Augen war er nicht nur ein unheilvoller Same, ein undankbarer Sohn, sondern auch der gelehrteste Schuft an den Ufern des Euphrat.

Den ersten Teil der Erzählung meines Vaters bestätigte er. »Als mir die Götter Tunnavi entrissen hatten, die Geliebte meines Herzens, wusste ich weder ein noch aus, wie ein gestrandeter Wels«, pflegte mein Großvater zu sagen. »Nicht nur hatte ich vergessen, dass ich Vater geworden war, sondern auch mich selbst. Tunnavi war meine Kindheitsliebe, wir waren zusammen aufgewachsen. Sie war mein Ein und Alles. Als sie starb, verlor alles seinen Sinn. Ich wollte niemandem begegnen, mit niemandem sprechen, unseren gutherzigen König Kamanas inbegriffen. Mit der Erlaubnis unseres heldenhaften Königs Kamanas, unseres Herrn, des Auserwählten des Sturmgottes auf Erden, nahm ich zwei meiner treuen Diener und begab mich auf das Inselchen in der Mitte des Euphrat. Meine Sklaven setzten mich mit einem Floß über und kehrten zurück.

Drei Tage und drei Nächte irrte ich wie ein Wahnsinniger auf der kleinen Insel herum, drei Tage und drei Nächte heulte ich in Schmerzen wie ein Hund, drei Tage und drei Nächte habe ich wie trauernde Weiber geweint. Am Ende der ersten Nacht verlor ich meine Stimme, am Ende der zweiten Nacht trockneten die Quellen meiner Augen aus, am Ende der dritten Nacht war meine Kraft erschöpft, und bei Anbruch des vierten Tages verlor ich das Licht. Als ich das Licht wiedersah, war ich in meinem Haus, in meinem Bett. Meine Hände haben zwischen den wohlduftenden kühlen Betttüchern vergeblich nach der schönen Tunnavi gesucht, der Geliebten meines Herzens, die mein Lager mit Freude erfüllte. Schwarze Schleier der Trauernächte flogen auf, um mein Herz einzuhüllen, doch da geschah etwas Unerwartetes. Der barmherzige König Kamanas betrat mein Haus. Stell dir vor, König Kamanas, der erhabene Mensch, der heldenhafte König, der Vertreter der Götter auf Erden betrat mein Haus, auf dem Boden gebaut, den er mir gnädig gewährt, mein Haus, das auf seinen Befehl hin errichtet. Er nahm das Baby auf den Arm. ›Sieh her‹, sprach er zu mir, ›das ist dein Sohn. Sieh her, was für ein schönes Kind er ist. Ich gebe ihm den Namen meines Vaters. Von diesem Tag an wird er Araras heißen.‹ Dann reichte er mir das Baby. In Staunen und Scham nahm ich es auf den Arm. Mein Kind, ahnungslos über seine Unschuld, über seine mutterlose Einsamkeit, drückte ich schmerzerfüllt, liebevoll ans Herz.

Je größer mein Sohn wurde, umso mehr liebte ich ihn. Ich habe ihn überallhin mitgenommen, habe seine Fähigkeiten voller Stolz bewundert. Immer, wenn sich die Gelegenheit bot, habe ich ihn an den Thron unseres heldenhaften Königs Kamanas geführt.

Der große König Kamanas hatte den kleinen Araras so sehr ins Herz geschlossen, dass er uns die Ehre gewährte, ihn zusammen mit seinem Sohn Astarus zu erziehen. Als ich diese Nachricht erhielt, erreichte mein Kopf den Himmel, meinen Augen entströmten Freudentränen. Diese Ehre, die unser König unserer Familie gewährte, machte mich über viele Tage trunken. Aber der finstere Verrat, mit dem ich bedacht werden sollte, würde mir noch zeigen, welch dummem Irrtum ich erlegen war.

Mit zunehmendem Alter wurde mir mein Sohn immer ähnlicher, doch die Ähnlichkeit unserer Körper spiegelte sich nicht im Geringsten in seinem Verhalten wider. Er war achtungsvoll wie ein Priester, fleißig wie ein Sklave, intelligent wie ein guter Schreiber. Der Sturmgott Teschup hatte ihn mit allen guten Eigenschaften beschenkt, die sich ein Vater bei seinem Sohn wünschen konnte. Ich hatte nie erlebt, dass er sich meinen Worten widersetzte, wie streng ich auch zu ihm gesprochen habe. Er hörte mir bis zum Ende meiner Rede zu, aber in seinem Blick lag ein solcher Schatten, in seinem Verhalten war eine solche Hinterlist, dass es mir Angst einjagte. Nie habe ich in seinen Augen einen kindlichen Blick, auf seinen Lippen ein unbedarftes Lächeln gesehen. Sein Benehmen, seine Worte, sein Lachen waren selbst in jenen Tagen beherrscht und maßvoll wie bei einem Schreiber, der tagaus, tagein dem König hinterhereilt. Meine Freunde fanden immer lobende Worte für die Eigenschaften meines Sohnes. Doch ich war besorgt. Bald sollte ich auch erfahren, wie berechtigt meine Sorgen waren.

Als unser mächtiger König Kamanas auf der Löwenjagd von seinem Pferd stürzte und starb, war für meinen Sohn und den jungen König Astarus, der ihm aufs Wort gehorchte, der große Tag gekommen. Gleich nach den Todeszeremonien für unseren heldenhaften König, die vierzehn Tage dauerten, noch bevor seine Asche sich an ihren Krug gewöhnt hatte, begannen sie mit der großen Intrige. Mein eigener Sohn Araras hatte den jungen König Astarus überredet, sich der Alten zu entledigen. Mich enthoben sie meines Amtes, versuchten, meine Ehre zu beflecken. Aber das ist ihnen nicht gelungen. Sie entrissen mir nur den Titel, die Macht, die Befugnisse, die mir das Königtum zugeteilt hatte. Meine Freiheit und mein Ansehen konnten sie nicht antasten.«

Während ich diesen, von meinem Großvater wütend vorgetragenen Ereignissen lauschte, fragte ich mich, wie viel von seinen Worten Wahrheit war, wie viel übertrieben. Mein Großvater war wie Strohfeuer, er entflammte rasch und erlosch auch schnell. Und war er einmal entflammt, verlor er sich und konnte seine Zunge nicht hüten. Deshalb hörte ich seinen Worten über meinen Vater immer mit wachen Sinnen zu, als würde mir ein junger Mann gegenübersitzen, übermannt von seinem Zorn, und dachte wieder und wieder darüber nach, bevor ich ihm zu glauben beschloss.

6

Nach dem Essen blieb Esra unter der Weinlaube sitzen, um über die Ereignisse nachzudenken und so das unerträgliche Warten zu verkürzen. Aber irgendwann flossen ihre Gedanken nicht mehr weiter, sondern kreisten immer wieder um die Frage, was Sehmuz wohl erzählen würde. Ob er vielleicht schon gestanden hatte? Wenn ja, wer außer ihm steckte noch dahinter? Ohne sein Geständnis zu kennen, war es unmöglich, die Ereignisse zu deuten. Deswegen musste sie warten, bis das Verhör vorbei war. Aber Stunde um Stunde verging, und Eşref meldete sich nicht.

Trotz der sengenden Hitze wünschte sie sich, mit Halaf gefahren zu sein, der Selo, dem Wächter der Ausgrabung, sein Essen brachte. Vielleicht verging die Zeit am Grabungsort schneller. Aber zu spät. Halaf musste schon längst dort angekommen sein. Vielleicht hatte der alte Selo seine Mahlzeit sogar schon beendet und zwei Zigaretten von geschmuggeltem Tabak aus seiner Tabakdose gedreht, die die beiden gerade im Schatten des Feigenbaums am Königstor anzündeten. Wie gerne wäre sie jetzt dort und würde ihnen zuhören, wie sie sich über die Ernte in diesem Jahr unterhielten, oder über das Klima, das sich wegen der künstlichen Seen der Staudämme am Euphrat verändert. Schließlich zog sie sich in ihr Zimmer zurück, legte sich bedrückt auf ihr Bett und schlug den historischen Roman auf, den sie seit Ewigkeiten zu beenden versuchte. Doch sie konnte sich nicht konzentrieren. Also legte sie das Buch wieder aus der Hand, stand auf und ging zum Computerzimmer im vorderen Teil der Schule.

Nur Kemal war dort; Teoman war in den Granatapfelgarten von Oma Hattuç gegangen, um im dunklen Schatten des Nussbaums in der Hängematte zu schlafen. Esra setzte sich an den Computer und fing an zu arbeiten. Sie machte eine Auflistung der ausgegrabenen

Tongefäße, Tonscherben, der unzähligen Stempel, zweier Statuetten aus Kupfer und einer aus Silber, die assyrische Merkmale aufwiesen, eines aramäisch bearbeiteten Halsbandes, einer Vase und der Tafeln.

In der kleinen Kammer der Bibliothek unterhalb des Schlosses hatten sie bisher vierundzwanzig Tafeln gefunden. Zehn davon waren Teile eines Textes über den Gilgamesch-Epos, vierzehn waren von Patasana geschrieben. Im Gegensatz zu den Tafeln über den Gilgamesch-Epos waren die von Patasana nicht ernsthaft beschädigt. Als das Schloss einstürzte, war die Kammer, in der der Hofschreiber seine Gedanken aufbewahrt hatte, unter einem Haufen von Steinen und Schutt begraben worden. Aber weil die Tafeln gebrannt worden waren, hatten sie sich als widerstandsfähig erwiesen und waren nicht beim ersten Kontakt mit dem Tageslicht zerbröckelt, wie es die Archäologen schon unzählige Male erlebt hatten. Trotzdem hatten sie sofort Kopien auf Papier gezogen und detaillierte Fotos gemacht. Die dritte, vierte und siebte Tafel wiesen Risse auf, waren aber nicht auseinandergefallen.

Während Esra all diese Informationen eintrug, spitzte sie die Ohren. Aber ihr Mobiltelefon wollte und wollte nicht klingeln. Dauerte ein Verhör denn so lange? Vielleicht war es schon längst zu Ende, aber der Hauptmann hatte es nicht für nötig befunden, sie zu benachrichtigen. Ich könnte ihn anrufen, überlegte sie, entschied sich aber dagegen; vielleicht dauerte das Verhör ja noch an. Sie musste ihn in Ruhe lassen, er würde sich schon melden. Würde er? … Ob sie dem Hauptmann gefiel? Ein paar Mal hatte sie seinen begehrenden Blick erhascht, der über ihr Gesicht wanderte. Nur, es war sehr schwer, diese verstohlenen Blicke richtig zu deuten. Sie waren wohl Zeichen eines dürstenden Mannes, der lange Zeit ohne Frau geblieben war. Aber Esra wünschte sich mehr als das. Seit der Trennung von Orhan hatte sie keine feste Beziehung mehr gehabt. Eine Zeit lang war sie mit Haluk von der Prähistorischen Abteilung der Uni ausgegangen. Er war ein ansehnlicher Mann, aber so geschwätzig, dass sie es mit ihm nur einen Monat ausgehalten hatte. Und was fand sie wohl an dem Hauptmann? Das wusste sie selber nicht. Das Einzige, was sie mit ihm gemeinsam hatte, war, dass sie beide aus Istanbul stammten. Ihre

Erziehung, ihre Lebensauffassungen waren derart unterschiedlich … Sie erinnerte sich an das Gespräch im Garten der Wache. Zu dumm, dass er hinter jedem Ereignis die Organisation vermutete. Es ärgerte sie auch, dass er für Momente offen wirkte und ihre Nähe suchte, sich dann aber wieder zurückzog.

»Er weiß nicht, was er will«, murmelte sie.

»Wie bitte?«, fragte Kemal, der am Fenster herumstand und mindestens so beunruhigt war wie Esra. »Hast du was gesagt?«

»Nein, nicht zu dir. Ich sprach mit mir selbst.« Um das Thema zu wechseln, fragte sie: »Sie sind immer noch nicht da, oder?«

»Nein«, brummte Kemal bedrückt. »So wies aussieht, werden sie bis zum Abend auch nicht zurück sein.«

Als Timothy und Elif nicht zum Essen erschienen waren, hatte sich Kemal auf nichts mehr konzentrieren können. Zuerst hatte er versucht, an den Zeichnungen weiterzuarbeiten, als das nicht geklappt hatte, eine Weile Tetris am Computer gespielt. Dann war er ziellos im Zimmer auf und ab gewandert, bis es ihm lästig wurde, und wieder zu seinem Tetris zurückgekehrt. Schließlich hatte er sich vor dem Fenster aufgebaut und angefangen, auf die geliebte Frau zu warten. Seit mindestens einer Stunde stand er dort.

»Wenn du magst, können wir eine Weile spazieren gehen«, sagte Esra freundlich. »Die Sonne glüht nicht mehr so heftig.«

Kemal seufzte: »Wir wollten an den Euphrat, schwimmen gehen. Wenn sie zurückkommt und mich nicht findet …«

»Gut, aber sie hat sich verspätet.«

Der junge Mann neigte den Kopf verzweifelt zur Seite. »Stimmt«, sagte er, »aber ich muss auf sie warten.«

Es nervte Esra, dass Kemal sich zu nichts aufraffen konnte. »Wie du meinst«, sagte sie, während sie den Computer ausschaltete. »Mir ist langweilig, ich werde ein bisschen an die frische Luft gehen.«

Auf dem Flur vernahm sie Musik. Es war ein Violoncello mit einer tiefen Klage, und im Hintergrund, kaum merklich, ein Klavier. Die Töne kamen aus Bernds Zimmer. Die Tür war zu; sie verlangsamte ihren Schritt, als sie vorbeiging. Es war eine gefühlvolle Musik, sie konnte sich an die Melodie erinnern, fand aber nicht heraus, wer sie komponiert hatte. Sie stellte sich Bernd vor, wie er den Brief an seine Frau zur Begleitung dieser Musik sehnsuchtsvoll, mit einem süßen Schmerz im Herzen, noch mal las. War es ihr nicht auch so gegangen, wenn sie zu Ausgrabungen fuhr, während sie noch mit Orhan verheiratet war? Die Verlassenheit der antiken Städte seit Tausenden von Jahren erfasste auch sie und erfüllte sie mit einer eigenartigen Melancholie, vor allem in der Freizeit, wenn die Arbeit beendet war, und ganz besonders in den Nächten, wenn die Sterne wie Feuersteine am Himmel funkelten. Dieser Feuersteinvergleich stammte übrigens von Halaf. Wieso musste sie ausgerechnet jetzt an all das denken? Es fehlte gerade noch, dass sie sich von ihren Gefühlen mitreißen ließ, als hätten sie nicht genug Probleme am Hals. »Reiß dich zusammen, Esra«, tadelte sie sich und verließ das Schulgebäude.

Als sie bei der Laube ankam, sah sie Halaf mit einem Gartenschlauch in der Hand; er befeuchtete die vor Hitze rissig gewordene Erde und goss die roten Geranien und violetten Wunderblumen, die gleich aufblühen würden. Sie atmete tief den herben Duft der Geranien ein und sagte: »Kolay gelsin, es möge dir leicht von der Hand gehen!«

»Danke. Ich dachte, ich sorge mal für ein bisschen Kühle.«

»Das hast du gut gedacht, es riecht wunderbar hier. Wie siehts bei der Grabung aus?«

»Wie immer«, antwortete er und zögerte. »Aber wie Selo Dayi ausgesehen hat, das hat mir gar nicht gefallen.«

»Warum? Ist er krank?«

»Nein, er ist nicht krank, aber … Ich weiß nicht, der Mann, der mir sonst immer direkt in die Augen schaut, guckte jetzt auf meine Füße.«

»Willst du damit etwas andeuten?« Sie sah den Koch eindringlich an.

»Nein, nichts, aber auf diesen Selo Dayi muss man aufpassen. Bevor man die Grenze vermint hat, machte er zusammen mit seinem Bruder Schmuggelgeschäfte. Diese Leute sind an leichtes Geld gewöhnt.«

»Was heißt das, sie sind an leichtes Geld gewöhnt?«, entgegnete Esra streng. »Sprich offen! Sag, wenn du etwas weißt!«

»Nein«, sagte Halaf, »oben ist Allah, der alles weiß, Verrat oder Diebstahl habe ich bei Selo Dayi nicht gesehen; nur, ich weiß nicht, heute war er etwas seltsam. Er hat bis jetzt nie nach euch gefragt, heute aber schon. Und als ich ihm sagte, der Hauptmann ist heute Morgen zur Schule gekommen, da ist er so weiß geworden wie Kalk.«

»Ach, was ist denn schon dabei? Es kann doch sein, dass der Mann wissen wollte, wie es uns geht, oder? Und wirst du nicht auch kreidebleich, wenn vom Hauptmann die Rede ist? Ich vertraue Selo. Haci Settar hat ihn uns vermittelt. Bis jetzt hat er tadellos gearbeitet. Er ist ein ehrlicher Mann.«

»Wahrscheinlich ist es so, wie Sie sagen. Aber wie heißt es doch: Du kannst den Knoblauch zu einer wohlduftenden Braut machen, vierzig Tage wird er weiterstinken.«

»Mach dir keine Sorgen, von Selo haben wir nichts Böses zu erwarten. Lass jetzt diese Haarspalterei und sag mir lieber, was es heute Abend zu essen gibt.«

»Ich bereite die Sapit vor, die Timothy mitgebracht hat. Kemal Bey sagt, kein Tomatenmark und keinen Knoblauch, aber anders schmecken diese Fische nicht. Er verwechselt sie mit Meeresfischen.«

Esra war schon öfter Zeugin solcher Diskussionen gewesen und hatte genug von der ewigen Unzufriedenheit Kemals. Anfänglich hatte es auch sie befremdet, dass Halaf Tomatensoße benutzte, aber als sie die Fische gegessen und gemerkt hatte, wie gut sie schmeckten, hatte sie ihm recht gegeben. Kemal aber insistierte immer noch: »Mach den Fisch ohne Soße!«

»Mach unsere Fische mit Soße und leg seine beiseite! Er soll sie so zubereiten, wie er will.«

Zufrieden mit dieser Lösung, machte sich Halaf auf den Weg in die Küche. Im Radio, das an einem Ast der Weinlaube hing, fingen gerade die Nachrichten an. Der Sprecher verkündete, in Van würden die Kämpfe andauern, fünf Mitglieder der Sicherheitskräfte seien gefallen, zweiunddreißig Terroristen getötet worden, und die Operation würde ohne Unterbrechung fortgeführt. Esra hatte sich schon an derlei Meldungen gewöhnt. Trotzdem konnte sie nicht umhin, für sich »Schade, sehr schade!« zu sagen, bevor sie weiterging.

Die Sonne verlor mehr und mehr an Kraft; in ein paar Stunden würde der kühle Abend sie erfrischen. Das waren Esras Lieblingsstunden. Sie kniff die Augen zusammen, da sie ihre Sonnenbrille vergessen hatte, und sah zum Horizont. Das Licht verwandelte sich von Goldgelb in eine Honigfarbe und erlosch nach und nach.

Um zum Fluss zu gelangen, musste sie am Granatapfelgarten vorbeigehen und dem Pfad folgen, der bis zum Wasser führte und von trockenen Gräsern und Dorngewächsen mit lila Blumen gesäumt war. Sie warf einen Blick in den Garten, um vielleicht Teoman zu sehen, der in der Hängematte schlief.

Zwischen den blühenden Granatapfelbäumen fielen ihr vereinzelt Aprikosen- und Pflaumenbäume auf. Die Aprikosen waren noch nicht reif, aber die Pflaumen hatten die Äste lückenlos besetzt und fielen schon auf die Erde. Anstelle von Teoman begegnete sie der Besitzerin des Gartens. Großmutter Hattuç Nine mit ihrem runzligen Gesicht war die bezauberndste Greisin der Welt. Sie dachte, Esra würde nach ihr suchen, und sagte in ihrer gastfreundlichen Art: »Bitte schön, mein Mädchen, brauchst du etwas?«

»Danke, Nine. Ich wollte ein bisschen spazieren gehen. Da habe ich gedacht, ich gucke mal, ob unser Teoman schon wach ist.«

Die alte Frau war von den Archäologen etwas befremdet gewesen, als sie noch Neuankömmlinge waren. Sie hatte befürchtet, diese Leute könnten über ihren Garten herfallen oder auch ihr selbst etwas antun, und hielt zu ihnen Distanz. Aber als nichts dergleichen geschah, hatte sie ihre Vorsicht aufgegeben. Vor allem Teoman, der sie jedes Mal nach ihrem Befinden fragte, wenn er am Garten vorbeiging, hatte mit seinen netten Worten und seiner Liebenswürdigkeit ihr Herz erobert, und so war sie innerhalb kurzer Zeit eine Freundin der Gruppe geworden. Immer, wenn sie jemanden von der Ausgrabung erblickte, kam sie näher und begann, über ihren Sohn in Antep oder seine verrückte Braut im Dorf zu klagen.

»Sohn Teoman ist im unteren Teil des Gartens«, sagte sie mit einem Lächeln, das ihrem zahnlosen Mund sehr gut stand. »Ich habe ihn unter einen Aprikosenbaum geschickt. Es ist nicht gut, im Walnussschatten zu schlafen. Das macht krank.«

»Wenn er so viel schläft, wird er eh krank werden«, lästerte Esra liebevoll.

»Macht nichts, macht nichts. Ich lass ihn noch etwas schlafen, dann wecke ich ihn. Komm, erhole dich ein bisschen, ich mache uns einen Tee.«

»Danke schön. Ein andermal, jetzt warten die Kollegen.«

»Wie du möchtest«, sagte Hattuç Nine. »Streck mal die Hand aus!« Sie nahm ein paar Hände voll Pflaumen, die sie in ihrem Rock gesammelt hatte, und reichte sie Esra.

»Das ist aber zu viel«, sagte Esra erfreut.

»Nimm, Mädchen, nimm, was machst du dir Sorgen, hast du etwa keine Zähne im Mund wie ich? In eurem Alter habe ich die Tag und Nacht gegessen.«

Esra legte die Pflaumen in ihr Hemd. So, mit den Pflaumen im Gepäck, konnte sie jetzt nicht mehr zum Fluss herunter. Sie hatte sich gerade von Hattuç Nine verabschiedet und den Weg zur Schule eingeschlagen, da hörte sie das Geräusch eines Motors. Freude regte sich in ihrem Herzen. Konnte das der Hauptmann sein? Sie zog sich an den Wegesrand zurück und wartete gespannt. Das Geräusch nahm zu, dann erschien hinter dem kleinen Hügel der alte Landrover. Murat saß am Steuer, Timothy und Elif auf dem Rücksitz. Das Mädchen war gerade dabei, dem Amerikaner fröhlich irgendetwas zu erzählen. Sie schien so glücklich, dass Esra nicht umhinkonnte, sich zu fragen: Hat Kemal vielleicht recht? Hat sich Elif in ihn verliebt?

Auch die Insassen des Jeeps hatten sie jetzt gesehen. Sie hielten neben ihr an.

»Wo bleibt ihr denn?«, fragte Esra. Ihr Blick war auf Murat geheftet und ihre Stimme lauter gewesen als nötig.

Murat erschrak. »Wir waren mit Timothy zusammen«, stotterte er.

Ohne Esras Verstimmung zu bemerken, fiel Elif aufgeregt ein:

»Die Menschen in den Dörfern sind wahnsinnig interessant. Sie lieben Gäste.«

Ihre Stimme war voller Freude, klar, beschwingt, wie die eines Kindes, das sich seiner Verantwortung nicht bewusst ist.

»Du wolltest mit Kemal schwimmen gehen, oder?«, fragte Esra.

Auf Elifs Gesicht erschien ein gelangweilter Ausdruck. »Ich hatte überhaupt keine Lust dazu.«

Esra fand Elif launisch. Doch im selben Augenblick fragte sie sich: »Was geht mich das an?« Sie konnte es aber nicht lassen zu bemerken: »Das hättest du vielleicht besser heute Morgen beim Wegfahren sagen sollen. Der Junge hat sich die ganze Zeit Sorgen gemacht.«

»Warum macht er sich Sorgen? Wir waren im Fotogeschäft in der Kleinstadt.«

»Was? Ihr seid in der Kleinstadt gewesen?«

»Ja«, sagte Elif und konnte die Reaktion ihrer Kollegin überhaupt nicht verstehen. »Was ist denn dabei?«

»Es ist alles ziemlich aufgewühlt. Das hättet ihr nicht machen sollen.«

»In der Kleinstadt war es sehr ruhig«, hielt Timothy dagegen. Er hatte sich nach vorne gebeugt, um Esras Gesicht sehen zu können. »Die Menschen, mit denen wir sprachen, haben uns sehr freundlich behandelt.«

»Niemand sieht uns wie Menschen an, die Unglück bringen«, fügte Elif hinzu. »Bernd hat wahrscheinlich recht, wir übertreiben diese Sache ein wenig.«

»Wir übertreiben nicht«, erwiderte Esra verärgert. »Ein Mensch ist gestorben. Ich bekomme jeden Tag Drohungen am Telefon … Und nicht ich sage, dass wir nicht in die Kleinstadt fahren sollen, der Hauptmann sagt es.«

»Eşref Bey?«, fragte Timothy. »Wir haben auch ihn gesehen.«

»Ihr habt ihn gesehen?«

»Ja. Als wir auf dem Rückweg an der Gendarmeriewache vorbeigefahren sind, hat er uns angehalten.«

»Hat er was über Sehmuz gesagt? Hat er gestanden?«

»Ich weiß nicht. Er hat nicht über Sehmuz gesprochen, aber er hat gesagt, er wird uns heute Abend besuchen.«

»Wir haben ihn zum Essen eingeladen«, sagte Elif.

»Heute Abend?«

Elif klimperte unschuldig mit ihren grünen Augen. »Ja. Als er erfahren hat, dass es Sapit gibt, ließ er sich nicht zweimal bitten.«

Esra war verblüfft. Eine Weile stand sie unschlüssig neben dem Wagen.

»Na dann, spring mal rein und lass uns weiterfahren«, sagte Murat.

»Fahrt ihr weiter, ich laufe. Es sind ja nur ein paar Schritte.«

Murat widersprach nicht und setzte den Jeep in Bewegung. Über dem unbefestigten Weg erhob sich eine feine Staubwolke. Esra wich zurück, um sich vor dem Staub zu schützen. Eşref hatte also deswegen nicht angerufen, weil er sowieso kommen wollte. Sollte sie daraus folgern, dass der Mörder gefasst und das Problem gelöst war, oder dass das Verhör kein Ergebnis gebracht hatte? Wie dem auch sei, in wenigen Stunden würde sie es erfahren.

Sechste Tafel

Wie kann ein Kind, zwischen Großvater und Vater hin- und hergerissen, die Wahrheit begreifen; was bleibt ihm anderes, als verloren wie ein armer Untertan zwischen zwei verfeindeten Göttern mal dem einen, mal dem anderen zuzuhören?

Hatte mein Großvater Mitannuva einmal angefangen, von der Feindschaft zwischen ihm und meinem Vater zu erzählen, verlor er sich selbst und sprach wie ein Wasserfall. »Wo hat man so etwas je gesehen?«, donnerte er. »Der Mensch, dem du Leben gegeben hast, der dein Blut trägt, der dein Geschlecht fortführen wird, verrät dich!«

Nach der Darstellung Mitannuvas war mein Vater von einem solch ungezügelten Ehrgeiz, dass er sich nicht einmal scheute, den jungen König Astarus zu benutzen, um Erster Schreiber zu werden.

Mitannuva hatte nach dem Tod seiner Frau Tunnavi lange Jahre niemanden geheiratet, doch als die Tage des Alters sich ankündigten, gab ihm die Göttin Kupaba die Gelegenheit, sich noch einmal zu verlieben. Mein Großvater, dessen Haare ergrauten, dessen Rücken sich beugte, der außer Atem geriet, wenn er die Treppen des Hofes erklomm, verlor sein Herz an seine Sklavin Maschtigga mit den gelockten Haaren und großen Augen, flink wie eine Stute und von deren Schönheit.

Hätte mein Großvater es sich gewünscht, sie hätte ihm jede Nacht sein Bett gewärmt. Das entsprach aber nicht seinem erhabenen Charakter. Er äußerte den Wunsch, Maschtigga zu heiraten. Nach den hethitischen Gesetzen sprach nichts dagegen, dass ein freier Mensch einen Sklaven heiratete. Nun sah es aber anders aus, weil es sich um den Ersten Hofschreiber handelte. Viele Adlige in der Versammlung rügten meinen Großvater ob seines Begehrs. Unseren mächtigen König Kamanas, der damals noch am Leben war, nahm mein Großvater hinter sich wie ein Schneegebirge und raubte seinen Gegnern die Macht. Dem Wunsch des Sturmgottes Teschup konnte er sich aber nicht widersetzen. Nach der Vermählung meines Großvaters stürzte Kamanas von seinem Pferd und starb.

Der Darstellung meines Großvaters nach hatte mein Vater damals die Gelegenheit genutzt, ihn mit einem heimlichen Staatsstreich abzusetzen und sich selbst in sein Amt wählen zu lassen. Als meinem Großvater der Beschluss verkündet wurde, äußerte er nicht den geringsten Widerspruch, war allen gram und zog sich in sein Haus zurück. Ich war der Einzige in der Familie, zu dem er Kontakt pflegte. Er mied die Begegnung mit meiner Mutter, von meinem Vater wollte er nicht einmal den Namen hören. Sein einziger Trost war seine junge Frau Maschtigga. Er war zwar seines Amtes als Schreiber enthoben worden, das er viele Jahre lang mit großem Ansehen ausgeübt, doch wen kümmerte es; er hatte die Liebe, die er nach all den Jahren wiedergefunden hatte, die neue Geliebte seines Herzens Maschtigga. Jeden Tag schrieb er seiner jungen Frau ein Gedicht. Maschtiggas gelockte Haare, die an eine rebellische Kletterrose erinnern, Maschtiggas traubenschwarze Augen, Maschtiggas rote Wangen, Maschtiggas Körper, groß und schlank wie eine Zypresse … Maschtigga, Maschtigga … Einzig und allein Maschtigga.

Etwa ein Jahr lang lebte er mit seiner ehemaligen Sklavin und neuen Frau zurückgezogen in seinem Haus. Aber dann geschah ein Unglück, mit dem niemand gerechnet hatte. Seine schöne Frau Maschtigga, für die er seinen Beruf verloren, für die er Tafeln mit Gedichten vollgeschrieben, floh mit einem jungen aramäischen Dichter, der zu Gast bei meinem Großvater war. Meinen Großvater packte die blinde Wut wie einen verwundeten Löwen. Er jagte alle Frauen aus seinem Haus und warf alle Gedichte, die er für Maschtigga geschrieben, zusammen mit ihren Sachen in den Euphrat. Tagelang begab er sich nicht unter Menschen. Er erlaubte niemandem, ihn zu besuchen. Sogar mich wies er ab.

Nach vielen Tagen ging er, wieder zur Ruhe gekommen, aus dem Haus. Aber er schien seinen Elan, seine Freude, seine Wut verloren zu haben. Er sah uns mit leblosen Augen an, wie der Euphrat, der im Spätsommer ermattet.

Sein enger Freund, der Oberpriester Valvaziti, empfahl ihm, sich in den »reinen Schlaf« zu legen. Vielleicht hatten ihm die Götter etwas zu sagen. Mein Großvater fügte sich dem Rat von Oberpriester Valvaziti. Wie man sich auf eine Zeremonie vorbereitet, bereitete er sich auf den reinen Schlaf vor und legte sich in sein Bett. Und in der Tat zeigte sich ihm der Sturmgott Teschup im Traum. Mit seinem zweigehörnten spitzen Hut auf dem Kopf, mit der Lanze in der rechten Hand, dem Schwert an der Hüfte und dem Dreizackblitz in der linken erschien Teschup plötzlich aus dem Dunkeln und sagte meinem Großvater, er solle sich lieber um seinen jungen Enkel kümmern, als mit der Sehnsucht nach einer undankbaren Frau seine Tage zu vergiften.

Der reine Schlaf hatte meinen Großvater verändert. Er rief mich zu sich und sprach: »Von nun an werde ich mich um dich kümmern. Ich übernehme deine Erziehung.« Mein Vater reagierte vorsichtig auf diese Neuigkeit. Er vertraute Mitannuva ganz und gar nicht und war besorgt, mein Großvater könne mir etwas Böses antun. Ich war nicht seiner Meinung. Mochte mein Großvater noch so launenhaft sein, er würde nicht einmal seinem Feind Leid zufügen, und erst recht nicht seinem Enkel. Er hatte ohnehin ein weiteres Mal gezeigt, wie großherzig er war, als er seiner Frau Maschtigga und ihrem Liebhaber, die ein paar Monate nach ihrer Flucht gefasst worden waren, verziehen hatte. Als meine Mutter dem Vorschlag meines Großvaters zustimmte, fingen wir mit dem Unterricht an.

Nun verbrachte ich meine Zeit vom Anbruch des Tages bis Sonnenuntergang bei meinem Großvater. Er führte mich zu Geistlichen, Dichtern und Steinmetzen. Er ließ mich an ihren Gesprächen teilnehmen. Ich zeigte ihm meine Vierzeiler. Er war sehr erfreut, als er erfuhr, dass ich Gedichte schrieb. Von da an arbeiteten wir auch an meinen Gedichten. Es war sehr erbaulich, mit meinem Großvater zu sein; wenn er es nur gelassen hätte, böse Worte über meinen Vater zu sagen. Aber er ließ nicht davon ab; bis zu jenem Tag, als er sich sicher war, dass er mich gut erzogen hatte, und diese Stadt am Fluss verließ, ohne jemanden über sein Vorhaben in Kenntnis zu setzen, fluchte er unentwegt über meinen Vater.

Eines Morgens standen die Türen seines zweistöckigen Hauses offen. Das Haus war menschenleer. In dem geräumigen Zimmer, wo wir unseren Unterricht abhielten, hatte er mir eine Tafel hinterlassen. Er hatte geschrieben: »Lieber Sohn Patasana, meine Zeit ist gekommen. Ich spüre, die Götter werden mich bald zu sich rufen. Ohnehin sind mir diese Stadt, diese Menschen leid geworden. Und wo du ja nun erwachsen bist, bleibt mir nichts mehr zu tun. Ich möchte nicht hier sterben. Ich möchte nicht, dass mir auf meinem Begräbnis eine große Ansammlung von Heuchlern, die mich nicht leiden können, gelogene Tränen nachweinen und lobende Worte über mich sprechen. Mein Herz kann sich nicht damit abfinden, dass unzählige Niederträchtige mit ihrer unaufrichtigen Trauer meinen Tod beschmutzen.

Du bist ein feinfühliger junger Mann und hast eine gute Bildung genossen. Das Einzige, was du tun musst, ist, deinen Vater zu beobachten und nicht so zu werden wie er. Glaub mir, mein Sohn, um glücklich zu sein, wird dir genügen, es deinem Vater nicht gleichzutun. Das ist leichter, als die Keilschrift zu erlernen. Aber ich weiß nicht, ob es dir gelingen wird. Denn manchmal dünkt mich, ich würde in deinen Augen den gleichen stumpfen Ausdruck sehen wie in seinem Blick. Ich hoffe, die Götter täuschen mich. Ich hoffe, es verhält sich nicht so, wie ich vermute. Ich hoffe, du bist klug genug, dein Leben nicht für die sinnlosen Interessen der Könige zu vergeuden. Ich hoffe, du findest Beschäftigungen, die deinen Tagen Sinn verleihen. Lebe wohl, mein lieber Sohn! Der Sturmgott Teschup, seine Frau, die Sonnengöttin Hepat, ihr Sohn, der Gott Scharruma, und die Göttin Kupaba mögen dich mit Güte und Anmut segnen. Sie mögen dir ein glückliches und langes Leben schenken.«

Als ich die Tafel zu Ende gelesen hatte, blieb ich wie angewurzelt stehen und wusste weder ein noch aus. Mein Großvater pflegte uns immer wieder mit Unverhofftem zu überraschen, aber das war zu viel. Er war alt; was hatte es für einen Sinn, sich in ein aberwitziges

Abenteuer zu stürzen, anstatt seine letzten Tage als geachteter Mann gemütlich zu verbringen? Ich nahm die Tafel an mich und ging aus dem Haus. Auf dem Marktplatz begegneten mir die Sklaven meines Großvaters. Sie berichteten, ihr Herr habe ihnen die Freiheit gegeben und die Stadt verlassen. Ich eilte zum Hofe und machte meinem Vater meine Aufwartung. Ich erzählte ihm, was vorgefallen war. Er nahm es nicht wichtig. »Mach dir nichts daraus, er kommt schon wieder zurück«, sagte er. Götter sind meine Zeugen, so dachte ich auch. Aber mein Großvater ist nie zurückgekehrt.

7

Die Archäologen versammelten sich wie jeden Abend zum Essen um den langen Holztisch unter der Weinlaube. Der Hauptmann war immer noch nicht da, obwohl er versprochen hatte zu kommen. Halaf hatte als Beilage zum Fisch Gemüsereis gekocht, einen großen Salat angerichtet und den Tisch, den eine gelbe Glühbirne beleuchtete, für acht Personen gedeckt. Er wartete auf das Eintreffen des Gastes, um die Fische zuzubereiten.

»Lasst uns doch essen«, schlug Esra schließlich vor. »Wie es scheint, ist etwas Dringendes dazwischengekommen.«

»Man kann doch wenigstens anrufen!«, ereiferte sich Kemal. »So viele Leute warten nur auf ihn.«

»Ich glaube, es war ein anstrengender Tag für den Hauptmann«, verteidigte ihn Timothy. »Als wir ihm begegnet sind, musste er schon wieder irgendwohin.«

Kemals Ärger wollte sich nicht legen. »Was auch immer, er könnte wenigstens kurz anrufen.«

Aus dem Augenwinkel warf er einen Blick auf Elif und fügte in einem vielsagenden Ton hinzu: »Obwohl, er ist nicht der Einzige. Die Menschen warten zu lassen, wird auch unter uns zur Gewohnheit!«

Ein eisiger Wind wehte über den Tisch. Als die Gruppe zurück war, hatte Kemal versucht, Elif zur Seite zu nehmen und zu tadeln, doch sie wies ihn zurück mit den Worten: »Ich kann machen, was ich will, du kannst mir nichts vorschreiben.«

Kemal wollte wohl die Diskussion wieder aufnehmen. Elif bemerkte das und überhörte die Worte ihres Freundes. Unter dem Vorwand, Halaf helfen zu wollen, ging sie in die Küche.

»Heute haben wir eine alte Frau besucht, sie wird Nadide die Giaurin genannt«, sagte Murat in der Hoffnung, die dicke Luft am Tisch zu vertreiben.

»Nadide die Giaurin?«, fragte Teoman interessiert. »Wieso Giaurin?«

»Die Frau ist Christin und Muslimin zugleich. Sie glaubt sowohl an Christus als auch an Mohammed. In einer Hand die Bibel, in der anderen den Koran.«

»Gibt es denn eine solche Konfession hier?«

»Nadide war eigentlich Christin«, erklärte Timothy. »Ihre Eltern gehörten der gregorianischen Kirche an.«

»Dann muss diese Frau Armenierin sein«, meinte Bernd. »Meine Frau ist auch gregorianisch.«

Timothy nickte. »Das stimmt, sie ist Armenierin. Als die Armenier nach dem Krieg in großer Eile geflohen sind, haben sie ihre kleine Tochter bei ihren Nachbarn gelassen.«

»Ach du Schreck, jetzt wird Bernd mit einer langen Belehrung kommen«, ging es Esra durch den Kopf.

»Haben in dieser Region denn Armenier gelebt?«, fragte Teoman, der die riesigen Ellbogen auf den Tisch gestützt hatte.

»Bruder Teoman, also wirklich!«, warf Murat ein. »Hast du die Moschee in der Kleinstadt nicht gesehen?«

»Habe ich, na und?«

»Was na und, das war früher eine Kirche.«

»Woher soll ich wissen, dass es eine Kirche war?«

»Wenn du auf die Architektur geachtet hättest, wüsstest du es«, sagte Bernd. »Die Bögen, die Kuppel, die Balken, haben sie irgendeine Ähnlichkeit mit den Moscheen hier?«

»Haben also unsere Leute das Minarett, von dem Haci Settar heruntergestoßen wurde, später hinzugebaut?«

»Ja. Die Türken haben sich das zur Gewohnheit gemacht. Auch in Gaziantep gibt es eine große Kirche, die später in eine Moschee umgewandelt wurde. Diese Kirche, deren Zeichnungen 1876 ein berühmter Architekt Istanbuls, Sarkis Balyan, angefertigt hat, wurde von der türkischen Regierung lange Zeit als Gefängnis genutzt und vor ein paar

Jahren geräumt, ein Minarett wurde hinzugebaut, und sie wurde als Moschee für den Gottesdienst eröffnet.«

Esra wartete auf eine Gelegenheit, das Thema zu wechseln, doch Murat fragte: »Im alten Mesopotamien gab es keine Religionskriege, nicht wahr?«

»Die Zwangsumsiedlung der Armenier hatte mit der Religion nichts zu tun«, antwortete Bernd. »Die Führer der Partei für Einheit und Fortschritt haben die Armenier vertrieben, um Anatolien zu türkischem Boden zu machen.«

»Sie haben interessante Ansichten«, sagte Timothy. Er schaute Bernd direkt in die Augen. »Woher speist sich Ihr Interesse für dieses Thema?«

»Ich schreibe an einer Arbeit mit dem Titel: Zerstörung durch Zivilisation. Natürlich muss ich da die großen Massaker untersuchen.«

»Kein Massaker in der Welt war so durchorganisiert und von so großem Ausmaß wie das von Hitler«, sagte Teoman ohne das kleinste Zeichen einer Anschuldigung.

»Man darf auch die Atombomben der Amerikaner in Hiroshima und Nagasaki nicht vergessen«, fügte Kemal hinzu, der seit Beginn des Gesprächs wütend auf Timothy war. »Die Vernichtung Hunderttausender unschuldiger Menschen ist nicht weniger schlimm als Hitlers Grausamkeiten.«

»Meiner Meinung nach muss man jedes Massaker für sich untersuchen«, meinte Esra auf der Suche nach einem Konsens. »Ein schlimmeres Massaker darf die anderen nicht vergessen lassen.«

»Ich habe nichts dagegen einzuwenden«, sagte Timothy. Er wandte sich an Murat und lenkte das Gespräch auf Mesopotamien.

»Vorhin hast du eine gute Frage gestellt. Als es noch Polytheismus gab, also als unsere Hethiter noch nicht von der Bildfläche verschwunden waren, wurden wegen der Religion keine Kriege geführt. Mehr noch, ein Volksstamm, der ein Land eroberte, trug auch dessen Götterstatuen in seine eigenen Tempel und meinte, dadurch mehr und mächtigere Götter zu haben. Glaubenskonflikte tauchten erst nach dem Auftreten der monotheistischen Religionen auf.«

»Was ist mit Nadide der Giaurin passiert?«, fragte Teoman. »Du warst gerade dabei, von ihr zu erzählen.«

»Ja, Nadide die Giaurin«, erinnerte sich Timothy und lachte. »Die Frau trägt eigentlich den Namen Nadya. Damals war sie zehn Jahre alt. Nadya wurde von den Nachbarn großgezogen. Und ihren Namen haben sie in Nadide umgeändert. Nadide wurde wie eine Muslimin erzogen. Aber was man ihr als kleines Kind beibrachte, hat sie nicht vergessen. Während sie einerseits den Islam gelernt hat, betete sie auch insgeheim Jesus an. Dann vergehen Jahre, sie heiratet, bekommt Kinder. Eines Tages findet die Schwiegertochter ein Kreuz neben dem Koran, den Nadide immer am Kopfende ihres Bettes zu liegen hat. Diese Schwiegertochter erzählt es im ganzen Dorf weiter. So wurde das Geheimnis von Nadide, das sie über viele Jahre hüten konnte, preisgegeben, und seitdem ruft man sie Nadide die Giaurin.«

»Man beleidigt sie also«, folgerte Bernd vorwurfsvoll.

»Ich glaube nicht, dass man sie beleidigt«, erwiderte Timothy und gewann Esras Anerkennung. »Nehmen Sie es nicht so ernst, dass man sie Giaurin nennt, die Bauern haben sie so akzeptiert, wie sie ist. Abgesehen von ein paar Hitzköpfen, hat sich auch niemand in ihre Religion eingemischt. Und sie glaubt mit großer Aufrichtigkeit sowohl an Jesus als auch an Mohammed. Sie sagte uns: Sind sie nicht beide Propheten Gottes? Sind sie nicht beide Beschützer der Gläubigen? Ich glaube an Gott und bete für beide Propheten.«

»Eine sehr liebenswürdige Frau«, sagte Murat begeistert. »Sie hat acht Kinder und vierundzwanzig Enkelkinder. Sie ist mindestens achtzig, färbt ihre Haare immer noch mit Henna und schaut einen mit ihren sanften schwarzen Augen ganz lebendig an.«

»Junge, du hast den falschen Beruf gewählt«, sagte Kemal, den Murats Begeisterung störte. »Du hättest Soziologe werden sollen, dann könntest du den schönen Menschen unseres Landes mehr Zeit widmen.«

»Man muss nicht Soziologe sein. Auch Archäologen haben genug Kontakte mit Menschen.«

Zum ersten Mal seit Beginn der Ausgrabung klang Murats

Stimme so selbstbewusst; er schien Kemal die Stirn bieten zu wollen. Aus dem Augenwinkel sah Esra ihn an. Er hatte die langen gelockten Haare nach hinten geworfen, strich sich über den kräftigen Bart, der dem eines assyrischen Priesters ähnelte, und hielt die Augen auf Kemal gerichtet. Unser Junge beendet wohl seine Jünglingszeit, dachte sie stolz. Er war einer ihrer besten Studenten. Er liebte die Archäologie aus tiefster Seele und war sehr fleißig und intelligent. Das einzige Problem war, dass er sich von Parapsychologie ein wenig verrückt machen ließ. Niemand ist perfekt, hatte Esra gedacht und nichts gegen seine Teilnahme an der Ausgrabung einzuwenden gehabt. Murat hatte seinen Ohren nicht getraut, als er das Angebot seiner Dozentin vernommen hatte, und war den ganzen Tag im Freudentaumel gewesen. Doch später, beim Nachdenken darüber, war seine Sorge zu scheitern immer mehr gewachsen. Die Teilnehmer der Ausgrabung hatte er viel zu wichtig genommen; fast alle wussten mehr als er und waren erfahrener, und zu allem Überfluss würden sie auch noch zwei ausländische Archäologen dabeihaben. Aber diese paar Wochen, die er inzwischen mit ihnen verbracht hatte, hatten diesen intelligenten jungen Mann gelehrt, dass niemand vollkommen war. Er hatte beobachtet, dass alle, selbst die von ihm sehr geschätzte Esra, Fehler hatten, sogar Verhaltensweisen, die ihm dumm vorkamen. Bei der Ausgrabung musste er auf zweierlei aufpassen; erstens, seine Aufgabe bestens zu erledigen, und zweitens, sich an den gemeinsamen Alltag und das kollegiale Arbeiten anzupassen. Die Tage, die er hier verbrachte, hatten ihm gezeigt, dass das Zweite schwerer war. Jeder versuchte, die Aufgabe, die ihm zufiel, tadellos zu bewältigen. Aber wenn es um das Zusammenleben ging, machten sich unterschiedliche Charaktere sofort bemerkbar; von der Auswahl des Essens bis hin zu der Feststellung, wer jetzt in der Schlange vor der Dusche an der Reihe war, entflammten über die einfachsten Angelegenheiten große Diskussionen. Es war unmöglich, die Auseinandersetzung zu vermeiden; wichtig war nur, sie so zu führen, dass niemand den anderen kränkte. Aber trotz allem empfand Murat das Leben bei der Ausgrabung viel schöner, als er es sich vorgestellt hatte, nicht nur schön, sondern faszinierend. Wer diesen Boden berührte, der den eigenartigen Geruch, die verblichenen, aber nicht vergänglichen Farben, die zittrigen und tiefen Furchen einer Tausende Jahre alten Vergangenheit aufgesaugt hatte, wer seinen Staub einatmete, wurde mit dem Herzen, mit dem Geist, mit seinem ganzen Körper unweigerlich von einer tiefen Neugier erfasst. Man konnte sich von ihr nicht mehr befreien, selbst wenn man es versuchte, und jagte sein Leben lang, gleich einem Detektiv, winzigen Spuren und deformierten Beweisen hinterher, von einer Ausgrabung zur nächsten, um die Wahrheit zu entdecken, die hinter Jahrhunderten verborgen lag.

Nach Murats Antwort hatte Kemal ihn böse angeschaut, aber nichts erwidert.

Die tiefe Stimme Timothys brach das bedrückte Schweigen: »Gibt es nichts mit Alkohol zum Fisch?«

»Es ist besser, wenn wir heute Abend nicht trinken«, sagte Esra mit einem Gesichtsausdruck, der die Bitte um Verständnis verriet. »Morgen ist ein Arbeitstag. Bei der Ausgrabung möchte ich keine verkaterten Männer sehen.«

»Ein einziges Glas schadet doch nichts«, unterstützte Teoman Timothys Wunsch.

»Ich kenne dein einziges Glas«, entgegnete Esra und fügte, fast bittend, hinzu: »Es ist wirklich besser, wenn wir heute Abend nicht trinken.«

Zu einer anderen Zeit hätte Teoman alles Erdenkliche versucht, um sie schließlich doch noch zu überzeugen, aber heute sah er, dass Esra keine gute Laune hatte, und wollte eine Diskussion mit ihr, die auch ziemlich unberechenbar sein konnte, nicht riskieren.

»Gut, trinken wir eben ein andermal«, sagte er mit der Standhaftigkeit eines Mannes, der sich seinem Schicksal beugt. »Dann reich mir mal das Brot vor dir, damit ich es schneiden kann.«

Elif kam aus der Küche, aus der es köstlich nach gebratenem Fisch duftete, und ging mit einem Glas Zitronensaft zum Tisch. Teoman fragte sie neckend: »Sag mal, wo bleiben denn die Fischchen?«

»Geduld, Mann!«, sagte sie mit einem Lächeln, das ihre wie Perlen schimmernden Zähne offenbarte. »Wir haben sie eben in die Pfanne gelegt.«

Kemals beißender Blick ließ Elif nicht los. Doch sie beachtete ihn nicht und stellte das Glas auf den Tisch.

Na toll, jetzt haben wir noch ein Problem mehr!, dachte Esra verstimmt. Dieser Blödmann von Kemal stürzt sich jetzt bestimmt in Depressionen. Hoffentlich irrt er sich, hoffentlich interessiert sich das Mädchen nicht für Tim!

Währenddessen hörte man das Geräusch eines Fahrzeugs. Die am Tisch Sitzenden schauten auf den Weg. Ein Paar Scheinwerfer wurden sichtbar.

»Der Jeep des Hauptmanns«, mutmaßte Teoman.

Das Fahrzeug hielt zwanzig Meter vor der Laube am Wegesrand. Zuerst stieg der Hauptmann aus, ihm folgten ein Feldwebel und zwei Soldaten.

»Oha!«, kommentierte Teoman mit gespieltem Zorn. »Gleich zu viert sind sie gekommen! Unser Abendessen ist im Eimer.«

Esra warf ihm einen missbilligenden Blick zu, dann stand sie auf und ging mit ernstem Gesicht und Enttäuschung in den Augen dem Hauptmann entgegen.

»Es tut mir leid, ich bin zu spät«, entschuldigte sich Eşref; in seiner Haltung war jedoch die diebische Freude eines gewitzten Kindes, das einen unerwarteten Erfolg erlangt hatte. Mit der gleichen lausbübischen Fröhlichkeit sprach er weiter: »Aber ich wollte nicht mit leeren Händen kommen. Im Jeep gibt es ein paar Dinge, die Ihnen gehören.«

Esras Gesicht geriet durcheinander; sie hatte nicht verstanden, was er meinte.

»Kommen Sie«, sagte er, nachdem er ihr die Hand geschüttelt hatte, »ich glaube, darunter befinden sich auch Tafeln Ihres Hofschreibers, wie war noch mal sein Name?«

»Patasana?«, murmelte Esra, die sich noch immer keinen Reim auf das Geschehen machen konnte.

»Ja, ja, das, was er geschrieben hat. Oder, ich vermute es jedenfalls. Und einen goldenen Trinkbecher, ein kleines silbernes Reh, eine bronzene Frauenstatue und eine Halskette haben wir auch beschlagnahmt.«

»Wo haben Sie all das gefunden?«, fragte Esra, während sie neben dem Hauptmann herging.

»Im Gartenhaus von Memili dem Einarmigen.«

Mittlerweile hatten sie sich der offenen Tür des Wagens genähert. Eşref zeigte ins Wageninnere. »Schauen Sie, hier sind sie.«

Esra erblickte die vom Hauptmann beschriebenen Gegenstände. Daneben lagen zwei Tafeln, eine davon zerbrochen. Sie griff zur oberen Tafel, die heil geblieben war, und nahm sie im schwachen Licht des Fahrzeugs in Augenschein. Es waren Tontafeln in den Dimensionen 18 zu 27, genau wie die von Patasana, vorne und hinten beschrieben, mit acht Spalten. Auf der Rückseite befand sich ein Kolophon, der eine Zusammenfassung des Inhalts der Tafel enthielt. Als ihr Blick zu dem Stempel unten wanderte, sah sie, dass der Hauptmann recht hatte; es waren Tafeln von Patasana.

»Ich verstehe das nicht! Wann wurden sie gestohlen?«

»Gestern Nacht«, erläuterte der Hauptmann, glücklich darüber, Esra überrascht zu haben. »Ich werde gleich alles erklären. Ich habe sie mitgebracht, damit Sie sie sehen. Aber ich werde sie als Beweismittel wieder mitnehmen müssen.«

»Aber wir müssen die Tafeln transkribieren«, sagte Esra besorgt. »Bei den anderen Fundstücken reicht es aus, wenn wir sie fotografieren, aber bitte erlauben Sie uns, Kopien von den Tafeln anzufertigen.«

»Wie lange dauert dieses Kopieren?«

»Ein Tag reicht.«

»Aber länger sollte es nicht dauern, die Staatsanwaltschaft wird von mir die Beweismittel fordern.«

»In Ordnung«, sagte sie aufatmend. »In einem Tag werde ich Ihnen diese Tafeln eigenhändig übergeben.«

Jetzt waren auch Timothy, Murat und Teoman bei ihnen angekommen. Alle drei schauten neugierig auf die Tafel in Esras Händen.

»Tafeln von Patasana«, sagte sie in besiegtem Ton. »Und vier wichtige Fundstücke, die man geklaut hat, ohne dass wir irgendetwas gemerkt haben.«

Während die Archäologen erstaunt die Fundstücke im Jeep betrachteten, fragte der Hauptmann: »Wohin sollen die Soldaten sie bringen?«

»Nein, nein, wir machen das schon.«

Eşref war nicht klar, ob Esra die Soldaten vor der Mühe schonen wollte oder die Fundstücke vor den Soldaten. Jedenfalls willigte er ein. Ohnehin hatten Murat und Teoman die Tafeln längst an sich genommen. Murat deutete mit dem Kopf auf einen Sack, der im Fahrzeug hing: »Sollen wir den auch mitnehmen?«

»Der gehört nicht Ihnen«, sagte der Hauptmann. »Da ist Haschisch drin.«

»Haschisch?«, fragte Esra erstaunt.

»Ja. Auch das haben wir im Haus von Memili gefunden.«

Zehn Minuten später saßen alle am langen Holztisch und hörten gespannt den Erklärungen des Hauptmanns zu, obwohl Halaf in Sorge über den Zustand der Fische war, da das Essen immer noch in der Küche warten musste, und Teoman vor Hunger schon Magenkrämpfe bekam. Teomans Befürchtungen hatten sich übrigens nicht bestätigt; der Feldwebel und die Soldaten waren nicht zum Essen geblieben.

»Sehmuz sagte im Verhör, er sei nicht geflohen, er habe mit dem Minibus seine tägliche Fahrt gemacht. Und Feldwebel Ihsan, der ihn gefasst hat, sagte: ›Er wirkte nicht so, als ob er fliehen wollte, mein Kommandant.‹ Ich habe Sehmuz nach Haci Settar gefragt. Als er den Namen Haci Settar hörte, wurde sein pockennarbiges Gesicht blutleer. ›Ich habe ihn nicht getötet‹, hat er gesagt.

›Du hast ihn getötet‹, hab ich gesagt, ›es gibt Augenzeugen.‹

›Lüge‹, hat Sehmuz aufgeheult, ›bei Allah, es ist Lüge, Kommandant.‹

›Es ist keine Lüge‹, hab ich gesagt, ›leugne es nicht! Wir wissen, dass du Haci Settar getötet hast.‹

›Lass mich dein Augenfett fressen‹, sagt er und versucht, sich an meine Füße zu klammern. Da glaubt einer der Soldaten, er will mich angreifen, und haut dem Mann mit dem Gewehrkolben auf den Kopf. Sehmuz liegt lang gestreckt auf dem Boden, aber dann schafft er es, auf die Knie zu kommen. Er kümmert sich nicht um das Blut, es rinnt ihm von der Stirn herunter, und sagt: ›Lass mich deine Scheiße fressen, aber wirf mich nicht ins Feuer, Kommandant!‹, so fleht er mich die ganze Zeit an. Aber er achtet darauf, dass er mir nicht mehr zu nahe kommt.

›Dann sag mir, wo warst du gestern Nacht‹, frage ich ihn.

›Zu Hause‹, sagt er und wirkt dabei wie ein Unschuldslamm.

›Alles klar‹, sage ich, ›du willst uns die Wahrheit nicht sagen.‹

›Bei Allah, ich sage die Wahrheit. Ich schwöre auf das Brot und auf den heiligen Koran, ich sage die Wahrheit.‹

›Schwöre nicht!‹ schreie ich ihn an. ›Du lügst mir unverschämt ins Gesicht. Wir haben mit deinem Bruder gesprochen, bis zum Morgengebet hat man dich nicht gesehen.‹

Da verdunkelt sich für einen Moment sein blutiges Gesicht, aber er hat sich gefasst und versucht mit zitternder Stimme zu erklären: ›Ich bin fischen gegangen. Der Kommandant vor Ihnen hat verboten zu fischen, deswegen hatte ich Angst, es zu sagen.‹

›Wen glaubst du hier zu belügen‹, sage ich und gehe auf ihn los. Sehmuz versucht, auf den Knien zurückzuweichen, da knallt ihm der Soldat den Gewehrkolben in die linke Seite. ›Zapple nicht so, Kerl‹, brüllt er ihn an. In Schmerzen legt er sich auf die linke Seite und bleibt dort liegen. Ich gehe dicht an ihn ran. Beuge mich zu ihm runter. Ruhig, aber streng sage ich: ›Ich warne dich zum letzten Mal. Wir wissen, dass du nicht fischen warst. Wenn du fischen gehst, kommst du nicht vor Sonnenaufgang zurück, das wissen wir auch. Heute Morgen bist du nach dem Morgengebet nach Hause gekommen, da war es noch dunkel. Dein Bruder hat sich auch gewundert. Und du hast keinen Fisch und gar nichts nach Hause gebracht. Kannst du auch nicht, denn du hast nicht am Euphrat auf Fische gewartet, die auf dein Netz zuschwimmen, du hast auf Haci Settar gewartet, um ihn vom Minarett runterzustoßen.‹

Sehmuz hebt leicht den Kopf und guckt mit hilflosen Augen zuerst meine beiden Soldaten, dann mich an. ›Gut, Kommandant‹, sagt er, ›ich werde alles erzählen, aber die Wahrheit ist nicht so, wie du denkst. Ich habe gestern Nacht die Moschee nicht mal von Weitem gesehen. Ich war gestern Nacht nicht in der Kleinstadt.‹

›Guck, jetzt lügt er schon wieder‹, sage ich zornig, ›reicht mir mal das Koppel!‹

›Tus nicht, Kommandant‹, fleht er mich an und krümmt sich vor Angst zusammen. ›Bei Allah, dieses Mal sage ich die Wahrheit. Gestern Nacht sind wir am Schwarzen Grab gewesen.‹

Und jetzt war ich dran zu staunen. ›Ihr seid am Schwarzen Grab gewesen?‹

›Ja, wir sind beim Schwarzen Grab gewesen. Also, damit dus verstehst, wir haben Schätze ausgegraben.‹

›Und wenn du schon wieder lügst?‹

›Bei Allah, das stimmt. Wenn ich lüge, soll meine Mutter mein Weib sein.‹

›War noch jemand dabei?‹

Da zögert Sehmuz. ›Sieh her‹, sage ich und drohe ihm mit meinem Zeigefinger vorm Gesicht, ›wenn du mir nicht beweisen kannst, dass du am Schwarzen Grab warst, werfe ich dich in den Knast, als Mörder von Haci Settar.‹

Wie ein Schakal, den man in die Enge treibt, guckt er mich mit wilden, aber verängstigten Augen an. Schließlich gesteht er: ›Bekir war dabei, der Sohn von Memili dem Einarmigen.‹

›Was habt ihr bei der Ausgrabungsstelle gefunden?‹, frage ich ihn.

›Alles ist im Gartenhaus von Memili‹, sagt er mit erschöpfter Stimme.

›Wir werden sehen. Und wo war der Wächter Selo, während ihr nach Schätzen gesucht habt?‹

›Die Schwiegertochter von Selo hat einen Jungen geboren. Seit Tagen wollte er seinen Enkel sehen. Und Memili sagt ihm: Seloherz, Freund zeigt sich in Not, geh du ins Dorf, ich schicke unseren Bekir, er hält für dich Wache. Selo ist so unbedarft, er hat Memili geglaubt. Also, er war in seinem Dorf. Er hat damit nichts zu tun.‹

Nach diesem Geständnis haben wir Bekir, den Sohn von Memili dem Einarmigen, in der Garage festgenommen. Im Gartenhaus haben wir die Gegenstände gefunden, die er erwähnt hat, und einen Sack Haschisch dazu. Erst hat Bekir alles geleugnet, aber dann haben wir ein bisschen Druck angewendet, und er hat es zugegeben.«

Die Archäologen waren verblüfft. Als Erster konnte Halaf die Wirkung des Gehörten abschütteln: »Mir ist heute aufgefallen, dass mit Selo Dayi irgendwas nicht stimmte. Wahrscheinlich ist er am Morgen zur Ausgrabung gekommen, da hat er gesehen, irgendetwas ist seltsam, und hats kapiert, aber zu spät. Und aus Angst hat er niemandem was gesagt.«

»Wir müssen ihn entlassen«, meinte Kemal. »Wir engagieren ihn als Wächter, und er überlässt die Ausgrabung Dieben.«

»Das Schlimme ist, die Grabung ist möglicherweise auch heute Nacht nicht in Sicherheit«, murmelte Esra besorgt. »Vielleicht hat Selo Dayi aus Angst den Ausgrabungsort verlassen.«

»Er hat den Ort nicht verlassen«, antwortete der Hauptmann triumphierend. »Wir haben Selo zum Verhör auf die Wache gebracht. Am Ausgrabungsort habe ich zwei Wächter zurückgelassen.«

Esra sah ihn dankbar an. »Danke schön! Morgen lösen wir das Problem mit dem Wächter«, sagte sie, mit den Gedanken noch beim Verhör. »In diesem Fall ist Sehmuz nicht der Mörder, stimmts?«

»So sieht es aus«, sagte der Hauptmann. Seine Freude, die ihn seit seiner Ankunft begleitet hatte, schien getrübt.

»Ich glaube, Sie irren sich«, widersprach Kemal. »Was Sie erzählt haben, beweist nicht, dass Sehmuz nicht der Mörder ist. Es ist möglich, dass er sein Diebesgut ins Gartenhaus bringt und dann zur Moschee geht und Haci Settar tötet.«

»Es ist schwer, sich sicher zu sein«, sagte der Hauptmann in aller Ruhe. »Aber morgen kommt ein technisches Team aus Antep; sie werden Fingerabdrücke nehmen. Erst dann können wir Gewissheit haben.«

»Dann können wir uns also jetzt dem Essen zuwenden«, sagte Teoman, der vor Hunger schon ganz schwach war. »Hungern hilft einem ja nicht dabei, dass man früher erfährt, was geschehen ist.«

Siebte Tafel

Wir haben nie erfahren, was mit meinem Großvater Mitannuva geschehen ist. Die Boten, die wir auf die Suche schickten, kamen mit leeren Händen zurück. Als wir die Hoffnung aufgegeben hatten, ihn zu finden, kümmerte sich mein Vater eingehender um mich. Ich wage nicht zu sagen, er habe sich über Großvaters Verschwinden gefreut, aber er wollte die Gelegenheit, die sich durch seine Abwesenheit ergab, nutzen. Nun widmete er einen großen Teil seiner Zeit, die ihm neben seiner Arbeit am Hofe blieb, mir. Er hieß nicht gut, dass ich Gedichte schrieb, und zwang mich, an staatlichen Tafeln zu arbeiten. Ich tat, wie mir vom Vater geheißen, schrieb jedoch weiterhin heimlich Gedichte. Es mag seltsam anmuten, aber ich ärgerte mich nicht über meinen Vater, im Gegenteil, von Tag zu Tag verstand ich ihn besser.

Mitannuva pflegte zu sagen, mein Vater sei ein Komplize des Königs. Dass es sich nicht so verhielt, dass er nur ein treuer Staatsmann war, habe ich mit den Jahren erfahren.

In jenem Jahr geriet unser König zur Jahreszeit der Weinlese in die Fänge der Krankheit, die mit Krämpfen im Bein anfängt, mit stechenden Schmerzen fortschreitet und mit dem Ableben innerhalb einer Woche endet. Damit unser König genesen möge, wurden dem Sturmgott Teschup, seiner Frau, der Sonnengöttin Hepat, ihrem Sohn Scharruma und der Göttin Kupaba Opfergaben und Geschenke dargeboten. Um herauszufinden, wie die Wolken des Bösen, die um den Kopf unseres Königs kreisten, zu vertreiben wären, wurden die besten Wahrsager der Gebiete zwischen den beiden Flüssen in unsere Stadt gebracht.

Die Wahrsager untersuchten die Leber eines geschlachteten Schafes daraufhin, ob der anschwellende Teil nach unten oder nach oben zeigte, und schüttelten hoffnungslos den Kopf.

Die Wahrsager ließen einen weiblichen und einen männlichen Adler über die Tiefebene unterhalb des Euphrat fliegen. Aber die Adler trafen sich nicht in der Luft, sie flogen in verschiedene Richtungen davon.

Die Wahrsager setzten zwei Aale in einem Becken ins Wasser, aber auch die Aale schwammen voneinander weg und verkündeten damit, für unseren König sei die Zeit gekommen, die Erde zu verlassen.

Es bewahrheitete sich. König Astarus schmolz innerhalb von sieben Tagen dahin, und am Ende des siebenten Tages gesellte er sich zu den Göttern. Auch ihm wurde, wie seinerzeit seinem Vater, eine Zeremonie gewidmet, die vierzehn Tage und vierzehn Nächte andauerte. Sein Körper wurde verbrannt und das Feuer zu den Göttern geschleudert. Seine Asche jedoch wurde in einem Tongefäß aufbewahrt.

Der Nachfolger von König Astarus wurde König Pisiris, unser neuer Herr, der neue Auserwählte der Götter. Pisiris war jung wie Astarus, als er den Thron bestieg. Aber er ähnelte Astarus ganz und gar nicht. Astarus war ein König, der kein Selbstvertrauen hatte. Aus diesem Grunde unternahm er nichts, ohne sich mit der Versammlung der Adligen beraten zu haben. Doch Pisiris war ehrgeizig, unbarmherzig und von endlosem Selbstvertrauen. Im dritten Monat seiner Thronbesteigung nahm er der Versammlung der Adligen jeden Einfluss. Er begann, die Beschlüsse der Versammlung nicht mehr umzusetzen. Mein Vater versuchte, ihm zu widersprechen, aber der König hat ihm offen gedroht. »Entweder bist du auf meiner Seite, oder ich beende die jahrzehntealte Tradition der Hofschreiber aus deiner Familie«, sagte er. Mein Vater wusste, dass es falsch war, was der König tat, aber er war jemand, der sich dem König nicht widersetzte. Ich kann nicht sagen, er sei feige gewesen, aber so war er eben erzogen worden. Um die Interessen seines Königs zu verteidigen, könnte er fremde Herrscher, sogar die Adligen unserer eigenen Versammlung mit Intrigen von unvorstellbarer Feinheit hereinlegen, aber Pisiris gegenüber konnte er so etwas nicht tun.

Der Despotismus von Pisiris war noch nicht einmal das Schlimmste; er hegte Gedanken, die viel gefährlicher waren. Er sah sich als einen hethitischen Monarchen, wie es sie zu Zeiten des großen Königreichs gab. Ohne die schwächliche Kraft unseres kleinen Königreichs zu beachten, schmiedete er geheime Pläne gegen das Assyrische Imperium, unter dessen Herrschaft wir lebten. Mein Vater warnte den jungen König in einer angemessenen Sprache, er ermahnte ihn immer wieder, dieses Ziel aufzugeben. Aber Pisiris war zu jung und zu ungebildet, um die Wahrheit zu erkennen, und er war geblendet von Gier. Er überhörte die Ermahnungen meines Vaters. Und mein Vater beugte sich den Ausschweifungen dieses jungen Königs, die am Ende beiden den Tod bringen sollten, und lebte in Harmonie mit ihm. Schließlich war Pisiris sein König, der Vertreter der Götter auf Erden. Sich ihm zu widersetzen, würde bedeuten, den Zorn der Götter zu erregen und großes Unheil heraufzubeschwören.

8

Beim Essen dachte Esra unentwegt an das Unheil, das über ihren Köpfen schwebte. Während alle mit großem Appetit die Fische auf ihren Tellern verspeisten, Teoman sich beeilte, seine Bissen herunterzuschlucken, um gleichzeitig mit Murat zu plaudern, Kemal weiterhin ein langes Gesicht zog, Elif in gespielter Fröhlichkeit immer wieder laut lachte, Timothy, der sich nicht aus Gesprächen heraushalten konnte, dem Hauptmann zu militärischen Themen Fragen stellte, Bernd mit einem nach innen gewandten Lächeln zuhörte, Halaf zwei Schritte hinter dem Tisch wartete, lobende Worte über den Geschmack der Speisen entgegennahm und öfter den verstohlenen Blick Eşrefs spürte, der die unaufhörlichen Fragen des Amerikaners langsam nicht mehr ertragen konnte, dachte Esra wieder und wieder über den Mord an Haci Settar nach. Sie glaubte nicht mehr daran, dass Sehmuz der Mörder war. Denn warum sollte er in ein und derselben Nacht zwei Verbrechen begehen? Und in der Dunkelheit der Morgenstunden auf das Minarett zu steigen, auf Haci Settar zu warten, ihn hinunterzustoßen und sich in Schwarz zu hüllen, um seine Identität zu verbergen, passte nicht zu ihm. Würde jemand, der so etwas tut, vorher überall herumerzählen, dass er Haci Settar töten will?

»Sie sind ja ganz in Gedanken versunken, Esra Hanim«, sagte der Hauptmann, als sie beim Tee angelangt waren. »Ich dachte, Sie würden sich freuen, weil wir die Tafeln gefunden haben?«

»Dafür bin ich Ihnen auch sehr dankbar, Eşref. Wenn Sie diese Tafeln nicht gefunden hätten, würde die Geschichte von Patasana unvollständig bleiben. Aber …« Sie hielt inne, als könnte sie das passende Wort nicht finden.

»Aber?«, fragte der Hauptmann nach.

Esra musterte verstohlen die Tischgesellschaft. Jeder war mit irgendetwas beschäftigt. »Lassen Sie uns aufstehen, wenn Sie Ihren Tee ausgetrunken haben«, schlug sie vor.

Der Hauptmann hatte verstanden, dass die Ausgrabungsleiterin nicht in Anwesenheit ihrer Kollegen sprechen wollte. Mit zwei großen Schlucken leerte er sein Glas.

»Wir werden eine kleine Runde drehen«, teilte Esra ihren Kollegen mit und erhob sich. Als er sah, dass auch der Hauptmann sich zum Gehen bereit machte, eilte Halaf herbei.

»Sie kommen doch bald zurück, nicht wahr? Ich werde noch Obst bringen.«

»Danke«, sagte der Hauptmann und lächelte herzlich. »Das Essen war köstlich. Ich habe viel gegessen, aber ich glaube nicht, dass ich noch mehr essen kann.«

Wenig später gingen sie nebeneinander den unbefestigten Weg entlang.

»Wollen wir ans Ufer des Euphrat? Heute ist Vollmond, es ist hell.«

»Wie Sie möchten, Esra Hanim«, sagte der Hauptmann. Er versuchte, seine Gefühle zu verbergen, aber die Freude in seiner Stimme verriet, dass ihm dieser Vorschlag gefiel.

Auf Esras Lippen blühte ein freches Lächeln. »Wollen wir nicht dieses Hanim und Bey, dieses ganze Siezen ablegen?«

»Einverstanden«, erwiderte er schüchtern.

Am Granatapfelgarten von Hattuç Nine sagte Esra, während sie einem Zweig auswich, der über den Zaun herausragte: »Du hattest recht. Wir haben den falschen Mann verdächtigt.«

»Wir können nicht behaupten, dass es nichts genützt hat. So haben wir Schmuggler historischer Güter gefasst.«

»Aber den Mörder haben wir nicht gefunden. Ich frage mich, ob wir vielleicht Fayat verhören sollten?«

»Ich weiß, du verdächtigst die religiösen Fundamentalisten. Aber das scheint mir nicht sehr wahrscheinlich«, antwortete der Hauptmann. »Es gibt in der Region keine religiöse Organisation, die so stark ist, dass sie Morde verüben kann.«

»Und die Leute um den Korankurs, der Vorbeter Abid, Fayat?«

»Die? Ach, vergessen Sie die, wer sind die denn, dass sie morden könnten? Lassen Sie sich nicht von ihrem strengen Gehabe täuschen, die sind alle so feige, sie würden selbst vor ihrem eigenen Schatten davonlaufen. Ohne Haci Settar hätten sie nicht einmal den Korankurs eröffnen können.«

»Ich habe mal von einer Organisation namens Hizbullah gehört.«

»Hier gibt es keine Hizbullah. Die Hizbullah ist eher in der Region Batman. Wenn Sie mich fragen, kann das niemand anders getan haben als die Separatisten.«

»Sind die Separatisten denn hier tätig?«

»Sie machen keine bewaffneten Aktionen, aber ich bin mir sicher, dass sie Agitprop betreiben.«

»Agitprop?«

»Sie selber nennen das so. Also Aktivitäten, um neue Leute für die Organisation zu gewinnen und Konfrontationen zwischen Volk und Staat zu erzeugen.«

»Ich habe hier weder einen Terroristen gesehen, noch bin ich Zeugin einer solchen Aktivität geworden.«

Er blieb stehen, wandte sich ihr zu und fragte: »Könnte der Mord an Haci Settar nicht Teil einer solchen Aktivität sein?«

Auch Esra war stehen geblieben. Sie schaute ihn an. Eine kühle Brise trug vom Euphrat einen herben Duft von Oleander herbei. Die ausgeprägten Gesichtszüge des Hauptmanns sahen im fahlen Licht des Mondes noch markanter aus. Während sie ihn anschaute, regte sich etwas in ihrem Herzen.

»Es gibt doch überhaupt keinen Beweis dafür«, sagte sie und schaute weg.

»Aber wenn du so sprichst, dann weißt du bestimmt etwas.«

»Gar nichts weiß ich. Vielleicht beenden wir dieses Thema lieber.«

Eine Weile gingen sie wortlos den Pfad entlang, bis der Fluss vor ihnen im Mondlicht aufleuchtete.

»Unglaublich«, flüsterte Esra, als sie den Euphrat erblickte, der zwischen zwei dunklen Ufern wie eine silberne Straße dahinfloss.

Fasziniert betrachtete sie das Gewässer, zog dann aus ihrer Hemdtasche ihre Zigaretten heraus und nahm sich eine. »Möchtest du auch?«

»Die Ärzte werden sich zwar ärgern, aber gut, dann rauche ich heute eben meine zweite.«

Esra zündete die beiden Zigaretten an. Der aufsteigende Rauch verflüchtigte sich im Wind und erinnerte sie an das Gespräch vom Vormittag. »Apropos, heute hast du im Garten der Wache davon erzählt, wie du in Sirnak wieder angefangen hast zu rauchen, aber dann deine Erzählung plötzlich abgebrochen.«

Der Hauptmann sah sie lange an. »Es war nicht besonders angenehm, was ich zu erzählen hatte.«

»Das hättest du dir vorher überlegen sollen.«

»Wenn du es wirklich wissen willst, erzähle ich«, sagte der Hauptmann. Dann zeigte er in die Richtung, wo das Schilf aufhörte.

»Schau, dort ist ein Felsen. Lass uns dahin gehen.«

Sie setzten sich nebeneinander. Der glänzende Stein, der den ganzen Tag unter der Sonne gebrannt hatte, war noch warm. Immer, wenn er sich bewegte, streifte der rechte Arm des Hauptmanns Esras linke Schulter. Sie bemerkten es beide und ließen es geschehen.

»Es war mein sechster Monat in Sirnak«, begann der Hauptmann zu erzählen. »Damals war ich noch Oberleutnant. Wir waren in den Bergen. Ein Einsatz nach dem anderen … In dieser Nacht, von der ich erzähle, bin ich gegen Morgen eingenickt. Auf einmal höre ich Stimmen. Menschenstimmen, aus der Ferne, bruchstückhaft. Ich öffne die Augen. Weiß nicht mehr, wo ich bin. Es dämmert langsam. Pechschwarze Wolken stürzen sich nacheinander auf einen aschgrauen Himmel. Da fällt mir ein, dass wir in den Bergen sind. Mein Körper ist völlig steif durch die Feuchtigkeit des Bodens. Es gelingt mir nur mit großer Mühe, mich zu bewegen; ich richte mich auf, noch im Schlafsack. Da sehe ich, dass ein paar Meter weiter zwei Leute miteinander diskutieren. Den Unteroffizier Resit mit seinem stämmigen Körper habe ich gleich erkannt, aber bei dem Zweiten komme ich nicht drauf, wer das ist.

›Was ist los?‹, rufe ich wütend.

Unteroffizier Resit steht sofort stramm und antwortet: ›Seyithan sagt, er möchte mit Ihnen sprechen, mein Oberleutnant‹, mit voller Stimme, als würde er eine Vollzugsmeldung machen. ›Ich habe gesagt, dass Sie schlafen, aber er hat nicht auf mich gehört.‹

Ich schaue zu Seyithan rüber, der gegenüber von Resit steht. Ich konnte sein Gesicht nicht sehen, aber das spöttische Lächeln auf seinen Lippen spüren. Er hat den Unteroffizier einfach ignoriert und ist zu mir gekommen.

›Steh auf, Kommandant‹, sagt er, ›die Zeit ist reif.‹

Ich gucke ihn erstaunt an, versuche zu verstehen, was hier läuft.

Seyithan spricht weiter: ›Ich habe sie gefunden. Sie sind in einem Bunker, Bedirhan und noch ein paar andere. Eine halbe Stunde von hier.‹

Als ich nicht sofort antworte, sagt er verächtlich: ›Willst du etwa nicht mitkommen? Du hast doch versprochen …‹

›Gut, ich komme‹, unterbreche ich ihn streng und schlüpfe aus meinem Schlafsack.

Unteroffizier Resit schaut mich verständnislos an und fragt: ›Soll ich die Truppe wecken, mein Kommandant?‹

›Nein‹, sage ich und ziehe meinen Parka an, ›zu diesem Auftrag werden Seyithan und ich zu zweit gehen.‹

›Aber, mein Kommandant!‹, versucht er zu widersprechen.

›Kein Aber‹, antworte ich streng. ›Während ich nicht da bin, hast du das Kommando. Verstanden?‹

›Zu Befehl, mein Kommandant!‹, sagt er, immer noch strammstehend.

Fünf Minuten später waren wir schon unterwegs. Wir liefen nebeneinander auf einem Pfad, auf der einen Seite mächtige Felsen, auf der anderen dichtes Gestrüpp. Trotz des dicken Parkas spürte ich die Kälte des Morgens bis ins Knochenmark; das Gewehr in meiner Hand wurde immer schwerer. Da schaue ich aus dem Augenwinkel zu Seyithan. Er kümmert sich weder um die Dunkelheit noch um die Kälte; auf den kleinen Steinen springt er, wie eine Bergziege hüpfend, voran. Kurz danach wurde der Pfad richtig eng. Ich wollte nicht vor Seyithan gehen. Er hat mein Zögern bemerkt und ist wortlos vorausgegangen. Er hat nichts gesagt, aber das dreckige Lächeln auf seinen Lippen hat Bände erzählt.

Seyithan war kein Soldat, er war Dorfschützer. Einer der Kämpfer des Stammes Zerkul. Er hat sich an fast allen entscheidenden Gefechten in der Region beteiligt; mehrmals hat er Soldaten vor einem Hinterhalt gerettet. Obwohl er nicht offiziell bei der Armee eingeschrieben war, galt er als Armeemitglied. Er wanderte ganz allein in den Bergen herum; jeder machte sich Sorgen, dass er erschossen werden könnte, aber er wurde nicht einmal verwundet.

Dieses Kriegerische, was er vielleicht von Geburt an hatte, löste bei mir mehr Angst als Achtung aus. Ich glaube, ich hatte diese Angst deshalb, weil ich das erste Mal, als ich mich an einem Schusswechsel beteiligte, in Panik geriet und zurückblieb, und Seyithan das gemerkt hat. An diesem Tag ist er gleich nach dem Kampf zu mir gekommen und hat gesagt: ›Na, Kommandant, bei der Schießerei wolltest du wohl hinten bleiben und ein bisschen Müll aufsammeln, was?‹ Er hat mich vor meinen Soldaten gedemütigt, aber er hatte recht, ich bin zurückgeblieben, weil ich Schiss hatte. Meine Vorgesetzten und meine Soldaten haben mich dafür nicht kritisiert. Sie haben wie ich eine gute Kommandoausbildung genossen und anspruchsvolle Felddienstübungen mitgemacht. Aber eine Übung ist das eine und die Realität etwas anderes. Vielen ist das Gleiche passiert wie mir, egal wie gut einer ausgebildet war. Beim ersten Schusswechsel hatten sie dieselbe Reaktion gezeigt, hatten Angst und sind zurückgeblieben. Diejenigen, die nicht erschossen wurden, haben sich mit der Zeit an diese harten Umstände gewöhnt und angefangen zu kämpfen. Nach ein paar Einsätzen legte ich meine Angst ab. Aber Seyithan hat nicht aufgehört, mich vor allen Leuten bloßzustellen und bei jeder Gelegenheit anzudeuten, ich würde mich fürchten.

Zwei Monate später, wir waren gerade von einer erfolgreichen Operation auf die Gendarmeriewache zurückgekehrt, sagte er: ›Na, Kommandant, wieder mal Kontrollen in den hinteren Reihen durchgeführt?‹ Da konnte ich nicht mehr an mich halten und habe ihm einen gewaltigen Fausthieb mitten in die Fresse versetzt. Er stürzte rücklings zu Boden und ich mich auf ihn. Die Soldaten konnten ihn nur mit Mühe von mir wegzerren. Ich habe für einen Moment inmitten der Menge sein blutüberströmtes Gesicht gesehen; in seinen Augen war nicht die Spur von Schmerz, er hat mich weiter mit diesem verachtenden Lächeln gemustert.

Am Abend hat mich der Hauptmann zu sich gerufen, er hat gesagt, dass Seyithan ein ungebildeter Mensch sei, sich aber für uns nützlich macht, dass wir auf ihn nicht verzichten können und ich mit ihm kameradschaftlich umgehen soll. Das hat mir gar nicht gefallen, aber Befehl ist Befehl.

Zwei Wochen später sehe ich Seyithan an einem heißen Nachmittag im Garten hinter der Wache unter dem Maulbeerbaum sitzen; er hat den Rücken gegen den krummen Baumstamm gelehnt. Ich gehe auf ihn zu. Er guckt mir unter gesenkten Augenbrauen ins Gesicht.

›Warum schaffen wir es nicht, Freunde zu werden, Seyithan?‹, frage ich ihn.

›Wir können keine Freunde werden, Kommandant.‹

›Warum nicht?‹

›Weil du feige bist‹, sagt er ganz ruhig.

Das Blut schießt mir ins Gesicht. Der Kerl beleidigt mich und guckt mir dabei in die Augen. Aber ich beherrsche mich. ›Ich bin nicht feige‹, sage ich, mindestens genauso ruhig wie er. ›Es stimmt, bei der ersten Schießerei hab ich gezögert. Aber bei den nächsten Einsätzen hast du gesehen, was für ein Mensch ich bin.‹

Er sagt nichts, steckt die Hand in die Tasche, wieder dieses dreckige Lächeln auf den Lippen, und holt eine silberne Tabakdose mit verziertem Deckel heraus. In der Dose sind dicke handgedrehte Zigaretten von geschmuggeltem Tabak. Ich habe es schon vorher gesehen, Seyithan hat in seiner Freizeit immer Zigaretten gedreht. Da denke ich, er würde mir auch eine anbieten, aber er zündet die Selbstgedrehte an und fängt an zu rauchen. Nach einem tiefen ersten Zug, so, als wäre ich gar nicht da, sagt er: ›Ich habe gesehen, wie du kämpfst. Trotzdem kann ich dir nicht trauen. Was ist, wenn du wieder mal nicht weißt, was du tun sollst? Was ist, wenn du uns einfach stehen lässt und abhaust?‹

›Ich haue nicht ab. Du weißt auch, dass ich nicht abhauen werde.‹

›Ich weiß es nicht‹, sagt er, ›woher soll ichs denn wissen?‹

›Gut, Seyithan‹, sage ich, ›wie kann ich dein Vertrauen gewinnen?‹

Er guckt mich aufmerksam an, zum ersten Mal sehe ich in seinen Augen einen offenherzigen Ausdruck. ›Es gibt einen Weg‹, sagt er, ›aber du willst bestimmt nicht.‹

›Warum soll ich nicht wollen? Sag doch erst mal!‹

›Wenn ich Bedirhan finde, kommst du dann mit mir?‹

›Natürlich. Die ganze Mannschaft kommt mit.‹

›Die anderen will ich nicht, nur wir zwei …‹

›Wir zwei? Aber warum?‹

›Meinen Bruder muss ich selber töten.‹

›Und wenn sie ganz viele sind?‹

›Mach dir keine Sorgen, ich werde ihn erwischen, wenn er allein ist.‹

Da habe ich gezögert. Konnte ich ihm denn trauen?

›Du wirst nicht mitkommen, stimmts?‹, fragt er geknickt.

›Doch, ich werde mitkommen, aber ich habe auch eine Bedingung. Erzähl mir erst, warum du ihn töten willst!‹

›Einverstanden‹, sagt er und fängt an zu erzählen: ›Bedirhan ist mein Zwillingsbruder. Wir sind uns wie zwei Hälften eines Apfels ähnlich. Unser Vater ist der Blutsbruder des Stammesführers. Er hat für ihn Menschen erschossen, er ist im Knast gewesen. Unsere Kindheit ist an der Tafel des Stammesführers vergangen. Bedirhan ist klüger als ich. Er liest gerne. Unser Stammesführer hat ihn in die Stadt geschickt. Bedirhan wird studieren, uns vor dem Gericht vertreten, und du wirst bei uns bleiben und uns schützen, hat er gesagt. Wir haben uns alle gefreut. Bedirhan wird studieren, Anwalt werden, haben wir uns gesagt. Aber in der Stadt hat Bedirhan seinen Stamm vergessen; er ist zur Organisation gegangen. Er hat dem Brauch den Rücken gekehrt. Dann ist er zurückgekommen und hat die Waffe sogar gegen Stamm und Staat gerichtet. Deswegen ist sein Tod gottgewollt.‹

Während er spricht, studiere ich sein Gesicht. Seine dicken Augenbrauen ziehen sich zusammen, seine Augen glühen wie Kohle im Feuer. Es ist glaubhaft, was er sagt, aber trotzdem habe ich das Gefühl, dass er etwas verbirgt.

›Ist das alles?‹, frage ich.

›Was heißt, ist das alles?‹, sagt er und schüttelt den Kopf. ›Ich habe verstanden, du kommst nicht mit.‹

›Doch, ich komme.‹

›Wirklich?‹, fragt er und zeigt seine vom Tabak verfärbten Zähne.

›Wirklich, aber du wirst mich nicht mehr bei jeder Gelegenheit vor anderen Leuten ärgern.‹

›Nein, ich ärgere dich nicht mehr, aber erwarte keine Freundschaft von mir, bis wir diese Sache beendet haben.‹

Ja, so war die Abmachung. Deswegen haben wir uns in jener Nacht auf den Weg gemacht, um seinen Bruder Bedirhan zu erwischen. Der Pfad, den wir gegangen sind, endet vor einem Eichengehölz. Wir gehen wieder nebeneinander.

›Deren Höhle ist am Ende des Waldes, es ist nicht mehr weit‹, sagt er.

›Wir müssen vorsichtig sein‹, flüstere ich, mein Finger streckt sich von selbst zum Abzug des Gewehrs, ›sie haben bestimmt einen Wächter aufgestellt.‹

›Das haben sie, aber ich habe das erledigt‹, antwortet er, nimmt die Hand aus der Tasche, öffnet sie und streckt sie mir entgegen. Ein größeres Ohr, das Blut noch nicht trocken, liegt in seiner Hand.

›Wann hast du ihn getötet?‹

›Vor einer Stunde.‹

›Und wenn seine Freunde es gemerkt haben?‹

›Keine Chance‹, sagt er mit Blick auf das blutige Ohr, ›dieser Schicksallose hatte die Wache gerade übernommen.‹

Als wir den Eichenwald betraten, spürte ich, dass es kühler wurde. Fast hätte ich angefangen zu zittern, aber ich musste mich beherrschen, Seyithan könnte denken, dass ich Angst hätte. Wenig später sind wir am Eingang des Verstecks angekommen. Eine Aushöhlung, mit dichtem Gestrüpp zugedeckt, sehr schwer zu vermuten, dass es unten einen Bunker gibt.

›Wir werfen eine Handgranate hinein, und wer rauskommt, den erschießen wir‹, flüstere ich ihm zu.

›Der Bunker hat noch einen zweiten Ausgang‹, flüstert er jetzt auch, ›schmeiß du die Handgranate rein, ich bewache den Ausgang hinten.‹

›Nein‹, sage ich entschieden, ›sonst wirfst du mir wieder vor, ich bin feige und scheue mich vor dem Gefecht.‹

›Nein, Kommandant, sag ich nicht, bei Allah, nie mehr‹, schwört er.

›Sagst du doch‹, lasse ich nicht locker, ›ich kann dir nicht vertrauen.‹

›Vertrau mir. Du weißt, Bedirhan muss ich erschießen. Wenn nicht ich ihn erschieße, nützt es nichts.‹

Ich merke, wie gefährlich und sinnlos unsere Diskussion ist, und sage: ›In Ordnung, ich werde bis hundert zählen und das Ding reinwerfen.‹

›Gut‹, antwortet er und huscht im selben Augenblick wie ein Schatten auf die andere Seite des Bunkers. Ich habe mich an die Öffnung geschlichen, lautlos das Gebüsch hochgehoben, die Handgranate von meinem Gürtel genommen und bis hundert gezählt. Dann habe ich den Splint gezogen und das Ding reingeworfen. Ich bin ganz schnell zurückgewichen und habe mich hinter einer Erhebung auf den Boden geworfen. Kaum bin ich am Boden, explodiert sie mit großem Getöse. Von der Öffnung steigt dichter Rauch auf. Und in diesem Augenblick fängt Seyithans Kalaschnikow an zu rattern. Ich höre den schmerzerfüllten Schrei eines Mannes, der getroffen wurde. Trotzdem lasse ich Vorsicht walten und bleibe noch eine Weile da, wo ich bin. Totenstille überall im Eichenwald. Gerade als ich Seyithan rufen will, höre ich die Kalaschnikow wieder, eine Pistole antwortet ihm. Die Geräusche kommen jetzt gedämpft herüber. Seyithan muss in den Bunker eingedrungen sein. Dann ist es wieder still. Ich lasse den Eingang nicht aus den Augen und warte darauf, dass Seyithan mit einem Siegesruf herauskriecht, aber Sekunde um Sekunde vergeht, er ist nicht zu sehen. Schließlich halte ich es nicht mehr aus und schleiche mich an die Öffnung. Von Kopf bis

Fuß angespannt, horche ich hinein. Da glaube ich, ein Stöhnen zu hören. Nein, das war kein Stöhnen, es weinte jemand. Neugierig schlüpfe ich hinein. Drinnen ist es nicht so dunkel, wie ich gedacht habe. Die Handgranate hat ein Loch in das Dach gerissen; zwischen trockenen Zweigen sickert das erste Licht des Tages herein. Den Finger am Abzug meines Gewehrs, gehe ich weiter; vor mir ist ein Fels wie eine Trennwand, die den Bunker zweiteilt. Durch den Spalt, der so eng ist, dass ein Mensch nur alleine durchkommt, spähe ich in die andere Hälfte des Bunkers. In der Nähe des Höhleneingangs liegen regungslos zwei Menschen. Seyithan, ganz in Schatten gehüllt, ist gleich hinter dem Felsen; er kniet vor einer dritten Person, vermutlich sein Bruder, und weint. Dass er weint, sehe ich an den Zuckungen seines Körpers. Unser Krieger mit dem Granitherzen ist erweicht, denke ich. Leise schleiche ich mich an ihn heran. Nach ein paar Schritten bemerkt er mich, springt auf und richtet seine Pistole auf mich. In diesem Moment wird mir klar: Er ist nicht Seyithan. Ich richte mein Gewehr auf ihn. Ich könnte denken, ich sei im Vorteil, weil ich ein Gewehr habe, aber ich hatte gehört, dass Bedirhan ein ebenso ausgezeichneter Schütze sei wie sein Bruder, deswegen kann ich dieser Überlegenheit nicht trauen. Auch mein Feind zögert, er guckt mir ins Gesicht und weiß nicht, was er tun soll. Ich versuche, mich ihm ein paar Schritte zu nähern.

›Bleib da, wo du bist‹, sagt er. Nicht nur seine Statur und seine gelockten Haare, auch seine Stimme ist der von Seyithan ähnlich.

›Du hast keine Chance‹, sage ich, ›du bist umzingelt.‹

›Glaub ich nicht‹, erwidert er mit erschöpfter Stimme, ›Seyithan wollte mich selbst erschießen, der schleppt nicht viele mit.‹

Es überrascht mich, dass er richtig geraten hat. ›Glaubst du denn, du kennst deinen Bruder so gut?‹

›Ich glaube es nicht. Ich kenne ihn gut‹, sagt er, den Tränen nahe, ›wir sind uns nicht nur körperlich ähnlich, auch im Gefühl, im Verhalten.‹

›Trauerst du ihm nach, oder kommt es mir nur so vor?‹, frage ich sarkastisch.

›Ich trauere‹, sagt er.

›Warum hast du ihn dann getötet?‹

›Es war dunkel, ich habe ihn nicht erkannt‹, erklärt er.

›Hättest du ihn nicht erschossen, wenn du ihn erkannt hättest?‹

›Hätte ich nicht‹, sagt er entschieden.

›Aber er wollte dich töten‹, sage ich, um seinen Schmerz zu verstärken und seiner Aufmerksamkeit zuzusetzen, ›er hat nur gelebt, um dich zu töten.‹

›Ich weiß‹, sagt er, ›er war dazu gezwungen.‹

›Er war nicht gezwungen; er hat seine Heimat, seine Nation so geliebt, dass er dafür sogar seinen Bruder töten wollte.‹

›Glaubst du das wirklich?‹, hat er da gefragt, in seiner Stimme schwang kaum merklicher Spott mit.

›Natürlich glaube ich das, seit Monaten bin ich in den Bergen mit ihm zusammen, er hat mir alles erzählt.‹

›Er hat eben nicht alles erzählt.‹

›Was meinst du damit?‹, frage ich neugierig.

›Wenn Seyithan mich nicht töten wollte, würde man unsere Familie ausgrenzen. Vielleicht würde ihn der Stamm umbringen. Wir haben noch sieben weitere Geschwister. Seyithan war gezwungen, mich zu töten, um das Leben meiner Mutter, meines Vaters und meiner Geschwister zu retten.‹

›Du lügst!‹, habe ich ihn angeschrien und selber über meine Wut gestaunt. ›Er hatte geschworen, dich zu töten, damit sein Vaterland nicht gespalten und seine Nation nicht geschwächt wird.‹

›Du redest von mir. Ich bin derjenige, der seiner Familie den Rücken kehrt, der sich dem Stamm widersetzt, damit sein Volk in Freiheit leben kann. Und Seyithan ist der Preis dafür, dass seine Familie am Leben bleibt …‹

Aus dem Augenwinkel habe ich Seyithan angeschaut, der auf dem Boden lag. Auf der Brust seines Parkas waren zwei kleine dunkle Flecke, sprudelnd wie Quellen.

›Er war nicht mein Feind‹, spricht Bedirhan weiter, ›er war mein Bruder, ach, hätte nur er mich erschossen.‹

›Du lügst‹, wiederhole ich.

›Ich lüge nicht‹, sagt er selbstbewusst, ›ich sitze in der Falle, man wird mich sowieso erschießen, wenn nicht heute, dann morgen. Jemand anderer oder mein Zwillingsbruder, das macht für mich keinen Unterschied. Aber wenn Seyithan mich erschossen hätte, wären meine Familie, meine Geschwister gerettet. Und Seyithan müsste nicht sterben.‹

Da habe ich mich an das eigenartige Verhalten Seyithans erinnert. Was Bedirhan, dieser Terrorist, erzählte, erschien mir langsam logisch. Ich sah in sein Gesicht. Er hatte einen unverfälschten Ausdruck im Blick, wie in den Augen von Seyithan an jenem Tag, als wir unser Abkommen geschlossen hatten. Da hatte ich eine seltsame Idee. Für einen Moment, aber nur für einen, dachte ich: Wenn ich ihn an die Stelle von Seyithan setze, fällt es niemandem auf. Bedirhan schien meine Gedanken gelesen zu haben. Hoffnungsvoll hat er gemurmelt: ›Wenn ich noch eine Chance hätte …‹

›Fällt dir das erst jetzt ein?‹, habe ich ihn unterbrochen.

›Manche Dinge kannst du erst verstehen, wenn du sie erlebt hast‹, hat er geantwortet.

Eine Stimme in mir sagte, dass ich ihm nicht vertrauen konnte, dass er, sobald ich ihn freilasse, vielleicht den Stammesführer umbringen würde. Und dann hätte ich die ganze Verantwortung am Hals.

›Wenn ich auch sterbe, wird meine Familie zwei Söhne auf einmal verlieren‹, sagt er leise, ›dieses Blutvergießen muss aufhören.‹

›Red nicht so!‹, schreie ich ihn an. ›Ich traue dir nicht.‹

›Du musst mir trauen‹, sagt er mit der Stimme eines Mannes, der sich ergeben hat. ›Wir müssen einander trauen. Ich traue dir, nimm meine Pistole, wenn du möchtest.‹

›Nein‹, sage ich, ›nein, ich kann dich nicht freilassen.‹

Ohne ein einziges Wort zu sprechen, in der Ausweglosigkeit eines Menschen, der auf seinen Tod wartet, sah er mir ins Gesicht. Ich war völlig verwirrt. Wenn ich ihn freiließe, würde niemand merken, dass er Bedirhan ist, außer vielleicht seiner Mutter, dachte ich. Und sie erzählt es bestimmt nicht weiter … Wenigstens ein Mensch, nein, nicht nur ein Mensch, eine Familie … Ich merkte, dass der Lauf meines Gewehrs langsam sank. Ich musste verrückt geworden sein. Warum wollte ich ihn freilassen? Nach den blutigen Gefechten seit Monaten, was sollte jetzt dieses weiche Herz? Aber, ich weiß nicht, warum, ich konnte es nicht verhindern … Wenn ich ihn freiließe, würden vielleicht seine Brüder, seine Kinder nicht mehr feindlich auf die Soldaten schauen. Ich konnte nicht sicher sein, aber … In diesem Moment hallte im Bunker ein Schuss, ich drückte sofort auf den Abzug und warf mich auf den Boden. Bedirhans Körper zitterte wie ein Blatt im Sturm unter dem Kugelhagel aus meinem Gewehr.

›Erschossen, ich habe ihn erschossen!‹, sagt eine Stimme. Ich schaue in die Richtung, aus der die Worte kommen. Ich sehe Seyithan, der auf dem Boden seine letzten Kräfte gesammelt und sein Gewehr abgefeuert hat.

›Ich habe ihn erschossen, Kommandant, vergiss nicht, ich habe ihn erschossen!‹, sagt er, und sein Kopf fällt auf den Boden. Ich gehe zu ihm. Seine Augen sind verdreht; ich suche seinen Puls, es pocht nicht. Jetzt ist er tot. Ich lasse ihn dort liegen und drehe mich um zu seinem Bruder. Als hätte er sich dort hingesetzt und den Rücken an die Wand gelehnt, mit solch einem ruhigen Ausdruck schaut er mir ins Gesicht. Seine Brust ist durchlöchert. Immer, wenn er den Mund öffnet, strömt Blut heraus, er achtet nicht darauf, versucht trotzdem, etwas zu sagen. Ich lege mein Ohr an seine Lippen.

›Erzähle ihnen, dass Seyithan mich erschossen hat! Tu das, sag, dass Seyithan mich erschossen hat!‹

Ich habe ihm nicht geantwortet. Als sein Körper zu erstarren begann, bin ich aufgestanden und rausgeklettert. Draußen war es inzwischen ganz hell geworden. Gerade, als ich auf die Sprechtaste meines Funkgeräts gedrückt habe, hat ein Scheißregen angefangen. Ich habe dem Unteroffizier Resit den Ort bekannt gegeben, dann bin ich wieder reingegangen und habe Seyithans silberne Tabakdose aus seiner Jackentasche genommen. Ich hatte Glück, das Blut war nicht bis zur Tabakdose durchgedrungen. Ich habe mir eine Zigarette angezündet und angefangen zu rauchen. So fing meine zweite Tabaksucht an.«

Der Hauptmann hatte seine Erzählung beendet und schwieg.

Mit bebender Stimme fragte Esra: »Warst du es, der die Leichen von Bedirhan und Seyithan ihrer Familie übergeben hat?«

»Ja. Seyithans Leiche haben sie wie einen heiligen Toten angenommen, Bedirhan wollten sie nicht haben. Seyithan ist in militärischen Ehren, mit der Fahne auf seinem Sarg begraben worden. Bedirhan wurde ohne Gebet, ohne Zeremonie, irgendwo in den Bergen begraben.«

»Eine sehr traurige Geschichte.«

»Ja«, sagte der Hauptmann und seufzte. »Leider gibt es Tausende ähnliche Geschichten. Aber das Feuer brennt dort, wo es hinfällt. So viele Menschen nehmen den Krieg, der hier läuft, nicht einmal wahr. Nur diejenigen, die ihre Söhne, Männer, Brüder verlieren, und diejenigen, die kämpfen, erleben das alles wirklich. Die, die im Schnee, in der Eiseskälte, im Regen, im Schlamm in den Bergen, in den Tiefebenen, an den Flussufern wandern, wo jede Höhle, jeder Baum, jede Grube nach Hinterhalt riecht. Die, die zu Krüppeln werden, die wahnsinnig werden, die überleben, aber mit wunden Herzen zurückkehren. Sie werden niemals vergessen können, was sie erlebt haben. Selbst wenn sie versuchen zu vergessen, werden ihre Erlebnisse aus irgendeinem geheimen Winkel ihres Gedächtnisses heraussickern und sie wieder an die Vergangenheit erinnern. Andere, die die Ereignisse in den Fernsehnachrichten verfolgen oder in den Zeitungen lesen und in ihren gemütlichen Ecken große Worte über den Krieg machen, können das nicht wissen.«

»Seltsam, mir ist aufgefallen, dass du beim Erzählen keinen Unterschied zwischen Seyithan und Bedirhan gemacht hast. Dabei war der eine auf eurer Seite und der andere auf der anderen.«

»Gib mir bitte noch eine Zigarette!«

Esra hielt ihm die Packung hin. Nachdem er die Zigarette angezündet und zwei tiefe Züge genommen hatte, versuchte er zu erklären: »Du hast recht. Ich habe Bedirhan nicht gehasst. Seyithan habe ich auch nicht gehasst. Ich habe mit beiden Mitleid gehabt.«

»Und du scheinst für sie auch Respekt zu empfinden.«

»Richtig, den Respekt des Jägers vor seiner Beute.«

»Des Jägers?«

»Nimm das nicht einseitig. Manchmal, vielleicht sogar meistens, sind wir die Beute. Es mag grausam, furchtbar und unerträglich sein, was wir tun, aber sie sind schließlich Menschen, die auf der anderen Seite sind. Und für sie sind wir auf der anderen Seite. Beide Seiten setzen ihr Leben aufs Spiel. Manchmal sprach ich über Funk mit deren Chef.«

»Hast du ihn dann aufgefordert, sich zu ergeben?«

»Nein, nein, wir haben uns einfach unterhalten. Ohne zu schimpfen, ohne uns zu beleidigen oder einander zu drohen. Wir redeten über Gott und die Welt, über Fußball. Vielleicht klingt es für dich seltsam, aber an der Stimme des Mannes merkte ich, dass er sich mir nahe fühlte, ich glaube, ich fühlte mich ihm auch nahe. In solchen Momenten empfand ich, dass dieser Terrorist, der auf die passende Gelegenheit wartete, um mich zu töten, während ich ebenso auf die passende Gelegenheit wartete, um ihn zu töten, mir näher war als die, die fern vom Krieg waren.«

»Ich verstehe«, sagte Esra leise.

Er drehte sich plötzlich zu ihr und schaute sie an wie eine völlig Fremde. Esra, die im Dunkeln den Ausdruck in seinen Augen nicht deuten konnte, lächelte unschuldig. Das Lächeln nahm Eşref nicht einmal wahr. »Verstehst du wirklich?«, wollte er Esra fragen. Der Satz kam ihm bis auf die Zungenspitze, aber er hielt ihn zurück. Im Inneren, ganz tief, spürte er wieder das bekannte Frösteln. Bald würden auch seine Hände anfangen zu zittern. Er befürchtete, sie könnte es sehen, und versuchte, seine Hände zu verbergen. Er musste zurück in seine Dienstwohnung.

»Wollen wir aufstehen?«, fragte er mit beherrschter Stimme. »Es ist spät geworden.«

Esra hatte gespürt, dass der Hauptmann beim Erzählen die gleichen Empfindungen noch einmal durchlebt, den Schmerz, die Angst, die Unruhe, die Reue noch einmal empfunden hatte. Ein warmes Gefühl durchströmte sie. Hätte sie es übers Herz gebracht, sie würde diesen Soldaten in seiner Uniform, mit seiner Waffe an der Hüfte in ihre Arme nehmen wie einen kleinen Jungen, der gerade erschrocken aufgewacht ist, und ihm sagen: »Es ist vorbei, es ist alles vorbei!« Aber sie brachte nur ein »Gut, stehen wir auf!« heraus.

Achte Tafel

Zu jener Zeit, als Pisiris den Thron bestieg, mühte ich mich mit den ersten Sorgen meiner Jugend ab und versuchte, der unnachgiebigen Anspannung meines erwachenden Körpers Herr zu werden. Mochte mein Vater die Zügel noch so straff halten und versuchen, meine Aufmerksamkeit einzig und allein auf die Bildung zu lenken, ich hatte nur noch Augen für Frauen, wie ein junger Hengst, der den Geruch von Stuten wahrgenommen hat. Die große Leidenschaft meines Großvaters Mitannuva für Maschtigga hatte ich mit eigenen Augen gesehen. Die Götter mögen mir verzeihen, ich muss zugeben, dass der geschmeidige Körper der schönen Maschtigga, den die teuren Kleider betonten, mich zutiefst bewegte. Auch wenn ich wusste, dass es eine große Sünde war, die nicht ungesühnt bleiben würde, konnte ich nicht anders, als an Maschtigga zu denken, wenn ich allein in meinem Bett lag.

Eines Nachts träumte mir, ich sei mein Großvater Mitannuva. Es war ein eigenartiger Traum. Mein Körper hatte sich überhaupt nicht verändert, aber ich war zu Mitannuva geworden. Ich befand mich in dem kühlen Schlafzimmer im unteren Stockwerk seines zweistöckigen Hauses. Ich lag auf dem Rücken in seinem großen Bett, in dem er Mittagsschlaf zu halten pflegte, und summte ein aramäisches Lied vor mich hin. Da merkte ich, dass ich beobachtet wurde. Ich wandte den Kopf und traf auf die koholumrandeten Augen Maschtiggas, die mich durchdringend anschauten. Mein Herz fing zu rasen an. Trotzdem gelang es mir, dieser schönen Frau zuzulächeln. Maschtigga aber lächelte nicht; wie seicht fließendes Wasser, wie eine feine Brise schwebte sie auf mich zu. Sie setzte sich auf das Bett und ließ ihre Hände über meinen Körper gleiten. Ihre Wärme durchdrang meinen Körper und entflammte das Blut unter meiner Haut. Ich versuchte, mich aufzurichten, um sie zu küssen, sie aber drückte mit der Hand meinen Leib herunter. Sie war sich ihrer selbst so sicher, sie war wie meine Mutter, sie war, die erhabene Göttin Kupaba möge es mir nachsehen, wie meine Erschafferin. Auch ich empfand Freude daran, und das war das Überraschende. Mit ihrem Blick, mit ihrer Berührung hatte sie mich verzaubert. Was sie mit mir tat, verfolgte ich entzückt, heimlich aus dem Augenwinkel. Mit großer Sorgfalt entkleidete sie mich. Vor Scham wagte ich nicht, mich selbst anzusehen, aber der Druck zwischen meinen Beinen wuchs so stark, dass ich wusste, mein Organ war hart und aufrecht wie die Lanzen der Wächter des Hofes. Für einen Moment sah ich, wie der Blick Maschtiggas zwischen meine Beine glitt, ich sah die Leidenschaft, die in ihren schwarz glühenden Augen voller Durst, voller Verlangen brannte. Ich versuchte, mich aufzurichten, sie anzufassen, aber mit einer gebieterischen Berührung nagelte sie mich wieder rücklings ans Bett. Dann zog sie ihr Kleid bis zur Taille hoch und setzte sich auf mich, so, als würde sie auf einem Pferd reiten. In diesem Augenblick spürte ich eine Flüssigkeit über meine Beine rinnen. Als ich erschrocken die Augen öffnete, merkte ich, dass es ein Traum war, und mir wurde leichter ums Herz. Die Feuchtigkeit aber war noch da. Ich schnellte hoch und sah hin; ja, es war nass. Ich empfand große Scham. Sogleich stieg ich aus meinem Bett, wusch und reinigte mich. Am nächsten Tag suchte ich den Tempel auf, damit die Götter mir ob dieses schlimmen Traumes vergeben; ich habe sie angefleht. Von jenem Tag an gab ich mir Mühe, Maschtigga nicht anzuschauen, wenn es nicht unbedingt nötig war, und mit ihr nicht allein zu bleiben. Aber ich konnte nicht verhindern, dass ich bei ihrem Anblick errötete. Sie muss es bemerkt haben, denn manchmal schaute sie mich mit ihren glänzenden Augen vielsagend an. Das erregte, aber erschreckte mich auch. Erregt, denn eine schöne Frau sah mich bewundernd an; erschreckt, denn sie war das Weib meines Großvaters.

Nach Maschtiggas Flucht nahm mein Interesse an Frauen und Mädchen noch weiter zu. Ich konnte meinen Blick nicht mehr von ihnen abwenden. Pirva, der Sohn unseres Nachbarn und mein Blutsbruder, mit dem ich zusammen auf die Jagd ging und der drei Jahre älter war als ich, fragte mich eines Tages, als wir im Euphrat schwammen: »Wird dein Organ auch hart wie meines?« Ich versuchte, das Thema zu wechseln. Mein Freund aber sprach weiter. Das sei normal, sagte er, es sei an der Zeit, Frauen zu finden. Ich fragte ihn, wie wir sie finden sollten, und er sagte, eine seiner Sklavinnen würde das für ein Viertel Sekel Silber tun. Auch er selbst hatte schon ein paar Male mit der Frau geschlafen. Ich lehnte ab. Pirva versuchte, mich umzustimmen, indem er von der Jugend und Schönheit der Frau sprach, aber ich konnte es mit meinem Stolz nicht vereinbaren, mit einer Frau zu schlafen, die gegen Geld mit jedem schlief und noch dazu eine Sklavin war.

»Dann musst du auf das Neujahrsfest warten«, sagte er.

»Neujahrsfest?«, fragte ich.

»Du weißt aber auch gar nichts«, sagte Pirva daraufhin herablassend. »Am Neujahrsfesttag lieben die Tempelhuren für die Göttin Kupaba. Jeder, der das Recht hat, den Tempel zu betreten, hat auch ein Recht auf ihre Liebe. Aber sie wählen selbst aus, wen sie lieben wollen. Du bist jung, stark und adlig, wen sollen sie sonst wählen, wenn nicht dich?«

Ich wusste auch, dass die Tempelhuren an Festtagen für die Göttin liebten, aber ich hatte mir nicht vorgestellt, auch ich würde eines Tages in den Genuss dieses Dienstes kommen. Vielleicht wegen der Erziehung, die ich genossen hatte; ich war darauf vorbereitet worden, alles, was ich lernte, für die Interessen der Götter und ihrer Auserwählten auf Erden, der Könige, einzusetzen. Man hatte mich gelehrt, die Zeremonien würden einzig und allein dazu dienen, das Herz der Götter zu erwärmen, ihren Zorn zu zügeln, und nicht dazu, den Durst meines Körpers zu stillen. Es fiel mir aber sehr schwer, diesen Umstand meiner Haut zu erklären, unter der sich Begehren regte. In der Ohnmacht eines Mannes, der sich seinen eigenen Körper nicht gefügig machen kann, wartete ich fortan auf das Neujahrsfest.

9

Esra saß unter der Weinlaube und war verstimmt, weil sie weder die Ermittlungen zu dem Mord an Haci Settar beeinflussen noch einen Mann, der sie interessierte, ermutigen konnte, sich ihr anzuvertrauen. Während der Hauptmann von seinen Erlebnissen erzählte, hatte sie gedacht, er hätte seine Reserviertheit überwunden. Doch dann war etwas geschehen, was ihr entgangen sein musste, und er hatte sich wieder zurückgezogen. Bedauerlicherweise konnte sie sich nicht einmal über ihn ärgern. Einem Menschen, der etwas so Erschütterndes erlebt hatte, durfte man nicht böse sein, man musste ihm helfen. Aber er ließ es ja nicht zu. Vielleicht vertraute er ihr nicht genug und sah sie als eine Person, die den Krieg von außen betrachtete und nur große Worte machte. Er hatte auch nicht ganz unrecht. Aber musste man unbedingt eine Waffe in die Hand nehmen und in die Berge gehen, um über den Krieg sprechen zu dürfen? Litt sie nicht auch unter diesen gottverdammten Kämpfen, die Tausende von Menschen das Leben kosteten und sich wie schwarze Schatten auf das ganze Land legten? Natürlich leide ich darunter, sagte sie sich. Ich habe genauso viel Recht, darüber zu sprechen, wie er. Aber das könnte sie nur einem normalen Menschen erklären; nicht einem Mann, dessen seelische Verfassung sich von Stunde zu Stunde änderte und der im intensivsten Moment des Gesprächs abhaute.

In der Küche brannte noch Licht; Halaf hatte wohl vergessen, es auszuschalten, bevor er den Hauptmann nach Hause fuhr. Esra fühlte sich zu kraftlos, um aufzustehen und das unnötig brennende Licht auszuknipsen. Keiner ihrer Kollegen war in Sichtweite. Timothy übersetzte Tafeln, Kemal war mit Elif auf ihrem Zimmer in eine Diskussion über ihre Beziehung vertieft, Murat wie Teoman waren schlafen gegangen, und Bernd arbeitete an seiner Masterarbeit mit dem Titel

»Die zerstörerischen Folgen der Entwicklung der Zivilisationen in Mesopotamien«, wie ausnahmslos jeden Abend. Ich müsste jetzt bei Tim sein, dachte Esra. Wenn sie sich mit ihrer Arbeit beschäftigen würde, könnte sie sich von all den schwierigen Fragen ablenken. Ihr Vater Salim, Doktor der Philosophie, sprach vom »richtigen Denken«. Gab es wirklich eine solche Methode? Richtig denken konnte man nur einem hoch entwickelten Computer beibringen. Im alltäglichen Leben, in dem jede beantwortete Frage durch eine neue ersetzt wurde, konnte man das Richtige nur durch eine Reihe von Gedanken- und Verhaltensprozessen erreichen, und diese Prozesse mussten für jede Frage oder für jedes Problem neu durchlebt werden; hinzu kam, dass der Erfolg niemals sicher war. Salim wusste das natürlich, es hielt ihn aber nicht davon ab, immer wieder die Bedeutung des richtigen Denkens zu betonen. Und er sagte auch: »Stell dich nicht in den Mittelpunkt des Geschehens, meine Tochter! Du kannst nicht alle Probleme selber lösen, kannst nicht allem gerecht werden.« Ihr Vater war keiner, der einfach daherredete, aber woher sollte sie wissen, ob seine Aussagen richtig waren? Wenn er selber hätte richtig denken können, hätte er ihre Mutter nicht verlassen, um mit einer Frau zusammenzuleben, die seine Tochter sein könnte.

Was hat das mit dem richtigen Denken zu tun?, widersprach sie sich selbst. Der Mann war verliebt. Wie ihr Vater zugab, hatte Liebe weder mit dem richtigen Denken noch mit Logik zu tun. Vielmehr hatte sie eine eigene Logik, weit entfernt vom richtigen Denken. Dort führten die Leidenschaften das Wort; ein eigenartiger, komplizierter Prozess, der dem Geist ständig ein Bein stellte, ihn in die Tiefe mitriss und in die falsche Richtung lenkte. Ihr Vater liebte ihre Mutter und vermisste seine Tochter schrecklich, wenn sie nicht bei ihm war, aber als er Nilgün begegnete, änderte sich das. Ach, das ist doch längst Vergangenheit, sagte sie sich. Sie sollte sich lieber an die eigene Nase fassen, statt über ihren Vater herzuziehen. Auch sie hatte sich getrennt. Sie hatte sogar alle Zugeständnisse Orhans, all seine Versuche einer Aussöhnung ignoriert. Aber sie hatte ihre Ehe nicht wegen einer Affäre beendet! Es ging irgendwann nicht mehr weiter zwischen ihnen;

alles, was der Mann tat, hatte sie nur noch gestört. Orhan war nicht aufrichtig. Seine gekünstelte Liebe war doch nur eine andere Art von Lieblosigkeit.

Während ihre Gedanken wie Ölweidenzweige in der Strömung des Euphrat ins Ungewisse flossen, hörte sie Halaf kommen. Er stieg aus dem Minibus und lächelte erstaunt, als er die Grabungsleiterin immer noch unter der Laube sitzen sah.

»Ist etwas passiert, Esra Hanim? Zu dieser Stunde sind Sie doch sonst immer auf Ihrem Zimmer?«

Esra schaute den großherzigen jungen Mann vom Stamm der Barak dankbar an.

»Es ist nichts. Ich wollte noch ein wenig die kühle Luft genießen.«

»Tun Sie es! Soll ich Ihnen einen Tee machen?«

»Nein, danke!«

»Einen Kaffee?«

»Na gut«, sagte Esra. Nicht, weil sie wirklich Lust auf Kaffee hatte, sondern um den Koch nicht zurückzuweisen. »Aber du trinkst auch einen.«

Esra sah Halaf nach, als er zur Küche schritt. Er war ihr von Kemals Freund Rüstem Bey empfohlen worden, dem Leiter des Archäologischen Museums in Antep. Bei den Grabungen in Adiyaman, die Archäologen aus Ankara durchgeführt hatten, hatte er als Koch und Fahrer gearbeitet. Die Ankaraner waren sehr zufrieden mit ihm gewesen. Von Beruf war er Koch; bis zum Militärdienst hatte er in einem namhaften Restaurant von Antep, bei Imam Çagdas, gearbeitet. Zurück vom Militär, war er nach Istanbul gegangen und hatte im Restaurant Bedir in Samatya gekocht. In Istanbul nutzte er die Gelegenheit, seine reichen Kenntnisse der Küche Anteps, die eine Zusammensetzung aus türkischen, kurdischen und arabischen Speisen ist, um die Gerichte fast aller Regionen der Türkei zu ergänzen. Aber als der Dunkle Nuri aus Urfa, einer der Meister, mit denen er zusammenarbeitete, eines Tages seine Ehre tätlich angreifen wollte, hatte er das Messer, mit dem er das Fleisch von den Knochen trennte, gezückt und dreimal auf den alten Päderasten eingestochen. Ungefähr ein Jahr lang saß er im Gefängnis. Nach seiner Entlassung wollte er nicht mehr in Istanbul bleiben und kehrte nach Antep zurück. Doch leider brachte ihm seine Heimatstadt auch kein Glück; seine früheren Meister, die von seiner Gefängnisstrafe erfahren hatten, wollten ihn nicht mehr einstellen. »Der Kerl ist ein Halunke geworden«, sagten sie. So hatte Halaf mal hier, mal dort gearbeitet und konnte dank Rüstem Bey auch Archäologen begleiten. Sie bezahlten gut, aber das Wichtigste war, sie waren verständnisvoll und behandelten ihn menschlich.

Auch Esra war zufrieden mit Halaf. Er war höflich, sauber, ehrlich. Und vor allem, er war fleißig. Auch wenn das manchmal in Übereifer ausartete, scheute er sich vor keiner Aufgabe im Camp und eilte jedem zu Hilfe.

Zehn Minuten später goss Halaf den wenig gesüßten, gut aufgeschäumten Kaffee in die Tassen und trug die leere Cezve wieder in die Küche. Als er mit zwei Gläsern Wasser zurückkam, hatte Esra schon ihre Zigarette angezündet und den ersten Schluck genommen.

»Eline saglik, gesegnet seien deine Hände, köstlich.«

»Afiyet olsun, wohl solls Ihnen bekommen. Ist zwar nicht so gut wie der Zimmerkaffee bei uns, aber ...«

»Was ist das, Zimmerkaffee?«

»Bei uns in den Barakdörfern gibt es Gemeinschaftszimmer. Das sind Orte, an denen die Männer sich treffen. Wer reich und wohlhabend ist, richtet so ein Zimmer ein. Auch Gäste empfängt man dort. Jeden Tag wird gekocht. Die Angelegenheiten des Dorfes, neue Ereignisse, alles bespricht man dort.«

»Eine Art Versammlungsort, wie die Agora in den römischen Städten.«

Halaf verstand nicht, was sie meinte, und erzählte weiter: »Dann holt man auch Kinder, die heranwachsen, in diese Zimmer. Man bringt ihnen Manieren bei. Mich hat man auch in diesen Zimmern erzogen. Der Kaffee dort ist sehr stark und schmeckt ganz besonders. Du trinkst einen Schluck und bist so zufrieden, als hättest du fünf Tassen getrunken.«

»Interessant. Lass uns mal in euer Dorf fahren.«

»Wann immer Sie möchten, Esra Hanim«, freute sich Halaf. »Sie werden mein Ehrengast sein. Aber wovon ich erzähle, war vor zehn Jahren. Die Zimmer sind zwar noch da, aber es ist nicht mehr so wie damals. Jetzt ist das Fernsehen gekommen, und die Leute bleiben lieber zu Hause.«

»Dann müssen wir den Kaffee also vergessen?«

»Oh, nein, die Meister des bitteren Kaffees sind noch am Leben. Wir gehen zu Resit dem Kurden, er ist der größte.«

»Apropos, heute Morgen hast du dem Hauptmann gesagt, du seist Kurde. Sofern ich weiß, stammen die Baraks von den Turkmenen ab.«

»Sie haben recht, Esra Hanim, die Baraks sind Turkmenen. Aber hier war eine Durchmischung wie bei den Vögeln. Sie haben sich gegenseitig Bräute gegeben, sind Verwandte geworden. Turkmenen haben sich mit Arabern vermischt, Araber mit Kurden. Aber die Gebräuche der Baraks sind nicht verschwunden.«

Wie die Hethiter, die vor Tausenden von Jahren gelebt haben, dachte Esra. Hatten sie sich nicht auch mit Aramäern und Luwiern vermischt? Auf diesem Boden veränderten sich also manche Dinge nie.

»Der Großvater meines Großvaters, Saban Aga, kam aus Urfa«, erzählte Halaf weiter. »Er war Kurde. In Siverek hat er zwei Menschen getötet und ist hierher geflohen. Das war zur osmanischen Zeit. Saban Aga war kühn und grausam. Den Osmanen diente er zuerst als Soldat, dann als Offizier. Wenn er nicht Offizier geworden wäre, hätte er hier keine Chance gehabt. Jeder gehörte einem Stamm an, Fremde wurden nicht akzeptiert. Aber wie gesagt, dann wird er Offizier des Osmanischen Reiches, und ab da hat sich alles geändert. Die Stämme haben ihn gefürchtet und geachtet. Er hat vier Frauen von den Baraks geheiratet. Alle haben von ihm Kinder bekommen. Er hat den Osmanen Boden abgekauft und sich dort niedergelassen. So ist unser Dorf Alagöz entstanden.«

Esra erinnerte sich an den Verdacht des Hauptmanns. »Gibt es in eurem Dorf jemanden, der der Organisation beigetreten ist?«

»Ja, Cemil, der Sohn von Ayyus. Er ist vor zwei Jahren in die Berge gegangen, diesen Winter kam seine Leiche zurück. Aber auch zwei Soldaten aus unserem Dorf sind erschossen worden: Ferit, der Sohn von Döne dem Verrückten, und Mahmut, der Sohn von Haco. Glauben Sie etwa wie der Hauptmann, dass die Organisation dahintersteckt?«

»Ich denke nicht so. Aber ich kann den Hauptmann verstehen. Er hat schon viel durchgemacht.«

»Er hat viel durchgemacht, aber er denkt falsch. Hier gibt es keine Organisation, nicht mal eine Spur davon. Und selbst wenn sie hier ihre Leute hätten, dann würden sie doch nicht Haci Settar töten. Sie nehmen vielleicht die Gendarmeriewache unters Kreuzfeuer oder erschießen die Dorfschützer. Aber einen so heiligen Mann wie Haci Settar rühren sie nicht an.«

»Woher weißt du das?«

»Mahmut, der jüngere Sohn der Genceli, ist in den Bergen. Man erzählt, er sei Kommandant geworden. Als dieser Mahmut klein war, stieg er nie von Haci Settars Knien herunter. Er hat die Religion immer geachtet. Aber dann ging er nach Diyarbakir zur Oberschule und hat sich verändert. Trotzdem hat er Haci Settar weiterhin verehrt. Wenn er in die Kleinstadt gefahren ist, hat er zuerst den alten Gläubigen besucht, ihm die Hand geküsst und seine segnenden Gebete entgegengenommen. Es gibt also überhaupt keinen Grund, warum die Organisation ein Feind von Haci Settar sein sollte.«

»Ich weiß nicht«, seufzte Esra unschlüssig. »Und was meinst du zu Fayat?«

»Dieser Fayat, den ich verprügelt hab?«

»Vielleicht nicht er persönlich, aber die Männer hinter ihm, um den Vorbeter Abid.«

»Wenn Abid ein Mann wäre, würde er erst seine Ehre retten«, erwiderte Halaf mit Abscheu. »Seine ältere Schwester Belkis, die im Dorf Göven lebt, ist seit Jahren die heimliche Nebenfrau von Resat Aga. Immer, wenn Resat Aga Lust hat, geht er zu ihr.«

»Hat diese Belkis keinen Mann?«

»Ihr Mann ist in Deutschland. Er ruft nie an, kümmert sich gar nicht. Die Frau ist auf sich selbst gestellt. Wenn Abid ein Mann wäre, würde er seine Schwester nicht in die Hände von Resat Aga geben …«

Esra war dem Vorbeter einmal begegnet. Er war um die dreißig, klein, dunkelhaarig, mit eckigem Gesicht und dünnem Schnurrbart. Er musterte sie mit gesenkten Augenbrauen und einem Blick, von dem sie nicht wusste, ob er freundlich oder feindlich war.

»Nein, Esra Hanim«, sprach Halaf weiter, »die bringen so was nicht fertig. Das sind Lahmacun-Gläubige. Ist irgendwo ein Begräbnis mit Essen, eine Mevlitfeier mit Sorbet, tauchen sie sofort auf. Jemanden zu töten, das kriegen sie nie hin.«

»Aber Fayat war sich nicht zu bequem, herzukommen und uns zu drohen.«

»Bestimmt hat Memili der Einarmige ihn angestachelt. Fayat ist eigentlich nicht der Mann, der sich alleine hierhertraut.«

»Gut, aber wer hat dann Haci Settar getötet?«

»Sehmuz, wer denn sonst?«

»Du hast gehört, was der Hauptmann gesagt hat.«

»Hab ich. Ich glaube, es war so, wie Kemal Bey gesagt hat. Zuerst haben sie die ausgegrabenen Schätze im Gartenhaus versteckt. Dann hat Sehmuz den anderen, diesen Bekir, weggeschickt und ist zur Moschee gegangen.«

»Ist es nicht riskant, in der gleichen Nacht zwei Straftaten zu verüben?«

»Sehmuz kümmert sich nicht um das Risiko. Er klaut die Tafeln und Statuen, es passiert nichts. Da hat er wohl gedacht: Gut, dann kann ich die Sache mit Haci Settar auch gleich erledigen.«

»Und wen werden deiner Meinung nach die Leute in der Kleinstadt dafür verdächtigen?«

»Ich weiß nicht. Wenn wir heute hingefahren wären, hätten wirs erfahren.«

»Manche sagen auch: Die haben das Schwarze Grab geöffnet, und das haben wir jetzt davon.«

»Das sind bestimmt die Männer von Memili dem Einarmigen und Fayat. Außer ihnen redet niemand so. Aber unsere Leute werden das nicht glauben. Jeder weiß, was Memili und auch die anderen um den Korankurs herum für Typen sind.«

»Werden sie nicht Druck ausüben, damit wir die Ausgrabung beenden?«

»Wer soll das machen? Das trauen die sich nicht. Und Sie rühren ja das Schwarze Grab nicht an. Sie graben zwanzig Meter weiter. Selbst wenn Sie das Schwarze Grab öffnen, wird niemand was dagegen sagen.«

»Bist du dir sicher?«

»Natürlich. Respekt vor dem Schwarzen Grab, Angst vor dem Jenseits und so weiter, das war früher. Jetzt sind alle darauf aus, reich zu werden. Hier ist der Boden ergiebig, und es gibt sehr wenige, die kein Feld besitzen. Deswegen war es auch so schwer, Arbeiter für die Ausgrabung zu finden. Niemand möchte böses Blut mit dem Staat.«

»Sind wir der Staat?«

»Na klar! Ist Hauptmann Eşref nicht auf Ihrer Seite? Machen Sie sich keine Sorgen, niemand wird sich in die Ausgrabung einmischen.«

»Da ist der Hauptmann aber anderer Meinung.«

»Der Hauptmann ist ein seltsamer Mann. Unter uns, die Soldaten nennen ihn Eşref den Verrückten.«

»Du tust ihm unrecht«, sagte Esra streng. »Eşref Bey hat uns sehr geholfen.«

»Seien Sie mir nicht böse, ich gebe nur weiter, was die Soldaten erzählen.«

»Sieh einer an, hier wird Kaffee getrunken, und keiner erfährt was davon!«, wurden sie unterbrochen.

Timothy stand ein paar Schritte hinter ihnen und schüttelte mit gespieltem Ärger den Kopf.

»Ich dachte, du schläfst schon«, sagte Halaf und stand auf. »Aber bitte schön, ich kann dir auch einen machen.«

Der Amerikaner kam näher und klopfte dem Koch, der einen Kopf kleiner war als er, freundlich auf den Rücken.

»Ich mache nur Spaß. Türkischer Kaffee ist nach dem Essen gut. Wenn du ihn vor dem Schlafengehen trinkst, kannst du nicht einschlafen.«

»Wenn Sie mir sonst nichts zu sagen haben, gehe ich abwaschen«, sagte Halaf kleinlaut.

Als Esra ihn so bedrückt sah, merkte sie, dass ihr Ton etwas zu streng gewesen war. Deshalb sagte sie freundlich: »Vielen Dank, lieber Halaf. Der Kaffee war köstlich. Ich danke dir auch für das Gespräch.«

Halaf lächelte. Seine weißen Zähne blitzten in seinem sonnengebräunten Gesicht. Er sammelte die leeren Tassen ein und ging in die Küche.

Timothy setzte sich Esra gegenüber. Seine glatten hellbraunen Haare waren sehr kurz geschnitten; große schwarze Augen unter Brauen, die so fein gezeichnet waren wie bei einer Frau, betrachteten ihre Umgebung, als würden sie über alles spöttisch lächeln. Sein kurzer kupferfarbener, hier und da ergrauter Bart verlieh seinen markanten Gesichtszügen einen reifen Zug. Ein schöner Mann, dachte Esra, während sie ihn betrachtete. Es war nicht schwer, Elif zu verstehen; merkwürdig war eher, dass sie selbst sich anstatt für Timothy für den Hauptmann interessierte. Sie war der Auffassung, Liebe würde dem Bedürfnis nach einem anderen Menschen entspringen, und schon bei ihrer ersten Begegnung mit Timothy hatte sie gespürt, dass er niemanden brauchte. Aber konnte das sein; brauchte nicht jeder Mensch andere, egal, wie stark er war? Bestimmt, aber Timothy wirkte nicht so. Mit ihm konnte man vielleicht eine angenehme Zeit verbringen, aber sicher keine tiefer gehende Beziehung erleben. Und der Hauptmann? Sie wusste nicht, warum er ihr so gefiel. Sie wusste nur, dass dieser Soldat mit der von den Qualen des Krieges erschöpften Seele sie beeindruckte und in Erregung versetzte. Dabei hatte sie gar keine Zeit für die Liebe. Sie hatte in ihrem Beruf eine große Chance bekommen; schon bei der ersten Ausgrabung, die sie leitete, hatte sie mit ihrem Team einen bedeutenden Fund gemacht. Das sollte sie wichtiger nehmen als alles andere! Anstatt sich ausgerechnet für den Mann zu interessieren, der für sie am allerwenigsten infrage kam. »Stell dich nicht in den Mittelpunkt des Geschehens! Du kannst nicht alle Probleme selber lösen, kannst nicht allem gerecht werden.« Deswegen diese gespielte Entschlossenheit, diese augenscheinliche Stärke. Dieser Versuch, sich zu beweisen und allen zu zeigen, wie viel sie aushalten konnte und wie gut sie war.

»Dich scheint etwas zu beschäftigen.« Timothys Stimme unterbrach den Fluss ihrer Gedanken. »Sonst würdest du um diese Zeit nicht draußen sitzen.«

»Es ist nichts, ich genieße einfach nur die kühle Luft.«

»Zu viel davon tut auch nicht gut in dieser Gegend, nicht, dass du dich erkältest.«

»Du sprichst wie jemand von hier. Obwohl du Amerikaner bist, kennst du dich hier besser aus als ich.«

»In Yale hatte ich einen Professor, der war Assyrologe, Mr. Weiss. Er pflegte zu sagen: ›Archäologen haben keine Heimat. Dein home ist dort, wo du arbeitest.‹ Vor zehn Jahren war ich im Irak zu Hause. Jetzt bin ich hier, mein Zuhause ist nun hier.«

»Trotzdem vermisst du bestimmt hin und wieder dein Land.«

»Natürlich. In manchen Nächten denke ich an New Haven. Ich vermisse die Sommerabende, die ich mit meiner Familie verbracht habe. Bei uns ist der Sommer sehr heiß. Tag und Nacht wirst du von einer schwülen Hitze erstickt. Manchmal überquert der kühle Wind vom Ozean die Meerenge von Long Island, erreicht unser zweistöckiges Gartenhaus und spielt sanft auf den Windglocken, die mein Vater am Balkon aufgehängt hat. Sogar hier höre ich in manchen Nächten dieses zarte Klingen.«

»Lebt deine Familie in New Haven?«

Timothy schüttelte den Kopf.

»Leider sind meine Eltern gestorben.«

»Tut mir leid.«

»Ich war traurig«, sagte Timothy gedankenverloren. »Aber als ich darüber nachdachte, habe ich eingesehen, dass es falsch war, zu trauern. Sie haben ein langes und glückliches Leben geführt. Mein Vater hätte im Zweiten Weltkrieg sterben, meine Mutter Opfer von Straßengaunern werden können, ihre Zahl nimmt ja jeden Tag zu. Zum Glück ist nichts dergleichen passiert. Meine Mutter wurde einundsiebzig und mein Vater fünfundsiebzig, und sie haben sich immer geliebt. Sie sind auch zusammen gestorben, bei einem Flugzeugunglück. Ihr einziger Wunsch, der unerfüllt blieb, war, ihre Enkelkinder zu umarmen.«

»Du hast auch keine Kinder, nicht wahr?«

»Nein, dazu kam es nicht ... Ich habe die Tafeln untersucht, die Hauptmann Eşref gebracht hat.«

»Sind sie beschädigt?«

»Nein. Hier und da gibt es Bruchstellen und Risse, aber man kann die Schrift lesen. Oder wenigstens erraten.«

»Das freut mich. Ich mache mir solche Sorgen, dass Patasanas Aufzeichnungen unvollständig bleiben.«

»Ich glaube nicht. Die Fortsetzung folgt bestimmt.«

»Meinst du, die Tafeln sind im Keller der Schule wirklich in Sicherheit?«

»Hast du Angst, sie könnten geklaut werden?«

»Das auch, aber vor allem habe ich Angst, sie könnten die Wärme und das Licht nicht unbeschadet überstehen.«

»Es gibt nichts zu befürchten. Die Tür ist solide und abgeschlossen. Und wenn die Tafeln 2700 Jahre überstanden haben, glaube ich nicht, dass sie die paar Wochen nicht aushalten. Der Keller dieser Schule ist zwar nicht so ordentlich wie unsere Beinecke-Bibliothek, aber er ist dunkel und kühl genug.«

»Die Beinecke-Bibliothek?«

»Entschuldige, ich wollte nicht angeben. Die Bibliothek Beinecke ist sehr berühmt, ich dachte, du wüsstest davon.«

»Und wo soll sie sich befinden, diese berühmte Bibliothek?«

»Bei uns in Yale. Sie enthält viele wertvolle Bücher und Handschriften aus aller Welt. Beinecke fällt zwischen den gotischen Gebäuden der Universität als ein Wunder der modernen Architektur auf. Für die Fenster hat man anstelle von Glas einen sehr feinen, lichtdurchlässigen Marmor eingesetzt. So hat man verhindert, dass Tageslicht die Bücher und Handschriften beschädigt. Drinnen gibt es auch spezielle Paneele, die die Temperatur und Feuchtigkeit konstant halten.«

»Interessant.«

»Wenn du eines Tages nach Amerika kommst, zeige ich sie dir.«

»Sehr gerne … Vielleicht stoßen die Tafeln von Patasana auf ein so großes Interesse, dass uns Yale einlädt, ohne dass du mich einladen musst.«

»Warum nicht? Es ist keine Frage, dass die Tafeln auf Interesse stoßen werden. Wann wird eigentlich die Pressekonferenz stattfinden?«

»Das Deutsche Archäologische Institut wird den Termin festlegen. Ich glaube, in ein oder zwei Tagen werden wir es wissen. Vor allem muss die Übersetzung der Tafeln rechtzeitig fertig sein.«

»Du hast recht, ich habe die Übersetzungen ein wenig vernachlässigt. Aber ich verspreche dir, morgen werde ich mich hinsetzen und den ganzen Tag Tafeln transkribieren.«

Neunte Tafel

Du, der hartnäckige Leser dieser Tafeln, ich werde dir von der größten Scham, von der sprudelndsten Freude meiner frühen Jugend erzählen. Ich werde dir von der unbarmherzigen Liebesfalle, in die ein junger Mann hineinfällt, dem sein eigener Körper einen Streich spielt, erzählen, davon, wie eine tödliche Leidenschaft aufkeimte.

Als es kein einziges Zeichen dafür gab, dass schöne Tage folgen würden, und ich die finsteren Winternächte endlos wähnte, klopfte das neue Jahr mit einem warmen Wind, der den Regen mit sich trug, unverhofft an das Tor unserer Stadt. Sein Schritt aus Licht fiel auf unsere Schwelle, die aschgrauen Wolken zogen fort, die Sonne zeigte sich in ihrer ganzen Freigebigkeit, der Euphrat wurde ertragreich, das Getreide spross hoch, und die Bäume standen in Blüten. Unsere Stadt wusch sich mit jedem Regentropfen; sie reinigte sich und bereitete sich auf das junge Leben vor wie eine Prinzessin, die ihre Krönung erwartet.

Das Neujahrsfest wurde in unserer Stadt, im Unterschied zu den anderen Zeremonien, nicht im Großen Tempel begangen, sondern im kleinen einstöckigen Tempel inmitten der üppigen Felder jenseits des Königstores.

Als der Festtag anbrach, konnte ich meine Aufregung kaum noch zügeln. In der Nacht davor hatten meine Augen keinen Schlaf gefunden. Am nächsten Morgen würde ich zum ersten Mal mit einer Frau zusammen sein. Ich wand mich die ganze Nacht im Bett hin und her und fieberte dem Morgen entgegen. Mein Vater, der mich früh aufstehen und alle anderen wecken sah, erklärte sich meine Heiterkeit mit der Aufregung ob des Neujahrsfestes. Wir reinigten uns und zogen unsere schönsten Kleider an. Wie immer in den letzten drei Jahren würde ich auch bei dieser Zeremonie an der Seite meines Vaters sein.

Wir begaben uns zum Palast, wo eine freudige Aufregung herrschte. König und Königin waren schon längst erwacht. Die Mitglieder von Panku, der Versammlung der Adligen, zu denen sich auch mein Vater und ich gesellt hatten, und die Bediensteten des Hofes warteten auf das Königspaar, das in dem für das Fest hergerichteten Raum seine prunkvollen Kleider anlegte. Aber das Ankleiden unserer Herrscher wollte kein Ende nehmen.

Schließlich verließen unser König und unsere Königin in ihren Gewändern, die ihnen gut standen und zur Ehre gereichten, das Zimmer. Hinter zwei Bediensteten und einem Wächter schritten sie aus dem Palast. Wir folgten ihnen. Sobald sie durch das Tor des Hofes gegangen waren, nahmen Musikanten und Hymnensänger ihre Plätze neben ihnen ein. So machte sich der Prozessionszug auf den Weg. Die Musikanten fingen an, ihre Instrumente zu spielen, und die Hymnensänger, Gebete zu sprechen und zu tanzen. Unser König Pisiris verfolgte mit stolzem Lächeln die Tänzer und ging gemächlichen Schrittes. Hinter ihm liefen wir, die Adligen. Uns wiederum folgten die Bediensteten des Hofes, die die Rinder, Schafe, den Wein und die Lebensmittel als Opfergaben für die Götter mit sich führten. Ganz zum Schluss kam das Volk. Unsere farbenfrohe Prozession durchquerte die Stadt und das Königstor und lief bis zu dem kleinen Tempel inmitten der ertragreichen Felder.

Im Tempel wurden König und Königin von dem Oberpriester Valvaziti empfangen. Nach den Empfangsgebeten betrat der Oberpriester zusammen mit den anderen Priestern und den Musikanten den Tempel. Diejenigen, die im Garten geblieben waren, tanzten, Hymnen singend, noch einmal vor dem König und der Königin. Dann näherten sich zwei Bedienstete des Hofes mit Kannen in den Händen dem Königspaar. König und Königin wuschen mit dem dargereichten Wasser die Hände und betraten den Tempel. Ihnen folgten einige wenige Adlige, zu denen auch mein Vater und ich gehörten. Sobald wir eintraten, fingen die Priester auf ein Zeichen des Oberpriesters Valvaziti wieder an, Hymnen zu singen. König und Königin knieten vor den Göttern nieder und verbeugten sich ehrfurchtsvoll. Wir taten es ihnen nach. Während sich das Königspaar zum Thron begab, nahmen wir mit gesenkten Köpfen zu ihrer Linken Platz.

Nach den Gebetshymnen trat der Erste Koch des Hofes mit zart gekochtem Opferfleisch ein. Er legte das Fleisch auf die heiligen Stellen des Tempels, auf den Herd und auf Riegel von Tor und Fenster. Dann nahm er den heiligen Löwenkrug und reichte ihn dem König. Der König berührte den Wein mit der Hand. Und der Erste Koch reichte den Wein den Göttern dar.

Ein neuer Akt der Zeremonie fing an. König und Königin erhoben sich vom Thron und verbeugten sich wieder ehrfurchtsvoll vor den Göttern. Die Musikanten und Hymnensänger wurden hinausgeleitet. Das Zepter mit gebogener Spitze und die goldene Lanze, die Symbole des Königtums, wurden hineingetragen. Der König empfing das Zepter und setzte sich in Begleitung der Königin wieder auf den Thron. Dem Königspaar wurden wieder die Hände gewaschen. In der Zwischenzeit war auch der heilige Tisch hineingetragen worden. Er wurde mit Speisen gedeckt. Ein Brot wurde von Hand zu Hand dem Ersten Hofbediensteten weitergereicht. Er brach das Brot entzwei. Das zweigeteilte Brot wurde, über die Hände wandernd, hinausgeschickt.

Danach fingen die Musikanten zu spielen an, aber dieses Mal ohne die Begleitung von Hymnen und Liedern. Speisen und Getränke wurden herumgereicht. König und Königin standen auf und erhoben ihre Kelche zu Ehren der Götter, und damit ging man zum gesegneten Essen über. Die heilige Tafel war üppig gedeckt mit Früchten der Ufer des Euphrat, Lammfleisch, Rindfleisch, Wildfleisch, Fischen, den besten Weinen, Bier, Weißbrot, mit allen Speisen, die man sich vorstellen kann, eine wohlschmeckender als die andere. Nachdem jeder nach Herzenslust gegessen und getrunken hatte, standen alle auf ein Zeichen des Oberpriesters auf.

König Pisiris trat an den Tisch, hob sein Trinkglas und sprach: »Bei diesem Fest haben wir für den Sturmgott gegessen und getrunken, uns gesättigt und unseren Durst gestillt. Gelobt seien unsere Götter. Sie mögen uns ihre schützenden Flügel nie verwehren, uns mit Gesundheit segnen und unsere Feinde besiegen. Mit ihrer Hilfe möge das Land Hatti seine alte Größe und den Glanz wiedererlangen. Unser Wort möge überall gültig sein, unser Land sich ausdehnen, unser Name den ganzen Euphrat lang erklingen, unser Ruhm sich überall verbreiten …« Mir fiel auf, wie die Augen von Pisiris in Leidenschaft glänzten, wie seine Stimme vor Gier bebte. Das war auch meinem Vater nicht entgangen; im Angesicht der unersättlichen Habsucht dieses Königs gab er tiefe Seufzer von sich und senkte hilflos den Kopf.

Sobald Pisiris zu Ende gesprochen hatte, erklangen wieder Hymnen, und das Spiel der Instrumente begann erneut. Als die Lieder zu Ende waren, verbeugte sich die Menge vor dem Königspaar, erwies ihm ihre Ehrerbietung und löste sich auf. Als Letzte verließen König und Königin den Tempel. Leider mussten mein Vater und ich mit ihnen zusammen zurückkehren. Es war eine alte Tradition, dass ausnahmslos alle Bediensteten des Hofes den König und die Königin während der gesamten Zeremonie begleiteten.

10

Der nächste Morgen begann für alle früh. Die Sonne war noch nicht aufgegangen, und der Gebetsruf, der aus der Ferne herüberdrang, verlieh dem Morgen etwas Trauriges und Mystisches. Halaf hatte schon Kaffee und Tee gekocht und deckte gerade den Frühstückstisch.

Timothy und Bernd fanden sich als Erste dort ein. Timothy, der nicht zur Ausgrabung mitfahren würde, trug die gleichen Sachen wie am Vortag. Bernd hatte sich wie jeden Morgen rasiert und seinen kakifarbenen Safarihut mitgenommen. Er machte sich nichts daraus, wenn seine Kollegen über ihn lachten: »Ein zweiter Hugo Winckler! Er soll auch so einen Hut getragen haben, als er 1906 in Bogazköy die erste Hethiterausgrabung machte.« Er fing nie mit der Arbeit an, ehe er diesen Hut aufgesetzt hatte, der, wie er überzeugt war, die Hitze wunderbar abwehrte. Nach Timothy und Bernd kam Esra. Die beiden begrüßten sie mit einem höflichen Lächeln. Gleich darauf tauchten Kemal, Murat und Elif auf, nur Teoman war nicht zu sehen.

»Ist Teoman nicht aus dem Bett gekommen?«, fragte Esra.

Kemal schien die Frage nicht wahrgenommen zu haben; das Gespräch mit Elif letzte Nacht war wohl schlecht gelaufen.

»Er ist auf dem Klo«, antwortete Murat. »Noch bevor er sich das Gesicht gewaschen hat, ist er dort hingerannt.«

»Kein Wunder. Wo er abends so viel isst …«, spottete Timothy.

Außer Kemal und Elif lächelten alle.

»Möchte jemand ein Ei?«, erkundigte sich Halaf, der mit dem Käseteller zum Tisch kam.

»Wieso Ei?«, blaffte Kemal ihn an. »In einer Stunde wird es heiß wie in der Hölle. Dann haben wir überall Juckreiz. Willst du, dass wir alle krank werden?«

»Aber Herr Bernd sagt: Kein Frühstück ohne Ei.«

»Ja. Wenn ich morgens kein Ei esse, werde ich nicht satt. Aber nicht einfach so. Ei mit Schinken, in Butter gebraten«, erklärte Bernd daraufhin.

»Ei mit Schinken?« Kemal verzog das Gesicht und deutete auf den Tisch. »Zwei Sorten Käse, schwarze Oliven, eingelegte grüne Oliven, Butter, Honig, Traubensirup, Tomaten, Gurken, Peperoni, reicht das nicht, Bernd?«

»Jedes Land hat seine Frühstückskultur. Bei uns isst man zu Oliven nicht diesen Käse wie bei euch.«

»Ihr esst also keinen Käse?«, fragte Murat.

»Doch, wir essen Käse, aber Schweizer Käse in Scheiben. Auch Marmelade und Croissants dazu. Aber ich ziehe Eier mit Schinken vor.«

»Ist aber völlig ungesund«, widersprach Kemal.

»Ich finde, das ist sehr gesund«, antwortete Bernd entschieden. »In einem russischen Sprichwort heißt es: Frühstücke allein, teile dein Mittagessen mit deinem Freund und dein Abendessen mit deinem Feind.«

Murat wandte sich an Timothy. »Sag mal, warum isst du denn beim Frühstück alles, was man dir vorsetzt? Sofern ich weiß, sind die Amis nicht satt, wenn sie keinen gerösteten Mais essen.«

»Du weißt es eben falsch. Auch wir essen Eier mit Schinken, in Butter gebraten. Aber ich esse mittlerweile alles, was ich vorfinde.«

»In der irakischen Wüste kannst du aber lange nach Schinken suchen.«

»Stimmt, aber wie du siehst, gibt es ihn in der Türkei auch nicht.«

»Zum Glück nicht«, stichelte Kemal. »Sonst würden die meisten von uns ihre Zeit auf dem Klo verbringen, wie Teoman.«

»Wie auch immer, da es eh keine Eier mit Schinken gibt, gibt es auch kein Problem«, beendete Timothy die Diskussion.

Teoman, der inzwischen dazugekommen war, sagte zu Bernd: »Dein Fahrrad hat keine Luft mehr. Es ist nicht ungefährlich hier. Ich würde dir raten, nicht unbedingt nachts zu fahren.«

»Aber in der Nacht bin ich doch gar nicht Rad gefahren«, antwortete Bernd verblüfft.

»So was passiert«, sagte Timothy. »Manchmal verliert ein Reifen von selbst Luft.«

»Lass das Fahrrad, guck dir lieber dich selbst an, Teoman Abi«, scherzte Murat. »Wir dachten, du bist ins Klosett gefallen.«

Dieser dämliche Scherz ärgerte Teoman, aber er tat unbeeindruckt und erwiderte: »Bei uns sagt man, wenn der Wolf altert, wird er zum Gespött der Köter.«

Esra hörte nicht zu. Seit gestern Nacht dachte sie über Halafs Worte nach. Konnte der junge Koch vielleicht recht haben? Hatte die Bevölkerung hier infolge von Wohlstand wirklich den Aberglauben aufgegeben? Oder versuchte Halaf, sie zu beruhigen, weil er seinen Job nicht verlieren wollte? Um das herauszufinden, würde es ausreichen, die Arbeiter zu beobachten. Aber Esra war sich nicht sicher, ob sie heute zur Arbeit erscheinen würden. Wenn sie meinten, die Ausgrabung sei für die Vorfälle verantwortlich, würden sie für die Archäologen nicht mehr arbeiten wollen. Obwohl sie jeden Morgen mit dem Jeep zur antiken Stadt fuhr, beschloss sie, heute im Minibus mitzufahren, mit dem die Arbeiter abgeholt wurden. Sollte sie Zweifel bei den Männern entdecken, würde sie versuchen, diese zu zerstreuen.

Nach dem Frühstück holten Teoman und Kemal die Arbeitsgeräte und setzten sich in den Jeep. Kemal sollte fahren; Elif, die mit ihm heute nicht im gleichen Fahrzeug sitzen wollte, zog es vor, zusammen mit Esra in den Minibus einzusteigen. Das ungewohnte Verhalten seiner Freundin machte Kemal nervös, er sagte aber nichts, startete den Motor und fuhr los zur alten Stadt der Hethiter. Die Mitfahrer des Minibusses mussten warten, bis Halaf mit den Vorbereitungen für die Mahlzeit am späten Vormittag fertig wurde und die Speisen untergebracht waren.

Allmählich wurde es heller. Bis zum Sonnenaufgang war es noch lange hin, aber die trockene Kälte wich mit dem Nachlassen der Dunkelheit, und der dichte Nebel über dem Euphrat löste sich langsam auf. Die Arbeiter würden sie einen Kilometer weiter abholen, an der Steinbrücke über dem ausgetrockneten Flussbett. Jeden Morgen warteten die Männer dort unter dem großen Holzbirnbaum hinter der

Brücke. Aus zwei Dörfern hatten sie gerade mal zehn Leute rekrutieren können. Und selbst das wäre ihnen ohne Haci Settars Hilfe nicht gelungen. Es lebten zwar arme Bauern hier, aber jeder hatte ein Feld zu bestellen, wenn auch ein kleines. Vier von ihnen hatten gleich am Anfang gesagt, sie würden mit der Arbeit aufhören, wenn die Zeit der Baumwollernte gekommen sei. Esra war davon ausgegangen, dass man bis dahin einen großen Teil der Grabungen hinter sich haben würde. Und wenn nötig, könnte man auch Tagelöhner aus der Kleinstadt holen. Aber nach dem Tod von Haci Settar bestand die Gefahr, dass alle Arbeiter abspringen könnten und gar keiner mehr für sie arbeiten wollte.

Esra saß hinter Murat, der den Minibus fuhr, nahm tiefe Züge von ihrer Zigarette und fragte sich, ob sie unter dem Birnbaum die Arbeiter antreffen würden oder nicht. Die Sorge ließ sie nicht los, bis sie die letzte Kurve genommen hatten und sie Mahos stattliche Erscheinung erblickte.

»Sie sind gekommen«, murmelte sie. »Halaf hatte recht.«

»Wollten sie denn nicht kommen?«, fragte Elif schlaftrunken. Statt zu antworten, deutete Esra mit dem Kopf auf die Gruppe der Arbeiter und sagte: »Niemand fehlt, sie sind alle da.«

Maho stand, die anderen hockten auf dem Boden. Nur Sihli, der Mann aus Sih, hatte den Rücken gegen den Baumstamm gelehnt. Ausnahmslos alle rauchten. Der Rauch, der von der Gruppe aufstieg, schlängelte sich durch die dunklen Äste und verlor sich in der üppigen Krone des Baumes.

»Sie sehen aus wie eine Schar Gänse«, sagte Murat. »Maho ist die Leitgans und versucht, Futter zu entdecken.«

Elif lachte leise, aber Esra lächelte nicht einmal.

»Schlechter Vergleich. Sie sind keine Gänse, sie sind Menschen.«

Murat versuchte nicht, sich zu verteidigen. Wie Elif begnügte er sich mit einem stillen Lächeln.

Die Arbeiter hatten den Wagen entdeckt und begannen, sich zu regen. Die Hockenden standen auf und kamen auf die Brücke zu. Als der Minibus am Wegesrand parkte, nahmen sie einen letzten Zug von ihren Zigaretten und warfen die Kippen in das ausgetrocknete Flussbett. Zwei junge Arbeiter starrten Elif und Esra an; sie bemühten sich, die Begierde in ihren feurigen Augen zu verbergen. Sobald die Tür aufging, stiegen alle ein.

»Selamün Aleyküm«, grüßte Maho, während er versuchte, seinen massigen Körper durch die Tür zu zwängen.

»Aleyküm Selam, Meister Maho«, erwiderte Esra den Gruß Gottes. Sie hatte sich mittlerweile an diese Grußformeln gewöhnt. Maho setzte sich neben Esra, die anderen Arbeiter nahmen, einander scherzhaft schubsend, auf den hinteren Bänken Platz.

»Hoffentlich hat es Gutes zu bedeuten, Esra Hanim, dass Sie uns abholen kommen.«

Esra versuchte, entspannt zu wirken. »Weder Gutes noch Böses, Meister Maho. Ich bin sonst immer mit dem Jeep gefahren, aber heute habe ich mir gesagt, ich fahre mal mit dem Minibus. Wie siehts aus? Wie geht es euch?«

Mahos von der Sonne wie Leder gegerbtes Gesicht lag in Falten der Trauer. »Wie soll es uns gehen? Wir haben von Haci Settar gehört, das hat uns niedergeschmettert.«

Esra seufzte: »Ja, wir sind auch sehr traurig. Er war ein guter Mensch.«

»Er war wie ein Heiliger«, sagte einer der Arbeiter. »Vater der Armen.«

»Er war immer mit seinem Gebet beschäftigt«, warf ein anderer ein. »Er hat niemandem gesagt, was er zu tun und zu lassen hat.«

»Was meint ihr, wer kann das getan haben?«, fragte Esra.

»Wer das gemacht hat, der ist nicht von hier«, erklärte Maho entschieden. »Ein Mensch dieses Bodens kann Haci Settar nicht töten.«

Esra wollte gerade »Wen meinst du damit?« fragen, weil sie dachte, er würde ihre Gruppe beschuldigen, doch Sihli kam ihr zuvor: »Wer ihn getötet hat, ist der verfluchte Teufel selbst. Ein Mensch kann so etwas nicht tun.«

»Wenn ich den Kerl erwische, der Onkel Haci getötet hat, werde ich ihn mit meinen eigenen Händen erwürgen«, sagte ein junger Arbeiter leise.

»Wer ihn tötet, geht ins Paradies«, meinte ein anderer. »Der Vorbeter Abid hat es gestern in seiner Predigt auch gesagt: Der Tod von Haci Settars Mörder ist gottgefällig.«

»Die Gendarmen haben Sehmuz festgenommen«, erzählte Esra, um die Reaktionen der Männer zu testen.

»Dieser Hund von Sehmuz ist zu feige für so eine Schweinerei«, entgegnete Maho. »Sie haben den falschen Mann geschnappt. Das hat jemand von außerhalb gemacht.«

»Wer kann das denn sein?«

»Casim hat gesagt, Syrien steckt dahinter.«

»Casim?«

»Der Schmuggler Casim. Er ist der Besitzer des verglasten Teehauses auf dem Markt. Bevor die Grenze vermint wurde, ging er zweimal am Tag rüber. Nach den Minen hat er von diesen Dingen gelassen. Aber er kennt die andere Seite gut. Er kennt jeden in Aleppo. Er ist auf beiden Seiten beliebt und geachtet.«

»Ein Mann mit einem guten Namen, unerschrocken und mutig«, fügte einer der jungen Bauern bewundernd hinzu.

»Vater der Armen«, meinte der Mann, der vorhin dasselbe für Haci Settar gesagt hatte. »Als Schmuggler, wenn er fünf verdient hat, hat er drei unter den Armen verteilt.«

»Er ist immer noch so«, sagte ein schmächtiger Arbeiter, der sich auf dem Rücksitz in eine Ecke gekauert hatte. »An Ramadan lädt er jeden Tag zum Iftar-Essen ein.«

»Warum verdächtigt Casim die Syrer?«

»Warum nicht?«, brummte Maho. »Wir haben den Menschen das Wasser abgeschnitten. Vor dem Staudamm ist zehnmal mehr Wasser runtergeflossen als jetzt. Schneide ihnen das Wasser ab oder die Schlagader, es ist das Gleiche.«

»Gut, aber den Staudamm hat der Staat gebaut, was hat Haci Settar damit zu tun?«, fragte Esra mit zusammengezogenen Augenbrauen.

»Syrien trennt nicht den Staat vom Volk. ›Ihr habt mir Böses getan, jetzt werde ich euren edelsten, heiligsten Mann vom Minarett runterwerfen, damit alle sehen, wie ich bestrafe‹, hat es gesagt. Also, es wollte unserem Staat irgendwie drohen.«

Auch wenn Esra diese kindischen Gedanken nicht ernst nehmen konnte, verspürte sie Erleichterung. Es dachte also niemand an den Fluch des Schwarzen Grabes. Sie hatte gerade beschlossen, dieses Thema nicht anzusprechen, da sagte Sihli: »In der Predigt gestern hat der Vorbeter Abid gesagt: Diese Sache hat auch mit dem Spatenstich auf das Schwarze Grab zu tun. Es ist nicht gut, die Gräber der Heiligen anzutasten.«

Maho drehte sich um und schaute ihn verärgert an. Sihli senkte den Kopf. Niemand sagte ein Wort. Esra beschäftigte sich eine Weile mit dem Geräusch des Motors und dem Klappern der Gegenstände, die auf der unbefestigten Straße durchgeschüttelt wurden. Sie begriff, dass die Arbeiter schon miteinander diskutiert hatten. Sie mussten wohl trotz des Widerspruchs von Sihli beschlossen haben, weiterzuarbeiten. Dachten andere unter ihnen auch so wie er? Selbst wenn, es war eindeutig, dass sie nicht in der Mehrheit waren. Sogar Sihli, der sich vom Vorbeter beeinflussen ließ, war nicht sonderlich entschlossen. Er war ja nicht einmal der Arbeit ferngeblieben. Angriff ist die beste Verteidigung, dachte Esra und sagte: »Hört zu. Was der Vorbeter denkt, weiß ich nicht. Aber der Tod von Haci Settar hat nichts mit dem Fluch zu tun. Ihr seid ja direkt an der Sache beteiligt. Wir haben nicht einmal einen einzigen Stein vom Schwarzen Grab berührt. Im Gegenteil, wir haben es gepflegt und die Umgebung sauber gemacht. Das habt ihr mit eigenen Augen gesehen.«

Im Minibus erhoben sich Stimmen, die sie unterstützten. »Bei Allah, genauso ist es geschehen. Sogar dieser Timothy, den alle Giaur, den Ungläubigen, nennen, und dieser Deutsche, der immer so eisig guckt, haben die Außenmauer vom Schwarzen Grab mit ihren eigenen Händen gestrichen.«

»Das Schwarze Grab hat so eine Pflege noch nie bekommen«, beeilte sich ein anderer zu bekräftigen.

»Achten Sie nicht auf dieses Geschwätz, Esra Hanim«, sagte Maho. »Der Vorbeter Abid hat auf die Unwissenden gehört und deswegen so gesprochen. Er ist nicht hergekommen, er hat das Schwarze Grab nicht gesehen. Denn dann hätte er die Wahrheit erkannt.«

»Vor Abid habt ihr nicht so geredet«, widersprach Sihli.

Maho drehte sich wütend nach hinten und fixierte ihn. »Willst du Stunk anfangen?«, sagte er auf Kurdisch. »Komm nicht mit, wenn du nicht willst. Wir haben dir keinen Brief mit einer angebrannten Ecke geschickt, damit du kommst. Wenn du nicht willst, halte ich den Wagen an, und du steigst sofort aus.«

Sihli sagte nichts und senkte den Kopf, aber Mahos Zorn hatte sich noch nicht gelegt: »Wenn du kommen willst, dann komm, aber halt den Mund! Stifte hier keine Unruhe! Wir jagen alle dem täglichen Brot hinterher. Dein Abid sorgt sich nicht um sein Brot, er bekommt jeden Monat sein Gehalt vom Staat und legt sich in seiner Dienstwohnung aufs Ohr. Wir hungern, wenn wir nicht arbeiten. Arbeit ist das wertvollste Gebet. Das hat unser Prophet gesagt, und der Heilige im Schwarzen Grab hat das genauso gesagt. Von was für einem Fluch schwafelst du?«

Obwohl Esra von all den Worten des Chefs der Arbeitergruppe nur »das Schwarze Grab« verstanden hatte, konnte sie aus der Art und Weise, wie sie gesprochen wurden, auf den Inhalt schließen. Bis sie ankamen, hörte er nicht auf, sich auf Kurdisch zu ärgern, drehte sich aber hin und wieder zu ihr und sagte auf Türkisch: »Entschuldigen Sie, wir sind Menschen ohne Bildung.«

Mahos Worte hatten Esra erleichtert. Als sie durch die Frontscheibe, die Halaf am Vorabend geputzt hatte, bis sie wie ein Spiegel glänzte, die eingefallenen Mauern der antiken Stadt erblickte, rührte sich in ihrem Herzen eine wonnige Aufregung, wie bei der Ankunft zu Hause in Istanbul nach einer langen Reise.

Zehnte Tafel

Als die Zeremonie zu Ende war und König und Königin in den Palast zurückgekehrt waren, erfüllte wonnige Aufregung mein Herz. Ich machte meinem Vater meine Aufwartung und bat ihn um die Erlaubnis zu gehen. Sobald ich sie bekommen hatte, eilte ich schnellen Schrittes zum Tempel. An der langen, mit Reliefs verzierten Mauer verweilte mein Blick für einen Moment bei der Statue der unverhüllten Göttin, die mit den Händen ihren Busen berührte. Meine Füße verlangsamten von selbst ihren Schritt. Schändliche Gedanken schossen mir durch den Kopf, und ich sah zügellose Bilder vor den Augen. Ich spürte, wie mein Gesicht heiß wurde, ich tadelte mich, weil ich die nackte Göttin mit ungebührlichem Blick angeschaut hatte, und verließ rasch diesen Ort. Bevor ich die breite Treppe mit der doppelköpfigen Sphinx zu beiden Seiten erklomm, verbeugte ich mich. Als ich die prunkvolle Eingangstür erreicht hatte, war ich außer Atem. Aber mir war nicht danach, zu warten, so schlüpfte ich gleich hinein. In dem Tempel, den ich schon so oft betreten hatte, überkam mich ein Gefühl der Fremdheit, als wäre ich an einem mir gänzlich unbekannten Ort. Um von den Bediensteten des Tempels nicht in dieser Verfassung gesehen zu werden, versteckte ich mich hinter einer großen Säule und wartete darauf, dass meine Aufregung sich legte. In diesem Augenblick wurde ich der Skulpturen des Sturmgottes Teschup, seiner Frau, der Sonnengöttin Hepat, und der Göttin Kupaba gewahr, die mich ansahen. Das Tageslicht fiel durch das Fenster auf ihre Gesichter; sie wirkten wie lebendig. Meine erhabenen Herrscher schienen mir mit ihren Augen etwas mitteilen zu wollen. Vielleicht hießen sie nicht gut, was ich tat. Sollte ich lieber darauf warten, dass mein Vater eine gesegnete Braut für mich bestimmte, damit ich diese sengende Begierde, die meine Tage und Nächte mit großer Sehnsucht erfüllte, stillen und dieses unaufhörliche Verlangen meines Körpers befriedigen konnte? Wollten mir dies meine Herrscher, die wahren Besitzer meiner Existenz, mit ihren glanzlosen Augen mitteilen? Schließlich besagte keine Regel in dieser Stadt, dass sämtliche jungen Männer mit Tempelhuren schlafen müssen. Je länger ich in die Gesichter meiner Erschaffer schaute, umso mutloser wurde ich. Es ist besser, wenn ich wieder nach Hause gehe, sagte ich mir, doch im selben Augenblick legte sich eine Hand auf meine Schulter. Ich wandte mich um und erblickte den Oberpriester Valvaziti, der seine zeremoniellen Gewänder noch nicht abgelegt hatte.

»Was machst du hier, junger Patasana?«, fragte er mich. Da meine Antwort auf sich warten ließ, erkannte er mit Blick auf mein aufgewühltes Gesicht meine Lage. Er zog die Augenbrauen zusammen und sprach: »Du bist hierhergekommen, um mit einer Tempelhure das Lager zu teilen, nicht wahr?« Ich wusste nicht, was ich antworten sollte. Um nicht weiter in seine zornentflammten Augen sehen zu müssen, senkte ich den Kopf. Der Oberpriester fuhr mit dem Tadel fort: »Und du schämst dich für diese heilige Tat. Die Geschenke dieser aufopferungsvollen Frauen anzunehmen, die ihre Körper darbieten und unserer Göttin dienen, beschämt dich also?« Während er sprach, wünschte ich mir, der Erdboden würde sich auftun, und ich möge darin verschwinden. »Das ist Unwissenheit, aber ich verzeihe dir, weil du noch jung bist. Du brauchst dich nicht zu schämen. Auch die Göttin Kupaba möchte, dass du mit einer dieser heiligen Frauen die Bettstatt teilst. Jage die Scham aus deinem Gesicht, die Angst aus deinem Herzen und folge mir, junger Patasana«, sagte er und schritt voraus.

Wortlos folgte ich ihm. Wir liefen an unseren Göttern entlang und bogen in den Gang mit der hohen Decke und dem gedämpften Licht der Öllampen ein, die vor den Gemächern aufgehängt waren. Eine leise klingende Musik, deren Quelle ich nicht ausmachen konnte, und die angenehm riechenden Duftlampen luden mich ein in eine Welt der Träume. Meine Unruhe aber war zu groß, als dass es mir gelingen wollte, durch das Tor dieser Traumwelt zu schreiten. Vor dem dritten Zimmer blieb der Oberpriester stehen. Er wies auf die Tür und sprach:

»Geh hier hinein und warte. Du wirst erwählt.« Ohne ein einziges Wort zu verlieren, ohne ihm auch nur ins Gesicht zu schauen, verbeugte ich mich ehrerbietig, öffnete die Tür und betrat den Raum.

Es war niemand darin. Die Musik, die ich draußen vernommen hatte, war auch hier zu hören, und der Duft der Lampen lag schwer in der Luft. An der rechten Wand stand ein breites Bett. Die Stickerinnen hatten die Bettdecke mit großer Gewandtheit mit dem Euphrat, dem Schilf an seinen Ufern, den Vögeln, die über das Wasser flattern, und den Fischen, die im Fluss schwimmen, verziert. Hilflos und unschlüssig stand ich im Zimmer herum. Auf einmal hörte ich Schritte, die sich näherten. In panischer Angst setzte ich mich an den Bettrand. Ein wenig später wurde die Tür geöffnet. Zwei Frauen in schneeweißen Gewändern, die Häupter unverhüllt, traten ein. Sie lächelten achtungsvoll und begrüßten mich. Sie verhielten sich so ungezwungen, dass ich vermutete, sie seien meisterliche Tempelhuren, die sich mit Liebesspielen auskannten. Als sie näher traten, bemerkte ich eine dritte Frau. Sie schien sich hinter ihnen zu verstecken. Da strebten die beiden vorderen Frauen auseinander und erlaubten mir den Blick auf sie. Sie hielt den Kopf gesenkt. Ihr schwarzes Haar fiel auf das weiße Kleid, das ihren zarten Körper verhüllte. Langsam hob sie den Kopf und richtete ihre dunkelbraunen Augen, ängstlich und scheu wie die einer Gazelle, auf mich. Als ich in ihre warmen Augen blickte, die tief in die meinen drangen, verstand ich, ich begegnete meiner ersten Liebe, der Frau, die mein Leben verändern würde. Freudig, aufgeregt und voller Angst erhob ich mich.

11

Die zwei Soldaten erhoben sich und gingen Esra erleichtert entgegen. Inmitten der Ruinen, die sich in der Dunkelheit in furchterregende Gestalten verwandelten, hatten sie die ganze Nacht bange und schlotternd vor Kälte gewartet. Als gegen Mitternacht der Wind aufbrauste und den Ästen der wohlriechenden Ölweide am Schwarzen Grab Töne entlockte, die an ein Stöhnen erinnerten, hatten sie sich bis zu den Schlossruinen zurückgezogen, ihren Kommandanten Eşref, den Verrückten, mit Schimpfworten bedacht und ein Gebet nach dem anderen gesprochen, dass es bald heller werden möge. Zum Glück hatte sich der Wind irgendwann gelegt, und der Jeep der Archäologen war auf dem engen Weg aufgetaucht. Beim Anblick des Wagens hatten die Soldaten den herannahenden Moment der Rettung gewittert und waren mit großen Schritten hinunter zur Straße geeilt, doch als sie von einem griesgrämigen Typen namens Kemal erfahren hatten, die Ausgrabungsleiterin sei in einem anderen Fahrzeug, hatten sie ihr Warten fluchend wieder aufgenommen. Wenn es nach ihnen gegangen wäre, hätten sie Esra Hanim und auch jeden sonst zum Teufel gejagt und diesen Ort auf der Stelle verlassen. Aber der Befehl des Kommandanten war eindeutig: Der Ausgrabungsort durfte nicht verlassen werden, bevor sie mit Esra Hanim gesprochen hatten. Zusammen mit ihnen wartete Selo, der Wächter der Ausgrabung. Selo hatte die antike Stadt zur selben Zeit erreicht wie der Jeep und war niedergeschlagen, weil er in der Erfüllung seiner Pflicht versagt hatte. Als dann eine halbe Stunde später der Minibus ankam, beeilte sich Selo nicht weniger, die Ausgrabungsleiterin an der Wagentür zu empfangen. Die Soldaten waren jedoch flinker und sagten in einem Atemzug, sie wollten zurück zur Gendarmeriewache. Esra bot ihnen Frühstück an, aber als sie dies ablehnten, erlaubte sie ihnen zu gehen und beauftragte Murat, sie zur Wache zu fahren.

Selo hatte gewartet, bis die Ausgrabungsleiterin das Gespräch mit den Soldaten beendet hatte. Dann ging er verzagt zu ihr.

»Verzeihen Sie mir, Esra Hanim!«

»Das war nicht in Ordnung, Selo. Wir haben dir die Ausgrabung überlassen, damit du sie beschützt, und du überlässt sie Dieben.«

»Allah sei mein Zeuge, ich habe von nichts gewusst. Die ganze Schurkerei liegt bei diesem ehrlosen Memili. Mich hat er auch reingelegt.«

»Und wenn dich wieder jemand reinlegt?«

»Nein, so was passiert nicht mehr. So eine Dummheit begehe ich nur einmal. Nie wieder.«

Esra hatte Mitleid mit dem vorzeitig gealterten Mann.

»Du hast einen großen Fehler gemacht. Aber ich werde dich nicht entlassen.«

Selo lächelte dankbar und zeigte dabei seine vom Tabak verfärbten Zähne voller Lücken. »Gott möge es Ihnen vergelten!«

»Aber wenn du dich noch einmal von der Ausgrabung entfernst oder jemanden hier hereinlässt …«

»Ich schwöre. Ich schwöre auf den Kopf meines neugeborenen Enkels: Hier kommt keiner mehr rein, weder dieser Einarmige noch seine Männer, nicht einmal die Schafe des tauben Schäfers …«

Esra unterbrach ihn, bevor er auch noch Krähen und Spatzen aufzählen konnte. »Ist gut, Selo. Sei von jetzt an wachsamer!«

Sie ließ ihn mit seinem stillen Lächeln stehen und machte sich auf den Weg zur antiken Bibliothek. Sie wollte so schnell wie möglich erfahren, wie groß der Schaden war, den Sehmuz und sein Kumpan angerichtet hatten. Gefolgt von ihren Kollegen, schritt sie über die bucklige Erde zwischen den eingestürzten Mauern und erreichte die Ruine der Bibliothek. Sie hockte sich auf den mit Kies und Lehmbrocken übersäten Boden und untersuchte die Zerstörung.

Sehmuz und Bekir hatten offensichtlich im Quadrat 5D gegraben, das die Archäologen frei geräumt hatten. Um den Diebstahl zu verbergen, hatten sie nach Beendigung ihrer Arbeit die Stelle gekonnt zugedeckt, aber das Auge eines Experten zu täuschen, war eben nicht leicht. Schon auf den ersten Blick konnte man sehen, wo sie gegraben hatten; dort war der Boden dunkler und weicher. Es war jedoch kein größerer Schaden zu erkennen. Anscheinend waren die Diebe, als sie nichts anderes als Tontafeln gefunden hatten, weitergezogen, um an anderen Stellen ihr Glück zu versuchen. Die beiden Skulpturen, den Trinkbecher und die Halskette mussten sie woanders ausgegraben haben. Aber wo? Wahrscheinlich am Tempel, dachte Esra. Doch die Tafeln von Patasana waren für sie viel wertvoller als alle noch unentdeckten Tempel und unberührten antiken Schätze dieser Welt.

»Die Kerle haben sorgfältiger gearbeitet als wir«, wunderte sich Kemal, der neben ihr stand.

»Damit haben sie der Ausgrabung etwas weniger Schaden zugefügt. Dafür müsste man sie fast loben.«

»Was ich nicht verstehe, ist, bei wem diese Männer in die Lehre gegangen sind, dass sie so ordentlich graben wie wir?«

»Na, bei wem wohl, bei uns Archäologen natürlich«, sagte Esra und stand auf. »Halaf hat erzählt, dass Memili seine Männer als Arbeiter bei Ausgrabungen eingesetzt hat. So haben sie gelernt, wie man die Erde vorsichtig lockert.«

Kemal war verblüfft. »Mein Gott, guck dir die an! Echt klug!« Dabei schaute er zu Elif, aber das Mädchen beachtete ihn nicht.

»Wie auch immer, lasst uns mit der Arbeit beginnen«, sagte Esra. Sie schaute zum Himmel, der sich inzwischen rot gefärbt hatte. »Bald wird es brennend heiß.«

»Und Sie, Bernd, graben Sie die Bibliothek weiter aus! Ich werde mit Teoman den Tempel inspizieren.«

Bernd versammelte seine Leute um sich. Die anderen Arbeiter gingen zusammen mit Teoman, Esra und Kemal los. Nach ein paar Metern wandte Esra sich um. »Kommst du nicht mit?«, rief sie Elif zu, die bei Bernd geblieben war.

»Ich möchte ein paar Bilder machen«, erwiderte Elif und zog ihre Kamera aus der Tasche. »Fürs Gericht.«

»Gut, aber lass dir nicht so viel Zeit damit, wir brauchen auch noch Fotos von den anderen Stellen, wo die Diebe gegraben haben.«

Die Ruinen der antiken Stadt erstreckten sich kreisförmig über ein Gebiet von mehreren Kilometern Durchmesser. Im Osten und Süden bildete der Euphrat eine natürliche Grenze. Im Norden lag ein sumpfiges Flussbett, das in alten Zeiten kristallklares Wasser in den Euphrat führte, und im Westen verlief als künstliche Begrenzung die Asphaltstraße. Im Unterschied zu den Feldern ringsum war das Areal mit den Ruinen von trockenem Gestrüpp und Unkraut übersät. Zwischen gelbem Gras, das sich im Wind bog, widerstanden Säulenköpfe, Basaltsteine mit eingravierten Hieroglyphen und Teile eines eingestürzten Torbogens, die nicht vom Staub der Jahrtausende zugedeckt worden waren, sowie unzählige Überbleibsel aus Lehm und Marmor als trotzige Zeugen des vergangenen Lebens weiterhin der Zeit. Aber der eigentliche Beweis für die Existenz der antiken Stadt waren die Ruinen des Schlosses, der Bibliothek und des Tempels innerhalb von Stadtmauern, die auf einem Hügel am Euphrat errichtet worden waren.

Die Archäologen hatten die Ausgrabung innerhalb der Bibliothek und des Tempels begonnen. Der Grabungsleiter der Bibliothek war Bernd, der des Tempels Teoman. Kemal hatte die Funktion des Gebietsleiters inne, Murat übernahm alle kleineren Aufgaben, und Elif machte, wenn sie nicht gerade fotografierte, Notizen. Esra übte die allgemeine Aufsicht aus und sorgte für das Übereinstimmen der Grabungsarbeiten mit der Planung. Aber seitdem die Tafeln von Patasana aufgetaucht waren, hatte sie ihre ganze Aufmerksamkeit auf die Grabungsarbeiten bei der Bibliothek gerichtet. Dass es damals in dieser Stadt eine wichtige Bibliothek gab, hatte sie von den hethitischen Tafeln aus Hattusa und den assyrischen aus Ninova erfahren. Aber einen Text wie den von Patasana zu finden, wäre ihr wie ein Traum erschienen. Falls es ihnen gelingen würde, alles auszugraben, was Patasana geschrieben hatte, würden sie nicht nur das erste inoffizielle historische Dokument in den Händen halten, sondern auch das Schicksal dieser Stadt in allen Einzelheiten erfahren, die 705 v. Chr. von den Assyrern erobert wurde und als die hethitische Metropole bekannt war. Und damit würden sie Licht in die Schatten der Geschichtsschreibung bringen und für die Archäologie einen außerordentlichen Beitrag leisten.

Esra und ihre Kollegen befanden sich jetzt zwischen den Ruinen der Hauptstraße, die damals von einer langen Mauer mit prunkvollen Reliefs umgeben war und von den hethitischen Königen für Zeremonien genutzt wurde, und die heute grünen Eidechsen als Tummelplatz diente. Am Tempel, der ungefähr hundert Meter unterhalb des Schlosses lag, stellten sie fest, dass es ihnen hier nicht so leicht gelingen würde, die Ausgrabungsstelle der Diebe zu finden. Sie mussten Schritt für Schritt den Tempel absuchen, von dem nur die breite Treppe unbeschädigt geblieben war; die Säulen und dicken Steinmauern waren eingestürzt und von Erde begraben worden. Nach einer Stunde fanden sie endlich die Stelle, die die Schatzsucher freigelegt hatten, an einem völlig unerwarteten Ort. Sie war am Fuße einer eingefallenen Mauer im Hof, zehn Meter vor der Sphinx, von der nur der hintere Teil des Rumpfes erhalten geblieben war.

Sehmuz und Bekir hatten auch hier gute Arbeit geleistet und den Boden geschickt zugedeckt, nachdem sie mitgenommen hatten, was sie begehrten. Hätten die Archäologen nicht von dem Diebstahl gehört, sie würden womöglich gar nicht bemerkt haben, dass hier gegraben wurde.

Esra und Teoman hockten sich nieder und betasteten die Stelle. Kemal, fünf Arbeiter und Elif, die sich inzwischen zu ihnen gesellt hatte, standen schweigend im Kreis um sie herum. Esra zerbröselte Erde in ihrer Hand und schaute zu Teoman.

»Denkst du das Gleiche wie ich?«

»Ich glaube, ja.«

Kemal, dessen Gedanken immer noch bei Elif waren, monierte: »Dann erklärt mal, was ihr denkt, damit wir auch erfahren, was los ist.«

»Vermutlich befinden wir uns direkt über dem Ort, an dem die Opfergaben entgegengenommen wurden«, erklärte Esra triumphierend.

»Darf ich vielleicht fragen, wie ihr darauf kommt?«

»Ganz einfach«, sagte Esra. »Wenn jemand an der gleichen Stelle drei Fundstücke ausgraben kann, heißt das, dass es noch mehr davon gibt.«

Daraufhin begann Elif, die Stelle zu fotografieren.

»Aber es kann doch auch das Haus eines Reichen hier gestanden haben«, widersprach Kemal.

»Direkt vor den Treppen des Tempels?«

»Ich bin der gleichen Meinung wie Esra«, sagte Teoman. »Der Raum für die Opfergaben kann nicht weiter oben gewesen sein. Denn es wurden Tiere gebracht, die schwer zu tragen waren, wie zum Beispiel Rehe oder Schweine, auch Fässer mit Wein und Olivenöl, alles schwere Last. Der Raum musste dort sein, wo man die Opfergaben leicht entgegennehmen konnte.«

»Wir können nicht sicher sein, bevor wir gegraben haben«, bemängelte Kemal widerborstig.

»Meinst du etwa, wir sollen das Innere des Tempels verlassen und hier weitergraben?«

»Nur nichts überstürzen, Jungs!«, sagte Esra, während sie sich erhob und die Erde von den Händen klopfte. »Heute Abend besprechen wir die Lage und entscheiden uns danach. Es ist nicht gut, Hals über Kopf den Plan zu ändern.«

»Du hast recht. Wir können ja nicht nach Lust und Laune mal hier, mal dort graben«, bestätigte Teoman.

»Dann an die Arbeit, Kollegen! Wir haben schon genug Zeit verloren.«

Während sich Teoman mit den Arbeitern auf den Weg zum Tempel machte, blieb Kemal stehen und schaute wütend und gekränkt zu Elif. Esra dachte, er würde gleich wieder eine Diskussion mit ihr anfangen, aber dann lief er wortlos den anderen hinterher. Elif hatte Kemals Blick zwar bemerkt, aber nicht darauf reagiert.

»Wie lange wird das noch dauern?«, fragte Esra.

»Bin gleich fertig.«

»Ich meine nicht die Fotos, ich rede über die Verstimmung zwischen Kemal und dir.«

Elif ließ die Kamera sinken. Aus dem Augenwinkel schaute sie Kemal hinterher. »Der Mann ist verrückt. Er ist eifersüchtig auf jeden.«

»Du tust aber auch dein Bestes, damit er eifersüchtig wird.«

Elif sah Esra überrascht an, die zugleich ihre Freundin und Vorgesetzte war.

»Aber du weißt doch gar nicht, was geschehen ist.«

»Was ich gestern gesehen habe, reicht mir. Du bist nicht zu eurer Verabredung gekommen, obwohl du es versprochen hast. Der Junge hat stundenlang auf dich gewartet.«

»Okay, gestern habe ich mich falsch verhalten. Ich habe mich auch entschuldigt. Aber er kennt keinen Halt.«

»Was hättest du wohl an seiner Stelle getan?«

Elif glaubte, Esra sei auf Kemals Seite. Dabei hatte sie gedacht, sie könnte mit ihrer Unterstützung rechnen. »Der Mann behandelt mich wie sein Eigentum. Aber ich habe mein eigenes Leben.«

»Ich behaupte nicht, dass Kemal sich richtig verhält; aber du musst auch ein bisschen aufpassen.«

»Ich passe schon auf, aber das genügt ihm nicht«, sagte sie gereizt. »Wohin ich gehe, wohin ich gucke, was ich anhabe, alles ist falsch. Was kann ich sonst noch tun?«

»Ihr solltet euch nicht verletzen. Das wird sowohl euch als auch ...«

»... der Ausgrabung schaden, nicht wahr?« Elif schaute Esra herausfordernd an. »Du denkst an nichts anderes als an deine Ausgrabung. Und was ist mit den Menschen, mit denen du zusammen bist, mit deinen Freunden, Freundinnen? Mit ihren Sorgen, Problemen? Ein Archäologe muss auch ein Psychologe sein, hast du immer gesagt, aber du bist nicht einmal auf mich zugekommen und hast mit mir von Angesicht zu Angesicht gesprochen.«

Elifs Worte waren messerscharf und taten weh. Und schlimmer noch, sie waren wahr. Esra hatte sich noch nie mit ihr ausgetauscht; sie hatte kritisiert, beraten, gratuliert, aber das hatte immer mit der Arbeit zu tun gehabt. Sie erinnerte sich an die erste Begegnung mit Elif. In Esras kleinem Zimmer an der Universität hatte sie auf dem alten Sessel vor dem schmucklosen Tisch gesessen und erzählt, sie würde Fotografie studieren und sich für Archäologie interessieren. Sie wollte an Ausgrabungen teilnehmen. Ihr Englisch war gut; sie hatte eine fremdsprachige Schule absolviert. Esra hatte ihr aufmerksam zugehört, auch, weil sie seit Langem einen Fotografen gesucht hatte, mit dem sie dauerhaft zusammenarbeiten konnte. Elif hatte wegen Esras Lächeln Mut geschöpft und aufgeregt ihre Fotos in einem grünen Katalog präsentiert. Sie waren gar nicht schlecht. So wurde sie ins Team aufgenommen. Nach der ersten gemeinsamen Ausgrabung hatte Esra sie noch mehr ins Herz geschlossen. Aber wie jetzt deutlich wurde, war es ihr nicht gelungen, diese Zuneigung auch zu zeigen.

»In der ersten Zeit, als Kemal und ich angefangen haben, miteinander auszugehen, habe ich dich nach deinem Rat gefragt«, klagte Elif weiter. »Erinnerst du dich? Ich wollte verstehen, was er für ein Mensch ist. Er ist gut, hast du nur gesagt und mich damit abgefertigt. Als Mensch zähle ich wohl gar nichts für dich ...«

»Du irrst dich. Ich liebe dich wie eine Schwester.«

»Das habe ich nie gespürt.«

»Ich habe versucht, alle gleich zu behandeln.«

»Gleichbehandlung bedeutet nicht, sich gegenüber jedem gleich zu verhalten, sondern jedem die gleiche Sorgfalt zu bieten. Nicht einmal ein Zehntel der Mühe, die du dir für die Ausgrabung gibst, hast du für uns übrig.«

Esra wurde schwer ums Herz. Ja, Elif hatte recht. Aber es gab so viele Probleme, sie wusste nicht, wie sie mit allem fertig werden sollte. Und sie waren hier ja nicht im Urlaub; natürlich musste es in erster Linie um die Arbeit gehen. Nein, Elifs Empfindsamkeit durfte sie nicht persönlich nehmen. Wahrscheinlich war sie tatsächlich in Tim verliebt. Dazu hatte noch der Druck, den Kemal ausübte, ihren Nerven zugesetzt. Ich habe auch genau den passenden Augenblick ausgesucht, um mit ihr zu sprechen, tadelte sie sich, jetzt ist das arme Mädchen völlig fertig. Sie musste verständnisvoller ihr gegenüber sein. Elifs Schulter berührend, sagte sie: »Guck, Elif, vielleicht habe ich dich vernachlässigt. Dafür entschuldige ich mich. Aber wir machen eine sehr schwere Zeit durch.«

Esra spürte Elifs Körper beben, sie weinte. Sollte sie sie jetzt umarmen oder warten, bis sie zu Ende geweint hatte? Unschlüssig stand sie da. Schließlich versuchte sie, ihr die Tränen wegzuwischen. Elif wollte sich Esras Berührungen entziehen, doch dann umarmte sie sie plötzlich und schluchzte: »Ich bin sehr dumm, nicht wahr?«

Esra umarmte Elif und befürchtete, auch gleich zu weinen, wenn sie versuchen würde, etwas zu sagen. Elifs Haare zärtlich streichelnd, brachte sie nur heraus: »Wir müssen einander mehr helfen.«

Eine Weile blieben sie so stehen. Als sich Elifs Schluchzen legte, sagte Esra: »Komm, wir müssen uns zusammenreißen. Man wird lachen, wenn man uns so sieht.«

»Gut«, schniefte Elif und machte sich los. »Wir kriegen das hin, mach dir keine Sorgen.«

Während sie Elif hinterherschaute, die die Treppe des Tempels hochstieg, erinnerte sich Esra, dass auch Orhan sie nicht wenig hatte leiden lassen. Vor allem in der ersten Zeit ihrer Ehe hatte er an allem etwas auszusetzen; er kritisierte ihre Kleidung, die ihm zu eng und freizügig war, und wenn sie sich an der Universität mit einem Kommilitonen unterhalten wollte, machte er ein mürrisches Gesicht und fing mit seinen Eifersuchtstiraden an. Warum macht einer das alles? Aus Angst, die geliebte Frau zu verlieren? Aber wenn sie dich nicht liebt? Vielleicht liebte Elif Kemal nicht. Deswegen durfte ihr niemand etwas vorwerfen. Die einzige Lösung war, dass Kemal einen Stein auf sein Herz drückte und seine Geliebte vergaß. Plötzlich sah sie Murat, der aus der Richtung des Schlosses kam. Er war in Eile, rannte fast.

»Ich habe dich überall gesucht!«

»Was ist los?«

»Der Führer der Dorfschützer wurde umgebracht!«

»Was?«

»Der Führer des Stammes Türkoglu wurde umgebracht!«

»Resat Aga?«

»Höchstpersönlich. Er wurde am Rande des Dorfes Göven gefunden. Man hat ihn geköpft. Und ihm dann den abgeschlagenen Kopf in den Schoß gelegt.«

»Mein Gott!« Esra überlief es eiskalt. Resat Türkoglu war ein mittelgroßer, schmächtiger Mann. Er war höchstens vierzig, wirkte jedoch älter. Er hatte einen sehr dünnen Schnurrbart und lief immer im Anzug herum. Unter dünnen Augenbrauen lugten seine unruhigen, graublauen Augen bauernschlau hervor. Esra sah in ihm weniger einen erbarmungslosen Aga, der die Herzen in Furcht und Schrecken erbeben ließ; vielmehr ähnelte er einem gerissenen Kleinstadthändler. Es hieß, er würde keine Waffe tragen, aber immer, wenn sie ihn gesehen hatte, war er in Begleitung seiner Männer.

»Waren seine Leute nicht bei ihm?«

»Nein. Er war in Göven wegen einer Frau. Deswegen war er allein.«

»Von wem hast du das gehört?«

»Zuerst haben es die Soldaten erzählt, dann der Hirte, der die Leiche gefunden hat. Er war auf der Wache, um seine Aussage zu machen. Ich habe mit ihm gesprochen. Er sagte, er sei gegen Mitternacht aus dem Haus gegangen, um nach Göven zu laufen. Er hütet zusammen mit dem Kleinvieh aus seinem Dorf auch die Schafe und Ziegen der Bauern von Göven. Kurz vor dem Dorf hat er in der Mitte des Weges einen Schatten gesehen. Es war Vollmond, aber das Licht kam von hinten, deswegen hat er nicht erkannt, was es war. Er hat aber etwas Böses gewittert, denn die Hunde haben wie verrückt gebellt. Er ist näher gekommen, hat eine Leiche ohne Kopf gesehen, und als er erschrocken zurückgewichen ist, hat er den Kopf im Schoß bemerkt ...«

Esra stellte sich die Szene vor: Eine Leiche in der Mitte des gottverlassenen Weges, in ihrem Schoß ein Kopf, die Augen vor Erstaunen herausgesprungen, dahinter ein Vollmond wie ein Rad. Ein paar Meter weiter ein Hirte, der vor Grauen den Verstand verliert.

»Der Hirte ist wie ein Wahnsinniger ins Dorf gerannt. Er hat an die Türen geklopft und versucht zu schreien, aber er brachte kein Wort heraus. Die Menschen sind aufgewacht und haben nicht gewusst, wie sie den Hirten wieder beruhigen sollten. Als er mit mir sprach, hat er immer noch am ganzen Körper gezittert.«

»Hat er niemanden gesehen?«

»Er sagt, er hat einen Mann gesehen, der im Dunkeln geflogen ist.«

»Was bedeutet das, ein Mann, der im Dunkeln geflogen ist?«

»So sagt es der Hirte. Ein Mann hat sich auf den Wind gesetzt und schnell entfernt.«

»Ist er gerannt?«

»Er hat nicht gesagt: ›gerannt‹, er hat gesagt: ›geflogen‹. Der Hauptmann denkt auch so wie du. Er sagt, der Hirte ist in Panik geraten und hat einen Mann, der im Dunkeln wegläuft, fliegen gesehen.«

»Gibt es eine Vermutung, wer der Mörder sein könnte?«

»Nach der Meinung des Hauptmanns sind es die Terroristen. Er hat mir auch aufgetragen, dir zu sagen, dass du vorsichtig sein sollst.«

Esra wusste, was diese Botschaft zu bedeuten hatte: »Sehen Sie, wie sich bewahrheitet, was ich gesagt habe?« Sie verspürte eine leichte Wut. Aber dann fragte sie sich: »Warum ärgere ich mich eigentlich über ihn?« Vielleicht hatte der Hauptmann recht, und es steckte wirklich die Organisation hinter den Morden.

»Was bedeutet das?«, fragte Murat bange. »Zuerst Haci Settar, dann der Führer der Dorfschützer … Meinst du, die gleiche Person hat die beiden ermordet?«

»Ich weiß es nicht«, sagte Esra. Ihre Stimme klang müde und hoffnungslos. »Ich hoffe, es ist nicht so. Oder die Leute denken nicht so. Sonst werden sie die Morde wieder mit diesem Fluch des Schwarzen Grabes in Verbindung bringen.«

Murats Blick wurde seltsam. Er trat näher an sie heran. »Vielleicht hat das Volk recht. Vielleicht sind wir wirklich verflucht.«

Sein Interesse für die mystische Welt hatte Esra bis jetzt stillschweigend geduldet. Aber als er nun auch die Ausgrabung mit in die Sache hineinzog, konnte sie nicht mehr an sich halten. »Red keinen Unsinn!«, schrie sie ihn an.

»Das ist kein Unsinn. Hat Patasana auf seinen Tafeln nicht von einem Fluch gesprochen, der auf die glanzvollen Ufer des Euphrat wie eine finstere Mauer niederstürzt? Hat er uns nicht gewarnt, als er geschrieben hat, man darf die Tafeln nicht berühren, bevor man die Herzen der Götter erweicht hat, weil man sonst den Fluch auf sich zieht?«

»Bist du bescheuert?«, donnerte sie. »Siehst du die Ereignisse nach den Glaubensgrundsätzen einer 2700 Jahre alten Kultur?«

»Auch in unserer Zeit ...«

»Hör auf! Wir haben genug Probleme, ich habe keine Zeit, mich mit deinem Aberglauben zu beschäftigen.«

»Aber ...«

»Kein Aber. Du wirst diesen Blödsinn vergessen. Wenn nicht, dann verlass auf der Stelle die Ausgrabung!« Sie sah Murat durchdringend an. »Hast du noch jemandem von Resat Agas Ermordung erzählt?«

»Nein«, stotterte Murat, »ich habe gedacht, es ist besser, wenn du es zuerst erfährst.«

»Gut. Ich sage es den anderen. Aber wenn ich deine Ansichten über diesen Fluch von jemand anderem, und erst recht von einem der Arbeiter höre, kannst du dich verabschieden.«

Verzweifelt schaute er seine Dozentin an. Sie ließ ihn stehen und ging schnellen Schrittes auf die Festung zu, als würde sie sich von den Problemen befreien, wenn sie sich von Murat entfernte. Sie wollte nicht darüber nachdenken, wer die Morde verübt hatte, sie wollte keine Vermutungen aufstellen, sie wollte niemanden verdächtigen, sie wollte nicht mit sich selbst streiten, aber die Gedanken ließen sich nicht abstellen. Wenn sie wenigstens zu einem Ergebnis gelangen würde! Aber sie landete immer wieder am gleichen Punkt; in dieser dunklen, dieser aalglatten Ungewissheit. Vielleicht müsste man tatsächlich die Ausgrabung stoppen. Zuerst Haci Settar, dann der Führer der Dorfschützer Resat Aga ... Der Tod umkreiste sie. Haci Settar war in dieser Region der Mensch, der ihnen am nächsten gestanden hatte; das Dorf, in dem der Dorfschützer ermordet wurde, war von ihrem Aufenthaltsort nur wenige Kilometer entfernt. Vielleicht war als Nächster einer von ihnen an der Reihe. Lohnte es sich denn, für eine Ausgrabung Menschenleben zu gefährden?

Bei den Burgruinen blieb sie stehen. Der Himmel war blutrot gefärbt; bald würde sich die Sonne zwischen den Wolken zeigen. Sie lief auf die äußerste der eingefallenen Burgzinnen zu, bis das blaue Wasser des Euphrat sichtbar wurde. Der Fluss schlängelte sich wie eine übergroße Schlange in der bräunlich grauen Tiefebene.

Sie lehnte sich gegen das eingefallene Gemäuer und ließ sich auf den Boden gleiten. Aus ihrer Jackentasche holte sie eine Zigarette heraus und zündete sie an. Nach einem tiefen Zug sagte sie sich: Es hat keinen Sinn, stur weiterzugraben. Zwei Morde waren verübt worden, die Menschen waren beunruhigt, die Kollegen verunsichert, der Hauptmann in Sorge und sie dem Wahnsinn nahe. Ein Unglück folgte dem anderen. Mehr durfte sie nicht riskieren. Wenn einem in der Truppe etwas zustoßen sollte, würde sie ihr Leben lang unter Gewissensqualen leiden. Die Welt würde ja nicht untergehen, wenn die Tafeln von Patasana etwas länger warteten, um an das Licht der Gegenwart zu gelangen.

Elfte Tafel

Ich, Enkel des weisen Mitannuva, Sohn des Schreibers Araras, ich Patasana. Ich, der die Hülle der Kindheit durchbricht, in dem schäumenden Strudel der Jugend seinen Verstand ertränkt, dessen Schicksal grausam, dessen Hoffnung düster, dessen Liebe ausweglos ist, ich, der blutige Anfänger Patasana.

Das weiß gewandete schwarzhaarige Mädchen mit dem Gazellenblick, dem ich im Tempel, im Schlafgemach der Göttin Kupaba begegnete, hieß Aschmunikal; ich sollte es noch erfahren.

Sie hatte eine schmale Taille, einen grazilen Körper, eine Haut wie Elfenbein und eine Stimme, perlend wie der Gesang der Nachtigall; ich sollte es noch erfahren.

Sie war sanftmütig, warm und weich; ihre Lippen süß wie Honig, ihre Augen lichterfüllt; ich sollte es noch erfahren.

Sie würde mich beschämen, mich beglücken, in Trauer stürzen; sie würde für mich sterben, mich in Angst und Schmerz zurücklassen; ich sollte es noch erfahren.

Sie würde mich niederträchtig werden lassen, feige und verräterisch, gerissen und erbarmungslos; ich sollte es noch erfahren.

Die Götter hatten mein verfluchtes Schicksal in den dunkelbraunen Augen von Aschmunikal, dem schönsten aller Mädchen an des Euphrat Ufern, verborgen, ich sollte es noch erfahren.

Sie hatten beschlossen, dass ich meinem Schicksal ins Auge sehe. Ihr Gebot war unerschütterlich; ich sollte es noch erfahren.

Zu erfahren habe ich schon in jenem ersten Augenblick begonnen, als ich ihrer im Tempel ansichtig wurde. Die beiden Tempelhuren, die sich mir näherten, sahen, dass ich meinen Blick nicht von Aschmunikal wenden konnte. Als auch Aschmunikal mir einen schüchternen Blick schenkte, verließen sie mit dem offenherzigen Lächeln weltgewandter Menschen das Gemach. So blieb kein Hindernis mehr zwischen Aschmunikal und mir außer unserem Schweigen. In diesem Augenblick bewies sie, dass sie mutiger war als ich. Auch wenn ihre Stimme zitterte, brachte sie heraus: »Ich bin Aschmunikal, Hure der Göttin Kupaba. Im Angesicht der Göttin Kupaba, um sie zu verehren, habe ich dich als Gefährten gewählt.« Sie schöpfte Mut aus ihren eigenen Worten. »Ich, die jüngste der Tempelhuren, die Unberührte, biete mich dir an. Ich lade dich ein, dieses Bett mit unseren Körpern zu segnen.«

Sie kam auf mich zu und berührte mit ihren langen zarten Fingern meine Hände, die ich vor mir gefaltet hielt. Zu meiner Ängstlichkeit hatte sich auch die Verwirrung im Angesicht ihrer Schönheit gesellt. Mir war, als hätte sich alles Blut aus meinen Adern zurückgezogen, ich war so starr wie die Sphinx am Eingang des Tempels. Als hätte ich kein weibliches Wesen aus Fleisch und Blut vor mir, sondern eine Göttin. Nicht einmal an das unschuldigste aller Bilder der Liebe, die ich mir in meinen Tagträumen ausgemalt hatte, konnte ich mich erinnern. Aschmunikal bemerkte, dass ich mindestens genauso ängstlich war wie sie. Vielleicht war sie ihrerseits besorgt, einem Mann zu begegnen, der ihr wehtun, sie ob ihrer Unerfahrenheit erniedrigen würde. Als sie aber sah, dass ich nicht weniger unerfahren und noch schüchterner war als sie selbst, konnte sie ihre Angst ablegen. Das musste sie auch, denn die Verantwortung für dieses Ritual trug sie. Sie war diejenige, die es leitete und sich vor der Göttin Kupaba verantworten musste. Ich hätte sogar aus dem Tempel fliehen können, wenn ich gewollt hätte, sie hingegen durfte es nicht.

Sie ging auf das Bett zu und hieß mich, ihr zu folgen. Das jagte mir noch größere Angst ein. Ich stellte mir vor, wie ich mich vor ihr auszöge. Mein schmächtiger Körper erschien mir vor den Augen. Ich dachte an meine knochige schwächliche Gestalt, die diesem schönen Mädchen nicht ebenbürtig war. Trotzdem folgte ich ihr. Sie setzte sich auf das Bett und lud mich ein, mich neben sie zu setzen. Ich tat wie geheißen. Wir saßen Seite an Seite. Sie ergriff meine Hand, wandte ihr Gesicht dem meinen zu; aber ich sah sie nicht an, mein Blick flüchtete vor ihr, als würde eine Aussätzige vor mir sitzen. Meine Augen wanderten ihren langen Hals entlang; ich sah die rosaroten Brustwarzen, zwei ungeöffnete Knospen, die sich unter ihren weißen Kleidern abzeichneten. Ich spürte, wie mein Mund trocken wurde und meine Handflächen schwitzten. Ich wünschte, sie würde es nicht bemerken. Als hätte sie meinen Wunsch gehört, ließ sie ihre feingliedrigen Finger von meinen Händen bis zu meiner Brust wandern. Sie tat wie eine erfahrene Frau, aber ihre Bewegungen waren so unbeholfen, dass sogar ich, der ich ein Neuling war, es spürte. Trotzdem konnte sie mich berühren, während ich weder eine Berührung noch einen dankbaren Blick wagte.

Und dann, ich weiß nicht, wie es geschah, trafen sich unsere Augen. Ich wollte wegsehen, aber es gelang mir nicht. Die schwindelerregende Tiefe eines dunklen Brunnens erschütterte mich. Diese zwei Tröpfchen Braun bemächtigten sich meines Verstandes, meines Herzens und Körpers. Doch Aschmunikal, die die Lage, in der ich mich befand, wahrscheinlich gar nicht erfasste, lächelte mich warmherzig an. Dieses Lächeln gab mir ein Fünkchen Mut. Ich schaffte es, zurückzulächeln.

Als Aschmunikal ihre Hände wieder nach meinen ausstreckte, wischte ich eilends den Schweiß meiner Handflächen an meinen Kleidern ab. Sie nahm meine rechte Hand und führte sie an ihre rechte Wange. Sie glühte wie Feuer. Endlich gelang es mir, meine Finger zu bewegen und ihr Gesicht zu streicheln. Sie schmiegte ihre Wange in meine Handfläche. Von ihrer Schüchternheit war keine Spur mehr. Ihre tiefgründigen Augen schauten mich herausfordernd an. Dann ließ sie meine Hand los und stand auf. Ohne sich abzuwenden, streifte sie ihr Kleid ab. Als sie mir ihre kostbaren Schätze anbot, senkte ich, der Dumme, ich, die Schande aller Männer, den Kopf. Die wahre Katastrophe, die mir bevorstand, konnte ich erst in diesem Moment erfassen. Meine Männlichkeit, die sonst bei dem geringsten Gedanken an irgendeine Frau, ganz zu schweigen von einem entzückenden Mädchen wie Aschmunikal, sich verhärtete wie eine Lanze, regte sich nicht, so als wäre sie zwischen meinen Beinen geschmolzen und entschwunden. Vor Angst und Scham seufzte ich. Ich dachte daran, sofort aufzustehen und diesen Ort zu fliehen. Aber das würde sich nicht ziemen. Der Oberpriester Valvaziti hatte mich hierhergeführt, und ich konnte die schöne Aschmunikal nicht einfach so stehen lassen.

Aschmunikal legte sich mit einem zärtlichen Ausdruck, ihren Busen mit den Händen bedeckend, auf das Bett. Dann wünschte sie, dass ich mich zu ihr legte. Schweigend folgte ich ihrer Einladung. Wie ihre Lippen waren auch ihre Beine leicht geöffnet. Das schönste Mädchen des Euphratufers bot mir an, ihr ertragreiches Feld zu säen, ich aber sah nur hilflos zu wie ein Bauer, dessen Pflug zerbrochen war. Aschmunikal, die meinen Zustand nicht ganz verstand, versuchte, mir die Kleider auszuziehen. Ich zögerte. Sie ließ nicht locker. Schließlich hatte sie es geschafft und mich meiner Kleider entledigt. Nun lag mein unwürdiger Körper neben ihrer unvergleichlichen, mit den Früchten aus den Gärten der Götter geschmückten Schönheit. Ich versank fast im Boden vor Scham und streckte mit letzter Kraft die Hand nach meinen Kleidern aus. Aber sie hielt mich auf und sprach: »Fürchte dich nicht, berühre mich nur, das reicht. Nimm meine Lippen an deinen Mund, wärme meine Haut mit der deinen, lege deine Hand zwischen meine Beine.«

Mit der Scham eines Heerführers, der den Kampf schon längst verloren hatte, tat ich, was sie verlangte. Ich begann, sie zu küssen, kostete den Honig auf ihren Lippen, spürte die Wärme ihres Blutes, befeuchtete meine Finger mit dem Tau ihres Gartens. Ich hörte sie seufzen, fühlte, wie sie ihren Körper sachte an mir rieb, wie sie sich anspannte. Auch ich rieb meinen Körper an ihr, aber es war alles vergebens; offensichtlich hatten mir die Götter heute die Liebe verwehrt. Aschmunikal legte sich wieder neben mich, wischte mit der Hand die Tröpfchen von meiner verschwitzten Stirn ab und gab mir einen sanften Kuss auf die Lippen.

»Mein Mann«, flüsterte sie. »Du bist mein erster Mann.«

Da fing ich an zu weinen. Zuerst weinte ich still, dann schluchzend. Aschmunikal umarmte mich, drückte mich an sich, küsste meine Tränen, wischte sie mit den Fingern weg. Bis ich mich beruhigt hatte, streichelte sie mein Haar, liebkoste mich, ließ mich auf ihrem Schoß schlafen. Sie schlief mit mir ein.

Aber als ich erwachte, war sie nicht mehr bei mir. Sie hatte mich hilflos, ängstlich, voller Scham zurückgelassen und war gegangen.

12

Esra behielt ihre Angst für sich und sagte den Kollegen nichts von dem Mord an Resat Türkoglu. Sie wollte diesen womöglich letzten Grabungstag nicht mit Diskussionen vergeuden. Ihr fehlte auch die Kraft, die schlechte Nachricht zu überbringen und sich die Argumente von Sihli und den anderen anzuhören. Sie eilte ständig zwischen der Bibliothek und dem Tempel hin und her und wirkte beschäftigt, dachte aber unentwegt daran, dass sie die Ausgrabung abbrechen mussten. Traurig betrachtete sie jeden Stein und jede Ruine der antiken Stadt, als würde sie das alles nie mehr wiedersehen. Nicht einmal die drei neuen Tafeln konnten sie aufheitern. Dabei hätte sie alles darum gegeben, Bernds Gefühle teilen zu können, der mit dem Pinsel den Sand von der Keilschrift entfernte und beglückt vor sich hin sprach: »Wenn das so weitergeht, werden wir bald alle Aufzeichnungen unseres guten Patasana in den Händen halten.«

Die Geschehnisse, die sich wie schwarze Wolken über sie alle gelegt hatten, warfen Schatten auf ihr Herz und erstickten ihre Freude. Die erste Ausgrabung, die sie leitete, musste abgebrochen werden; die Geschichte von Patasana, der wichtigste Fund der letzten Jahre, musste zu einem Zeitpunkt, wo sie kurz vor ihrer Enthüllung stand, im Dunkeln bleiben. Das war ungerecht. Nein, das war einfach Pech! Sie würden auch die Pressekonferenz absagen müssen. Die Deutschen würden ausflippen … Sollten sie ruhig; die Tafeln waren doch nicht wichtiger als Menschenleben! Und sie würde Eşref vielleicht nie wiedersehen. »Was mache ich mir nur für Sorgen! Dann sehe ich ihn eben nicht wieder, na und? Was geht mich dieser Mann an?«, ärgerte sie sich und versuchte, das Bild seines braun gebrannten Gesichts zu verjagen. Aber es gelang ihr nicht. Sie erinnerte sich an das, was der Hauptmann gestern erzählte, und wie er danach die Flucht ergriffen hatte. Schließlich riss sie sich zusammen und tadelte einen jungen Arbeiter, der in der Erde grub.

»Nicht so heftig! Hörst du denn nicht, es klingt dumpf. Es kann etwas darunter sein.«

Das Gesicht des Arbeiters wurde flammend rot. Unter aller Augen von einer Frau zurechtgewiesen zu werden, hatte ihn getroffen; doch als er aus dem Augenwinkel seine Kollegen anschaute und merkte, dass sich niemand darum scherte, war er erleichtert und bemühte sich, vorsichtiger zu hacken. Zu seinem Glück verweilte Esra nicht lange bei ihm, sondern ging zu den anderen, die am unteren Ende der Bibliothek gruben.

Nur Murat bemerkte, dass Esra sehr nervös war. Doch er wollte ihr nach der Rüge, die sie ihm erteilt hatte, nicht wieder unter die Augen treten. Er hockte schweigend neben Bernd und half ihm bei der Reinigung der Tafeln.

Als die Sonne direkt über ihren Köpfen stand, ließen sie die Arbeit ruhen. Zusammen mit Bernd und Teoman ging Esra zum Jeep, den Kemal fahren sollte; Elif folgte wie ein braver Hund. Murat nahm zusammen mit den Arbeitern den Minibus. Auch im Wagen, als sie an Baumwoll- und Maisfeldern vorbeifuhren, erzählte Esra nichts von Resat Agas Tod. Ich kann es ihnen ja sagen, wenn wir in der Schule sind, dachte sie. Doch kurz vor der Schule entschloss sie sich, zuerst nur mit Tim zu sprechen. Sie wollte ohne den Rat des erfahreneren Archäologen die Ausgrabung nicht beenden.

Vor der Schule trafen sie Halaf im Gespräch mit einem Bauernkind an. Er erhob sich und begrüßte sie, noch bevor der Jeep an einem schattigen Platz zum Stehen kam. Esra staunte nicht schlecht, als Elif gleich auf das Kind zuging.

»Hallo, Hanefi«, sagte Elif.

»Hallo«, sagte das Kind, dessen koholgeschwärzte Augen freudig glänzten. »Sind die Fotos schon fertig?«

Elif strich dem Jungen über den Kopf. »Heute werden sie fertig. Bist du deswegen gekommen?«

»Nein. Ich bin mit meiner Oma hier.«

»Wirklich? Wo ist sie?«

»Da drin«, sagte Hanefi und wies mit dem Kopf auf das Schulgebäude.

»Komm, lass uns zu ihr gehen, ich möchte sie begrüßen.«

Fragend schaute Esra Halaf an, der dabei war, ihr die Tasche abzunehmen. »Der Enkel von Nadide der Giaurin. Tante Nadide ist Tim besuchen gekommen, sie hat auch Joghurt und einen Korb schwarze Maulbeeren mitgebracht.«

»Was will sie von Tim?«

»Die arme Frau glaubt, Amerika ist so klein wie dieser Ort hier. Sie hat einen älteren Bruder, der nach Amerika geflohen ist, als die Armenier von hier fortgezogen sind.« Esra konnte sich nicht erinnern.

»Das wurde doch gestern Abend erzählt«, sagte Halaf. »Sie ist die Tochter vom Priester Kirkor. Der Priester wurde getötet. Ihr Bruder Dikran wollte mit seiner Mutter und Nadya, die damals noch ein Kind war, fliehen. Aber Nadya war noch zu klein für einen langen Fußmarsch. Da hat ihr Bruder sie türkischen Nachbarn anvertraut. Und ist mit der Mutter nach Amerika geflohen.«

»Ja, ich erinnere mich.«

»Nach vielen Jahren bekommt Nadide einen Brief von ihrem Bruder aus Amerika. Sie ruft ihren Sohn zu sich und diktiert ihm eine Antwort. Aber danach ist kein Brief mehr aus Amerika gekommen. Ganze fünfzig Jahre lang hat sie auf eine Nachricht von ihrem Bruder gewartet. Und jetzt hat diese Schicksalsgeschlagene unseren Tim gefunden. Da hat sie sich gesagt: Er weiß bestimmt etwas von meinem Bruder, und ist hergekommen, um ihn um Hilfe zu bitten.«

»Ach Gott, wie soll Tim ihren Bruder finden? Reden sie schon lange miteinander?«

»Ungefähr eine Stunde. Aber … Sie haben die eigentliche Neuigkeit noch gar nicht gehört.«

»Einen Moment!« Esra wollte nicht, dass Teoman und Bernd, die sich gerade mit den Tafeln näherten, ihr Gespräch mitbekamen.

»Sollen wir sie in den Keller bringen oder auf Tims Zimmer?«, fragte Bernd.

Im selben Moment kam auch Kemal.

»In den Keller.« Sie reichte Kemal den Schlüssel und wartete, bis ihre Kollegen außer Hörweite waren.

»So, erzähl mal, was ist passiert?«

»Der Vorbeter Abid hat endlich seine Ehre gerettet. Er hat heute Morgen Resat Aga den Kopf abgeschlagen und ihn ihm in die Hände gelegt.«

»Woher weißt du, dass es der Vorbeter war?«

»Wer denn sonst? Wenn jemand seines Lebens nicht überdrüssig ist, kann er den Stamm der Türkoglu nicht antasten. Und in dieser Region ist das größte Problem, das einen seines Lebens überdrüssig werden lässt, die Ehre. Wessen Ehre hat Resat Aga angerührt? Die von Abid. Und sie verbindet auch eine alte Feindschaft. Das bedeutet …«

»Du hast doch den Vorbeter Abid als Feigling bezeichnet.«

»Nicht nur ich, alle haben das gedacht, weil er niemandem in die Augen schaut. Aber wir haben uns geirrt. Man sagt ja: ›Hüte dich vor dem Wasser, das träge fließt, und vor dem Mann, der den Blick auf den Boden gießt!‹ Während er so hinterhältig mit gesenktem Blick herumgelaufen ist, hat er sich also überlegt, wie er diese Sache zu Ende bringt. Gelobt sei der Mann!«

»Ist dir klar, dass du einen Mörder lobst?«

»Resat Aga ist der größere Mörder. Er hat unzähligen Menschen geschadet, hat ihnen den Boden und das Weib weggenommen. Wenn Sie alle Menschen zusammenzählen, die er umgelegt hat, wird ein ganzer Friedhof gefüllt. Vor fünf Jahren hat dieser Teufel zwei achtzehnjährige Jugendliche von seinen Hunden zerreißen lassen, weil sie angeblich in der Organisation waren. Ein Jahr später hat er einen armen, gottgescholtenen Mann aus Mardin in seinen Mähdrescher werfen lassen, sodass aus ihm Hackfleisch wurde. Die Getöteten hatten mit nichts etwas zu tun. Er hat die Unschuldigen zerfleischt, um sagen zu können: ›Ich habe Terroristen getötet‹, damit ihn der Staat zum Dorfschützer macht.«

»Und, wurde der Vorbeter schon verhaftet?«

»Ich weiß es nicht. Ich hätte ihn verhaftet. Wenn Sie möchten, sprechen wir mit dem Hauptmann …«

»Wir haben schon einmal mit ihm gesprochen, aber es hat zu nichts geführt.«

»Warum sagen Sie so was, Esra Hanim? Sind Sehmuz und Bekir nicht verhaftet worden?«

»Doch, aber nicht wegen Mordes, sondern Diebstahl.«

»Sie haben Haci Settar getötet. Und der Vorbeter Abid hat Resat Aga getötet. Sie werden sehen, was ich sage, wird sich eins nach dem anderen bestätigen.«

Bevor Esra weiterging, musterte sie ihn einige Sekunden.

»Ich hoffe, du hast recht. Wenn jemand nach mir fragt, ich bin bei Tim. Wir müssen etwas besprechen.«

»Das Essen ist fast fertig. Ich habe Alinazik und Firik Pilavi gemacht. Dazu saftigen Tomatensalat mit Gewürzsumach und als Nachtisch die Honigmaulbeeren von Nadide.«

Esra nickte lächelnd. Immer, wenn sie mit diesem pfiffigen jungen Mann sprach, der über alles Bescheid wusste, was diesseits des Euphrat los war, hob sich ihre Laune. Er hatte es wieder einmal geschafft, ihr ein Lächeln zu entlocken und sie aus ihren Grübeleien zu holen. Mit nachlassender Sorge und leichten Herzens suchte sie Timothy auf.

Als sie in seinem Zimmer ankam, war Nadide gerade dabei, sich von Timothy und Elif zu verabschieden. Die alte Frau hatte ein mit Blumen besticktes Tuch um den Kopf gebunden, unter dem ihre hennagefärbten Haare hervorlugten. Sie trug ein Kleid aus blassblauem Kattun. Ihre großen Füße sprengten fast die groben schwarzen Schuhe. Sie konnte nicht mehr ganz aufrecht stehen, wirkte aber gesund. Ihr Gesicht war dunkler und runzliger als das von Oma Hattuç, und ihre Augen blickten so lebendig, wie Murat es beschrieben hatte. Es fiel zuerst ihr auf, dass Esra hereingekommen war, doch als sich ihre Blicke begegneten, schaute sie weg und lächelte verlegen.

»Willkommen«, sagte Esra.

»Danke, Tochter. So Allah will, gehts dir gut, hoffe ich.«

»Danke schön, man versucht sein Bestes.«

»Allah soll dich wohl erhalten!«

»Ich werde jetzt gehen. In ein paar Tagen komme ich wieder, vielleicht gibt es dann Neuigkeiten.«

Elif geleitete Nadide und ihren Enkel hinaus. Esra näherte sich der Schulbank, die Timothy als Arbeitstisch benutzte.

»Wie siehts aus, wirst du ihren kleinen Bruder finden?«

»Ihren älteren Bruder«, korrigierte Timothy. Er hielt einen uralten, zerfledderten Brief in der Hand. »Dieser Brief wurde vor fünfzig Jahren in New York abgeschickt. Vielleicht ist das Haus unter dieser Adresse schon längst abgerissen worden. Aber die arme Frau möchte unbedingt, dass ich nachfrage. Ich habe dort gute Freunde. Vielleicht finden sie eine Spur, obwohl ich das nicht glaube.«

Er reichte ihr den Brief, der in vier Teile gefaltet und an den Faltlinien zerrissen war. Sie nahm ihn vorsichtig entgegen, besorgt, er könnte auseinanderfallen. Die schwarze Tinte war verblasst und bräunlich geworden.

»Fünfzig Jahre! Wo hat sie das aufbewahrt?«

»Zwischen den Seiten des Korans, sagt sie. Ich denke eher, zwischen den Seiten der Bibel.«

»Ach, das hätte sie doch gesagt. Sie vermutet bestimmt, dass du Christ bist.«

»Glaub ich nicht. Oder es kommt ihr verdächtig vor, dass ich bei euch bin, und deswegen sagt sie es nicht.«

Esra reichte den Brief zurück. »Hast du im Irak auch solche Wohltaten verübt?«

»Im Irak bin ich niemandem begegnet, der Angehörige in Amerika hatte.«

Er nahm den Brief wie ein heiliges, ihm anvertrautes Gut und legte ihn zwischen die Seiten seines Notizbuches.

»Ich bin gekommen, um über die Ausgrabung zu sprechen. Hast du es gehört?«

»Den Mord an dem Dorfschützerführer?«

»Ja … Schon der zweite Mord in drei Tagen. Was sollen wir tun, Tim? Ich mache mir ernsthafte Sorgen.«

»Komm, setz dich erst mal hin.«

»Ich weiß wirklich nicht, was ich tun soll. Ich habe Angst, dass jemandem aus der Truppe etwas zustoßen könnte. Der oder die Mörder kreisen ständig um uns herum. Sollen wir die Ausgrabung beenden?«

»Es passieren schreckliche Dinge.« Er begann, mit der rechten Hand durch seinen kupferfarbenen Bart zu fahren, wie immer, wenn er über eine wichtige Angelegenheit sprach. »Ich war auch sehr besorgt, als ich davon gehört habe. Aber ich denke nicht, dass diese Morde etwas mit uns zu tun haben. Es ist nicht einmal klar, ob die beiden Morde in irgendeinem Zusammenhang stehen. Halaf behauptet, es gehe um die Ehre; vielleicht ist es so, vielleicht auch nicht.«

»Und die ganzen Gerüchte? Dass die Menschen uns für verantwortlich halten?«

»Ich glaube, wir nehmen diese Gerüchte viel zu wichtig. Außer einigen religiösen Wirrköpfen und ein paar ehemaligen Grabplünderern spricht in der Kleinstadt niemand von einem Fluch. Warum sollen wir denn die Ausgrabung beenden?«

»Das sagte ich doch bereits: Ich habe Angst, jemandem in der Truppe könnte etwas zustoßen.«

»Niemand wird wagen, uns anzugreifen. Man weiß, dass der Hauptmann auf unserer Seite steht.«

»Aber die Organisation schert sich nicht um den Hauptmann. Sie haben Lehrer getötet, Ingenieure entführt.«

»In dieser Gegend ist die Organisation doch gar nicht aktiv.«

»Der Hauptmann meint, die Organisation arbeite konspirativ und wird vor allem von dem Stamm Genceli unterstützt. Und Mahmut, der jüngere Sohn der Genceli, soll in den Bergen sein. Der Hauptmann sagt auch, dass der Stammesführer Müslim mit der Organisation sympathisiert und bereit ist, den Terroristen Unterschlupf zu bieten.«

Timothy lehnte sich zurück und schüttelte den Kopf. »Er kann die Ereignisse nicht objektiv sehen. Wenn man viele Jahre lang kämpft, passiert so was. Ich würde dir raten, seine Ansichten nicht so ernst zu nehmen.«

»Tust du ihm nicht ein bisschen unrecht? Er hat uns sehr geholfen.

Ohne ihn könnten wir die Ausgrabung vielleicht gar nicht weiterführen.«

»Du hast mich falsch verstanden. Ich mag ihn auch. Und ich zweifle nicht daran, dass er ein ehrlicher Soldat ist. Aber er leidet unter einer Krankheit; man nennt das Kriegssyndrom. Es macht einen verrückt, paranoid.«

»Du redest wie jemand, der selbst im Krieg war.«

»Ich war Marinesoldat in Vietnam.«

»Du machst Witze, oder?«

»Warum? Sehe ich aus wie jemand, der nicht kämpfen kann?«

Ihr Blick wanderte über seinen muskulösen, athletischen Körper. »Nein, nein, das wollte ich nicht sagen. Aber, was hat jemand wie du in einem Krieg zu suchen, der Tausende Kilometer von seinem Land entfernt ist?«

»Ich sag dir nur die Wahrheit. Ich war in Vietnam, im Mittelpunkt des Krieges. Und bis zur Niederlage der Vereinigten Staaten bin ich dort geblieben.«

Esra hatte schon einige Male gedacht, dass sich hinter Timothys reifer Persönlichkeit, seinem Wissen und seiner Erfahrung irgendein Mangel oder Fehler verbergen musste. Einen so guten Menschen, der sich dazu noch tadellos verhielt, fand sie unglaubwürdig. Doch er hatte ihr keinen Anlass gegeben, an ihm zu zweifeln. Aber jetzt offenbarte ihr der Kollege, dem sie am meisten vertraute, er habe am Krieg teilgenommen.

»Du bist kein CIA-Agent, nicht wahr, Tim?«, fragte sie scherzend.

»Du hast ins Schwarze getroffen!«, lachte er laut auf. »Sie unterhalten sich gerade mit Timothy Hurley, dem CIA-Experten für den Nahen Osten. Ich leiste hier Aufklärungsarbeit für unsere operativen Einsätze. Die Archäologie nutze ich dabei als Paravent.«

»Mach dich nicht lustig über mich! Vergiss nicht, dass einer der Ersten, die hier gegraben haben, der namhafte britische Spion Lawrence war.«

»Natürlich hast du recht, ich habe mir an Lawrence ein Beispiel genommen. Ich bin ein großer Verehrer von ihm. Ich trage sogar den

Codenamen Lawrence bei der CIA. Aber mein Name ist nicht Lawrence of Arabia, sondern Lawrence of the Barak.«

Esra schmunzelte.

»Paranoia ist ansteckend«, sagte Timothy. »Du hast viel zu lange mit dem Hauptmann verkehrt, jetzt hat es auch dich erwischt.«

»Warst du wirklich im Krieg?«

»Hab ich doch gesagt.«

»Und warum?«

»Ich habe mit einem Stipendium der Armee studiert. Mein Vater war Vorarbeiter in einer Fernsehfabrik. Er hatte nicht genug Geld, um mich nach Yale zu schicken. Wer ein Stipendium von der Armee bekommt, zahlt seine Schulden zurück, indem er in der Armee dient.«

»Du bist also nicht freiwillig hingegangen.«

Timothy dachte eine Zeit lang nach, dann antwortete er: »Ehrlich gesagt, ich wollte in den Krieg. Ich war sehr jung und hatte noch kein Ziel. Aber ich wollte mich beweisen. Zu jener Zeit hatten die Proteste gegen den Krieg gerade angefangen. Ich beteiligte mich nicht daran, vielleicht, weil ich schüchtern war oder weil ich die Jungs nicht leiden konnte, die die Proteste anführten. Ich sah sie als langhaarige, verantwortungslose Vagabunden an, die Joints rauchten und Gruppensexpartys feierten. Auch ein bisschen als Reaktion gegen sie, um meinen amerikanischen Patriotismus zu beweisen, bin ich in den Krieg gezogen. Das mag dir ignorant vorkommen oder sogar dumm, aber wenn du dir einen jungen Mann vorstellst, der für sich eine Identität sucht und dabei nicht viele Alternativen hat, kannst du mich vielleicht besser verstehen. Es nahm natürlich kein gutes Ende …«

»Du warst nicht gezwungen, jemanden zu töten, oder?«

Timothy schien die Frage nicht gehört zu haben.

»Du musst fürchterliche Dinge erlebt haben.«

Er nickte. »Aber ich habe auch eine Menge gelernt. Krieg ist eine der besten Schulen der Welt, auch wenn man dafür sehr teuer bezahlen muss.«

»Würde es eine solche Schule bloß nicht geben!«

»Das ist unmöglich. Kannst du dir eine Geschichte ohne Kriege vorstellen? Eine Soziologie, Ökonomie oder Psychologie? Sogar die Periode, in der die Medizin die größten Fortschritte erzielte, war die Zeit, als die Nazis Forschungen an den jüdischen Versuchskaninchen betrieben haben. Der Krieg ist eine der Seinsformen des Menschen. Das gilt sowohl gesellschaftlich als auch individuell. Es gibt kein anderes Spiel, das die Bösartigkeit in unserer Seele so gut offenbart. Der Mensch hat von diesem Spiel nie abgelassen, und ob er in Zukunft davon ablässt, weiß ich nicht.«

»Du redest so, als würdest du den Krieg verteidigen.«

»Nein! Ganz bestimmt nicht, ich verteidige nicht den Krieg. Ich versuche, über das Geschöpf namens Mensch zu sprechen.«

»Mensch, sagst du? Aber der Grund für die Kriege sind die Interessen der Staaten, der Länder, der sozialen Klassen. Ist es denn richtig, die Menschen dafür zu beschuldigen?«

»Das stimmt. Die Kriege werden für die Interessen der Klassen und Staaten geführt. Aber schließlich sind es die einfachen Menschen, die mit dem Bajonett zustechen, auf den Abzug drücken, die Bombe werfen und den Panzer fahren. Also das Volk in Uniform. Bis heute haben sich nur sehr wenige Soldaten widersetzt. Wie viele Fälle kennst du in der Geschichte, in denen die Soldaten der verfeindeten Armeen zusammenkommen, ›Es reicht, wir wollen nicht mehr kämpfen!‹ sagen und ihre Waffen wegwerfen? Aber ich kann dir unzählige Beispiele geben, in denen es um Menschen geht, die das Töten genießen und es zu ihrem Beruf machen.«

»Aber wenn sie ihre Waffen niederlegen, machen sie sich strafbar. Und dann werden sie als Vaterlandsverräter standrechtlich erschossen.«

»Werden sie im Krieg nicht ohnehin sterben? Wäre es nicht sinnvoller, für ein höheres Ziel, nämlich für den Frieden zu sterben?«

»Das ist eine Frage des Bewusstseins. Wenn sich eine starke Friedenskultur entwickelt …«

»Das ist es, was ich zu erklären versuche. Frieden kommt nicht aus dem Inneren des Menschen. So viel Mühe, wie sich die Menschen geben, um töten zu können, so viel Selbstlosigkeit, die sie dabei beweisen, legen sie nicht an den Tag, um nicht töten zu müssen. Um den Frieden herzustellen, muss etwas von außen auf das Bewusstsein einwirken.«

»Gilt das nicht auch für den Krieg? Die Regierungen können keinen Krieg riskieren, ohne das Volk darauf vorzubereiten.«

»Möglich, aber es hat sich schon so oft gezeigt, wie schlimm, wie furchtbar der Krieg ist. Wie kann der Mensch so leicht in eine solche Zerstörung hineingezogen werden? Wenn das trotzdem möglich ist, liegt der Grund nicht nur in der starrköpfigen Politik der Staaten oder in den Interessen unersättlicher Klassen, sondern auch in der Substanz des Menschen.«

»Interessant«, sagte Esra, auch wenn sie anderer Meinung war. Timothy überraschte sie. Sie und auch die anderen im Team hatten ihn immer für einen Optimisten gehalten. So hatte er sich zumindest verhalten. Doch das, was er jetzt sagte, waren alles andere als die Worte eines Optimisten.

»Glaubst du daran, dass der Mensch gut ist?«

»Glaubst du etwa daran? Schau dir die Geschichte der vergangenen 5000 Jahre an. Sie ist voller Zerstörungen, Massaker und Kriege.«

»Aber auch voller prunkvoller Städte, wissenschaftlicher Erfindungen, zeitloser Kunstwerke. Vielleicht ist der Mensch nicht gänzlich gut, aber auch nicht gänzlich schlecht. Von beiden Eigenschaften besitzt er in gleichen Maßen, denke ich.«

»Und ich denke, das Böse überwiegt. Das Böse ist immer attraktiver als das Gute.«

»Wie auch immer. Guck, was wir besprechen wollten und wo wir gelandet sind. Wir sollten uns um unsere Arbeit kümmern. Was meinst du, sollen wir mit dem Hauptmann über die Ausgrabung sprechen?«

Timothy seufzte und zupfte wieder an seinem Bart herum. »Wenn du mich fragst, sprechen wir das Thema Ausgrabung gar nicht erst an. Wir können ihn bitten, für unsere Sicherheit zu sorgen, das reicht.«

»Und wenn der Hauptmann sagt, dass wir die Ausgrabung beenden sollen, weil er uns nicht mehr beschützen kann?«

»Ich glaube nicht, dass er das tut. Er wird eher darauf hören, was du sagst.«

Esra errötete. »Er macht sich eben Sorgen, dass uns etwas passiert.«

»Ich glaube, er dramatisiert. Und selbst wenn es stimmt, was er sagt, er muss für unsere Sicherheit sorgen.«

»Du meinst also, wir sollen die Ausgrabung weiterführen, egal was passiert.«

»Ich verstehe dich nicht. Wenn du dich so verhältst, als würdest du jeden Moment weglaufen, überrascht mich das mehr als die Morde.«

»Aber ich habe auch eine Verantwortung gegenüber den Menschen in unserer Gruppe.«

»Glaubst du etwa, deine Kollegen wünschen sich, die Ausgrabung auszusetzen?«

»Murat wünscht es sich.«

»Er ist noch ein Kind. Bernd, Kemal, Elif und sogar Teoman sind stolz, an einer solchen Arbeit mitzuwirken. Siehst du denn die Freude in ihren Gesichtern nicht, wenn wieder eine neue Tafel gefunden wird?«

»Vielleicht hast du recht. Heute haben wir drei weitere Tafeln gefunden. Von manchen sind Stücke abgebrochen, aber nicht so schlimm, dass man sie nicht lesen kann.«

»Das war es, was ich hören wollte. Wenn wir Glück haben, werden wir bald alles gefunden haben, was Patasana geschrieben hat.«

Er hielt inne und sah Esra lächelnd an.

»Und du hast nichts Besseres zu tun, als dich mit Problemen herumzuschlagen, die uns nichts angehen. Diese Probleme gab es, bevor wir kamen, und es wird sie noch geben, nachdem wir wieder fort sind. Aber die Tafeln von Patasana findest du nicht überall. Wenn wir sie ans Tageslicht befördern, wird die gesamte Menschheit Patasana kennenlernen und die ersten Dokumente einer inoffiziellen Geschichtsschreibung lesen können. Anstatt dich damit zu befassen, wie du dieses unvergleichliche archäologische Ereignis der Weltöffentlichkeit präsentieren kannst, kümmerst du dich um Morde und zerbrichst dir den Kopf über Dinge, die eigentlich Aufgaben der Gendarmerie sind. Ist es nicht an der Zeit, dass du dich ganz deiner Arbeit widmest?«

Zwölfte Tafel

Als ich Aschmunikal im Tempel erblickt hatte, glaubte ich, nun sei die Zeit gekommen. Von nun an würde ich meine Seele in diesem entfesselten Fluss waschen, den Hunger meiner Haut mit den Gaben dieser göttlichen Speisekammer und meinen Durst mit diesem heiligen Wein stillen. Ich hatte mich geirrt. Das begriff ich, als ich ohne Aschmunikal im heiligen Bett der Göttin Kupaba erwachte. Wie ein verschüchtertes Lämmchen, das seine Mutter verloren hat, suchte ich mit den Augen das Zimmer nach ihr ab. Ich zog die prunkvollen Gewänder über meinen schmächtigen Körper und trat in der Hoffnung, sie vielleicht auf dem Gang zu finden, hinaus. Die Musik war verstummt, die Flammen der Öllampen zitterten und waren kurz davor zu erlöschen. Ich erdreistete mich, vor den Türen stehen zu bleiben und hineinzuhorchen; kein Laut war zu vernehmen. Voller Sorge ging ich auf den Saal zu. Geflüsterte Worte drangen an mein Ohr. Diese Stimmen beruhigten mich ein wenig. Ich betrat den Saal, der von einer erschöpften, durch die Fenster hereinschleichenden Abendsonne erhellt wurde, und sah Valvaziti, der einen jungen Priester tadelte. Ich erwog, den Oberpriester nach Aschmunikal zu fragen, erschrak aber, als ich seinen Blick auf mir spürte. Ich grüßte ihn und lief auf den Ausgang zu. Nach wenigen Schritten ließ mich die volle Stimme Valvazitis innehalten: »Warte, junger Patasana!«

Ich blieb wie angewurzelt stehen. Valvaziti kam auf mich zu. Neugierig, beschämt und aufgewühlt erwartete ich seine Worte. Vielleicht hatte Aschmunikal erzählt, was vorgefallen war, und jetzt wussten alle von meinem Versagen. Das könnte ich ihr nie verzeihen.

Der Oberpriester blieb vor mir stehen. »Du hast die Götter beleidigt.« Diese Worte versetzten mir einen Schlag. Das Mädchen, in das ich mich verliebt hatte, das ich unter den Göttinnen sah, hatte mich also ohne Erbarmen lächerlich gemacht. »Du hast dich geschämt, als du dich auf den Weg gemacht hast, um mit einer heiligen Frau des Tempels das Lager zu teilen. Jetzt siehst du erleichtert aus. Offensichtlich hat dich die Anbetung der Götter beglückt. Das hat aber nicht zu bedeuten, die Götter hätten dir verziehen. Morgen musst du der Göttin Kupaba Opfergaben bringen und sie anflehen. Nur so kann dir vergeben werden.«

Ach, ich hatte Aschmunikal zu Unrecht verdächtigt; niemandem hatte sie etwas verraten. Der Oberpriester und die Tempelhuren glaubten, im Zimmer hätte alles seinen üblichen Lauf genommen. Während ich entgegnete, morgen würde ich als Erstes unserer Göttin Opfergaben bringen, dachte ich mit Dankbarkeit und Achtung an Aschmunikal. Ich hatte mich nicht geirrt, als ich mich in sie verliebte. Endlich hatte auch ich die Geliebte meines Herzens gefunden. Doch wer war sie wirklich? Für einen Augenblick hegte ich den Wunsch, den Oberpriester zu fragen. Doch da näherte sich der junge Priester und teilte ihm mit, die Tempelwächter seien eingetroffen. Ich vertagte meine Frage und bat um Erlaubnis, mich zu entfernen. Am nächsten Tag würde ich wertvolle Gaben bringen, dann würde der Oberpriester auch mehr Nachsicht mit mir haben. Wenn er mir nicht verraten sollte, wer Aschmunikal war, würde ich alles tun, um sie zu finden und zu heiraten. Wem sonst sollte ihre Familie ihre Tochter zur Braut geben, wenn nicht dem Sohn des Mannes, der dem König am nächsten stand, dem zukünftigen Hofschreiber?

Ich war gerade an der Tür angekommen, als sich ein grauenvoller Gedanke wie ein Schwert in mein Herz bohrte. Vielleicht würde ich auch dann, wenn ich Aschmunikal geheiratet hatte, in der Liebe versagen. Vielleicht hatte ich meine Manneskraft gänzlich verloren. Während ich die Treppen hinunterstieg, kämpfte ich unentwegt gegen diese unheilvolle Ahnung. Schließlich beruhigte ich mich ein wenig, indem ich mich an die vielen Male auf meinem Zimmer, in meinem Bett erinnerte. Ich musste die erschreckenden Gedanken verjagen; ich war sehr aufgeregt gewesen, deshalb war meine Männlichkeit wie zugeschnürt. So sprach die Vernunft, aber ich konnte die Sorge, die in mir nistete, nicht mehr vertreiben. Nein, ich würde nicht wieder versagen. An einem Ort, wo wir allein sein könnten, in einem Zimmer, das uns gehörte, würde alles anders sein. Morgen, ja morgen würde ich erfahren, wer Aschmunikal war, wo sie wohnte und welcher Familie sie angehörte.

Wie konnte ich ahnen, dass dieses Wissen mir nur Unglück bringen würde? Hätte ich gewusst, dass diese Liebe eine große Katastrophe und den Untergang dieser Stadt nach sich ziehen würde, hätte ich verstanden, dass es ein Zeichen der Götter war, dass ich Aschmunikal im Tempel nicht lieben konnte, ich hätte vielleicht gar nicht erst versucht, die Geliebte meines Herzens zu finden.

Hätte ich es nicht versucht? Mein Verlangen nach ihr war so brennend, so übermächtig, dass ich vielleicht trotzdem, im Wissen dieser Katastrophen, nach ihr gesucht hätte. Ich hätte mich nicht gescheut, große Sünden zu begehen, die Götter zu erzürnen, mit meinen eigenen Händen jeden, die mondgesichtigen Babys, die anziehenden Frauen, die rückengelähmten Greise und die unerschrockenen Kämpfer ins Feuer zu werfen und Hand in Hand mit dem Tod zu leben.

13.

Wie kann man seine Erfolge feiern, wenn die Tage durch Todesnachrichten verdunkelt werden? Wie kann es einem gleichgültig sein, wenn in der unmittelbaren Umgebung innerhalb von drei Tagen zwei Menschen getötet werden? In ihrem Zimmer, wohin sie sich nach dem Essen zurückgezogen hatte, grübelte Esra über diese Fragen nach. Sie hatte das Fenster sperrangelweit geöffnet und sich aufs Bett gelegt. Ein warmer Windhauch trug den süßen Duft der sonnenwarmen Blumen und Gräser hinein. Aber Esra war nicht imstande, diesen Duft wahrzunehmen. Sie wischte mit dem Handrücken die Schweißperlen von ihrer Stirn und wälzte sich unruhig von einer Seite auf die andere. Wie gut wäre es, wenn sie die Morde für einen Moment vergessen und eine Weile schlafen könnte. Das Gespräch mit Timothy hatte sie ein wenig beruhigt. Auch die anderen Kollegen hatten auf den Mord an Resat Aga besonnen reagiert und ihn, mit Ausnahme von Murat und Kemal, nicht einmal in Beziehung zur Ausgrabung gesetzt. Sie hatte sich sogar geschämt und Vorwürfe gemacht, weil sie in Panik geraten war und an Abbrechen gedacht hatte. Aber seit sie sich in ihr Zimmer zurückgezogen hatte, war ihre Krankheit, an allem zu zweifeln, wieder aufgeflammt und quälte sie jetzt. Die Morde mussten irgendetwas bedeuten und miteinander zusammenhängen, obwohl sie keine Gemeinsamkeiten aufwiesen und die Wege von Haci Settar und Resat Aga sich nie gekreuzt hatten, ja, sich nicht einmal ähnelten. Haci Settar war ein friedliebender, verlässlicher und ehrwürdiger Mann gewesen, Resat Aga dagegen ein skrupelloser, brutaler Kerl ohne Gewissen. Nicht minder unterschiedlich war die Art und Weise, wie sie getötet wurden. Die einzige Gemeinsamkeit zwischen diesen beiden Verbrechen bestand darin, dass sie etwas Geheimnisvolles an sich hatten; das war für Morde in dieser Region unüblich. Hier galt seit Urzeiten der

Grundsatz: »Auge um Auge, Zahn um Zahn«. Und am besten nahm man öffentlich Rache. Weil ein Mord als Bereinigung der Ehre oder als Drohgebärde gegenüber dem potenziellen Feind betrachtet wurde, war es von Bedeutung, dass viele Menschen die Tat mitbekamen, noch besser war es, wenn sie den Mord mit eigenen Augen sahen. Je weiter sich das Ereignis herumsprach, umso mehr wurde der Stamm oder die Familie, die den Mord verübt hatte, geachtet und gefürchtet. Damit erlangte sie ihre geschändete Ehre auf heldenhafte Weise zurück. Auch wenn dem Mörder eine schwere Gefängnisstrafe oder ein Racheakt des Feindes drohte, war das im Verhältnis zu der erhofften gesellschaftlichen Anerkennung unerheblich. Aus diesem Blickwinkel betrachtet, war sowohl der Mord an Haci Settar als auch der an Resat Aga mysteriös, denn der Mörder ließ sich nicht in der Öffentlichkeit blicken, um mit seiner Tat zu prahlen. Das war es, was Esra zum Grübeln brachte und ihren Verdacht bestärkte, die Morde würden mit der Ausgrabung zusammenhängen. Sie hatte ja auch Drohanrufe bekommen, damit sie sich vom Schwarzen Grab fernhielt. Hauptmann Eşref wurde nicht müde zu betonen, die Organisation warte nur auf die erstbeste Gelegenheit, um zuzuschlagen. Was war natürlicher, als dass die Leiterin sich Sorgen um die Sicherheit ihrer Kollegen machte?

Sie erinnerte sich an ihre Angst, als sie in Istanbul die freudige Nachricht bekam, sie würde Grabungsleiterin werden. Seit Jahren wartete sie auf diese Chance. Denn auch bei früheren Ausgrabungen hatte sie Verantwortung übernommen und für alle mitgedacht. Dann bekam sie endlich die ersehnte Gelegenheit, und hatte Angst. Dabei war die Wahrscheinlichkeit eines Misserfolgs nicht höher als bei irgendeinem anderen Grabungsleiter. Sie kannte sich mit der Materie aus und hatte genug Erfahrung, trotzdem fürchtete sie sich vor dieser ersten Ausgrabung unter eigener Leitung. Sie hatte ihren Vater angerufen. Als er die Stimme seiner Tochter so kleinlaut klingen hörte, hatte er zunächst gedacht, es sei etwas Schlimmes passiert, aber als er die gute Nachricht hörte, konnte er seine Freude kaum mehr zügeln.

»Siehst du, so ist meine Tochter! Immer stark, immer selbstbewusst, immer entschlossen. Meine Tochter, auf die ich immer stolz war. Das müssen wir feiern! Morgen gehen wir zusammen an den Bosporus, Fisch essen.«

Esra hatte ihn eigentlich nicht angerufen, um diese Worte zu hören. Sie wollte ihm sagen, dass sie Angst hatte und seine Hilfe brauchte. Aber nach so viel Lob hatte sie sich nicht mehr getraut, von ihrem Problem zu erzählen, und sich mit einem Dank begnügt. Erst nachdem sie aufgelegt hatte, fing sie an zu weinen.

Die gleiche Unsicherheit hatte sie auch verspürt, als sich ihr Vater in Nilgün verliebte und ausziehen wollte. Ihre Mutter fühlte sich für eine Trennung von dem Mann, mit dem sie seit vielen Jahren zusammenlebte, nicht stark genug. Sie sagte zwar nicht, dass sie ihn nicht gehen lassen würde, zögerte aber die Scheidung immer wieder hinaus. Obwohl Esra genauso dagegen war, dass ihr Vater ging, schwieg sie und versuchte, sich nichts anmerken zu lassen. Sie kritisierte ihre Mutter sogar und unterstützte ihren Vater. Mit ihm hatte sie sich seit ihrer Kindheit immer gut vertragen, und als sie zu einer jungen Frau heranwuchs, waren sie wie Freunde. Ihr Vater sah gut aus, war belesen, tolerant und humorvoll. Von den Sorgen, Kümmernissen und Problemen ihrer Mutter war bei ihm keine Spur. Ihre Mutter mochte ihn als verantwortungslos kritisieren, für Esra war er jemand, der das Leben entspannter und mit größerem Abstand betrachtete. In ihren Augen war er ein Lebenskünstler. Sie philosophierten stundenlang, gingen ins Kino oder zogen mit ihren gelb-roten Schals los, um sich ein Fußballspiel von Galatasaray anzuschauen. Er hatte sie zwar nicht wie einen Jungen behandelt, aber auch nicht wie ein Mädchen. Diejenige, die sie wie ein Mädchen erziehen wollte, war ihre Mutter. Wenn Esra mit ihrem Vater zusammen war, fühlte sie sich fähiger und reifer, und das machte sie glücklich. Deshalb unterstützte sie ihn, als sie erfuhr, dass er sich in eine andere Frau verliebt hatte und die Wohnung verlassen wollte, obwohl sie sehr bestürzt war. Denn sie wollte kein gewöhnliches Mädchen sein wie ihre Freundinnen. Obwohl sie wütend auf ihren Vater war, hatte sie ihrer Mutter gesagt, sie solle vernünftig sein und keine Schwierigkeiten machen. Im Namen eines reifen Verhaltens hatte sie Nilgün, die nur sieben Jahre älter war als sie selbst, kennengelernt und gut behandelt, obwohl es sie wahnsinnig eifersüchtig machte, dass diese ihr den Vater wegnahm. Er hatte sie daraufhin mit seinen üblichen Lobesworten bedacht und wiederholt, seine Tochter sei einzigartig, intelligent, vernünftig, reif, geschickt und voller Selbstvertrauen.

Hatte sie wirklich Selbstvertrauen? Vielleicht hatte sie nur so getan, um von ihrem Vater geliebt und respektiert zu werden? Vielleicht fehlte ihr auch das Vertrauen in die Menschen? Denn ihr Vater, der Mensch, dem sie am meisten vertraute, hatte sie wegen einer anderen Frau verlassen. Vielleicht zweifelte sie deswegen so viel und versuchte, alles unter ihre Kontrolle zu bringen. Weil es der einzige Weg war, wie sie sich sicher fühlen konnte.

Nein, sie tat sich unrecht. Die Probleme, vor denen sie hier standen, verdienten es, dass sie sich Sorgen machte. Jeder an ihrer Stelle wäre beunruhigt. Außer Bernd wahrscheinlich. Seinen stahlblauen kalten Blick, der einem das Blut in den Adern gefrieren ließ, konnte kein Missgeschick dieser Welt in Aufregung versetzen. Wäre doch seine Frau Vartuhi mitgekommen! Dann würde er die Gefahr sicherlich ernster nehmen.

»Esra, kümmere dich lieber um deine Aufgaben, als mit Grübeleien die Zeit totzuschlagen!«, schimpfte sie mit sich selbst. Dann richtete sie sich auf, griff zu ihrem Mobiltelefon, das neben den Zigaretten am Kopfende des Bettes lag, und tippte die Nummer der Gendarmeriewache ein. Als der Soldat am anderen Ende der Leitung ihre Stimme erkannte, klang er aufgeregt. Hatten die Männer auf der Wache etwa bemerkt, dass es zwischen ihr und Eşref knisterte?

»Kann ich bitte den Hauptmann sprechen?«

»Ich verbinde Sie sofort, mein Kommandant!«

Es gefiel ihr, dass der Soldat sie aus Versehen »mein Kommandant« genannt hatte. Nach kurzem Warten hörte sie die Stimme des Hauptmanns: »Hallo, Esra ...«

»Hallo, Eşref! Wie geht es dir?«

»Gut«, sagte der Hauptmann erstaunlich heiter. »Und dir?«

»Ich bin beunruhigt. Ich habe von dem Mord an Resat Türkoglu gehört. Ich mache mir Sorgen um unsere Sicherheit.«

»Mach dir keine Sorgen, es ist alles in Ordnung.«

»Alles in Ordnung? Das ist schon der zweite Mord!«

»Glaub mir, wir haben die Situation unter Kontrolle.«

»Es gibt wohl was Neues, oder?«

»Ja, ein bisschen Geduld noch.«

»Geduld habe ich, nur, dass uns nichts zustößt.«

»Vertrau mir. Es wird euch niemand etwas antun.«

»Habt ihr etwa den Mörder gefasst?«

»Bitte stell mir keine Fragen. Ich verspreche dir, morgen bist du deine Sorgen los.«

Sie hatte verstanden, dass er nichts erzählen würde.

»Hoffentlich ist es so, wie du sagst.«

»So wird es sein! Auf Wiedersehen, wir reden morgen noch mal.«

»Wiedersehen! Pass auf dich auf!«

»Keine Sorge, Unkraut vergeht nicht.«

Sie haben den Mörder wohl gefunden, dachte sie erfreut. Sie verspürte eine unwiderstehliche Lust, die Nachricht gleich ihren Kollegen zu überbringen, entschied sich dann aber dagegen. Vielleicht war die Hoffnung auch dieses Mal trügerisch, wie bei der Festnahme von Sehmuz. Sollte der Hauptmann recht behalten, würde sich morgen sowieso alles klären. In diesem Augenblick wurde an ihre Tür geklopft. Sie öffnete.

»Hast du etwas Zeit?«, fragte ihr Kollege Kemal.

»Komm rein!«

Mit hängenden Schultern und müden Schritten ging Kemal zum Tisch in der Mitte des Zimmers. Er ließ sich auf einen Stuhl fallen und seufzte.

»Was mache ich nur mit diesem Mädchen?«

»Mit welchem Mädchen?«

»Wenn du mir nicht zuhören willst, kann ich auch wieder gehen.«

»Entschuldige!« Sie setzte sich zu ihm. »Ich wollte dich nicht kränken. Aber du nimmst diese Sache ein bisschen zu ernst.«

»Zu ernst? Ich bin verliebt in sie. Sie ist mein Ein und Alles.«

»Dann musst du ihr gegenüber verständnisvoller sein. Du kannst sie nicht gewinnen, indem du sie erstickst.«

»Denkst du, dass ich sie ersticke?«

»Du beobachtest sie ständig. Was sie auch tut, du mischst dich immer ein.«

»Weil ich sie liebe.«

»Auch zu viel Liebe kann ersticken. Wie jeder andere Mensch auch hat Elif ihre eigenen Wünsche und Gefühle. Sie kann doch nicht nach deinen Wünschen leben. Lass sie in Ruhe! Gib ihr die Chance, sich selbst kennenzulernen! Respektiere sie!«

»Niemand respektiert sie so sehr wie ich. Aber sie respektiert mich nicht, sie nimmt mich nicht ernst.«

Er hob den Kopf. Esra war froh, dass er nicht weinte.

»Du bist eine sehr gute Freundin«, sagte er dankbar. »Und ein sehr starker Mensch. Wenn ich nur so sein könnte wie du.«

»Du irrst dich, ich bin nicht so stark, wie ich wirke. An deiner Stelle würde ich auch verzweifeln.«

»Du würdest dich aber gleich wieder fangen. Ich bin nicht so wie du.«

Die Menschen schätzen mich falsch ein, dachte Esra. Sie führte alle in die Irre, indem sie sich so mutig und entschlossen verhielt. Aber sie war nicht die Person, für die sie gehalten wurde. Freundlich strich sie ihrem Kollegen durch das Haar. »Gräm dich nicht. Das geht alles vorbei.«

»Glaub ich nicht. Ich habe so eine Vorahnung, dass diese Sache böse enden wird. Ich werde Elif verlieren. Vielleicht habe ich sie schon längst verloren.«

»Jetzt denkst du so. Wir machen eine schwere Zeit durch. Und das belastet dich natürlich auch.« Sie zögerte, dann fügte sie in der Hoffnung, dass der Mörder schon am nächsten Tag verhaftet sein würde, hinzu: »Glaub mir, bald wirst du viel schönere Gedanken haben.«

Dreizehnte Tafel

Ich kehrte nach Hause zurück und zwang mich, meine Niedergeschlagenheit zu unterdrücken und mir hoffnungsfrohe Gedanken zu machen. Morgen würde ich Opfergaben zum Tempel tragen und Aschmunikals Spur finden.

Voller Ungeduld wartete ich auf die Heimkehr meines Vaters. Sobald er da war, berichtete ich ihm, mir sei im Traum die Göttin Kupaba erschienen und habe mich zum Tempel gerufen. Mein Vater Araras musterte mich von Kopf bis Fuß und sprach: »Die Götter wollen Geschenke.« Dem Sturmgott sei tausendmal gedankt, er glaubte mir. »Wenn die Göttin Kupaba nach uns verlangt, müssen wir ihr unsere wertvollsten Geschenke bringen«, fügte er hinzu.

Als ich am nächsten Morgen erwachte, warteten ein Krug vom besten Wein, frisch gebackenes weißes Brot, eine Schüssel Honig und ein wohlgenährtes Rind auf mich. Meine Lüge hatte also etwas genützt. Es war sehr unwahrscheinlich, dass diese Opfergaben nicht ausreichen würden, Valvazitis Herz zu erweichen. Ich ließ die Geschenke auf einen Ochsenkarren laden, nahm zwei unserer Sklaven mit und machte mich auf den Weg zum Tempel. Dort ließ ich im Empfangssaal für Opfergaben meine Geschenke registrieren und übergab sie den Bediensteten. Ich schickte die Sklaven samt Ochsen nach Hause, bekundete im großen Saal den Göttern meine Ehrerbietung und trat in das heilige Gemach des Oberpriesters.

Valvaziti lächelte sanft, als er mich erblickte, und sprach: »Enkel des weisen Mitannuva, Sohn des adligen Araras, junger Patasana, du hast das Richtige getan, indem du als Erstes den Tempel aufsuchtest. Somit hast du die Liebe und das Vertrauen der Götter errungen. Ich hoffe, du hast daran gedacht, der Göttin Kupaba Geschenke mitzubringen.« Ich reichte ihm die Tafeln, die ich von den Bediensteten bekommen hatte.

»Ich habe es nicht vergessen, erhabener Oberpriester.« Valvaziti warf einen flüchtigen Blick auf die Tafeln mit der Liste meiner Geschenke. »Die Götter werden dir vergeben, Patasana. Aber hüte dich davor, den gleichen Fehler zu wiederholen und diese Sünde noch einmal zu begehen.« Daraufhin erwiderte ich: »Die Götter sind erhaben, sie sind vergebend. Sie sind unsere Herren. Ich bin ein junger unerfahrener Mann. Ich schwöre, dass ich keine Sünden mehr begehe, erhabener Valvaziti.« Meine Rede hatte den Oberpriester zufrieden gestimmt. Er legte seine Hand auf meinen Kopf und sprach: »Gut so, junger Patasana. Wenn du vor den Göttern niederkniest, sie anbetest und mit wertvollen Geschenken erfreust, werden sie auch dir Freude bereiten.«

Diese schönen Worte Valvazitis ermutigten mich. Eine bessere Gelegenheit, um nach Aschmunikal zu fragen, würde ich nicht mehr finden.

»Mein Herr«, sagte ich und warf mich ihm zu Füßen. »Mein erhabener Herr, bitte verzeihen Sie mir, ich werde Sie um etwas bitten. Als ich gestern in diesem Tempel meine Aufgabe der heiligen Anbetung erfüllte, fand ich die Frau, mit der ich mein Leben vereinen möchte. Sie, mein erhabener Herr, der Diener der Götter auf Erden, haben mich mit ihr zusammengeführt. Wir haben uns für die Götter vereinigt. Wenn die Götter und Sie es erlauben, möchte ich diese Frau kennenlernen und zur Gefährtin nehmen.«

Valvaziti ergriff meine Hand und richtete mich auf. In diesem Augenblick wurde ich eines Schattens auf seinem Gesicht gewahr. »Ach, mein armer Junge, besser, du hast mir diese Frage nie gestellt und wir haben dieses Gespräch nie geführt.«

»Bitte, mein erhabener Herr, schicken Sie mich nicht in diesem Zustand fort. Bitte erzählen Sie mir alles.« Valvaziti fasste mich an der Schulter und hieß mich aufstehen. »Ach, junger Patasana, du hast dich in ein Mädchen der Unmöglichkeit verliebt. Sie gehört jetzt dem König Pisiris.«

Mein Herz fing zu rasen an, wie das des jungen Hirten, der letztes Jahr von den Wassern des Euphrat mitgerissen wurde. Genau so, wie dieser Hirte versucht hatte, sich an Gras und Schilf festzuhalten, um dem Strom zu widerstehen, murmelte ich mit letzter Anstrengung: »Aber Pisiris hat seine Königin.«

»Aschmunikal zieht nicht als Königin in den Palast. Pisiris wird sie in seinen Harem aufnehmen.«

»Aber warum ist Aschmunikal dann gestern Tempelhure geworden?«

»Aschmunikal will Pisiris nicht. Aber sie weiß, dass sie sich dem königlichen Befehl nicht widersetzen kann. Deswegen suchte das arme Mädchen Zuflucht bei den Göttern. Sie wollte ihre Jungfräulichkeit nicht einem König schenken, den sie nicht will, sondern jemandem, den die Götter ausgewählt haben. So seid ihr einander begegnet. Heute Morgen betrat sie den Palast. Jetzt gehört sie dem König.«

Jedes einzelne Wort war wie ein schwerer Schlag und beschleunigte meinen Zusammenbruch. Die arme Aschmunikal hatte einen Unfähigen wie mich auserkoren, der seine Aufregung nicht zügeln konnte, und es war ihr nicht gelungen, ihre Jungfräulichkeit den Göttern darzubieten. Valvaziti nutzte mein Schweigen und ermahnte mich weiter: »Höre, Patasana, ich liebe dich wie meinen eigenen Sohn. Dein Großvater Mitannuva war unbändig, aber er war mein engster Freund. Was deinen Vater Araras angeht, bis zu diesem hohen Alter bin ich noch nie einem so tugendhaften Staatsmann begegnet. Du bist von ihrem Geschlecht, du trägst ihr Blut. Du musst das Feuer löschen, das Aschmunikal in dir entfachte. Du musst dich dem Schicksal beugen, das für dich bestimmt. Vergiss nicht, unser König ist der Vertreter der Götter auf Erden, ihr Auserwählter. Sich dem König zu widersetzen, bedeutet, sich gegen die Götter aufzulehnen …«

Valvaziti hatte recht. Wenn unser König Aschmunikal begehrte, musste das für mich als königlicher Befehl gelten. Ich musste dem Gebot gehorchen. Ich musste meine erste Liebe, meine Aschmunikal, edel wie eine Göttin, schön wie eine Göttin, rein wie eine Göttin, vergessen.

14

Es lag niemand neben ihr. Für einen Moment konnte sich Esra nicht erinnern, wo sie war. Sie fühlte sich wie in ein dunkles Loch gestürzt. In der ersten Zeit nach der Trennung von Orhan war es auch so gewesen. Lange hatte sie sich nicht daran gewöhnen können, alleine aufzuwachen. Dabei war sie selbst es, die die Trennung verlangt hatte. Doch seit der Scheidung waren Jahre vergangen; was war denn nach so langer Zeit mit ihr los? Beklommen richtete sie sich auf. Sie erinnerte sich an das Gespräch mit Kemal und dass sie sich wieder ins Bett gelegt hatte, nachdem ihr Kollege gegangen war. Sie sah zum Fenster; das sanfte Licht der Nachmittagssonne sickerte durch den billigen Stoff des Vorhangs herein. Sie musste lange geschlafen haben. Und niemand hatte sie geweckt. Das ärgerte sie. Hatte sie sich nicht vorgenommen, ihre Arbeitsnotizen durchzugehen? Gähnend stand sie auf und schaute in den kleinen Spiegel an der Wand; sie sah verschlafen aus. Ihre Locken, die der Schweiß an ihre Stirn geklebt hatte, gaben ein Bild der perfekten Unordnung. Sie zuckte mit den Schultern, brachte mit den Händen ihre Haare etwas in Form und verließ das Zimmer.

Aus der Küche wehte ein köstlicher Duft nach Karniyarik. Aufgrund des allseits geäußerten Wunsches kochte Halaf heute Abend kein regionales Gericht, sondern Karniyarik und Reis. Und als Beilage Cacik mit wenig Knoblauch und reichlich Minze. Im Vorbeigehen rief Esra: »Kolay gelsin, es möge dir leicht von der Hand gehen.«

Am Eingang der Schule traf sie Bernd.

»Ich war gerade auf dem Weg zu Ihnen«, sagte er lächelnd. »Eben hat Herr Krencker angerufen. Sie wollen die Pressekonferenz am kommenden Mittwoch machen. Er fragt, ob das für uns in Ordnung sei.«

»Am Mittwoch? So früh?«

»Es sind noch vier Tage bis Mittwoch.«

»Ich weiß nicht. Wir sollten erst einmal mit den Kollegen reden.«

»Gut, reden wir, aber es gibt etwas, das Sie wissen sollten.«

»Noch ein Problem? Worum geht es denn?«

»Wenn Sie Zeit haben, können wir einen Spaziergang machen und darüber sprechen.«

»Ich wollte im Computerzimmer vorbeischauen. Ich war den ganzen Nachmittag noch nicht dort.«

»Alle bis auf Tim sind schwimmen gegangen. Er sitzt in seinem Zimmer und entziffert Tafeln. Er hat es Ihnen versprochen, sagt er.«

»Sind Elif und Kemal auch mitgegangen?«

»Ja, ja, sie sind alle weg.«

Das hörte Esra gern. Unwillkürlich musste sie lächeln.

»Oder würden Sie auch lieber schwimmen gehen?«, fragte Bernd höflich.

»Ach, nein, ich bin jetzt zu faul, ins Wasser zu steigen. Ich sage Tim kurz Hallo, dann können wir gehen.«

Zusammen betraten sie das Zimmer des Amerikaners.

»Kommt rein, kommt ruhig herein. Ich versuche, rechtzeitig mit den Tafeln fertig zu werden, wie ichs versprochen habe.«

»Gibt es neue Erkenntnisse?«

»Es gibt nichts Neues, aber es steht außer Zweifel, dass diese Tafeln die erste inoffizielle Geschichtsschreibung sind. Jedes Wort, jede Zeile, die ich übersetze, belegt das.«

»Ausgezeichnet«, murmelte Esra.

»Warum setzt ihr euch nicht?«

»Wir wollen dich nicht aufhalten. Professor Krencker vom Deutschen Archäologischen Institut hat angerufen. Sie wollen die Pressekonferenz am Mittwoch machen.«

Bernd runzelte die Stirn. Es gefiel ihm nicht, dass sie Timothy davon erzählte, bevor er mit ihr darüber gesprochen hatte.

»Ich bin einverstanden«, sagte Timothy.

»Mir kam es etwas zu früh vor«, erwiderte Esra.

»Wir haben noch vier lange Tage vor uns«, widersprach Timothy. »Hatten wir nicht gesagt, wir machen die Pressekonferenz im Laufe der nächsten Woche?«

»Das hatten wir gesagt«, bestätigte Bernd. »Die Hauptlast trägt das Institut, und sie sagen, sie wären bereit.«

»Na gut«, meinte Esra, »wir sprechen heute Abend bei der Versammlung darüber. Jetzt lassen wir dich in Ruhe arbeiten.«

»In Ordnung, wir sehen uns beim Essen.«

Sie verließen die Schule und nahmen den Weg, der an den Pappeln entlang bis zum nächsten Dorf führte. Die Hitze ließ allmählich nach, die Schatten wurden länger.

»Wie Sie wissen«, fing Bernd an, »hatte die Istanbuler Abteilung des Instituts ziemlich große Schwierigkeiten, das Geld aufzutreiben. In Deutschland hegte man nicht viel Hoffnung, dass in dieser Stadt, in der ja schon oft gegraben wurde, noch wichtige Funde gemacht werden könnten. Deswegen war man eher dafür, sich anderen Orten zu widmen.«

»Aber sie haben uns geholfen.«

»Das haben sie, dank Herrn Krencker. Wenn er sich nicht so überzeugend bemüht hätte, hätten wir keinen Pfennig bekommen.«

»Sie haben recht. Wir haben Professor Krencker viel zu verdanken.«

»Er hat uns geholfen; jetzt müssen wir ihm helfen.«

Esra sah fragend zu ihrem deutschen Kollegen hoch, der mindestens fünfzehn Zentimeter größer war als sie.

»Wie ich erfahren habe, dauert in der Zentrale des Instituts die Diskussion noch an«, erklärte Bernd. »Manche finden die Mittel zu hoch, die für uns bereitgestellt werden. Sie planen, auf der Sitzung in zwei Wochen dieses Problem wieder anzusprechen.«

»Ich verstehe. Deswegen will der Professor die Pressekonferenz so bald wie möglich machen. So will er seinen Gegnern zuvorkommen.«

»Ja, das war es, was ich sagen wollte.«

»Dann haben wir keine andere Wahl, als die Pressekonferenz am Mittwoch zu machen.«

»Richtig, wir haben keine andere Wahl.«

»Dann machen wir es so. Denn es wäre nicht von Vorteil, wenn uns die Mittel gekürzt würden.«

»Das meine ich auch. Nur … Es wäre besser, wenn die Kollegen diese Polarisierung im Institut nicht mitbekommen würden.«

»Machen Sie sich keine Sorgen, niemand wird es mitbekommen. Aber wir sollten bald mit den Vorbereitungen beginnen.«

»Ich glaube, das wird relativ schnell gehen. Timothy kennt sich aus; er wird uns bestimmt anweisen.«

»Sie haben recht. Tim wird viel zu tun haben. Das sollten wir heute Abend bei der Versammlung auch ansprechen.«

Im Schatten der Pappeln, die den Weg flankierten, näherten sie sich allmählich dem Dorf. Als Esra aufschaute und die Moschee erblickte, schlug sie vor: »Wollen wir umkehren? Vielleicht sind die anderen schon zurück.«

Bernd widersprach nicht. Schweigend kehrten sie um, jeder in seine Gedanken vertieft. Esra wurde das Schweigen zwischen ihnen unangenehm. Glücklicherweise fiel ihr etwas ein, was sie schon lange wissen wollte.

»Ich würde Sie gerne etwas Persönliches fragen. Sie könnten doch mit Ihrer Frau telefonieren, warum schreiben Sie ihr stattdessen Briefe?«

Bernds Gesichtsfarbe bekam einen rötlichen Schimmer.

»Entschuldigen Sie bitte, Sie müssen nicht antworten. Ich war nur neugierig.«

»Warum sollte ich nicht antworten? Eigentlich telefonieren wir auch. Aber in Briefen kann ich mich besser ausdrücken. Auch Vartuhi mag es lieber so.«

»Schreibt sie Ihnen auch?«

»Leider nein. Sie hasst es, zu schreiben. Deswegen ruft sie mich an, wenn sie meine Briefe bekommt.«

Esra musste lachen. »Und dann telefonieren Sie miteinander?«

»So ist es. Wir telefonieren, wenn sie anruft. Aber am Telefon ist es, tja, wie soll ich sagen …«

»Sachlich?«

»Ja, sachlich … Da kann ich nicht sagen, was ich eigentlich sagen will … Vielleicht liegt der Fehler bei mir; andere können am Telefon ja gut sprechen.«

»Ich glaube nicht, dass es ein Fehler ist. Ich hätte mir auch Briefe gewünscht von dem Mann, den ich liebe. Aber es gibt sehr wenig Verliebte wie Sie. Ihre Frau hat Glück.«

Bernds Gesicht war feuerrot geworden. »Das sagt auch meine Frau. Aber ich bin es, der Glück hat.« Er sah Esra an und fügte aufgeregt hinzu: »Schon im ersten Moment, als ich sie auf dem Hof der Universität Heidelberg sah, fiel mir ihre Schönheit auf. Mit ihren gelockten schwarzen Haaren, ihrer dunklen Haut, ihren leuchtend schwarzen Augen war sie wirklich sehr schön, aber dass sie der Mensch ist, nach dem ich suche, wusste ich damals nicht.«

»Der Mensch, nach dem Sie suchen?«

»Man sagt ja: Der Mensch ist auf der Suche nach jemandem, der ihm ähnlich ist. Also jemand, mit dem man in vielen Dingen übereinstimmt, bei dem man Ruhe findet, zu dem die Liebe nie nachlässt.«

»Gibt es denn so jemanden?«

»Vartuhi ist so jemand. Meine andere Hälfte.«

»Ist Ihre Frau auch Archäologin?«

»Ja, wir waren an der gleichen Uni. Sie war aus Frankreich gekommen. Also, wie gesagt, fiel sie mir erst als dunkle Schönheit auf. Dann, als ich sie kennenlernte, wurde mir klar, dass ich ohne sie nicht leben kann.«

Esra musterte Bernd, ohne recht zu glauben, was sie da zu hören bekam. »Wie lange kennen Sie sich schon?«

»Seit sieben Jahren«, sagte Bernd mit leuchtenden Augen. »Und seit drei Jahren sind wir verheiratet.«

»Verzeihen Sie mir die Dreistigkeit, aber sieben Jahre sind eine lange Zeit; haben Sie nie das Gefühl gehabt, dass sie Ihnen langweilig geworden ist?«

»Nein, auf keinen Fall. Es ist unmöglich, dass ich mich mit ihr langweile.«

»Vielleicht, weil Sie sich wegen der Arbeit oft trennen müssen?«

»Nur dieses Jahr mussten wir uns trennen. Sonst sind wir immer zusammen zu den Ausgrabungen gefahren.«

»Sie sind tatsächlich von der Sorte der aussterbenden Liebenden. Ich hatte schon im zweiten Jahr meiner Ehe angefangen, mich zu langweilen.«

»Sie haben den passenden Menschen noch nicht gefunden.«

»Ehrlich gesagt, glaube ich auch nicht so richtig, dass es einen solchen Menschen gibt. Ich war in Orhan, also in meinen damaligen Mann, verliebt. Aber die Zeit zerstört die Magie der Liebe.« Sie zögerte, wollte hinzufügen: »Vielleicht war ich nicht bereit für die Ehe«, doch sie schwieg. Als sie die Scheidung verlangt hatte, warf Orhan ihr vor, sie sei verantwortungslos und noch nicht reif genug. Der Grund dafür sei, dass sie sich ein Beispiel an ihrem Vater nehme. Als Orhan ihren Vater angriff, hatten sie wieder einen schlimmen Streit. Sie sprachen tagelang nicht miteinander, aber das war gar nicht so übel gewesen, dadurch hatte sich ihr Mann an den Gedanken der Scheidung gewöhnt. Orhan war auch so wie Bernd. »Bei dir fühle ich mich ganz«, pflegte er zu sagen. »Ohne dich bin ich ein halber Mensch.« Den Ursprung dieses Gedankens hörte sie von ihrem Vater. In seinem Werk »Das Gastmahl« erläuterte Platon, ausgehend von einem von Aristophanes erzählten Mythos, eine bestimmte Art von Menschen sei mit vier Armen, vier Beinen und zwei Köpfen als Androgynos erschaffen worden. Doch Zeus sei auf diese vollkommenen Kreaturen neidisch gewesen und habe sie zweigeteilt, und deswegen suche der Mensch sein ganzes Leben lang unablässig nach seiner anderen Hälfte. Esra konnte das nicht verstehen, egal, ob es von bedeutenden Denkern wie Sokrates und Platon oder von treuen Liebenden wie Orhan und Bernd behauptet wurde. Wie war es denn möglich, dass ein Mensch in einem anderen sich selbst finden konnte? Oder diese Selbstfindung auf einen einzigen Menschen begrenzte? Und was war mit den anderen Lebensbereichen, mit der Archäologie, den Freunden, Familien … Mit all den anderen möglichen Beziehungen in dieser Welt, mit der reichen Vielfalt, die dem Menschen geboten wird, damit er sich verwirklichen kann …

Sie erzählten da von Ganzheit, von ungetrübter Harmonie. Gut, in bestimmten Momenten war das möglich; wenn man sich liebte, gemeinsam nachdachte, diskutierte, arbeitete, Musik hörte oder schweigend zusammensaß, konnte man vielleicht für einen Moment die gleichen Empfindungen haben, die gleiche Freude, die gleiche Trauer, die gleiche Aufregung und die gleiche Ruhe verspüren; aber wenn das zu einem Dauerzustand werden sollte, konnte das entweder nur durch ein Wunder geschehen oder dadurch, dass sich beide Menschen erfolgreich belogen. Ständig in Harmonie zu leben, bedeutete nichts anderes, als die Schönheit der Harmonie zu zerstören, ihren Inhalt zu entleeren. Was für Bernd oder Orhan »anhaltende Harmonie« war, bedeutete für Esra gemeinsam verbrachte langweilige Stunden, sich wiederholende Ereignisse und ewig gleiche Verhaltens- und Denkmuster.

Anders als Orhan glaubte, teilte sie in dieser Sache auch nicht die Ansichten ihres Vaters. Ihr Vater sagte, er sei in Nilgün verliebt, aber früher hatte er für ihre Mutter die gleichen Gefühle gehabt. Wie die Leidenschaft, die er für ihre Mutter empfand, mit der Zeit erloschen war, würde auch die Liebe zu Nilgün vergehen. War es denn notwendig, für ein solch vorübergehendes Gefühl seine Frau, in die er vielleicht nicht mehr verliebt war, die er aber achtete und mit der er sich gut verstand, und seine Tochter, die er angeblich so sehr liebte, zu verlassen? Schließlich war auch tatsächlich eingetroffen, was Esra vorausgesehen hatte. Seit ein paar Jahren ließ ihr Vater an seiner Geliebten, die er damals über alles schätzte, kein gutes Haar mehr. Darüber hatte sie mit ihrem Vater nie gesprochen, weder am Anfang, als er Nilgün anbetete, noch später.

»Sie sind so still geworden«, sagte Bernd. »Woran denken Sie?«

»Dass ich ein unvollkommener Mensch bin.« Sie lächelte ironisch. »Wahrscheinlich habe ich nicht die Fähigkeit, länger zu lieben. Ich kann mich nicht an jemanden binden.«

»Ob Sie ein unvollkommener Mensch sind, weiß ich nicht, aber auf jeden Fall hatten Sie kein Glück, weil Sie die wahre Liebe nicht gefunden haben.«

»Wieso soll ich kein Glück gehabt haben?«, widersprach Esra im Stillen. Eher waren es die anderen, die kein Glück hatten. Sie hatten sich für etwas Einengendes entschieden, voller Verbote, die man sich irgendwie selber auferlegt, weit entfernt vom wahren Glück. Was sollte denn schön daran sein, einen Geliebten in den Mittelpunkt des Lebens zu stellen, sich dann, wenn dieser Mensch ging, die Tage zur Folter werden zu lassen und sogar, wie es Kemal mit Elif tat, auch dem anderen Menschen das Leben zur Hölle zu machen? Diese Gedanken verschwieg sie Bernd.

»Ja, was kann man tun, uns hat Gott so geschaffen«, sagte sie nur.

»Wenn Sie den geeigneten Menschen finden, werden Sie sich sicherlich ändern.«

Jetzt schickte der Kerl sich auch noch an, sie zu trösten.

»Na gut, dann sagen Sie mal, wie sehr lieben Sie Ihre Frau?«

»Sehr. So sehr, dass ich alles für sie tun würde.«

Über die Entschiedenheit, mit der Bernd diese kindische Behauptung aussprach, musste Esra lachen. »Was Sie da sagen, hat keinen Inhalt, es ist undefiniert. Nehmen wir mal an, sie sagt: Verzichte auf deinen Beruf!«

»So etwas würde sie nicht sagen.«

»Angenommen, sie sagt es.«

»Das würde sie zwar nicht, aber wenn es ihr Wunsch wäre, gäbe ich meinen Beruf auf. Es gibt nichts, was ich nicht für sie tun würde.«

»Wirklich?«

»Natürlich. Einmal habe ich mich an einer Protestkundgebung gegen den Völkermord an den Armeniern beteiligt. Ich hatte eine Höllenangst vor den Polizisten. Aber als sie drei Frauen angriffen, unter denen sich auch Vartuhi befand, stürzte ich mich auf sie. Ich habe eine ordentliche Tracht Prügel bezogen und wurde aufs Revier gebracht, fast wäre ich von der Uni geflogen. Aber ich habe es nie bereut. Denn für Vartuhi war ich jetzt ein Held. Nach dieser Kundgebung hat sie mich noch mehr geliebt.«

»Es ist schön, so geliebt zu werden, aber auch beängstigend.«

»Warum soll das beängstigend sein?«

»Wenn sich Vartuhi morgen entscheiden sollte, Sie zu verlassen?«

»Tut sie nicht. Solange ich sie liebe, wird sie mich auch lieben.«

»Jetzt übertreiben Sie aber! Nicht einmal siamesische Zwillinge ticken so synchron.«

»Das hat nichts mit der biologischen Harmonie zu tun, das hat mit der Seele zu tun.«

»Wahrscheinlich«, meinte Esra, während sie ihn verständnislos ansah. »Aber ich muss zugeben, das ist etwas, was ich nicht verstehen kann.«

»Das ist eigentlich sehr erstaunlich. Frauen denken in der Regel nicht so wie Sie. Liebe ist eines der magischen Worte in ihrem Leben.«

»Sie haben recht, Liebe ist sehr wichtig für Frauen. Manche glauben wirklich an sie und leiden mehr darunter, als dass sie sie genießen; und dann gibt es auch solche, die die Liebe benutzen, um die Männer nach Herzenslust zu dirigieren … Aber egal, das ist ja was anderes … Eigentlich muss ich sagen, dass Sie mich überrascht haben.«

»Wieso?«

»Ich hätte nicht gedacht, dass es unter den Deutschen so wagemutige Liebhaber gibt. Ist vielleicht einer Ihrer Großväter zufällig Franzose? Oder Latino oder so was? Sie haben keinen Verwandten unter den Deutschen, die nach Brasilien gingen, oder?«

Bernd lachte. »Man merkt, dass Sie ›Die Leiden des jungen Werther‹ von Goethe nicht gelesen haben«, neckte er sie. »Goethe war auch ein unverbesserlich Liebender. Für ihn war die Liebe ein wilder Fluss, in dem die Seele sich reinigt.«

Vierzehnte Tafel

Ich hatte meine erste Liebe verloren, bevor ich sie gefunden, und so schritt ich ziellos dahin. Den Tempel und Valvazitis Worte hatte ich hinter mir gelassen. Auch von Aschmunikal musste ich mich verabschieden. Ihr Bild, ihren Duft, ihren Geschmack und ihre Stimme musste ich aus meiner Erinnerung verbannen.

Ich betrat den Marktplatz, wandelte wie ein Geist zwischen den Händlern, Sklaven und Käufern hindurch, erreichte die Mauer der Boten und lief von dort aus hinunter zum Wassertor. Ich ging durch das Tor hinaus und gelangte an den Euphrat. Das Wasser des alten Flusses war schlammig geworden und hatte beinahe die Farbe von Blut angenommen. Meine Füße schienen sich selbstständig gemacht zu haben; sie trugen meinen Körper am Fluss entlang. Bis ich vor der kleinen Insel stand, auf der mein Großvater Mitannuva sich nach dem Tod seiner ersten Frau Tunnavi drei Tage und Nächte versteckt hatte, wurde ich auf diese Weise fortgerissen. Ich fiel vor dem Inselchen auf die Knie und weinte. Mir war beigebracht worden, dass es sich nicht schickte, wenn Männer weinen. Mein Schmerz und meine Wut aber waren so groß, dass ich mich nicht darum kümmerte und laut schluchzte. Ich haderte mit den Göttern, ich haderte mit dem König, ich haderte mit Aschmunikal, obwohl sie keine Schuld trug, und am meisten haderte ich mit mir selbst. Ich weinte, bis mir leichter wurde, bis meine Wut sich legte und die finstere Trauer in meinem Herzen einer steinernen Leere wich. Da fiel mein Blick auf das Inselchen gegenüber. Es harrte inmitten des Flusses aus, wie das große Schiff, das den sumerischen Ur-Napischti mitsamt seiner Familie und seinen Tieren vor der Sintflut rettete, während alle anderen Lebewesen starben, und es forderte mich auf, mich von meinem Schicksal zu lösen. Vielleicht sollte ich, wie auch mein Großvater, auf die Insel flüchten und einige Tage dort leben. Aber dann würde man von meiner geheimen Liebe erfahren. Wenn dem unbarmherzigen König Pisiris zu Ohren kommen sollte, ich hätte mich in seine junge Auserwählte verliebt, konnte nur der Sturmgott Teschup wissen, wie ich enden würde. Während ich um die verlorene Geliebte trauerte, fürchtete ich mich gleichzeitig vor dem König. Wie gern hätte ich in diesem Augenblick meinen Großvater Mitannuva an meiner Seite gehabt. Bestimmt hätte er mir einen Rat gegeben und mich ermutigt. Doch mir, dem unerfahrenen, feigen, armen Verliebten blieb nichts anderes übrig, als hier still zu weinen, um den Sturm in meinem Herzen mit meinen Tränen zu beschwichtigen. Diese gefährliche Liebe würde ein Geheimnis zwischen dem Oberpriester und mir bleiben. Ich vertraute ihm; er würde unter keinen Umständen dem König davon erzählen. Bei den Zeremonien erfüllte er tadellos seine Pflicht der Hochachtung, doch ich glaubte nicht, dass er den König mochte. Was Aschmunikal betraf, war ich sicher, dass sie einen unfähigen Mann wie mich schon längst vergessen hatte. Bis es dunkelte, bis Wölfe wie Vögel in ihre Höhlen und Nester zurückgekehrt waren, blieb ich am Euphratufer sitzen, dann wischte ich meine Tränen ab und machte mich auf den Weg in die Stadt.

Das spärliche Licht der Öllampen verbarg meine vom Weinen geschwollenen Augen; meine Mutter bemerkte nichts. Was meinen Vater betraf, kreiste eine solch dunkle Wolke um seinen Kopf, dass er nicht einmal seine Nasenspitze sehen konnte, geschweige denn die Trauer seines Sohnes.

15

Es war schon längst dunkel geworden, als die Gruppe zur Begleitung von monotoner Grillenmusik zu Abend aß.

»Das ist die Speise, auf die ich seit Tagen gewartet habe«, rief Teoman aus, während er sich mit gesegnetem Appetit über eine mit Hackfleisch gefüllte Aubergine hermachte. »Ich liebe Karniyarik über alles.«

Murat, der sich inzwischen von Esras morgendlichen Schelten erholt hatte, neckte ihn: »Was du nicht sagst, Teoman Abi, neulich hast du doch behauptet, dein Leibgericht sei Çilbir.«

»Lass Çilbir aus dem Spiel, Junge!«, entgegnete der Archäologe aus Izmir gereizt. Ihm gingen die spöttischen Bemerkungen Murats, der nicht wusste, wo die Grenzen waren, auf die Nerven. »Çilbir mag ich auch, aber das hier ist etwas anderes. Weißt du, wovor ich am meisten Angst habe? Dass mich die Ärzte, wenn ich alt werde, auf Auberginendiät setzen.«

»In Amerika füttert man die Pferde mit Auberginen«, sagte Timothy angriffslustig.

Halaf, der mit dem Reistopf an den Tisch gekommen war, erregte sich: »Tim, ich bitte dich! Die Aubergine ist die Königin aller Gemüsearten. Ich hätte von dir nicht erwartet, dass du sie verschmähst. Bei uns macht man fünfzehn verschiedene Speisen mit Auberginen.«

Murat war nicht überzeugt: »Jetzt übertreibst du aber mächtig, Halaf! Fünfzehn Auberginenspeisen, wo gibts denn so was?«

»Wieso soll ich übertreiben«, sagte Halaf und stellte den Reistopf auf den Tisch. »Wenn du es nicht glaubst, zähle ich dir die Namen auf, und du zählst mit: gebratene Auberginen, Karniyarik, Auberginenkebap, Kesselkebap, gefüllte Auberginen, Auberginenwürfel, der höfliche Ali, Vater Hannuç, Miesepeterspeise, Eintopf mit Allerlei, der Imam fiel in Ohnmacht, Balsamkebap, eingelegte Auberginen,

Auberginenmarmelade und der jüdische Gast. Bist du jetzt bei fünfzehn?«

»Ja, da bin ich zwar, aber ich habe diesen jüdischen Gast nicht verstanden.«

»Was gibts denn da nicht zu verstehen? Das ist ein Gericht.«

Auch Teoman schaute den Koch zweifelnd an. »Nimms mir nicht übel, Halaf. Aber dieser jüdische Gast überzeugt mich auch nicht.«

»Wenn ihr mir nicht glaubt, hier ist das Rezept: Du schneidest die Auberginen in Würfel und legst sie beiseite. In einem Topf brätst du Zwiebeln mit Hackfleisch an, gibst Tomatenmark dazu und dann die Auberginen. Du köchelst es eine Weile, dann fügst du Bulgur hinzu und kochst das Ganze so, wie du Reis kochst. Und da habt ihr euren jüdischen Gast.«

Murat fiel dazu nichts mehr ein.

Teoman kaute seinen Bissen genüsslich herunter und sagte: »Den jüdischen Gast kenne ich nicht, aber Karniyarik ist seit dem ersten Mal, als ich davon kostete, eine unverzichtbare Speise für mich. Und meine Mutter kocht das so gut, da musst du aufpassen, dass du nicht deine Finger mitisst.«

»Wie jetzt?«, protestierte Halaf. »Ist meines denn nicht gut?«

»Oh, nein«, beeilte sich Teoman, den Koch zu besänftigen. »Wer sagt das denn? Auch deines ist köstlich.«

»Tatsächlich sehr gut«, fügte Kemal, der mit dem Koch sonst immer auf Kriegsfuß stand, eilig hinzu. »Eline saglik, gesegnet seien deine Hände, Halaf!«

Seit Beginn der Ausgrabung hörte Halaf zum ersten Mal lobende Worte von ihm. Er fiel aus allen Wolken und traute seinen Ohren nicht. Auch Esra registrierte Kemals neue Umgänglichkeit. Hatte etwa ihr Gespräch mit ihm dazu beigetragen? Und Elif erinnerte sich, dass er am Nachmittag nicht wie üblich herumgenörgelt hatte. Sie war ziemlich angespannt gewesen, als sie an den Euphrat schwimmen gingen. Sie hatte angenommen, er würde sie wenigstens mit Blicken tadeln: »Warum hast du ausgerechnet diesen Badeanzug an?« Aber er hatte sich nicht für ihre Badekleidung interessiert und stattdessen mit

Murat und Teoman Späße gemacht. »Hoffentlich lässt er mich endlich in Ruhe«, sagte sie sich mit einem verstohlenen Blick zu Timothy. Kemal fiel der Blick auf, aber auch den übersah er absichtlich.

»Wie war das Wasser?«, fragte Timothy.

»Wunderbar!«, sagte Murat begeistert. »Teoman Abi hat zwar immer noch nicht geschafft, Çüt Depik zu schwimmen, aber …«

Die Methode Çüt Depik hatte ihnen Halaf beigebracht; die Bauernkinder schwammen so: Während sie das Wasser mit den Händen unter den Bauch zogen, traten sie mit den Füßen schnell gegen den Grund des Flusses. So hinterließen sie einen Schaum auf dem Wasser wie Schiffe mit Schaufelrädern. Aber die Mitglieder der Gruppe hatten allen Bemühungen Halafs zum Trotz nicht gelernt, Çüt Depik zu schwimmen.

»Guck dich doch selber an«, widersprach Teoman, während er sich eine neue Portion auftat. »Ich schaffe es immerhin, ein paar Meter vorwärtszukommen. Kemal und du, ihr könnt euch nicht einmal an der Oberfläche halten.«

»Hast du es nicht versucht?«, fragte Bernd Elif.

»Nein, ich kann nicht gut schwimmen. Wenn ich auch noch Çüt Depik versuche, werde ich sicher ertrinken.«

»Ich glaube auch, Sie sollten es nicht versuchen«, meinte Halaf. »Frauen können nicht Çüt Depik schwimmen.«

»Ich schon.«

»Verzeihen Sie, Esra Hanim, aber Sie sind auch nicht besser als Teoman Bey. Sie kommen höchstens einen Meter vorwärts, dann schwimmen Sie wieder wie gewohnt weiter.«

»Ihr macht Späße darüber, aber Oma Hattuç hat Elif und Esra schwimmen gesehen. ›Teoman, mein Sohn, ist es nicht Sünde, wenn diese Mädchen nackt ins Wasser gehen?‹, hat sie sich gestern bei mir beklagt.«

»Wirklich?«, fragte Esra besorgt. »Wir müssen vorsichtiger sein.«

Halaf versuchte, sie zu beruhigen: »Nicht so schlimm. Ich glaube, Oma Hattuç hat das nur gesagt, um seine Reaktion zu testen. Sie hat Fernsehen zu Hause. Jeden Tag guckt sie sich die brasilianischen Serien an.«

»Trotzdem wäre es besser, wenn man uns nicht beim Schwimmen sieht«, wiederholte Esra ernst. Alle schwiegen; eine Zeit lang hörte man nichts anderes als das Geräusch der Gabeln, die gegen die Teller stießen.

Während Halaf den leeren Topf in die Küche brachte, sagte Esra: »Es gibt zwei Themen, über die wir heute Abend sprechen müssen.«

Damit hatte die Besprechung begonnen. Außer an Feiertagen wurde jeden Abend entweder beim Essen oder danach der vergangene Tag analysiert und über die Arbeit des nächsten gesprochen.

»Der erste Punkt ist ziemlich wichtig. Wie ihr wisst, will das Deutsche Archäologische Institut die Tafeln von Patasana auf einer internationalen Pressekonferenz der Öffentlichkeit vorstellen. Sowohl die Universität als auch wir haben darauf positiv reagiert. Die Pressekonferenz wird am Mittwoch stattfinden.«

»Ist das nicht viel zu früh?«, fragte Kemal.

»Meiner Meinung nach nicht«, sagte Bernd. »Wir müssen ja nicht alle ausgegrabenen Tafeln präsentieren. Wir können den Journalisten anhand einer Auswahl die Bedeutung der Tafeln erklären.«

»Wir können es nicht verschieben«, unterstützte ihn Esra. »Uns bleibt nichts anderes übrig, als uns bis Mittwoch vorzubereiten.«

Das Schweigen am Tisch signalisierte Zustimmung.

»Auf der Pressekonferenz werden Tim, Bernd und ich sprechen. Mir ist die Teilnahme von Tim und Bernd besonders wichtig, denn die internationale Presse wird da sein. So können wir erstens die internationale Dimension der Ausgrabung betonen und zweitens die Fragen, die von den Journalisten auf Englisch und Deutsch kommen, in der jeweiligen Sprache beantworten.«

»Eine richtige Entscheidung«, bestätigte Teoman. »Wo werden wir die Pressekonferenz geben?«

Mit seiner gewohnten Unbesonnenheit schlug Murat vor: »Wir sollten sie in der antiken Stadt geben, mitten im Tempel.«

Timothy lächelte ihn verständnisvoll an. »Ich weiß, du möchtest sie beeindrucken. Aber das wird nicht funktionieren. Ich weiß aus Erfahrung, dass auf Pressekonferenzen im Freien die Konzentration schnell nachlässt. Die Journalisten interessieren sich irgendwann nur noch für die Ruinen und nicht mehr für die Redner. Wir brauchen also einen geschlossenen Ort.«

»Der Ort steht fest«, sagte Bernd. »Der Saal des Fünfsternehotels in Antep. Da ist eine Klimaanlage und alles, was man sonst noch braucht. Anders kann man die Journalisten in dieser Hitze nicht halten.«

»Du hast recht. Aber werden sie nicht auch die antike Stadt sehen wollen?«

»Auch dafür wird gesorgt. Nach der Pressekonferenz geht es dann mit gemieteten Bussen zu einer Besichtigung der antiken Stadt.«

»Wir müssen gute Gastgeber sein«, meinte Esra nachdenklich. »Würde der Bürgermeister uns helfen?«

»Er hilft«, sagte Halaf, der von der Küche zurückgekommen war, ohne zu zögern. »Wenn Sie mit ihm sprechen, wird Bürgermeister Edip Bey gerne helfen.«

»Bist du dir sicher? Als wir hier ankamen, hat er gesagt, seine Möglichkeiten seien begrenzt und er könne uns nicht unterstützen.«

»Weil er Angst hatte, Sie würden alles Mögliche von der Stadt verlangen. Aber dann hat er eingesehen, dass Sie so was gar nicht vorhaben. Er nennt Sie jedem als Beispiel einer modernen kemalistischen türkischen Frau. Außerdem kommt doch die Presse; würde sich Edip Bey eine solche Gelegenheit entgehen lassen?«

»Das hätte ich nicht gedacht! Aber gut, dann spreche ich mit Edip Bey.«

»Sag mal, von welcher Partei ist dieser Edip?«, fragte Teoman.

»Von keiner. Er schlägt sich immer auf die Seite der Partei, die gerade an der Macht ist«, erklärte Halaf. »Schlägt sein Zelt immer dort auf, wo es regnet.«

»Was geht uns denn seine Partei an?«, unterbrach Esra die Diskussion. »Kommen wir zum zweiten Thema. Heute haben wir im Tempel einen Raum gefunden, vermutlich ein Raum für Opfergaben. Die Diebe haben die Statuen dort entwendet. Wir wollen die Grabung eine Zeit lang auf diesen Punkt konzentrieren.«

»Sehr vernünftig«, pflichtete Bernd ihr bei. »Vielleicht gibt es da interessante Funde.«

Teoman hatte eher den Eindruck, dass der Tempel seit der Entdeckung der Tafeln von Patasana vernachlässigt würde. »Ich bin der Meinung, wir sollten im Tempel weitergraben. Wegen des einen oder anderen Fundes sollten wir den Ort nicht ändern.«

»Wenn die Diebe wichtige Funde entdeckt haben, was ist dann verkehrt daran, uns auf diesen Ort zu konzentrieren?«, fragte Kemal.

»Du redest wie jemand, der noch nie an einer Grabung teilgenommen hat. Wenn wir jetzt anfangen, im Opferraum zu graben, weiß nur Gott, wie viele Tage wir dafür aufwenden müssen.«

»Aber«, sagte Murat, »auch die Ausgrabung im Tempel kann noch Monate dauern.«

»Das hat gerade noch gefehlt! So ein blutiger Anfänger spielt sich zum Experten auf!«

Das hätte weniger wehgetan, wenn die Worte von einem anderen gekommen wären; Teoman war nämlich einer von denen, mit denen er sich in der Gruppe am besten verstand. Sprachlos, verzweifelt, mit Tränen in den Augen schaute Murat zu Boden, dann sprang er auf und entfernte sich.

»Teoman, was hast du gemacht?«, sagte Elif und folgte Murat.

Ein eisiger Wind zog über den Tisch. Murat tat Esra leid. Sie hatte am Morgen sehr hart zu ihm gesprochen, und jetzt, noch bevor er sich davon erholen konnte, hatte ihn Teoman vor aller Augen gekränkt. Niemand würde es aushalten, an einem Tag so viel Prügel einzustecken. Sie wollte das gerade Teoman sagen, da hörten sie Elif, die sich erst ein paar Schritte vom Tisch entfernt hatte, schreien: »Aua! Irgendwas hat mich gestochen.«

Kemal sprang auf. »Was ist passiert?«, rief er.

Hüpfend hielt Elif ihren rechten Fuß fest. »Es brennt am großen Zeh, es ist so heiß …«

Hinter Kemal kamen auch die anderen angerannt.

»Hast du gesehen, was dich gestochen hat?«

»Nein, ich konnte gar nichts sehen.« Elif, die von ihren Kollegen umringt wurde, lehnte sich an Kemal und stöhnte: »Mein ganzer Fuß brennt!«

Halaf kam als Letzter dazu. Er suchte mit der Taschenlampe den Pfad ab und entdeckte einen gelben Skorpion, der sich beeilte, um sich im Gebüsch in Sicherheit zu bringen.

»Da!«, rief er. »Oh Gott, ein gelber! Sehr giftig!«

Während sich die anderen dem Skorpion näherten, war Halaf schon mit dem rechten Fuß auf das Tier getreten. Er nahm ihn erst wieder hoch, als er davon überzeugt war, dass er unter seinem Schuh völlig zerquetscht sein musste. Der Körper des Skorpions lag in Stücke zerteilt auf dem Boden.

»Guck, guck, sein Stachel bewegt sich immer noch«, rief er und trat weiter auf dem Skorpion herum. Nachdem er die Vollstreckung erfolgreich beendet hatte, kam er mit seiner Taschenlampe zu Elif. Sogar in diesem schwachen Licht war die rote Schwellung am großen Zeh deutlich zu erkennen. Im Ton eines Arztes mit vierzig Jahren Berufserfahrung erklärte er: »Man muss die Stelle mit dem Messer einritzen und das Gift heraussaugen.«

»Red keinen Unsinn«, fuhr Esra ihn an und nahm ihm seine ganze Aura. »Wir müssen sie sofort ins Krankenhaus bringen.«

»Es stimmt, was Halaf sagt«, bestätigte Timothy.

Kaum hatte er seinen Satz beendet, wurde er barsch von Kemal angefahren: »Nein, wir bringen sie ins Krankenhaus! Wir nehmen den Jeep und fahren gleich los.« Er wandte sich an Elif: »Kannst du laufen, oder soll ich dich zum Jeep tragen?«

Elif wollte laufen. Timothy fragte besorgt: »Soll ich mitkommen?«

»Nicht nötig!«, knurrte Kemal. »Ich bringe sie hin.«

»Der Chefarzt des Amerikanischen Krankenhauses ist mein Freund.«

»Wir brauchen dich nicht, hab ich gesagt!«, schrie Kemal ihn an.

»Schrei nicht!« Timothy packte ihn mit beiden Fäusten am Kragen und hob ihn mit seinen kräftigen Armen hoch. Kemal war völlig verdutzt. Alle starrten Timothy an. Da ließ er ihn los, als hätte er Feuer berührt.

»Es tut mir sehr leid. Für einen Moment konnte ich mich nicht beherrschen.«

»Müsste ich Elif nicht ins Krankenhaus bringen, hätte ichs dir gezeigt!«

»Es tut mir leid, das wollte ich nicht.«

Timothys Ausbruch hatte auch Esra verstört. Was war in diesen Mann gefahren, der sich sonst so maßvoll verhielt? Wie dem auch sei, jetzt war nicht die Zeit, darüber nachzusinnen; sie mussten dringend ins Krankenhaus. Sie lief zu Kemal, der Elif zum Jeep führte.

»Ich komme mit. Alleine ist das zu viel für dich.«

Dagegen hatte Kemal nichts einzuwenden. Timothy rannte Esra hinterher: »Bringt sie in das Amerikanische Krankenhaus. Ich kenne den Chefarzt David. Wenn ihr meinen Namen nennt, kümmert er sich persönlich um sie.« Es war eindeutig, dass er seine Tat bereute. Er hatte wohl für einen Augenblick die Kontrolle über sich verloren.

Esra berührte seine Hand. »Danke.« Beim Einsteigen halfen sie Elif. Nur mit großer Mühe und Esras Hilfe konnte sie sich auf den Rücksitz legen. Ihr Gesicht war vor Schmerz verzerrt; sie hielt mit beiden Händen ihren rechten Fuß fest und stöhnte unter Tränen: »Es tut verdammt weh!«

Kemal ließ den Motor an. Esra rief den Kollegen aus dem Fenster zu: »Wir sagen euch Bescheid, sobald wir können.«

Die Zurückbleibenden schauten ihnen besorgt hinterher, bis sie von der Dunkelheit verschluckt wurden.

»Mein Fuß brennt wie Feuer«, brachte Elif mühsam heraus. »Vielleicht kühlt er ab, wenn ich ihn aus dem Fenster halte.«

»Ich glaube nicht, dass das richtig wäre.«

»Bitte, Esra! Es tut sehr weh.«

Sie tat Kemal leid: »Halte ihn raus. Vielleicht lässt der Schmerz etwas nach.«

»Gut, dann gib mir deinen Fuß, ich halte ihn. Aber strecke ihn nicht so weit hinaus, Gott bewahre, er könnte sich irgendwo verfangen.«

Esra versuchte gerade, eine weiche Unterlage für Elifs Fuß zu finden, damit sie sich am Fenster nicht wehtat, da wurde die Stille der Nacht von einer Folge von Schüssen unterbrochen.

»Was soll denn das jetzt?«, regte sich Kemal auf.

»Es wird geschossen«, antwortete Esra und stützte Elifs Bein mit ihrem Arm ab. »Vielleicht eine Hochzeit oder so was.«

»Es klingt nicht nach einer Hochzeit. Eher nach einem Schusswechsel.«

Esra fiel ihr Gespräch mit dem Hauptmann ein. »Mach dir keine Sorgen, Unkraut vergeht nicht«, hatte Eşref gesagt. Hatten sie etwa den Mörder erwischt?

»Du hast recht, das ist ein Schusswechsel. Nicht, dass wir hineingeraten.«

»Glaube ich nicht. In dem Fall haben sie bestimmt die Straße gesperrt. Wir werden es schon merken.«

Trotzdem beschleunigte er. Im Schein des aufsteigenden Vollmonds floss der Asphalt rasend schnell unter ihnen hindurch; der Fluss, die Bäume, die brachliegenden Felder tauchten für Bruchteile von Sekunden aus der Dunkelheit auf. Die Schüsse klangen jetzt näher als vorher. Allem Anschein nach war der Kampf in Göven ausgebrochen. Das Dorf, in dem Resat Aga umgebracht wurde, dachte Esra. Es lag etwa fünfhundert Meter von der Straße entfernt. Je weiter sie das Dorf hinter sich ließen, umso ferner klangen die Schüsse.

Der Hauptmann hatte also den Einsatz von heute Nacht gemeint, als er sagte: »Morgen wird sich alles geklärt haben.« Er hegte wohl die Hoffnung, dabei den Mörder zu fassen. Wahrscheinlich hatte er nicht damit gerechnet, dass der Mörder sich wehren würde. Doch die Schüsse waren immer noch zu hören. Unruhe erfasste sie. Wenn Eşref getroffen wird? Nein, unmöglich, er war doch ein erfahrener Soldat.

Elif hatten die Schüsse ihre Schmerzen für einen Moment vergessen lassen. Mit dem abwesenden Blick eines Menschen, der unter Schock steht, schaute sie hinaus auf die vorbeifließende Landschaft und versuchte zu begreifen, was vor sich ging. Doch sobald ihre Verwunderung nachließ, spürte sie wieder die brennende Hitze, die sich von ihrem Fuß aus im ganzen Körper ausbreitete. Esra versuchte, sie zu trösten, während sie zugleich einen immer wiederkehrenden Gedanken zu verscheuchen suchte: »Und wenn Eşref stirbt …«

Fünfzehnte Tafel

König Pisiris ähnelte seinen Vorgängern nicht im Geringsten. Er war weder unsicher und ängstlich wie Astarus noch mutig und weise wie Kamanas. Pisiris war ehrgeizig, verschlagen und grob. Er spielte sich bald zum Alleinherrscher auf und bereitete meinem Vater damit große Sorgen. Denn diese Stadt genügte ihm nicht; sein Königreich war ihm zu klein. Es verstimmte ihn auch, dass die Aramäer, die wie die Assyrer semitischen Ursprungs waren, zahlreicher wurden und immer größeren Einfluss gewannen. Die Vorstellung, eines Tages könnten die Assyrer sich des Schlüssels der Stadt bemächtigen und ihn den Aramäern in die Hände legen, quälte ihn. Er träumte davon, das große Hethitische Königreich neu zu begründen. Es war zwar töricht von ihm zu glauben, das Assyrische Imperium würde dies zulassen, ganz zu schweigen von der Schwierigkeit, die zersplitterten hethitischen Stadtstaaten zusammenzuführen; aber Pisiris war weit davon entfernt, diese Tatsachen anzuerkennen, und von seinem Ehrgeiz geblendet. Und weil er sich selbst als Besitzer allen Wissens auf Erden wähnte, schlug er die Warnungen meines Vaters in den Wind. Mein armer Vater, der die Gier dieses jungen Königs nicht bändigen konnte, witterte die herannahende Katastrophe. Er konnte aber nichts dagegen tun, außer ohnmächtig darunter zu leiden.

Für Pisiris war die Geschichte so einfach wie das Damespiel, das unsere Vorfahren von den Ägyptern gelernt hatten. Er unterlag dem Irrtum, er könne mit hinterlistigen Winkelzügen ein großes Reich aufbauen. Bei der Dame sind die Figuren unbeweglich und bleiben an dem Platz, auf den man sie schiebt; doch die Könige um uns herum waren mindestens so klug wie unser junger Pisiris und entschlossen wie erfahren genug, um ihre eigenen Interessen zu wahren.

Pisiris glaubte, der Gott der Stürme des Himmels Teschup, seine

Frau, die Sonnengöttin Hepat, ihr Sohn Scharruma und die Göttin Kupaba seien auf unserer Seite. Das flüsterten ihm seine Träume zu, und die Wahrsager bestätigten es. Dabei hatten auch die Assyrer mächtige Götter wie Asur, Enlil, Schamasch und Ischtar, Gott der Erde und des Himmels. Pisiris aber, trunken von der Freude, die ihm die Träume bereiteten, vergaß diese Tatsache und setzte seinen Plan Schritt für Schritt um.

Unter großer Geheimhaltung wurden Briefe und Abkommen verfasst. Die ersten Briefe wurden an Unki, den König des ehemaligen Landes Hattina und des heutigen Landes Amk, Panammu, den König von Samal, Tarhulara, den König von Gurgum, Allumari, den König von Milidia, Kuschtaschpi, den König von Kummuh, Urikki, den König von Que, Wassurme, den König von Tabal und weitere hethitische Könige versandt, die kleine Staaten regierten. Er versuchte, die Gemütslage dieser Könige zu erkunden, die fast alle unter dem Joch der Assyrer lebten. Doch die eintreffenden Antworten waren äußerst vorsichtig gehalten. Diese Könige, deren Krieger von den Assyrern wie Schafe geschlachtet, deren Volk, Jung wie Alt, enthäutet und gepfählt, deren Städte in Brand gesteckt worden waren, hüteten sich davor, sich unnötig ins Feuer zu stürzen.

Pisiris konnte die Zurückhaltung in den Antworten nicht erkennen und kämpfte mit waghalsigem Starrsinn, um seinen großen Traum zu verwirklichen. Auch der phrygische König Midas und der urartäische König Sardur, die beide mit den Assyrern bis aufs Blut verfeindet waren, sollten Briefe erhalten, die mein Vater persönlich aushändigen musste. So machte er sich auf den Weg und führte auf Befehl von Pisiris zwei verzierte goldene Becher, eine goldene Sonne, einen goldenen Stier, der den Sturmgott symbolisiert, ein silbernes Reh als Symbol unseres Schutzgottes und ein Zeremoniebeil, auf dem der Berggott, der zweiköpfige Löwe und Djinns abgebildet waren, mit. Sein Auftrag war, die Absichten dieser beiden Könige in Erfahrung zu bringen.

Was das Assyrische Reich betraf, so wurden die Steuern regelmäßig bezahlt, damit der blutrünstige Tiglatpilesar keinen Verdacht schöpfte und uns angriff, und wertvolle Geschenke übersandt, die den Anschein erwecken sollten, unser Königreich hege nur friedliche Absichten. Aber das alles sollte unsere Stadt vor dem Zorn des grausamen Tiglatpilesar nicht bewahren können.

Ich, der zu jener Zeit durch die Liebe zu Aschmunikal ganz benommen war, sollte von diesen Vorgängen erst viel später erfahren.

16

Esra fragte sich, was die Schüsse zu bedeuten hatten. Sie überlegte, auf der Wache anzurufen, aber woher sollten sie dort wissen, was gerade im Dorf geschah? Als der Jeep über die alten, engen Straßen von Antep fuhr und schließlich das steinerne Gebäude des Amerikanischen Krankenhauses »Azariah Smith« auf dem Hügel erreichte, waren Elifs Krämpfe stärker geworden. Zum Glück hatte Timothy daran gedacht, den Chefarzt David anzurufen. Sie wurden am Eingang empfangen und gleich in die Notaufnahme gebracht. Obwohl es bereits zehn Uhr abends war, hatte sich der Chefarzt selbst zum Krankenhaus bemüht. Er übernahm auch die Erstversorgung. Als er die kalkweißen Gesichter von Esra und Kemal bemerkte, kam er mit einem aufmunternden Lächeln zu ihnen.

»Kein Grund zur Sorge. Das Gift der Skorpione in der Türkei ist meistens nicht tödlich. Nur wenn der Patient allergisch ist, kann es gefährlich werden. Ich habe ihr eine antiallergische Spritze gegeben und dann eine Infusion gelegt. Es ist alles in Ordnung.«

»Mir ist schlecht!«, stöhnte Elif.

Der Arzt überlegte, ob er mit einer späten allergischen Reaktion rechnen musste. »Keine Panik, sie ist nicht in Lebensgefahr. Trotzdem würde ich sie gerne heute Nacht zur Beobachtung dabehalten. Vielleicht auch noch morgen Nacht.«

»Tun Sie alles, was nötig ist, Herr Doktor!«, bat Esra.

»Machen Sie sich keine Sorgen, wir haben bereits alles getan. Jetzt müssen wir abwarten, bis die Wirkung des Giftes nachlässt. Das dauert ein paar Stunden. Möchten Sie hierbleiben?«

»Ja, wir möchten sie nicht allein lassen«, antwortete Kemal.

»Dann bringen wir unsere Patientin in ein Dreibettzimmer.«

»Das wäre gut«, sagte Esra. »Wir danken Ihnen sehr.«

»Bitte sehr, das ist meine Aufgabe.«

Davids blaue Augen ähnelten denen von Bernd, aber sein Blick war nicht so kühl wie bei jenem. Obwohl im gleichen Alter wie Timothy, waren seine Haare schon ausgefallen, was seine hohe Stirn hervorhob. Er hatte einen fein geschnittenen Bart, der gut zu seinen ausgeprägten Gesichtszügen passte, eine Brille mit goldener Fassung und einen offenen Blick.

»Verzeihen Sie, wir haben vor Aufregung vergessen, uns vorzustellen«, sagte Esra und streckte ihm die Hand entgegen. »Ich ...«

»Sie müssen Esra sein. Ich heiße David. Tim hat mir von Ihnen erzählt. Aber, ehrlich gesagt, habe ich nicht gedacht, dass ich einer so schönen Dame begegnen würde.«

»Danke schön«, errötete Esra. »Auch mir hat er von Ihnen erzählt.«

»Ich bin Kemal«, sagte Kemal höflich. Doch innerlich fluchte er: »Klar, der Freund von Tim. Das Schwein hat sofort angefangen, Esra schöne Augen zu machen.«

»Sehr erfreut. Wir können in mein Arbeitszimmer gehen. Ich würde Ihnen gerne etwas anbieten.«

»Ich möchte lieber hierbleiben. Vielleicht braucht Elif irgendetwas.«

»Der junge Herr möchte sich anscheinend nicht von unserer Patientin trennen. Dann kommen Sie mit, wenn Sie mögen.«

Im Flur war es ruhig. Zwei Patienten unterhielten sich leise, und eine Krankenschwester suchte mit einem Tablett die einzelnen Zimmer auf und brachte Medikamente.

»Wie geht es Tim?«, fragte der Arzt. »Am Telefon konnten wir uns nicht richtig unterhalten. Er war ganz aufgelöst und hat mich gebeten, sofort ins Krankenhaus zu fahren ... Wir haben uns schon lange nicht gesehen. Geht es ihm gut?«

»Ja, ihm gehts gut. Er ist zurzeit sehr beschäftigt. Er entziffert die hethitischen Tontafeln, die wir gefunden haben.«

»Davon bin ich überzeugt. Sonst hätte er sich nicht so lange in Schweigen gehüllt. Eigentlich müsste ich Ihnen böse sein, weil Sie meinen Freund so in Beschlag nehmen.«

»Nach diesem Mittwoch können Sie sich wieder treffen. Dann haben wir weniger zu tun.«

Sie stiegen die Steintreppen hinauf. Davids Arbeitszimmer war ein schmuckloser, geräumiger Raum im zweiten Stock.

»Bitte sehr, nehmen Sie Platz«, bat der Arzt und setzte sich an seinen Tisch. Noch bevor Esra sich hinsetzen konnte, klingelte ihr Telefon. »Hallo ... Tim, bist du es? Wir sind angekommen. Mr. David hat uns sehr geholfen. Elif geht es besser, aber heute Nacht wird sie im Krankenhaus bleiben, vielleicht auch morgen. Nein, nein, keine Sorge. Ja, wir bleiben heute Nacht bei ihr. Was ich noch fragen wollte ... unterwegs haben wir Schüsse gehört ... Ja ... Was war das, habt ihr was erfahren? Nein? Ich habe mir auch Sorgen gemacht. Ich warte noch ein bisschen, dann rufe ich den Hauptmann an. Vielleicht kann er mir sagen, was los ist ... Könntest du bitte morgen zur Ausgrabung fahren? Eigentlich weiß jeder, was er zu tun hat, aber es ist mir lieber, wenn du dabei bist. Vielen Dank! Wir telefonieren morgen wieder. Machs gut, viele Grüße an die Kollegen! Ja, mach ich.«

»Was ist los? Wird irgendwo gekämpft?«

»Unterwegs haben wir Schüsse gehört. Aber wir wissen nicht, was los ist.«

»Zwei Morde in drei Tagen. Ich habe es in den Nachrichten gehört. Wer steckt wohl dahinter?«

»Wir wissen es auch nicht.«

»Mein Vater hat erzählt, ähnliche Morde habe man auch vor achtundsiebzig Jahren verübt.«

»Wirklich?«

»Er sagt, damals hat man in dieser Gegend auf die gleiche Art und Weise Menschen getötet.«

»Wenn er von der Zeit vor achtundsiebzig Jahren spricht, muss Ihr Vater sehr alt sein.«

»Nicholas ist fünfundneunzig. Aber sein Gedächtnis ist intakt. Er war vor mir der Chefarzt hier.«

»Und wer war das damals, der vor achtundsiebzig Jahren gemordet hat?«

»Leider hatten wir keine Zeit, ins Detail zu gehen, ich musste dringend ins Krankenhaus.«

»Aber das kann sehr wichtig sein.«

»Meinen Sie, dass es eine Verbindung zu den Morden vor achtundsiebzig Jahren gibt?«

»Vielleicht. Kann ich mit Ihrem Vater sprechen?«

»Natürlich. Er würde sich sehr freuen. Neulich kam Bernd ... Heißt er Bernd? Der deutsche Archäologe ...«

»Ja, er heißt Bernd.«

»Tim hatte ihm von meinem Vater erzählt. Daraufhin hat Bernd Nicholas zu den Vorfällen mit den Armeniern am Anfang des Jahrhunderts befragt.«

Dieser Bernd lässt sich davon ja ganz schön verrückt machen, dachte Esra. Überall redet er von den Armeniern. Eines Tages wird er Probleme kriegen, der Blödmann.

»Mein Vater hat ihm erzählt, was er wusste. Danach hat er eine Woche lang vor sich hingelächelt. Es baut einen auf zu erleben, dass man im hohen Alter nützlich ist. Jetzt wird er auch keine Bedenken haben, mit Ihnen zu sprechen. Und wenn er welche hat, kann ich ihn bestimmt überreden. Aber ich bin mir sicher, es wird ihm ein Vergnügen sein, sich mit einer schönen Dame wie Ihnen zu unterhalten.«

»Danke schön!«, sagte Esra.

»Entschuldigung, ich habe Sie gar nicht gefragt, was Sie trinken möchten. In Antep muss man sich dafür schämen. Man muss den Gast immer tadellos empfangen.«

»Danke, irgendein kaltes Getränk ...«

»Wie wäre es mit einem Eistee? Hier trinkt das fast keiner, aber für mich ist es die beste Abkühlung.«

»Gut«, sagte Esra. Nachdem David den Tee bestellt hatte, konnte sie nicht mehr länger warten zu fragen: »Vielleicht werden Sie sich ärgern, aber, darf ich rauchen?«

»Im Flur nicht, aber hier dürfen Sie. Fühlen Sie sich frei, auch ich rauche eine Zigarre nach dem Essen. Es ist nicht einfach, diesen Indianerfluch loszuwerden. Haben Sie von der Legende gehört? Als die

Weißen den Indianern ihren Boden raubten, wurden sie zur Tabaksucht verflucht. Und dieser Fluch wirkt heute noch.«

Lachend zündete Esra ihre Zigarette an. Nach dem ersten Zug fragte sie: »Ist es Ihnen hier nicht langweilig?«

»Warum soll ich mich langweilen? Ich wurde hier geboren. Mich hat diese Stadt auf das Leben vorbereitet. Wie alle Kinder hier habe ich auf den Straßen Kreisel geschlagen, Bockspringen geübt, hinter meines Vaters Rücken im Fluss Alleben gebadet, meine Schleuder an den Gürtel gehängt und in Gemüsegärten Vögel gejagt, die Atrien der antiken Stadt und die unterirdischen Höhlen erkundet, meinen Mut getestet und ganz viele Abenteuer erlebt. Dann wurde ich erwachsen und ging für das Medizinstudium nach Amerika, nach Houston. Ich habe Metropolen in Europa und Asien gesehen, kleine Städte besichtigt und verschiedene Kulturen kennengelernt. Aber den Platz, den Antep in meinem Herzen einnahm, hat nichts ausfüllen können. Das ist so wie die reine, schüchterne Erregung der ersten Liebe, die man nur einmal im Leben verspürt. Wie Sie sehen, bin ich schließlich zurückgekommen.«

»Und Ihr Vater, hat er keine Sehnsucht nach Amerika?«

»Auch mein Vater ist hier zur Welt gekommen. Vor ihm war mein Großvater Christian hier Chefarzt. Seit drei Generationen lebt unsere Familie in dieser Stadt. Meine Großmutter väterlicherseits, meine Mutter und mein Bruder sind hier begraben.«

»Ich hätte nicht gedacht, dass das Krankenhaus so alt ist.«

»Vielleicht nicht so alt, dass es in den Bereich Ihrer Spezialisierung fällt. Es wurde 1878 von amerikanischen Missionaren gegründet.«

»Der Name am Eingang …«

»Azariah Smith meinen Sie? Einer der ersten Ärzte, die nach ihrem Studium ın Yale nach Antep kamen; oder Ayintap, wie es damals hieß.«

»Yale? Wo auch Tim studiert hat?«

»Ja. Ich glaube, Azariah Smith kam 1847. Leider starb er kurz danach an einer schweren Krankheit wie Typhus oder Lungenentzündung. Zum Gedenken an ihn wurde unser Krankenhaus nach ihm benannt.«

Esra wollte eine neue Frage stellen, da klopfte es an der Tür. Ein Pfleger kam mit dem Eistee herein. Er servierte äußerst höflich und fragte: »Haben Sie einen weiteren Wunsch?«

»Im Zimmer Nummer sieben haben wir einen Gast, der eine Patientin begleitet. Frag ihn bitte mal, ob er einen Wunsch hat.«

Als sie wieder allein waren, fragte sie: »Verzeihen Sie mir meine Unwissenheit, aber was hat die Amerikaner dazu bewegt, hier ein Krankenhaus zu gründen?«

»Sie wollten den protestantischen Glauben verbreiten. Anfang des vergangenen Jahrhunderts hat eine Gruppe von amerikanischen Geistlichen eine Bewegung mit dem Namen ›Das große Erwachen‹ ins Leben gerufen. In den Ländern, die sie aufsuchten, haben sie Hilfsorganisationen, Schulen und Krankenhäuser gegründet, um zur Bevölkerung Kontakte zu knüpfen und ihre Religion zu verbreiten. Das war das Gründungsziel unseres Krankenhauses.«

»Sie sind aber nicht mehr missionarisch tätig, oder?«

»Nein, nein. Heute sind wir eine Einrichtung, die nur ärztliche Dienste anbietet. Unter uns gesagt, ich habe sowieso keinen guten Draht zur Religion. Ich bin zwar kein Atheist wie Tim, habe aber ernsthafte Zweifel an der Existenz eines Gottes, wie er in der Bibel beschrieben wird.«

»Ist Tim nicht gläubig?«

»Natürlich nicht. Hat er Ihnen das nicht gesagt? Anscheinend lassen Ihnen die Diskussionen über die Götter der Hethiter keine Zeit, um über Ihre eigenen zu sprechen.«

Esra drückte ihre Zigarette aus. »Ja, so ist das wohl. Ehrlich gesagt, es überrascht mich, dass Tim Atheist ist.«

»Warum? Wirkt er wie ein religiöser Mensch auf Sie?«

»Nein, so wirkt er nicht, aber ich finde es trotzdem seltsam.«

»Sie haben recht, es ist seltsam, aber er ist der ehrlichste Atheist der Welt. Vielleicht gibt es auch unter den Gläubigen so ehrliche, so gute Menschen wie ihn. Mein Großvater Christian war auch so. Überhaupt erinnert mich Tim ein bisschen an ihn. Aber mein Großvater wollte mit seiner Güte und Ehrlichkeit auch für das Jenseits vorsorgen, für alle Fälle. Das heißt, bei ihm war das nicht so ganz uneigennützig. Er hat hin und wieder von Gottes Strafe gesprochen. Er hat es nie zugegeben, aber im tiefsten Inneren misstraute er auch Nichtprotestanten. Bei Tim habe ich solche Vorurteile nicht bemerkt. Obwohl er weder an Gott noch an das Jenseits glaubt, hat er sich für Ehrlichkeit entschieden, und das macht seine Haltung noch wertvoller.«

»Mein Vater denkt auch so wie Sie. ›Wenn es den Menschen gelingt, gut zu sein, ohne dass sie dazu die Angst vor den Höllenqualen brauchen, wird der erste Schritt für eine höhere Zivilisation vollbracht sein‹, sagt er.«

»Sehr gut formuliert. Tim ist für mich einer der ersten Menschen dieser neuen Zivilisation.«

Esra fand das etwas übertrieben.

»Sie scheinen ihn sehr zu mögen.«

»Vielleicht werden Sie es mir nicht glauben, aber einen solchen Menschen habe ich noch nie getroffen. Obwohl ich in der Welt ziemlich viel herumgekommen bin. Jemandem, der es mit Tim aufnehmen könnte, bin ich noch nicht begegnet. Er ist ein tadelloser Wissenschaftler und andererseits so sozial, dass er sich mit einem Bauarbeiter stundenlang unterhalten kann.«

Esra dachte an Nadide. Tim hatte es geschafft, auch mit dieser Frau über achtzig eine Freundschaft aufzubauen.

»Das ist es, was ich bei ihm so erstaunlich finde«, fuhr David fort. »Zu jedem Thema hat er etwas zu sagen, ohne belehrend zu sein.«

»So gut ist es auch nicht, zu jedem Thema etwas zu sagen zu haben«, widersprach Esra. Sie war es langsam leid, dass der Mann Tim ständig lobte. »Wenn jemand alles weiß, kann er nichts eingehend lernen.«

»Das ist eben das Erstaunliche. Tim ist nicht so. Ich weiß nicht, woher es kommt, vielleicht, weil er viel reist, viel liest; jedenfalls hat er ein fundiertes Wissen über die Themen, von denen er spricht. Sogar akademische Themen, die sehr abstrakt anmuten, kann er in einer einfachen Sprache darstellen. Aber diese Einfachheit macht ihn nicht oberflächlich. In dem, was er erzählt, steckt immer eine Tiefe. Über all das hinaus ist er ein wahrer Freund. Der Freund, den ich in letzter Zeit am meisten vermisse.«

Esra wusste auch, dass Tim ein talentierter Archäologe, ein hartnäckiger Forscher, ein guter Mensch war, aber wenn David ihn auf diese Weise in höchsten Tönen lobte und fast wie einen neuzeitlichen Propheten pries, konnte sie sich das nur mit seiner Einsamkeit in dieser südostanatolischen Stadt erklären. Weil er hier keinen ebenbürtigen Gesprächspartner fand, musste ihm Tim wie ein wundersamer Mensch erschienen sein. »Vielleicht ist er aufgrund Ihrer Freundschaft hier hängen geblieben«, scherzte sie.

»Das glaube ich kaum. Er arbeite an einem Buch, hat er gesagt. Deswegen ist er hier. Aber er hat diesen Ort ins Herz geschlossen. Mehr noch, er fühlt sich mit dieser Gegend verbunden. Letztes Jahr haben Terroristen den Weg belagert und zusammen mit einem Unterleutnant auch Tim entführt.«

»Im Ernst? Das hat er gar nicht erzählt.«

»Tim spricht nicht gern über unangenehme Ereignisse.«

»Und dann?«

»Sie haben den Unterleutnant exekutiert und Tim wieder freigelassen. Tagelang kam er danach nicht zu sich. Ich habe ihn wie ein Kind weinen sehen. Ich habe ihm geraten, zu einem Psychologen zu gehen, aber er lehnte es ab.«

Esra gelang es nicht, sich Tim weinend vorzustellen.

»Er hat dieses Land und die Menschen so sehr ins Herz geschlossen, dass es ihn wahrscheinlich mehr als uns alle trifft, wenn sie einander töten.«

»Auch die Bauern mögen ihn sehr. In der Gegend, wo wir graben, schätzen die Leute ihn mehr als uns alle zusammen.«

»Natürlich mögen sie ihn. Er betreibt nicht nur Forschung, er unterstützt sie auch. Vor zwei Jahren hat er dafür gesorgt, dass in den Dörfern alle ärztlich untersucht wurden. Unser Personal hat einen Monat lang Tag und Nacht dafür gearbeitet.«

»Sie waren wohl nicht so glücklich darüber?«

»Es ist unbezahlte Arbeit, und man ist ständig unterwegs, um in jedes einzelne Dorf zu kommen. Wie soll man da glücklich sein?« David fing an zu lachen. »Nehmen Sie es nicht ernst, wenn ich so darüber spreche. Das war eine sehr gute Sache. Wir haben den Genuss erlebt, anderen zu helfen.«

»Ohne zu versuchen, sie zu Protestanten zu bekehren?«

»Ja, nur um etwas Gutes zu tun.«

Esra schaute auf ihre Uhr.

»Wenn Sie müde sind, möchte ich Sie nicht länger aufhalten.«

»Ich würde gern bei Elif vorbeischauen.« Eigentlich ging es ihr darum, alleine zu sein und Eşref anzurufen. Während des ganzen Gesprächs hatten die Sorgen um den Hauptmann wie Zahnschmerzen in ihrem Kopf gehämmert. »Ich danke Ihnen für die anregende Unterhaltung«, sagte sie beim Aufstehen.

»Es war mir ein Vergnügen.«

»Sie vergessen nicht, Ihren Vater zu fragen, nicht wahr?«

»Machen Sie sich keine Sorgen; sobald ich zu Hause bin, werde ich mit meinem Vater sprechen.« Nachdem er sie zur Tür gebracht hatte, fragte David: »Finden Sie das Zimmer wieder? Soll ich mitkommen?«

»Machen Sie sich bitte keine Umstände, ich werde es finden. Gute Nacht!«

Sie lief die Treppen hinunter und eilte zum offenen Fenster am Ende des Ganges, zog ihr Mobiltelefon heraus und tippte aufgeregt die Nummer der Wache ein. Es war wieder der gleiche Soldat am Apparat, mit dem sie am Nachmittag gesprochen hatte. Der Kommandant war nicht da, es war auch ungewiss, wann er kommen würde. Er möchte mir keine Informationen geben, dachte Esra. Trotzdem ließ sie nicht locker.

»Wir haben Schüsse gehört«, sagte sie. »Was ist los?«

Er wusste es nicht. In diesem Augenblick mischte sich jemand ins Gespräch ein; der Soldat ließ Esra eine Weile warten und verband sie dann mit dem Feldwebel.

»Hallo, Esra Hanim, hier ist Feldwebel Ihsan.«

Die Stimme klang satt und fröhlich. Wenn Eşref verwundet oder tot wäre, würde er sich anders anhören, dachte Esra.

»Guten Abend, Feldwebel Ihsan. Wir haben uns Sorgen gemacht wegen der Schüsse …«

»Es gibt nichts zu befürchten«, antwortete er kurz angebunden.

»Es gibt keine Verwundeten unter Ihnen, nicht wahr?«

»Nein, Gott sei Dank. Alle sind bei bester Gesundheit, wie wir erfahren haben. Mein Hauptmann wird morgen eine Erklärung abgeben.«

»Wie geht es ihm?«

»Sehr gut, sehr gut, allen geht es sehr gut.«

»Kann ich nicht mit ihm sprechen?«

»Er ist außerhalb der Wache. Ich weiß auch nicht, wann er zurückkommt.«

»Können Sie ihm bitte ausrichten, dass ich angerufen habe?«

Als sie auflegte, atmete sie auf. Dem Hauptmann war also nichts passiert. Aber die Erleichterung hielt nicht lange an. Sie hatte vergessen zu fragen, ob der Kampf inzwischen beendet war. Vielleicht dauerte er noch an? Der Feldwebel hatte zwar so geklungen, als sei er vorbei, aber man konnte nie wissen. Das war ja kein Fußballspiel, sondern ein bewaffneter Kampf im Dunkeln. »Das ist nicht sein erster Kampf; er war monatelang in den Bergen. Er wird seine Vorsichtsmaßnahmen getroffen haben«, versuchte sie, sich zu beruhigen. Doch es half nichts. Das wohlbekannte Unbehagen fing wieder an, in ihrem Kopf zu bohren. In diesem seelischen Durcheinander wollte sie nicht Elifs Zimmer aufsuchen; sie hätte es nicht ertragen, mit Kemal zu sprechen. So irrte sie ziellos auf den spärlich beleuchteten Fluren umher.

Sechzehnte Tafel

Seitdem ich in Aschmunikal verliebt war, betrat ich den Palast nicht mehr und achtete sogar darauf, mich nicht auf Wege zu verirren, die sie entlanggehen könnte. Aber die Reise meines Vaters Araras nach Phrygien und Urartu machte meine Anwesenheit im Palast zwingend. Er hatte mir aufgetragen, während seiner Abwesenheit seinem Helfer Laimas beizustehen. Laimas war ein gutmütiger Mensch, aber ein wenig unbeholfen. Mein Vater war der Auffassung, ein junger Mann wie ich, flink und begabt, würde ihn ergänzen. So musste ich mich seinem Willen beugen.

Jeden Tag ging ich mit sehr widersprüchlichen Gefühlen zum Palast. Einerseits brannte ich darauf, Aschmunikal zu sehen, andererseits fürchtete ich mich davor wie ein Kind, das Angst hat, im Dunkeln Djinns zu begegnen. Ich half dem gutherzigen untalentierten Laimas, aber meine Gedanken wanderten zu dem Bereich des Hofes, in dem die Frauen von Pisiris sich aufhielten. Dieser Bereich, den man über steinerne Treppen erreichte, bestand aus zwei Gemächern im obersten Stockwerk mit Blick auf den Euphrat. Ich schaute kein einziges Mal zu den Treppen jener Abteilung, wartete aber voller Angst, Freude und Ungeduld auf den Augenblick, da wir uns begegnen würden.

Am siebenten Tag nach der Abreise meines Vaters suchte mich, während ich in der Bibliothek arbeitete, ein Wächter Pisiris' auf. Er überbrachte mir den Wunsch des Königs, mich zu sprechen. Das beunruhigte mich. Hatte der König erfahren, dass ich derjenige war, den Aschmunikal im Tempel geliebt hatte? Vielleicht hatte er seine Augen auch im Tempel? Diesen Gedanken verwarf ich sogleich, denn auch ein König durfte die Intimität des Gebets nicht stören. Besorgt begab ich mich an den Thron.

Pisiris saß auf dem Diwan am Fenster. Neben ihm stand, von mir abgewandt, eine Frau und sah hinaus. Ehrfürchtig näherte ich mich und kniete mit gesenktem Kopf nieder.

»Steh auf, junger Patasana«, sagte Pisiris mit so freundlicher Stimme, wie ich sie bisher nie vernommen. »Wir brauchen deine Dienste. Uns ist zu Ohren gekommen, seit dein Vater Araras auf unseren Befehl hin nach Urartu gereist ist, kümmerst du dich um die Bibliothek.«

Mit niedergeschlagenen Augen erhob ich mich. »Ja, erhabener König unser. Dank Eurer Güte kümmern der Hilfsschreiber Laimas und ich uns um die Bibliothek des Palastes.«

»Erzähle Uns nichts von diesem unfähigen Laimas!«, donnerte er. »Und schau Uns ins Gesicht, wenn du mit Uns sprichst!« Ich hob den Kopf und erblickte neben der hässlichen Fratze von Pisiris das wundervoll leuchtende Gesicht Aschmunikals, der Geliebten meines Herzens. Sofort senkte ich meinen Blick. »Wie es scheint, hat es dich benebelt, so lange neben Laimas zu bleiben. Heb doch den Kopf und sieh mich an!« Gezwungenermaßen leistete ich dem Befehl Folge. Aber ich versuchte nach Kräften zu verhindern, dass mein Blick zu Aschmunikal schweifte. Meine gesamte Aufmerksamkeit richtete sich auf Pisiris.

»Gebietet, erhabener Herr, ich warte auf Euren Befehl«, zitterte meine Stimme.

Pisiris verzog seine unförmigen Lippen zu einem Lächeln, wobei seine spärlichen Zähne sichtbar wurden. »So ist es recht. Sei ein intelligenter Schreiber wie dein Vater, dem man alles nur einmal sagen muss; sei verständig und begabt wie er.«

»Gesegnet seid Ihr, erhabener Herr! Dank Eurer Güte werde ich ein Schreiber werden, wie Ihr es wünscht«, schmeichelte ich. Ich kann gar nicht zum Ausdruck bringen, wie sehr ich mich in diesem Augenblick geschämt habe. Vor den Augen der geliebten Frau hatte ich mich lächerlich gemacht, ohne dass jemand mich dazu gezwungen hätte. Aber diese Scham unterdrückte ich schnell. Ich stand vor dem König. Um seine Wünsche zu erfüllen, musste ich jedes Opfer auf mich nehmen, den Tod mit inbegriffen. Er war der Vertreter der Götter auf Erden, der

Schützer unseres Volkes. Was könnte, gemessen an alldem, die Liebe eines jungen Mannes, der es noch nicht einmal zum Hofschreiber gebracht hatte, für eine Bedeutung haben? Ich nahm mich zusammen: »Gebietet, Herr! Ich bin bereit, Euren Wunsch zu erfüllen.«

Eine tiefe Zärtlichkeit erfasste das eckige Gesicht von Pisiris. Seine blutunterlaufenen Augen leuchteten warm auf. Mit ungewöhnlich sanfter Stimme sprach er: »Aschmunikal ist meine Auserwählte. Sie ist anders als alle Frauen in diesem Palast. Ihr Vater war Lehrer. Sie ist mit Mythen und Epen, Gedichten und Liedern aufgewachsen. Wir wollen nicht, dass sie sich bei uns langweilt. Deswegen musst du ihr Listen vorlegen von allen Legenden, Sagen, Gedichten und Liedern, die in unserer Bibliothek versammelt sind. Du musst dafür sorgen, dass sie die Tafel ihres Wunsches bekommt, wann immer sie möchte. Dies ist dein Auftrag. Halte Laimas von dieser Angelegenheit fern.«

Vor Verwunderung, Aufregung, Freude und Angst ob dieses Begehrs geriet ich völlig durcheinander und konnte nur mit Mühe erwidern: »Zu Euren Diensten, erhabener Pisiris. Euer Wunsch wird bestens ausgeführt. Die hochverehrte Aschmunikal wird über die Tafeln in unserer Bibliothek nach ihrem Wunsch verfügen.«

»Bravo, junger Patasana! Ich habe nur Gutes über dich gehört. Wenn alles, was mir zu Ohren kam, stimmt und du die Anweisungen tadellos erfüllst, wirst du in Zukunft eine ausgezeichnete Stellung haben.« Mit liebestrunkenem Blick auf Aschmunikal fuhr er fort: »In Zukunft werden wir alle eine ausgezeichnete Stellung haben. Die Zukunft wird uns den Segen, das Glück und die Macht vergangener Zeiten zurückgeben.«

Während Pisiris sprach, stellte ich mir einen flüchtigen Augenblick lang das Bild seines fetten, gedrungenen Körpers auf dem zarten Leib Aschmunikals vor. Unwillkürlich verzog sich mein Gesicht; zum Glück konnte ich mich wieder fassen, bevor Pisiris es bemerkte, und meine achtungsvolle Miene wieder aufsetzen. Ich wollte mich gerade empfehlen, als Aschmunikals Stimme das Zimmer mit Freude erfüllte.

»Ich möchte morgen früh in die Bibliothek kommen und mir die Werke ansehen. Werden Sie da sein?«

»Morgen?«, antwortete ich überrascht. »Natürlich, wann immer Ihr wünscht, hochverehrte Gebieterin.«

»Du hast es gehört«, sagte Pisiris. »Warte ab morgen früh in der Bibliothek auf Aschmunikal.«

»Ich werde auf sie warten, mein Herr«, sagte ich, erneut den Kopf senkend. Mein Herz aber, das die herannahende Katastrophe erahnte, hatte schon längst vor Angst zu rasen begonnen. Aus Furcht, das Flattern meines Herzens würde meinen ganzen Körper erfassen, empfahl ich mich sogleich und verließ das Zimmer.

17

Als Esra erwachte, fühlte sie sich wie gerädert. Sie hatte kaum einschlafen können und war vor Sorge um den Hauptmann immer wieder aufgeschreckt. Elif hatte die halbe Nacht gestöhnt, war aber irgendwann doch eingenickt und wie Kemal, der an ihrer Seite kein Auge zugemacht hatte, gegen Morgen vom Schlaf besiegt worden. Sie stieg, um ihre Kollegen nicht zu wecken, lautlos aus dem Bett, ging ins Bad, wusch sich das Gesicht, nahm ihr Telefon und trat auf den Flur.

Dort war es nicht so ruhig wie in der Nacht. Die Krankenpfleger fuhren mit den Essenwagen an den Zimmern vorbei, und die Patienten oder ihre Begleiter nahmen das Frühstück entgegen. Um in Ruhe telefonieren zu können, musste sie auf den Hof gehen. Hinter der Tür fand sie eine ruhige Ecke und tippte die Nummer der Wache ein.

»Ich verbinde Sie sofort mit meinem Hauptmann«, sagte der Mann am anderen Ende der Leitung.

Es gab also keinen Grund zur Sorge.

»Hallo, Esra.«

»Ja, ich bins. Geht es dir gut?«

»Es geht mir gut. Sehr gut.« Der Hauptmann klang erschöpft, aber zufrieden. »Gott sei Dank haben wir weder einen Gefallenen zu beklagen noch einen Verwundeten … Du hast auch nachts angerufen, habe ich gehört.«

»Ja. Warum hast du nicht zurückgerufen?«

»Ich bin erst um drei Uhr früh hier angekommen. Ich wollte nicht stören.«

»Hättest du bloß gestört, ich musste ständig an dich denken«, hätte sie fast gesagt, ließ es aber bleiben. »Ich habe mir Sorgen gemacht, als ich die Schüsse hörte.«

»Ich komme gleich bei der Ausgrabung vorbei und erzähle dir, was passiert ist.«

»Ich bin aber gar nicht dort. Ich bin in Antep, im Krankenhaus.«

»Wie? Im Krankenhaus?«, fragte der Hauptmann besorgt und bereitete Esra damit heimliche Freude.

»Mir fehlt nichts. Ein Skorpion hat Elif am Fuß gestochen.«

»Es ist nicht schlimm, hoffe ich.«

»Es geht ihr wieder besser. Kannst du mir bitte sagen, was gestern los war?«

»Nicht am Telefon. Ich kann jetzt nur sagen, die Sache ist geklärt. Ihr könnt in Sicherheit weiterarbeiten.«

»Ihr habt also die Mörder gefasst?«

»Ja, sie können euch nicht mehr schaden.«

»Haben sie gestanden?«

»Wir haben sie tot aufgegriffen.«

In einen Moment des Schweigens hinein fragte sie: »Seid ihr sicher, dass sie die Mörder sind?«

»Ich sag das ungern am Telefon«, sagte er nach einer Weile mit bedrückter Stimme. »Wann kommst du zurück?«

»Ich weiß noch nicht. Am Nachmittag wahrscheinlich.«

»Komm unterwegs bei mir vorbei. Dann kann ich dir ausführlich berichten.«

Esra hätte am liebsten alles sofort erfahren, aber sie wusste, es würde nichts bringen, darauf zu bestehen. »Gut. Dann sehen wir uns am Nachmittag.« Sie hatte sich also ganz umsonst gesorgt; der Hauptmann war kerngesund. Aber überzeugt war sie von dem, was er erzählte, nicht. Zwar hatte auch sie mehrmals erwogen, die Organisation sei für die Morde verantwortlich; doch eigentlich war es unlogisch. Bei Resat, dem Führer der Dorfschützer, könnte man es noch nachvollziehen; aber um Haci Settar zu töten, fehlte jeder Beweggrund. Außerdem bekannte sich die Organisation gewöhnlich zu ihren Taten, um eine Wirkung in der Öffentlichkeit zu erzielen. Sie hatte gerade wieder das Krankenhausgebäude betreten, als sie im Flur David begegnete.

»Guten Morgen!«, sagte der Arzt gut gelaunt. »Ich habe Sie gesucht. Sie haben sicher noch nicht gefrühstückt.«

»Nein, warum?«

»Wir fahren zu uns. Mein Vater lädt Sie zum Frühstück ein.«

»Aber meine Kollegen schlafen noch.«

»Wenn sie wach werden, wird man ihnen sagen, wo Sie sind.«

»Elif …«

»Es gibt keinen Grund zur Sorge. Jede Minute lässt die Wirkung des Giftes nach.«

»Na gut, dann komme ich mit. Wie erfahren meine Kollegen, wo ich bin?«

»Ich sage der Oberschwester Bescheid und komme gleich wieder.«

Während er sich entfernte, klingelte ihr Telefon. Es war Teoman. Er wollte wissen, wie es Elif ging. Bei der Ausgrabung war alles in Ordnung. Tim war mitgekommen. Sie hatten gerade Frühstückspause, und er nutze die Gelegenheit, sie anzurufen. Mit den Arbeitern lief alles bestens. Außer Sihli waren alle da. Man wusste nicht, warum er nicht gekommen war, aber die anderen waren eifrig bei der Arbeit. Sie wollten etwas früher aufhören, denn heute war Haci Settars Begräbnis. Teoman und Murat würden die Arbeiter in die Kleinstadt fahren und danach im Namen der Ausgrabungsgruppe am Begräbnis teilnehmen. Mit Murat habe er sich inzwischen versöhnt. Er wisse nicht, was gestern Abend mit ihm los gewesen sei. Er entschuldigte sich. Esra ging nicht darauf ein. Sie bestellte Grüße an alle und legte auf.

Teoman hatte am vergangenen Abend auch Esra verwundert. Er war eigentlich ein entspannter Mensch, der nicht alles bitterernst nahm. Weder im Leben noch in seinem Beruf hatte er große Ambitionen. Ursprünglich wollte er Architekt werden. Während seiner Schulzeit war er aber nicht besonders fleißig gewesen und hatte in der Zulassungsprüfung für die Universität die nötigen Punkte für ein Architekturstudium nicht erreicht. Weil es ihm beschwerlich vorkam, die Prüfung zu wiederholen, gab er sich mit der Archäologie zufrieden; dafür hatten seine Punkte noch ausgereicht. Er liebte es, zu essen, zu trinken, zu schlafen und Unterhaltungen zu führen. Er war ein anspruchsloser Gemütsmensch. Aber am letzten Abend hatte er auf einmal die Nerven verloren. Vielleicht hatte ihn Murat auch zu sehr provoziert. Wie dem auch sei, er hätte sich nicht so verhalten dürfen, dachte Esra. Deswegen hatte sie es als verfrüht empfunden, ihm am Telefon zu signalisieren, sie hätte ihm verziehen. Er musste lernen, mit seinen Kollegen sensibler umzugehen.

Davids Golf schlängelte sich durch die engen, mit dunklen Steinen gepflasterten Gassen der Altstadt, an Steinmauern und verzinkten Toren von herrschaftlichen Einfamilienhäusern vorbei, und bog in eine unansehnliche breite Straße ein, die sich mit ihrem Fahrzeuglärm, Autogehupe, den dahineilenden Menschen und aneinandergereihten Geschäften kaum von denen in Großstädten unterschied. Die nächste Straße war ruhiger; sie verlief zwischen breiten Bürgersteigen und alten Maulbeerbäumen. Das war für Esra das Bild von Antep, das sich ihr eingeprägt hatte, als sie bei ihrer Ankunft hier entlanggefahren war. Es folgten triste Gehwege und dicht gedrängte Mehrfamilienhäuser. Doch zum Glück wurde dieser Anblick bald von Bäumen abgelöst, zwischen denen nur vereinzelt Häuser auftauchten.

»Fahren wir aus der Stadt raus?«

»Keine Angst, ich entführe Sie nicht. Mein Vater ist in unserem Sommerhaus in Sarigüllük.«

»Und wo soll dieses Sarigüllük sein? Sind Sie sicher, dass Sie mich nicht entführen?«

»Ich bin mir sicher. Da vorne ist Sarigüllük. Und das da ist unser Haus.«

»Schön. Sieht ziemlich alt aus.«

»Es ist sehr alt. Früher war es rundherum leer, aber in den letzten Jahren wurde hier immer mehr gebaut.«

Das zweistöckige Steinhaus befand sich in einem umzäunten Wäldchen. Der Frühstückstisch unter einem mächtigen Walnussbaum war von farbenprächtigen Rosen umgeben. Dort saßen zwei alte Männer; neben ihnen stand eine ältere Frau mit einem Tablett in den Händen.

»Der mit der Brille ist mein Vater.«

»Lebt er hier allein?«

»Gülsüm Baci, die neben ihm steht, kümmert sich um ihn. Manchmal kommen auch meine Frau und unsere Kinder hierher.« Er hielt kurz inne und lächelte Esra schelmisch an. »Aber sie sind jetzt im Urlaub. Ich bin also Sommerjunggeselle.«

»Wer ist der andere?«, fragte Esra, um zu zeigen, dass der Sommerjunggeselle sie nicht interessierte.

»Onkel Sakip. Ein Freund meines Vaters. Er gehört zu den Honoratioren von Antep. Veteran des Befreiungskriegs und pensionierter Lehrer.«

David parkte den Wagen unter einer Akazie, schaltete den Motor aus und sagte: »Ich wusste nicht, dass er kommt. Jetzt werden sie wieder stur wie zwei Ziegenböcke streiten.«

»Verstehen sie sich nicht gut?«

»Nein. Was der eine weiß nennt, ist für den anderen schwarz. Früher ließ sich mein Vater nicht so sehr von Onkel Sakip reizen, aber je älter er wird, umso mehr Gefallen findet er daran, auch ihn zu necken. Jedes Mal, wenn sie sich treffen, streiten sie; trotzdem können sie nicht voneinander lassen. Sie sind sehr alte Freunde, haben damals zusammen die Amerikanische Schule besucht. Sie haben auch keine anderen Freunde mehr, die noch am Leben sind. Wenn einer sterben würde, wäre der andere sehr einsam ... Trotzdem wäre es besser, wenn Onkel Sakip heute nicht gekommen wäre.«

Sie gingen durch den nach Rosen duftenden Garten auf die beiden Alten zu, die sich respektvoll erhoben. Nicholas trat einen Schritt vor und reichte Esra die Hand. Er hatte seine Haare gänzlich verloren, aber seine blauen Augen waren, im Gegensatz zu seinem runzligen Gesicht, voller Glanz.

»Willkommen! Ich bin der pensionierte Arzt Nicholas.«

Esra stellte sich ebenfalls vor und schüttelte dem alten Mann die Hand.

»Und dieser Herr ist mein alter Freund Sakip.«

Auf seinen Gehstock gestützt, streckte Sakip ihr die zittrige Hand entgegen und vervollständigte die mangelhafte Vorstellung seines

Freundes: »Der pensionierte Geschichtslehrer Sakip«, wobei er jedes Wort einzeln betonte. Seine schneeweißen Haare waren voll wie die eines jungen Mannes, aber seine braunen Augen in dem dunklen, mit Altersflecken übersäten Gesicht waren wie mit einem Vorhang von trübem Grau überzogen. Esra wich etwas zurück, weil der alte Mann sich ihr zu sehr näherte.

»Verzeihen Sie, dass ich Ihnen so nahe trete«, entschuldigte er sich. Seine Stimme war kräftig und voll. »Der Sohn meines Enkels hat meine Brille zerbrochen. Ich kann nur sehen, wenn ich aus nächster Nähe schaue. Hoffentlich stört Sie das nicht.« Er deutete mit einer Kopfbewegung auf Nicholas: »Dieser Mann und ich verstehen uns zwar nicht so gut, aber als er am Telefon sagte: ›Esra Hanim und ich werden uns über alte Zeiten unterhalten‹, da musste ich einfach kommen.«

»Das hast du gut gemacht, Onkel Sakip. Wenn mein Vater etwas vergisst, kannst du es ergänzen.«

Mit zitternder Hand wies Nicholas auf einen Stuhl, der ihm gegenüberstand: »Bitte sehr, nehmen Sie Platz!«

Bevor Esra sich setzte, wollte sie Gülsüm Baci die Hand reichen; sie aber sagte zurückhaltend: »Seien Sie willkommen!«

Sie begannen sogleich mit dem Frühstück. Es gab Honig, selbst gemachte Aprikosenmarmelade, den festen Käse von Antep und Tulumkäse, Oliven- und Portulaksalat … All diese Leckereien, die den Tisch schmückten, sahen die alten Freunde sehnsuchtsvoll an, konnten aber nur kleine Häppchen davon essen und löcherten Esra mit Fragen: In welchem Stadtteil Istanbuls wohnen Sie? Wo haben Sie studiert? Seit wie vielen Jahren sind Sie Archäologin? Wie lange wird die Ausgrabung am Euphrat dauern?

Esra gab knappe Antworten und aß sich satt. Als sie mit dem Frühstück fertig waren, räumte Gülsüm Baci den Tisch ab, brachte den alten Männern Lindenblütentee und Esra und David ungesüßten Kaffee.

»Ich möchte Sie gerne etwas fragen«, begann Esra zögernd. »Sie haben Mr. David gesagt, ähnliche Morde wie die letzten zwei seien vor achtundsiebzig Jahren schon einmal verübt worden. Sind Sie sich dessen sicher?«

»Natürlich«, erwiderte Nicholas. »Sakip wird sich auch daran erinnern, es war vor achtundsiebzig Jahren. Wenn mich mein Gedächtnis nicht täuscht, muss es das Jahr 1921 gewesen sein.«

»Das Jahr 1339, meinst du?«, fragte Sakip, seinen Freund mit zusammengekniffenen Augen musternd.

»Nein, 1340 nach dem Hedschra-Kalender.«

»Ich erinnere mich. Antep war umzingelt. Gott möge uns so etwas nie mehr bescheiden. Was waren das für Tage!«

»Ich meine die Zeit nach der Belagerung«, korrigierte der Arzt seinen Freund.

»Ja, ja, natürlich. Die Tage, als der Widerstand besiegt wurde und der Kommandant der Streitmächte Anteps die Einkreisung der Franzosen durchbrach und die Stadt verließ …«

»Nein, noch später. Ich meine die Zeit nach der Londoner Konferenz, auf der der Rückzug der Franzosen beschlossen wurde.«

»Natürlich. Du erzählst von der Zeit, als die Armenier geflohen sind.«

»Jetzt hast du es … Die meisten Armenier hatten aus Angst vor einer ähnlichen Vertreibung wie 1915 ihr Hab und Gut verkauft und waren nach Syrien aufgebrochen.«

»Natürlich mussten sie aufbrechen. Als sie die Franzosen bei ihrem Einmarsch in Antep mit Marschmusik und Fahnen empfingen, deren Uniformen anzogen und damit herumstolzierten, so als wollten sie das Volk hier zum Narren halten, hätten sie sich überlegen müssen, wohin das führen wird.«

»Woher sollten sie es wissen? Sie glaubten, ihre Befreier seien gekommen … Wie dem auch sei, lassen wir das«, sagte Nicholas hustend. »Wo waren wir geblieben? Ja, die Armenier hatten angefangen, sich zurückzuziehen, aber in der Kleinstadt und um sie herum, da, wo Sie ausgraben, gab es auch welche, die nicht geflohen waren. Fünf oder sechs Familien, die man bei der Vertreibung in Ruhe gelassen hatte, glaubten, dass ihnen auch dieses Mal nichts passiert. Kirkor, der Priester der Kirche, Ohannes Aga, der in der Nähe des heutigen Dorfes Göven große Ländereien besaß, und der Kupferschmied Garo gehörten auch zu ihnen. Diese drei Männer wurden eine Woche nach Rückzug der Franzosen blutrünstig umgebracht. Priester Kirkor wurde vom Kirchturm der heutigen Moschee, die damals eine Kirche war, heruntergestoßen; Ohannes Aga wurde auf der Straße zum Dorf Göven getötet und sein abgetrennter Kopf ihm in den Schoß gelegt; Meister Garo wurde am Querbalken in seinem Laden erhängt.«

»Die ersten zwei Morde ähneln haargenau dem Tod von Haci Settar und Resat Aga. Aber, wurden die Mörder nicht verhaftet?«, fragte Esra.

»Verhaftet? Es waren Kriegstage. Armenier wurden als Feinde betrachtet. Wen sollte man da verhaften?«

»Woher sollte man in diesem Durcheinander wissen, wer schuldig war und wer nicht?«, mischte sich Sakip wieder ein.

»Lass das jetzt, Sakip. Das hat man sehr wohl gewusst. Es machte die Runde unter dem Volk, eine aufgebrachte Gruppe hätte sie vor aller Augen getötet. Vor allem hatte es jeder gesehen, dass der Kurde Isfendiyar, der Großvater des gestern getöteten Resat Türkoglu, der Antreiber war. Ist es dann nicht so gekommen, dass Isfendiyar die Ländereien von Ohannes Aga beschlagnahmte und selber Aga wurde?«

»Du kannst mir erzählen, was du willst. Wie du mir, so ich dir. Was du nicht willst, dass man dir tu, das füg auch keinem andern zu! Wenn die Armenier sich ordentlich benommen hätten, wäre das alles nicht passiert.«

»Was geschah mit den Familien der Getöteten?«, unterbrach Esra die Diskussion.

»Über die Familien von Ohannes Aga und dem Kupferschmied Garo weiß ich nichts; die Familie von Priester Kirkor ist nach Beirut geflohen. Kirkor hatte einen jungen Sohn und eine kleine Tochter. Als der junge Mann gemerkt hat, dass das Kind sie bei der Flucht behindern würde, ließ er seine Schwester bei hilfsbereiten Nachbarn zurück und ging mit seiner Mutter fort. Zuerst nach Beirut und dann nach Frankreich …«, führte er gerade aus, als David dazwischensprach: »Warum haben Sie nach den Familien gefragt? Meinen Sie, dass einer der Hinterbliebenen die Morde verübt hat?«

»Sie können sich die Mühe sparen«, sagte Sakip. »Die Terroristen haben das gemacht. Diese Bastarde versuchen, unser Land zu spalten. Jeden Tag ein Hinterhalt, jeden Tag Gefallene. Niederträchtige Kerle! Hat es denn nicht gereicht, was diese Nation unter den Armeniern gelitten hat?«

»Die Armenier haben auch nicht wenig unter euch gelitten. Einmal sie und einmal ihr; ihr seid euch immer wieder gegenseitig an die Gurgel gegangen.«

Die Worte seines Vaters beunruhigten David; er blickte verstohlen zu Esra. Aber sie war mit der ins Auge springenden Ähnlichkeit zwischen den damaligen und heutigen Morden beschäftigt.

»Wer dich so reden hört, könnte meinen, dass du die Wahrheit sagst«, donnerte Sakip, seinen Stock fest umklammernd. »Sie waren es, die die Freundschaft und die Brüderlichkeit zerstört haben. Wir hatten sie ja akzeptiert. Wir lebten nebeneinander wie Brüder und Schwestern. Wir haben uns weder in ihre Religion eingemischt noch in ihre Sprache. Das größte Gotteshaus in Antep war ihre Kirche Heilige Maria. War das nicht so?«

»Aber später habt ihr sie grausam vertrieben.«

»Euretwegen!«, schäumte Sakip. »Ihr habt sie angestachelt. ›Gründet euren eigenen Staat‹, habt ihr denen gesagt. Und diese Blödmänner haben das geglaubt und versucht, uns in den Rücken zu fallen.«

»Lass die Amerikaner aus dem Spiel. Wer das getan hat, waren Engländer, Russen und Franzosen. Wir haben niemanden angestachelt.«

Sakip schlug mit seinem Stock wütend auf den Boden: »Lüge! Auch ihr wart beteiligt. Er lügt, meine Tochter. Was haben die hier, Tausende Kilometer weg von Amerika, zu suchen? Entschuldige, David. Ich meine nicht dich. Jetzt bist du ja einer von uns, nimm es auf keinen Fall persönlich, was ich zu sagen habe.«

Er wandte sich wieder an Esra: »Anfang des letzten Jahrhunderts haben die Protestanten eine Organisation gegründet, die sie American Board nannten.«

»American Board of Commissioners For Foreign Missions«, sprach

Nicholas den vollen Namen aus und genoss es dabei, seinen Freund zu ärgern.

»Ist ja gut, unterbrich mich nicht! Kurz und gut, die wollen in fremden Ländern ihre Religion verbreiten. Ohne uns zu fragen, haben sie gleich nach der Gründung dieses Boards auch Antep in ihr Programm aufgenommen.«

»Nicht gleich nach der Gründung. American Board wurde 1810 gegründet und Antep 1819 ins Programm aufgenommen.«

»Ist gut jetzt, halt endlich den Mund … Wie dem auch sei, Tochter, die Männer haben ihre Pläne fein gestrickt. Mehmet Akif sagt ja in seinem Gedicht: Der Drache, dem nur noch ein einziger Zahn geblieben ist … Der heile Zahn der Kolonisten ist ebendieses Amerika. Als dann unser verräterischer osmanischer Staat Amerika als ›das Land, das Zugeständnisse in besonderem Maße verdient‹ bezeichnete, haben die begonnen, in unserem Land nach Belieben zu schalten und zu walten.«

»Gut, wir haben geschaltet und gewaltet, aber was haben wir euch angetan? Wir haben Schulen eröffnet und Krankenhäuser gegründet; wir haben für wohltätige Zwecke gearbeitet.«

»Richtig, aber, warum habt ihr sie eröffnet? Um das Land zu spalten, um euch das Territorium des Osmanischen Reiches unter die Nägel zu reißen.«

»Sakip, du bist wirklich sehr alt geworden.«

»Wie man bei uns sagt: Der freche Dieb jagt den Besitzer aus dem Haus. Nur zu, halt dich nicht zurück, sag mir ruhig: ›Du bist senil.‹ Aber ich lass mir nicht den Mund verbieten. Du kannst nicht verhindern, dass ich euch entlarve.«

Sakip schien wirklich wütend zu sein. Esra machte sich Vorwürfe, weil sie unter zwei Freunden einen solchen Streit ausgelöst hatte. Sie hatte ohnehin erfahren, was sie wissen wollte, sie sollte sich lieber verabschieden, bevor es noch schlimmer kam. Aber Sakip Bey war mit seinen Erklärungen noch nicht fertig.

»Tochter, hast du je gehört, dass Muslime massenhaft zum Christentum übertreten?«

»Hm … ich glaube nicht.«

»Hast du bestimmt nicht, du kannst es auch nicht gehört haben. Aber dass ein Katholik zum Protestantismus wechselt, ein Protestant zum Katholizismus, ein Gregorianer zum Protestanten wird, ist nicht unüblich. Wie sehr sie auch untereinander zanken, versammeln sie sich alle unter der Fahne des Christentums. Also denen geht es nicht darum, die Muslime zu christianisieren, sondern die gregorianischen Armenier zum Protestantismus zu bekehren. Deswegen unterstützen sie es, dass die Armenier einen unabhängigen Staat gründen.«

»Komm, komm, erzähl keine Märchen«, murrte Nicholas.

»Was für Märchen? Habt ihr in Antep, in Maras nicht Colleges eröffnet, um die Armenier zu unterrichten?«

»Nicht die Armenier, Esra Hanim, die Schulen wurden eröffnet, um alle zu unterrichten. Der hat es vergessen, weil er alt geworden ist. Auch er hat diese Schule besucht.«

»Ich habe es nicht vergessen, es stimmt, ich war auch auf diesem College, aber wie viele muslimische Kinder gab es in der Schule? Die meisten waren Armenier.«

»Wenn die Muslime ihre Kinder nicht einschreiben lassen, was soll die Schulleitung denn tun?«

»Was soll sie sonst getan haben, sie hat sich gefreut. Warum? Denn es ist schwerer für euch, die Muslime zu beschwatzen. Die Armenier könnt ihr leichter beschwatzen. Sie sind ja ohnehin Christen. Aber auch das habt ihr nicht hingekriegt. Ihr habt so viel Geld verschleudert, so viel unterrichtet, aber ihr konntet nur ein Viertel der Armenier zum Protestantismus bekehren. Stimmts, oder stimmts nicht? Wir hatten einen armenischen Freund namens Masis in der Schule. Masis war gregorianisch, die haben den Jungen in die Schule aufgenommen, in der Hoffnung, dass er Protestant wird. Aber er ist es nicht geworden. Die meisten Armenier haben sich als klug erwiesen wie Masis, haben ihren Glauben nicht aufgegeben. Masis …«

Der alte Mann hielt plötzlich inne. Esra dachte: Er versucht, sich an irgendetwas zu erinnern, doch Sakip wandte sich an seinen Freund, als hätte er vergessen, dass sie eben noch gestritten hatten: »Sag mal,

Nicholas, es sind so viele Jahre vergangen; manche Nacht träume ich immer noch von Masis. Was ist mit dem Kind passiert? Du hast auch nichts mehr erfahren, oder?«

Als der Name Masis fiel, erlosch das freudige Glänzen in Nicholas' Augen. Sakip bemerkte es nicht.

»Ach, Tochter, wenn nur alle Armenier so wären wie Masis! Dann wären wir immer noch in Freud und Leid vereint.«

»War Masis Ihr Freund?«

»Freund? Wir waren Blutsbrüder. Ein Herz und eine Seele. Wir teilten alles miteinander. Dieser da, Masis und ich, wir waren die drei Musketiere der Schule. Uns fehlte nur ein d'Artagnan.«

Als Sakip bei dem Wort »dieser« mit dem Kopf auf Nicholas wies, sah auch Esra ihn an. Erst da merkte sie, wie sehr seine Laune verdorben war. Auch David war unbehaglich zumute.

Nichts ahnend erzählte Sakip weiter: »Masis war ein paar Jahre älter als wir. Er war wie unser Abi, unser älterer Bruder, er nahm uns vor größeren Kindern in Schutz. Er war sehr intelligent und konnte gut kämpfen.«

»Ist er gestorben?«

»Verschollen. Niemand hat ihn gesehen, weder tot noch lebendig. Als Antep besetzt wurde, fanden wir uns in unterschiedlichen Lagern wieder. Masis ist den armenischen Truppen beigetreten, die wurden von den Franzosen unterstützt. Nicholas hat sich im Krankenhaus seines Vaters zurückgezogen und verfolgte den Krieg von dort aus. Und ich war bei den Widerstandstruppen. Weil ich ein flinker Junge war, wurde ich persönlicher Bote von Özdemir Bey, dem Kommandanten der Streitmächte Anteps. Ich habe mich durch die französischen Streitkräfte geschlichen und habe zwischen ihm und dem Kommandanten des II. Armeekorps Selahattin Adil Bey verschlüsselte Briefe hin- und hergetragen. Der Feind war uns stark überlegen; sie waren mehr an der Zahl und besser bewaffnet. Seit Monaten hungerten die Menschen in der Stadt. Das Volk machte Brot aus Aprikosenkernen, Suppe aus vertrocknetem Gras, die Menschen gingen sich gegenseitig an die Gurgel für Pferdeleichen. Özdemir Bey und Selahattin Bey haben sich oft geschrieben. Als ich das fünfte Mal die Stadt verlassen wollte, haben mich Armenier, die in der französischen Armee kämpften, festgenommen. Ich war in Zivil. Ich habe versucht, ihnen zu erklären, dass ich kein Soldat war. Sie haben mich abgesucht, aber haben den verschlüsselten Brief nicht gefunden. Mich aber trotzdem weiter verdächtigt. Zwei Soldaten haben mich mit dem Rücken des Bajonetts geprügelt, um mich zum Reden zu bringen. Sie haben brutal auf meine Fußknöchel, auf meine Knie und meine Ellbogen gehauen. Da bin ich zu Boden gesunken. Ich dachte, jetzt ist mein Ende gekommen, da hörte ich plötzlich eine Stimme: ›Halt!‹ Es war Masis. ›Lasst ihn los!‹, sagte er. ›Ich bürge für ihn.‹ Er wusste zwar, dass ich mich den Widerstandstruppen angeschlossen hatte, aber Freundschaft hat über die Feindschaft gesiegt. Ich bin aufgestanden, habe ihn umarmt. ›Lass dich hier lieber nicht mehr blicken‹, warnte er mich. Ich habe mich eine Weile bei ihm ausgeruht, dann machte ich mich auf den Weg zum II. Armeekorps. Masis hat mein Leben gerettet und mir geholfen, meinen Auftrag auszuführen.«

Esra hörte Onkel Sakip zu. Ihr Blick ruhte auf Nicholas, dessen blaue Augen immer dunkler wurden, je mehr sein Freund Masis in den höchsten Tönen lobte. Als Sakip kurz innehielt, nutzte sie die Gelegenheit, sich aus dem Staub zu machen. »Ich bedanke mich für das Frühstück und dieses anregende Gespräch. Aber jetzt muss ich gehen.«

»So früh?«, fragte Nicholas.

Sakip war enttäuscht: »Ich war aber noch nicht fertig …«

»Ein andermal«, sagte Esra mit einem gewinnenden Lächeln.

»Wir sollten unseren Gast nicht in Verlegenheit bringen, Onkel Sakip«, unterstützte sie David. »Ich werde sie noch einmal mitbringen, versprochen!«

Zu ihrer Verabschiedung stand zusammen mit Sakip auch Nicholas auf. Dem Mann, der sie freudig empfangen hatte, der so gerne reden wollte, ähnelte er nicht mehr.

Siebzehnte Tafel

Am nächsten Morgen wartete ich mit klopfendem Herzen in der Bibliothek auf Aschmunikal, befangen von der Angst, sie wiederzusehen, und der Freude, die ich darüber empfand. Ich fürchtete mich vor ihr, und gleichzeitig empfand ich großes Glück. Sie hatte sich nicht verändert, seit wir getrennt, und war genauso betörend schön und beängstigend sicher wie im Tempel. Am Vortag war ich in die Bibliothek hinabgestiegen, hatte die Epen durchgesehen, sie geordnet und ihre Titel auf einer Tafel notiert, damit Aschmunikal mit einem Wimpernschlag sehen konnte, über welche literarischen Texte wir verfügten.

Während ich nun, auf einer Holzbank sitzend, meine unvergleichliche Aschmunikal erwartete, sann ich darüber nach, ob sie wohl allein oder in Begleitung eines Bediensteten kommen würde. Brächte sie einen von Pisiris' Dienern oder Günstlingen mit, könnte ich sicherlich den Wunsch meines Königs tadellos ausführen. Aber käme sie allein …

Ich blieb nicht lange im Ungewissen. Zu früher Stunde erschien Aschmunikal wie der Morgenstern an der Tür der Bibliothek. Bei ihrem Anblick erfasste mich eine sonderbare Erregung, so wie damals im Tempel. Sie trug ein honigfarbenes, mit pfauenblauen Stickereien verziertes Kleid; ihren langen Hals zierte eine silberne Kette. Ihr mondhelles Antlitz ließ ihre rehbraunen Augen, die mich sanft anblickten, noch dunkler erscheinen. Ich senkte den Kopf, damit unsere Blicke sich nicht begegneten.

»Willkommen, werte Gebieterin, willkommen, hochverehrte Aschmunikal«, sagte ich kühl.

Sie erwiderte mit herzlicher, liebevoller Stimme: »Guten Morgen, Patasana, wie schön, nach Monaten wieder miteinander allein sein zu können.«

Unbedacht hob ich den Kopf. In diesem Augenblick wurde ich von dem Feuer in ihren Augen erfasst. Anstelle des schüchternen Mädchens im Tempel war eine Frau getreten, deren Blick ganz andere Bedeutungen in sich trug. Im selben Moment sah ich ein, wie aussichtslos es war, mich zu wehren; Aschmunikal war mein Schicksal, ihr zu entfliehen unmöglich. Trotzdem blieb ich hartnäckig, verbarg meine Entzückung und zeigte ihr die Tafel, die ich am Vortag verfasst.

»Gestern habe ich eine Liste für Sie aufgestellt. Die Titel aller Sagen und Legenden, Gedichte und Lieder sind hier verzeichnet. Sie können auswählen, was Sie wünschen.«

»Warum benimmst du dich, als würdest du mich nicht kennen, Patasana?«, entgegnete sie.

Das Mädchen, deren Abwesenheit mich trostlos gemacht hatte, als ich im Tempel erwacht war, stand direkt vor mir. Die Liebste, derentwegen ich den Oberpriester Valvaziti angefleht hatte, um zu erfahren, wer sie sei und welcher Familie sie angehörte, war gekommen und bot mir an, ihr nahe zu sein. Ich betrachtete ihr honigfarbenes Kleid und entsann mich ihres nackten Leibes, jagte aber diese Erinnerung sogleich wieder fort und antwortete: »Ich kenne Sie. Sie sind die hochverehrte Aschmunikal, eine der Auserwählten unseres erhabenen Königs Pisiris. Ich bin ein Diener, der die Aufgabe hat, unseres Königs und Ihre Befehle auszuführen.«

»Du bist nicht mein Diener. Du bist der erste Mann, mit dem ich, vor Pisiris, das Bett geteilt habe.«

Nachdem ich verstohlen die Umgebung betrachtet und mich versichert hatte, dass niemand unser Gespräch hörte, flüsterte ich: »Bitte sprechen Sie nicht so, Sie werden den Zorn der Götter auf uns lenken.«

»Nein, die Götter haben uns einander bestimmt. Es ist Pisiris selbst, der sich dem Gebot der Götter widersetzt. Getrieben von unersättlicher Gier, soll alles auf Erden ihm allein gehören. Weil er sich so verhält, wird kein anderer als er von den Göttern verflucht werden.«

»Sie sollten von unserem König nicht in diesem Ton sprechen. Er liebt Sie.«

»Er liebt nur sich selbst. Und zehn weitere Frauen wie mich. Findet er eine, jünger und schöner, wird er sie in seinen Harem sperren und seine Auserwählte nennen. Und selbst wenn er mich lieben sollte; ich liebe ihn nicht. Obwohl stark, ist er hässlich, obwohl adlig, ist er grob. Seine Augen schauen nicht liebevoll wie die deinen, er lächelt nicht schön wie du, seine Stimme ist nicht süßer Balsam wie deine.«

Während ich mit tausend wechselnden Farben im Gesicht Aschmunikal lauschte, zeigte sich Laimas an der Tür. Sogleich sagte ich laut, damit Laimas es hören konnte: »Hochverehrte Aschmunikal, wenn Sie wünschen, gebe ich Ihnen diese Tafel, damit Sie sie mitnehmen und in Ruhe eine Auswahl treffen können.«

Auch Aschmunikal hatte Laimas gesehen. »Ich wünsche mir das Gedicht des sumerischen Dichters Ludingirra für seine Mutter«, sagte sie.

»Natürlich.« Ich streckte die Hand nach dem Regal aus, wo wir die Tafel mit dem Gedicht Ludingirras aufbewahrten, da fiel mir etwas ein: »Bitte verzeihen Sie die Frage. Dieses Gedicht ist auf Akkadisch. Sprechen Sie diese Sprache?«

Ihre Augen leuchteten seltsam auf, verschmitzt lächelnd, antwortete sie: »Ein wenig.«

»Dann können Sie es leider nicht lesen. Um Ludingirra zu verstehen, bedarf es großer Kenntnis des Akkadischen.« Da sprach Laimas, als ginge es ihn das Geringste an: »Was du dir für Sorgen machst, Patasana. Für die hochverehrte Aschmunikal kannst du das Gedicht übersetzen. Du kennst es ja ohnehin auswendig.«

»Das kann ich nicht!«, rief ich aus, als hätten meine Finger Feuer berührt. »Ich habe sehr viel zu tun.«

Aschmunikals schöne Augen verengten sich: »Dann sage ich es unserem König, und er findet jemand anderen, der es übersetzen kann.«

Die Übersetzung abzulehnen, wäre das Gleiche, wie sich dem Befehl von Pisiris zu widersetzen. »Nein, nein, das ist nicht nötig«, versuchte ich einzulenken. »In wenigen Tagen werde ich damit fertig sein.«

Aschmunikal schaute mich herausfordernd an. »Während der Übersetzung möchte ich bei dir sein«, sagte sie. »Damit könnte ich mein Akkadisch verbessern.«

»Welch große Ehre für uns«, katzbuckelte der eifrige Laimas. Ich verfluchte den unfähigen Schreiber im Stillen und antwortete: »Wenn König Pisiris seinen Segen gibt, wird es mir ein Vergnügen sein, Ihnen zu dienen.«

Aschmunikals Gesicht erhellte das schönste Lächeln auf Erden. »Mach dir keine Gedanken, Schreiber Patasana, ich werde sogleich die Erlaubnis einholen. Sei morgen bereit für die Übersetzung.« Sie nahm die Tafel mit der Liste und verließ die Bibliothek.

Der alte Laimas sah ihr wie benommen hinterher. »Das ist ein unvergleichliches Mädchen«, gab er von sich. »Wie ein Spross, der den Felsen durchbohrt, wie das Feuer, das das Eis schmilzt, wie der Wind, der das Wasser lenkt. Welch Glück für unseren König. Wer dieses Mädchen anschaut, sieht üppigere Gärten als die am Euphratufer; wer die Stimme dieses Mädchens hört, findet, wie bei einer göttlichen Musik, die innere Ruhe; selbst die langweiligsten Stunden verwandeln sich an der Seite dieses Mädchens in honigsüße Augenblicke.«

18

Esra und David hatten sich von den beiden Alten verabschiedet und den nach Rosen duftenden Garten hinter sich gelassen. Als sie an den Straßen mit den Maulbeerbäumen entlangfuhren, wollte Esra wissen, warum Nicholas so bekümmert gewesen sei.

»Eine traurige Geschichte«, sagte David. »Mein Vater schämt sich für unsere Familie, deswegen hat er Onkel Sakip nie davon erzählt.«

Esra merkte, dass sie einen wunden Punkt angesprochen hatte. Gerade wollte sie sagen: »Wenn Sie möchten, vergessen wir, dass ich diese Frage gestellt habe«, da fing David an zu erzählen.

»Ich habe gestern Abend von dem Unterschied zwischen Tim und meinem Großvater gesprochen. Dabei musste ich auch an Masis denken. Vor dem Krieg sind die drei sehr gute Freunde gewesen. Sakip und Masis haben die meiste Zeit im Haus meines Großvaters verbracht. Die Beerentorte meiner Großmutter war zwar sehr verlockend, aber die Zeitschriften und diverse Gegenstände aus Amerika waren für die beiden reizvoller als die Torte, denn sie kündeten von der Neuen Welt. Die Eltern Masis' und Sakips hatten gegen diese Freundschaft nichts einzuwenden; damals lebte man ja harmonisch miteinander und begegnete sich jeden Tag in irgendeinem Laden oder auf dem Markt. Aber nach Ausbruch des Ersten Weltkriegs wurde das Zusammenleben zur Qual. Die Führer der ›Partei für Einheit und Fortschritt‹ mussten eine Niederlage nach der anderen einstecken. Da dienten ihnen die bewaffneten Taschnak-Gruppen, die mit den Russen zusammenarbeiteten, hinter der Front Aufstände provozierten, die muslimische Bevölkerung angriffen und massakrierten, als Vorwand. Sie beschlossen die Deportation und erteilten den Befehl, die Armenier massenhaft zu vertreiben. Bei der Ausführung dieses Befehls wurden Massaker verübt, es kam zu Massenhinrichtungen; Hunderttausende

Armenier, Männer, Frauen wie Kinder wurden ermordet; Völker, die seit 600 Jahren wie Brüder und Schwestern zusammengelebt haben, metzelten sich gegenseitig nieder.

Masis und seiner Familie gelang es, in der Stadt zu bleiben mithilfe von Celal, dem Gouverneur des Regierungsbezirks Aleppo, zu dem auch Antep gehörte. Aber als der Krieg mit einer Niederlage endete und die Region Antep zuerst von den Engländern und dann von den Franzosen besetzt wurde, kehrten die Armenier, die nach Aleppo oder in andere Regionen des Osmanischen Reichs deportiert wurden, zurück. Sie schlugen sich auf die Seite der Besatzungsmächte und drangsalierten die Bevölkerung, denn sie sehnten sich danach, Rache zu nehmen. Das Volk konnte das Vorgehen der Besatzungsmächte bis zu einem gewissen Punkt nachvollziehen, aber dass die Armenier mit ihnen gemeinsame Sache machten, konnten die Leute nicht akzeptieren; und so griffen sie zu den Waffen und wehrten sich. In Antep dauerten die Kämpfe ganze elf Monate; die belagerte Stadt hat sich nicht ergeben, bis die Menschen fast verhungert waren. Dieser Widerstand ohne nennenswerte Unterstützung von außen zwang die Franzosen, einen erheblichen Teil ihrer Streitkräfte in der Stadt zu lassen. Das kam der Nationalen Befreiungsarmee, die gegen die Besatzung kämpfte, sehr gelegen. Schließlich wurden die Einwohner nicht von der französischen Artillerie, aber vom Hunger besiegt und mussten die Stadt verlassen. Darüber triumphierte die armenische Bevölkerung; nun konnte sie endlich ihren eigenen Staat gründen, denn das war ja das Versprechen der Russen, Engländer und Franzosen gewesen. Aber die Sache entwickelte sich anders. Knapp zehn Monate nach dem Fall Anteps haben die Franzosen laut Beschluss der Londoner Konferenz die Besatzung beendet und ihre Streitkräfte abgezogen. Die Armenier, die ihnen vertraut hatten, erlebten eine weitere große Enttäuschung und machten sich wie 1915 mit Kind und Kegel wieder auf den Weg.

Während des Krieges entwickelte sich Masis, wie Onkel Sakip erzählt hat, zu einem angesehenen armenischen Kämpfer. Er leistete große Verdienste bei der Belagerung der Stadt, war bei den schweren Kämpfen vor der Çinarli-Moschee in vorderster Front und ergriff nach der Niederlage nicht die Flucht, obwohl er die Möglichkeit dazu gehabt hätte, sondern bewarb sich für eine Aufgabe bei dem Komitee, das die Flucht organisierte. Aber das Fluchtkomitee konnte seine Pläne nicht rechtzeitig umsetzen, der Weg nach Aleppo wurde abgeschnitten, und so mussten Masis und seine Freunde sich in der Stadt verstecken. Die Freunde wurden einer nach dem anderen gefasst. Als Masis keinen Ort mehr zum Flüchten fand, klopfte er eines Abends an die Tür meines Vaters und bat ihn, ihn bei sich aufzunehmen. Mein Vater versteckte ihn in der großen Höhle unter dem Haus, die als Keller diente, und erzählte seinem Vater davon, als dieser von der Arbeit aus dem Krankenhaus zurückkam. Mein Großvater rügte meinen Vater, dachte dann eine Zeit lang nach und ging in den Keller, um mit Masis zu sprechen. Er blieb ungefähr eine halbe Stunde dort und kehrte wutentbrannt zurück. ›Dieser Mann verlässt sofort unser Haus‹, befahl er. Auf die Frage meines Vaters, was vorgefallen sei, antwortete er: ›Er ist ein Irrender, der vom rechten Weg abgekommen ist. Werde Protestant, und wir retten dich, habe ich ihm gesagt. Lieber würde ich sterben, hat er mir geantwortet.‹

Mein Vater flehte ihn an, Masis werde mit der Zeit den richtigen Weg finden und Protestant werden; meine Großmutter sprach Bitte um Bitte aus, aber mein Großvater ließ sich nicht erweichen. Während sie diskutierten, hörten sie den Schuss einer Pistole. Mit einem ›O weh!‹ rannte mein Vater in die Höhle. Er fand Masis in seinem Blut, mit einem Loch in der Schläfe. Neben ihm lag seine Pistole, die immer noch rauchte. Mein Großvater eilte seinem Sohn hinterher und sah ihn völlig aufgelöst; er gab ihm zwei Ohrfeigen, um ihn zur Besinnung zu bringen. ›Reiß dich zusammen!‹, schrie er ihn an. ›Wenn man ihn hier findet, bekommen wir große Schwierigkeiten. Wir begraben ihn auf unserem Friedhof.‹

Gegen Mitternacht brachten sie den toten Masis auf den Amerikanischen Friedhof. Mein Großvater erlaubte nicht, einen Grabstein oder sonst etwas daraufzusetzen, damit es nicht auffiel. Lange nach dem Tod meines Großvaters ließ mein Vater einen marmornen Grabstein anfertigen und auf das Grab setzen. Aber weil er sich für diesen tragischen Tod schämte, für den sein Vater verantwortlich war, ließ er nicht darauf schreiben, wer in diesem Grab ruht. Dieses Geheimnis hütete er sogar vor seinen Allernächsten. Als ich heranwuchs, fiel mir dieser Grabstein ohne Inschrift immer wieder auf. Eines Tages fragte ich, wer dort begraben sei. ›Dein Onkel‹, sagte mein Vater. Aber sofern ich wusste, hatte ich keinen Onkel gehabt. Ich ging zu meiner Großmutter und erzählte von dem Grab, aber sie tat es mit halben Erklärungen ab. Als ich erwachsen war, fragte ich wieder nach. Mein Vater hieß mich Platz nehmen und erzählte mir alles.«

»Das ist eine schlimme Geschichte. Ich kann jetzt verstehen, warum Ihr Vater plötzlich so traurig wurde.«

»Mich hat am meisten das Verhalten meines Großvaters irritiert. Als er in Rente war, verbrachte er seine Tage im Garten unseres Hauses und spielte wie ein Kind mit mir. Manchmal spielten wir Blindekuh, und er versteckte sich in der Höhle, in der sich Masis das Leben nahm. Er gab Laute von sich, damit ich ihn finden konnte. Ich erinnere mich an meinen Großvater – ich war sieben, als er starb – als den freundlichsten Menschen der Welt. Auch andere haben ihn sehr gemocht. Noch heute findet jeder ein Wort des Lobes, wenn von ihm gesprochen wird. Aber er hat damals einen jungen Mann, der ihm so nahestand wie sein eigener Sohn, bedenkenlos in den Tod geschickt, nur weil er anderen Glaubens war.«

David seufzte und fragte: »Wie kann ein so guter Mensch etwas so Böses tun?«

»Der Glaube lässt manchmal die Menschen erblinden. Er verhindert die Toleranz gegenüber dem Andersartigen und präsentiert die Vernichtung der anderen, die nicht dazugehören, als etwas Natürliches, sogar als etwas Notwendiges.«

Er nickte resigniert. »Wahrscheinlich haben Sie recht. Der Mensch kann sich nicht befreien von der Leidenschaft, zu töten und zu vernichten, koste es, was es wolle. Masis' Tod hat meine Familie einen hohen Preis gekostet. Die Freude im Haus war verflogen. Zwischen Vater und Sohn war eine vergiftete Atmosphäre entstanden, deren

Grund beiden bekannt war, aber verschwiegen wurde. Am meisten litt meine Großmutter darunter. Die arme Frau war zwischen Mann und Sohn hin- und hergerissen und bat meinen Vater immer wieder, nicht mehr an die Vergangenheit zu denken. Aber wie Sie gesehen haben, hat mein Vater den Tod seines Freundes nie überwunden.«

Esra merkte, dass seine Stimme zitterte.

»Verzeihen Sie, wenn ich das gewusst hätte, hätte ich dieses Thema nicht angesprochen.«

»Ich habe es Ihnen erzählt, weil ich wollte. Außerhalb unserer Familie sind Sie der erste Mensch, der davon erfahren hat. Ich weiß nicht, warum ich es erzählen musste. Wahrscheinlich haben Geheimnisse ein Gewicht, das man nicht ewig zu tragen vermag. Trotzdem wäre ich froh, wenn das unter uns bliebe.«

»Seien Sie beruhigt, niemand wird davon erfahren.«

»Vielen Dank!«

Jeder in seine Gedanken vertieft, schwiegen sie nun. Esra musste wieder an die Ähnlichkeit zwischen den Morden vor achtundsiebzig Jahren und heute denken. Steckte wirklich die Organisation dahinter, wie auch Onkel Sakip behauptete? Wenn ja, dann war das Problem inzwischen gelöst, denn der Hauptmann hatte die Mörder »tot aufgegriffen«. Aber was, wenn Onkel Sakip sich irrte und jemand die Toten von damals rächen wollte? Aber wer, ein Angehöriger? Oder jemand wie Bernd, der ihnen nahestand … Über einen Kollegen darfst du nicht so denken, Esra, stritt sie in Gedanken mit sich. Sie hatte angefangen, ihn zu verdächtigen, als David erzählt hatte, Bernd habe mit seinem Vater über die Ereignisse von damals gesprochen. Hatte Nicholas nicht von dem Sohn des ermordeten Priesters Kirkor erzählt und gesagt, der Junge sei zusammen mit seiner Mutter erst nach Beirut und dann nach Frankreich geflohen? War nicht auch Bernds Schwiegervater von der Türkei nach Frankreich geflüchtet? Nein!, sagte sie sich aus Furcht vor den eigenen Gedanken, Bernd könnte niemanden töten. Aber als sie sich an ihr gestriges Gespräch erinnerte, bekam sie Zweifel. Hatte er nicht gesagt: »Für meine Frau tue ich alles, und wenn nötig, gebe ich sogar meinen Beruf auf«? Den Beruf aufzugeben, ist etwas völlig anderes, als zwei Menschen zu töten! Aber war er nicht auch mutig genug, sich für Vartuhi mit den Polizisten anzulegen? Esra, selbst wenn Bernd ein unerschrockener Liebender sein sollte, der zu allem bereit wäre, würde seine Frau einem solchen Verbrechen doch sicher nicht zustimmen! Und wenn Bernd die Morde ohne ihr Wissen verübt hatte, um seine grenzenlose Liebe zu beweisen? Um ihr später in Deutschland sagen zu können: »Ich habe deinen Großvater Kirkor gerächt«? Ist so etwas möglich? Warum nicht? Haben wir nicht gesehen, was die Liebe aus unserem Kemal gemacht hat? Warum sollte Bernd, der eh ein seltsamer Kauz war, vor so etwas Wahnsinnigem zurückschrecken? Wo war er überhaupt zur Tatzeit? Nach dem Mord an Haci Settar hatte man ihn vergeblich auf seinem Zimmer gesucht. Um mit der Sitzung anfangen zu können, hatten sie auf ihn warten müssen. Er hatte, wenn sie sich richtig erinnerte, gesagt, er sei am Euphrat spazieren gegangen. Es gab auch eine kleine Diskussion zwischen ihm und Timothy. Und in der Nacht, als Resat Aga umgebracht wurde? Sie strengte ihr Gedächtnis an; das kurze Gespräch zwischen Bernd und Teoman flackerte wieder auf. Teoman hatte gesagt, die Reifen des Fahrrads seien platt. Bernds Gesicht hatte einen seltsamen Ausdruck angenommen; er antwortete hastig, er sei doch nachts nicht Fahrrad gefahren. Aber warum war er dabei so aufgeregt gewesen? Hatte er sich etwa in der Nacht aufs Rad geschwungen und war nach Göven gefahren? Als sie sich an die Worte des Hirten, der die Leiche entdeckt hatte, erinnerte, lief es ihr heiß und kalt über den Rücken. Der Hirte hatte doch von einem Mann gesprochen, der im Himmel flog! Im Mondschein hatte er bestimmt nicht das Fahrrad, sondern nur den großen schwarzen Fleck des Fahrers gesehen und ihn für einen fliegenden Mann gehalten …

Was denke ich da für einen Schwachsinn!, versuchte sie, sich zu besinnen. Es gab keinen einzigen Beweis für Bernds Schuld. Die Mörder waren sogar schon gefasst, und trotzdem verdächtigte sie ihren Kollegen. Vielleicht hatte es mit ihrer Abneigung gegen ihn zu tun? Bernd hatte sie ja ordentlich gequält, weil er nicht Grabungsleiter geworden war. Nein, dass sie so dachte, hatte mit Bernd nichts zu tun. Dieses Misstrauen, das manchmal Dimensionen einer Paranoia erreichte, hatte sie schon immer gehabt. Hatte sie nicht einmal Orhan vorgeworfen, mit Sevim geschlafen zu haben, mit der er gemeinsam ein Symposium in Berlin besucht hatte? Und dabei war Sevim ihre beste Freundin und mochte Orhan noch weniger als ihre Sünden. Doch Esra wusste auch, dass Abneigung in erotische Anziehung münden konnte. Die beiden verbringen ja schließlich ganze sieben Tage in einem fremden Land und übernachten im selben Hotel. Warum sollten sie nicht eines Nachts, vielleicht unter Einfluss von Alkohol, zusammen aufs Zimmer gehen? Zunächst malte sie sich diese Möglichkeit eher wie ein Spiel aus, später fing sie an, daran zu glauben, und am Ende stellte sie sich das Szenario lebhaft vor. Am siebten Tag war sie davon überzeugt, dass ihr Mann mit Sevim geschlafen hatte. Nach Orhans Rückkehr hatte sie ihm die Hölle heißgemacht, die Geschichte schlug immer höhere Wellen und kam auch Sevim zu Ohren, die darüber mächtig sauer war. Erst dann hatte sie ihren Irrtum eingesehen und sich in Stücke gerissen, um sich zu entschuldigen. Vielleicht unterlag sie auch jetzt, in Bezug auf Bernd, ihrem Argwohn?

»Nein, nein«, sprach sie voller Angst.

»Entschuldigung, haben Sie was gesagt?«

»Nein, ich glaube, ich habe laut nachgedacht.«

Bis sie vor dem Krankenhaus hielten, fiel kein weiteres Wort. Dort lud David Esra auf ein Glas Tee ein, was sie höflich ablehnte. Sie müsse zurück zur Arbeit und würde gerne auch Elif mitnehmen, wenn ihr Gesundheitszustand es erlaube. Der Arzt wollte sie noch eine weitere Nacht dabehalten.

Esra gab ihm zum Abschied die Hand. »Ich danke Ihnen für alles. Schauen Sie doch mal bei uns vorbei.«

»Ich danke Ihnen auch«, sagte David, bemüht, heiter zu klingen. »Ich werde ganz bestimmt kommen.«

In Elifs Zimmer traf Esra auf Kemal und Rüstem Bey, den Direktor des Archäologischen Museums in Antep, die sich flüsternd unterhielten. Sie waren eng befreundet; früher hatten sie für das Freiluftmuseum in Yesemek zusammengearbeitet. Beide sprangen auf, als sie

Esra bemerkten. Nach einer knappen förmlichen Begrüßung verließ Rüstem bald das Zimmer; Esra mochte ihn nicht besonders, und er wusste es.

Elif schlief noch. Kemal verfolgte besorgt ihren Atem. »Sie sieht nicht gut aus«, sagte er. »Ich habe Angst um sie.«

Esra beugte sich über Elifs Gesicht; es war nicht mehr so bleich. »Ihr geht es gut. Du solltest eher auf dich selbst achten. Du bist blasser als sie.«

»Ich komm schon zurecht.«

»Der Arzt sagt, sie muss sich erholen. Er möchte sie auch heute Nacht hierbehalten. Aber ich muss zur Grabung zurück. Was ist mit dir?«

Kemal senkte den Kopf. »Die spannendsten Tage der Ausgrabung … Wie oft kann ein Archäologe in seinem Leben einen so interessanten Fund machen wie diese Tafeln? Vielleicht einmal, vielleicht nie. Aber ich kann Elif nicht alleinlassen. Auch wenn sie es nicht will, es macht mich glücklich, bei ihr zu sein.«

Achtzehnte Tafel

Aschmunikal machte mich glücklich. Sie bewirkte etwas, wozu niemand sonst imstande war; sie erfüllte mein Herz mit einem Glück, das sich selbst genügte. Wie ein Brand, wie ein jäh aufkommender Sturm war Aschmunikal wieder in mein Leben getreten. Während ich mein Möglichstes getan hatte, um ihr fernzubleiben, hatte sie darüber nachgesonnen, wie sie ihre Zeit mit mir verbringen konnte, und schließlich erreicht, was sie wollte. Sie hatte bewiesen, dass sie nicht nur die Schönheit der Göttinnen besaß, sondern auch klug war und mutig wie diese. Wäre mein Großvater Mitannuva am Leben, er würde mich sicher beglückwünschen, weil ich so ein Mädchen liebte, und mich ermutigen, diese Liebe ohne Rücksicht auf den König auszuleben. Mein Vater Araras dagegen würde mich tadeln, weil ich die Frau unseres Königs begehrte; und da ich Aschmunikal trotzdem weiter lieben würde, verfluchen und mich wahrscheinlich sogar eigenhändig Pisiris ausliefern.

Ich wiederum wusste nicht, was ich tun sollte. Wie ein Spatz mit gebrochenem Flügel war ich Aschmunikal in die Hände gefallen. Es war vergeblich, mir Verbote zu erteilen. Sie hatte mich schon längst in Besitz genommen; wie das Blut in meinen Adern war sie zu einem untrennbaren Teil meines Körpers geworden. Einerlei, wie groß meine Angst vor König Pisiris war, wie sehr meine Erziehung mich zu verantwortlichem Handeln zwang, ich wusste, dass ich mich meiner Liebsten nicht verwehren, nicht ohne sie sein konnte. Überall und jederzeit waren meine Gedanken bei ihr. Wenn ich meiner Wege ging, bei den Mahlzeiten saß, Tafeln las oder schrieb, mit meiner Mutter sprach oder Lieder sang, schlief, träumte oder mich tagträumend in den Anblick des Euphrat vertiefte; immer war sie in meinem Herzen.

Am nächsten Morgen kam Aschmunikal wieder in die Bibliothek. Nun hatte ich keine Scheu mehr, sie anzuschauen, im Gegenteil, ich konnte meinen Blick nicht mehr von ihr wenden. Da sie es natürlich sogleich bemerkte, beschlich mich wieder Schüchternheit, und meine Augen flohen die ihren.

Lächelnd kam sie auf mich zu: »Licht soll dein Tag sein, Schreiber Patasana!« Da sie mir so nahe, vernahm ich ihren wundersamen Duft nach Wildblumen, die im Frühling am Ufer des Euphrat blühen.

Ich sog ihn tief ein und erwiderte: »Licht möge auch Ihr Tag sein, hochverehrte Aschmunikal.«

»Ich habe mit dem König gesprochen. Wir dürfen Ludingirras Gedicht gemeinsam übersetzen.« Sie bemerkte mein Zögern und fragte spöttisch: »Oder sollte ich eine versiegelte Tafel von ihm verlangen, die sein Einverständnis belegt?«

»Sagen Sie so etwas nicht. Ihr Wort ist mir höchste Gewähr.«

Suchend schaute sie sich in der Bibliothek um: »Wo werden wir arbeiten?«

Ich wies auf den Tisch, auf dem Ludingirras Gedicht lag: »Bitte sehr, hochverehrte Aschmunikal, wir können uns dorthin begeben.« Wir setzten uns einander gegenüber. »Laimas sagte, du würdest dieses Gedicht auswendig kennen. Kannst du es vortragen, bevor wir mit der Übersetzung beginnen?«

»Wie Sie wünschen, hochverehrte Aschmunikal.«

»Dann höre ich also zu, hochverehrter Patasana.« Ich überhörte den leisen Spott und fing an, das auch von mir so geliebte Gedicht des sumerischen Meisters aus dem Gedächtnis zu rezitieren:

»Meiner geliebten Mutter

Bote des Königs, der aufbricht,
nach Nippur werde ich dich entsenden, überbringe diese
Nachricht.
Eine lange Reise liegt hinter und vor mir,
meine Mutter, vor Kummer, findet keinen Schlaf.

Sie, in deren Zimmer nur sonnige Worte Einlass finden,
fragt, wie es mir gehe, einzeln jeden Reisenden.
Reiche ihr diesen Brief und meinen Gruß!
Du kennst meine Mutter nicht?
Ich werde sie dir vorstellen.
Schatischtar ist ihr Name.
Strahlendes Licht,
edel wie eine Göttin, eine kostbare Braut.
Gesegnet seit ihren jüngsten Jahren,
im Hause ihres Schwiegervaters fleißige Herrin,
dem Gott ihres Mannes ergebene Dienerin,
der Göttin Inanna würdige Vertreterin,
die hochhält das Wort des Königs,
die geliebt wird, in Liebe lebt,
das kleine Lämmchen, die frische Sahne,
der süße Honig ist sie,
und Butter, die vom Herzen fließt.

Eine zweite Beschreibung meiner Mutter gebe ich dir.
Am Horizont ein Licht, auf den Bergen ein Hirsch,
ein Morgenstern ist meine Mutter.
Ein wertvoller Achat, ein Topas aus Marhaschi,
ein prunkvoller Prinzendiamant,
ein Freude spendender Achat,
ein verzinnter Ring, ein eiserner Armreif,
ein goldener Stab, glänzendes Silber,
eine anziehende Elfenbeinstatue,
ein Engel aus Alabaster, der sich
emporhebt auf blauem Stein,
das ist sie.

Eine dritte Beschreibung meiner Mutter gebe ich dir.
Regen in der Regenzeit, das Wasser für die ersten Keime,
ein Garten voll köstlicher Früchte ist meine Mutter.

Eine Tanne im Kleid ihrer Zapfen,
die erste Saat im neuen Jahr,
ein Wasserlauf, der Feldern Segen bringt,
die begehrte süßeste Dattel aus Dilmun,
das ist sie.

Eine vierte Beschreibung meiner Mutter gebe ich dir.
Ein rauschendes Fest, eine freudvolle Opfergabe,
ein Lied der Lebensfülle ist meine Mutter.
Die Erfüllung der Prinzessinnen,
ein liebendes, geliebtes Herz der ewigen Freude,
die frohe Botschaft eines Sklaven,
der zu seiner Mutter zurückkehrt,
das ist sie.

Eine fünfte Beschreibung meiner Mutter gebe ich dir.
Ein Wagen aus Kiefernholz,
eine Sänfte aus Buchsbaum,
ein schönes Kleid,
duftend nach Harzen, edlen Gewürzen,
eine Krone aus Blumen,
das ist sie.

Nun wirst du meine Mutter erkennen.
Diese köstliche Frau, ja, sie ist meine Mutter,
die immerfort wartet auf Nachricht von mir.
Bring diesen Brief ihr in Freuden und sag ihr:
Dein geliebter Sohn Ludingirra lässt dich grüßen!«

Als ich geendet, sah ich Aschmunikal weinen. Noch nie hatte ich sie weinen sehen; Schmerz erfüllte mich. »Was ist geschehen, warum weinen Sie?«

Sie gab keine Antwort, weinte schluchzend weiter. Ich vergaß König Pisiris, vergaß, wer ich war, was uns zustoßen würde, sollte uns jemand sehen, und berührte ihre Hand. Sie zog sie zurück. Das hatte ich nicht erwartet, wie betäubt blieb ich vor ihr sitzen. Nach einer Weile beruhigte sich Aschmunikal. Sie schaute mir aus ihren kohol-umrandeten Augen, deren Schönheit nicht einmal das Weinen beflecken konnte, fest ins Gesicht und sprach: »Verzeih, ich habe mich meiner Mutter erinnert.«

»Wo ist Ihre Mutter?«

»Weit, sehr weit weg. Bei meinem Vater, der nicht davor zurückschreckte, mich gegen ein ertragreiches Feld und drei Sklaven Pisiris zu geben.«

»Ihr Vater hat Sie also an Pisiris verkauft?«

»Ich verurteile ihn nicht. Er ist alt geworden und kann nicht mehr lehren. Er will seine letzten Tage sorglos verbringen. Im Königspalast, so glaubt er, lebe ich in Wohlstand. Aber meine Mutter vermisse ich sehr.« Sie ergriff meine Hand: »Du trägst das Gedicht sehr schön vor. Es hat mich bewegt. Ich weine sonst nicht so leicht.«

Mir war seltsam zumute, da sie meine Hand hielt. »Ich weiß, dass Sie nicht so leicht weinen. Sie sind sehr mutig.«

»Du bist in mich verliebt, nicht wahr, Patasana?« Erschrocken zog ich meine Hand zurück. »Fürchtest du dich vor dem König?«

»Ich fürchte und achte ihn.«

Aschmunikal ergriff erneut meine Hand, die ich dieses Mal nicht zurückzog. »Ist die Achtung vor deinem König stärker als die Liebe, die du für mich empfindest?« Ich wollte mich von ihr losreißen, sie aber ließ es nicht zu: »Sprich, Patasana! Wenn dem so ist, werde ich deine Hand loslassen und für immer gehen.«

Meine Zunge war wie gelähmt. Sie stand auf und kam um den Tisch herum zu mir. Genau wie im Tempel berührte sie sanft mein Haar. Erschrocken schaute ich zur Tür und flüsterte: »Wenn uns jemand …«

»Dann gehen wir in das Zimmer deines Vaters.« Sie wusste alles. Tatsächlich befand sich hinter der Bibliothek eine kleine Kammer, in der mein Vater zu arbeiten pflegte. Wenn wir dort hineingingen und die Tür von innen verriegelten, könnte niemand hereinkommen.

»Aber König Pisiris …«

»Er ist niemand, den man achten sollte. Er ist weder ein guter Mensch noch ein guter König.«

»Und wenn er in die Bibliothek kommt?«

»Das kann nicht sein. Er ist heute Morgen zur Hirschjagd aufgebrochen.«

Ich konnte Aschmunikals bezaubernder Gestalt und der Anziehung ihrer Worte nicht länger widerstehen. So betraten wir das kleine Zimmer, in dem mein Vater geheime Tafeln verfasste, und setzten uns nebeneinander. Nach der missglückten Liebe im Tempel hatte ich Angst, sie zu berühren. Sie bemerkte meine Scheu. Mit einem beängstigend tiefen Blick in meine Augen sprach sie: »Wir werden nur miteinander sprechen, Patasana. Bis wir gelernt haben, unsere Ängste voreinander zu überwinden, werden wir unermüdlich sprechen. Bis du begriffen hast, dass die Sprache der Geschichten eine andere Art von Lieben ist, werde ich dir Legenden und Epen erzählen. Bis du die Scheu vor meinem Körper abgelegt hast, werde ich dir Gedichte vorlesen. Ich werde unermüdlich weitersprechen, bis auf deiner Haut der Durst erwacht, der beweist, dass Erzählen nicht genügt.«

19

Nachdem Esra sich von Kemal verabschiedet hatte, verließ sie das Krankenhaus und startete den Jeep, um zu Eşref zu fahren. Während der Fahrt, die an Nussgärten mit roter Erde entlangführte, dachte sie über Nicholas' Worte nach. Sie wusste nicht mehr, was sie glauben sollte, und schämte sich dafür, dass sie Bernd verdächtigte. Sie hatte wahrlich keinen konkreten Anhaltspunkt für die Schuld ihres Kollegen. Aber gaben die Ereignisse, die ihren Verdacht nährten, ihr nicht recht? Vielleicht sollte sie dem Hauptmann davon erzählen … Er würde es wahrscheinlich nicht glauben; er hielt den Fall ja für gelöst.

Gedankenverloren parkte sie den Wagen vor der Gendarmeriewache und stieg aus. Zwei Soldaten bewachten den Eingang. Einer von ihnen, ein Mann aus Ankara, empfing sie mit schüchternem Lächeln.

»Mein Hauptmann erwartet Sie.«

Er zeigte auf das Dienstwohnhaus.

»Es ist noch früh. Wenn er sich vielleicht noch ausruhen möchte …«

»Mein Hauptmann ruht sich nicht aus. ›Wenn Esra Hanim eintrifft, möchte sie bitte zur Dienstwohnung kommen‹, hat er gesagt. Dort im Garten ist es kühler.«

Das Wort »kühl« tat ihr gut; in dieser höllischen Hitze war es ein Privileg, einen schattigen Platz zu finden. Der Soldat ging voraus und steuerte auf die sorgfältig angelegten Stufen zu, die aus großen Flusssteinen gefertigt waren.

Vor dem eisernen Gartentor standen ebenfalls zwei Wächter. Hinter dem Wachhäuschen wuchs eine stattliche Linde, deren gewaltige Krone ihren Schatten dem gesamten Garten spendete, in dem es außerdem ein Dutzend Pappeln, eine Akazie, einen Maulbeerbaum, einen Granatapfel- und einen Pflaumenbaum gab. Dieser Garten war eine Oase inmitten der Wüste, und die Luft wurde vom Euphrat erfrischt, der sich nur wenige Meter entfernt in sanften Windungen durch die Landschaft schlängelte.

Der Hauptmann saß an einem Tisch unter dem Pflaumenbaum und schaute in das grüne Wasser des Flusses. Er wartet auf mich, dachte Esra und spürte einen angenehmen Schauer durch ihren Körper rieseln. »Willkommen!«, begrüßte sie einer der Soldaten, der sie wiedererkannte, als sie durch das Eisentor trat. Der Hauptmann drehte sich um und stand auf.

»Guten Tag!« Er lächelte sichtlich erschöpft und reichte ihr die Hand. »Komm, setz dich!«

Esra setzte sich ihm gegenüber und betrachtete das Dienstwohnhaus. »Ist nicht gerade groß. Wer wohnt hier?«

»Meine Familie würde hier wohnen, wenn sie gekommen wäre. Aber im Moment wohnt hier niemand außer mir.«

»Wollte deine Frau nicht mitkommen?«

Ihre Frage machte Eşref nervös; statt zu antworten, sagte er zu dem Soldaten, der immer noch vor dem Tisch wartete: »Du kannst gehen.«

»Was möchtest du trinken?«, fragte er, nachdem der Soldat sich entfernt hatte.

»Fällt es dir so schwer, über dich selbst zu sprechen? Du wechselst immer das Thema.«

»Als würdest du so viel von dir erzählen!«

Sie schaute ihn herausfordernd an: »Welche Frage von dir habe ich bis jetzt nicht beantwortet?«

»Du hast recht. Aber ich mag es nicht, mich in das Privatleben anderer Leute einzumischen.«

»Anderer Leute? Ich dachte, wir sind Freunde.«

»Entschuldige. Ich rede Unsinn. Ich hatte eine anstrengende Nacht.«

»Ich weiß, dass du eine anstrengende Nacht hattest. Aber davor warst du auch nicht anders.«

Eşref seufzte und senkte den Kopf. Esra fragte sich, ob sie zu weit gegangen war, aber er schaute schon wieder auf: »Ja, ich habe eine Tochter. Sie heißt Gülin. Sie wohnt in Istanbul bei ihrer Mutter und geht in die Grundschule.«

»Besuchst du sie manchmal?«

»Nicht oft. Meine Frau und ich sind praktisch getrennt. Wir sind noch nicht geschieden, aber, wie sagt man … wir haben uns auseinandergelebt. Es fällt mir schwer, nach Istanbul zu fahren und diese Wohnung zu betreten.«

»Aber du darfst deine Tochter nicht vernachlässigen«, sagte Esra. Auf einmal wurde ihr klar, wie unhöflich sie sich verhielt. Sie zwang ihn ja regelrecht zum Reden. Gut, jetzt wusste sie, dass sein Verhältnis zu seiner Frau schlecht war. Wollte sie ihn gleich auch noch daran erinnern, dass sie geschieden war? Sie errötete.

»Wir telefonieren miteinander«, fuhr Eşref fort. »Zu jedem Feiertag schickt sie mir eine Karte mit selbst gezeichneten Ansichten vom Bosporus, dem Mädchenturm, der Galatabrücke, von Sarayburnu, dem Militärgymnasium Kuleli … Auf jeder Karte ist eine andere Gegend von Istanbul.«

Esra schaute gerührt in Eşrefs dunkle, vor Müdigkeit tief in ihren Höhlen liegende Augen.

»Sie hat Talent, hm?«

»Sie ist talentiert«, sagte er und fügte schüchtern hinzu: »Auch ich hatte eine gute Hand fürs Zeichnen.«

»Wenn du nicht Soldat geworden wärst, vielleicht wärst du dann Maler geworden?«

»Vielleicht, aber ich bin glücklich als Soldat.«

»Wirklich?«

»Auf jeden Fall. Überrascht dich das?«

»Ach, eigentlich nicht. Was gibt es denn zu trinken?«

»Cola, Mineralwasser, Tee, Zahter …«

»Was ist Zahter?«

»Kennst du nicht? Hier kennt es jeder. Es ist ein Kraut, riecht so ähnlich wie Thymian, sehr angenehm.«

»Klingt gut. Dann lass uns Zahter trinken.«

Der Hauptmann machte einem der Soldaten am Eingang ein Handzeichen und bestellte zwei Zahter.

»Magst du erzählen, was gestern Abend passiert ist?«

»Ja, gern. Gestern Morgen haben wir einen Hinweis bekommen. Jemand, der am Telefon seinen Namen nicht nennen wollte, sagte, Mahmut, der jüngere Sohn der Genceli, hält sich seit fünf Tagen zusammen mit einem Freund in Göveli auf, im Haus seiner Cousine. Wir haben angefangen, das Haus zu observieren. Aber man konnte nichts erkennen. So waren wir gezwungen, das Haus zu stürmen. Das haben wir nachts getan. Sie schossen auf uns, und wir haben das Feuer erwidert. Mahmut und seinen Freund haben wir tot aufgegriffen. Wie ich bereits gesagt habe, gibt es auf unserer Seite keine Verluste.«

»Gott hat euch beschützt. Aber wie habt ihr herausgefunden, dass sie die Mörder waren?«

»Durch Dokumente, die wir im Haus gefunden haben. Sie sind hergekommen, um eine Basis zu gewinnen. Wie du weißt, haben sie ihre Tätigkeit, nachdem sie in den Bergen besiegt wurden, in Städte und Siedlungsgebiete verlagert. Sie verfolgen vor allem das Ziel, die Aufmerksamkeit der Bevölkerung auf ihre Aktionen zu lenken und die Ohnmacht des Staates zu beweisen. In den Broschüren, die wir gefunden haben, kann man das deutlich nachlesen. Sie haben Haci Settar und den Dorfschützerführer Resat umgebracht, um Aufmerksamkeit zu erregen.«

»Steht in diesen Dokumenten: ›Zu diesem Ziel haben wir sie getötet‹?«

»Natürlich nicht so offen. Aber um das herauszufinden, muss man kein Wahrsager sein.«

Hab ich es mir doch gedacht!, ging es Esra durch den Kopf. Er hat keinen einzigen Beweis. Aber sie wollte sicher sein, dass sie sich nicht irrte: »Sind die Fingerabdrücke, die ihr auf Haci Settar und Resat gefunden habt, mit denen der Terroristen identisch?«

Die Miene des Hauptmanns verriet, dass er die Frage abwegig fand.

»Auf Haci Settars Leiche wurden keine Fingerabdrücke gefunden. Im Obduktionsbericht steht zwar, es gäbe blaue Flecke an seiner

Kehle, aber der Grund des Todes ist die Zertrümmerung des Schädels. Man geht davon aus, dass die Ursache der Sturz vom Minarett ist. Resats Leichnam wird heute zur Obduktion gebracht.«

Der Hauptmann klang allmählich gereizt, aber Esra ließ sich davon nicht beirren.

»Ich weiß nicht, aber die Personen, die ihr aufgegriffen habt, könnten doch auch aus anderen Gründen hergekommen sein.«

»Wie meinst du das?«

»Du hast gesagt, sie wollen hier Aktivitäten für die Organisation durchführen. Dafür müssen sie nicht unbedingt Haci Settar und Resat umbringen.«

»Warum bist du nicht Staatsanwältin geworden? Ich bin sicher, du würdest alle Fälle aufklären. Und Idioten wie wir könnten von dir lernen, wie man Mörder fasst.«

»Entschuldige! Es würde mir nicht einmal im Traum einfallen, deine Arbeit gering zu schätzen. Ich weiß, dass du und deine Soldaten gestern Nacht dem Tod ins Auge geschaut habt.«

»Ach, das ist doch unwichtig! Aber merkst du eigentlich, dass du versuchst, von deiner sicheren Stube aus unsere Mängel festzustellen?«

»Du tust mir unrecht. Gut, ich war heute Nacht nicht dabei, aber ich habe mir so viele Sorgen um dich gemacht, stundenlang habe ich auf deinen Anruf gewartet ...«

Des Hauptmanns Stirn bewölkte sich.

»Doch was kann ich tun?« Esra lächelte versöhnlich. »So bin ich nun mal. In meinem Kopf sitzt jemand, der ständig Fragen stellt. Und bis er Antworten findet, will er nicht schweigen.«

»Mit leeren Haarspaltereien kannst du nichts erreichen. Die Dinge sind viel simpler, als du sie dir ausmalst.«

»Du magst recht haben. Aber ich habe heute Morgen etwas erfahren, was dich vielleicht deine Meinung revidieren lässt.«

»Was hast du denn so Spannendes erfahren?«

»Nicholas, der ehemalige Chefarzt des Amerikanischen Krankenhauses, hat erzählt, dass ähnliche Morde auch vor achtundsiebzig Jahren verübt worden seien. Damals wurde auch noch ein Kupferschmied getötet.«

»Und, was soll daran so besonders sein?«

»Vor achtundsiebzig Jahren wurde im selben Dorf der Priester Kirkor, genau wie Haci Settar, vom Glockenturm der Kirche heruntergestoßen; die heutige Moschee war damals eine Kirche. Ohannes Aga, der einen großen Teil der Ländereien um Göven besaß, wurde genau wie Resat Aga mit dem abgeschlagenen Kopf in seinem Schoß aufgefunden. Das Einzige, was damals noch dazukam, war der Mord an dem Kupferschmied Garo.«

»Wer hat dir das alles erzählt?«

»Hab ich doch gesagt, Nicholas. Er war in Antep, als diese Morde verübt wurden.«

»Wie alt ist dieser Mann?«

»Über neunzig.«

»Kann es vielleicht sein, dass er senil ist?«

»Keine Spur, er ist topfit. Was damals geschehen ist, weiß er mit dem exakten Datum, als wäre es gestern gewesen.«

Der Hauptmann sah nachdenklich aus. Esra schöpfte Hoffnung, dass er endlich zu begreifen schien, dass er sich geirrt hatte. Doch Eşref begann, seine These zu verteidigen: »Was Nicholas sagt, bestätigt mich nur. Du weißt, die Organisation hat sich hier nie behaupten können. Sie versucht, jede Gelegenheit zu nutzen, um hier Fuß zu fassen. Auch Mahmut, der Sohn der Genceli, wurde aus diesem Grunde angeworben. Das Ziel war, sich in den Genceli-Stamm einzuschleichen und sich durch ihn in der Region einzunisten. Nicholas' Informationen belegen, dass sie dieses Mal eine neue Strategie ausprobiert haben. Mucur und Göven, wo Resat getötet wurde, sind beides armenische Dörfer. Ihre Bewohner sehen sich selbst nicht als Armenier, aber das ist ihre Herkunft. 1915 haben sie sich kollektiv für den Islam entschieden und ihren früheren Glauben abgelegt. Und niemand hat sie belästigt. Sie haben als geachtete Bürger dieses Landes gelebt. Die Organisation begeht jetzt die gleichen Morde wie vor achtundsiebzig Jahren, um die Menschen in diesen beiden Dörfern aufzurütteln und ihnen zu zeigen, dass sie etwas in Vergessenheit Geratenes rächt. So versucht sie, unter diesen Bürgern unseres Landes Anhänger zu gewinnen und neue Gebiete zu erobern.«

In diesem Moment ging der Soldat durch den Garten und brachte auf einem Tablett zwei dampfende Teegläser und eine kleine Zuckerdose.

»Kannst du dir vorstellen, wie schlau diese Kerle sind? Sie nutzen selbst Ereignisse aus, die achtundsiebzig Jahre zurückliegen, um hier Fuß zu fassen …«

Der Soldat blieb in der Nähe des Tisches stehen und wagte nicht, die Rede seines Kommandanten zu unterbrechen. Dass er mit dem Tablett in der Hand warten musste, lenkte Esra vom Zuhören ab. Endlich bemerkte ihn auch der Hauptmann: »Hast dus gebracht? Stell es doch auf den Tisch.« Der Soldat näherte sich vorsichtig. Er nahm ein Glas und wollte es auf den Tisch stellen. Dabei fing das Tablett bedenklich an zu schwanken; er versuchte, es mit einer Hand auszubalancieren, aber die Schwerkraft war schneller. Mit einem Schmerzensschrei sprang Esra auf. Der brennend heiße Zahter war auf ihrem hellgrünen Hemd und rechten Hosenbein gelandet.

Auch der Hauptmann war aufgesprungen. »Was machst du denn da, pass doch auf!« Verlegen nahm der Soldat Haltung an und ließ beschämt den Tadel seines Kommandanten über sich ergehen.

Als Eşref mit ihm fertig war, fragte er besorgt: »Brennt es sehr?«

Sie zupfte an Hemd und Hose, um sie von ihrer Haut abzuhalten.

»Los, bring Wasser! Beeil dich!«, herrschte Eşref den Soldaten an. Doch dann überlegte er es sich anders. »Ach nein, lass uns lieber reingehen.«

»Ist nicht so schlimm, es geht schon«, sagte sie mit schmerzverzerrtem Gesicht.

»Komm, gehen wir rein. Du kannst es mit kaltem Wasser kühlen. Das lindert den Schmerz.«

Esra nickte, und sie gingen zum Haus. Der Soldat stand immer noch wie ein begossener Pudel da und schaute ihnen verwirrt hinterher.

Die Wohnung lag im Parterre und war aufgeräumt.

»Das Bad ist dort. Ich bringe dir gleich ein frisches Handtuch.«

Sie ging ins Bad, zog Hemd und Hose aus und stellte sich unter die Dusche. Anfangs floss das Wasser lauwarm, wurde aber immer kühler. Die rechte Seite ihres Bauchs und ihr rechter Oberschenkel waren krebsrot, aber allmählich ließen die Schmerzen nach. Plötzlich fiel ihr ein, dass sie die Badezimmertür offen gelassen hatte; sie stellte das Wasser ab und schaute zur Tür. Der Hauptmann war nicht in Sicht. Tropfnass hüpfte sie zur Tür und schob sie zu.

»Ich habe auch was zum Anziehen gebracht. Ich lege alles vor der Tür ab«, hörte sie ihn rufen.

Sie wartete eine Weile, dann öffnete sie die Tür einen Spaltbreit und nahm das Handtuch und die Kleidungsstücke. Nun zog sie auch BH und Slip aus, ging wieder unter die Dusche und blieb lange unter dem Wasser, wobei sie darauf achtete, dass ihre Haare nicht nass wurden.

Als sie aus der Dusche kam, spürte sie noch Stiche an den verbrannten Stellen, aber die Schmerzen hatten nachgelassen. Sie trocknete sich vor dem Spiegel ab und inspizierte ihre Verbrennungen. So schlimm sah es gar nicht aus. Dann weichte sie Hemd und Hose ein und wusch sie gründlich aus; auf dem Balkon aufgehängt, würden sie bei diesem Wetter im Nu trocknen. Sie zog ihre Unterwäsche an, schlüpfte in die karierte Pyjamahose aus gekämmter Baumwolle und zog das lila T-Shirt über, das einen bekannten, angenehmen Duft verströmte. Sie schnupperte daran. Waschmittel? Eher Aftershave. War das nicht der Duft, den Orhan benutzte? Eşref benutzte also den gleichen. Sie betrachtete ihr Gesicht im Spiegel und musste lächeln. Sie stand im Badezimmer eines Mannes, den sie anziehend fand, und trug seine Klamotten. Nach der Liebe mit Orhan hatte sie immer sein Pyjamahemd angezogen, es nicht zugeknöpft und seinen bewundernden Blick genossen, der über ihren nackten Körper wanderte. Wann hatte sie eigentlich das letzte Mal mit einem Mann geschlafen? Die geröteten Wangen und das seltsame Leuchten in den Augen ihres Spiegelbildes machten sie nervös. Du spinnst, Esra!, wies sie sich zurecht. Sie durfte nichts tun, was die Situation noch komplizierter machte. Doch es war nicht einfach, diesen geheimen Wunsch, der in ihr erwacht war, wieder loszuwerden. Sie berührte den weichen Stoff des T-Shirts und dachte an die schönen Hände des Hauptmanns. Ihr wurde heiß. Woran dachte sie denn da! Sie kannte Eşref noch nicht einmal richtig. Und wo sie auch noch so viele Probleme am Hals hatten …

Sie drehte den Wasserhahn auf und klatschte sich kaltes Wasser ins Gesicht, als könnte es ihr Begehren fortspülen, nahm ihre nassen Sachen und verließ das Bad. Als sie auf dem Flur um die Ecke bog, begegnete sie dem Hauptmann. Schweigend blieben sie voreinander stehen und schauten sich an. In seinen dunklen Augen sah sie einen Ausdruck, den sie noch nicht kannte. Sie ließ ihre Kleider aus der Hand gleiten und umarmte ihn. Zögernd schloss auch der Hauptmann sie in die Arme. Eine Weile blieben sie reglos so stehen und schmiegten sich aneinander. Esra vernahm wieder jenen Duft, nun vermischt mit männlichem Schweiß. Ihr Herz schlug wild. Der Hauptmann schob sie ein wenig von sich und schaute ihr tief in die Augen, dann näherte er seine Lippen und küsste sie erst zärtlich, dann immer drängender und schließlich so heftig, dass ihr Hören und Sehen verging.

Neunzehnte Tafel

In der kleinen Kammer hinter der Bibliothek, wo wir uns vor aller Augen verbargen, streichelte ich zärtlich ihre Hand und schaute liebevoll in ihre Augen. Doch ich vermied es, sie zu küssen, zog ihr die Kleider nicht aus und berührte nicht ihren Körper. Ich hatte Angst, erneut in der Liebe zu versagen. Aschmunikal wusste darum. Mit süßen Worten, aufmunternden Blicken und zärtlichen Berührungen versuchte sie, mir zu helfen. Doch meine Furcht blieb stur. Wir berührten einander durch Legenden, Gedichte und Epen, und hörten nicht auf zu sprechen. Wir liebten uns mit Worten, mit unseren Stimmen, körperlos. Diese kleine Kammer, in der ich nun sitze und alles niederschreibe, war die einzige Zeugin unserer eigenartigen Liebe.

Das erste Mal hatte mich mein Großvater Mitannuva, damals Erster Hofschreiber, in dieses Zimmer geführt. Hier zeigte er mir, wie man den Ton anrührt und die Keilschrift in die weichen Tafeln drückt. Nachdem er seines Amtes enthoben, begleitete ich meinen Vater Araras hierher und half ihm bis Sonnenuntergang bei der Arbeit. In dieser Kammer waren geheime Briefe an Könige geschrieben und Abkommen verfasst worden, aber dass sie auch das Versteck einer verbotenen Liebe sein könnte, hätten weder mein Großvater noch mein Vater und ich gedacht. Der Mensch ist kein Gott, dass er alles bedenken, alles im Voraus wissen kann.

Aschmunikal kam fast jeden Tag in die Bibliothek. Bei jeder Gelegenheit, in der wir uns vor Laimas retten konnten, fanden wir uns in der kleinen Kammer wieder. Wäre es so weitergegangen, hätte König Pisiris bald von unserer Liebe erfahren. Aber eines Tages kam der Oberpriester Valvaziti, um einen religiösen Text mitzunehmen, in die Bibliothek und sah uns.

Valvaziti kannte unsere Vergangenheit und war sofort im Bilde, als er uns zusammen sah. An jenem Abend suchte er unser Haus auf und wollte wissen, ob Aschmunikal und ich in Beziehung miteinander ständen. Ich verneinte. Er ermahnte mich mit den folgenden Worten: »Sohn des Araras, du sagst mir, du habest keine Beziehung mit diesem Mädchen, das nun zur Familie unseres Königs gehört. Doch was ich gesehen, zeugt vom Gegenteil. Trotzdem möchte ich dir glauben. Denn du wirst in Zukunft zu jenen gehören, die das Schicksal unseres Landes bestimmen. Dein Verstand, deine Erziehung und dein Wissen werden im Dienste des Königs stehen und für das Wohl des Volkes gebraucht werden. Was für ein loderndes, verzehrendes Gefühl die Liebe ist, wie sehr sie dem Menschen vor Glück die Sinne raubt, ist mir bekannt. Aber die Liebe ist wie die Sonne des Winters oder ein süßer Platzregen, der die Glut des Sommers durchbricht. Welch atemberaubender Schönheit die Liebe auch sei, welch glühende Leidenschaft ihr auch innezuwohnen vermag, sie ist vergänglich. Wie die Sonne des Winters und der Platzregen im Sommer von kurzer Dauer, endet auch die Liebe urplötzlich. Es ist sinnlos, für solch ein vergängliches Gefühl deine Götter und deinen König zu erzürnen. Hüte dich vor diesem krankhaften Gefühl! Lass nicht zu, dass eine junge Frau dich lockt! Beweise, dass du dich von einem wilden Hengst unterscheidest, der beim Duft einer feurigen Stute in Rage gerät. Wirf keinen Schatten auf die Ehre deiner Ahnen und deines Vaters Araras!«

Die Worte Valvazitis ließen mein Herz vor Angst erbeben. Als ich aber meiner geliebten Aschmunikal gedachte, verflog die Furcht wie Reif in der Morgensonne. Ich schaute dem alten Priester in die Augen und fuhr fort mit meinen Lügen.

Als einen Monat später mein Vater Araras von seiner Reise zurückkam, fiel es mir wie Schuppen von den Augen. Valvaziti hatte mir nicht geglaubt. Denn er kam zu uns und berichtete von allem, was vorgefallen. Mein armer Vater, dem die Staatsgeschäfte ohnehin schwer zusetzten, rief mich zu sich und verhörte mich, dabei schäumend wie ein wütender Stier. Was er auch fragte, ich habe fortwährend gelogen, um meine Liebe zu Aschmunikal und alles, was wir erlebt, nicht zu verraten. Mein Vater konnte sich nicht entscheiden;

sollte er mir glauben oder nicht? Um aber in dieser schweren Lage des Landes nicht auch meine Herzensangelegenheiten zu seinem Verhängnis werden zu lassen, wollte er nichts dem Zufall übereignen. Er verbot mir, den Palast zu betreten. Ab sofort wollte er selbst Aschmunikal Akkadisch beibringen. Dadurch wurde es mir unmöglich, meine einzige Liebe, das schönste und klügste Mädchen dieses Landes zu sehen. Gegen meinen Vater Flüche ausstoßend, sann ich über Wege nach, Aschmunikal zu treffen. Aber sosehr ich mich auch bemühte, mir fiel nichts ein. Gegen meinen Vater, der unsere Liebe zerriss und wegschleuderte, der nicht einmal das kleinste Gerücht, das die Ehre des Königs beflecken könnte, ertragen konnte, war kein Kraut der Unschuld gewachsen. Vor allem nicht in einer Zeit, da das Land mit den Königen der Nachbarländer ein gefährliches Spiel begonnen hatte …

20

Sie lagen auf Eşrefs Doppelbett nackt nebeneinander. Ein warmer Wind schlüpfte durch den Vorhang, strich sanft über ihre Körper und trocknete den Schweiß auf ihrer Haut.

Früher hatte Esra manchmal ein unangenehmes Gefühl beschlichen, nachdem sie zum ersten Mal mit einem Mann geschlafen hatte; sie hatte eine Art Fremdheit empfunden und sich beschmutzt gefühlt. Nun aber war sie einfach entspannt und glücklich. Das war es wohl, was Sevim gemeint hatte, als sie einmal sagte: »Es gibt nichts, was einer Frau so guttut wie befriedigende Liebe.« Sie drehte sich zu Eşref, schaute ihm in die Augen und streichelte ihn zärtlich.

»Wie frei du bist«, sagte Eşref. »Als wärst du schon immer meine Geliebte.«

Esra zog ihre Hand zurück. »Was meinst du damit?«

Der Hauptmann umfing ihre Taille. »Ärgere dich nicht gleich. Es gefällt mir, dass du so entspannt bist.«

»Ich ärgere mich nicht. Aber ich möchte nicht, dass du eine falsche Meinung von mir bekommst.«

Er zog sie zu sich heran und küsste sie leidenschaftlich. Esra dachte, sie würden sich noch einmal lieben, doch er ließ von ihr ab und fragte: »Warum ich?«

»Was ist denn das jetzt für eine Frage?«

»Ich bin neugierig.«

»Vielleicht ist es der Einfluss von Memduh Abi«, sagte sie spitz.

»Wer ist denn Memduh Abi?«

»Meine Kindheitsliebe. Er war der Sohn unserer Nachbarn und vielleicht einundzwanzig, ich war damals sieben oder acht. Er ging auf die Marineschule auf der Heybeli-Insel. Ich war fasziniert von seiner Uniform.«

»Aber die ist bei denen doch weiß.«

»Ist doch egal, ob weiß oder kaki, Uniform bleibt Uniform.«

»Ich erinnere dich also an jemand anderen?«

»Ich mache doch nur Spaß.« Sie küsste ihn zärtlich. »Aber im Ernst, ich weiß nicht, warum. Du hast etwas, was mich anzieht. Ich habe nur noch nicht herausgefunden, was.«

Eşref lächelte und wollte ihre Brüste küssen, doch Esra bedeckte sie mit der Hand.

»Jetzt nicht.«

Er fügte sich und sagte: »Ist dir eigentlich aufgefallen, dass auch du mir nichts über dich erzählst?«

»Und, was möchtest du wissen?«

»Du könntest mir zum Beispiel erzählen, warum du dich von deinem Mann getrennt hast.«

»Weil er nicht aufrichtig war. Er hat mir ständig gesagt, dass er mich liebt. Angeblich war ich ihm so wertvoll.« Sie schwieg und starrte die Wand an.

»Aber?«

»Er hat mich nicht wirklich geliebt. Er hat nur so getan.«

»Wie ist dir das klar geworden?«

»Ich war schwanger.« Ihre Augen füllten sich mit Tränen. »Wir wollten beide das Kind. Orhan war so euphorisch, er schien sich auf das Kind noch mehr zu freuen als ich. Er hat auf jede Kleinigkeit geachtet. Ich durfte überhaupt nichts tragen, alles hat er mir abgenommen. Er hat für mich gekocht und mich ständig angefleht, nicht zu rauchen. Manchmal ging mir diese Fürsorglichkeit auf die Nerven, aber, warum soll ich lügen, es hat mir auch imponiert. Trotzdem habe ich manchmal an seinen Gefühlen gezweifelt und sein Verhalten aufgesetzt gefunden. Aber diese Zweifel haben nie lange angehalten. Ich dachte, so ist er eben, es macht ihn glücklich, mich zu verwöhnen. Als ich im fünften Monat war, musste er für eine internationale Konferenz nach Ankara reisen. Er sollte auf einem Symposium, an dem viele berühmte Archäologen teilnahmen, eine Rede halten; das war wichtig für seine Karriere. Monatelang hat er sich darauf vorbereitet.

Das Symposium ging drei Tage, seine Rede war am ersten Tag. Ich war auch aufgeregt und wartete den ganzen Tag gespannt auf seinen Anruf. Am Abend rief er überglücklich an. Er hatte großen Applaus bekommen; alle fanden sehr spannend, was er zu sagen hatte. Ich hatte mich so für ihn gefreut, dass ich nicht mehr stillsitzen konnte. Ich kam auf die Idee, Professorin Behice zu besuchen und ihr von Orhans Erfolg zu erzählen; sie wohnte nur eine Straße weiter. Ich rannte die Treppen runter, stolperte und stürzte bis zum Treppenabsatz. Als ich die Augen wieder öffnete, lag ich im Krankenhaus. Meine Mutter saß an meinem Bett. Ich habe sie gefragt, was passiert sei. Sie hat mit einem traurigen Lächeln geantwortet, mir gehe es gut. Da habe ich verstanden, dass ich mein Baby verloren hatte. Ich fühlte eine große Leere in mir. Ich wollte weinen, habe mich aber beherrscht. Ich fragte nach Orhan.

›Ich habe mit ihm telefoniert‹, sagte meine Mutter. ›Auch ihn hat es sehr getroffen.‹

›Wann kommt er?‹, fragte ich.

›Seine Konferenz ist sehr wichtig‹, sagte sie. ›Als er erfuhr, dass es dir gut geht, entschloss er sich, bis zum Ende zu bleiben. Er kommt in zwei Tagen.‹

Da fing ich lauthals an zu lachen und konnte nicht mehr aufhören. Meine arme Mutter dachte, ich hätte den Verstand verloren, und suchte nach den Ärzten. Inzwischen war ich in Tränen ausgebrochen und weinte, als sie mit ihnen zurückkam. Die Ärzte gaben mir eine Beruhigungsspritze und sagten meiner Mutter, bei Frauen, die ihre Babys verlieren, komme das häufig vor. Am Abend rief Orhan an. Ich wollte nicht mit ihm reden und bat meine Mutter, ihm zu sagen, dass ich schlafe. Bis er aus Ankara zurückkam, habe ich kein einziges Mal mit ihm gesprochen. Er hat gemerkt, dass ich von ihm enttäuscht war. Gleich nach seiner Ankunft überschüttete er mich mit Entschuldigungen und sagte immer wieder solche Sachen zu mir wie: ›Mein Herz, mein Leben.‹ Je größere Mühe er sich gab, umso mehr entfernte ich mich von ihm. Ich konnte seine Worte nicht ertragen. In diesem Krankenhaus habe ich zusammen mit meinem Kind auch meine Liebe zu Orhan verloren. Sechs Monate später ließ ich mich scheiden.«

Sie schwieg eine Weile und schaute ins Leere. Dann lächelte sie traurig und verlegen.

»Tja, so war das.«

»Hast du nie daran gedacht, ihm noch eine Chance zu geben?«

»Nein, überhaupt nicht. Denn was wir erlebt hatten, war gelogen. Orhan hat auch sich selbst betrogen. Er hat mich nicht wirklich geliebt, konnte es aber nicht zugeben.«

»Vielleicht hat er dich doch geliebt. Aber sein Beruf war ihm in diesem Moment wichtiger.«

»Während seine heiß geliebte Frau im Krankenhaus liegt? Wo er gerade sein sehnsüchtig erwartetes Kind verloren hat?«

Eşref wusste darauf nichts zu erwidern.

»Vielleicht hätte ich ihm verzeihen können, wenn er mich vorher nicht so umschmeichelt hätte. Sicher, man kann Fehler machen, aber Orhan war unehrlich. Weder mir noch sich selbst hat er seine wahren Gefühle gestanden. Er hat den guten Ehemann nur gespielt. Mit der Scheidung habe ich uns beiden einen Dienst erwiesen.«

»Ich verstehe. Wahrscheinlich hast du richtig gehandelt.«

»Ich weiß, dass ich richtig gehandelt habe.«

»Wie schön, dass du so selbstbewusst bist«, sagte er bewundernd.

»Das stimmt nicht. Eigentlich bin ich …«

»Doch«, fiel er ihr ins Wort. »Du bist die stärkste Frau, die ich kennengelernt habe.«

Esra schluckte. Sie konnte ihre Tränen nicht länger zurückhalten. Sie umarmte Eşref und fing hemmungslos an zu schluchzen. Er strich ihr liebevoll über das widerspenstige hellbraune Haar. Dann fasste er ihr Kinn, drehte es zu sich und gab ihr kleine Küsse auf die Augenlider. Seine Lippen glitten über ihr glühendes Gesicht und fanden ihren leicht geöffneten Mund. Sie küssten sich leidenschaftlich.

Es war schon dunkel geworden, als sie wieder zu sich kamen.

»Ach herrje, es ist ja richtig spät geworden«, sagte Esra gähnend und schaute aus dem Fenster. »Ich muss gehen.«

»Du willst gehen? Ich dachte, wir essen zusammen.«

»Ich glaube, es ist besser, wenn ich gehe.«

»Warten die anderen auf dich?«

»Sie warten zwar nicht, aber … ich bin schon den ganzen Tag weg.«

»Und wenn du ein paar Stunden später kommst?«

Vielleicht würde die Welt nicht untergehen, wenn sie ein paar Stunden später käme, dachte sie. Trotzdem sah sie Eşref um Verständnis bittend an und stand auf. Im Licht der Gartenlaternen, das durch das Fenster fiel, schimmerten ihre Schultern, ihre kleinen wohlgeformten Brüste, ihr fester Bauch, ihre Scham und ihre langen Beine so anziehend, dass Eşref den unwiderstehlichen Wunsch empfand, sie zu berühren. Er blieb aber auf dem Bett sitzen und schmollte. Esra ging ins Wohnzimmer und suchte ihre Kleider zusammen. Sie waren fast trocken und die Flecken verschwunden. Sie zog sich an und kehrte ins Schlafzimmer zurück; der Hauptmann saß noch genauso schmollend auf dem Bett wie eben.

Sie lächelte, setzte sich zu ihm und streichelte seine Wange. »Was ist?«

»Was soll schon sein? Du gehst einfach weg.«

»Bist du mir deswegen böse?«

»Ja. Würdest du dich nicht ärgern?«

»Doch.« Sie küsste ihn zärtlich. »Gut, dann bleibe ich. Aber wie wirst du die Frau in deinem Zimmer den Wächtern am Eingang erklären?«

»Sie wurden schon längst durch neue abgelöst«, sagte er und versuchte, sie zu umarmen, aber sie entzog sich ihm.

»Ich sterbe vor Hunger; ich hab den ganzen Tag noch nichts gegessen.«

»Soll ich was aus der Kleinstadt bringen lassen?«

»Ist eure Verpflegung denn nicht gut?«

»Schlecht ist es nicht, aber es gibt Besseres …«

»Wenn es nicht schlecht ist, würde ich es gern probieren. Glaubst du, es wird lange dauern?«

Er schaute auf seine Uhr; es war zwanzig nach fünf.

»Es ist bestimmt schon fertig. Ich ruf mal an und bestelle was.«

Eine halbe Stunde später saßen sie auf dem Balkon und aßen Dalyan Köfte, mit Möhren und Erbsen gefüllten Hackbraten, Salat und Pflaumenkompott. Trotz der wiederholten Aufforderung ihres Gastgebers wollte Esra keinen Alkohol trinken.

»Ich liebe Dalyan Köfte«, sagte sie. »Ich habe schon lange keine mehr gegessen.«

Eşref schaute sie glücklich und versonnen an. Als ihre Blicke sich trafen, lächelte er und fasste ihre Hand. »Ich kann es kaum glauben, dass du hier bist. Aber trotzdem bin ich irgendwie unruhig.«

»Wie meinst du das?«

Er wusste nicht, wie er darüber sprechen sollte. Es war ein Gefühl, das seine Seele aufwühlte, ähnlich jener Angst, die er damals im Krankenhaus empfunden hatte. Auch dort hatte er nicht die Worte gefunden, um mit seinem Psychologen darüber zu sprechen.

»Wie eine Vorahnung … Irgendwo wird etwas passieren, eine Schießerei oder … oder es wird eine Nachricht eintreffen, und wir werden uns einander entfremden. Deswegen wollte ich nicht, dass du gehst. Denn … vielleicht sehen wir uns nie wieder.«

»Warum denn das? Wir sind doch beide hier.«

Er ließ ihre Hand los.

»Ich weiß nicht, das Leben ist voller Fallen, jeden Tag stößt einem etwas zu, jeden Tag ereignet sich irgendetwas Schlimmes.«

Er wich ihrem Blick aus und betrachtete versunken das Brot auf dem Tisch. Auch Esra hatte aufgehört zu essen. Sie war verwirrt. Verheimlichte er ihr etwas? Wusste er etwas Neues über die Morde? Vielleicht hatte er sich im Garten absichtlich aufgeregt, um sich keine Blöße zu geben?

»Wir machen tatsächlich eine schwere Zeit durch. Aber das geht jetzt zu Ende, oder?«, sagte sie.

»Du hast recht«, antwortete er wie aus einem langen Schlaf erwacht. »Das geht jetzt zu Ende.«

Sie sah ihn prüfend an und schwieg.

»Warum isst du denn nicht weiter? Du hast doch gesagt, du liebst Dalyan Köfte.«

»Ich esse ja … Du verheimlichst mir nichts, oder?«

»Nein, warum sollte ich?«

»Du bist plötzlich so seltsam.«

»Ich bin etwas nachdenklich, aber das hat mit den letzten Ereignissen nichts zu tun.«

Esra glaubte ihm nicht, wollte aber nicht widersprechen und aß weiter. Da Eşref nichts mehr sagte, sah sie in seinem Schweigen ein Schuldbekenntnis.

Auf einmal legte sie die Gabel aus der Hand. »Soll ich dir was gestehen …«, sagte sie kampfbereit. »Ich glaube nicht, dass die Morde von der Organisation verübt wurden.«

Eşref lächelte bitter.

»Was gibts da zu grinsen?«

»Siehst du, genau das hab ich befürchtet! Diese verdammten Morde haben sich wieder zwischen uns geschlichen.«

»Sie sind wichtiger als unsere Beziehung. Es geht um Menschenleben. Wenn die Mörder noch nicht gefasst sind, bedeutet das, wir sind alle in Lebensgefahr.«

»Aber sie sind ja gefasst. Jetzt können sie niemandem mehr schaden.«

»Glaubst du wirklich, was du sagst?«

»Natürlich. Denn es ist die Wahrheit.«

»Ich nicht. Die Organisation begeht nicht diese Art von Morden.«

»Doch, das tut sie. Wenn du die Organisation kennen würdest, würdest du mir glauben.«

»Was hat das denn damit zu tun, ob ich die Organisation kenne?«

»Viel. Du nimmst sie nämlich nicht ernst. Du siehst sie als Analphabeten, die einer Utopie nachjagen, die zum Scheitern verurteilt ist. Du glaubst, sie sind nicht so intelligent, dass sie eine Reihe von Morden mit großer Sorgfalt planen und durchführen könnten, um die armenischen Dörfer auf ihre Seite zu bringen. Außerdem stehen große Staaten hinter ihnen. Die Deutschen, Engländer, Griechen, Syrer, Iraner … Sogar Amerika, angeblich unser Freund, unterstützt sie heimlich. Sie haben sehr gut ausgebildete Kader.«

»Ich weiß nicht, was für Kader sie haben. Aber ich lese auch Zeitung und höre Nachrichten. Und ich habe noch nie gehört, dass die Organisation solche Morde verübt.«

Der Hauptmann sah sie verzweifelt an. Er wollte nicht mit ihr streiten, aber er konnte über das, was ihm auf dem Herzen lag, nicht länger schweigen. Seine trockene Kehle juckte, er griff zu seinem Wasserglas und sah das Zittern seiner Hände. Um es zu unterdrücken, hielt er das Glas ganz fest und nahm einen großen Schluck.

»Glaub nicht so sehr an Zeitungsberichte, Esra. Ich will dir etwas erzählen. Keine Zeitungsmeldung, eine wahre Geschichte. Ich konnte sie an dem Abend nicht erzählen.«

»Warum?«

»Ich habe schlimme Erinnerungen daran. Und ich wollte sie nicht noch einmal erleben.«

»Aber, wirst du sie jetzt nicht auch wieder durchleben?«

»Mir bleibt nichts anderes übrig, um dich zu überzeugen.«

Zwanzigste Tafel

Mein Vater kam von seiner Reise mit Nachrichten zurück, die Pisiris glücklich stimmten. Der urartäische König Sardur und der phrygische König Midas teilten ihre Bereitschaft mit, Pisiris im Kampf gegen seine assyrischen Todfeinde zu unterstützen. Mein Vater wog die Botschaften beider Könige ab und warnte Pisiris: »Man muss die Worte dieser Könige mit Vorsicht genießen.« Pisiris aber schlug alle Warnungen meines Vaters und der alten Adligen in den Wind und sandte den kleinen Königreichen Boten, um ihnen die frohe Nachricht zu verkünden, der Tag der Befreiung vom Joch der Assyrer sei nicht mehr fern.

Dabei hatte Tiglatpilesar, der unbarmherzige König der Assyrer, seinen älteren Bruder ermordet, die inneren Unruhen unterdrückt, eine strenge Ordnung im Lande durchgesetzt und die mächtigste und brutalste Armee der assyrischen Geschichte aufgebaut. Er hatte bereits seinen Streitwagen, den drei Pferde mit sturmflatternder Mähne zogen, bestiegen und war zu Felde gezogen, um die Königreiche, die gegen ihn aufbegehrten, zu bezwingen.

Doch nicht einmal die Kunde vom Feldzug Tiglatpilesars konnte Pisiris einschüchtern. Er vertraute Midas und Sardur. Die kleinen Königreiche, die vom Feldzug des assyrischen Tyrannen erfuhren, scharten sich wie eine Herde Rehe, die den Löwen gerochen, um König Sardur. Sie glaubten, auf diese Weise Tiglatpilesar aufhalten zu können. An erster Stelle unter diesen Königen kam Pisiris, der den König von Urartu mit aller Kraft unterstützte. Schließlich kam der unumgängliche Augenblick, und die urartäische Armee stand der assyrischen gegenüber. Der assyrische Löwe machte den urartäischen Kriegern die Hölle heiß. Sardur nahm die am Leben gebliebenen seiner Armee und ergriff mit ihnen die Flucht. So war eine der Stützen, auf die Pisiris gebaut hatte, weggebrochen. Der phrygische König Midas aber hatte gesagt: »Tausend Jahre soll die Schlange leben, die mich nicht beißt«, und es vorgezogen, den Krieg aus der Ferne zu betrachten.

Endlich hatte Pisiris seinen Fehler bemerkt. Dem assyrischen König Tiglatpilesar kam zu Ohren, dass unser Land sich mit Urartu verbündet hatte. Pisiris schloss sich in pechschwarzer Angst in seinem Palast ein und überlegte, was er nun tun sollte.

Die Nachricht von der Niederlage der urartäischen Armee verbreitete sich wie ein Lauffeuer. Vom Euphratufer und aus den Regionen, die Tiglatpilesar auf seinem Weg nach Arpad durchquerte, trafen Todesnachrichten ein. Die assyrische Armee plünderte die Orte, die sie eroberte, und legte sie in Schutt und Asche; die Soldaten stachen den Menschen die Augen aus, hackten ihnen die Hände ab und vertrieben sie aus ihren Häusern, Dörfern und Städten. Es war nur noch eine Frage der Zeit, bis die assyrische Armee vor den Toren unserer Stadt stand. Das Volk zitterte vor Angst und hoffte, König Pisiris würde sich zeigen und beruhigende Worte sprechen. Aber Tag für Tag verging, ohne dass der König seinen Palast verließ.

Das befremdete am stärksten meinen Vater Araras. Pisiris hatte es zwar seit seiner Thronbesteigung zur Tradition gemacht, eigenmächtig zu handeln, aber müsste er in dieser schweren Schicksalsstunde für das Volk und die Stadt nicht die Versammlung der Adligen einberufen, oder sich wenigstens mit seinem engsten Vertrauten, Berater und Ersten Schreiber verständigen? Pisiris aber tat nichts dergleichen. Er überlegte für sich allein und traf seine Entscheidung.

Es waren wieder Tage ins Land gegangen, da bestellte er meinen Vater zu sich. Er teilte ihm mit, er habe ein Geheimabkommen schreiben lassen, das Tiglatpilesar überbracht werden soll. Er biete dem assyrischen König an, doppelt so hohe Steuern zu zahlen als bisher. Er wünsche, dieses Abkommen solle von dem Mann seines größten Vertrauens, nämlich von meinem Vater, überreicht werden.

Zwei Tage später machte sich mein Vater in Begleitung von zwölf Hofwächtern auf den Weg, um Tiglatpilesar, der mit seiner Armee noch immer Arpad belagerte, zwei Tafeln mit dem Text des Abkommens und wertvolle Geschenke zu überbringen. Aus einem unbekannten Grunde hatte Pisiris meinen Vater angewiesen, die Tafeln nicht zu lesen. Selbst wenn er gewollt, er hätte es nicht tun können, denn die Tafeln standen unter der Aufsicht der zwölf Hofwächter, die nur von Pisiris Befehle empfingen.

Mein Vater verabschiedete sich von uns in einer Art und Weise, als würden wir uns nie wiedersehen. Seine Niedergeschlagenheit ängstigte mich. Ich fragte ihn, worunter er litt. Tränen füllten seine Augen. Er sprach zu mir: »Der Euphrat bringt mit seinen Wassern Segen unseren Feldern, Weizen setzt Ähren an, der Aprikosenbaum trägt süße Früchte, Schafe spenden uns Fleisch und Milch, der König regiert das Land, die Soldaten kämpfen, Schreiber setzen Abkommen auf und beraten den König. Jeder hat seine Aufgabe. Doch dann kommt der Tag, an dem der Euphrat über die Ufer tritt und Tod trägt statt Segen; der Tag, an dem Dürre ausbricht, der Weizen keine Ähren mehr ansetzt und der Aprikosenbaum keine Aprikosen mehr trägt; der Tag, an dem die Seuche sich ausbreitet, die Schafe verenden und man ihre Milch nicht trinken kann und ihr Fleisch nicht essen; der Tag, an dem der König das Land nicht mehr regieren kann und die Soldaten nicht mehr kämpfen. Das alles kann eintreten, aber ein Schreiber, der mit seinem Land verbunden, darf das nicht als Vorwand nutzen, um seiner Aufgabe den Rücken zu kehren. Denn der Schreiber ist Diener der Götter. Diese Aufgabe wurde ihm nicht vom König, sondern von Teschup, dem Gott der Stürme des Himmels, übertragen. Selbst wenn es den Tod nach sich zieht, selbst wenn Verrat dahintersteckt, er muss sie erfüllen. Das ist er den Göttern schuldig. Er muss seine Schuld begleichen, wie es sich gebührt.«

An jenem Tag konnte ich den Sinn der Worte meines Vaters nicht erfassen. Es sollte noch viel Zeit vergehen, bis Laimas mir in seinem Sterbebett, sich in Gewissensqualen windend, die Wahrheit erzählte.

Mein Vater gesellte sich würdevoll zu dem Zug, der Tiglatpilesar die Texte des Abkommens überbringen sollte. Sein Haupt war erhobener als sonst, sein Blick feierlicher.

Einen Monat später rief mich Pisiris zu sich. Auf seinem Gesicht lag Trauer. Er empfing mich wie einen Freund, fasste meine Hand und sprach: »Junger Patasana, ich muss dir eine schmerzliche Nachricht überbringen. Tiglatpilesar, der unbarmherzige König der Assyrer, hat meinen Berater und Ersten Hofschreiber, deinen Vater Araras, ermordet. Er sandte mir eine Botschaft, in der er sagt, er habe sein Leben als Preis dafür genommen, unsere Stadt nicht anzugreifen. Indem er das Leben meines engsten Vertrauten nahm, wollte er mich einschüchtern. Der Tod deines Vaters ist ein großer Verlust, aber sogar mit seinem Tod hat er unserem Königreich gedient. Selbst im Sterben hat er unser Land vor den Plünderungen und der Grausamkeit der assyrischen Barbaren geschützt. Vor den Göttern verehre ich das Andenken dieses adligen Mannes und befehle dir, als ein Sohn, der ihm würdig, die Aufgabe des Schreibers zu übernehmen.«

Diese unerwartete Todesnachricht erschütterte mich. Mein Geist war verwirrt, mein Herz schmerzerfüllt, und mein Leib zitterte vor Wut. Ich erinnerte mich des Ausdrucks in seinem Gesicht beim Abschied, seine Worte klangen in meinem Ohr nach. Ich hielt meine Tränen zurück, während ich Pisiris zuhörte. Dann bat ich um Erlaubnis, mich zu entfernen, und eilte nach Hause; ich musste meiner Mutter die Nachricht überbringen. Ich hielt meine Tränen zurück, als ich es meiner Mutter erzählte. Sie sank zu Boden, stimmte ein Klagelied an und kratzte ihr Gesicht blutig. Ich hielt sie fest, sagte ihr, sie müsse diesem Tod mit Fassung begegnen. Denn sie war die Gattin von Araras, dem adligen Staatsmann, Berater und Ersten Schreiber des erhabenen Königs Pisiris. Ich hielt meine Tränen zurück, während ich sprach; denn ich war nun der Berater und Schreiber des erhabenen Königs Pisiris. Ich musste besonnen und stark sein, um diesem würdevollen Rang gerecht zu werden.

21

Der Hauptmann begann zu erzählen. Seine Stimme verriet, wie sehr ihn die Erinnerung aufwühlte.

»Gegen Ende meines zweiten Dienstjahres im Südosten hatte ich eine einzige Gewissheit: Wenn ich es mit den Terroristen aufnehmen wollte, musste ich so werden wie sie. Ich durfte also nicht mehr nach den Gesetzen einer regulären Armee handeln, das heißt, nur dann zum Gegenschlag ausholen, wenn sie zugeschlagen haben, oder darauf warten, dass uns jemand ihr Versteck verriet, um sie dann zu überfallen. Mir war klar geworden, dass ich, genau wie sie, eine bewegliche Kampftruppe bilden und in den Bergen leben musste. Das hatte ich von Seyithan gelernt. Das Geheimnis seines Erfolgs lag darin, dass er wie ein Terrorist leben und kämpfen konnte. Es ging mir dabei nicht nur um Erfolg oder Sieg, sondern auch um eine moralische Pflicht. Ich habe nämlich an Begräbnissen von gefallenen Soldaten teilgenommen. Da hab ich mir von den Angehörigen immer wieder anhören müssen, dass ihre Kinder in die vorderste Front geschickt werden und die Kommandanten mit heiler Haut davonkommen. Sie hatten auch nicht ganz unrecht. Von meiner Ausbildung war mir noch im Ohr geblieben, dass die Streitkräfte vom obersten Offizier bis zum einfachsten Soldaten eine Einheit bilden und der Kommandant und der Soldat sich gleichermaßen aufopfern müssen. Der Kommandant muss sogar noch selbstloser sein. Sonst wird diese Armee, die Mustafa Kemal gegründet hat, degeneriert. An dieser Lehre habe ich nie gezweifelt und sie für das höchste Prinzip meiner militärischen Würde gehalten …«

Er schwieg für einen Moment, da er befürchtete, Esra könnte es zu pathetisch finden, was er erzählte. Doch dann sprach er weiter: »Ich habe für dieses Ziel meine Familie und mein seelisches Gleichgewicht verloren, aber ich habe die Achtung vor mir selbst bewahrt.«

Er seufzte, das Atmen fiel ihm schwer.

»Wie dem auch sei, ich will nicht ausschweifen. Seyithan und ich haben uns anfangs nicht gut verstanden, aber schließlich ist er zu meinem Lehrer geworden. Alles, was ich auf dem Militärgymnasium, der Militärakademie und in den Übungen nicht gelernt habe, hat mir dieser junge Kurde beigebracht. Um meine Soldaten und mich zu schützen und meine Feinde zu besiegen, musste ich seine Methode anwenden. Mit einem Unterschied; er war allein, und wir mussten lernen, als Gruppe zu kämpfen. Diesen Gedanken habe ich Oberst Ridvan eröffnet – er hat später bei einem Schusswechsel sein Leben verloren. Er stimmte meinem Vorschlag zu, es den Terroristen nachzumachen und bewegliche Einheiten zu bilden. Der Krieg dauerte schon Jahre und hatte inzwischen auch die Kommandoebene flexibler gemacht.

Ich habe mir also überlegt, wen ich in meine Truppe aufnehmen sollte. Das Wichtigste war die Psychologie. Ich brauchte mutige, wachsame, talentierte Kämpfer, mit denen ich in Harmonie zusammenarbeiten konnte. Ich habe eine Liste mit den besten zwanzig Soldaten unter meinem Kommando aufgestellt. Dann sprach ich mit jedem einzeln. Ich sagte ihnen, dass die Teilnahme an der Truppe freiwillig sei und wer nicht dabei sein möchte, könne am Stützpunkt bleiben. Zwei von ihnen wollten dableiben, was ich auch respektiert habe. Nach einer ersten Versammlung und einer kurzen Ausbildung machten wir, meine achtzehn Soldaten und ich, uns auf den Weg zum Cudi-Berg.

Die ersten Tage waren nicht leicht, aber wir gewöhnten uns allmählich an die neuen Umstände. Eine Woche später spürten wir eine zehnköpfige Terroristengruppe auf. Sie sahen uns nicht, aber wir waren hinter Felsen in Deckung und konnten ihre kleinsten Regungen verfolgen. Ich kann gar nicht beschreiben, wie wohltuend dieses Überlegenheitsgefühl war. Wir waren ja das Gegenteil gewohnt: Sie verstecken sich, beobachten uns, warten auf den günstigsten Augenblick, und dann kommt der Kugelhagel! Und wir vergraben unser Gesicht in der Erde, suchen nach Löchern, um uns zu verkriechen, sind völlig durcheinander, können uns zu gar nichts entschließen und geben ein perfektes Ziel ab. Jetzt aber waren die Rollen vertauscht.

Wir konnten sie durch unsere Thermalkameras und Nachtsichtgläser sogar im Dunkeln verfolgen. In dem Moment, als sie sich auf offenes Gelände wagten, wo sie sich nirgendwo verstecken konnten, forderten wir sie auf, sich zu ergeben. Als Antwort bekamen wir Gewehrsalven um die Ohren. Weil aber das Kampfgebiet unter unserer Kontrolle stand, haben wir sechs von ihnen getötet und vier weitere verwundet. Bei uns wurde nur einer an der Schulter verletzt. Das war unser erster großer Erfolg.

Die meisten Terroristen sind kampferprobt. Sie sind gute Scharfschützen, erwischen sogar eine Fliege im Flug. Sie sind ausdauernd wie die Ziegen und haben einen starken Glauben wie die Soldaten des Propheten. In diesen Jahren waren sie in den Bergen noch nicht besiegt, zwischen uns herrschte eine Art Gleichgewicht. Mal haben sie den Berg erobert, mal wir. Unter diesen Umständen zählte selbst der kleinste Erfolg sehr viel. Deswegen löste die Nachricht unseres Erfolgs am Stützpunkt große Freude aus. Oberst Ridvan empfing mich wie einen Helden. Die Skepsis meiner Truppe gegenüber verschwand, und ich bekam freie Hand. Auch die folgenden Monate haben mich immer wieder bestätigt. Unzählige Male haben wir uns Gefechten geliefert, und in den meisten Fällen fielen uns die Terroristen tot in die Hände. Nach sechs Monaten gab es zwar Verwundete unter meinen Soldaten, aber wir hatten nur einen einzigen Gefallenen zu beklagen, und dieser starb, weil er auf eine Mine getreten war. Die Terroristen konnten sich auf dem Cudi-Berg nicht mehr frei bewegen. Aber da gab es eine Gruppe, die wir einfach nicht zu fassen bekamen. Sie nannte sich nach einem Märchenhelden ›Schmied Kawa‹ und verübte immer wieder Anschläge. Wir haben mehrere Hinweise bekommen und ihnen einmal sogar einen Hinterhalt gestellt, aber in letzter Minute konnten sie sich aus unserer Einkreisung befreien. Es war uns ein Rätsel, wie sie unseren Hinterhalt erspürten.

Eines Tages surrte wieder mein Funkgerät. Es war die Frequenz, über die ich mit dem Stützpunkt sprach. Ich drückte in alter Gewohnheit auf die Taste, hörte aber eine völlig unbekannte Stimme.

›Guten Tag, Hauptmann!‹, sagte jemand in einem tadellosen Istanbuler Türkisch. ›Ich bin Cemsid, Kommandant der Gruppe Schmied Kawa.‹

Offen gestanden, ich war völlig verblüfft. Ich habe mich aber schnell wieder gefasst. ›Guten Tag, Cemsid!‹, sagte ich. ›Na, was ist, hast du beschlossen, dich zu ergeben?‹

Er lachte so selbstsicher, dass es mich nervte. ›Nein, ich habe angerufen, um dir willkommen zu sagen. Wie du weißt, sind diese Berge unsere.‹

›Diese Berge sind Teil des Vaterlands. Und wenn du dich als Kind dieses Landes verstehst, musst du dich ergeben‹, sagte ich.

›Du weißt, dass ich mich nicht ergeben werde. Was diese Berge angeht – sie sind nicht Teil eures, sondern unseres Landes. Und soll ich dir ein Geheimnis verraten? Sie behandeln Fremde nicht unbedingt freundlich. Sei vorsichtig, wenn du hier herumläufst.‹

›Das Gleiche wollte ich dir auch sagen‹, habe ich spöttisch geantwortet. ›Diese Berge haben keine Toleranz gegenüber den Handlangern von Syrien und Irak. Meiner Meinung nach solltest vor allem du vorsichtig sein.‹

Er war gar nicht verärgert. ›Wie du meinst‹, sagte er, ›ich wollte dich nur gewarnt haben.‹

›Einen Moment‹, sagte ich hastig, da ich glaubte, er würde das Gespräch beenden, ›dein Türkisch ist sehr gut, du bist bestimmt kein Kurde.‹

›Ich bin Kurde, spreche aber kein Kurdisch‹, hat er erwidert. ›Die Republik Türkei hat mich assimiliert. Genauso wie dich.‹

Nun hatte er mich zum zweiten Mal überrascht. ›Red keinen Unsinn!‹, sagte ich. ›Ich bin nicht kurdischer Herkunft.‹

›Ist dein Vater nicht in Van geboren, Hauptmann Eşref?‹, fragte er. ›Du bist auch ein assimilierter Kurde.‹

›Mein Vater ist zwar in Van geboren, aber wir sind keine Kurden. Mein Großvater war Offizier und hat in Van gedient. Deswegen ist mein Vater dort zur Welt gekommen. Du hast falsche Informationen‹, sagte ich und schaltete ab. Aber jetzt war ich beunruhigt. Er kannte meinen Namen und wusste sogar, wo mein Vater geboren war. Wer hatte ihm all diese Informationen zugespielt? Zuerst verdächtigte ich meine eigene Truppe, aber es war ausgeschlossen, dass sie den Geburtsort meines Vaters kannten. Er musste Informanten am Stützpunkt haben. Oder ich hatte es in einem unvorsichtigen Moment ausgeplaudert. Ich wusste, dass wir jetzt viel vorsichtiger sein mussten. Ich beschloss, unsere zukünftigen Hinterhalte und Bewegungsrouten dem Stützpunkt nicht mehr mitzuteilen. Ich musste auch meinen eigenen Soldaten misstrauen, obwohl ich diesen Verdacht nicht für glaubwürdig hielt, und ich durfte sogar im Schlaf nie die Augen schließen. Ein weiterer Punkt, den ich klären musste, war, die wahre Identität von Cemsid zu erfahren. Wer war dieser hochnäsige Kerl, der so astrein Türkisch sprach?

Zurück am Stützpunkt, suchte ich sofort Cevat auf. Er war einer der Informationsoffiziere und ein Freund von mir. Ich habe ihm von Cemsid erzählt. Er kannte ihn. Die Kronzeugen aus der Organisation hatten viel über ihn berichtet. Sein wirklicher Name war Mehmet Serikan. Sein Großvater war einer der Kommandanten von Scheich Said, dem Führer der Revolte im Jahr 1925. Der Aufstand dauerte von Februar bis April, die Aufständischen wurden besiegt, und der Großvater wurde zusammen mit Scheich Said erhängt. Die Familie wurde nach Konya in die Verbannung geschickt. Dort kam Mehmet zur Welt. Die Grundschule und Mittelschule besuchte er in Konya. Er war ein sehr erfolgreicher Schüler. Das Gymnasium absolvierte er als Schulbester. Er schrieb sich für das Psychologiestudium an der Universität Bosporus ein, aber im dritten Jahr verließ er die Uni und ging in die Berge. Ein intelligenter, mutiger, entschlossener Mann, sagte Cevat.

Als wir wieder auf dem Cudi waren, habe ich die Funkfrequenz gefunden und Kontakt zu Cemsid aufgenommen.

›Was für eine Freude, Hauptmann Eşref!‹, hat er mich wieder hochnäsig und spöttisch begrüßt.

›Bravo, Mehmet‹, sagte ich, ›du hast meine Stimme sofort erkannt.‹

Stille.

›Wie ich sehe, hast du mich auch erkannt‹, sagte er dann, ohne sich etwas anmerken zu lassen.

›Das ist noch kein richtiges Kennenlernen‹, hab ich geantwortet, ›ich kann es kaum erwarten, dich von Angesicht zu Angesicht zu sehen.‹

Und er wieder in seiner gewohnten sarkastischen Haltung: ›Mach dir keine Sorgen, Hauptmann, auch das werden wir noch erleben. Ich hoffe nur, dass unsere Begegnung dich nicht allzu sehr betrübt.‹

›Das werden wir sehen, wenn es so weit ist‹, habe ich gesagt.

So haben wir oft über Funk miteinander gesprochen. Dabei ist es auch geblieben, ich konnte ihn nicht erwischen. Es war wie ein Katz-und-Maus-Spiel, ich habe ihm Hinterhalte gestellt, aber vergebens. Als hätte er aus weiter Entfernung die Falle gewittert und meine List erkannt. Ungefähr vier Monate lang ging das so. Nach diesen vier Monaten kehrten wir in der letzten Aprilwoche zum Stützpunkt zurück. Dort blieben wir bis Anfang Mai und machten uns dann wieder auf den Weg zum Cudi. Am Fuße des Berges gab es ein Dorf, das den Staat aktiv unterstützte. Es stellte Dorfschützer zur Verfügung und deckte unseren Bedarf an Lebensmitteln, wenn wir länger in den Bergen waren. Im Dorf gab es einen Aga namens Hamit, der vier Frauen hatte – die Vorderzähne vollständig vergoldet, ein sehr unterhaltsamer Mensch. Immer wenn wir ins Dorf kamen, hat er Schafe geschlachtet, doppelt und dreifach. Er vertrug sich mit allen Soldaten gut, aber unsere Truppe mochte er besonders; er war mit jedem befreundet. Er machte mich sogar zum Beschneidungspaten seines Enkels. Hamit Aga hatte eine Schwäche für Gebetsketten. Wenn jemand Heimaturlaub bekam, trug er ihm auf, eine Gebetskette mitzubringen. Aus Erzurum brachte ihm Unteroffizier Resit ein Prachtexemplar aus schwarzem Oltu-Bernstein mit. Der große Aga hat sich wie ein Kind gefreut. Er lobte Resit in den Himmel.

Ich schweife wieder ab, also, wir haben den Stützpunkt verlassen und waren einen Tag lang zu Gast bei Hamit Aga.

In der folgenden Nacht machten wir uns auf den Weg. Gesichtspartien, die nachts glänzen, also Stirn, Wangenknochen und Kinn, haben wir mit schwarzer Farbe eingerieben. So bemalt, klettern wir leise über einen Hang voller Felsen. Meine Gedanken sind bei Cemsid; was muss ich tun, um diesen Mann in die Enge zu treiben, überlege ich die ganze Zeit. Eine laue Frühlingsnacht, der Vollmond steht wie eine silberne Blume am Himmel. Vom Berg weht ein wunderbar duftender Wind herüber. Im Licht des Vollmonds steigen wir, immer einen Meter Abstand zueinander haltend, vorsichtig hoch. Zwanzig Meter vor uns gehen Yorgo von der Prinzeninsel Büyükada und Oruç aus Izmir. Yorgo war, wie der Name schon sagt, Istanbuler Grieche. Als Rekrut haben die anderen deswegen auf ihn herabgeblickt. Das hat Yorgo angespornt. Er kämpfte immer in vorderster Front, um seinen Mut zu beweisen. Weil mir das aufgefallen war, hatte ich ihn in die Truppe geholt. Yorgo spielte sehr gut Gitarre und hatte ein unglaubliches Gehör. In den Bergen konnte er wunderbar Laute identifizieren. Auch Oruç war ein wachsamer Soldat. Deswegen gingen die beiden nachts immer vorne.

Gegen Mitternacht nähern wir uns also dem Hornpass. Nur noch ein kleiner Hügel, und dann können wir den Pass sehen. Aber hundert Meter vor dem Hügel merke ich, dass jemand auf uns zukommt. Es war Oruç.

›Yorgo sagt, irgendetwas ist nicht in Ordnung, mein Kommandant‹, flüstert er mir zu.

Ich stoppe die Truppe. Meine Soldaten verkriechen sich leise zwischen den Felsen. Ich schleiche nach vorne zu Yorgo. Er duckt sich hinter einen großen Felsbrocken und beobachtet den Hornpass.

›Was ist, Yorgo?‹, frage ich.

›Da ist Bewegung, mein Kommandant‹, sagt er, ›ich habe Stimmen gehört.‹

›Was für Stimmen?‹

›Geflüster und das Reiben von Stoff an Stein.‹

›Bist du sicher?‹

›Erst hab ich gezweifelt‹, sagt er und deutet auf den runden Felsen vor uns: ›Dann bin ich bis dahin gekrochen und hab die gleichen Stimmen gehört. Ich bin sicher, da ist jemand.‹

Der Hornpass ist ideal, um einen Hinterhalt zu stellen. Du hast die Berge in der Hand, niemand kann den Pass lebend verlassen. Vor allem in einer Vollmondnacht kannst du die Ziele so klar sehen wie bei Tageslicht. Aber es sind mindestens vierzig Meter zwischen dem Pass und uns. Wie kann er aus dieser Entfernung die Stimmen hören und vor allem – identifizieren? Ich sehe angestrengt hin, kann aber nichts erkennen als zerklüftete Felsen, die im Mondschein glänzen.

›Lass uns mit Thermal gucken‹, sage ich. Mit Thermal kann man Körperwärme feststellen, also Lebewesen erkennen. Wir schauen durch das Gerät, es ist wirklich Bewegung da. ›Vielleicht ein wildes Tier …‹

›Ich habe Flüstern gehört, mein Kommandant‹, insistiert er.

Es war sinnlos, sich in Gefahr zu stürzen. ›Gut, nehmen wir an, da sind Terroristen. Kann es sein, dass sie dich gesehen haben?‹, frage ich.

›Ich glaube nicht, ich war sehr vorsichtig.‹

Wir schleichen uns zu den anderen zurück. Unteroffizier Resit kommt zu uns, erfährt von unserem Verdacht und meint: ›Lasst uns mit der Bazooka abtasten, dann wissen wir, was los ist.‹

Ich bin nicht seiner Meinung. Wenn uns jemand einen Hinterhalt gestellt hat, dann ist es mit großer Wahrscheinlichkeit Cemsid. Er hat die Nachricht bekommen, dass wir den Stützpunkt verlassen haben, und wartet begierig auf uns. Ich schlage vor, dass wir nach links ausweichen und den steilen Hang hinaufklettern, das würde vielleicht fünfzehn, sechzehn Stunden dauern. Dann könnten wir den bewaldeten Hügel erreichen, wo wir den Hornpass gut im Blick haben, und den Terroristen eine böse Überraschung bereiten. So sitzen sie selber in der Falle, die sie uns gestellt haben.

Natürlich könnte Cemsid irgendwann die Geduld verlieren und abziehen, aber es ist unwahrscheinlich, dass ein so entschlossener Kämpfer ungeduldig wird. Und für Cemsid lohnt sich die Mühe allemal.

›Und wenn wir uns irren?‹, fragt Unteroffizier Resit.

Er hat recht, sich zu sorgen; jeder von uns trägt mindestens fünfundzwanzig Kilo auf dem Buckel, und dazu haben wir noch die Bazookas.

›Wenn wir uns irren, dann werden wir uns ein bisschen angestrengt haben‹, antworte ich lächelnd. ›In den Tagen auf dem Stützpunkt sind wir sowieso viel zu lahm geworden.‹

›Dann sollten wir wenigstens beim Stützpunkt Bescheid sagen.‹

Genau das will ich nicht tun. Ich darf aber auch die Moral meiner Leute nicht ruinieren, indem ich ihnen eröffne, dass da ein Spitzel am Stützpunkt sitzt.

›Wir geben Bescheid, wenn wir sicher sind‹, sage ich. ›Ich möchte nicht, dass später die Leute über unsere Truppe lachen.‹

Wenn es um das Ansehen der Truppe ging, hörte alles auf – niemand wollte es auch nur im Geringsten beschädigen. So fingen wir an, den steilen Hang hinaufzuklettern. Bald stellte sich heraus, dass wir das mit den zwei Bazookas nicht schaffen würden. Wir waren gerade mal fünfzig Meter geklettert, da begannen die Soldaten, die die Bazookas trugen, Blut und Wasser zu schwitzen. Wir mussten also unseren Weg ohne die Bazookas fortsetzen. Wir versteckten sie im Gebüsch. Nun blieb uns nichts anderes übrig, als uns auf die G3 und G1 zu verlassen. Jede Stunde ließ ich eine Pause einlegen. Trotzdem war bei Sonnenaufgang alle Kraft aufgebraucht. Es war ohnehin schwer genug, in der glühenden Sonne zu klettern. Aber der Gedanke, Cemsid zu fangen und die Gruppe Schmied Kawa zu zerschlagen, ließ mich die Hitze und Erschöpfung vergessen.

Erst in der Abenddämmerung konnten wir den Hügel erreichen; er war mit kleinen und größeren Felsbrocken übersät. Meine Leute waren todmüde. Sie sanken zwischen den Felsen zu Boden und blieben da liegen. Meine Neugier war größer als die Erschöpfung. Ich schlich mit angehaltenem Atem an die Spitze des Hügels. Der Hornpass war etwa zehn Meter unter mir. Aber es war niemand zu sehen. Ich wollte mir gerade eingestehen, dass ich einen Fehler gemacht hatte, da sah ich zwischen den Felsen etwas glänzen. Ich sah genauer hin: Es war der Lauf einer Kalaschnikow. Sie versteckten sich bestimmt in den Höhlen. Um nicht ins Visier der Hubschrauber zu geraten, die regelmäßig Kontrollflüge machten, würden sie auch erst im Schutz der Dunkelheit herauskommen. Ich kehrte ganz leise zu meinen Soldaten zurück und erklärte ihnen per Zeichensprache, dass die Terroristen unten waren und wir auf die Nacht warten müssten. Da haben sich die erschöpften Gesichter meiner Soldaten erhellt. Wir packten lautlos unsere Sachen zusammen. Wir wussten nicht, wie viele Terroristen dort unten waren. Aber wir hatten gehört, Schmied Kawa bestehe aus fünfundzwanzig bis vierzig Personen. Wir waren siebzehn. Wir nahmen uns vor, beim ersten Feuer siebzehn von ihnen zu erschießen. Dann würden wir, so hoffte ich, ihren Schock ausnutzen und sie restlos liquidieren. Unter großer Anspannung haben wir zwei Stunden gewartet. Erst wurden alle Farben blass und grau, dann brach der Abend herein, und schließlich ging der Vollmond auf. Während wir uns zur Spitze des Hügels schlichen, stand der Mond auf der anderen Seite des Berges – noch erhellte er uns nicht. Das gab uns die Sichthoheit. Mit den Nachtsichtgläsern schauten wir hinunter; das Bild, das sich uns bot, war ergreifend: Vierunddreißig Mann – soweit ich sie alle zählen konnte – hatten am Hornpass Stellung bezogen und beobachteten geduldig den Weg unter ihnen. Ich wies meine Leute an, ihre Ziele auszuwählen, nicht zu zweit auf die gleiche Person zu schießen und auf mein Zeichen zu warten. Ich wollte Cemsid entdecken und verletzen, damit er nicht fliehen konnte. Aber es war gar nicht leicht, ihn in der Gruppe ausfindig zu machen; sie kommunizierten kaum miteinander. Doch dann sah ich einen, der an der Spitze des Passes ganz aufrecht stand. Hin und wieder kam jemand zu ihm, besprach mit ihm kurz was und kehrte an seinen Platz zurück. Das musste Cemsid sein – ich habe mein Gewehr auf sein Knie gerichtet. Auch meine Soldaten wählten ihre Ziele. Alle wussten, wie wichtig das erste Feuer war. Wir tauschten ein letztes Mal Blicke miteinander, und dann – auf mein Zeichen hin – ein Höllenlärm. Ich sah, wie die Menschen unten zu Boden sanken, gekrümmt vor Schmerz. Mein vermeintlicher Cemsid war auch getroffen. Ich suchte mir ein neues Ziel aus, und gerade als ich ihn ins Visier nahm, sank Hüseyin neben mir zusammen. Ich hob den Kopf und sah ein Gewehr, das uns vom Nachbarhügel aus in Beschuss nahm. Sie hatten also als Vorsichtsmaßnahme jemanden nach oben geschickt.

Ich rief ›Achtung, auf dem Hügel!‹ und warf mich zu Boden. Aber es dauerte eine Weile, bis die Soldaten reagierten. Ich hörte, wie noch einer von uns getroffen wurde. Wir legten eine Feuerpause ein, und da hörte auch der Mann auf dem Hügel zu schießen auf. Warum, war mir zunächst nicht klar, aber dann merkte ich, dass er uns gar nicht sah und nur nach dem Gehör geschossen hatte. Ich suchte mit dem Nachtsichtglas den Hügel ab. Währenddessen ertönten von unten Schmerzensschreie. Plötzlich rief einer vom Pass dem anderen auf dem Hügel etwas auf Kurdisch zu. Ich glaube, er wollte wissen, wie viele wir sind. Daraufhin änderte der, der auf uns geschossen hatte, seine Stellung und zeigte mir seine linke Schulter. Ich habe auf sie gezielt und mir gesagt, jetzt wird er versuchen, uns zu sehen. Und tatsächlich wagte er sich vorsichtig vor und bot mir eine Gesichtshälfte an. Aber der arme Kerl konnte wahrscheinlich immer noch nichts erkennen. Er beugte sich noch weiter nach vorn, nun er war genau im Ziel, ich drückte ab und sah, wie er stürzte.

Jetzt konnten wir uns um unsere Verwundeten kümmern. Unteroffizier Resit übernahm die Erste Hilfe. Er sagte, Abdülkadir aus Sinop und Hüseyin aus Kemah seien verwundet, und Hüseyins Situation sei ernst. Ich befahl, Hilfe vom Stützpunkt anzufordern. Ich konnte nur hoffen, dass Hüseyin bis dahin nicht starb.

Ich führte das Nachtsichtglas ans Auge und sah, dass wir fünfzehn Terroristen erschossen hatten. Aber die anderen waren verschwunden.

Unteroffizier Resit war dafür, auf die Truppen vom Stützpunkt oder wenigstens auf die Männer des Dorfschützerführers Hamit zu warten, aber ich wollte mir die Gelegenheit nicht entgehen lassen. Ich durfte nicht zulassen, dass die Gruppe Schmied Kawa sich wieder erholte. Und ich vermutete auch, dass ich Cemsid getroffen hatte. Mit einer zertrümmerten Kniescheibe konnte er nicht weit kommen. Ich ließ zwei Soldaten unter dem Kommando von Unteroffizier Resit bei den Verwundeten zurück und schlich mit den anderen über den felsigen Hang zum Hornpass. Unser größter Trumpf waren unsere Nachtsichtgläser, aber wenn man zu lange durchschaute, fing man an, Phantombilder zu sehen. Wir konnten sie also nur kurz benutzen. Für beide Seiten galt das Gebot, in der Dunkelheit leise und wachsam auf der Lauer zu sein. Der Boden war vom Regen ganz aufgeweicht, das hohe Dornengestrüpp zerkratzte uns Gesicht und Hände, aber wir ließen uns davon nicht abhalten und pirschten uns vorsichtig den Hang hinunter. Unten angekommen, steuerten wir, ohne die Toten zu beachten, auf den Felsblock zu, der sich unter der Einwirkung von Wind und Regen gespalten hatte und wie eine natürliche Treppe zu dem weiter unten gelegenen Weg führte. Wir kamen nur sehr langsam vorwärts. Auf einmal hörten wir Stimmen von unten – jemand stieß einen Fluch aus. Yorgo schoss in die Richtung, aus der die Stimme kam. Ein Schmerzensschrei hob an, und im selben Moment hagelten Kugeln auf uns nieder. Jeder warf sich auf den Boden. Der Beschuss hörte nach mehreren Minuten endlich auf. Gott sei Dank wurde niemand getroffen. Per Handzeichen befahl ich zwei Soldaten, die dem Pass am nächsten waren, Handgranaten zu werfen. Mein Befehl wurde sogleich ausgeführt, und der markerschütternde Lärm explodierender Granaten ließ die Luft erzittern. Ich hatte gedacht, sie würden nach den Explosionen auf uns schießen, aber nichts regte sich. War das ein Trick, um uns zu täuschen, oder hatten wir sie tatsächlich in die Flucht geschlagen? Ich wartete noch ein wenig, dann befahl ich den Soldaten, die die Bomben geworfen hatten, zu schießen. Während sie schossen, schlichen Yorgo, Oruç und ich wie drei große Eidechsen zwischen den Felsen weiter. Sie schossen ununterbrochen, bis ihre Magazine leer waren. Dann haben wir drei das Feuer eröffnet. Das gab meinen anderen beiden Soldaten die Gelegenheit, flink zu uns herüberzuhuschen. Als wir mit dem Beschuss aufhörten, war wieder alles still.

›Sie sind wahrscheinlich geflohen, mein Kommandant‹, sagte Yorgo.

›Wir sollten nicht voreilig sein‹, habe ich geantwortet. Ich wollte nicht unachtsam in einen Hinterhalt geraten. Ungefähr eine halbe Stunde blieben wir da. Außer dem Heulen des Windes war kein Laut zu hören. Der Vollmond stieg hinter dem Berggipfel empor, als wollte er zuschauen, und hüllte alles in ein silbriges Licht. Jetzt mussten wir noch vorsichtiger sein. Ich befahl meinen Männern, zwischen den Felsen weiterzuschleichen. Bald sahen wir den Weg. Kein Mensch weit und breit. Plötzlich entdeckte ich einen Fuß zwischen den Felsen. Ich gab der Truppe das Zeichen, anzuhalten. Ich deutete auf den Fuß und befahl Osman aus Of, einem unserer Scharfschützen, zu schießen. Osman schoss dem Mann in die Ferse, der Fuß schnellte hoch und fiel wieder auf den Boden. Sein Besitzer zeigte keine Reaktion. Das musste derjenige sein, auf den Yorgo geschossen hatte, er war also tot. Wir näherten uns dem Mann, stets auf der Lauer. Er hatte den Rücken gegen einen Felsen gelehnt und saß da mit starrem Blick. Seine Kniescheibe war heil. Also war es nicht der Mann, den ich getroffen hatte. Die Terroristen mussten den Verletzten auf ihrer Flucht mitgenommen haben. Das war ein gutes Zeichen, denn so würden sie nicht sehr schnell vorankommen. Wir rührten den Toten nicht an; unter ihm könnte eine Bobbyfalle versteckt sein.

Ich schickte drei Soldaten hinunter zum Weg. Sie kletterten in einem Abstand von je einem Meter hinab; wir blieben oben, um sie zu decken. Danach kletterte die gesamte Truppe, sich eng an die Felsen pressend, hinterher. Wir folgten den Fußspuren auf der Erde. Es war schwer, diesen Spuren etwas zu entnehmen, aber die Blutflecken, die im Mondschein wie dunkler Schlamm schimmerten, sagten alles. Sie gehörten wahrscheinlich dem Mann, den ich an der Kniescheibe getroffen hatte. Die Spur führte nach unten, also in Richtung des Dorfes. Mit einem verwundeten Mann im Gefolge konnten sie nicht weit gekommen sein. Wenn wir uns beeilten, würden wir sie einholen. Aber in diesem Licht war das Risiko, in einen Hinterhalt zu geraten, besonders hoch. Wir mussten sehr vorsichtig sein, und das bedeutete Langsamkeit. Zum Glück wiesen uns die Blutflecken auf dem Boden wie ein verlässlicher Kompass den Weg. Aber nachdem wir ungefähr eine Stunde gegangen waren, hörten sie plötzlich auf. Wir suchten überall; unter den Felsen, in den Höhlen, unter den Bäumen, im Gebüsch, aber es gab weder Blut noch sonst eine Spur. Angenommen, der Mann war gestorben, und sie haben ihn begraben – aber doch nicht in so kurzer Zeit. Und selbst wenn sie es schaffen, musste doch irgendwo eine Erhöhung oder aufgegrabene Erde zu sehen sein. Ich wurde langsam nervös. Ich befahl meinen Soldaten, sich in der Gegend zu verteilen und alles abzusuchen. Ich nahm die letzten Blutflecken als Ausgangspunkt und inspizierte die Umgebung, indem ich um sie Kreise zog, die ich jedes Mal ein wenig vergrößerte. Während wir noch suchten, hörten wir Stimmen von unten und brachten uns schnell in Deckung. Bald tauchten aus der Dunkelheit Hamit Aga und seine Leute auf. Sie waren froh, uns zu sehen, und erkundigten sich sofort, ob Gefallene oder Verwundete in unserer Truppe seien. Ich wollte wissen, ob sie unterwegs jemandem begegnet waren.

›Bei Allah, wir haben niemanden gesehen‹, antwortete Hamit Aga.

Sie mussten also irgendwo in der Nähe sein. Unsere Verwundeten schickte ich in Begleitung von Unteroffizier Resit und einem Soldaten ins Krankenhaus. Nun beteiligten sich auch die Dorfschützer an der Suche. Der Tag brach an, es wurde Mittag, es wurde Nachmittag; an die hundert Menschen haben Felsen, Steine und Erde Zentimeter für Zentimeter abgesucht, aber weder eine Spur gefunden noch irgendein Zeichen. Als hätte sich der Boden aufgetan und die Bande Schmied Kawa verschluckt. Als es Nacht wurde, knatterte mein Funkgerät. Es war Oberst Ridvan.

›Hört jetzt auf zu suchen, Eşref‹, sagte er. ›Die Kerle sind offensichtlich geflohen. Lasst sie abhauen, ihr habt ja sechzehn von denen getötet. Nach diesem Schlag kommen sie nicht mehr so schnell auf die Beine.‹

Wohl wahr, was er sagt, aber frag mich mal, wie ich mich fühlte. Cemsid ist mir entwischt, als ich ihn fast in der Hand hatte. ›Mein Kommandant‹, habe ich den Oberst angefleht, ›ich bitte Sie, geben Sie mir nur noch einen Tag. Ich werde sie fangen. Ich spüre, sie sind ganz in der Nähe.‹

›Tut mir leid, Eşref‹, sagte er. ›Wir haben den Hinweis bekommen, dass ein Anschlag auf die Wache in Taş geplant ist. Ich muss die Soldaten und Dorfschützer, die ich dir gegeben habe, abziehen.‹

›Nehmen Sie sie, meine Leute reichen für die Verfolgung aus. Aber wir haben seit gestern nicht mehr geschlafen. Wenn Sie vier Soldaten bei uns lassen könnten, damit sie Wache halten, während wir schlafen …‹

›Ich kann nur Rekruten zurücklassen, aber ich warne dich; die haben noch nie gekämpft, wenn sie eine Leuchtspurkugel sehen, halten sie sie für Sternschnuppen.‹

›Es geht ja bloß um Wache‹, meinte ich. ›Sie sollen ja nicht kämpfen, sondern uns nur ein bisschen Erholung ermöglichen.‹

Der Oberst war einverstanden. Die Soldaten vom Stützpunkt und die Dorfschützer zogen sich zurück. Hamit kam zu mir, bevor er mit den anderen ging. Er legte eine Hand auf meine Schulter und sagte: ›Sei vorsichtig! Lass dich nicht von der Kugel des Ehrlosen besiegen.‹

›Keine Sorge. Dieses Mal schnappe ich ihn.‹

Mit meinen zwölf Männern und den vier Rekruten zog ich mich zum Hornpass zurück, wo uns die Terroristen die Falle gestellt hatten. Vor Erschöpfung und Schlaflosigkeit fielen uns die Augen zu. Ich ließ die Rekruten zu mir treten und instruierte sie: ›Wir werden oberhalb des Passes schlafen. Zwei von euch werden unten stehen, einer links, einer rechts, und ihr zwei oben bei dem Felsen, der als Treppe dient. Versteckt euch gut im Schatten des Felsens. Wenn ihr etwas hört, guckt durch eure Nachtsichtgläser. Wenn ihr Verdacht schöpft, dann schießt. Wir eilen euch sofort zu Hilfe.‹

›Zu Befehl, mein Kommandant!‹, schrien die Rekruten voller Eifer.

›Schreit nicht so laut!‹, sagte ich. ›Jetzt wird nicht mehr gesprochen.‹

Meine zwölf Männer und ich suchten uns geschützte Winkel zwischen den Felsen, legten uns hin und schliefen sofort ein.

Ich wurde wach, weil mich jemand rüttelte. Ich öffnete die Augen und sah einen großen schlanken Mann. Ich dachte, es sei einer der Wächter.

›Ist es so weit?‹, fragte ich und massierte mir Stirn und Schläfen.

›Endlich ist es so weit‹, sagte eine bekannte, spöttische Stimme. ›Endlich sind wir uns begegnet, Hauptmann.‹

Ich brauchte ein paar Sekunden, um zu begreifen, dass er Cemsid war. Es war also nicht der, den ich getroffen hatte! In Panik sah ich mich um. Sieben Personen standen vergnügt da, ihre Gewehre auf uns gerichtet. Ich streckte mich zu meiner Waffe, die ich neben mir abgelegt hatte. Sie war natürlich nicht da. Ich tastete meinen Gürtel ab – auch die Pistole hatten sie mir abgenommen. Dann fingen sie an, meine Soldaten, einen nach dem anderen, mit Fußtritten zu wecken. Die aufgeschreckten Jungs guckten mit weit aufgerissenen Augen um sich und versuchten zu begreifen, was los war.

›Die Wächter?‹, murmelte ich.

›Du hast ihnen nicht beigebracht, dass man in den Bergen nicht Walkman hören darf‹, sagte Cemsid kopfschüttelnd. ›Ihre Begeisterung für Musik hat sie einen hohen Preis gekostet.‹

›Niederträchtiger Kerl, hast du sie umgebracht?‹, zischte ich.

›Ja‹, sagte er, ›genau so, wie du gestern Nacht sechzehn meiner Genossen getötet hast. Aber lassen wir das. Du hast genug Kämpfe mitgemacht, um zu wissen, dass im Krieg der Tod als etwas Natürliches gilt. Ich würde aber gerne wissen, was du gerade fühlst.‹

Da habe ich zum ersten Mal gedacht, dass ich Angst haben müsste. Doch seltsam, ich hatte keine. Zwischen Cemsid und mir hatte sich so etwas wie Konkurrenz, eine Art Wettkampf entwickelt. Der Krieg hatte sich in einen persönlichen Kampf verwandelt, in dem jeder seinen Mut, sein Talent, seine Wachsamkeit, seine Intelligenz bewies. Ausgerechnet in dem Moment, als ich glaubte, meinen Konkurrenten geschlagen zu haben, hatte er mich besiegt. Dieser Schmerz stach wie ein Messer in mein Herz, mit solcher Wucht, dass ich darüber den Tod vergaß.

›Wenn du es so genau wissen willst, sage ichs dir gern‹, antwortete ich und sah ihm dabei fest in die Augen. ›Ich zerfleische mich selbst, weil ich dich nicht in die Hölle jagen konnte.‹

Er kam näher, ich bereitete mich auf einen Schlag vor, aber er schlug nicht zu. Er kniete sich vor mich.

›Warum wolltest du mich unbedingt fangen?‹, fragte er. In diesem Augenblick fiel mir die Gebetskette in seiner Hand auf.

›Du mich etwa nicht?‹, erwiderte ich, war aber eigentlich mit seiner Gebetskette beschäftigt. Ich konnte sie nicht genau erkennen, weil sein Schatten darauf fiel.

Er lachte und führte die Hand mit der Gebetskette ans Kinn. Natürlich: Das war die Gebetskette aus Erzurum, die unser Unteroffizier Resit Hamit Aga geschenkt hatte! Das war für mich der totale Zusammenbruch. Ich erinnerte mich mit einem bitteren Lächeln an Hamit Agas Worte über die Kugel des Ehrlosen.

›Du hast recht, Hauptmann‹, sagte Cemsid in der Annahme, mein Lächeln würde unserem Gespräch gelten. ›Ich brannte auch darauf, dich zu fassen. Ich glaube, das hat etwas mit Selbstbehauptung zu tun. Es ist wie bei dem Spiel ›Diese Festung gehört mir‹, das wir als Kinder gespielt haben. Ein wirklich spannendes Spiel: Man klettert auf einer Baustelle auf einen Sandhügel und ruft: Diese Festung gehört mir! Die anderen versuchen, das Kind runterzuschubsen und seinen Platz einzunehmen. Der Stärkste bleibt oben und ruft: Diese Festung gehört mir! Und wir spielen das Spiel: Dieser Berg gehört mir. Nur ein bisschen härter ...‹

›Ich spiele kein Spiel‹, widersprach ich. ›Ich versuche, Staatsfeinden wie dir das Handwerk zu legen. An euren Händen klebt Blut.‹

›Bitte, Hauptmann‹, sagte er, den Gelangweilten spielend. ›Ein so interessanter Mann wie du sollte nicht in so abgedroschenen Phrasen reden.‹

Ich war erstaunt, dass er mich als interessant bezeichnete. Da habe ich zum ersten Mal gemerkt, dass er mich schätzte. Noch überraschender war für mich zu spüren, dass auch ich insgeheim Respekt für ihn empfand. Aber ich habe versucht, das zu verbergen, und sagte mit fester Stimme: ›Das sind keine leeren Worte. Das ist für mich ein hohes Ziel; dafür würde ich mein Leben riskieren, ohne mit der Wimper zu zucken.‹

›Wie du meinst‹, war seine Antwort. Er beugte sich noch weiter zu mir herunter. ›Trotzdem glaube ich dir nicht. Wie auch immer ... Bist du abergläubisch, Hauptmann?‹

›Nein.‹

›Aber ich‹, sagte er. ›Zum Beispiel: Ihr seid dreizehn Mann in deiner Truppe, wenn ich dich mitzähle. Und ich weiß, ich bin für immer erledigt, wenn ich euch alle töte. Dreizehn bringt Unglück. Man muss sich hüten vor dieser Zahl.‹

Ich wusste sehr wohl, dass er nicht abergläubisch war. Ich war gespannt, zu welchem Schluss er kommen würde.

›In diesem Fall werde ich zwölf Personen töten müssen.‹

Ich schaute zu meinen gefangen genommenen Soldaten. Die meisten wirkten tapfer, nur bei Oruç bemerkte ich ein Zittern. Ich hätte ihm gerne Mut gemacht, aber mir waren die Hände gebunden.

›Aber ich habe eine weitere fixe Idee‹, erzählte Cemsid weiter. ›Ich mische nicht gern. Wenn ich zum Beispiel nach dem Essen Obst esse, dann esse ich nur Aprikosen oder Pflaumen oder Wassermelonen. Auf keinen Fall alles zusammen.‹

Dieses sinnlose Gerede machte mich langsam nervös. Auch um meinen Leuten Mut zu machen, fuhr ich ihn an: ›Was redest du für einen Blödsinn?‹

›Ich will damit Folgendes sagen: Ich würde dich liebend gerne töten. Aber hier sind Soldaten, und da bist du als ihr Kommandant. Soldaten und Kommandant, das gibt ein Durcheinander. Das heißt, entweder werde ich deine Soldaten töten oder dich.‹

›Dann töte mich‹, schrie ich und staunte selbst über meinen Mut.

Er sah mich lange bewundernd an: ›Sehr mutig, Respekt! Aber du bist nur eine Person. Sie aber sind zwölf erfahrene Soldaten.‹

Ich sah, wie meine Männer unruhig wurden. Erst in diesem Moment merkte ich, dass dieses Gespräch allmählich zu einer Folter wurde. Cemsid wollte uns alle töten, das war klar, aber bevor er auf den Abzug drückte, wollte er es auskosten, uns zu quälen. Ich durfte das nicht zulassen. Ich stürzte mich auf ihn. Er wich rasch zurück. Ich fiel mit dem Gesicht auf den Boden, im selben Augenblick spürte ich einen schweren Schlag auf den Kopf.

Als ich wieder zu mir kam, drohte mein Kopf zu zerbersten; in meinen Ohren summten Fliegen. Ich versuchte, mich aufzurichten, doch irgendetwas schien mein Gesicht auf den Felsen zu kleben, auf dem ich lag. Bald sollte mir klar werden, dass es das Blut war, das aus meinem Kopf rann. Vorsichtig löste ich mich von dem Stein und sah einen Fliegenschwarm von meinem Körper aufsteigen. Große Fliegen, deren Flügel in der Sonne rotgolden schimmerten. Sie ließen sich ein paar Meter weiter auf dem Boden nieder. Ich folgte ihnen mit den Augen und sah meine Soldaten. Jetzt lagen sie in ihrem eigenen Blut dort, wo gestern Nacht die fünfzehn Terroristen, ihre Opfer, gelegen hatten. Mit einem letzten Funken Hoffnung, dass vielleicht einige noch am Leben sein könnten, taumelte ich zu ihnen. Ich habe jeden einzeln untersucht. Sie waren tot. Alle zwölf erschossen. Yorgo, Oruç, Osman, Nasir, Ihsan, Ayhan, Mustafa, Nazmi, Selim, Erkan, Atilla, Murteza … Die Hände auf dem Rücken zusammengebunden, ein Loch im Nacken. Vor Wut habe ich mit den Fäusten auf die Felsen geschlagen, bis ich erschöpft zusammenbrach. Allmählich beruhigte ich mich. Ich stand auf und suchte mein Funkgerät. Es war nicht mehr da. Sie hatten es zusammen mit unseren Waffen mitgenommen. Aber es war noch Wasser in den Feldflaschen. Ich wusch mein Gesicht und die Wunde an meinem Kopf. Ich stützte mich an den Felsen ab und ging hinunter zum Weg. Ich hatte keine Kraft mehr, hatte Blut verloren, aber die Wut hielt mich auf den Beinen. So ging ich vielleicht fünfhundert Meter, dann wurde mir schwarz vor Augen, und ich sank zu Boden.

Als ich aufwachte, hörte ich die Stimmen von zwei Männern. Ich öffnete die Augen und sah, dass ich mich in dem Zimmer befand, wo Hamit Aga seine Gäste beherbergt. Oberst Ridvan und Hamit saßen nebeneinander auf dem Sitzkissen. In meinem Mund schmeckte ich getrocknetes Blut. Diesen Geschmack hatte ich gespürt, seit ich oben bei den Felsen zu mir gekommen war, sogar als ich ohnmächtig war, hatte er mich nicht verlassen.

›Endlich bist du aufgewacht, Herzensbruder‹, sagte Hamit mit einem schleimigen Lächeln, das alle seine Goldzähne bloßlegte. Das Glitzern seiner Zähne rief in meinem dröhnenden Kopf einen Gewehrlauf in Erinnerung, der in der Sonne glänzte. Als ich dann in seine verlogenen Augen sah, die vor meinem Blick flüchteten, habe ich mich wieder an alles erinnert.

Ich hörte, wie Oberst Ridvan ›Gute Besserung, Eşref!‹ sagte. Sein Gesicht war vor Trauer eingefallen.

Statt einer Antwort richtete ich mich auf, stützte mich mit den Händen ab und verließ die Liege.

›Du darfst nicht aufstehen‹, sagte der Oberst.

›Du musst dich ausruhen, Herzensbruder‹, sagte Hamit. Ihre Stimmen hallten in meinen Ohren wie das schneidende Summen der Fliegen auf den toten Körpern meiner Soldaten. Je mehr sie sprachen, umso stärker wurde das Dröhnen, der Blutgeschmack in meinem Mund wurde unerträglich.

Ich ging auf den Oberst zu und streckte ihm die Hand entgegen. Er dachte, ich wollte ihm die Hand schütteln, und hielt mir seine hin. Mit einem Satz beugte ich mich vor und zog die Pistole aus seinem Gürtel. Es dauerte nur wenige Sekunden, bis ich die Waffe entsichert, geladen und das ganze Magazin auf Hamits Kopf geleert hatte. Der Oberst sprang auf und schrie immer wieder erschrocken: ›Eşref, was hast du getan!‹ Er dachte, ich sei verrückt geworden und würde auch ihn erschießen. Aber ich habe die Waffe umgedreht und dem Oberst gereicht.

›Er war der Mörder meiner Soldaten‹, erklärte ich ihm. ›Hamit Aga war der Verräter unter uns. Lassen Sie seine Häuser durchsuchen! Sie werden einen Terroristen finden, der an der Kniescheibe verletzt ist. Er wird Ihnen alles erklären.‹

Während ich in das vor Staunen und Schreck verzerrte Gesicht des Obersts sah, muss ich wieder ohnmächtig geworden sein.

Dieses Mal öffnete ich im Krankenhaus die Augen. Zwei Tage waren inzwischen vergangen, zwei Tage und zwei Nächte lang hatte ich, so erzählte man mir, im Delirium gesprochen: ›Hamit wird meine Soldaten töten. Lasst Cemsid nicht entwischen!‹ Am Nachmittag kam Oberst Ridvan mich besuchen. Den verwundeten Terroristen hatte man in dem Zimmer gestellt, wo Hamit Agas Frauen schliefen. Nachdem sie ihn ein wenig weichgeklopft hatten, gab er zu, dass Hamit auf der Seite der Organisation stand. Man würde trotzdem ein Verfahren gegen mich eröffnen, weil ich ihn einfach so, auf eigene Initiative erschossen hatte, berichtete mein Oberst traurig.

Das kümmerte mich nicht im Geringsten. Ich dachte nur an Cemsid. Auch wenn ich vom Dienst suspendiert werden sollte, wollte ich ihn finden und meine Soldaten rächen. Solange er lebte, war es mir nicht möglich, Ruhe zu finden … Aber die Rache ist mir nicht gelungen. Bevor ich aus dem Krankenhaus entlassen wurde, waren Cemsid und sechs seiner Männer auf dem Cudi-Berg durch den Beschuss aus Kobra-Hubschraubern getötet worden. Als ich davon erfuhr, spürte ich eine große Leere in mir. Mir war, als hätte ich mein Ziel, meinen Lebenswillen verloren. In meinem Ohr hallte seine Stimme nach: ›Und wir spielen das Spiel: Dieser Berg gehört mir. Nur ein bisschen härter …‹ Da ist mir klar geworden, warum ich diese Leere spürte. Ich hatte meinen Spielkameraden verloren. Und er hatte mich nicht getötet, um mich, seinen Spielkameraden, nicht zu verlieren. Bis ich aus dem Krankenhaus entlassen wurde, dachte ich unentwegt an ihn.

Das Gericht sprach mich frei. Aber ich verhielt mich nur noch seltsam. Ich konnte nicht schlafen. Tagelang lief ich mit offenen Augen herum, und wenn ich erschöpft in den Schlaf sank, durchlebte ich noch einmal, was am Hornpass geschah. Ich wurde wieder eingeliefert, aber dieses Mal in die Psychiatrie. Sie haben mich mit Tabletten vollgepumpt, damit ich schlafen konnte. Und sie brachten mich immer wieder zum Sprechen. Sprechen tat gut. Ich blieb einen Monat dort. Die Ärzte sagten, ich sei geheilt. Aber meine Kommandanten waren der Ansicht, dass ich in der vordersten Front nicht mehr nützlich sein würde. Sie boten mir an, mich nach Istanbul versetzen zu lassen. Ich habe es abgelehnt. So bin ich hierhergekommen, auch wenn es ein wenig hinter der Frontlinie ist.«

»Und deine Frau, was hat sie getan?«

Eşref nahm eine Zigarette und zündete sie an.

»Meine Ehe war nicht sehr glücklich. Nach der Geburt von Gülin wurde es nur noch schlimmer … Als ich nach Sirnak versetzt wurde, ist meine Frau zusammengebrochen. Ich habe ihr vorgeschlagen, dass sie mitkommt. Sie sagte: ›Ich kann mich und mein Kind nicht in Gefahr bringen.‹ Ich gab ihr recht. Ich bin allein nach Sirnak gekommen und besuchte sie, wenn es sich ergab. Aber dann wurden die Kämpfe intensiver, und ich konnte nicht mehr hinfahren. Meine Frau weinte am Telefon, sie wollte, dass wir einflussreiche Bekannte um Hilfe bitten, damit ich nach Istanbul versetzt würde. Aber ich hätte meinen Vorgesetzten so etwas nicht sagen können. Mein Großvater war ein ehrenhafter Soldat, und ich folgte seinem Vorbild, als ich zu den Streitkräften ging. Während Tausende Kinder unseres Vaterlandes fielen, konnte ich nicht selbstsüchtig sein. Auch wenn ich gewollt hätte, es wäre mir nicht gelungen. Meine Frau hat das nicht verstanden. Als ich verwundet wurde, kam sie nach Sirnak ins Krankenhaus. Gleich nach ihrer Ankunft hat sie angefangen, mir bis zum Überdruss einzuschärfen: ›Ich habs dir doch gesagt, guck, du wärst fast gestorben, lass dich nach Istanbul versetzen, sobald du entlassen wirst.‹ Da fielen mir meine Soldaten ein, die gleich nach der Aufstellung der Truppe ihre Morgenrötehefte zerrissen hatten. ›Morgenröte‹ nennt man den Tag der Entlassung aus dem Militärdienst. Jeder Soldat hat ein Morgenröteheft; für jeden Tag, der vergeht, macht er ein Zeichen in sein Heft. Jeder kennt seinen Morgenrötetag.

Also, wir stellten die Truppe auf, und kurz danach sagen mir meine Soldaten: ›Wir haben beschlossen, die Morgenrötehefte zu zerreißen, mein Kommandant.‹

›Warum?‹

›Sie bringen unsere Gedanken durcheinander, mein Kommandant‹, haben sie geantwortet.

Die Erinnerung an die zerrissenen Morgenrötehefte machte es mir noch schwerer, die Worte meiner Frau zu ertragen. Ich bat meinen Arzt, sie nicht mehr zu mir zu lassen. Ich habe sie also höflich aus dem Krankenhaus hinausgeworfen. Natürlich hat sie es gemerkt; seit diesem Tag ist böses Blut zwischen uns. Ich schicke jeden Monat Geld, und nach Istanbul fahre ich nur, um meine Tochter zu sehen. Unsere Ehe ist praktisch beendet. Manchmal gebe ich ihr auch recht. Sie wünscht sich einen Mann an ihrer Seite, ein glückliches Leben. Aber was kann ich tun? Die Umstände haben es nicht erlaubt, dass ich zu einem Mann werde, mit dem eine Frau glücklich sein kann …«

Eşref schwieg. Er inhalierte den Rauch tief und starrte in die Dunkelheit.

Esra nahm seine Hand. »Du hast schreckliche Dinge erlebt … Aber du hast es gut überstanden, ein anderer wäre wahnsinnig geworden.«

»Ich habe dir nicht davon erzählt, um mein Leid zu klagen, sondern damit du verstehst, wie schlau, wie gefährlich die Organisation ist. Sie haben unter dem Volk Verbindungen, die man gar nicht unterschätzen darf. Sie haben talentierte Kader, die jeden Trick anwenden, keine Angst vor dem Sterben haben und hemmungslos morden. Wenn sie sich Unterstützung aus den ehemals armenischen Dörfern erhoffen, rächen sie auch Morde, die achtundsiebzig Jahre zurückliegen.«

Esra wusste nicht, was sie sagen sollte. Es war ergreifend, was Eşref erzählt hatte, beseitigte aber nicht ihre Zweifel und bewies gar nichts. Das konnte sie ihm aber nicht ins Gesicht sagen. Sie spürte seinen Schmerz in ihrem Herzen und streichelte unentwegt die starke Hand dieses Soldaten mit der verwundeten Seele.

Einundzwanzigste Tafel

Jeder in der Stadt teilte meinen Schmerz. Der Tod meines Vaters hatte mich nicht nur zum Hofschreiber gemacht, sondern mir auch unverdienten Ruhm unter den Adligen und dem Volk beschert. Die Menschen, denen ich begegnete, sahen in mir den Sohn eines Mannes, der sein Leben geopfert hatte, um die Stadt zu retten. Wo immer sie mich erblickten, kamen sie zu mir, sprachen lobende Worte über meinen Vater und gemahnten mich, so mutig und weise zu sein wie er. Meine Aufgabe als Schreiber übernahm ich mit der Ehre und Freude, die mein Vater mir angetragen.

Am ersten Tag meiner Arbeit rief mich König Pisiris zu sich. In Anwesenheit der Königin sprach er: »Der Grund deiner Ernennung zum Hofschreiber ist nicht allein Unsere Hochachtung vor deinem Vater. Auch nicht, dass deine Ahnen seit Generationen diese Aufgabe ausüben. Der Grund, warum Wir dich immer an unserem Hofe, an Unserer Seite sehen wollen, besteht darin, dass du einer der gebildetsten jungen Menschen dieses Landes bist. Lob kann junge Menschen verderben und vom rechten Wege abbringen. Aber Wir kennen dich. Du verfügst nicht nur über Wissen, sondern auch über Moral. Die dich großgezogen, haben dir das wertvolle Wissen und rechte Verhalten beigebracht. Sie haben dich auch gelehrt, wie du dein Wissen gebrauchen sollst. Dich an Unserer Seite zu sehen, wird Uns glücklich machen.«

Mit dieser Rede wurde ich in das Amt des Hofschreibers erhoben, worauf mich seit meiner Kindheit zuerst mein Großvater Mitannuva und danach mein Vater Araras vorbereitet hatten. »Ein Schreiber muss zu Opfern bereit sein«, pflegte mein Vater zu sagen. »Du musst dich allem enthalten, was dich an der Erfüllung deiner Aufgabe hindert.«

Ich begann meine neue Aufgabe in der Angst, dass Laimas, der

Helfer meines Vaters, neidisch sei und versuchen könnte, sich meiner zu entledigen. Diese Sorge verflüchtigte sich jedoch, ohne dass ich etwas dafür tun musste. Laimas zog sich großzügig zurück und erlaubte mir, mein Wissen, meine gute Bildung und meine Talente unter Beweis zu stellen. Er unterstützte mich sogar und war aufmerksamer und achtungsvoller als nötig. Natürlich hatte sein Verhalten einen wichtigen Grund, aber ich, der unerfahrene Patasana, erklärte das mit seiner Zuneigung, die er für meinen Vater empfunden.

Was meine unbesiegbare Leidenschaft, meine erste Liebe, meinen Schmerz Aschmunikal betrifft … Die Kunde von meinem Einzug in den Palast erreichte bald ihr Ohr. Eines Morgens fand ich sie auf einer der Holzbänke in der Bibliothek vor, vertieft in die Lektüre der Legende über den Gott Telipinu. Mit ihren dunklen Augen sah sie mich an. Ihr Blick enthielt zwar Tadel, aber mehr noch Sehnsucht und Zärtlichkeit. Ich vergaß, wer ich war, womit man mich beauftragt, und setzte mich unverzüglich zu ihr. Es waren die frühen Morgenstunden, niemand war in der Bibliothek. Liebevoll berührte sie mein Haar und schaute mich an, als ob sie mich nie mehr wiedersehen würde, als ob sie sich jeden Zug, jede Linie meines Gesichts einprägen wollte. Angst schwang in ihrer Stimme mit, als sie sagte: »Du hast dich verändert!«

Aschmunikal hatte verstanden, dass ich ihr sagen wollte: »Wir müssen aufeinander verzichten; ich kann meinen König nicht verraten, die Ehre, die mir mein Vater übertragen, nicht mit Füßen zertreten wie einen zerlumpten Lappen.«

»Es ist viel geschehen«, sagte ich stattdessen.

Ihre großen Augen glichen nun tiefen Gewässern. »Der Tod deines Vaters hat mich sehr betrübt.«

»So wollten es die Götter, was kann man dagegen tun.«

Alles, was ich ihr sagen würde, schien sie bereits jetzt akzeptiert und sich ihrem Schicksal gebeugt zu haben. Trotzdem konnte sie ihre sehnsuchtsvollen, liebenden Augen nicht von mir lassen. Eine Gazelle, die vom Pfeil eines meisterhaften Jägers getroffen wird, versucht sich, bevor sie stirbt, mit letzter Kraft aufzurichten; genauso hob sie ihren Kopf und flüsterte: »Du hast dich sehr verändert, Patasana. Die

Unschuld ist deinem Gesicht entschwunden, der Glanz aus deinen Augen gewichen, du schaust mich an wie ein totes Schaf. Ist das Feuer in dir erloschen, oder versteckt es sich hinter diesem kreidebleichen Gesicht, das wie das Werk eines untalentierten Bildhauers anmutet? Du bist alt geworden, Patasana. Die Linien in deinem Gesicht haben sich vertieft; deine Lippen, jederzeit zu einem Lächeln bereit, schämen sich vor jeder Freude, Schwere hat sich deiner bemächtigt. Deine süße Ängstlichkeit hat sich in eine verfrühte Trägheit verwandelt. Dein Körper, einst so ungeduldig schwungvoll wie bei einem Fohlen, ist lahm geworden wie eine alte Schildkröte. Du hast mich vergessen, Patasana. Meine Anwesenheit lässt dein Herz nicht mehr höherschlagen. Du siehst mich an, wie du eine Tafel anschauen würdest. Meine Stimme ist für dich die Stimme irgendeiner Frau an diesem Hofe. Wie ein Bauer einen jungen Baum, den er auf seinem Feld nicht haben will, mitsamt seinen Wurzeln ausreißt und wegschleudert, so hast du mich von deinem Herzen losgerissen.«

»Nein!«, wollte ich Aschmunikal widersprechen. Sie hatte angefangen zu weinen. »Ich liebe dich immer noch wie ein Verrückter, wie ein Wahnsinniger, hoffnungslos, mich windend vor Trauer«, wollte ich ihr sagen. Ich wollte ihr die Worte meines Vaters zurufen. »So, wie der Euphrat mit seinen Wassern Segen unseren Feldern bringt, Weizen Ähren ansetzt, der Aprikosenbaum süße Früchte trägt, Schafe uns Fleisch und Milch spenden, der König das Land regiert und die Soldaten kämpfen, habe ich eine heilige Aufgabe, die ich erfüllen muss. Ich, Patasana, Enkel des Mitannuva, Sohn des Araras, Diener der Götter, kann für meine Liebe dieser Aufgabe nicht entsagen. Aber ich werde dich immer im Herzen tragen wie eine nie heilende Wunde, wie die schmerzende Sehnsucht eines Reisenden, der niemals heimkehrt, wie die ewig lodernde Hoffnung eines zum Tode Verurteilten, wenn er von der Freiheit träumt«, wollte ich ihr sagen, aber ich konnte nicht. Ich ließ zu, dass ein tieferer Schmerz als Aschmunikals Traurigkeit mein Herz zerriss.

Das unvergleichliche Glück, das zu fassen ich nur die Hand auszustrecken brauchte, lehnte ich im Namen dieses Berufs, den mein

Geschlecht seit vielen Jahren ausübte, im Namen der Verteidigung der Ehre von König Pisiris, im Namen meines Landes und der Götter ab. Ich übte Verrat an mir selbst. Ich verriet die zarten, unwiederbringlichen Regungen meiner Jugend. Ich tat, was man nicht tun darf, verriegelte die Tür, die man nicht zuschließen darf, sperrte den Wind, der meinem Garten die angenehmsten Düfte zutrug, in einer dunklen Kammer ein. Jede wunderbare Freude verbannte ich aus meinem Herzen und ließ meinen Körper leer wie einen ungefüllten Weinbecher zurück. Ich war mir meines Verrats bewusst, als ich in ihre traurigen Augen sah.

»Verzeih mir!« Das war alles, was ich sagen konnte: »Verzeih mir!«

Aschmunikal sprach kein einziges Wort. Sie ließ mich mit meiner Verzweiflung, meiner heiligen Aufgabe, meinem Pflichtbewusstsein und meinem Verrat an mir selbst zurück und ging still davon. Bis ich mich zwei Jahre später in dieser kleinen Kammer vor ihre Füße warf und sie anflehte, kreuzte sie auch nicht mehr meinen Weg.

22

Sie hatten sich auf dem Areal der Bibliothek versammelt. Im Planquadrat D5, einem der fünf mal fünf Meter großen Quadrate, in die die Grabung unterteilt war, hatten sie am Rand der Kammer, in der Patasana die Tafeln geschrieben hatte, neue Mauerreste entdeckt. Bernd berührte behutsam die Steine, die sich fast auflösten.

»Das sind ganz sicher Teile der Mauer, hinter der sich das geheime Archiv verbarg«, stellte er fest.

»Willst du damit sagen, Patasana hat die Tafeln dort versteckt?«, fragte Murat und wischte sich den Schweiß von der Stirn.

»Auf jeden Fall«, sagte Timothy. »Er hatte große Angst; das machen die ersten Tafeln deutlich. Für die damalige Zeit war es ja recht gefährlich, was er schrieb. Er muss dieses Versteck in Auftrag gegeben haben, damit niemand die Tafeln entdeckte. Das ist auch der Grund, warum wir sie alle beieinander finden.«

»Und warum sie unbeschädigt sind«, fügte Esra hinzu. »Hier wurden sie nicht nur vor Menschen geschützt, sondern auch vor Brand und Erdbeben.«

Mit dem Hut auf dem Kopf und der Sonnenbrille in der Hand kniete sie neben ihren Kollegen und betrachtete die Überreste der Tarnmauern.

Letzte Nacht war sie spät heimgekehrt. Außer Halaf hatten zum Glück schon alle geschlafen. Das kam ihr sehr gelegen, weil sie keine Antwort erfinden musste auf die Frage, wo sie denn so lange geblieben sei. Sie hätte gerne erfahren, ob Halaf etwas über die Morde vor achtundsiebzig Jahren wusste, war aber zu erschöpft gewesen, um ihn danach zu fragen. Die Nacht im Krankenhaus hatte ihr schon zugesetzt, dazu war dann noch die Entspannung der Liebe gekommen. Heute Morgen war sie nur mit Mühe wach geworden und kaum aus dem

Bett gekommen. Es musste mehrmals an ihre Tür geklopft werden, und Halaf hatte mit seiner kräftigen Stimme zweimal »Das Frühstück ist fertig, Esra Hanim« gerufen, bevor sie aufgestanden war.

Als sie endlich zum Frühstückstisch gekommen war und dort die ganze Bande warten sah, war sie beschämt und gerührt gewesen. Sie hatte ihre Verbundenheit zu diesen Menschen gespürt, mit denen sie seit vielen Tagen das Leben teilte – trotz der sinnlosen Diskussionen und Zänkereien. Sogleich hatten sie nach den Schüssen gefragt. Sie berichtete, was Eşref erzählt hatte.

»Ich hoffe, der Hauptmann behält recht«, hatte Teoman gesagt. »Jeden Tag ein Mord, das reicht nun langsam!«

Bernd wollte wissen, wie es Elif ging. Esra hatte vom Krankenhaus und ihrem Telefonat mit Kemal gestern Nacht berichtet. Er sagte, ihr gehe es besser, und David hätte versichert, sie könne heute entlassen werden.

Währenddessen hatte sie verstohlen Timothy gemustert; er hatte sich nicht sonderlich für das Thema interessiert. Spielte er, oder hatte er beschlossen, sich von Elif zu distanzieren, um keine unangenehmen Diskussionen auszulösen? Esra hatte sich gewünscht, das Zweite möge der Fall sein.

Sie hatte gefragt, ob sie etwas Neues gefunden hatten, während sie unterwegs war.

»Es war kein besonders ergiebiger Tag«, hatte Timothy erzählt. »Wir haben leider nur eine Tafel ausgegraben, allerdings unterscheidet sie sich von den anderen. Auf der Rückseite enthält der Kolophon nämlich ein Inhaltsverzeichnis aller Tafeln und den Vermerk, dass dies die letzte Tafel sei. Bis jetzt haben wir zwanzig gefunden, uns fehlen also noch acht.«

»Was für ein Glück, dass wir die letzte Tafel gefunden haben«, hatte Bernd voller Enthusiasmus gesagt, »jetzt ist die Wahrscheinlichkeit sehr groß, dass wir auch noch die restlichen ausgraben.«

Esra hatte ihren deutschen Kollegen zum ersten Mal so leidenschaftlich erlebt. Ich habe mich ganz schön in ihm getäuscht, dachte sie. Würde denn ein Mensch seinen Beruf, mit dem er so verbunden war, aufs Spiel setzen, um zu töten? Was Nicholas erzählt hatte, musste ja nicht unbedingt bedeuten, dass Bernd schuldig war. Wenn es um die Vernichtung der Armenier ging, reagierte er sehr sensibel – aber ihn deswegen gleich für einen Mörder zu halten …

Unterdessen hatte Bernd gut gelaunt weitererzählt: »Gestern hat Professor Krencker mehrmals angerufen. Er teilte mit, dass zur Pressekonferenz ungefähr dreißig Journalisten kommen werden, darunter auch Vertreter von CNN, BBC und Reuters. Für die Vorbereitungen wird heute Abend eine dreiköpfige Gruppe unter der Leitung seines Stellvertreters Joachim nach Antep fliegen. Deine Professorin Behice Hanim kann leider nicht mitkommen; sie liegt wegen Magenblutung im Krankenhaus. Du musst also die Universität alleine vertreten.«

Esra hatte ihre Professorin bedauert, aber ihre Vorfreude auf die Konferenz war größer gewesen. Sie musste bei der ersten Gelegenheit mit Bernd und Timothy die Aufgabenteilung besprechen; viel Zeit hatten sie nicht mehr. Auch den Bürgermeister Edip Bey musste sie noch anrufen, um bei der Besichtigung der antiken Stadt einen guten Empfang für die Journalisten zu gewährleisten.

»Und wie ist das Begräbnis von Haci Settar verlaufen?«, hatte sie Teoman und Murat gefragt.

Die beiden hatten berichtet, dass eine ziemlich große Menschenmenge da gewesen sei; vom Landrat bis zum Bürgermeister, über die Stammesführer bis zu den Dorfvorstehern waren alle gekommen. Sogar die Vertreter der Stämme Türkoglu und Genceli hatten teilgenommen. Sie hätten sich Mühe gegeben, während der Zeremonie einander fernzubleiben, den Sarg aber bis zum Friedhof begleitet. Wegen der Grabungen hatte ihnen niemand Vorwürfe gemacht. Alle, besonders der Landrat, waren ihnen gegenüber sehr aufmerksam gewesen, und die beiden Söhne Haci Settars hatten sie mit Händedruck empfangen und sich für die Teilnahme am Begräbnis bedankt. Nur der Vorbeter Abid und Fayat, der ihm wie ein Schwanz überallhin folgte, hatten sie aus der Ferne ziemlich böse angeschaut, aber weder tätlich noch mit Worten angegriffen.

Esra war erleichtert gewesen; anscheinend entspannte sich die Situation. Froh über die neuen Nachrichten, hatte sie sich gemeinsam mit ihren Kollegen auf den Weg zur Grabung gemacht.

Nach ein paar Stunden Arbeit hatten sie herausgefunden, dass auf der rechten Seite der kleinen Kammer nicht nur eine, sondern gleich zwei Mauern gestanden hatten. Das musste auf die Existenz eines Geheimarchivs hindeuten, in dem die Tafeln gelagert wurden, bevor die Bibliothek eingestürzt war. Somit klärte sich auch eine andere Frage, die die Archäologen seit Tagen beschäftigte. Man vermutete, dass die antike Stadt 719 v. Chr. gänzlich in die Hände der Assyrer fiel. Die neuen Machthaber schickten das hethitische Volk, das seit Hunderten von Jahren hier lebte, in die Verbannung und machten aus ihrer Stadt eine assyrische. Seit der Entstehung dieser Tafeln mussten also mindestens zweitausendsiebenhundert Jahre vergangen sein. Warum waren die Tafeln von Patasana in dieser ganzen Zeit verborgen geblieben? Diese Stadt hatte nach den Hethitern viele Zivilisationen beherbergt – von den Assyrern bis hin zu den Römern. Warum hatte niemand Patasanas Aufzeichnungen gefunden? Das Geheimarchiv beantwortete diese Frage.

»Wahnsinn! Wir sind also die Ersten, die nach Patasana diese Tafeln berühren!«, sagte Murat aufgeregt.

»Das stimmt«, bestätigte Esra stolz lächelnd. »Aber ich weiß nicht, ob Patasana diese Texte auch geschrieben hätte, wenn er gewusst hätte, dass sie erst so spät ihre Leser finden.«

»Er hätte sie geschrieben«, sagte Timothy. »Er hat eine große Tragödie erlebt. Der Dichter in ihm hat ihn gezwungen, seine Erfahrungen mit anderen Menschen zu teilen. So ist er in gewisser Hinsicht über das Erlebte hinausgewachsen und hat sich seinem Leid entfremdet. Wir können das auch als eine Art Konfrontation bezeichnen. Die Konfrontation mit sich selbst, also mit seiner Feigheit, seiner Niedertracht, seinen Fehlern. Aber zugleich war es eine Art Abrechnung; eine Abrechnung mit den peinigenden Königen und den erbarmungslosen Göttern, die viel mächtiger waren als er. Nur eine so nackte Konfrontation, eine so mutige Abrechnung konnte ihn beruhigen … Meiner

Meinung nach hätte Patasana diese Tafeln auch geschrieben, wenn er gewusst hätte, dass kein Mensch sie je lesen würde. Das Leben hat ihm keine andere Wahl gelassen.«

»Wie gut du ihn verstehst!«, sagte Murat leise.

»Was ist los, Murat, warum guckst du mich so an, als hättest du einen Geist gesehen?«

Murat schüttelte sich, als würde er gerade aufwachen.

»Ach, nichts«, sagte er und lächelte unschuldig, »für einen Moment sah ich Patasana vor mir.«

»Komm, gibs zu! Du hast gedacht, Patasana hätte von meiner Seele Besitz ergriffen.«

»Um Gottes willen, wie kommst du auf so was, Tim?«, widersprach Murat. Aus dem Augenwinkel betrachtete er Esra und befürchtete, sie zu ärgern. »Das habe ich nicht gedacht.«

Esra lächelte nur. Murat schöpfte Mut: »Also, wenn ihr es wissen wollt … es ist nicht so, dass Patasanas Geist Besitz von deinem Körper ergreift, sondern … also … was man Wiedergeburt nennt, das heißt …«

»Aus diesem Jungen wird nie was«, seufzte Esra. »Er würde dich glatt Patasana nennen, nur, er traut sich nicht.«

»Das wäre eine Ehre für mich. Die Tafeln dieses Herrn wecken selbst nach 2700 Jahren Interesse. Mich wird man vergessen, wenn ich tot bin.«

Alle vier lachten laut auf.

»Genug geschwatzt.« Esra klopfte Murat freundlich auf die Schulter. Sie deutete mit dem Kopf auf die Arbeiter, die drüben im Schatten des alten Feigenbaums genüsslich an ihren Zigaretten zogen.

»Sag ihnen, es ist Zeit zu arbeiten.«

Als Murat sich entfernt hatte, klagte sie: »Manchmal ist er kaum auszuhalten.«

Timothy sah ihm liebevoll hinterher. »Er ist noch jung. Eines Tages wird er die Welt besser verstehen.«

»Das glaube ich nicht«, meinte Bernd. »Murat wird bis zum Schluss so weitermachen, denke ich. Nicht nur er; auch in Deutschland gibt es viele junge Leute, die sich für Geister, für das Unbekannte interessieren, das sie die vierte Dimension nennen.«

»Nicht ganz zu Unrecht. Wenn die heutige Realität sie nicht begeistern kann, sind doch nicht sie daran schuld.«

»Es ist mir völlig egal, wer daran schuld ist«, sagte Esra. »Wenn jemand bei meiner Grabung die Leute mit Geistern, Gespenstern, dem Fluch der Gräber und solchem Gewäsch verwirrt, dann wird er vor die Tür gesetzt.«

Timothy lachte. »So ist es«, wandte er sich an Bernd. »Nichts auf dieser Erdkugel ist wichtiger als die Grabung.«

Auch Esra musste lächeln. »Ihr könnt es nennen, wie ihr wollt, meine Herren, aber wir haben nur noch zwei Tage bis zur Pressekonferenz und keine einzige Minute, die wir mit der Geisterwelt vergeuden können.«

Sie lachten zwar beide, sprangen aber trotzdem auf und machten sich an die Arbeit. Bis zur Pause gruben sie fünf weitere Tafeln aus, von denen drei leicht beschädigt waren. Nun fehlten nur noch drei Tafeln, bis sie den Text vollenden und Patasanas Geheimnis lüften konnten.

Beschwingt kehrten sie zur Schule zurück. Sie trafen nur Halaf an, der das Mittagessen vorbereitete. Kemal und Elif waren noch nicht gekommen.

»Grüß dich, Halaf! Wie läufts?«, sagte Esra.

Halaf hatte wieder einmal gute Laune. »Gut läufts. Ich habe Okra in der Pfanne gemacht, mit Knoblauchjoghurt schmeckt das köstlich. Dazu gibts Bulgur und gemischten Salat. Und zum Nachtisch zuckersüße Honigmelonen.«

»Lecker«, sagte Esra und spürte, wie ihr Magen knurrte. »Wann ist es fertig?«

»In einer Stunde hab ich den Tisch gedeckt.«

Esra freute sich, dass sie Zeit hatte, den Bürgermeister anzurufen. Bevor sie unter die Dusche sprang, wählte sie die Nummer der Stadtverwaltung. Eine junge Frau mit schüchterner Stimme teilte ihr mit, der Bürgermeister sei außer Haus und würde am Nachmittag zurückkommen. Esra wollte gerade ihr Handtuch nehmen und das Zimmer verlassen, da klingelte ihr Telefon. Wieder fühlte sie sich seltsam, als sie Eşrefs Stimme hörte. Nicht, dass ich mich noch in den Kerl verliebe, dachte sie.

»Wie geht es dir?«, fragte Eşref.

»Danke, ganz gut. Und dir?«

»Auch gut. Ich habe dich am Vormittag nicht angerufen, weil ich nicht bei der Arbeit stören wollte. Ich bin gerade in Antep, um meinen Bericht abzugeben über die Vorfälle vor zwei Tagen. Wann sehen wir uns?«

Esra überlegte. Eigentlich wollte auch sie ihn bald wiedersehen, aber es gab so viel zu tun.

»Wenn du magst, komm doch heute zum Abendessen zu uns.«

»Gerne.«

»Wir sind in den letzten Vorbereitungen für die Pressekonferenz. Leider habe ich den Bürgermeister nicht erreicht. Er könnte uns behilflich sein.«

»Ich habe guten Kontakt zum Bürgermeister. Wenn du willst, rufe ich ihn an.«

»Das wäre eine Erleichterung. Danke, Eşref.«

»Bitte, kein Problem.«

»Dann bis heute Abend.«

»Ich freue mich.«

Nachdem sie aufgelegt hatten, ging Esra zum Mittagessen, das trotz des unglaublich guten Geschmacks in aller Eile verschlungen wurde. Danach baten sie Halaf, den Tee ins Computerzimmer zu bringen, und begannen sogleich mit der Besprechung.

Sie beschlossen, einen Text von zwei Seiten über die Geschichte der antiken Stadt und über die Ära von Patasana vorzubereiten. Esra sollte den Text verfassen, Timothy ihn ins Englische und Bernd ins Deutsche übersetzen. Dann würden sie ihn im Stadthaus vervielfältigen, um ihn an die Journalisten zu verteilen.

Bernd sollte die Beziehungen zwischen den späten Hethitern, Urartäern, Phrygiern und Assyrern um 700 v. Chr. in Grundzügen darstellen. Und Timothy sollte als Übersetzer der Tafeln den archäologischen und historischen Wert der Schriften von Patasana betonen. Bei der Führung, die die Journalisten in der antiken Stadt bekämen, würde jedes Gruppenmitglied eine Aufgabe übernehmen, den Gästen Informationen vermitteln und darauf achten, dass die Planquadrate nicht zerstört und die noch auszugrabenden Stellen nicht betreten würden.

»Wir können doch die Fotos vom Fundort vergrößern und im Saal der Pressekonferenz aufhängen«, schlug Murat vor.

»Das Deutsche Archäologische Institut hat sie bereits vergrößert«, informierte Bernd. »Joachims Team wird sie mitbringen.«

Die Konferenz sollte um elf Uhr beginnen. Die Journalisten würden um sieben Uhr fünfzehn von Istanbul abfliegen. Alle würden wie an Grabungstagen früh aufstehen und sich noch einmal vergewissern, dass die Vorbereitungen abgeschlossen waren, bevor sie nach Antep fuhren. Vielleicht sollten zwei von ihnen schon am Vorabend in Antep sein. Dazu müssten sie sich aber noch mit Joachim beraten.

Plötzlich klopfte es an der Tür, und den neugierigen Blicken zeigte sich Kemals mürrisches Gesicht. Elif folgte ihm mit geröteten Augen. Kemal grüßte die Anwesenden mit einem Kopfnicken, ging aber nicht zu ihnen, sondern steuerte auf sein Bett zu. Elif umarmte jeden einzeln, wobei sich ihre Laune sofort besserte. Als Timothy an der Reihe war, leuchteten ihre grünen Augen. Doch der wollte die offensichtliche Missstimmung nicht weiter anheizen und verzichtete darauf, sie zu umarmen; er gab ihr nur die Hand. Elif versuchte, ihre Enttäuschung zu verbergen. Kemal saß auf seinem Bett und beobachtete die beiden mit eisigem Blick. Esra tat so, als hätte sie nichts bemerkt, und ging zu ihm.

»Willkommen. Wie gehts?«

»Scheiße!«

»Was ist denn los?«

»Was soll los sein? Sieh doch, wie sie außer sich gerät, wenn sie diesen Kerl sieht!«

»Übertreibst du nicht ein bisschen?«

»Kein bisschen! Wir haben im Krankenhaus darüber gesprochen.

Sie hat selbst zugegeben, dass sie diesen ergrauten Schürzenjäger anziehend findet.«

»Komm, nimms nicht so schwer, es lohnt nicht, sich verrückt zu machen.«

Kemal seufzte. »Es geht nicht, ich kanns nicht leichtnehmen. Vielleicht, wenn ich hier weggehen würde ...«

»Ich glaube nicht, dass das eine gute Idee wäre. Das Problem sitzt in deinem Kopf. Du wirst es überallhin mitnehmen. Du kannst es nur hier überwinden, nicht woanders.«

»Ich halte es nicht aus!« Das hatte er so laut gerufen, dass sich alle verblüfft nach ihm umdrehten. »Ich halte das nicht aus, wenn Elif ihn so umschwärmt«, wiederholte er mit gedämpfter Stimme.

Sein Zorn beängstigte Esra. »Komm, steh auf, lass uns etwas laufen«, sagte sie in der Hoffnung, er würde sich beruhigen, wenn er sich von Elif und Timothy entfernen würde.

»Nein, mir geht es gut hier.«

»Bist du sicher?«

»Ja. Ich möchte nicht, dass die anderen mich für einen Schwächling halten.«

»Dann reiß dich zusammen! Bleib hier nicht miesepetrig sitzen, misch dich unter deine Kollegen.«

»Ist ja gut, mach dir keine Sorgen.«

Teoman und Murat näherten sich. »Was brüllst du hier wie am Spieß, Kerl!«, scherzte Teoman. »Im Krankenhaus haben die Ärzte dich wohl fertiggemacht, und jetzt willst du es bei uns rauslassen, was?«

Kemal zwang sich zu einem Lächeln. »Lass mich mal in Ruhe und guck dich lieber selbst an«, sagte er. Dabei tätschelte er Teomans stattlichen Bauch. »Bald wird man dich mit einem Fass verwechseln.«

»Der Bauch steht dem Archäologen immer gut, Junge. Du musst Energie deponieren, damit du sie in Notzeiten benutzen kannst.«

»Ausgerechnet du willst Energie benutzen? Ich bin sicher, dass du heute den ganzen Tag unter der Säule mit dem dichtesten Schatten gedöst hast.«

Esra atmete auf. Kemal war dabei, sich zu entspannen.

»Wir sprachen gerade über die Aufgabenteilung für die Pressekonferenz«, sagte sie und forderte alle auf, sich wieder hinzusetzen. Kemal suchte sich einen Platz aus, der von allen, besonders von Timothy und Elif, möglichst weit entfernt war. Elif saß, wie um Kemal herauszufordern, ihrem amerikanischen Kollegen gegenüber. Timothy war das nicht ganz geheuer, er konnte es aber nicht ändern. Um eine neue Spannung gar nicht erst aufkommen zu lassen, gab Esra schnell eine Zusammenfassung der Besprechung wieder. Danach gingen sie zur Tagesordnung über. Als Halaf mit dem Tablett voller Teegläser den Raum betrat, war die Sitzung fast beendet. Flink verteilte er den dampfenden Tee.

Elifs Blick ruhte auf Timothy. »Ich bin David so dankbar«, sagte sie. »Er hat uns sehr geholfen. Weißt du, er mag dich sehr.«

»Er ist ein guter Mensch. Auch mir hat er viel geholfen.«

Kemal sah die beiden böse an.

Oh Gott!, dachte Esra. Gleich werden sie streiten.

Aber Elif merkte entweder nichts von dem Sturm, der sich aufbraute, oder sie nahm es nicht ernst. »Er hat gesagt, dass er uns bald besucht«, erzählte sie munter weiter. »Esra hat ihn eingeladen.«

Timothy rutschte nervös auf seinem Platz hin und her. »Das wäre schön. Ich habe ihn schon lange nicht gesehen.«

»Dann könnt ihr als Viererbande ausgehen«, stichelte Kemal. Er schüttelte den Kopf und nuschelte: »Diese Typen wollen uns doch nur unsere Mädchen ausspannen.«

Alle am Tisch erstarrten, nur Elif sprach trotzig weiter, als hätte sie ihren Freund nicht gehört: »Kennst du David schon lange?«

»Ziemlich«, erwiderte Timothy wortkarg.

»Ich glaube, du hast ihn sehr beeindruckt. Er kann nicht genug von dir schwärmen.«

»Wer ist denn von Timothy nicht beeindruckt?«, höhnte Kemal. »Wir sind alle fasziniert von ihm.«

»Danke, Kemal, aber du übertreibst ein bisschen.«

»Ich übertreibe gar nicht. Alle sind von dir beeindruckt, manche haben sich sogar in dich verliebt.«

»Red keinen Unsinn!«, schrie Elif.

»Warum? Hast du es nicht selber gesagt? Hast du nicht gesagt, du findest ihn anziehend?«

»Freunde, bitte!«

»Esra, halt dich da raus!«, fuhr Kemal sie an. »Diese beiden haben mir ins Gesicht gelacht und mich betrogen.«

Timothys Gesicht nahm einen schmerzvollen Ausdruck an, aber er fasste sich schnell. »Es stimmt nicht, was du denkst. Ich habe keine Beziehung mit Elif. Und dass sie mich anziehend findet, höre ich jetzt zum ersten Mal.« Er wandte sich an Elif: »Und wenn das wirklich so ist, fühle ich mich geehrt, aber eine solche Beziehung möchte ich nicht.«

Elif errötete. Ihre Lippen fingen an zu zittern. »Der … Der spinnt …« Sie konnte nicht weitersprechen; Tränen kullerten über ihre Wangen, sie schlug die Hände vors Gesicht und verließ fluchtartig das Zimmer.

»Das ist doch völlig sinnlos. Warum müsst ihr euch so verletzen?«

»Und dann noch so eine große Klappe. Du bist der Grund für all das.«

»Du irrst dich. Ich habe Elif so behandelt wie alle anderen auch.«

»Nein, du hast sie in deinen Bann gezogen und sie in dich verliebt gemacht.«

»Du kennst mich überhaupt nicht. Ich bin vielleicht kein besonders wertvoller Kerl, aber ich bin auch nicht so hinterlistig, dass ich es leugnen würde, wenn ich mich in jemanden verliebe … Ich bin in niemanden verliebt. Zum Glück nicht, denn Verliebtheit ist ein so schlimmes Gefühl, dass es sogar einen feinen Menschen wie dich zu einem solchen Grobian machen kann. Mich interessieren Herzensangelegenheiten nicht mehr.«

»Weil dich die jungen Mädchen langweilen, die du reinlegst?«

»Nein. Weil meine Frau mit einem jungen belgischen Archäologen durchgebrannt ist.«

Esras Herz begann zu pochen. Sie dachte, Tim würde gleich die Beherrschung verlieren. Doch der sprach in einem so herzlichen Ton weiter, als würde er seinen Kummer mit einem guten Freund teilen.

»Deswegen kann ich dich sehr gut verstehen. Ich habe auch viel gelitten. Es ist ja nicht leicht ... Ein Mensch, den du liebst, an den du glaubst, verlässt dich für einen anderen. Aber mit der Zeit gewöhnt man sich daran. Nachdem du viele Tränen vergossen, dich viele Male besoffen, dich viel bemitleidet hast, besinnst du dich und denkst darüber nach.« Plötzlich lachte er auf. »Und ich bin zu dem Schluss gelangt, dass an der Verliebtheit der Boden schuld ist, auf dem wir uns befinden.«

Außer Kemal, der vor sich hinstarrte, hörten alle mit großer Aufmerksamkeit zu.

»Glaubts mir, ich erzähle keinen Unsinn ... Ihr kennt ja die Muttergöttin. Die erste weibliche Gottheit, beleibt, je ein Panther zu beiden Seiten, zwischen den Beinen ein Kind. Wisst ihr, warum die früheren Bewohner Anatoliens sie angebetet haben? Denn die Männer waren sich ihrer Rolle als Samenspender gar nicht bewusst. Sie dachten, der Wind, der Regen, der Fluss, also die Natur würde die Frauen schwängern. Dieser Gedanke war für jene Zeit gar nicht so abwegig. Die Menschen begriffen sich als Teil der Natur. Sie glaubten, die Geburt sei ein Zauber, ein Wunder. Zweifellos spielte dabei das Matriarchat auch eine Rolle. Aber das Entscheidende war das Unwissen über die Fortpflanzung. Dieses Unwissen erzeugte eine der ersten Gottheiten der Menschheit, die Muttergöttin. Dieses Denken war so wirkungsvoll, dass sogar nach dem Übergang zum Patriarchat in Anatolien der Kult der Göttinnen fortlebte. Zum Beispiel unsere patriarchalen Hethiter, sie hatten zwar den Sturmgott, gaben aber die Sonnengöttin Hepat und die Göttin Kupaba nie auf. Wie die Göttinnen ist auch die Liebe eine blendende Illusion. Sie ist vor allem eine Erfindung der Männer. Das ist auch das Dilemma des Mannes. Auf der einen Seite gründet er die Familie, damit die Frau ihm gehöre, und gleichzeitig schielt er nach der Frau des Nachbarn. Denkt nur an die Entführung von Helena durch Paris in Illias, denkt an die Liebschaften der Ritter im Mittelalter. Aber für die Frauen ist die Situation weitaus schlimmer. Denn die Frau, die im Matriarchat viele Geliebte hatte, wurde im Patriarchat als Eigentum eines Mannes in ihr Haus eingesperrt. Was wäre natürlicher, als dass auch ihr Blick bei dem Mann oder dem Sohn ihrer Nachbarin hängen bleibt? Aber dieser Wunsch ist verboten, sündhaft, schändlich. Verliebtheit entsteht durch Unerreichbarkeit. Sie bedeutet nichts anderes, als dass du jemanden, der für dich unerreichbar ist, ausschmückst, dir einbildest, er sei der ideale Mensch für dich, und dich leidenschaftlich an ihn bindest. Je größer die Hindernisse, umso passionierter wird auch diese Illusion. So wie unsere vorgeschichtlichen Ahnen die Geburt nicht verstehen konnten und aus Frauen Göttinnen erschufen, so glauben wir, in einem Menschen, mit dem sich unsere Wege zufällig kreuzen, die unverzichtbare Person unseres Lebens gefunden zu haben, und erschaffen eine Verbundenheit, die bis zur Anbetung reicht. Meiner Meinung nach ist Verliebtheit die überlieferte Form jenes primitiven Gefühls der Übertreibung.«

Esra hatte anfangs nicht verstanden, worauf Timothy hinauswollte. Als sie aber sah, wie aufmerksam ihm alle zuhörten, begriff sie seine Absicht, eine verletzende Diskussion zu einem versöhnlichen Abschluss zu bringen. Während sie sich im Stillen bei ihm bedankte, sagte sie: »Du erklärst die Sache aus der Perspektive der Männer. Verliebt sich eine Frau denn nicht?«

»Doch, natürlich. Den Kult der Muttergöttin haben nicht nur Männer erschaffen, sondern die Fantasie aller Menschen. Im Endeffekt gibt es keinen Unterschied zwischen weiblicher, männlicher oder gleichgeschlechtlicher Verliebtheit; meiner Meinung nach ist das alles die Fortführung der gleichen primitiven Illusion.«

»Das mag alles stimmen …«, sagte Bernd, der ganz Ohr war, seitdem es um die Liebe ging, »aber – auch wenn sie eine Gewohnheit ist, die eine uralte primitive Idee hervorbrachte, auch wenn sie als unsinnige Illusion abgetan wird und den Menschen mehr Leid als Glück bereitet, ist für mich ein Leben, in dem man sich nicht verliebt, armselig.«

»Das stimmt«, bestätigte Timothy. »Wenn jemand stirbt, ohne sich je verliebt zu haben, hat er für mich nur halb gelebt, aber das interessiert mich nicht mehr. Da denke ich an das berüchtigte türkische

Sprichwort: Ich verzichte auf den Zucker aus Damaskus und schenke mir die Fratze des Arabers.«

Gerade als es so aussah, als hätten sich die Gemüter beruhigt, versetzte Kemal: »Ich glaube dir nicht! Du erzählst das alles nur, um dich aus der Affäre zu ziehen. Aber ich werde deine Lüge enttarnen.«

Er sprang auf, verließ das Klassenzimmer und knallte die Tür hinter sich zu.

Zweiundzwanzigste Tafel

Nun war ich also Hofschreiber geworden. Aschmunikals verzweifelten Blick konnte ich jedoch nicht vergessen. Ich klammerte mich mit großem Ehrgeiz an meine Arbeit – nicht nur, um meine Befähigung für dieses Amt zu beweisen, sondern auch, um ihre traurigen Augen aus meinem Gedächtnis zu verbannen und unter ihrer Abwesenheit weniger zu leiden.

Jener Tage hielt uns die assyrische Plage in Atem. Die Armee Tiglatpilesars legte wie ein Flächenbrand alles in Schutt und Asche. Zuerst wurden Samal und die Königreiche Gurgum und Kaschka besiegt. Danach belagerten ihre Leibgarde, ihre Streitwagen für vier Kämpfer, ihre Reitertruppen und Infanteristen die Tore unserer Stadt.

Sie erhöhten unsere Steuerlast schmerzlich. Wir willigten ohne Widerspruch ein, aber Tiglatpilesar wollte sich damit nicht bescheiden. Er unterstellte unser Königreich einer Kommandostelle mit der Bezeichnung »Verwaltung der Außenbezirke«. Wir waren verpflichtet, auf Verlangen dieser Verwaltung in Kriegszeiten Soldaten bereitzustellen.

Mit einem schändlichen Abkommen erreichten wir den Frieden. Ich bezeichne das Abkommen als »schändlich«, aber nur die Adligen schämten sich seiner. Das Volk und die Sklaven hingegen feierten drei Tage und Nächte den Frieden. Sie sind es schließlich, die im Krieg sterben, deren Häuser in Brand gesteckt werden, die Hunger leiden und vertrieben werden. Wie mühselig die Arbeit auf den Feldern auch sein mag, wie schweißtreibend das Bearbeiten der Steine, wie kräftezehrend das Errichten der Häuser und wie demütigend, in ihnen zu dienen – das alles ist besser als Krieg. Aus diesem Grunde gaben Volk und Sklaven Pisiris den Namen »Barmherziger König«.

Ein beträchtlicher Teil unserer Ernte, unsere wohlgenährtesten Rinder, Schweine und Schafe, unsere erlesensten Weine und wohlschmeckendsten Biere wanderten in das assyrische Land; doch wen kümmerte es, wir hatten Frieden. Das Volk jubelte, die Sklaven waren glücklich, die Frauen sangen Lieder der Freude. Und ich, der Hofschreiber Patasana, war auch ich glücklich?

Über viele Monate hütete ich mich vor dieser Frage. Ich vermisste Aschmunikal schmerzlich und konnte mich an ihre Abwesenheit nicht gewöhnen, dennoch bemühte ich mich, meiner neuen Aufgabe gerecht zu werden. Umsonst war meine Mühe nicht; ich war das jüngste Mitglied der Versammlung der Adligen, dessen Wort am meisten zählte. König Pisiris ernannte mich zu seinem Ersten Berater. Er schätzte mich und vertraute mir. Auch ich traute ihm, glaubte an ihn, bewunderte ihn und dankte den Göttern, dass sie uns einen so klugen und mutigen König beschert hatten. Bis zu jenem Tag, als Laimas, der Helfer meines Vaters und meiner selbst, sterbenskrank im Bett darniederlag.

Seit einigen Tagen war er seiner Arbeit am Hofe ferngeblieben. Ihm sei nicht wohl, hatte er ausrichten lassen, er müsse sich etwas ausruhen. Aber die Ruhe gereichte ihm nicht zur Genesung, sein Zustand verschlechterte sich zusehends. Einen Tag vor seinem Hinscheiden rief er mich zu sich. Ich nahm seine Einladung sogleich an, schritt durch seinen kleinen Garten und betrat das Haus. An der Tür empfing mich sein Sohn: »Mein Vater hat auf dich gewartet. Er fürchtete, der Tod würde ihn ereilen, bevor er mit dir gesprochen.«

Das verwunderte mich. Was könnte Laimas so Wichtiges mit mir zu besprechen haben? Voller Neugier betrat ich sein Schlafgemach. Sein ehemals so kräftiger Körper war geschrumpft, er verschwand fast in dem großen Bett, und sein Gesicht war blutleer. Der Sohn kniete neben ihm nieder, beugte sich über sein Ohr und tat meinen Besuch kund. Laimas öffnete mühsam die Augen und musste seine ganze Kraft zusammennehmen, um mich zu sich zu winken. Ich ließ mich ebenfalls auf die Knie nieder. Mit einem Handzeichen hieß er seine Angehörigen das Zimmer verlassen. Dann holte er tief Atem und sprach: »Ich habe gesündigt, Patasana.« Ich konnte ihn kaum verstehen und beugte mich über ihn. »Ich habe deinen Vater, meinen besten

Freund in meinem langen Leben, verraten. Ich habe dir und deiner Familie sehr Schlimmes angetan.« Ich versuchte zu widersprechen. »Unterbrich mich nicht, ich habe nicht mehr viel Zeit. Erinnerst du dich an das Abkommen, welches dein Vater Tiglatpilesar überreichen sollte? Ich hatte es geschrieben. Weißt du, warum? Auf dieser Tafel versicherte Pisiris den assyrischen König seiner Verbundenheit und bot ihm als Beweis das Haupt seines Ersten Schreibers, von dem er erfahren, er habe für die Phrygier und Urartäer spioniert. Deinen Vater tötete nicht Tiglatpilesar; es waren Pisiris' Wächter, die ihn unterwegs meuchelten. Sein abgetrennter Kopf wurde dem assyrischen König als Blutgeld überreicht, damit er Pisiris schonen möge.«

Ich war von Sinnen. Ich vergaß, dass Laimas im Sterbebett lag, packte und schüttelte ihn und bezichtigte ihn schreiend der Lüge. Er aber schüttelte nur traurig den Kopf.

»Ach, wenn es nur Lügen wären! So lange lebe ich schon mit diesen Gewissensqualen. Pisiris hat mir gedroht, meine Zunge herauszuschneiden, wenn ich davon erzähle. Ich hatte große Angst und bis zum heutigen Tage die Wahrheit verschwiegen. Aber jetzt sterbe ich. Ich kann nicht mit dieser Sünde vor die Götter treten.«

Ich erinnerte mich der Worte meines Vaters, als er von uns Abschied nahm, und erkannte, es war die Wahrheit, die Laimas sprach. Die Tränen, die ich zurückgehalten, als die Kunde vom Tod meines Vaters eintraf, vergoss ich nun im Zorn und Schmerz eines verratenen Menschen. Während ich weinte, sprach Laimas seine letzten Worte: »Pisiris darf dir nicht anmerken, dass du es weißt. Sonst lässt er dich auf der Stelle umbringen. Ein kluger Mann wie du sollte nicht einen König zum Feinde wählen. Du musst dein Leben in Eintracht mit ihm weiterführen.«

Nachdem ich Laimas' Haus verlassen, führten mich meine Füße, Schafen gleich, die aus Gewohnheit in den Stall laufen, zum Palast. Dort angekommen, hob ich den Kopf und betrachtete das Bauwerk. Gehörte ich diesem Hofe und seinen Besitzern, die Schuld daran trugen, dass mein Großvater vertrieben wurde, mein Vater sterben musste und ich von meiner Geliebten getrennt war? »Ja«, antworteten meine Erziehung und mein Wissen. »Du gehörst den Göttern und ihrem Vertreter auf Erden, König Pisiris.«

Die Wunde in meinem Herzen, die meinen Körper in Rage versetzende Wut und das Feuer, das meine Augen versengte, aber sprachen: »Nein! Du gehörst zu deinem Großvater Mitannuva, deinem Vater Araras und deiner geliebten Aschmunikal.«

Ich, Patasana, der tadellose Erste Hofschreiber, war wieder der ohnmächtige Knecht, der weder seinem Verstand noch seinem Herzen folgen konnte.

23

Esra wollte einen einwandfreien Text schreiben, nur wusste sie nicht, wie sie anfangen sollte. Sie saß allein im Klassenzimmer. Bernd und Timothy arbeiteten auf ihren Zimmern, Elif wollte mit niemandem reden und war spazieren gegangen, und Teoman, Kemal und Murat waren unterwegs zur Kleinstadt. Dort wollten sie eine Teestube mit Fernsehen aufsuchen, um das Freundschaftsspiel zwischen Fenerbahçe und Real Madrid zu verfolgen. Esra hatte die Fahrt in die Kleinstadt sehr begrüßt, obwohl sie eigentlich nicht so viel von Fußball hielt. Vielleicht würde das Spiel Kemal auf andere Gedanken bringen.

Sie saß vor dem Computer und versuchte, die richtigen Worte zu finden. Sie hatte schon zwei Texte für die jährlichen Archäometriekonferenzen des Kulturministeriums verfasst, aber dieser hier sollte anders sein, beeindruckender, umfangreicher. Deswegen legte sie alle Wörter auf die Goldwaage und konnte nicht anfangen. Schon als Schülerin war es ihr Albtraum, Aufsätze schreiben zu müssen. Ihr Vater riet ihr, einen Anfangssatz zu finden, der auf den gesamten Inhalt verwies. Danach würde der Text von selbst fließen. Es hatte funktioniert. Aber jetzt gefiel ihr keiner der Sätze, die sie im Kopf formulierte. Sie dachte an die Übersetzungen, die Timothy von den Tafeln angefertigt hatte. Sie öffnete den Ordner, las eine Weile kreuz und quer und fand schließlich etwas. Im letzten Abschnitt der zweiten Tafel schrieb Patasana: »Wenn mein Großvater auf den Euphrat blickte, sah er im Glanz des Wassers das Geheimnis der Freude in uns, mein Vater sah im Euphrat die Kraft, die uns unseren Feinden überlegen machte; er sah dort Oliven, Kichererbsen, Weizen, Aprikosen und Weintrauben. Wurde mein Großvater gefragt: Was ist der Euphrat?, so antwortete er: Am Tag ist er das Licht, das in die Augen der Geliebten fällt. Und nachts ist er das gelöste schwarze Haar der Geliebten. Würde mein Vater gefragt werden, könnte es nur eine Antwort geben: Ein ergiebiges Wasser, das man dem Feind nicht überlassen darf, das ist der Euphrat.«

Damit musste sie anfangen. Die Quelle aller Zivilisationen auf diesem Boden war der mächtige Fluss, den die Hethiter Mala nannten. Seit Urzeiten floss er in den Persischen Golf und brachte den Menschen Segen. Auch ihr Text musste um diesen Fluss herum gedeihen. Beschwingt drückte sie auf die Tasten. Ihr Vater hatte wieder einmal recht behalten; nach dem ersten Absatz kam der Rest von selbst. Nach mehreren Stunden, in denen sie geschrieben, sich laut vorgelesen, einige Absätze neu formuliert und über manches Wort lange gegrübelt hatte, war sie fertig. Sie machte die letzten Korrekturen und startete gerade den Drucker, als die Tür aufging und Teoman, Murat und Kemal eintraten.

»Na, sieh mal, die Fußballhelden sind zurück!«, empfing sie gut gelaunt ihre Kollegen.

»Ja, wir sind zurück«, brummte Teoman. Die Füße auf dem Boden schleifend, steuerte er sein Bett an.

»Was ist denn mit euch los?«

»Diese Ehrlosen!«, stöhnte Murat. »Sie haben die Mannschaft verraten.«

»Oh weh, ihr habt also das Spiel verloren?«

»Esra, das ist wirklich nicht lustig.«

»Ach komm, Teoman, es war doch schließlich ein Freundschaftsspiel.«

»Mag sein. Aber das letzte Tor haben wir von unserem ehemaligen Spieler einkassiert. Das macht einen fertig«, sagte Murat mit Leidensmiene. »Sonst wäre es zwei zu zwei ausgegangen.«

»Mistkerl!«, zischte Teoman. »Ich werde ganz krank, wenn ich daran denke.«

»Wehe! Vor der Pressekonferenz wird hier niemand krank.«

Teoman ließ sich auf das Bett fallen. Murat tat es ihm nach.

»Na toll! Und wer wird meinen Text Korrektur lesen?«

»Ich machs«, sagte Kemal. Seine Wut schien sich gelegt zu haben, er wirkte auch nicht so niedergeschlagen wie seine Freunde. Er schaute zu den Blättern, die der Drucker auswarf: »Der Text für die Journalisten?«

»Ja. Ich hätte von dir gerne auch eine inhaltliche Kritik.«

Kemal ließ sich auf einer der Bänke nieder. Bevor er zu lesen anfing, sagte er beschämt: »Ich möchte mich entschuldigen. Gerade auf deiner Grabung hätte ich mich nicht so verhalten dürfen. Ich hoffe, du verzeihst mir.«

»Mir geht es um dich. Du machst dich kaputt … Lohnt es sich denn dafür?«

»Darüber möchte ich nicht sprechen. Jetzt sollten wir uns lieber um unsere Arbeit kümmern.«

»In Ordnung. Dann gehe ich raus, während du liest. Ich habe den ganzen Nachmittag in diesem Zimmer verbracht.«

Im Garten hinter dem Gebäude ging die Sonne unter. Auf dem Tisch unter der Laube hatte Halaf in einer großen Schüssel gewürfeltes Fleisch, Tomaten und grüne Paprika sorgfältig nebeneinandergereiht. Er sang ein trauriges Volkslied der turkmenischen Stämme aus Horasan und zog, völlig versunken in seiner Arbeit, die langen Spieße durch die Fleischstücke. Er wirkte so glücklich, dass Esra ihn minutenlang anschauen musste. Wenn er nicht ihren Blick gespürt und aufgesehen hätte, würde sie ihn noch lange so betrachten.

»Ach, Esra Hanim, warum sagen Sie nicht, dass Sie da sind?«

»War zu schön, um zu stören. Unser Abendessen?«

»Ja. Ich habe mir gesagt: Ich bereite mal für unseren Gast gewürfeltes Fleisch auf Tomatenbett vor.«

»Wirklich? Ich dachte, du magst den Hauptmann nicht besonders. Du hast doch gesagt, er hat den Ruf eines Verrückten.«

»Ich habe vielleicht ›verrückter Mann‹ gesagt, aber nicht ›böser Mann‹. Man muss sich vor den Vernünftigen in Acht nehmen. Einer, den man verrückt nennt, ist jemand, der die Diebe und Betrüger um sich herum nicht mehr ertragen kann. Der Arme hat keine andere Wahl gehabt, als seinen Verstand zu verlieren. Sein Zorn schadet niemandem. Wenn er jemandem schadet, dann nur sich selbst … Kemal Bey, zum Beispiel, ist anders. Er kann jedem schaden.«

»Er ist halt verliebt«, sagte Esra und setzte sich. »Auch Verliebtheit ist eine Art Wahnsinn.«

»Das ist kein Wahnsinn bei ihm, es ist einfach sinnlos. Der Mann verteilt Huftritte auf seinen eigenen Furz.« Während Esra über den Vergleich lachte, fuhr der Koch fort: »Wenn er verrückt wäre, würde er seine Wunde zudecken und niemandem zeigen. Er würde sich selbst und das Mädchen und den anderen Mann nicht so erniedrigen. Ich für meinen Teil bewundere Tim sehr. Er mag Giaur sein oder was auch immer, aber er ist ein heldenhafter Mann. Wenn er mit seiner riesigen Statur Kemal eins verpasst hätte, könnte er mit diesem Schlag gleich noch einen Zweiten umhauen. Aber er hat viel durchgemacht und ist weise geworden; er hat so bescheiden, so sanft reagiert …«

Den fleischbestückten Spieß stützte er am Rand der Schüssel ab, ergriff einen neuen und sprach weiter: »Lassen Sie diesen Kemal, Esra Hanim. Ich habe eh nie viel von ihm gehalten; jetzt hab ich ihn ganz abgeschrieben. Das Mädchen sagt: ›Ich will nicht.‹ Was müht er sich weiter ab? Egal wie beleidigt du bist, egal wie schwer es ist, du musst sagen: ›Gut, das ist dein Wille.‹ So macht das ein ehrenhafter Mann. Sogar hier bei uns verheiratet man heutzutage die Töchter nur mit den Männern, die sie wollen …«

»Ich kann dir helfen«, schlug Esra vor, um das Thema zu wechseln.

»Nicht, dass Sie sich verletzen.«

»Ich bitte dich, Halaf. Ein bisschen verstehe ich auch was davon.«

»Na gut. Dann spießen Sie diese Tomaten auf.«

Wie eine erfahrene Kebapmeisterin nahm Esra den Spieß und steckte die Tomaten nacheinander darauf. Halaf war beruhigt. Esra befürchtete, er könnte wieder von Kemal anfangen, und sagte: »In dieser Region soll es armenische Dörfer geben. Stimmt das?«

»Mahmut und sein Freund sind also unschuldig, nicht wahr? Ich habs Ihnen doch gesagt …«

»Wo hast du das denn her, dass sie unschuldig sind? Ich habe dich nur etwas gefragt.«

»Sagen Sie die Wahrheit, Esra Hanim! Haben wirklich diese beiden Haci Settar und Resat Aga getötet?«

»So denkt der Hauptmann. Wie auch immer, lass jetzt die Vermutungen und antworte auf meine Frage!«

»Es gibt zwei armenische Dörfer. Göven, das Dorf des Vorbeters Abid, und …«

»Halt … Einen Moment … Abid ist armenischer Abstammung?«

»Aber natürlich ist er Armenier. Wie jeder in diesem Dorf.«

»Und wie ist er Vorbeter geworden?«

»Wieso nicht? Die sind jetzt alle Muslime. Niemand sagt mehr, ich bin Armenier, ich bin Christ. Sie haben auch ein bisschen Angst. Deswegen hat Abids Vater ihn auf eine Schule für Imame und Prediger geschickt.«

»Sehr interessant! Und wie vertragen sich die armenischen Dörfer mit den anderen?«

»Gut. Es gibt überhaupt kein Problem. Manche reden zwar schlecht über sie, aber ich habe noch nie erlebt, dass sie jemandem was Böses getan haben. Wie soll ich es sagen, sie sind sehr verlässlich im Nehmen und Geben.«

Der Vorbeter beschäftigte Esra. Er war also armenischer Herkunft! Der erste Mord wurde in seiner Moschee verübt und der zweite in seinem Dorf … War er etwa der Mörder? Versuchte er, den gläubigen Moslem zu spielen und seine Vorfahren zu rächen? Vielleicht konnte sie noch mehr erfahren.

»Vor achtundsiebzig Jahren wurden hier Morde verübt, die sehr den Morden an Haci Settar und Resat Türkoglu ähneln …«

Halaf unterbrach das Aufspießen und schaute sie neugierig an. »Habe ich noch nie gehört. Wer wurde denn getötet?«

»Priester Kirkor wurde vom Glockenturm der Kirche heruntergestoßen, Ohannes Aga wurde auf dem Weg nach Göven geköpft, und sein Kopf wurde ihm in den Schoß gelegt. Dann gab es noch den Kupferschmied Garo. Er wurde am Querbalken seines Ladens erhängt.«

»Großer Gott! Die zwei Morde sind sich wirklich sehr ähnlich.«

»Die Namen der Getöteten hast du auch noch nie gehört?«

»Priester Kirkor kennen Sie ja.«

»Was? Ich kenne ihn?«

»Erinnern Sie sich doch, als Nadide die Giaurin gekommen ist ...«

»Was hat Nadide damit zu tun?«

»Nadide, oder eigentlich Nadya, ist die Tochter des Priesters Kirkor.«

»Stimmt, jetzt erinnere ich mich. Und Ohannes und Garo?«

»Von Ohannes Aga habe ich schon mal gehört. Isfendiyar der Kurde, der Großvater von Resat Aga, war damals Bandit. Als klar wurde, dass die Franzosen sich aus Antep zurückziehen, hat er sich in einen entschlossenen Nationalkämpfer verwandelt und den Armeniern die Hölle heißgemacht. Er hat auch Ohannes Aga getötet und sich seine Ländereien unter den Nagel gerissen. Aber von Garo habe ich noch nie gehört.«

»Ich würde gern noch etwas wissen: Sind der Vorbeter Abid und Priester Kirkor miteinander verwandt?«

»Das weiß ich nicht, aber man sagt, Abids Stammbaum würde bis zu Ohannes Aga zurückreichen.«

»Das heißt, es gab zwei wichtige Gründe, warum Abid Feindschaft für Resat empfinden konnte«, sagte Esra. Sie sah zwar Halaf an, versuchte aber eher, sich selbst zu überzeugen. »Resat saß auf den Ländereien seiner Vorfahren und hielt auch seine Schwester als Geliebte.«

Halaf lächelte stolz. »Endlich sehen Sie ein, dass ich recht hatte. Anders kann es sowieso nicht sein. Der Hauptmann irrt sich. Mahmut und so, diese Leute konnten Resat Aga nicht töten. Das kann niemand anderes getan haben als Abid.«

»Aber gibt es auch einen Grund, warum der Vorbeter Haci Settar getötet haben könnte?«

»Nein. Abid kann das nicht gewesen sein. Der Mörder von Haci Settar ist Sehmuz.«

Plötzlich schwieg er. Er hatte gesehen, dass Timothy und Bernd sich näherten. Die beiden sprachen über die Unterschiede zwischen den Aramäern, die den Assyrern entstammen und den traditionsbewussten Harranern. Als sie die Vorbereitungen für das Abendessen sahen, kamen sie in der Gegenwart an.

»Ohoo! Kebap am Spieß!«, rief Timothy und leckte sich die Lippen. »Danke, Halaf, endlich machst du das Essen, das ich mir so gewünscht habe.«

»Wenn ich das gewusst hätte, hätte ich es viel früher gemacht.«

Bernd beobachtete interessiert, wie die Spieße durch das Fleisch gezogen wurden. »Du machst es aber nicht so scharf, oder? Einmal habe ich das in Adana gegessen; ich dachte, in mir sei ein Großbrand ausgebrochen.«

»Das ist kein Adana-Kebap, Herr Bernd. Der wird aus Hackfleisch gemacht. Diesen hier macht man mit Fleischwürfeln.«

»Das sehe ich. Ich sage dir nur, es ist gut, wenn du es nicht scharf machst.«

»Ich sage ja nichts anderes, dieser Kebap wird nicht so scharf.«

Esra beobachtete Bernd. Es beruhigte sie, dass sich der Vorbeter Abid nun auch zu den Mörderkandidaten gesellte, aber sie hatte es noch nicht ganz aufgegeben, Bernd zu verdächtigen. Nun bot ihr das Gespräch über Kebap die Gelegenheit, herauszufinden, ob sein Schwiegervater in dieser Gegend gelebt hatte.

»Sag mal, Bernd«, fragte sie, »wo hat die Familie deiner Frau in der Türkei gelebt?«

»In Kilikien, besser gesagt, in Hatay.«

Also doch nicht hier. Das war gut.

»Auch mein Schwiegervater grillt gerne Fleisch«, erzählte Bernd weiter. »Er sagt, alle aus dem Süden haben eine gute Hand dafür.«

»Nicht nur sie«, warf Timothy ein. »Guck dir Esra an, sie kommt aus Istanbul, aber so, wie sie die Spieße vorbereitet, kann sie es mit dem größten Kebapmeister aufnehmen … Ach, und wie lecker sie aussehen. Mir läuft jetzt schon das Wasser im Mund zusammen.« Er deutete auf den Grill vor der Küche: »Sollen wir Feuer machen?«

»Noch ist Zeit«, sagte Halaf, »das Feuer ist im Nu fertig. Warten wir, bis alle da sind.«

Zwei Stunden später war die Gruppe am Tisch versammelt. Nur Elif fehlte. Kemal saß ganz in sich zusammengesunken da und wechselte mit niemandem ein Wort. Als Letzter kam der Hauptmann mit einem Päckchen in der Hand. Er hatte seine Uniform abgelegt und trug ein weißes Hemd zu einer beigefarbenen Leinenhose. Er wurde von Esra empfangen. Zwischen ihnen lag eine angenehme Spannung. Wären die anderen nicht da, sie hätten sich schon längst umarmt. Doch jetzt mussten sie sich mit sehnsuchtsvollen Blicken und einem Händedruck begnügen.

»Pistazieneis«, sagte der Hauptmann und überreichte ihr das Päckchen. »Von Antep bis hierher hat es gehalten. Aber jetzt muss es gleich ins Kühlfach.«

»Das war eine wunderbare Idee!«, freute sich Halaf. »Die perfekte Nachspeise.«

Während Esra das Päckchen zum Kühlschrank brachte, schüttelte Eşref allen Anwesenden die Hand.

»Sie sind ja so schick, Herr Hauptmann«, scherzte Murat. »So sehe ich Sie zum ersten Mal.«

»Ich laufe nicht immer in Uniform herum. Außerhalb der Arbeitszeit trage ich gerne Zivil.«

»Eigentlich ist die Uniform eine sehr bequeme Kleidung«, sagte Timothy. »Sie bewahrt einen davor, jeden Morgen überlegen zu müssen, was man anziehen soll.«

»Komm, Tim, erzähl uns nichts«, sagte Teoman. »Nehmen Sie es bitte nicht persönlich, Herr Hauptmann, aber meiner Meinung nach macht eine Uniform die Menschen gewöhnlich. Man hat überhaupt keine Eigenschaften mehr.«

Alle warteten gespannt auf die Antwort des Hauptmanns, aber Murat kam ihm zuvor: »Nur, es gibt Eigenschaften, die nicht mal eine Uniform ändern kann.«

»Welche, zum Beispiel?«, fragte Teoman.

»Zum Beispiel Esssucht. Nehmen wir an, du würdest eine Uniform tragen – wärst du dann nicht trotzdem derjenige, der am meisten isst?«

Am Tisch entstand allgemeines Gelächter.

»Ha, ha! Junge, hast du nicht schon selber die Nase voll von deinen Essenswitzen? Streng deine Birne ein bisschen an, finde was Neues, damit ich auch was zu lachen habe.«

Während am Tisch munter gescherzt wurde, reihte Halaf die Tomatenspieße über dem granatapfelroten Feuer aneinander. Das Zischen am Grill beflügelte den Hunger der Tischgesellschaft.

Der Hauptmann beugte sich zu Esra und fragte, warum Elif nicht mit am Tisch saß.

»Ich weiß nicht. Sie hat sich noch nicht ganz erholt, vielleicht ist sie eingeschlafen. Ich kann Murat zu ihr schicken.«

Doch Murat kam unverrichteter Dinge zurück. Sie fühle sich nicht wohl und werde nicht zum Essen kommen. Weder Kemal noch Timothy ließen sich etwas anmerken. Esra war verärgert; sie wollte Elif auf ihrem Zimmer aufsuchen und zurechtweisen. Aber dann überlegte sie es sich anders. Vielleicht war es besser so. Es könnte den beiden helfen, sich zu beruhigen, wenn sie sich mal einen Abend nicht sahen.

Eşref berichtete von seinem Gespräch mit dem Bürgermeister. Als Edip Bey von der internationalen Presse hörte, habe er gesagt, es sei ihm eine große Freude, zu helfen, die Stadtverwaltung stehe mit allen Fahrzeugen und dem gesamten Personal zur Verfügung.

Inzwischen waren die Tomaten fertig. Halaf legte die Fleischspieße auf den Grill. Wenige Minuten später breitete sich ein köstlicher Duft aus. Teoman konnte kaum mehr ruhig sitzen und hatte einen Ausdruck im Gesicht, als wenn er Qualen leiden müsste.

»Wenn wir wenigstens heute Abend ein Glas trinken könnten«, seufzte er. »Dieses Fleisch ohne Alkohol – das ist eine Sünde.«

Ermutigt davon, dass Esra nicht sofort ablehnte, wandte er sich an Eşref: »Wir trinken etwas, nicht wahr, Herr Hauptmann?«

Eşref wusste nichts von den Diskussionen in der Gruppe. »Natürlich trinken wir«, sagte er. »Ach, hätte ich doch hausgebrannten Raki mitgebracht! Ich habe zwei Flaschen im Kühlschrank.«

Teoman sprang flink wie ein Eichhörnchen auf.

»Macht nichts, Herr Hauptmann, wir haben auch welchen. Wir trinken alle Raki, oder?«

»Ich nehme lieber Rotwein«, meinte Bernd.

»Gut, Rotwein für Bernd. Komm, Murat, lass uns die Getränke holen.«

Während sich die beiden auf den Weg zur Küche machten, schüttelte Esra lächelnd den Kopf. Ihr war auch nach Alkohol zumute, und außerdem könnte er vielleicht helfen, die schlechte Stimmung zwischen Kemal und Timothy zu vertreiben. Ein paar Minuten später standen die Gläser auf dem Tisch, und der Raki wurde eingeschenkt. Der starke Duft nach Anis triumphierte für einen Augenblick über den Fleischgeruch. Esra ergriff ihr Glas.

»Mein Vater sagt immer, es bringt Glück, wenn man den ersten Schluck vor dem Essen trinkt. Wollen wir?«

»Erst nach einem Trinkspruch. Und der kommt von Teoman, schließlich trinken wir auf seine Initiative hin.«

»Gerne, Timothy Bey.« Der beleibte Archäologe erhob sich. »Wenn ich Sie damit glücklich machen kann.«

Er überlegte, wie er anfangen sollte, da zupfte ihn Murat am Hemd: »Mach schon, der Raki wird warm.«

»Platz nicht, Junge, ich fang ja schon an … Ich möchte mein Glas auf zwei Menschen erheben, die uns diesen Abend geschenkt haben. Auf zwei Meister, die eine gemeinsame Heimat verbindet, auch wenn zwischen ihnen 2700 Jahre liegen. Der Erste ist Patasana, der inmitten all der schmeichlerischen Hofschreiber die Wahrheit, oder zumindest seine eigene, auf Tafeln schrieb, und der Zweite ist der große Meister Halaf, der seit Tagen mit großer Kunstfertigkeit die unterschiedlichsten Gerichte zubereitet, um unseren Hunger zu stillen. Auf diese beiden Meister erhebe ich mein Glas.«

Halaf wischte sich mit dem Handrücken den Schweiß von der Stirn und lächelte, als er seinen Namen hörte. »Mit leeren Worten schmeicheln kann ich auch«, sagte er. »Niemand sagt mir: Komm, Bruder, trink mit, hier ist dein Glas!«

»Was?«, schrie Teoman und schaute mit gespieltem Ärger Murat an. »Hast du Halaf keinen Raki gegeben?«

»Du hast mir doch nichts gesagt.«

»Muss man dir alles sagen? Bring dem großen Meister sofort seinen Raki!«

Unter lautem Gelächter wurde angestoßen. Dann trug Halaf das Essen auf, das er als »Tike-Kebap auf Tomatenbett« bezeichnete. Alle langten kräftig zu; das zarte Fleisch in Tomatensoße schmeckte köstlich und zerging auf der Zunge wie Butter. Auch Bernd, der erst zaghaft probiert hatte, weil es ja scharf sein könnte, war völlig hingerissen. Esra beobachtete ihre Kollegen aus dem Augenwinkel und entnahm ihrer guten Laune, dass der Streit am Mittag inzwischen vergessen war. Sogar Kemal lachte über die Witze und hatte aufgehört, Timothy mit bösen Blicken zu bedenken. Wäre es so weitergegangen, hätte die Nacht gut geendet, aber eine Diskussion, die plötzlich entflammte, machte alles zunichte. Bernd, der mit großem Genuss vier Fleischspieße verdrückt und dazu eine Flasche Rotwein heruntergekippt hatte, führte wie ein Italiener Daumen und Zeigefinger seiner rechten Hand zusammen.

»Perfekt. Das war der leckerste Kebap meines Lebens. Aber warum machst du uns nicht mal Çigköfte, diese rohen Hackfleischklößchen?«

»Wird gemacht, mein Lieber, kein Problem«, erwiderte Halaf. Das Lob hatte ihn so beflügelt, dass er anfing, den deutschen Archäologen zu duzen. »Jetzt, wo du anfängst, von Kebap was zu verstehen, kannst du dir wünschen, was du willst. Auch Çigköfte.«

»Ich esse nicht zum ersten Mal Kebap«, widersprach Bernd. Er glaubte, der Koch würde sich über ihn lustig machen. »Auch in Adana und Diyarbakir habe ich Kebap gegessen.«

»Das hast du gut gemacht. Und dank deiner Reisen in die Türkei hast du sogar Çigköfte kennengelernt.«

Bernds Stimme klang gereizt: »Çigköfte habe ich nicht von euch gelernt. Das haben mir Armenier beigebracht.«

»Ach komm, Bernd! Die Armenier verstehen nicht viel von Çigköfte«, entgegnete Halaf.

»Warum sollen sie denn keine Ahnung haben?«, protestierte Bernd. »Sind Çigköfte euer Eigentum?«

»Natürlich sind sie nicht unser Eigentum«, ging Esra dazwischen. Als das Wort Armenier fiel, hatte sie vorausgesehen, dass die Diskussion eine unangenehme Wendung nehmen würde. »Jeder kann sie machen, der dafür ein Händchen hat.«

»Eben nicht! Dieses Gericht ist so kompliziert, das kann man nicht einfach nachmachen. Du musst ganz spezielle Regeln einhalten und …«

»Jetzt mach aber mal halblang, Halaf! Ich habe sogar Engländer gesehen, die Çigköfte machen.«

Doch der Koch war nicht in der Lage, Esras strengen Blick zu deuten. »Sie irren sich, Esra Hanim. Unsere Vorfahren haben Çigköfte erfunden, wir machen es am besten.«

»So ist es eben nicht«, wies ihn Bernd zurecht. »Die Geschichte dieser Speise geht Tausende Jahre zurück. Die ersten Çigköfte sehen wir auf den Reliefs, die bei Karatepe ausgegraben wurden. Diese Reliefs stammen aus dem 8. Jahrhundert vor Christi Geburt. Genau 1800 Jahre, bevor die Türken nach Anatolien kamen. Verstehst du nun?«

»Was du da erzählst, ist für mich zu hoch, Bruder Bernd«, sagte Halaf. Der Raki bemächtigte sich immer mehr seiner Zunge. »Ich weiß nur eines: Armenier können keine guten Çigköfte machen.«

Esra bemerkte die Funken der Wut in Bernds Augen. Ihr wurde klar, dass sie nichts mehr retten konnte. Halaf begriff einfach nicht, über welch heikles Thema sie diskutierten.

»Warum sollen sie es nicht können?«, konterte ihr Kollege. »Noch bevor ihr den Fuß auf diesen Boden gesetzt habt, lebten sie schon hier. Während ihr Länder besetzt, Menschen aus ihrer Heimat, von ihren Feldern vertrieben habt, waren sie dabei, Zivilisationen zu gründen und große Städte zu bauen. Sollen sie da etwa einen mickrigen Çigköfte nicht hinkriegen?«

Halaf schüttelte den Kopf und schnalzte lässig mit der Zunge. »Können sie nicht.«

»Halaf, jetzt reichts aber!«, intervenierte Esra, aber der Koch war inzwischen betrunken.

»Warum sagen Sie so was, Esra Hanim? Wir unterhalten uns doch so schön mit Bruder Bernd.« Er legte seine rechte Hand auf die Brust und sah den Deutschen an. »Gut, du hast recht, auch Armenier haben auf diesem Boden gelebt. Sie haben sehr gute Speisen, auch sehr gute Vorspeisen, aber sie können keine guten Çigköfte machen.«

»Sogar wenn es um Speisen geht, würdigt ihr sie herab. Die Diskriminierung hat eure Seele durchdrungen.«

»Red nicht so, Bruder Bernd, wir leben doch mit den Armeniern. Hier haben sie sogar eigene Dörfer.«

»Sie haben sogar eigene Dörfer, na wunderbar! Die Menschen in diesen Dörfern nennen sich heute nicht mehr Armenier. Denn sie haben Angst, dass sie genauso massakriert werden wie vor vielen Jahren ihre Vorfahren.«

Die ganze Freude des Abends war verflogen. Bernd war immer lauter und zorniger geworden. Schließlich begriff Halaf, dass er auf eine harte Nuss gebissen hatte, aber es war bereits zu spät. Der Mann war kurz davor, sich mit ihm zu prügeln. Er würde eigentlich auch nicht davor zurückschrecken, aber mit benebeltem Kopf – wer weiß, was passieren würde? Vielleicht sollte er sich bei Bernd entschuldigen …

»Ich glaube, über bestimmte historische Ereignisse sind Sie falsch informiert«, sagte da der Hauptmann mit angespannter Stimme.

»Sie sind es, der falsch informiert ist«, donnerte Bernd, ohne zu berücksichtigen, dass Eşref ihr Gast war und ihnen mehrmals geholfen hatte. »Eure Machthaber belügen euch seit Jahrzehnten. Sie versuchen zu verbergen, dass sie den ersten Massenmord der Welt verübt haben.«

Eşref errötete kaum merklich. »Der Wein hat Ihr Gedächtnis getrübt«, sagte er, jedes einzelne Wort betonend. »Sie bringen die Deutschen und die Türken durcheinander.«

»Beruhig dich bitte, Bernd«, beschwichtigte Timothy. »Es ist jetzt nicht die Zeit dafür. Wir können über diese Themen ein andermal diskutieren.«

»Warum soll nicht die Zeit dafür sein?« Sein Gesicht war vor Wut hochrot angelaufen. »Ich bin ein freier Mensch, ich rede, wann und wo ich will.« Er wandte sich wieder Eşref zu: »Ich bringe sie nicht durcheinander, mein Herr. Ja, wir Deutsche haben Taten begangen, für die man sich schämen muss, die Menschheit wird die Massaker, die wir verübt haben, nie vergessen, aber wir haben das alles zugegeben. Warum gebt ihr es nicht zu?«

Der Hauptmann war kurz davor, die Beherrschung zu verlieren, er bremste sich aber, weil Esra ihn unter dem Tisch immer wieder warnend gegen den Fuß trat.

»Sehen Sie, Bernd Bey, Sie sagen immer ›ihr, ihr …‹, aber ich bin ein Offizier der Türkischen Republik. Die Ereignisse, die Sie ansprechen, haben während der osmanischen Regierung stattgefunden. Das heißt, die Republik Türkei hat sowohl jene Regierung, die für diese Ereignisse verantwortlich war, als auch die Staatsstruktur gestürzt und eine neue gegründet.«

»Ich weiß«, sagte Bernd und holte tief Luft. »Ich weiß auch, dass die neue Regierung die alte gestürzt hat. Aber auch die neuen Machthaber haben das Massaker nicht anerkannt.«

»Natürlich nicht«, fuhr ihn der Hauptmann an. »Denn die Menschen wurden nicht absichtlich, nicht willentlich vernichtet, wie ihr es im Zweiten Weltkrieg getan habt. Sie wurden umgesiedelt.«

»Sind deswegen Tausende von Menschen gestorben?«

»Sehr viele wurden umgesiedelt, bei der Zwangsumsiedlung sind auch manch unerwünschte Dinge passiert …«

»Alles Lügen! Das Massaker wurde von den Führern der ›Partei für Einheit und Fortschritt‹ geplant und unter der Leitung der Sonderverwaltung durchgeführt. Denn den Führern von ›Einheit und Fortschritt‹ war es nicht gelungen, die Menschen Anatoliens zu einer Nation zu vereinen. Für sie stand ein christliches Volk im Widerspruch zur Einheitlichkeit, und das konnten sie nicht tolerieren. Deshalb …«

»Falsch«, sagte der Hauptmann. Jetzt kümmerte er sich auch nicht mehr um Esras Fußtritte. »Ihr Wissen ist falsch. Zu jener Zeit kämpfte das Osmanische Reich im Osten gegen die Russen. Die Armenier fügten sich nicht. Sie haben angefangen, die Russen zu unterstützen, indem sie gegen die Osmanen kämpften. Das heißt, sie haben hinter der Frontlinie eine Bresche geschlagen. Für eine Armee bedeutet es den Tod, wenn hinter der Front eine Lücke ist. Die Schuld an den neunzigtausend Soldaten, die in Sarikamis erfroren sind, tragen die Armenier; sie haben sie an die Russen verraten. Was ist da verständlicher, als dass die Osmanen unter diesen Umständen versuchten, das Gebiet hinter der Frontlinie zu stabilisieren?«

»Haben Sie deswegen Hunderttausende Armenier umgebracht?«

»Warum wollen Sie nicht verstehen?«, brauste der Hauptmann

auf. »Diese Ereignisse waren nicht gewollt. Sie entstanden wegen einiger Gewaltausbrüche. Die wahren Verantwortlichen der Ereignisse von damals sind diejenigen, die die Armenier anstachelten, die ihnen sagten: ›Gründet einen unabhängigen Staat‹, also die Russen, Engländer, Franzosen und Amerikaner. Wenn sie nicht provoziert hätten, würden diese Völker, die sechshundert Jahre zusammengelebt haben, friedlich miteinander auskommen.«

»Das glaube ich nicht, Hauptmann. Wenn die Armenier die geringsten Rechte eingefordert hätten, hättet ihr sie in Blut und Feuer ertränkt.«

»Sie sind sehr voreingenommen. Ich hätte Sie für einen vernünftigeren Menschen gehalten.«

Esra dachte in Panik nach, wie sie die Diskussion beenden könnte, da klingelte Bernds Mobiltelefon. Er ging ran und sprach Deutsch. Esra glaubte, er spräche mit seiner Frau Vartuhi, und befürchtete, das würde sein Gemüt noch mehr erhitzen. Doch der Anrufer war Joachim vom Deutschen Archäologischen Institut. Sie waren in Antep angekommen, hatten aber ein Problem mit dem Hotel. Er bat Bernd nach Antep, damit er half. Esra sprach im Stillen einen Dank nach dem anderen für Joachim aus und sagte zu Bernd: »In dieser Verfassung kannst du aber nicht alleine hin. Murat sollte auch mitfahren.«

»Mir fehlt nichts«, entgegnete Bernd. »Der Grund für meine Wut ist nicht der Wein, es sind Nationen, die Massenmorde verüben.«

»Dann hören Sie lieber auf, sich selbst anzuschauen«, sagte Eşref. »Sonst werden Sie noch geisteskrank.«

»Und ich wollte Ihnen vorschlagen, dass Sie mal sorgfältig auf Ihre eigene Geschichte schauen.« Bernd stand auf. Er schwankte, als würde er jeden Moment zu Boden stürzen. »Wenn Sie sich sorgfältig mit Ihrer eigenen Geschichte beschäftigen, können Sie auch das Kurdenproblem lösen. Sonst werden Sie noch ganz lange Kopfschmerzen haben.« Ohne dem Hauptmann die Gelegenheit für eine Antwort zu geben, streckte er ihm die Hand entgegen.

»Machen Sies gut. Wir diskutieren ein andermal weiter.«

Eşref schüttelte die ausgestreckte Hand. Es quälte ihn, nicht antworten zu können.

Während Bernd sich schwankend entfernte, stand auch Timothy auf. »Ich begleite ihn. In diesem Zustand kann er nicht fahren.«

Als die beiden sich entfernt hatten, murmelte der Hauptmann: »Der Mann ist ja ganz vernarrt in die Armenier. Als wäre er kein Archäologe, sondern armenischer Terrorist.«

»Die sind alle bekloppt«, schimpfte Kemal. »Mit denen werde ich nie mehr an einer Grabung teilnehmen.«

»Gibt es denn in türkischen Gruppen keine Probleme?«, wollte Esra die Diskussion entschärfen.

»Es gibt sie, aber wenigstens wird unsere Nation nicht beleidigt.«

»Ich werde mit Bernd sprechen, wenn er zurück ist. Wir sollten jetzt dieses Thema beenden.«

Teoman nahm einen Schluck von seinem Raki. »An deiner Stelle würde ich heute nicht mehr auf ihn warten. Nur Gott weiß, wann er zurückkommt.«

Dreiundzwanzigste Tafel

Nachdem Laimas mir die Wahrheit über den Tod meines Vaters gestanden hatte, brachte ich es nicht über mich, in den Palast zurückzukehren und Pisiris gleichmütig ins Gesicht zu sehen. So wandte ich mich zum Euphrat, schritt an Sklaven vorbei, die in der Sommerhitze die Ernte einholten, und setzte mich am Fluss unter einen alten Feigenbaum. Dort sann ich über meine vergangenen Jahre nach. Meine Wut legte sich allmählich, aber der Schmerz brannte in meinem Herzen wie die Sonne, die das grüne Gras versengt.

Pisiris hatte recht, ich war der gebildetste Mann dieses Landes. Ich war gelehrt, treu, fleißig und umgänglich, aber, was nützte mir das alles? Auch mein Großvater und mein Vater hatten diese Eigenschaften gehabt. Und was hatte es ihnen genützt? Mein Vater hatte gesagt, der Schreiber sei ein Diener der Götter, aber wir waren nur Figuren in den blutigen Damespielen selbstherrlicher egoistischer Könige geblieben.

Wenn aber die Könige ihrerseits auch nichts anderes waren als Puppen in den Händen der Götter, die ihnen nach Belieben ein Schicksal zuteilten, um sie zu strafen oder zu belohnen, und die darüber befanden, wer die Kriege gewinnen und wer unterliegen solle, waren nicht die Könige schuld, sondern die Götter. Schuld waren die tausend Götter von Hatti, allen voran der Sturmgott Teschup, seine Frau, die Sonnengöttin Hepat, ihr Sohn, der Gott Scharruma, und die Göttin Kupaba. Waren sie nicht unsere wahren Gebieter? Wussten sie nicht von all unseren guten wie schlechten Taten? Und waren nicht die Könige, die die blutigen Kriege entfesselten, ihre Vertreter auf Erden? Verkündeten das nicht die Priester; stand es nicht auf den Tafeln geschrieben? Warnten sie uns nicht mit den Worten: »Hütet euch vor dem Zorn der Götter«? Unsere Götter waren furchterregend und kannten kein Erbarmen. Sie glichen den Göttern der Assyrer, der

Urartäer, der Phrygier und aller Reiche, die mir bekannt … Sie konnten Blitze auf unsere Häupter schicken, uns in ihrem nie verlöschenden Feuer verbrennen, mit Krankheiten niedermähen oder mit Hunger erziehen. Sie waren mächtig, ihren Zorn musste man fürchten …

Aber gab es denn einen gewaltigeren Beweis ihres Zorns als die Kriege? Gipfelte die Wut der Götter nicht in diesem letzten Krieg, der den Boden des Zweistromlandes mit Blut überschwemmte? Grausam erwürgte junge Krieger, geschändete Frauen, Greise und Kinder, die aus ihren Häusern vertrieben, Völker, deren Schreie in allen Sprachen gen Himmel stiegen … War denn ein noch größerer Zorn überhaupt möglich, eine noch größere Strafe überhaupt vorstellbar?

Was aber nützte es den Göttern, wenn die Menschen starben, wenn sie zu Krüppeln geschlagen, verstümmelt, entstellt wurden, ihr Hab und Gut, ihr Heim, ihr Land verloren? Wenn die Untertanen starben – wer sollte dann den Göttern prunkvolle Tempel errichten, für sie Feierlichkeiten ausrichten, ihnen wertvolle Geschenke darreichen, sie anbeten und anflehen?

Vielleicht aber war die Grausamkeit nicht das Werk der Götter, sondern der Menschen? Den Befehl, zu töten, zu erobern und zu vernichten, erteilten die Könige; aber es waren das Volk und die Sklaven, die Frauen schändeten, Hände und Füße abhackten, Augen ausstachen und Häuser in Brand steckten. Ohne die Begierde zu töten, den Drang zu zerschlagen und die Lust zu vernichten hätten sie diese Schandtaten nicht begehen können. Vielleicht wohnte die Grausamkeit jedem Menschen inne, dem König wie dem Sklaven.

Unter dem Feigenbaum am Euphrat stellte ich mir immer wieder diese sündigen Fragen, ohne eine Antwort zu finden. Jede Frage stürzte mich in neue Zweifel, jede Antwort vermehrte meine Angst. Doch auf einmal vernahm ich eine Stimme, die wie das Winseln eines Wolfswelpen klang.

Vor mir stand ein Sklavenjunge mit einem Krug in den Händen. Inmitten der blonden Ähren war er dunkel wie eine Olive. Die Haut seiner nackten Füße war rissig und voller Schwielen. An seinem ausgezehrten Körper, von den zerschlissenen Kleidern kaum verborgen, standen die Knochen spitz hervor. Erschöpft von der Arbeit eines endlosen Tages, bemühte er sich, seine Stimme vernehmbar zu machen: »Möchten Sie Wasser, ehrwürdiger Herr?«

Ich lächelte diesem kleinen Sklaven zu, den die Erschöpfung nicht besiegen konnte. Er reichte mir den Krug; ich presste ihn an die Lippen und stürzte das Wasser hinunter. Es erfrischte meinen trockenen Gaumen, kühlte meine glühenden Gedanken. Die gelbe Hitze des Tages und die pechschwarze Trauer wichen von meinem Herzen, wenn auch nur für einen einzigen Augenblick. Der heilige Saft des Himmels floss durch meine Adern in meinen ganzen Körper und wusch meine Seele. Er ließ mich spüren, wie schön, ungeachtet der Brutalität und Niederträchtigkeit der Götter, Könige und Völker, das Atmen, Berühren, Schmecken, Riechen, Sehen und Hören ist. Dieses Wasser im Krug des Sklavenjungen bescherte mir wieder Lebensfreude und Widerstandskraft. Ein zärtlicher Blick, eine sanfte Berührung, eine warme Stimme, ein freundliches Lächeln, der Geschmack reifer Früchte, die zarten Blumen auf kargem Boden … Es gibt so viele Zeichen auf Erden, die uns beweisen, dass wir dem Leben verpflichtet sind. Angesichts der Grausamkeiten und Bösartigkeiten zu verzagen, hieße nur, uns selbst unrecht zu tun.

»Aschmunikal«, hörte ich mich sagen. »Aschmunikal …« Plötzlich spürte ich, wie sehr ich sie vermisste. Ich bedankte mich bei dem kleinen Sklaven und reichte ihm den Krug zurück. Das Kind entfernte sich wortlos. Ich erhob mich, stieg hinunter an den Euphrat, kniete mich hin und wusch mein Gesicht. Das kühle Wasser rann über mein Gesicht und tilgte die Spuren der Tränen, die ich für meinen Vater vergossen. Da erblickte ich im Fluss mein Spiegelbild; ich betrachtete es lange und sagte: »Schreiber Patasana …« Dann aber schüttelte ich den Kopf und sprach: »Von nun an gibt es keinen Schreiber Patasana mehr. Es gibt nur noch Patasana den Verliebten.« Alle würden mich weiterhin »Schreiber Patasana« nennen, ich aber würde fortan Patasana der Verliebte sein. Den Weg, den mein Land und mein Volk eingeschlagen hatten, vermochte ich nicht zu ändern, meinen eigenen Pfad aber würde ich von nun an selber bestimmen.

24

Er stand mit dem Rücken zu ihr mitten auf dem Weg. Esra erkannte ihn an seinen kurzen blonden Haaren, den breiten Schultern und dem großen Körperbau. Sie wollte ihm zurufen, aber Bernd war schon hinter den Pappeln verschwunden. Sie folgte ihm, verließ den unbefestigten Weg zum Dorf und lief in den Wald hinein. Plötzlich war nur noch Schatten, wohin sie sich drehte. Dem Tageslicht gelang es nicht, die Baumstämme, die säulengleich in den Himmel ragten, und das dichte Blattwerk zu überwinden. Esra ging mit wachen Sinnen weiter, um ihn in diesem Zwielicht nicht aus den Augen zu verlieren. Wenn Bernd stehen blieb, blieb auch sie stehen. Sie hatte sich ihm ziemlich weit genähert. Auf einmal drehte er sich um. Rasch verbarg sie sich hinter einem Baum. Eine Weile wartete sie reglos, dann lugte sie vorsichtig hinter dem Baum hervor. Esra verließ ihre Deckung und suchte mit den Augen die Umgebung ab; er war nirgendwo zu sehen. Er musste aber noch in der Nähe sein. Sie kam nur mühsam vorwärts auf diesem unebenen Waldboden, wo ein Baum dicht neben dem anderen stand. Aufmerksam lauschend und die Umgebung musternd, drang sie tiefer in den Wald ein, sah ihren Kollegen aber immer noch nicht. Die Schatten wurden immer dichter, dann wurde es dunkel wie in der Nacht. Hatte sie sich verlaufen? Ausgeschlossen. Das war ein kleiner Wald hier. Sie brauchte nur fünfhundert Meter nach rechts oder links zu gehen, um auf freies Feld zu gelangen. Esra lief weiter, aber der Wald wollte nicht aufhören. Der Geruch von vermodertem Gras lag in der Luft. Weil sie den Weg nicht mehr gut sehen konnte, musste sie langsamer gehen. Auf einmal stolperte sie; ihr Fuß musste sich an einem Baumstamm verfangen haben. Als sie aufmerksam hinschaute, sah sie, dass es kein Baumstamm war, sondern der Körper eines Menschen. »Mein Gott! Ist das etwa Bernd?« Besorgt kniete sie sich hin.

»Bernd … Was ist dir passiert, Bernd?« Sie versuchte, den schweren Körper umzudrehen, um sein Gesicht zu sehen. Sie bemerkte eine dunkle Flüssigkeit, die an ihrer Hand kleben blieb.

»Bist du verletzt?«

Der Mann blieb stumm. Sie hörte nur ihre eigene Stimme, die im Wald widerhallte. Schließlich gelang es ihr, ihn umzudrehen. Sie schrie, als sie sein Gesicht sah: »Mein Gott! Eşref!«

»Ja, Eşref«, erklang eine vertraute Stimme. »Die Leichen von Bernd und Tim sind auch nicht weit von hier.«

Erschrocken sah Esra in die Richtung, aus der die Stimme kam. Wenige Meter von ihr entfernt stand ein Mann. Im Dunkeln konnte sie nicht erkennen, wer es war.

»Wer bist du?«

»Ich bitte Sie, Esra Hanim«, sagte die Gestalt und kam näher, »erkennen Sie nicht Ihren Koch, der Ihnen die köstlichsten Speisen zubereitet und mit dem Sie sich so gerne unterhalten?«

»Halaf … Du … Bist du es?«

»Natürlich bin ich es, wer denn sonst?«

»Aber warum?«

»Im Gedenken an einen ehemaligen Landsmann.«

»Ein ehemaliger Landsmann?«

»Jetzt sagen Sie aber bitte nicht, dass Sie es nicht verstehen, ich spreche von Patasana. Sie haben seine Intimität zerstört.«

Es wurde wieder heller. Die Pappeln lichteten sich und ließen das Tageslicht durch. Jetzt konnte Esra sein Gesicht erkennen. Aber das war nicht Halaf. Das war jemand, der mit seiner seltsamen Kopfbedeckung, der langen Kleidung mit besticktem Saum und dem breiten Schwert in der Hand den Tiefen der Geschichte entstiegen sein musste.

»Patasana!«, murmelte Esra. Vor Schreck versagte ihre Stimme. »Du bist Patasana …«

»Ich hatte Sie gewarnt«, sagte Patasana. Er sprach in Halafs dialektgefärbtem Türkisch. »Sie haben sich nicht an das gehalten, was ich auf die Tafeln geschrieben habe. Dafür werden Sie büßen.«

Esra sah sein Schwert in die Höhe schnellen. Aber sie war so erschrocken, dass sie weder sprechen konnte noch zu fliehen versuchte. Sie ergab sich ihrem Schicksal. Sie sah, wie das erhobene Schwert das Licht des Tages spaltete. Als das zerschnittene Tageslicht auf den Boden fiel, wurde sie geblendet, gleich darauf erstarb es in der Dunkelheit. Dann sauste das Schwert herab, so schnell, dass Esra nur noch die Augen schließen konnte.

Als sie ihre Augen öffnete, fiel aschfahles Licht durch das Fenster. Schweißgebadet richtete sie sich im Bett auf. Ihr Kopf schmerzte, ihr Herz klopfte wie verrückt. Sie lehnte den Rücken gegen die Wand und atmete tief durch.

»So kann es enden, wenn du zu viel von Halafs Kebap isst«, sagte sie sich und kicherte, aber das Lachen verstärkte nur ihre Kopfschmerzen. Sie versuchte, aus dem Bett zu steigen. Ihre Füße zitterten. Es ist doch nur ein Traum, sprach sie zu sich selbst. Aber was für ein Traum! Als wäre der letzte Abend nicht unangenehm genug gewesen …

Nachdem Bernd und Timothy gestern Abend gegangen waren, gab es ein ungewohntes Einverständnis zwischen den Türken. Esra hätte niemals gedacht, dass Teoman, der alles versuchte, um nicht zum Militärdienst eingezogen zu werden, Eşrefs Ansichten teilen könnte. Kemal, der das Militär ebenso wenig mochte, war ebenfalls auf der Seite des Hauptmanns. Sogar Halaf, der sich vor dem Hauptmann in Acht nahm, weil er Kurde war, hatte angefangen, über Ausländer herzuziehen. Sie vertraten ihre Ansichten so überzeugend, dass Esra ihnen fast zugestimmt hätte. Aber sie wusste nur zu gut, wie gefährlich eine solche Polarisierung für die Gruppe war. Ihre Funktion als Grabungsleiterin hatte sie gezwungen, ihren Kollegen entgegenzuhalten, sie seien viel zu empfindlich. Sie hatte versucht, Bernd zu verteidigen, obwohl sie ihn weiterhin des Mordes verdächtigte. Damit hatte sie auch Eşref verärgert.

»Weil er Ausländer ist, erträgst du sogar seine Beleidigungen, und nur, weil ich Uniform trage, ziehst du alles in Zweifel, was ich sage«, hatte er sie unter aller Augen gerügt.

»Auch Timothy gehört zu denen«, gab Kemal seinen Senf dazu,

»was tut er nicht alles, damit diese armenische Frau ihren Bruder findet.«

»Du spinnst jetzt aber total«, fuhr Esra ihn an. »Du willst wohl behaupten, dass er die Armenier unterstützt, nur weil er einer armen Frau geholfen hat.«

Danach hatten sie alle lange geschwiegen. In der Hoffnung, den Abend doch noch zu retten, hatte Teoman Halaf gebeten, ein Volkslied zu singen. Der junge Koch hatte zwei Lieder der Baraks gesungen. Teomans und Esras Versuche, mitzusingen, hatten nichts genützt; Halaf wollte nicht weitersingen. Später hatte sich der Hauptmann allmählich beruhigt und ihr sogar flüsternd einen Spaziergang zum Euphrat vorgeschlagen. Als sie ihn zum Essen eingeladen hatte, träumte sie auch davon, mit ihm nachts an den Fluss zu gehen und sich wieder auf den gleichen Felsen zu setzen. Aber nach allem, was geschehen war, glaubte sie nicht, dass sie den Glanz des Wassers oder die Schönheit des Mondes genießen könnte. Unter dem Vorwand, sie seien betrunken, lehnte sie seinen Vorschlag ab, bereute es jedoch, als sie sein enttäuschtes Gesicht sah. Aber Esra beglückwünschte sich, erwachsen genug zu sein, um »nein« sagen zu können, wenn sie etwas nicht wollte.

Vor dem Einschlafen dachte sie darüber nach, ob sie heute zu kühl zu Eşref gewesen war und wie es mit ihnen weitergehen würde. Doch die Morde der vergangenen Tage besetzten ihre Gedanken und ließen sie lange grübeln, bis sie endlich in einen unruhigen Schlaf fiel.

Wie gestern kam sie auch heute verspätet zum Frühstück. »Guten Morgen!«, sagte sie gähnend, während Halaf schon den Tee einschenkte. Bernd und Timothy saßen ihr gegenüber. Elif hatte dieses Mal die Nähe des Amerikaners gemieden und sich ans andere Ende des Tisches gesetzt.

»Du siehst ziemlich mitgenommen aus«, bemerkte Timothy besorgt. »Es wurde wohl spät gestern Nacht.«

»Wir haben übertrieben. So ist es mit dem Alkohol; wenn man einmal anfängt, kann man nicht mehr aufhören.«

»Trink doch Kaffee statt Tee«, riet Bernd freundlich. »Dann nimmst du nach dem Frühstück zwei Aspirin, und weg ist der Kater.«

»Du hast recht«, sagte Esra und bat Halaf, ihr einen großen, starken Kaffee zu bringen. Sie hatte keinen Appetit und nahm nur ein Stück Käse und zwei Scheiben Tomaten auf ihren Teller.

»Essen Sie auch von dem Olivensalat«, sagte Halaf, »der ist schön sauer, das beruhigt den Magen.«

Während Esra die Hand nach dem Olivensalat ausstreckte, fragte sie Bernd: »Was wollte Joachim?«

»Im Hotel gab es ein Problem. Joachim spricht nicht so gut Türkisch. Es gab ein Missverständnis, sie wollten uns den kleinen Saal geben. Aber jetzt ist alles geregelt. Heute früh fangen sie mit den Vorbereitungen an.«

»Wo du Vorbereitungen sagst ... ich bin mit dem Text für die Journalisten fertig. Kemal hat Korrektur gelesen. Ihr könnt mit den Übersetzungen loslegen.«

»Sehr gut. Sobald wir von der Grabung zurück sind, fange ich an.

»Ist der Text bei Kemal?«, fragte Timothy.

»Ja«, bestätigte Esra. Sie merkte, dass er den Kontakt mit Kemal vermeiden wollte. »Mach dir keine Gedanken, ich hole ihn.«

»Wenn du ihn findest«, sagte Murat. »Als wir aufgewacht sind, war Kemal nicht in seinem Bett.«

»Was?«

»Er ist tatsächlich nicht hier«, bestätigte Teoman. »Hast du ihn irgendwohin geschickt?«

»Nein, ich habe ihn nirgendwohin geschickt. Er ist bestimmt in der Nähe.«

»Ich habe ihn schon gesucht, bis zum Garten von Hattuç Nine bin ich gelaufen, aber dort ist er nicht.«

Esras Kopf drohte zu zerbersten. Sie hatte jetzt keine Lust, über Kemal nachzudenken.

»Vielleicht ist er am Euphrat«, sagte sie. Sogar das Sprechen war eine Qual. »Mach dir keine Sorgen, er kommt bestimmt bald wieder.«

Aber Kemal blieb verschwunden. Weder beim Frühstück noch als die Gruppe sich auf den Weg zum Fundort machte, tauchte er auf. Esra schickte Teoman an den Euphrat, um Kemal zu suchen. Elif und

Murat bat sie, die Arbeiter mit dem Minibus abzuholen. Sie selbst nahm mit Bernd das Zimmer in Augenschein. Sein Bett war zerwühlt. Also hatte er heute Nacht hier geschlafen. Aber es war ganz und gar unüblich für Kemal, der fast krankhaft ordentlich war, sein Bett in diesem Zustand zurückzulassen. Zum ersten Mal machte sie sich Sorgen. Sie fühlte, wie die Kopfschmerzen, die nach dem Aspirin nachgelassen hatten, wieder stärker wurden.

»Kann es sein, dass er die Ausgrabung verlassen hat?«, fragte Bernd. »Nach allem, was zwischen ihm und Elif geschehen ist, wollte er vielleicht nicht mehr mit uns zusammenbleiben.«

Würde er einfach stillschweigend verschwinden? Er hatte ja gesagt, dass er gehen wollte. Sie beugte sich unters Bett, hob die Decke hoch und sah seinen braunen Koffer.

»Er ist nicht weg!«, frohlockte sie, als wäre sie Kemal begegnet. »Er hat gestern auch ziemlich viel getrunken, vielleicht ist er schwimmen gegangen, um sich zu erholen.«

Als sie zur Laube kam, erfuhr sie von Teoman, dass er auch nicht am Fluss war.

»Wohin ist dieser Junge nur verschwunden? Nicht, dass ihm was zugestoßen ist …«

»Was soll ihm denn zugestoßen sein?«, fragte Teoman.

Esra sah ihn traurig an und schwieg. Timothy, der sich bisher zu diesem Thema noch nicht geäußert hatte, sagte: »Vielleicht hat er sich versteckt, um Elif Kummer zu bereiten und ihre Zuneigung zurückzugewinnen.«

Esra würde ihm zu gerne glauben; es war nachvollziehbar, was er sagte. Kemal würde die Ausgrabung nicht verlassen, könnte sich aber sehr wohl kindisch verhalten. In diesem Fall gab es keine andere Möglichkeit, als zu warten, bis er wieder auftauchte. Sie sah in den Himmel, bald würde die Sonne aufgehen.

»Lasst uns jetzt losfahren und den Tag nutzen. Morgen können wir ja nicht graben«, sagte sie und bat Timothy und Halaf eindringlich, sie unverzüglich anzurufen, wenn Kemal auftauchte.

Unterwegs versuchte sie sich einzureden, dass Kemal nichts

Schlimmes zugestoßen sei. Timothys Hypothese war die vernünftigste. Aber der zweifelnde Teufel in ihrem Geist wollte nicht schweigen, mit seiner unheimlichen Stimme flüsterte er ihr unablässig die schlimmsten Möglichkeiten zu. Plötzlich ertappte sie sich dabei, wie sie dachte, Kemal könnte ermordet worden sein. Aber weder die separatistische Organisation noch jemand, der die getöteten Armenier rächen wollte, könnte einen Grund haben, Kemal zu töten. Falls ein neuer Rachemord bevorstand, müsste das Opfer ein Kupferschmied sein. Aber was, wenn der Mörder seine Taktik geändert hatte?

Mit einem unaufhörlichen Hämmern im Kopf nahm sie ihre Arbeit auf. Die Anspannung war ihr deutlich anzusehen; Elif, Murat und der Arbeiterführer Maho mieden deshalb ihre Nähe. Während der Pause am späten Vormittag, als die Arbeiter sich zum Frühstück unter den alten Feigenbaum zurückzogen, rief sie Timothy an. Kemal war immer noch nicht aufgetaucht. Keine Sorge, er würde sie benachrichtigen, wenn er da sei. Das war leicht gesagt; es waren schon drei Stunden vergangen – wo war dieser Kerl nur?

Nach der Frühstückspause blieb sie lustlos unter einem Baum sitzen. Das ist zu viel!, dachte sie. Wir sind doch Wissenschaftler, wir schaden niemandem. Was wollen die nur von uns? Und dieser blöde Bernd redet ständig von den Armeniern. Was gehen uns Armenier und Kurden an!

Nach einer Tasse starken Kaffees und einer weiteren Aspirin fühlte sie sich besser. Trotzdem ging sie nicht zum Areal der Bibliothek. Mit diesen Kopfschmerzen wagte sie sich nicht in die Sonne. Sie überließ sich dem Streicheln des kühlen Windes, der vom Euphrat her wehte, und beobachtete, den Rücken an den Baumstamm gelehnt, im Halbschlaf die Arbeiter. Dann musste sie wieder an Kemal denken. Sie schaute auf ihre Uhr, es ging auf Mittag zu. Sie rief Elif zu sich. Die Fotografin eilte herbei und sagte schüchtern: »Es tut mir sehr leid, dass es so weit gekommen ist. Wenn du möchtest, kann ich die Grabung sofort verlassen.«

»Nein, das möchte ich nicht. Ich habe genug von diesem Gerede. Wir haben so viel gearbeitet, sind fast am Ende angelangt, und ihr redet vom Abhauen! Nun, sag mal, gibt es einen Ort, wo Kemal hingehen kann, wenn er allein sein möchte?«

»Was für einen Ort?« Das Sprechen verstärkte ihre Kopfschmerzen, und je stärker sie wurden, umso mehr dachte sie, dass diese Elif strohdumm war.

»Woher soll ich das wissen? Ein besonderer Ort, wo ihr hingegangen seid … Ein geheimer Ort am Euphrat, ein menschenleerer Garten, eine Höhle …«

»Nein. Wir sind nur am Fluss spazieren gegangen. Und dort hat Teoman gesucht.«

»Gut … Kam es vor, dass Kemal sich beleidigt aus dem Staub machte?«

»Das kam schon vor. Wenn wir uns gestritten haben, ist er manchmal einfach weggegangen. Dann hat er nicht angerufen, und wenn ich ihn angerufen habe, ist er nicht ans Telefon gegangen. Und wenn ich ihn gefragt habe, wo er war, sagte er: Nirgendwo, ich bin nur spazieren gegangen.«

»Hoffentlich geht er auch jetzt nur spazieren. Obwohl er es bitter bereuen wird … Winkt Murat uns zu?«

»Ja. Sie haben wahrscheinlich etwas gefunden.«

Esra beeilte sich nicht. Aus dem Tongefäß nahm sie ein Glas Wasser. Das kühle Wasser tat gut, sie setzte ihren Hut auf und sagte: »Na, dann los! Mal sehen, was sie ausgegraben haben.«

Murat kam ihnen freudestrahlend entgegen. »Wir haben die letzten drei Tafeln gefunden. Alle unbeschädigt. Als hätte Patasana sie erst gestern hier versteckt.«

Nun war Patasanas Geschichte also vollständig. Die Arbeit vieler Tage hatte endlich gefruchtet. Achtundzwanzig Tafeln! Das war ein Riesenerfolg. Während Elif Murat überschwänglich umarmte, sagte Esra leise: »Wenn Kemal jetzt auch hier wäre …« Es war auch sein Erfolg.

Vierundzwanzigste Tafel

Mir stand nicht meine erste Sünde bevor, aber mein erstes Aufbegehren. Mit Aschmunikal hatte ich die erste Sünde begangen, mit ihr wollte ich mich auch erheben. Damals hatte ich eine Frau umarmt, die mir Götter und Gesetze verwehrten. Aber ich war noch ein Kind mit einem reinen Herzen, bewunderte noch, was mir die Welt zu bieten hatte. Mir war bewusst, es war falsch, was ich getan. Nun aber bezweifelte ich, dass ich einen Fehler beging. Dieses Mal würde ich meine Sünde sorgfältig planen und mit Genuss begehen. Denn ich hatte das Vertrauen in die Götter verloren; ich achtete sie nicht mehr. Sie konnten mich nicht mehr ängstigen, ebenso wenig wie die Könige.

Meine einzige Sorge war, ob Aschmunikal diesem dummen, ungetreuen, ruhmversessenen Liebhaber verzeihen würde, der seine Geliebte eines wertlosen Titels am Hofe wegen verließ. Sie hatte mir ihre Liebe bekundet, meine Tage mit ungeahnter Lebenslust erfüllt, hatte mir ihr Herz und die Freuden ihrer Haut geschenkt, mich gelehrt, mutig zu sein und zu sündigen. Nun aber musste ich um ihre Vergebung bangen.

Ich schickte meinen neuen Helfer Eriya zum Harem und ließ Aschmunikal bestellen, neue Tafeln mit Ludingirras Gedichten seien eingetroffen, die werte Dame könne, wenn es ihr beliebe, uns in der Bibliothek beehren. Von Zweifeln geplagt, harrte ich ihrer Antwort. Als mein Helfer mit der frohen Botschaft zurückkehrte, sie werde morgen die Bibliothek aufsuchen, ergriff mich ein Freudentaumel.

Am frühen Morgen schickte ich Eriya in Begleitung zweier Sklaven mit dem Auftrag, Lehm zu beschaffen, aus der Stadt. Wie immer ließ mich Aschmunikal nicht lange warten. Ich empfing sie am Eingang der Bibliothek. Ihre Gazellenaugen sahen mich fragend an.

Dann schaute sie auf die Tafeln in den Regalen. »Man gab mir Nachricht, neue Tafeln Ludingirras seien eingetroffen. Ich wünsche, sie zu sehen«, befahl sie.

Sie war kalt und fern wie eine Fremde. Ich war dabei, sie zu verlieren, vielleicht hatte ich sie schon längst verloren. Ich wurde wahnsinnig bei diesem Gedanken, ergriff ihre Hand, ohne zu bedenken, dass jemand eintreten könnte, fiel vor ihr auf die Knie und flehte sie an: »Vergib mir! Vergib diesem Emporkömmling, der sich damit brüstet, einer adligen Familie zu entstammen und von fähigen Lehrern unterrichtet worden zu sein. Vergib diesem Unwissenden, der nicht zwischen Gut und Böse, schön und hässlich, Freund und Feind unterscheiden kann. Vergib diesem Dummen, der das Gold, das er gefunden, wie einen wertlosen Stein fortschleudert. Verzeih diesem Uneinsichtigen, der nicht erkannte, wie sich sein Leben ohne dich in eine dürre Wüste verwandelt. Vergib diesem groben Mann, der in unverzeihlichem Maße unersättlich, gierig und treulos war. Vergibst du nicht, wird sich unter dem Fuße dieses am Rande eines Abgrunds wandelnden Menschen der letzte Felsbrocken lösen. Sein schmächtiger Körper wird sich in den tiefen Wassern des Euphrat verlieren. Er wird alles, was er an Güte, Schönheit und Reinheit besitzt, verlieren und in der finsteren Welt der Djinns gefangen bleiben. Vergibst du nicht …«

Ich spürte Aschmunikals Hand sich in meinen Händen regen.

»Steh auf!«, sprach sie mit zitternder Stimme. Ich hob den Blick und begegnete ihrem tränenüberströmten Antlitz. In diesem Moment erkannte ich, sie hatte mich nicht vergessen, sie liebte mich. Ich erhob mich und nahm ihren zierlichen, von tiefen Seufzern bebenden Körper in die Arme. Ich spürte ihre Wärme. Ein weiteres Mal vernahm ich den unvergleichlichen Geschmack ihrer tränensalzigen Lippen. Als die erste Trunkenheit der Umarmung verflogen war, kam die Sorge, überrascht zu werden. Wir suchten die kleine Kammer auf und vertrauten der verlässlichen Wache der Riegeltür.

Während ich sie in unserer Zuflucht küsste, dankte ich ihr, dass sie mir verziehen. Sie aber hielt mir mit der Hand den Mund zu. »Bedanke dich nicht bei mir, ich tue es nicht nur deinetwegen. Ich war dir böse, das ist richtig, aber wie kannst du denken, ich könnte dich aufgeben? Kann denn die Erde die Wolke aufgeben, nur weil es nicht regnet? Kann eine Mutter ihr Baby aufgeben, weil es ihr nicht zulächelt? Würde das Feld den Samen, die Ähre die Sonne, der Käfer die Blume aufgeben? Wie kannst du denken, dass ich dich aufgeben würde?«

Während sie diese Worte sprach, spürte ich, wie die Leidenschaft in meinem Herzen zu einer lodernden Flamme emporwuchs und Glut durch meine Adern floss. Das Feuer schlich sich auch in meinen Bauch und erfasste meine Männlichkeit. Ich befreite mich von allen Ängsten und stellte mir vor, auf der Erde seien wir beide ganz allein. Fest drückte ich sie an mich. Und sie öffnete mir freigebig das Tor ihrer Zierde. Voller Neugier und Begierde trat ich ein wie in einen unbekannten Tempel; wie in einem Land, wo ich noch nie gewesen, erkundete ich lustvoll alle geheimen Winkel, sog den Duft seiner heiligen Früchte ein, kostete von ihnen. Ich sah, wie meine Berührung Aschmunikals Antlitz in eine wilde Himmelsblume verwandelte. Das Feuer in ihren Augen schuf ein Götterbild aus ihrer Schönheit, und ihre Haut erblühte wie die Erde im Frühling.

Aschmunikal lehrte mich, dass ich ohne die Magie der Umarmung, ohne die von Küssen geheiligte Feier aus dem Brunnen der Liebe nicht trinken konnte. Die Verwandlung der brennenden Leidenschaft in Liebe, jener Leidenschaft, die mit dem Bann ihrer unvergleichlichen Reize begann und mich nun meine Manneskraft beweisen ließ, erlebte ich mit dem beglückten Staunen eines jungen Mannes. Ich spürte ihre verwundete Verliebtheit, berührte und küsste sie, atmete ihren Duft ein und wunderte mich darüber, wie ich all diese Tage ohne Aschmunikal ertragen hatte. Ich konnte das Gefühl nachempfinden, das meinen Großvater Mitannuva sich in vorgerücktem Alter noch einmal verlieben ließ. Ich habe es tief in mein Gedächtnis eingegraben, sodass ich es nie mehr vergesse.

Tief eingegraben in mein Gedächtnis war aber auch, dass Aschmunikal im Besitz des Königs war, auch wenn er sich nicht mehr um sie kümmerte. Jeden, der es wagte, mit einer der Frauen Pisiris' zusammen zu sein, würde unweigerlich die höchste Strafe dieses Landes ereilen. Allein der Gedanke daran ließ mich vor Zorn hochrot anlaufen und mein Herz vor Angst erzittern.

25

»Wir müssen Kemal finden«, sagte Esra. Alle waren am Tisch versammelt. »Er ist seit Stunden verschollen. Ich mache mir ernsthafte Sorgen.«

Als sie nach der Rückkehr von der Grabung erfahren hatte, man habe immer noch nichts von Kemal gehört, war ihr klar geworden, dass sie etwas unternehmen musste. Sie hatte zweimal Eşref angerufen und beide Male die gleiche Antwort erhalten: »Der Hauptmann ist nicht da.« Man hatte ihr weder gesagt, wo er war, noch, wann er zurückkommen würde. Vielleicht war Eşref beleidigt und wollte ihre Anrufe nicht entgegennehmen.

Ich hätte mit ihm keine Beziehung eingehen dürfen, dachte sie und bereute zum ersten Mal, mit ihm geschlafen zu haben. Warum habe ich ihn bloß angerufen? Was heißt, warum, natürlich, um zu melden, dass Kemal verschwunden ist. Stimmt das, oder suche ich in meiner Verzweiflung Zuflucht bei ihm? Unsinn! Ich hab wirklich wichtigere Probleme im Moment. Sie hatte versucht, ihn aus ihren Gedanken zu verbannen, und ihre Kollegen zusammengerufen. Alle waren von der Freude über die letzten Tafeln überwältigt und wollten sich die Laune nicht verderben lassen. Das wusste auch Esra, aber sie hatte keine andere Wahl.

»Wir müssen alles stehen und liegen lassen und ihn suchen«, fuhr sie atemlos fort. »Lasst uns Gruppen bilden; einige fahren in die Kleinstadt, die anderen suchen das Euphratufer ab.«

Ihre Kollegen waren in Gedanken mehr bei der morgigen Pressekonferenz. Timothy hatte Esras Text im Computerzimmer gefunden. Die Übersetzungen waren fertig, aber sie mussten noch vervielfältigt werden. Die Fotos, die sie den Journalisten zeigen wollten, waren auch noch nicht entwickelt. Elif musste in die Dunkelkammer, am besten sofort. Es war nicht klug, die knappe Zeit mit der Suche nach Kemal zu verbringen, der möglicherweise wegen gebrochenen Herzens irgendwohin abgehauen war. Doch niemand traute sich, es auszusprechen. Schließlich übernahm Bernd diese Aufgabe: »So überstürzt können wir nichts erreichen«, sagte er entschieden. »Wir wissen nicht, ob Kemal weggegangen oder ob ihm etwas zugestoßen ist. Ich denke, es ist noch zu früh, sich um ihn zu ängstigen. Vor allem, wo es so viel zu tun gibt …«

Esra wollte protestieren, aber Timothy kam ihr zuvor: »Bernd hat auf jeden Fall recht. Wir wissen alle, dass Kemal sehr angespannt war. Gestern hätte er sich fast mit mir geprügelt. Es ist nicht erstaunlich, wenn jemand in so einer seelischen Verfassung verschwindet, ohne den anderen Bescheid zu geben.«

»Ich halte ihn nicht für so verantwortungslos«, schüttelte Esra den Kopf. »Er hätte wenigstens angerufen.«

»Ich mache mir genauso viele Sorgen wie du«, sagte Teoman und legte besänftigend eine Hand auf ihre Schulter. »Aber gestern, auf der Rückfahrt vom Fußballspiel, hat er ständig gesagt: ›Diese Ausgrabung ist richtig unangenehm geworden, ich werde gehen.‹ Vielleicht ist er wirklich gegangen.«

»Aber sein Koffer ist noch da und all seine Sachen. Warum lässt er sie zurück, wenn er geht?«

»Er hat doch immer gesagt, Rüstem ist ein Freund von ihm. Ihr wisst, dieser Museumsdirektor in Antep. Vielleicht ist er zu ihm gefahren«, sagte Murat.

»Mit welchem Fahrzeug so früh am Morgen?«, fragte Esra.

»Mit einem Lieferwagen«, sagte Halaf. »Unten auf dem Weg fahren Lieferwagen vorbei und bringen Gemüse in die Kleinstadt.«

»So früh?«

»Ja, so früh. Damit das Gemüse in der Sonne nicht schlecht wird.«

»Neulich bin ich auf dem Rückweg von der Kleinstadt getrampt, ich wurde sofort mitgenommen und bis zur Schule gebracht«, bestätigte Murat.

»Lasst uns doch im Museum anrufen!«, schlug Elif vor.

Esra griff zu ihrem Mobiltelefon. Alle am Tisch hielten den Atem an.

»Hallo … Kann ich bitte Rüstem Bey sprechen? Nicht da? Er hat einen Gast aus Istanbul? Wissen Sie, wie sein Gast heißt? Ach so. Können Sie mir seine Mobilnummer geben? Ich bin Esra, Archäologin. Ja, habe ich. Vielen Dank!«

»Rüstem ist nicht da«, berichtete sie ihren Kollegen. »Er ist mit einem Gast zum Freiluftmuseum Yesemek gefahren. Sie werden die Nacht über dort bleiben.«

»Siehst du?«, lächelte Murat. »Kemal ist bei ihm.«

»Hoffentlich«, sagte Esra und tippte Rüstems Nummer ein. Nach langem Warten ließ sie entnervt das Telefon sinken. »Nicht erreichbar.«

»Du machst dir umsonst Sorgen«, sagte Teoman. »Ich glaube auch, dass Kemal bei ihm ist. Du weißt doch, vor zwei Jahren hat er an der Landschaftsgestaltung in Yesemek teilgenommen.«

Esra erinnerte sich, wie Rüstem und Kemal im Krankenhaus flüsternd miteinander sprachen, als sie die beiden dort antraf. Das beruhigte sie ein wenig. Kemal könnte wirklich bei ihm sein.

Nach einer schnellen Mahlzeit machte sich jeder an die Arbeit. Elif und Murat gingen in die Dunkelkammer, um die Schwarz-Weiß-Fotos der Tafeln zu entwickeln, Timothy entzifferte die achtundzwanzigste Tafel, Bernd arbeitete an seinem Text, den er auf der Pressekonferenz vortragen wollte, und Teoman und Esra saßen vor dem Computer, um die Liste der Funde zu vervollständigen. Danach machten sich Esra und Murat auf den Weg in die Kleinstadt.

Murat saß am Steuer. Die Hitze flimmerte über dem Asphalt. Am Himmel war kein einziger Vogel zu sehen, Mensch und Tier hatten sich in einem kühlen Winkel verkrochen und warteten auf den Sonnenuntergang. Selbst der Euphrat floss schwerfällig wie geschmolzenes Blei. Die Fenster des Jeeps standen offen, aber der Wind trug nur die Hitze herein. Esra merkte, dass ihre Kopfschmerzen verschwunden waren; sie hatte zwar immer noch einen schweren Kopf, aber das Pochen war weg. Sie griff zur Wasserflasche mit Eiswasser, die neben ihren Füßen stand. Es war noch keine halbe Stunde vergangen und das Eis schon zur Hälfte geschmolzen. Sie setzte die Flasche an den Mund, das Wasser rann ihr über die Mundwinkel aufs Kinn und von dort aufs Dekolleté. Sie schloss die Augen und genoss die Kühle auf der Haut.

Murats Stimme brachte sie wieder zu sich.

»Ist das nicht der Hauptmann?«

Ein Jeep kam ihnen entgegen. Sie kniff die Augen zusammen und sah hin. Ja, neben dem Fahrer saß Eşref. Murat verlangsamte das Tempo. Der andere Wagen blieb auf der rechten Seite stehen. Der Hauptmann bedeutete ihnen per Handzeichen, ebenfalls stehen zu bleiben. Murat fuhr in den Schatten eines großen Walnussbaums. Während sie ausstiegen, war Eşref bereits bei ihnen angekommen. Er wirkte sehr erschöpft.

»Ich war auf dem Weg zu euch.«

»Nanu?«, fragte Esra, vielsagend lächelnd. »Was führt dich in dieser Hitze zu uns?«

»Keine guten Nachrichten. Noch jemand ist ermordet worden.«

Die Welt stürzte über Esras Kopf zusammen.

»Kemal!«, stieß sie hervor.

»Was ist mit Kemal?«

»Ist es nicht Kemal?«

»Natürlich nicht. Es ist Nahsen aus dem Dorf Timil. Wie kommst du auf Kemal?«

»Er ist seit heute Morgen verschwunden.«

»Wie verschwunden?«

»Wir wissen es nicht … Aber erzähl du erst mal.«

»Ein Dorfbewohner um die fünfzig. Nachts hat er im Garten unter einer Weinlaube geschlafen, damit niemand was klaut. Am Morgen hat man ihn an einem Balken der Laube aufgehängt gefunden.«

»War der Mann Kupferschmied?«

»Nein, sein Vater war Kupferschmied«, sagte Eşref. Für einen Moment mussten beide an ihr Gespräch im Dienstwohnhaus denken. »Der Vater war sogar Lehrling bei Meister Garo. Er ist vor fünf Jahren gestorben.«

»Also wurde jetzt anstelle des Vaters der Sohn getötet?«

»Ja. Man hat ihm auch einen Kupferdraht um den Hals gebunden.«

»Hat man ihn damit erhängt?«

»Nein, mit dem Halfter seines Pferdes. Der Kupferdraht hing ihm um den Hals.«

»Das ist eine Botschaft. Der Mörder möchte, dass wir wissen, warum er die Morde begeht. Auch bei den anderen gab es Botschaften. Haci Settar wurde von einem Mönch in Schwarz heruntergestoßen; das heißt, der Mörder wollte uns an Priester Kirkor erinnern. Der Dorfschützerführer Resat wurde genauso wie Ohannes Aga getötet …«

»Jetzt ist erwiesen, dass du recht hattest: Die Morde vor achtundsiebzig Jahren werden wiederholt«, sagte der Hauptmann. Er zögerte kurz, wischte sich die Schweißperlen von der Stirn und fügte hinzu: »Aber ich meine immer noch, dass hinter dieser Sache die Terrororganisation steckt.«

Dieses Mal gefiel Esra der kindliche Eigensinn des Hauptmanns. Sie sah ihn liebevoll an. Der Blick auf seine vollen Lippen beflügelte ihre Fantasie. Sie malte sich aus, diese Lippen würden über ihren Nacken gleiten. Sie erinnerte sich an die Liebe mit ihm. Wie er auf ihr lag, wie er in ihr war … Ihr ganzer Körper fing an zu beben. Sogleich fasste sie sich wieder: »Möchtest du Wasser?«

»Gerne. Seit heute Morgen krepieren wir unter der Sonne.«

Murat brachte die Wasserflasche und reichte sie ihm.

»Eiskalt«, sagte Eşref vergnügt, als er die Flasche nahm. Dann presste er sie an den Mund, kniff die Augen zusammen und trank in vollen Zügen.

»Trink nicht so schnell, wenn du verschwitzt bist.«

Eşref rief zu dem Soldaten im Jeep: »Erol, schau mal, hier gibt es eiskaltes Wasser.«

»Gib her, ich brings ihm«, sagte Murat.

Als er sich entfernt hatte, sagte Esra: »Eigentlich teile ich deine Meinung, was die Organisation angeht. Mir scheint es ziemlich unwahrscheinlich, dass eine Einzelperson die drei Morde verübt hat. Da steckt bestimmt eine Organisation dahinter, aber nicht die der Kurden, sondern die der radikalen Gläubigen.«

»Weißt du etwas Neues?«

»Ich habe gehört, der Vorbeter Abid sei Armenier … Guck nicht so. Und noch wichtiger: Er ist mit Ohannes Aga verwandt. Außerdem war seine Schwester die Geliebte von Resat Aga.«

»Von wem erfährst du das alles, um Gottes willen?«

»Einfach hier und da. Wenn du ein bisschen ermittelst, erfährst du es auch.«

»Damit ich Ermittlungen einleiten kann, muss es stimmen, was du mir sagst. Hast du eine verlässliche Quelle? Oder hat dir das wieder dein übereifriger Koch erzählt?«

»Jeder weiß es. Geh, frag die alten Leute in der Kleinstadt.«

Der Hauptmann konnte es nicht fassen, was er gehört hatte.

»Also … Du meinst, der Vorbeter Abid hat Resat getötet?«

Murat, der inzwischen zurückgekommen war, hatte den Namen Abid aufgeschnappt und lauschte interessiert.

»Nicht nur Resat. Alle drei hat er getötet.«

»Das ist eine schwerwiegende Behauptung. Nehmen wir an, der Vorbeter hatte einen Grund, Resat zu töten, aber was ist mit den anderen?«

»Er kann sich in den Kopf gesetzt haben, die Morde vor achtundsiebzig Jahren zu rächen. Kann es nicht sein, dass ihm seine Familie unterschwellig diesen Hass eingepflanzt hat? Kannst du einen Menschen zum Islam zwingen?«

»Achtundsiebzig Jahre sind zu lang, um einen Hass lebendig zu halten.«

»Auch der Glaube hat ein langes Leben; er kann über Jahrhunderte fortbestehen. Es gibt eine Frau, die man Nadide die Giaurin nennt. Sie hat ihren Glauben nicht aufgegeben. Sie glaubt sowohl an den Koran als auch an die Bibel.«

»Ich weiß nicht«, sagte der Hauptmann mit gerunzelter Stirn. »Abid ist kein gewöhnlicher Mensch, er ist Vorbeter einer Moschee.«

»Eigentlich finde ich Abid auch verdächtig«, mischte sich Murat ein. »Als wir über den Mord an Haci Settar sprachen, hat Halaf gesagt, nur der Vorbeter habe den Schlüssel der Moschee. Er muss also da gewesen sein, als Haci Settar umgebracht wurde.«

Es gefiel dem Hauptmann nicht, dass nun auch Murat seine Meinung über die Morde zum Besten gab. »Er hat doch gar nicht geleugnet, dass er da war«, entgegnete er. »Ich habe selbst mit ihm gesprochen. Wie jeden Freitag hat er die Tür des Minaretts aufgeschlossen, damit Haci Settar hinaufgehen konnte, und ist dann in die Moschee gegangen. Es ist unmöglich, dass er dort sieht oder hört, was oben auf dem Minarett passiert. Er hat nicht einmal den Aufprall mitbekommen. Die Leute, die zum Gebet kamen, haben ihm erzählt, dass Haci Settar tot auf dem Boden lag.«

»Und wenn er lügt?«, fragte Esra. »Wenn er Haci Settar hinuntergestoßen hat und dann in die Moschee gegangen ist?«

»Er hat keinen Grund dafür. Nehmen wir an, er hats trotzdem getan. Die Augenzeugen haben einen Mann in Schwarz fliehen sehen …«

»Abid kann sich wie ein Mönch in Schwarz gehüllt haben, um seine Identität zu verbergen, und nach dem Mord geflohen und wieder in die Moschee zurückgekommen sein. Weil noch nicht zum Gebet gerufen wurde, war die Moschee natürlich leer. Dann kann er sein Gewand abgelegt, es irgendwo versteckt und auf die Besucher gewartet haben.«

»Ich weiß nicht … Deine These überzeugt mich nicht.«

»Aber du hast auch keinen anderen Verdächtigen. Wenn es nicht der Vorbeter Abid war, wer denn sonst?«

»Bernd vielleicht? So wie er gestern Abend geredet hat, scheint er in die Armenier richtig vernarrt zu sein. Hast du nicht gesehen, wie wütend er mich angeschaut hat? Und wenn der Mann ein heimlicher Wahnsinniger ist? Wissen wir denn, wo er zur Stunde der Morde war?«

Esra wusste nicht, was sie sagen sollte. Wenn sie Eşref erzählen würde, was sie alles über Bernd gedacht hatte, würde er ihn auf der Stelle zum Hauptverdächtigen erklären.

»Kein Mörder beteiligt sich an Diskussionen, die ihn verraten können«, widersprach sie. »Wenn Bernd die Morde verübt hätte, würde er die Armenier nicht fanatisch verteidigen. Im Gegenteil, er würde versuchen, seine Ansichten zu verbergen. Ich denke, du musst diesen Abid verhören. Wenn du dir wegen der Reaktionen des Moscheevolks Sorgen machst, musst du eben im Geheimen ermitteln. Wo ist er gewesen, als die Morde verübt wurden? Wenigstens das musst du herauskriegen. Denn er hat viele Leute um sich. Es gibt solche wie Fayat, die ihm blind gehorchen. Woher wissen wir, dass er nicht eine Organisation mit ihnen gegründet hat?«

»Esra, ich bitte dich, du übertreibst! Willst du allen Ernstes behaupten, er habe eine islamische Organisation eingespannt, um Morde für die armenische Sache zu verüben?«

»Der Mann ist intelligent; er hat die Armenier seinen Leuten gegenüber bestimmt nicht erwähnt. Er wird ihnen erzählt haben, das habe mit dem großen islamischen Erwachen oder was weiß ich zu tun.«

Eşref holte tief Luft.

»Merkst dus? Wir sind wieder zum Ausgangspunkt zurückgekehrt. Als Haci Settar getötet wurde, habe ich gesagt, es sind die Separatisten, und du, die religiösen Fanatiker ...«

»Ich glaube, wir sind nicht am Anfang, wir sind sogar ziemlich weit gekommen. Wenn wir uns klug verhalten, wird der Mörder bald gefasst.«

Der Hauptmann überlegte kurz, ob er es sagen oder lieber verschweigen sollte, schließlich sprach er es aus: »Ich weiß nicht, ob es was hilft, aber wir haben eine weitere heiße Spur. Wahrscheinlich ist der Mörder verwundet.«

»Woher weißt du das?«

»In der Nähe der Weinlaube haben wir Blutspuren entdeckt. Weil der Ermordete kein Blut verloren hat, können sie niemand anderem gehören als dem Mörder. Und wir haben eine Sichel gefunden, da ist auch Blut drauf. Ich nehme an, Nahsen hat sich gewehrt und den Mörder während des Gerangels verletzt. Auch auf einem entwendeten Pferdewagen war Blut. Der Mörder hat wahrscheinlich den

Wagen genommen, weil er wegen seiner Wunden nicht mehr laufen konnte.«

»Wo habt ihr denn den Wagen gefunden?«

»Auf der Weidefläche unterhalb des Dorfes.«

»Das ist eine großartige Nachricht! Jetzt muss man nur noch prüfen, ob Abid oder einer von seinen Leuten verwundet ist.«

»Das können wir tun, aber ehrlich gesagt, glaube ich nicht, dass wir damit was erreichen.«

»Du wirst was erreichen«, sagte Esra. Sie berührte seine Hand und lächelte ihn an. »Glaub mir, dieses Mal kommen wir zu einem Ergebnis.«

Der Hauptmann nahm sanft ihre Hand.

»Gut, ich will euch nicht länger aufhalten. Ihr seid wohl zur Kleinstadt unterwegs, oder?«

»Zur Stadtverwaltung«, antwortete Murat. »Wir müssen Texte kopieren.«

»Komm am Abend vorbei, wenn du magst«, sagte Esra.

»Abends seid ihr so erschöpft. Ich möchte nicht stören.«

»Ich entschuldige mich für gestern Abend.« Sie errötete. »Heute werden wir nicht erschöpft sein.«

Sie warteten, bis der Hauptmann eingestiegen und losgefahren war. Als der Militärjeep auf dem dampfenden Asphalt immer kleiner wurde, setzten sie ihre Fahrt fort.

»Ich hab dich beobachtet, als du mit dem Hauptmann gesprochen hast«, sagte Murat, »du warst mehr Detektivin als Archäologin.«

»Und?«

»Ich bewundere dich, deine Sicht auf die Ereignisse, deine Gabe zur Analyse und vor allem deine Entschlossenheit. Ich dachte, nach meiner Mutter könnte ich von keiner anderen Frau was lernen. Du hast mich eines Besseren belehrt. Bei der Ausgrabung werde ich am meisten von dir gerügt, aber ich lerne von dir auch am meisten.«

»Das freut mich. Du weißt, ich mag dich. Ich möchte, dass du ein guter Archäologe wirst. Aber du musst diese blödsinnigen Ideen ablegen. Weißt du, was ich meine?«

»Ja, weiß ich.« Nachdem er eine Weile geschwiegen hatte, sagte er schüchtern: »Wenn du dich nicht ärgerst, möchte ich dir was sagen … Mir gefiel sehr gut, wie du dich im Gespräch mit dem Hauptmann verhalten hast, aber … ich hatte das Gefühl, du mischst dich ein bisschen zu viel ein. Findest du es in Ordnung, dass du ihm die Richtung vorgeben willst?«

»Ich wollte ihm nicht die Richtung vorgeben. Ich habe nur gesagt, was ich denke. Hast du ja auch gemacht.«

»Ja, das stimmt. Aber am Ende war er ein bisschen verwirrt.«

Zu einem anderen Zeitpunkt würde sie ihrem Kollegen recht geben. Denn sie kannte ihre Krankheit, unbedingt hervortreten zu müssen und andere beherrschen zu wollen; aber jetzt, da die Diskussion noch frisch war, konnte sie das schwer zugeben.

»Es ist gut, wenn er verwirrt ist. Er sucht den Mörder am falschen Ort. Guck, er hat versucht, den Vorbeter über alle Zweifel zu erheben.«

»Vielleicht hat er Angst zu sündigen.«

»Umso besser, jetzt habe ich gesündigt, indem ich ihm die Richtung vorgegeben habe.«

Fünfundzwanzigste Tafel

Im Laufe der Friedensjahre hatte das Jagdfieber von Pisiris Besitz ergriffen. Viele Tage lang jagte er nun in den Bergen einem stattlichen Hirsch, einem wilden Löwen oder einem verwundeten Schwein hinterher. Diese seine Leidenschaft bot mir unzählige Möglichkeiten, Aschmunikal zu treffen. Wir haben es verstanden, diese Gelegenheiten in Momente des Glücks zu verwandeln, ohne dass jemand es bemerkte, und die, die Verdacht schöpften, wussten wir geschickt zu verwirren. Die Götter aber hatten beschlossen, sich an mir zu rächen von dem Tage an, an dem ich sie verraten. Vielleicht hatten sie mir diese Glücksmomente mit Aschmunikal nur gegönnt, damit ich später umso mehr litt. Wie immer waren sie diejenigen, die das letzte Wort sprachen. Wie ein Baum, vergiftet an der eigenen Blüte, sollte unsere Liebe durch die eigene Frucht zur Neige gehen.

Pisiris war noch immer kinderlos. Aber der blindwütige König nahm die Verantwortung dafür nicht auf sich selbst, sondern beschuldigte die Königin und die Frauen seines Harems. Wie viele neue Frauen man jedoch in den Harem aufnehmen mochte, es änderte nichts. Pisiris aber wartete unerschütterlich auf die Frau, von der die Wahrsager verkündeten, sie würde ihm einen Thronfolger schenken. Doch das war eine Lüge. Die Wahrheit war Pisiris' Unfruchtbarkeit, so mächtig wie ein Fels. Leider hatten die gnädigen Götter dies zu beweisen mir gegönnt. Wer weiß, vielleicht ist das die unbarmherzigste Art, sich an seinen Feinden zu rächen. Auch wenn ich Pisiris verabscheute, hätte ich mir eine solche Rache nicht ausgesucht. Mir war nämlich bewusst, welch große Katastrophe uns erwartete. Unsere Liebe, die wir vor dem bösen Blick, vor klatschsüchtigen Frauen, vor Schmeichlern und Hofbediensteten verbergen konnten, sollte mein Same in dem fruchtbaren Schoß Aschmunikals verraten.

Pisiris war wieder auf einer langen Jagdpartie, da betrat Aschmunikal die Bibliothek. Das verwunderte mich, denn es war nicht der Tag unseres üblichen Treffens. Ihr schönes Gesicht war von Trauer überzogen. Hastig sprach sie: »Ich bin schwanger.«

»Von Pisiris?«, fragte ich. Tief besorgt schüttelte sie den Kopf: »Nein, von dir. Pisiris war seit Monaten nicht mit mir zusammen.«

Es mag seltsam anmuten, doch ich empfand eine Art Stolz. Gleich danach erfasste ich aber das Ausmaß des Unheils. »Was machen wir jetzt?«, fragte ich sie flüsternd.

»Ich weiß es nicht«, entgegnete sie, senkte den Kopf, dachte eine Weile nach und sagte: »Ich muss Pisiris' Nähe suchen, mit ihm das Lager teilen.«

Das war in der Tat der einzige Ausweg, aber ich konnte nicht verhindern, dass mir das Herz schwer wurde und schwarze Eifersucht mich quälte. In Schmerz und Hoffnung warteten wir auf des Königs Heimkehr von der Jagd. Leider hofften wir vergeblich. Denn in Pisiris' Abwesenheit war eine neue Auserwählte in den Harem gebracht worden. Pisiris, den der flammende Wunsch nach einem Thronfolger verzehrte, würde sich, da er jetzt ein neues blutjunges Mädchen in seinem Bett hatte, nicht mehr nach Aschmunikal umdrehen. So geschah es auch. Aschmunikal blieb keine andere Wahl, als abzuwarten, dass auch die neue Auserwählte vergessen wurde. Ihr Bauch aber wuchs stetig, und sie fürchtete, die Haremsfrauen würden ihre Schwangerschaft bemerken. Lange dauerte es nicht, bis sie von ihrer Angst eingeholt wurde. Puduha, die erste Frau des Harems, sah ihr die Befangenheit an und beobachtete sie heimlich. Kaum hatte sie den sich wölbenden Bauch entdeckt, eilte sie zu Pisiris, ihm die freudige Nachricht zu überbringen. Pisiris, zunächst überrascht, stürzte alsbald schäumend vor Zorn in den Harem. Er gab Aschmunikal, die ich nur mit zartesten Küssen zu berühren wagte, eine Ohrfeige, so kräftig, dass sie zu Boden fiel. Er drohte ihr, er würde ihre Weiblichkeit versengen und sie töten lassen, wenn sie nicht verrate, wer dafür verantwortlich. Nach der zweiten Ohrfeige fiel sie in Ohnmacht und wurde im Harem im obersten Stockwerk des Hofes eingesperrt.

Pisiris schämte sich ob dieses unerwarteten Verrats in Grund und Boden und war bemüht, vor jedermann zu verheimlichen, was ihm widerfahren. Er gab strikte Befehle, damit die Kunde die Mauern des Harems nicht verließ, und drohte den Frauen.

Mit der Anweisung, ihn zu benachrichtigen, wenn Aschmunikal aufwachte, verließ Pisiris die Gemächer und machte sich sogleich auf die Suche nach dem Schuldigen. Er befragte die Bediensteten darüber, mit wem Aschmunikal Umgang pflegte. Während all dies geschah, wusste ich von nichts.

Einige der Befragten hatten ausgesagt, Aschmunikal habe hin und wieder die Bibliothek aufgesucht; Pisiris aber verdächtigte mich nicht und richtete sein Augenmerk auf Aschmunikals Besuch bei ihren Eltern, der drei Monate zurücklag. Er befand, alles sei dort geschehen. Deshalb befahl er, ihre Eltern zum Hofe zu bringen.

Aschmunikal kam zu sich und vernahm von Puduha, der König würde ihre Eltern kommen lassen und sie foltern. Sie könne es aber verhindern, wenn sie ihren Liebhaber nennen würde. Aschmunikal dachte eine Weile nach, erwiderte, sie würde seinen Namen nennen, und schickte Puduha zum König, damit diese ihn hole. Nachdem Puduha das Zimmer verlassen, stürzte sie sich aus dem Fenster, einem Adler mit gebrochenen Flügeln gleich, auf die Felsen am Euphratufer.

Im Harem angekommen, sah Pisiris, dass Aschmunikal nicht mehr da war, woraufhin ihn die Wut packte und er die erstbeste Frau an seiner Seite zu prügeln begann. Die Wächter aber sahen zum Fenster hinaus und erkannten das Blut auf den weißen Felsen, und so ging Pisiris hinunter und fand den bezaubernden Körper Aschmunikals leblos vor. Der Mut dieser Frau, die ihn sogar mit ihrem Tod herausforderte, brachte Pisiris aus der Fassung, und er beauftragte seine engsten Vertrauten, ihren Liebhaber zu finden.

Die schmerzliche Nachricht wurde mir von meinem Helfer Eriya überbracht, gerade als ich damit beschäftigt war, an Salmanasar, den neuen König der Assyrer, eine Tafel zu schreiben, die ihm Glück wünschte und unsere Verbundenheit beteuerte. »Mein Herr«, vernahm ich, »werte Aschmunikal, die Ludingirra liebte, hat sich vom Fenster heruntergestürzt. Ihr Leichnam wurde auf den Felsen gefunden.«

Genauso war es. Eriya stand am Eingang der Bibliothek und sprach diese Worte. Ich habe sofort begriffen. Ich war nicht überrascht; wenn auch ohne es mir einzugestehen, hatte ich dieses Ende erwartet. Den Mut, zu dem ich nicht fähig war, hatte sie aufgebracht. Sie hatte diese brutale, lügnerische, hinterlistige Welt verlassen.

Die Wonne meines Lagers, die süße Sehnsucht meiner Nächte, die sorgenvolle Erregung meiner Tage, die Schönheit, die meine Einsamkeit umhüllte, die Wärme, die meinen Schatten umgab, die Verrücktheit, die meinen Verstand herausforderte, war nicht mehr da. Die Geliebte mit dem wundersamen Duft der Blumen, mit den Augen der Nächte, mit den Haaren des Regens hatte mich mit meinen Ängsten und meiner Niedertracht zurückgelassen und war für immer fortgegangen. Und ich verfiel angesichts dieser Nachricht nicht in Wahnsinn, riss mir nicht die Haare aus. »Nein, nicht Ludingirra, mich liebte sie!«, wagte ich meinem Helfer nicht ins Gesicht zu schreien, auch versteckte ich meinen spitzen Dolch nicht unter meinen Gewändern, um Pisiris' brutales Herz herauszuschneiden. Ich war wie versteinert. Dann zeigte sich meine Niedertracht, und die Angst siegte über die Trauer. Ich dachte, Pisiris würde mich einsperren und foltern. Ich verbarg meine Traurigkeit, hielt meine Tränen zurück, verhüllte meine Wut. Um mein armseliges Leben zu retten, vermied ich sogar, mir den zerschmetterten Körper meiner Liebsten anzusehen.

Doch ich hatte mich umsonst gefürchtet. Aschmunikal war gestorben, um mich zu schützen. Das verstand ich erst am nächsten Tag. Trotzdem konnte ich meine Unruhe nicht gänzlich ablegen; Pisiris würde dieser Angelegenheit bestimmt nachgehen. Der Einzige, der von meiner Beziehung zu Aschmunikal wusste, war der im letzten Jahr verstorbene Oberpriester Valvaziti. Es war sehr unwahrscheinlich, dass der König herausfinden würde, ich sei der Vater des Kindes in Aschmunikals Leib. Mit der Zeit befreite ich mich von der Angst, die mir die Knie weich werden ließ, aber Ruhe war mir in diesem Leben nicht mehr gegönnt.

König Pisiris, der Vertreter der Götter auf Erden, hatte meinen Vater köpfen lassen und den Tod meiner Liebsten und meines Kindes verursacht, und ich, Feigling Patasana, hatte mich nicht gegen ihn gestellt, ihm nicht ins Gesicht gespuckt. Die Angst hatte sich wie eine finstere Nacht, die alles Licht schluckt, in meinen Verstand und mein Herz geschlichen und meinen ganzen Körper erfasst. Ja, ich war ein Feigling, aber auch feige Menschen rächen sich. Vielleicht nehmen gerade sie die größte Rache. Ohne es anzukündigen, hinterhältig wartend, in einem Augenblick, wenn niemand es vermutet …

26

Auf der ganzen Fahrt bis zur Stadtverwaltung gingen Esra Patasanas Worte durch den Kopf: »Ohne es anzukündigen, hinterhältig wartend, in einem Augenblick, wenn niemand es vermutet ...«, so hatte der Täter seine Grausamkeiten begangen. Die Rachsucht und der Groll von achtundsiebzig Jahren konnten wohl nur durch solche meisterhaft ausgeübten Morde befriedigt werden. Ja, der Täter konnte kein anderer sein als der Vorbeter Abid.

Am Eingang des Stadthauses empfing sie ein Angestellter mit tiefer Verbeugung.

»Der Herr Bürgermeister hätte Sie gerne persönlich begrüßt, aber er ist für einen Kanalbau unterwegs. Es tut ihm sehr leid, aber die Pflicht geht vor, was kann man da machen? Morgen, wenn die Journalisten kommen, wird er auf jeden Fall da sein. Die gesamte Stadtverwaltung steht Ihnen zu Diensten. Ihr Wunsch ist uns Befehl.«

Esra freute sich, den Bürgermeister nicht anzutreffen; sie hätte mit ihm lange Höflichkeitsfloskeln austauschen müssen. Sie dankte dem Angestellten und sagte, sie hätten nicht viel Zeit und müssten gleich ans Kopiergerät. Er begleitete sie immerzu lächelnd in einen Raum im Untergeschoss. Nachdem er sich erkundigt hatte, was sie zu trinken wünschten, ließ er sie allein. Während Murat das Gerät startete, wählte Esra auf ihrem Mobiltelefon Rüstems Nummer. Aber er war noch immer nicht erreichbar. Hatte Kemal ihn etwa gebeten, sein Telefon auszuschalten? Nein, das würde er sich bestimmt nicht trauen.

Sie waren schnell fertig. Bis Esra ihr kaltes Mineralwasser ausgetrunken hatte, hatte Murat bereits alle Seiten kopiert. Als sie aus dem Gebäude kamen, sahen sie den Vorbeter Abid, der auf dem Weg zur Moschee war. Esra folgte nicht Murat, der in den Wagen einstieg, sondern blieb stehen und beobachtete aufmerksam den Vorbeter. Sie wollte herausfinden, ob er eine Wunde am Körper trug. Doch Abid wirkte kerngesund. Vielleicht ist es nur eine kleine Wunde, die er unter seinem Hemd versteckt, dachte sie.

Abid ging mit gesenktem Kopf, als befürchtete er, ein Geheimnis preiszugeben, wenn er den Menschen in die Augen sah. Am liebsten würde Esra auf ihn zugehen und ihn zur Rede stellen. Aber sie wusste, dass es den Hauptmann sehr erzürnen würde. Sie verfolgte ihn mit den Augen bis zum Eingang der Moschee und stieg ein. Jetzt glaubte sie noch fester daran, dass er der Mörder war. Sie hatte Vertrauen in die Körpersprache, denn sie verriet meistens Gefühle, Schwächen und Lügen, die man zu verbergen suchte. Sie erinnerte sich daran, dass sie Abids Blick verlogen fand, als sie sich begegnet waren. Dieser Kerl musste der Mörder sein. Weil er die schwere Last, die er sich aufgebürdet hatte, nicht tragen konnte, ging er mit so krummem Rücken und verstecktem Gesicht. Trotzdem blieb eine Frage, die sie nicht beantworten konnte. Den alten Haci Settar zu töten, war vielleicht nicht so schwer gewesen; aber wie hatte er es geschafft, einen so umsichtigen Mann wie Resat umzubringen? Vielleicht hatte er seine Opfer erst in Ohnmacht versetzt und danach getötet. Weil er Vorbeter ist, haben sie ihn bestimmt nicht verdächtigt, sodass er sich problemlos an sie heranschleichen konnte. Wer würde daran denken, dass ein Vorbeter mordet?

Als sie zurück in der Schule waren und Esra die kleine Gruppe unter der Weinlaube erblickte, dachte sie, Kemal sei wieder zurück, und sprang voller Freude aus dem Jeep, ohne zu warten, bis Murat geparkt hatte. Doch sie hatte sich umsonst gefreut. Kemal befand sich nicht in der Gruppe. Zuerst erkannte sie Joachim von der Istanbuler Abteilung des Deutschen Archäologischen Instituts. Sie konnte sich erinnern, dass sie auch die zwei Deutschen, mit denen Bernd im Gespräch war, schon einmal gesehen hatte. Das mussten seine Mitarbeiter sein, die gestern aus Istanbul gekommen waren. Timothy, Teoman und Elif waren nicht zu sehen. Sie waren bestimmt noch bei der Arbeit. Joachim stand lächelnd auf.

»Wie geht es Ihnen, Frau Esra?«

»Vielen Dank. Und Ihnen?«

»Danke, blendend.«

Sie schüttelte allen die Hand. Ausgerechnet jetzt, wo wir so viel zu tun haben, müssen wir auch noch Gäste empfangen, dachte sie.

»Ich gratuliere Ihnen«, sagte Joachim, ins Englische wechselnd. »Sie haben etwas Außerordentliches geschafft. Es ist ein wahres Wunder, an diesem Ort, wo seit Jahren gegraben wird, einen solchen Fund zu machen. Unter den Archäologen ist das Interesse enorm. Aus aller Welt bekommen wir massenweise Mails. Es gibt bereits ein Dutzend Akademiker aus Amerika, aus England und Deutschland, die in die Türkei kommen wollen, um die Tafeln zu sehen und den Fundort zu besichtigen. Großartig!«

»Der Erfolg gehört uns allen. Sie haben auch viel dazu beigetragen. Wie laufen die Vorbereitungen in Antep?«

Joachim musste sich anstrengen, um Esras schnelles Englisch zu verstehen.

»Es steht alles bereit. Gestern hatten wir zwar ein kleines Problem, aber dank Bernds und Timothys Hilfe haben wir es gelöst. Vor einer Stunde habe ich mit Herrn Krencker gesprochen. Er kommt morgen früh.«

»Wir sind auch fertig«, sagte Bernd aufgeregt und wandte sich an Esra: »Ich werde die Kollegen gleich zum Fundort fahren. Es wäre gut, wenn sie ihn vor den Journalisten sehen.«

»Gute Idee … Sie bleiben doch zum Abendessen, nicht wahr?«

»Leider müssen wir am Abend im Hotel sein. Vielleicht wollen die Journalisten aus Ankara mit uns sprechen.«

Das war die denkbar schönste Antwort, die Esra bekommen konnte. Trotzdem sagte sie: »Ach, was ist denn dabei, wenn Sie ein bisschen später kommen?«

Joachim fand diese aufdringliche Einladung sehr à la Turca und sagte ein wenig herablassend: »Danke schön, aber es geht leider nicht.«

Esra tat so, als würde sie es bedauernd akzeptieren. Sie entschuldigte sich, um die Kopien zu ordnen. Alle standen auf, um sich zu verabschieden.

Als sie an Timothys Zimmer vorbeiging, merkte sie, dass seine Tür einen Spalt offen stand. Sie spähte hinein und sah Nadide und ihren Enkel. Im anderen Klassenraum saß Teoman vor dem Computer.

»Hast du was von Kemal gehört?«, fragte sie ihn beim Eintreten.

»Nein«, sagte er, mit den bildschirmmüden Augen blinzelnd. »Kein Anruf, gar nichts. Hast du Rüstem erreicht?«

»Nein.«

Esra legte die Mappen aus der Hand und griff zu ihrem Telefon. Wieder dasselbe. Die Nummer war nicht erreichbar.

»Esra, sag mal, hat dieses Freiluftmuseum kein Telefon?«

»Anscheinend nicht. Jedenfalls weiß der Typ, mit dem ich gesprochen habe, nichts davon. Womit bist du gerade beschäftigt?«

»Tim hat die Kolophone übersetzt. Er meint, das sei ganz nützlich für die Pressekonferenz. Ich tippe sie in den Computer ein.«

»Gut. Es werden bestimmt Fragen über den Inhalt der Tafeln kommen … Ich gehe duschen. Mein Telefon lasse ich bei dir. Vielleicht ruft Kemal an.«

Esra blieb lange unter dem kalten Wasser. Ihr kam es vor, als würde das Wasser, das auf ihre Stirn fiel, auch ihre Sorgen wegspülen. Um niemandem begegnen zu müssen, ging sie danach schnellen Schrittes auf ihr Zimmer. Sie hatte Glück, weder Halaf noch Timothy kreuzten ihren Weg. Sie legte sich auf ihr Bett und schlief eine gute Stunde. Als sie erwachte, war sie schweißgebadet. Sie stand auf und ging hinaus.

Halaf schälte vor der Küche Zwiebeln und frischen Knoblauch. Timothy saß unter der Weinlaube. Esra ging zu ihm.

»Grüß dich, Tim! Deine Gäste sind wohl wieder weg?«

»Hallo! Ja, sie sind gegangen.«

»Betrübt dich irgendetwas?«

»Leider konnte ich der armen Frau keine gute Nachricht geben.« Er war den Tränen nahe.

»Über ihren Bruder?«

»Ja. Ich habs dir schon erzählt, ein Student von mir lebt in New York. Ich habe ihm eine Mail geschickt, die Adresse auf dem Brief von Nadides Bruder mitgeteilt und ihn gebeten, über Dikran Papazyan etwas herauszufinden. Gestern hat er mir geantwortet.«

»Was, so schnell?«

»Ja, er hatte gerade Zeit. Noch am gleichen Tag ist er hingefahren. Das Haus stand unbeschädigt da, aber niemand kannte Dikran. Dann hat er erfahren, dass ein gewisser Bill seit vielen Jahren in der Bar an der Ecke arbeitet und einfach alle kennt im Viertel. Tatsächlich hat sich der alte Bill sofort an Dikran erinnert. Er hatte ihn kurz nach seiner Ankunft kennengelernt und war mit ihm gut befreundet. Dann erzählte Bill meinem Studenten die ganze Geschichte: Also, Dikran lässt seine Schwester Nadya in der Türkei zurück und schafft es, mit seiner Mutter zuerst nach Aleppo und von dort nach Beirut zu fliehen. Aber die kranke Mutter überlebt die ganze Anstrengung nicht und stirbt in Beirut. Dikran bleibt eine Weile dort, dann macht er sich nach wiederholter Aufforderung seiner Verwandten, die nach Amerika geflohen sind, auf den Weg in die neue Welt. Die Verwandten finden eine Wohnung und Arbeit für ihn. Da lernt ihn auch Bill kennen. Dikran ist ein höflicher, schweigsamer Mensch. Sogar ein bisschen zu schweigsam. Nur, wenn er getrunken hat, verliert er die Beherrschung; erst bricht er in Tränen aus, dann greift er alle an, prügelt sie sogar. Man kann ihn auch schwer bezwingen, weil er recht groß und kräftig ist. Irgendwann schenkt ihm Bill keinen Alkohol mehr aus. Dikran ist sich seiner Krankheit bewusst; deshalb hält er sich von allen Menschen fern. Aber die Frauen lassen ihn nicht in Ruhe; er ist ein schöner Mann. Eine von ihnen, Nancy Wilkinson, bleibt hartnäckig, so lange, bis Dikran in die Heirat einwilligt. Im ersten Jahr ihrer Ehe läuft alles gut. Sie bekommen einen Sohn und sind sehr glücklich. Sie geben dem Kind den Namen Armenak. Aber mit dem Kind wachsen auch Dikrans Ängste. Mitten in der Nacht wird er von Albträumen aus dem Schlaf gerissen, sagt: ›Sie werden meinen Sohn umbringen‹, und rennt zum Bett des Kindes. Diese Angst entwickelt sich allmählich zu einer Paranoia. Jedem, dem er begegnet, erzählt er, man würde ihm das Baby wegnehmen, und wenn das Kind auch nur hustet, wirft er seiner Frau vor: ›Du hast meinen Sohn vergiftet!‹, und prügelt sie fürchterlich. Die arme Frau kann das nur ein paar Monate ertragen; eines Nachts flieht sie in der Angst, ihr Mann würde sie umbringen, Hals über Kopf aus dem Haus. Dikran bleibt mit seinem Sohn allein und verliert gänzlich den Verstand. Mit dem Befund der paranoiden Schizophrenie wird er ins Irrenhaus gesperrt. Dort ist er vor zwanzig Jahren gestorben.«

»Was ist mit dem kleinen Armenak passiert?«

»Seine Verwandten suchten lange nach seiner Mutter, aber ohne Ergebnis. Der Kleine wurde von einer amerikanischen Mittelschichtfamilie adoptiert. Aber weil das in Amerika unter gewisser Geheimhaltung passiert, können wir ihn unmöglich finden. Es ist ohnehin fraglich, ob es Nadides Schmerz lindern würde.«

»Was hat Tante Nadide gesagt, als sie erfahren hat, was mit ihrem Bruder geschah?«

»Was soll sie sagen, zuerst hat sie schluchzend geweint, und als sie sich beruhigte, hat sie ›Schicksal‹ gesagt und mit der Hand auf den Himmel gedeutet. ›Es geschieht immer Sein Wille.‹ Sie hat also im Glauben Trost gesucht, wie es die Menschen in Anatolien seit Tausenden von Jahren tun. Aber dieses Mal hat die Religion nicht geholfen. Weder Jesus noch Mohammed, weder die Worte der Bibel noch die des Korans haben sie beruhigt. Die Trauer in ihren schwarzen Augen war kein bisschen weniger geworden. Als ich sie so gesehen habe, hab ich mir gesagt: Blöder Timothy! Warum hast du ihr die Wahrheit erzählt?«

»Was kannst du denn dafür? Tu dir nicht unrecht! Du hast ihr geholfen.«

»Ich glaube nicht«, widersprach Timothy. So niedergeschlagen hatte Esra ihn noch nie gesehen. »Das Beste wäre gewesen, zu lügen. So hätte sie mit dem Gedanken gelebt, sie habe in weiter Ferne einen Bruder, auch wenn er sie vernachlässigt. Ich habe ihr die Hoffnung geraubt, ihn eines Tages zu finden. War die Wahrheit denn so notwendig?«

»Tim, du weißt, es ist falsch, so zu denken. Wir freuen uns doch die ganze Zeit, dass wir die Tafeln gefunden haben, weil sie uns der Wahrheit einen Schritt näher bringen.«

»Du hast recht, aber das nützt alles nichts.«

Esra sah Timothy verständnislos an. Sie hatte schon mehrmals den

Eindruck gehabt, er würde die Grabung nicht besonders wichtig nehmen und mit einer gewissen Gleichgültigkeit betrachten. Jetzt fühlte sie sich bestätigt.

»Kannst du mir bitte sagen, meine liebe Esra, welche Wahrheit die Tafeln uns lehren, die wir nicht eh schon kennen?«

»Das Ende der späten Hethiter …«

»Nein, welche grundlegende Wahrheit offenbaren sie uns? Wie brutal der Mensch ist? Davon berichtet doch Patasana. Ist das eine neue Erkenntnis?« Mit erhobener Stimme wiederholte er: »Sag mir bitte, ist das eine neue Erkenntnis?« Er sah sie eindringlich an, schwieg eine Weile und fuhr fort: »Die Menschheitsgeschichte erzählt von Anfang an nur davon. Dass manche Dummköpfe ›der Mensch ist gut, der Mensch ist edel, der Mensch ist erhaben‹ herunterbeten, ändert nichts an dieser Tatsache.« Er schwieg und musste mehrmals tief Atem holen. »Weißt du, warum ich seit langer Zeit nicht mehr an Grabungen teilnehme? Wegen dieser Wahrheit. Was ich in Vietnam erlebt habe, hat mich krank gemacht. Ich wurde viele Monate psychisch behandelt.«

Diese Worte, die Timothy so beiläufig aussprach, verwunderten Esra. Er war also in psychischer Behandlung gewesen … Deswegen war er sich so sicher, als er meinte, Eşref würde unter einem Kriegssyndrom leiden. Er konnte den Hauptmann verstehen, weil er das Gleiche erlebt hatte.

»Es gab einen Psychologen, ein groß gewachsener Mann, den ich Jerry nannte, da ich seinen Namen nicht kannte. Er war anders als alle anderen. Er war der Ansicht, Krieg sei etwas Selbstverständliches. ›Du bist nicht der Einzige auf der Welt, der getötet hat‹, sagte er. ›Vor dir haben Millionen von Menschen andere umgebracht. Das heißt, dein Verhalten war normal. Mach dir keine Vorwürfe.‹ Dank der Sitzungen mit ihm habe ich wieder zu mir gefunden. Dass Grausamkeit und der Drang zum Töten nicht nur eine Krankheit unserer Zeit sind, habe ich von ihm gelernt. Meine Kameraden, die an meiner Seite gestorben sind, einen Arm oder ein Bein verloren haben, vor Schmerzen ächzten und schrien; die verkohlten Leichen in den Dörfern, die wir in

Brand gesteckt haben; die Schreie der Vietkongkämpfer, die wir, ohne zwischen Mann und Frau zu unterscheiden, standrechtlich erschossen haben – all das konnte ich endlich vergessen.

Um den Krieg aus meiner Erinnerung zu tilgen, klammerte ich mich an meinen Beruf. Das Töten gehörte der Vergangenheit an, jetzt war ich Wissenschaftler. Ich wollte vergessene Zeiten ans Licht bringen, damit die Menschen von früheren Zivilisationen lernten und eine bessere Zukunft aufbauen konnten. Gleich, nachdem ich meinen Master in Yale gemacht hatte, kam ich nach Mesopotamien. Hoffend, glaubend, voller Elan. Aber all die Hügel, die Tumuli, die antiken Städte, jeder Tempel, jede Bibliothek und jedes Grab bestätigten ein ums andere Mal Jerrys Worte: Der Mensch ist nicht nur in unserer Zeit ein unverbesserlicher, erbarmungsloser Peiniger, sondern er ist es immer gewesen und hat Genuss dabei empfunden, Blut zu vergießen und anderen Schmerzen zuzufügen. Trotzdem gab ich nicht auf; in der Hoffnung, vielleicht eine Tafel, eine Inschrift, ein Relief, ein Zeichen zu finden, die mich das Gegenteil lehren würden, habe ich weitergegraben. Aber wie ein Detektiv, der versucht, die Unschuld seines verdächtigten Vaters nachzuweisen, und am Ende zusammenbricht, weil jede heiße Spur, jede neue Erkenntnis und jeder Zeuge bewiesen haben, dass sein Vater ein Monster ist, habe ich mich immer wieder vor Schmerz und Scham gewunden. Deswegen bin ich vor fünf Jahren hierhergeflohen. Ich habe versucht, unter diesen relativ rückständigen Leuten neue Freunde zu finden, einfache, ungekünstelte Menschen, die mich wieder ans Leben binden würden. Das ist mir zum Teil auch gelungen; in Antep, in der Kleinstadt, in den Dörfern habe ich Freunde gewonnen; sie haben mir freigebig einen Platz in ihrem Leben eingeräumt. Ich habe entdeckt, wie wundersam das Rot der Granatapfelblüte ist, wie köstlich süßsaure Pflaumen schmecken und wie herrlich Weintrauben sind. Das Ergreifende in der Melodie eines Volksliedes habe ich entdeckt. Aber nicht nur das, sondern auch, dass all dies Seite an Seite mit jener schrecklichen Wahrheit existiert. Die gleiche Brutalität wie in Amerika und in Vietnam gibt es auch hier. Ich habe angefangen, keine Nachrichten mehr zu hören und keine

Zeitung zu lesen. Ich habe versucht, vor den Menschen, also auch vor mir selbst zu fliehen. Aber es hat nichts genützt, du kannst dir nicht entkommen … Das war der Grund, warum ich zögerte, als du mir angeboten hast, bei der Ausgrabung mitzuarbeiten. Ich hatte Angst, ein weiteres Mal zu dieser verdammten Erkenntnis zu gelangen. Und meine Angst bestätigt sich. Nicht nur aus den Tafeln von Patasana, auch aus dem Leben dieser alten Frau, diesem Leben, das durch Vertreibung, ethnische Feindschaft, religiösen Fanatismus verwundet ist, springt mir die gleiche furchtbare Wahrheit entgegen.«

Während Timothy sprach, erinnerte sich Esra an das, was Eşref ihr erzählt hatte. Sie dachte an die Meldungen über die Kämpfe, die schon zu gewöhnlichen Nachrichten geworden waren. Die leblosen Körper junger Kurden, die zerfetzt in Felsenhöhlen liegen bleiben, und die Leichen der Soldaten, die in Särgen, umwickelt von Fahnen, mit Tränen und Wehklagen verabschiedet werden, passierten vor ihren Augen Revue. Sie verstand Timothy, teilte seine Gefühle, spürte den gleichen Schmerz. Nur konnte sie sich nicht damit abfinden, dass dieser Mann, der so gut in seinem Beruf war, sich von der Archäologie abwandte und seine Arbeit ihn kaltließ.

»Du hast recht, aber wir müssen unsere Aufgabe erfüllen«, sagte sie. Sie hatte nicht so entschlossen geklungen, wie sie es gewollt hatte. »So können wir den Menschen wenigstens zu dieser Erkenntnis verhelfen, von der du sprichst.«

»Selbst wenn wir tausend Belege ausgraben wie diese Tafeln, wird es nichts nützen. Der Mensch ist ein erschreckend dummes Wesen.«

»Gut, aber was sollen wir tun? Die Hände in den Schoß legen, weil der Mensch brutal ist und seiner Natur nach ein Mörder?«

»Zweifellos müssen wir etwas tun«, antwortete Timothy. Er hätte auch weitergesprochen, wenn nicht Teoman mit Esras Mobiltelefon in der Hand herbeigerannt wäre.

»Anruf für dich«, sagte er ganz außer Atem. »Vom Museum in Antep.« Aufgeregt riss Esra das Telefon an sich. Endlich meldete sich Rüstem, und sie würden etwas von Kemal erfahren. Aber es war nur die Sekretärin, mit der sie am Morgen telefoniert hatte. Sie hatte zu

Rüstem Bey Kontakt aufgenommen und ihm Esras Anruf mitgeteilt. Rüstem Bey habe gesagt, sein Handy sei defekt, aber sie würden sich morgen auf der Pressekonferenz sehen. Das war alles.

»Dieser Blödmann ist auf jeden Fall bei Rüstem«, meinte Teoman. »Woher soll Rüstem sonst von der Pressekonferenz erfahren haben? Wir haben ihm ja nicht Bescheid gesagt.«

»Stimmt«, erwiderte Esra, »das haben wir vergessen. Er hat es bestimmt von Kemal gehört. Das heißt, Seine Hoheit gedenken nicht, vor morgen früh aufzutauchen. Aber er wird was erleben, Pressekonferenz hin oder her.«

Timothy senkte den Kopf und rührte sich nicht. Halaf hatte mitbekommen, dass es um Kemal ging, und eilte herbei.

»Es gibt nichts Neues«, klärte Esra ihn auf, »nur Vermutungen.«

»Hoffentlich kommt er wohlbehalten zurück«, sagte Halaf leise.

»Hoffentlich.«

Doch Halaf stand immer noch da.

»Hast du noch eine Frage?«

»Ich nicht, aber vielleicht haben Sie noch etwas zu fragen.«

»Wirklich? Was denn?«

»Was ich zum Abendessen koche. Das fragen Sie doch jeden Tag.«

»Du bist ja witzig. Und ich dachte, es wäre was Wichtiges.«

»Wie jetzt? Essen findest du unwichtig?«, warf Teoman ein.

»Gut, gut … Und, was essen wir heute Abend?«

»Siveydiz«, sagte Halaf stolz.

Esra und Teoman schauten sich gegenseitig an und fragten im selben Moment: »Was ist denn das?«

»Eine sehr leckere Speise.«

Esra schaute den Koch zweifelnd an.

»Fragen Sie Tim«, sagte Halaf gekränkt. »Er weiß sehr gut, wie Siveydiz schmeckt.«

Timothy erwachte aus seiner Versunkenheit. »Was?«, fragte er.

»Siveydiz«, antwortete Halaf.

Timothy versuchte zu lächeln. »Ein köstliches Essen«, sagte er, »etwas ganz Besonderes …«

»Mal sehen, ob es uns auch schmeckt«, neckte Esra. »Ach so, und mach ein bisschen mehr. Vielleicht kommt der Hauptmann vorbei.«

»Du bist großartig, Halaf«, lachte Teoman. »Wer dein Essen einmal gekostet hat, wird süchtig davon. Der Hauptmann war erst gestern hier, und siehe da, heute Abend kommt er schon wieder.«

»Ich werde nach dieser Grabung ein Restaurant eröffnen«, bemerkte Halaf, bevor er wieder zur Küche ging.

»Gute Idee«, rief ihm Teoman hinterher. »Und nenne es ›Die Hethitische Volksküche‹. Dein erster Gast wartet schon an der Tür: Hauptmann Eşref.«

Teoman ging aber langsam zu weit. Sie musste irgendeine Gelegenheit finden, um ihm die Ohren lang zu ziehen. Hoffentlich führt er diese Geschmacklosigkeit heute Abend nicht weiter, wenn der Hauptmann da ist, dachte Esra. Aber Teoman fand gar keine Gelegenheit dazu; der Hauptmann rief eine Stunde vor dem Essen an und teilte mit, er könne nicht kommen. Seiner Stimme war zu entnehmen, dass etwas Wichtiges geschehen war. Er wollte es nicht am Telefon erzählen, nur so viel, dass er Abid auf die Wache beordert hatte. Gleich würde er mit ihm sprechen.

Esra war froh, dass Abid endlich verhört wurde. Und obwohl sie sagte: »Es tut mir leid, dass du nicht kommen wirst«, fand sie es erfreulich, dass Eşref nicht zum Essen kam. Sie hatten sich in letzter Zeit so oft getroffen, das fiel in der Gruppe bestimmt auf. Außerdem befürchtete sie ein Wiederaufflammen der Armenierdiskussion. Bernd hatte zwar den ganzen Tag kein Wort darüber verloren, aber konnte sie ihm trauen?

Halafs Speise mit dem seltsamen Namen war wirklich köstlich. Selbst Elif, die sich nicht sonderlich fürs Essen interessierte, bat Halaf um das Rezept, worauf jener beschwingt erzählte: »Als Erstes legst du die Fleischstücke in einen Topf, dann gibst du Kichererbsen dazu und lässt es aufkochen. Später wirfst du Frühlingszwiebeln und frischen Knoblauch hinein, die du so groß wie das zweite Gelenk des Daumens geschnitten hast. In einer Schale filterst du Joghurt, schlägst ein Ei rein und kochst das Ganze. Dann gibst du es in den anderen Topf, rührst um, und wenn es aufkocht, tust du Pfefferminze, Haspir und schwarzen Pfeffer dazu.«

Teoman hatte der Beschreibung mit großer Aufmerksamkeit gelauscht. »Alles klar, aber was soll dieses Haspir sein?«, fragte er.

»Siehst du die roten Kräuter im Essen? Das ist Haspir. Es gibt dem Körper Kraft und den Speisen Geschmack.«

Während sie Tee tranken, gingen sie ein letztes Mal die Vorbereitungen durch. Die Texte für die Journalisten waren fertig, Timothy und Bernd hatten ihre Reden geschrieben, Elif hatte die Fotos gedruckt und Teoman die Zusammenfassung der Tafeln in den Computer eingegeben. Nichts schien mehr zu fehlen. Esra verspürte eine wohltuende Ruhe. Die Nervosität, die sie nach Kemals Verschwinden wie ein Albtraum befallen hatte, war wie weggewischt. Dankbar sah sie ihre Kollegen an.

»Dann haben wir uns heute einen guten Schlaf verdient. Vergesst nicht, morgen wird früh aufgestanden.«

Trotz dieser Mahnung ging niemand ins Bett. Teoman half abwaschen und plauderte mit Halaf über Speisen. Bernd las seine Rede für den kommenden Tag noch einmal durch, mochte das Ende nicht und schrieb es zweimal um. Timothy und Murat gingen am Euphrat spazieren und vertieften sich in ein Gespräch über die Tradition der Menschenopfer bei den Azteken. Und Elif bat Esra auf ihr Zimmer, damit sie bei der Auswahl der Kleidung half, die sie morgen tragen würde. Doch sie hielt sich so lange bei jedem Detail auf, dass Esra ihr Zimmer erst verlassen konnte, als Halaf kam und ihr mitteilte, der Hauptmann sei da und würde bei der Weinlaube warten.

Sie sah auf ihre Uhr; es war elf. Wenn er um diese Zeit gekommen war, musste es wichtige Neuigkeiten geben. Sie überhörte Elifs Frage, ob die cremefarbene Bluse passte, und eilte aus dem Zimmer.

Eşref wirkte angespannt, versuchte aber zu lächeln, als er Esra sah.

»Guten Abend, Esra!«

»Was ist passiert? Hoffentlich nichts Schlimmes.«

»Kein Grund zur Sorge«, sagte der Hauptmann, ohne ihr in die

Augen zu schauen. »Ein paar Jäger haben eine Höhle entdeckt. Sie haben erzählt, es liege ein toter Terrorist darin. Ich bin auf dem Weg dorthin. Ich dachte, unterwegs fahre ich bei dir vorbei.«

»Es ist nichts Gefährliches, oder?«

»Ich glaube nicht. Es muss das Versteck von Mahmut und seinen Freunden sein. Wenn sie nicht ins Dorf kamen, haben sie wahrscheinlich dort übernachtet.«

»Und der tote Terrorist?«

»Vielleicht wurde er bei dem Schusswechsel neulich verletzt, hat sich dann in die Höhle geflüchtet und ist dort gestorben.«

Es konnte nicht sein, dass der Hauptmann gekommen war, nur um diese Information weiterzugeben. Sein niedergeschlagener Gesichtsausdruck, seine Augen, die ihr auswichen, seine Arme, die nervös schlenkerten … Auf einmal verstand sie.

»Was ist mit Abid?«

»Er ist unschuldig«, antwortete der Hauptmann schnell.

Er verheimlicht etwas, dachte Esra.

»Er ist unschuldig«, wiederholte der Hauptmann. Dieses Mal hatte er nicht so hastig gesprochen. »Er war woanders, als der Mord verübt wurde. Er hat Zeugen.«

»Als der letzte Mord verübt wurde?«

»Ja.«

»Und als Resat umgebracht wurde?«

»Hör zu, Esra. Der Vorbeter Abid ist unschuldig. Ich habe mit den Zeugen gesprochen. Es gibt keinen einzigen Beweis für seine Schuld.«

»Warum wolltest du ihn dann verhören?«

»Ich wollte sicher sein.«

»Und dann warst du sicher, als er dir gesagt hat: Ich bin unschuldig?«

»So einfach ist das nicht. Aber wenn ich dir sage, er ist unschuldig, dann ist er auch unschuldig. Vertraue mir.«

Esra sah Eşref mit eisigem Blick an. Sie war überzeugt, dass er etwas verheimlichte, aber sie wusste auch, dass er nicht einen Mörder in Schutz nehmen würde. »Du schützt ihn nicht, oder?«

Als sie seine wütenden Augen sah, wusste sie, dass dies nicht der Fall war. »Aber irgendetwas verheimlichst du vor mir«, sagte sie sanft. »Und das macht mich misstrauisch.«

Sie hatte recht. Eşref verschwieg, dass der Vorbeter Abid für den Nachrichtendienst arbeitete. In der Nacht, als Resat Aga getötet wurde, hatte man ihn im Dorf seiner Schwester gesehen. Das war der Grund, warum ihn der Hauptmann verhören wollte. Er hatte Abid gefragt, wo er sich zur Stunde des Mordes an Resat aufgehalten hatte.

»Zu Hause«, hatte er geantwortet. »Ich bin spät aus dem Dorf zurückgekommen.«

Aber er wohnte allein, es gab niemanden, der seine Aussage bestätigen konnte. Auf die Frage: »Und wo warst du gestern Nacht?«, erwiderte er, er sei in Antep gewesen. Er habe einen Freund besucht.

Der Hauptmann fragte nach dem Namen und der Adresse des Freundes. Als der Vorbeter damit nicht herausrücken wollte, sagte er drohend: »Du bist als Verdächtigter für drei Morde hier.«

Das Wort Mord beunruhigte Abid. Er bat darum, telefonieren zu dürfen. Der Hauptmann lehnte es ab.

»Entweder nennst du freiwillig Namen und Adresse der Person, die du in Antep getroffen hast, oder ich helfe dir, deine Zunge zu lösen.«

Abid beschloss zu kooperieren und sagte, er wolle unter vier Augen mit ihm reden. Der Hauptmann schickte seine Soldaten hinaus, und Abid erklärte, er habe sich in Antep mit Hauptkommissar Yilmaz von der Abteilung für Terrorbekämpfung getroffen. Er könne ihn ja anrufen, um das bestätigen zu lassen. Eşref glaubte ihm zwar nicht, rief aber trotzdem bei der Terrorbekämpfung an. Der Hauptkommissar konnte zunächst nicht verstehen, was er mit Eşref zu tun haben sollte, doch als er erfuhr, worum es ging, bestätigte er: »Ja, Abid war gestern Abend bei mir. Sie können ihm vertrauen, er ist ein treuer Bürger.«

Trotzdem war der Hauptmann nicht ganz überzeugt. Er rief Oberst Nedim beim Nachrichtendienst der Gendarmerie an und erkundigte sich nach Hauptkommissar Yilmaz. Man könne ihm auf jeden Fall vertrauen, erfuhr er. Daraufhin entschuldigte er sich bei Abid und sagte, er könne gehen.

»Ich hoffe, das bleibt unter uns«, schärfte er ihm noch ein.

Auf jeden Fall würde es unter ihnen bleiben, denn das war Staatsgeheimnis. Das war auch der Grund, warum er Esra nichts davon erzählte.

Esra glaubte ihm, obwohl sie wusste, dass er nicht die ganze Wahrheit sagte. Sie hatte weder einen konkreten Grund, ihm zu vertrauen, noch konnte sie sich auf gemeinsam verbrachte Jahre oder ein Versprechen berufen, einander nie anzulügen. Dieses Vertrauen rührte nur von einer wankelmütigen Empfindung her, die man Liebe nannte und deren Zukunft im Ungewissen lag. Es löste auch kein einziges Problem und ließ die beunruhigende Frage offen: Wenn Abid unschuldig war, wer war dann der Mörder? Auch der Hauptmann hatte darauf keine Antwort, und er wollte in diesem Augenblick nicht darüber nachdenken. Als er sich wieder auf den Weg machte, war er nur noch mit dem Toten in der Höhle beschäftigt.

Sechsundzwanzigste Tafel

Aschmunikals Leichnam verschwand. Pisiris übergab ihren leblosen Körper nicht ihrer Familie, er ließ ihn auch nicht in einer Amphora bestatten, wie er es sonst bei seinen Auserwählten handhabte. Niemand erfuhr, was er getan. Aschmunikals Leib, so schön, dass ihn die Göttinnen beneiden würden, ließ er einfach verschwinden.

Noch mehr, als von Aschmunikal betrogen worden zu sein, erzürnte sich Pisiris darüber, dass seine Unfruchtbarkeit kein Geheimnis mehr war. Was ihm die Empfängnis Aschmunikals bewusst gemacht, hatten jetzt auch andere am Hofe erfahren. Aus Sorge, diese beschämende Wahrheit könnte auch außerhalb der Palastmauern die Runde machen, ließ er seine Ermittlungen beenden. Unter dem Volke wurde die Lüge verbreitet, Aschmunikal sei versehentlich aus dem Fenster des Harems gestürzt. Ihre Eltern wurden freigelassen, nachdem man sie gehörig eingeschüchtert hatte. Der König sprach nur ein einziges Mal mit mir über Aschmunikal. Er fragte, wann ich sie zuletzt gesehen, welche Tafeln sie gelesen und ob ich traurig sei. Ruhig und gelassen antwortete ich ihm. Mit dem Kopf nickend, hörte er zu. Dann wechselte er das Thema.

Pisiris verbrachte die schlimmste Zeit seines Lebens. Seine Träume, das große Hethitische Königreich neu zu beleben, waren durch den Angriff der Assyrer vereitelt; nun war auch bekannt, dass er ein unfruchtbarer Mann sei und niemanden würde hinterlassen können, der sein Geschlecht fortführte. Für einen so ehrgeizigen Menschen wie ihn war es sehr schwer, das hinzunehmen. Er suchte Trost in der Jagd, die er seit seiner Kindheit liebte. Er nutzte jede Gelegenheit, sich außerhalb der mächtigen Stadtmauern aufzuhalten, und blieb oft viele Tage weg. Während er auf lustvollen Jagdausflügen seine gescheiterten Jahre zu vergessen und seinen gekränkten Stolz zu heilen suchte, ließ ich in mir die Wut wachsen, die ihn ins Grab befördern würde.

Zu Hause, im Palast, in der Bibliothek, am Euphrat – überall sann ich darüber, wie ich mich an ihm rächen könnte. Es durfte keine übereilte Rache sein; Pisiris durfte nichts ahnen und erst begreifen, dass er in der Falle saß, wenn es bereits zu spät war. Das Wichtigste, was ich für diese schöne Rache brauchte, war Geduld. Ich harrte regungslos wie eine blinde Schlange und wartete auf die beste Gelegenheit, nach meiner Beute zu greifen.

Ich beendete mein Junggesellendasein, worüber in letzter Zeit viel gelästert worden war, und lenkte die allgemeine Aufmerksamkeit von mir ab. Ich heiratete Pischschuwatti, die Tochter einer adligen Familie. Meine Mutter, meine Braut, ihre Familie, alle waren glücklich. Bis zu meinem Glück war noch Zeit.

Es waren Friedensjahre. Die Assyrer hatten mit ihren eigenen Sorgen genug zu tun. Ihrem König Salmanasar war ein kurzes Leben beschert. Sein Nachfolger übernahm ein von Aufruhr geplagtes Imperium. Er festigte seine Macht durch Blutvergießen, bevor er sein Augenmerk nach außen richtete.

Rusa, der neue König der Urartäer, brannte darauf, sich an den Assyrern für die früheren Niederlagen zu rächen. In seinen Schreiben machte er kein Geheimnis aus seinem Begehr. Wenn ich Pisiris Rusas Tafeln vorlas, sah ich in seinen nicht mehr jungen Augen Funken wie in alten Tagen. Für meine Rache brauchte ich die waghalsigen Gedanken, die sich hinter diesen Funken verbargen. Pisiris hatte jedoch die Niederlagen der Vergangenheit nicht vergessen und war vorsichtig. Während er versuchte, gute Beziehungen zu den Urartäern zu pflegen, vermied er gleichzeitig, sie offen zu unterstützen.

Ich musste warten. Bis die Zeit Pisiris' Gedächtnis benebelte, bis das Vergangene vergessen war, bis die Spuren der Grausamkeit unkenntlich wurden, musste ich warten. Ich wartete. Tagelang, monatelang, jahrelang. Meine Frau wurde schwanger, mein erster Sohn kam zur Welt, ich wartete, Grau fiel auf mein Haar, meine Stirn wurde runzelig, ich wartete. Meine Mutter verschied, mein zweiter Sohn wurde geboren, ich wartete. Die Urartäer schrieben uns Briefe des guten Willens, die Assyrer erhöhten die Steuern, ich wartete.

Als Pisiris anfing, in aller Öffentlichkeit von Assyrern in Worten des Zornes zu sprechen, wusste ich, meine Wartezeit war beendet. Geschickt schlich ich mich in seine Gedanken ein. Obwohl er auf die Assyrer wütend war, hatte er noch immer Angst, sich an der Seite der Urartäer in das Kampfgebiet zu begeben. Ich empfahl ihm einen anderen Weg, von dem er nicht ahnte, er würde seinen Niedergang herbeiführen. Ich sprach davon, unsere Beziehungen zu den Phrygiern auszubauen, die nur auf eine Gelegenheit warteten, die Assyrer zu besiegen, auch wenn sie den Krieg noch mieden. An einem baldigen Krieg zwischen dem assyrischen König Sargon und dem urartäischen König Rusa führte kein Weg mehr vorbei. Wer diesen Krieg auch gewinnen mochte, beide Könige würden erschöpft aus ihm hervorgehen. In einer solchen Situation könnten wir uns mit den Phrygiern verbünden, da ihre Armee nicht angeschlagen sein würde, und könnten uns von den Assyrern befreien. Mein Vorschlag weckte Pisiris' Interesse. Der ehrgeizige, aber dumme Pisiris stimmte diesem Vorschlag, der keine Gefahr in sich zu bergen schien, zu. Sogleich ließ er eine Tafel an Midas, den weisen König der Phrygier, aufsetzen und teilte ihm seine besten Absichten mit. Midas freute sich sehr über das Schreiben. Denn ein Königreich unter der Herrschaft seiner assyrischen Todfeinde suchte seine Nähe. Seine Antwort, in der er sein Wohlwollen ausdrückte, erfolgte rasch. Pisiris schöpfte, auch durch meine Einflüsterungen, unbändigen Mut und offenbarte mit einer neuen Tafel unumwunden sein Ziel. Er sprach von den barbarischen Assyrern, die die hethitischen Königreiche wie Blutegel aussaugten, und bezeichnete Midas einen Retter. Midas' Antwort war noch freigebiger. Er erklärte, er sei zu jeder Hilfe bereit.

Während dieser Briefwechsel geführt wurde, stand ich, der Mann, dem Pisiris am meisten vertraute, schon längst in Verbindung mit dem Kommandanten der Verwaltung der Außenbezirke. Diesem assyrischen Kommandanten teilte ich mit, Pisiris treibe unser Land in ein blutiges Abenteuer, und reichte ihm die Mitschriften der Tafeln, die wir an Midas sandten, damit er sie an König Sargon weiterleite.

Zu jener Zeit hatte Sargon Syrien und Ägypten bezwungen und

anschließend seine Armeen zum oberen Euphrat gelenkt. Als Erstes überfiel er Tabal und setzte dort einen ihm treuen König ein. Und bevor er in einen Krieg gegen die Urartäer zog, belagerte er unsere Tore. Nun waren meine langen Jahre des Wartens vorüber, und der Zeitpunkt, um mit Pisiris abzurechnen, rückte immer näher. Endlich würde ich meinen Vater, Aschmunikal und mein ungeborenes Kind rächen.

27

Endlich war der ersehnte Tag gekommen. Wie alle Archäologen hatte auch Esra davon geträumt, zu jenen legendären Menschen zu gehören, die mit außergewöhnlichen Funden das Leben längst vergangener Zeiten sichtbar machten, dessen Spuren durch Erdbeben, Kriege, Brände, Epidemien und Völkerwanderungen unlesbar geworden waren. Schon in jungen Jahren durfte sie erleben, wie sich ihr Traum verwirklichte, während dieser Erfolg den meisten ihrer Kollegen ein Leben lang verwehrt blieb.

An diesem Morgen stieg sie beschwingt aus dem Bett. Vergessen waren die Gedanken der letzten Nacht, die ihr nach dem Besuch des Hauptmanns den Schlaf geraubt hatten: Wenn Abid unschuldig ist, dann ist vielleicht tatsächlich Bernd der Mörder, hatte sie gedacht. Aber in diesem Fall müsste er verwundet sein. Und unter einem dünnen T-Shirt eine Wunde zu verdecken, ist nicht so einfach. Nur, Eşref kann trotzdem ein Argument finden, um ihn zu verdächtigen. Seit der Diskussion über die Armenier betrachtet er ihn als Feind der türkischen Nation. Und wenn er ihn festnimmt? Dann ist die Moral in der Gruppe völlig im Eimer. Wir sind sowieso sehr angespannt, seit Kemal verschwunden ist. Ich muss mit Eşref sprechen und ihn überzeugen, dass Bernd nicht schuldig sein kann. Aber dann decke ich eventuell einen Mörder. Vielleicht ist die Familie seiner Frau gar nicht aus Hatay ausgewandert, wie er behauptet, sondern aus dieser Gegend. Dann ist es nicht auszuschließen, dass es hier immer noch Verwandte gibt. Solche, die ihm geholfen haben, diese Morde zu verüben. Was für ein Blödsinn! Meine unheilvolle Paranoia! Ich habe noch nie gesehen, dass Bernd mit jemandem aus der Bevölkerung sprach. Ich muss endlich aufhören, die Amateurpolizistin zu spielen, und meine Aufmerksamkeit unserer Pressekonferenz widmen. Und jetzt wird geschlafen, Esra!

Als sie aufwachte, waren ihre Sorgen verschwunden. Sie stand auf, ging duschen und kleidete sich sorgfältig an. Vor dem Spiegel ordnete sie ihre widerspenstigen Haare und versuchte, sich auszumalen, wie sie auf der Pressekonferenz aussehen würde. Zufrieden mit dem Bild, das vor ihrem inneren Auge entstand, verließ sie das Zimmer.

Zum ersten Mal gab es niemanden, der nicht aus dem Bett kam, sich verspätete oder mit schlaftrunkenen Augen am Tisch erschien. In allen Gesichtern war eine freudige Spannung und Stolz. Die zerrissenen, fleckenübersäten Bluejeans und ausgeblichenen T-Shirts waren gegen gebügelte Hosen, Röcke, Blusen und Hemden ausgetauscht worden.

Außer dass manche Fotos, die Elif entwickelt hatte, nicht gut geworden waren, lief alles nach Plan. Die Gruppe war bereit, den Journalisten gegenüberzutreten.

Auch Halaf ließ sich von der Festtagsstimmung mitreißen.

»Darf ich mit zur Pressekonferenz, Esra Hanim?«

»Das geht leider nicht. Die Journalisten werden bestimmt auch die Schule besichtigen wollen. Bis dahin muss hier alles aufgeräumt werden. Bitte kontrolliere auch die Zimmer, ob wirklich alles in Ordnung ist.«

Halaf hatte seinen Militärdienst in einem Sonderkommando absolviert und wusste um die Bedeutung der Disziplin. Wenn man ihm sagte, er solle hierbleiben, dann würde er eben bleiben.

Bernd war als Erster mit dem Frühstück fertig und wiederholte immer wieder, dass sie nicht zu spät kommen durften.

»Entspann dich mal, Bernd«, sagte Teoman, der genussvoll aß, »es ist erst fünf Uhr.«

»Aber wir haben einen langen Weg. In Antep gibt es auch noch einiges zu tun.«

»Wir kriegen das schon hin, keine Sorge.«

»Je früher wir fahren, umso besser«, meinte Timothy. »Ich kenne diese Pressekonferenzen. Jeden Moment taucht ein neues Problem auf.«

»Ich finde auch, dass Bernd recht hat«, entschied Esra. »Wir sollten Joachim nicht allein lassen.«

Teoman begann, schneller zu essen. Esra betrachtete lächelnd ihren heißhungrigen Kollegen. Es tat ihr leid, dass sie ihn so zur Eile antrieb. Wenn sie nur etwas früher aufgestanden wären! Aber dann hätten sie sich genauso beeilt. Das lag an der unvermeidlichen Nervosität vor der Pressekonferenz. Am besten, sie machten sich so schnell wie möglich auf den Weg. Doch gerade als sie vom Frühstückstisch aufstehen wollten, tauchte der Jeep des Hauptmanns aus dem aschgrauen Licht des Morgens auf.

»Der Hauptmann hat wohl das Abendessen mit dem Frühstück verwechselt«, versuchte Teoman einen Witz, aber niemand lachte. »Vielleicht kommt er mit. Er geht ja ein und aus hier, als gehörte er schon zu uns.«

Esra überhörte diese Bemerkung. Sie beobachtete sorgenvoll Eşref, der ausgestiegen war und näher kam.

Halaf sprach aus, was alle dachten: »Es ist kein gutes Zeichen, wenn der Hauptmann so früh kommt. Hoffentlich ist nichts Schlimmes passiert.«

Esra fiel auf, dass er die Schultern hängen ließ und mit den Füßen schlurfte, wie am vergangenen Freitag, als er gekommen war, um von Haci Settars Tod zu berichten. In seinem Gesicht lag ein Ausdruck der Trostlosigkeit, und er versuchte, niemandem in die Augen zu schauen. »Es ist etwas sehr Schlimmes passiert«, sagte sie leise.

Der Hauptmann blieb wortlos vor dem Tisch stehen; er sah so niedergeschlagen aus, als wäre er persönlich verantwortlich für die schlimme Nachricht, die er überbringen musste. Dass alle ihn in furchtsamer Erwartung anschauten, machte ihn unfähig zu sprechen. Aber plötzlich hob er den Kopf, schaute Esra in die Augen und sagte atemlos: »Die Leiche in der Höhle gehört nicht einem Terroristen.« Niemand außer Esra wusste, was er meinte. »Die Jäger haben sich geirrt.«

Der Schmerz in Esras Augen brachte ihn zum Schweigen. Sie hatte verstanden. Aber in der Hoffnung, sich geirrt zu haben, wartete sie ab. Die Grabesstille wollte jedoch kein Ende nehmen. Schließlich hielt sie es nicht mehr aus.

»Kemal?«

»Ja. Leider liegt Kemal in der Höhle.«

»Oh Gott, Kemal!«, stöhnte Esra. Ihr Körper fing an zu beben, Tränen liefen über ihre Wangen. Im selben Moment erhob sich Elifs Schrei: »Nein, das ist nicht wahr!« Esra nahm Elif in die Arme. Beide fingen an zu weinen. Die anderen starrten entsetzt den Hauptmann an.

Teoman ballte die Fäuste. »Warum? Was wollen die von Kemal?«

»Ist doch klar, warum«, schrie Murat. »Er hat den Mord mitbekommen. Und da hat der Mörder auch ihn getötet.«

Timothy und Halaf senkten die Köpfe und schwiegen wie Steine.

»Irgendwelche Leute versuchen, die Ausgrabung zu verhindern«, vermutete Bernd. »Um uns Angst zu machen, haben sie drei Menschen getötet. Und weil das nicht gewirkt hat, sind wir jetzt an der Reihe.«

»Ich fürchte, es ist ein bisschen komplizierter«, sagte der Hauptmann mit Blick auf Esra, die wie Elif laut weinte. »Wenn ihr euch ein bisschen erholt habt, kann ich euch meinen Verdacht mitteilen.«

»Von Ihrem Verdacht würden wir gerne erfahren«, antwortete Bernd. »Aber im Augenblick geht es um eine wichtige Pressekonferenz, für die wir uns beeilen müssen.«

»Nein«, explodierte Esra und befreite sich aus Elifs Umarmung. »Zur Hölle mit der Pressekonferenz. Ich tue keinen Schritt, bevor ich erfahren habe, was mit meinem Kollegen geschehen ist.« Ihre geröteten Augen blitzten zornig und entschlossen auf.

»Aber …«, wollte Bernd widersprechen.

»Kein Aber! Ohne zu erfahren, was mit Kemal passiert ist, kann ich nicht zur Pressekonferenz fahren.«

»Ich schon.«

»Nein, du fährst nicht. Du wirst hierbleiben und dir anhören, was Hauptmann Eşref zu sagen hat.«

»Und warum?«

»Was heißt, warum? Vier Menschen wurden getötet. Und einer von ihnen ist unser Freund. Vielleicht ist der Mörder unter uns.«

»Verstehe ich richtig? Der Mörder soll einer von uns sein?«

»Ich sage nur, dass es möglich ist. Bis jetzt haben wir ihn immer außerhalb gesucht.« Sie nahm eine Serviette und trocknete ihre Augen.

»Esra, geht es dir gut?«, fragte Teoman besorgt.

»Wie soll es mir gut gehen?«, schrie Esra. »Ich bin traurig, wütend, beunruhigt, voller Zweifel und habe Angst. Aber ich bin bei Verstand. Ich erlaube niemandem, hier wegzugehen, ohne dem Hauptmann zugehört zu haben.«

Um keine Gelegenheit für weitere Einwände zu geben, fing Eşref an zu erzählen: »Was ihr von mir hören werdet, wird euch noch trauriger machen. Ihr werdet denken, ich hätte den Verstand verloren.« Er hielt kurz inne und wandte sich an Esra: »Vielleicht wirst du denken, ich spinne. Aber damit die Ermittlungen verlässlich geführt werden können, muss ich es erzählen und eure Meinung einholen. Gestern Nacht bin ich zu der Höhle gefahren, die die Jäger entdeckt haben. Es ist eine kleine Höhle am Euphrat, entstanden durch den Einfluss der Strömung, ungefähr drei Kilometer von hier. Ein Versteck, das bis jetzt geheim geblieben ist, weil ein riesiger Felsen den Eingang verdeckt. Deswegen ist sie den Jägern lange Zeit nicht aufgefallen. Aber sie haben sie entdeckt, weil ihre Hunde das Blut gerochen haben. Sie sind hineingegangen, haben die Leiche gefunden, und als sie die ganzen Gerätschaften bemerkt haben, dachten sie, diese Höhle wird von Terroristen benutzt, und haben uns benachrichtigt. Als ich dort ankam, habe ich meine Taschenlampe auf die Leiche gerichtet. Die Kleidung kam mir irgendwie bekannt vor, aber ich kam nicht drauf, dass sie Kemal gehörte. Ihr könnt euch vorstellen, wie verwirrt ich war, als ich sein Gesicht sah. Er war am Kopf verletzt, auf seiner rechten Schläfe klaffte eine tiefe Wunde, zweieinhalb Zentimeter breit, aber es war nicht viel Blut auf dem Boden. Nachdem ich den ersten Schock überwunden hatte, habe ich die Höhle durchsucht: Kleidungsstücke mit Blutflecken, ein Paar Gummistiefel, zwei Kommandomesser, ein leichtes Beil mit spitzem Ende, sechs Paar dünne Handschuhe, drei Taschenlampen in unterschiedlichen Größen, zwei Betäubungssprays, eine 9-mm-Pistole der Marke Beretta, Utensilien für die Erste Hilfe und schwarze Mönchskleidung …«

»Also hat der Mörder diese Höhle benutzt«, sagte Esra.

»Ja. Damit ist auch klar, warum der Mörder an den Tatorten weder eine Waffe noch Fingerabdrücke oder andere Beweismittel zurückgelassen hat. Er ist in die Höhle geflüchtet, hat seine Waffen versteckt, sich umgezogen und unters Volk gemischt.«

»Armer Bruder Kemal«, sagte Murat, »er hat die Höhle des Mörders entdeckt und wurde deswegen getötet.«

»Das dachte ich auch. Aber der Gegenstand, mit dem Kemal verletzt wurde, war nicht in der Höhle.«

»Du hast doch von einem Beil gesprochen«, argumentierte Esra.

»Auf dem Beil waren keine Blutflecken. Und es hätte eine breitere Wunde erzeugt als zwei Zentimeter. Man hat Kemal mit einem spitzen Gegenstand verletzt. Aber nicht mit einem Messer, eher mit einer Sichel.«

Er schaute Esra an und wiederholte: »Hör gut zu, was ich sage, eine Sichel.«

Auf ihren fragenden Blick hin erklärte er: »Ich hatte nach dem letzten Mord erwähnt, dass wir eine Sichel mit Blutflecken gefunden haben.«

»Ja, du hast gesagt, das Opfer habe den Mörder mit einer Sichel verletzt ... Moment mal ... Moment mal! Denkst du etwa, dass Kemal der Mörder ist?«

»Um zu einem sicheren Ergebnis zu kommen, müssen wir die Fingerabdrücke, Kopf- und Körperhaare auf den Kleidungsstücken untersuchen. Aber die Gummistiefel, die in der Höhle lagen, sind in Kemals Schuhgröße ...«

»Das ist völliger Blödsinn! Kemal kann nicht der Mörder sein.«

»Wir sind nicht sicher, dass er der Mörder ist. Aber wir meinen, dass wir auch diese Möglichkeit in Betracht ziehen müssen.«

Der besänftigende Ton des Hauptmanns nützte nichts. Esra hörte ihm nicht mehr zu.

»Ihr denkt falsch!«, brauste sie auf. »Kemal kann nicht der Mörder sein! Egal was ihr erzählt, egal, welchen Beweis ihr findet, ich werde euch nicht glauben.«

»Es kam für mich auch unerwartet, dass der Verdacht auf Kemal fällt, aber wir müssen denjenigen verdächtigen, zu dem uns die Spuren führen. Selbst bei meinem besten Freund darf ich keine Ausnahme machen.«

»Aber es gibt doch keinen Grund, warum Kemal diese drei Personen getötet haben soll«, warf Teoman ein.

»Wir haben die Beweismittel nach Antep geschickt. Zurzeit laufen die technischen Untersuchungen. Ich hoffe, Kemal erweist sich als unschuldig, aber ihr müsst mich verstehen. Mit Emotionen können wir dieses Problem nicht lösen.«

»Ich rede nicht von Emotionen«, widersprach Teoman ruhig. »Ich spreche von einem Tatmotiv. Der Mörder muss doch einen Grund zum Töten haben, es sei denn, er ist pervers oder wahnsinnig. Kemal kennt weder den Dorfschützerführer Resat noch den armen Mann, der zuletzt getötet wurde. Was Haci Settar angeht, da war Kemal wahrscheinlich derjenige unter uns, der ihn am meisten mochte. Warum sollte er ihn töten?«

»Genau das ist es, was ich von euch erfahren möchte. Habt ihr etwas Verdächtiges bei Kemal bemerkt? Hatte er Verhaltensweisen, die euch seltsam vorkamen?«

»Du gräbst am falschen Ort, Hauptmann«, versetzte Esra feindselig. »Wir sind nicht so niederträchtig, dass wir unseren Freund denunzieren würden.«

»Du musst nicht so hart sein, Esra. Ich bin nicht euer Feind. Ich versuche, einen Mörder zu finden, der auch euch bedroht. Wenn ich mich irre, dann helft mir, korrigiert mich, aber tut bitte nicht so, als würde ich euch beleidigen.«

»Der Hauptmann hat recht, Freunde«, meinte Timothy. »Wir müssen ihm helfen, auch wenn uns nicht gefällt, was er sagt. Nicht nur, weil er hier mit der Sicherheit beauftragt ist. Allein die Unterstützung, die er uns bisher gewährt hat, verpflichtet uns dazu. Ja, der Ermordete war einer von uns. Er war unser Freund, aber damit die Ermittlungen sachgerecht laufen können, müssen wir die Fragen des Hauptmanns beantworten.«

Elif hob zitternd die Hand. »Ich möchte auch etwas sagen.« Ihre Stimme bebte, sie schniefte, während sie sprach. »Kemal kann niemanden töten.« Sie befürchtete einen neuen Weinkrampf und schwieg; als sie sich wieder erholt hatte, fuhr sie fort: »Er ist eifersüchtig, wird schnell wütend, er ist nachtragend, aber er kann niemanden töten.« Sie konnte nicht weitersprechen. Sie senkte den Kopf und weinte.

»Ich für meinen Teil habe bei Kemal nichts Verdächtiges bemerkt«, ergriff Timothy wieder das Wort. »Ja, er war ein bisschen eifersüchtig. Es kam vor, dass er mal jemanden kränkte. Aber ich wurde nie Zeuge eines Verhaltens von ihm, was mit den Morden zusammenhängen könnte. Was seine Leiche in dieser Höhle zu suchen hat, was diese Wunde auf seiner Schläfe bedeutet, weiß ich nicht, aber wie auch meine Kollegen gesagt haben, ich glaube nicht, dass Kemal diese Morde verübt haben kann. Vielleicht hat ihn der Mörder umgebracht. Und weil er nicht wollte, dass man seine Leiche findet, hat er sie in diese Höhle getragen.«

»Das habe ich eben auch gedacht«, sagte Murat. »Das ist viel wahrscheinlicher, als dass Kemal in die Höhle ging, nachdem er verwundet wurde. Als der Mörder seine Tat verübte, hat Kemal ihn gesehen. Er hat versucht, ihn aufzuhalten. Sie haben sich geprügelt. Der Mörder hat mit der Sichel auf Kemal eingeschlagen. Kemal ist dort gestorben. Und der Mörder, der nicht wollte, dass die Leiche gefunden wird, brachte ihn zur Höhle.«

»Aber warum soll der Mörder verhindern wollen, dass die Leiche gefunden wird?«, fragte der Hauptmann. »Warum soll er das Risiko eingehen, die Leiche auf den Pferdewagen zu laden und mehrere Kilometer bis zur Höhle zu bringen? Ich habe die ganze Nacht darüber nachgedacht und keinen Grund dafür gefunden. Wenn jemand von euch diese Frage beantworten kann, werde ich mich sehr freuen, glaubts mir.«

Es gab niemanden, der die Frage beantworten konnte. Es wurden verschiedene Vermutungen geäußert, aber keine war überzeugend.

»Ich verstehe euch sehr gut. Ihr könnt es nicht hinnehmen, dass euer getöteter Freund schuldig gesprochen wird. Ihr habt recht, aber macht euch keine Sorgen; wenn er nicht der Mörder ist, wird man es bei der Untersuchung der Fingerabdrücke feststellen. Und wir müssen die Ermittlungen fortführen, um keine Zeit zu verlieren.« Er atmete schwer und versuchte, den Blickkontakt mit Esra zu vermeiden, als er in die Runde fragte: »Hat jemand von euch ihn über die Armenier sprechen hören oder sich mit ihm über dieses Thema unterhalten?«

Er sah Timothy an. »Nein«, sagte der Amerikaner in der Annahme, er sei gefragt worden. »Wir haben nie darüber gesprochen.«

Bernd blinzelte misstrauisch. »Was hat das mit den Armeniern zu tun?«

»Ich frage nur«, sagte der Hauptmann in beiläufigem Ton. »Hat er mit Ihnen darüber gesprochen?«

»Wir hatten eher Diskussionen darüber, wenn die Kollegen versammelt waren. Nur einmal haben wir unter vier Augen gesprochen. Ich habe die Haltung des türkischen Staates kritisiert. Er gab mir recht. Er erkannte die Vernichtung der Armenier an.«

»Du lügst!«, schrie Esra. »Kemal hat niemals eine solche Meinung vertreten.«

Alle drehten sich erschrocken zu ihr. Sie sahen sie zum ersten Mal so wutentbrannt.

»Esra, bitte beruhige dich«, sagte Teoman. Aber das Kind war schon in den Brunnen gefallen.

»Halt dich da raus, Teoman. Dieser Mann lügt!«

»Ich lüge nicht«, sagte Bernd. Esras Reaktion hatte ihn überrascht und auch beschämt. »Ich lüge nicht«, wiederholte er mit hochrotem Gesicht.

»Doch, du lügst!« Esras Augen sprühten Funken. Sie schlug auf den Tisch und schrie ihn an:

»Jetzt wirst du uns erklären, warum du lügst … Was verheimlichst du? Bist du etwa derjenige … der Mörder?«

»Esra, was machst du?«, versuchte Timothy, sie zu bremsen. »Beruhige dich doch.«

»Tim hat recht«, versuchte auch der Hauptmann, Esra zu besänftigen. »Wir können nichts erreichen, indem wir einander beschuldigen.«

»Aber wir können was erreichen, indem wir den armen Kemal beschuldigen, nicht wahr? Denn er ist tot, er kann sich nicht mehr verteidigen, stimmts?«

Sie ließ den Blick über die ganze Gruppe schweifen. »Freunde«, fuhr sie fort, »ich möchte euch eine Tatsache mitteilen, die der Hauptmann kennt, ihr aber nicht. All diese Morde sind Wiederholungen von drei Morden, die vor achtundsiebzig Jahren verübt wurden. Ein Geisteskranker oder mehrere begehen diese Morde, um drei Armenier, die damals hier getötet wurden, zu rächen. Wie ihr alle wisst, gab es keinen Grund, warum Kemal das getan haben sollte.« Sie sah Bernd durchdringend an: »Aber Sie, Herr Bernd, Sie könnten einen solchen Grund haben. Seitdem wir hier sind, reden Sie ständig über die Vernichtung der Armenier. Mit diesem Thema haben Sie hier immer wieder für Unruhe gesorgt. Es ist sehr wohl denkbar, dass Sie die Morde verübt und dann Kemal getötet haben, um ihm die Schuld zuzuschieben …«

Bernd lachte nervös. »Sie sind wahnsinnig geworden«, sagte er. »Erklären Sie mich zum Mörder, weil ich eine historische Tatsache ausspreche?«

»Nicht nur deswegen. Ich weiß, wie sehr Sie Ihre Frau lieben. Haben Sie nicht gesagt: ›Für sie würde ich alles riskieren‹? Wenn einer von diesen drei Personen, die vor achtundsiebzig Jahren getötet wurden, ein Verwandter Ihrer Frau war, zum Beispiel der Großvater …«

»Aber die Familie meiner Frau kommt gar nicht aus dieser Region.«

»Das behaupten Sie.«

»Wenn Sie mir nicht glauben, gebe ich Ihnen den Namen meines Schwiegervaters, und Sie können recherchieren. Dann werden Sie sehen, dass ich nicht lüge.«

»Das wäre sehr gut«, warf der Hauptmann ein. »Wenn Sie auf einen Zettel den Vornamen, Nachnamen oder Beinamen des Großvaters schreiben und bitte auch angeben, aus welcher Familie er kam und in welcher Stadt oder Kleinstadt er wohnte, bin ich Ihnen sehr dankbar.«

»Ich dachte, Sie würden Kemal verdächtigen«, sagte Bernd beleidigt.

»Leider muss ich jeden verdächtigen. Können Sie mir das bitte alles aufschreiben?«

Bernd gefiel diese Aufforderung ganz und gar nicht, trotzdem holte er einen kleinen Notizblock aus seiner Tasche und notierte die geforderten Informationen.

Während die Dämmerung einsetzte, wurden die Gesichter angespannter, die Blicke strenger, und die Gespräche, die zu keinem Ergebnis führten, zogen sich immer mehr in die Länge. In diesen Teufelskreis griff Timothy ein: »Eşref Bey, wie Sie sehen, sprechen wir immer wieder über die gleichen Themen. Je länger wir sprechen, umso mehr verletzen wir einander. Für Menschen, die miteinander leben, ist das keine angenehme Situation. Vor allem, wenn man bedenkt, dass wir in wenigen Stunden eine Pressekonferenz halten müssen. Meine Bitte an Sie ist, dass Sie für heute Ihre Ermittlungen beenden. Nach der Pressekonferenz werden wir viel Zeit haben. Vielleicht gibt es bis dahin auch neue Erkenntnisse über den Mörder. Jetzt gestatten Sie uns bitte, zu unserer Arbeit zurückzukehren. Sehen Sie, gleich geht die Sonne auf. Wir müssen nach Antep fahren, ohne noch mehr Zeit zu verlieren.«

»Einverstanden. Ich entschuldige mich, dass ich Sie alle betrübt habe. Aber es war meine Pflicht. Ich bedanke mich bei Ihnen allen, dass Sie Ihre Zeit geopfert haben.«

Er sah Esra an; sein Blick wurde jedoch nicht erwidert. Traurig ging er zu seinem Wagen.

»Wenn es unsere Grabungsleiterin gestattet, möchte ich einen Vorschlag machen«, wandte sich Timothy an die Gruppe. »Lasst uns dieses unselige Gespräch bis zum Ende der Pressekonferenz vergessen. Niemand hat den anderen beschuldigt, keiner hat jemanden gekränkt. Der Hauptmann ist heute Morgen nicht gekommen, und wir sind immer noch Wissenschaftler, die nach einem guten Frühstück in ihre Fahrzeuge steigen, um ihre wichtigen Funde aller Welt mitzuteilen …«

Bernd betrachtete über seine Brille hinweg die am Tisch Versammelten. »Ich bin bereit, alles zu vergessen«, sagte er. »Ich kann es nicht hinnehmen, dass so ein wichtiger Tag von Wutausbrüchen überschattet wird.«

»Ich vergesse gar nichts«, sagte Esra. Sie zitterte immer noch vor Wut. »Aber ich schließe mich dem Vorschlag an, es bis zum Ende der Pressekonferenz zu vertagen.« Sie sah Bernd scharf an und fügte hinzu: »Kemal ist kein Mörder, das weiß ich. Und der wirkliche Mörder muss eines wissen: Ich werde ihn überführen, selbst wenn es mich das Leben kostet.«

Bernd reagierte nicht. Er stand auf und ging zum Jeep. Die anderen folgten ihm. Als sich die Sonne hinter den Wolken zeigte, fuhren sie los. Sie waren unterwegs, um der Welt ihre Erfolge zu verkünden.

Siebenundzwanzigste Tafel

König Pisiris, die Versammlung Panku, das Volk, die Sklaven, alle in der Stadt waren beunruhigt, doch niemand, ich inbegriffen, ahnte, welche Katastrophe uns ereilen würde. Als das Heer Sargons vor den Stadtmauern lag, glaubte man, die assyrische Armee sei zu Zwecken des Nachschubs vorgerückt. König Pisiris und die Adligen, das Volk und die Sklaven, alle, die von Tiglatpilesars Vernichtungswut nicht heimgesucht worden waren, weil mein Vater dafür mit seinem Leben bezahlt hatte, wogen sich in diesem Glauben. Nur ich befand mich in freudiger Erregung. Endlich bahnte sich der Tag meiner Rache an. Ich saß still in meiner Ecke und verfolgte, wie Pisiris Vorbereitungen traf, um sich bei Sargon einzuschmeicheln. Er war wie ein Schaf, das seinem Besitzer hinterherläuft, ohne zu ahnen, dass es geschlachtet werden soll. Es ist mir kaum möglich zu beschreiben, wie sehr mich dieser Anblick mit Genugtuung erfüllte. Zum ersten Mal begriff ich, welche Empfindungen die Götter haben müssen, da sie das Schicksal der Menschen in den Händen halten. Ich hatte Pisiris dieses bittere Ende bereitet; ich hatte sein Schicksal bestimmt. Und vor meinen Augen tat er nun alles, um seine Gäste gebührend bewirten zu können, indem er seinen in Friedenszeiten gemästeten Leib mal hierhin, mal dorthin schwenkte und einen Befehl nach dem anderen gab. Es wurden Rinder, Schweine und Schafe geschlachtet, die besten Weine aus den Vorratskammern geholt und weißes Brot aus reinem Weizen gebacken.

Schließlich kam der ersehnte Augenblick. Sargons Streitwagen fuhren auf unsere Stadtmauern zu, und die Assyrer betraten so selbstverständlich den Boden unserer Stadt, als würden sie in ihrem eigenen Hause wandeln. Die Palasttore waren sperrangelweit geöffnet. König und Königin sowie alle Mitglieder der Versammlung hatten prächtige Gewänder angelegt und sich geschmückt wie an einem Festtag. Bald erschien der erlauchte Sargon mit düsterem Gesicht im Palast. In Begleitung seiner Königin ging Pisiris ihm entgegen. Als er jedoch Sargons Wächter erblickte, die ihrem König wie eine Armee von Plünderern folgten, war er entsetzt und erschrak. Die Königin begann zu weinen. Pisiris aber fing sich schnell wieder. Meisterhaft, dass selbst der größte Schmeichler am Hofe vor Neid erblassen würde, grinste er von einem Ohr bis zum anderen und verbeugte sich vor dem assyrischen König: »Mächtiger Herrscher, heldenhafter König Sargon, es ist Uns eine besondere Ehre, Euch an Unserem Hofe empfangen zu dürfen.«

Sargon würdigte ihn keines Blickes, wandte sich an uns, die wir gleich hinter Pisiris standen, und fragte: »Welcher von euch ist der Schreiber Patasana?«

Alle Anwesenden erstarrten und schwiegen. Ich spürte, wie mich Pisiris, die Adligen, mit denen ich in der Versammlung Seite an Seite gearbeitet, und die Hofwächter erstaunt, aber auch ängstlich und voller Hass ansahen.

Ich beachtete keinen von ihnen; endlich würde ich meine seit Jahren herbeigesehnte Rache genießen. »Ich bin es, mächtiger Herr«, sprach ich und trat einen Schritt vor. Sargon kam zu mir und legte seine Hand auf meine Schulter: »Also du bist Patasana. Du hast uns große Verdienste erwiesen. Es sei dir gedankt. Du wirst dafür belohnt werden.« Dann wandte er sich an Pisiris: »Und was dich betrifft, König, für alles, was du getan hast, wirst du bestraft.«

Wie von Sinnen schaute Pisiris von mir zu Sargon, dann umklammerte er in Panik seine Füße und begann ohne Ehrgefühl, wie ein Sklave zu flehen. Ich entsann mich des würdevollen Gesichts meines Vaters, der selbst auf dem Weg zu seinem Tod seine Erhabenheit zu bewahren verstanden hatte, und der mutigen Aschmunikal, deren Körper auf den Felsen in Stücke gerissen worden war … Ein weiteres Mal verabscheute ich Pisiris.

Sargon erhörte nicht sein Jammern und Flehen, und als seine Wächter Pisiris in den Hofgarten zerrten, um sein hässliches Haupt von seinem fettleibigen Körper abzutrennen, drehte er sich nicht einmal um. Nach Pisiris' Abgang würdigte Sargon das furchtsam wartende Hofpersonal nur eines kurzen Blickes und befahl seinen Wächtern: »Nehmt die Königin und die Haremsfrauen zur Seite und trennt den anderen die Köpfe ab!«

Die Wächter zogen ihre Schwerter und stürzten sich auf die Menge. Menschen, mit denen ich alle meine Tage zusammen verbracht hatte, ergriffen schreiend die Flucht. Das hatte ich nicht vorausgesehen. Ich hatte geglaubt, Sargon würde nur Pisiris bestrafen, wie er das auch in Tabal getan, es zeigte sich aber, dass er alle Hethiter zu vernichten und diese Stadt in eine assyrische zu verwandeln gedachte. Während meine Freunde und Landsleute um ihr Leben rannten, warf ich mich vor Sargons Füße und bat: »Tun Sie das nicht, erhabener Sargon. Sie alle trifft keine Schuld.«

Sargon sah mich durchdringend an. Seine närrischen Augen waren wie die eines Raubtiers im Blutrausch. »Mach dir keine Sorgen«, sprach er. »Du und deine Familie, ihr werdet verschont.«

Meine eindringlichen Bitten waren umsonst. Sargon war entschlossen, diese Stadt niederzustrecken. Blutiger als im Palast war das Gemetzel draußen. Häuser wurden in Brand gesteckt, ihre Bewohner erwürgt, Frauen und Mädchen vergewaltigt, Tempel geplündert. Wer sich zur Wehr setzte, wurde ins Feuer geworfen, dem wurde die Haut abgezogen, die Augen ausgestochen. Ich armseliger, unwissender Patasana, der es mit den Göttern aufnehmen zu können glaubte, konnte nur schreckensstarr und zusammengekauert zusehen, wie mein Volk vernichtet wurde.

Die Götter ließen mich meinen Hochmut teuer bezahlen. Das Massaker der Assyrer dauerte sieben Tage und sieben Nächte. Sieben Tage und sieben Nächte hörte ich das Wehklagen, das Heulen, die Schreie meines Volkes. Am siebenten Tage wurden die Überlebenden an den vor dem Königstor aufgestellten Lanzen, auf deren Spitzen die abgeschlagenen Köpfe Pisiris' und der Elite des Hofes aufgespießt worden waren, vorbeigeführt und am Fuße der Stadtmauer versammelt. Alte und Junge, Frauen, Kinder, Verwundete wie Kranke wurden in

Reih und Glied aufgestellt. Unter Aufsicht der Wächter, die wütenden Hunden glichen, begann der Fußmarsch ins Land der Assyrer. Hätte ich ihre Blicke, ihre bitteren Worte ertragen können, am liebsten hätte ich mich zu ihnen gesellt, die klagend und Tränen vergießend fortziehen mussten. Ich wagte mich aber nicht unter jene zu mischen, die mich als weisen, adligen, talentierten Staatsmann kannten. Nicht, weil ich Angst hatte, sie könnten mich töten, sondern aus Scham.

Von jenem Tag an verdunkelte sich die strahlende Sonne; ich konnte meine Frau nicht mehr berühren noch meinen Kindern ins Gesicht sehen. Nur noch Gift war mir die Luft, die ich atmete, das Wasser, das ich trank, die Speise, die ich verzehrte. Der Euphrat, an dessen Ufern ich zur Ruhe gefunden, wurde mir Feind. Er linderte nicht meine Trauer, verscheuchte nicht mehr die Sorgen. Ich floh das Tageslicht; der wonnigliche Schlaf, der meinen Geist beruhigt hatte, verließ mich für alle Zeiten. Nächte voller Albträume, Fieberfantasien und böser Erinnerungen wurden zu treuen Gefährten. Meinen Händen verging das Berühren, meiner Stimme der Wohlklang, meinen Lippen das Lächeln, meinen Augen das Sehen. Der Fluss des Lebens trocknete in meinen Adern allmählich aus. Aber ich gab nicht auf; versuchte, nicht in die Knie zu gehen, nicht in die Fänge der Blitze des Sturmgottes zu geraten, die riesige Bäume mit einem Schlag zu Fall brachten. Denn ich wollte mein Leben voller Niedertracht, Verrat und Feigheit, das, wie mich dünkte, nicht mehr lange währen würde, zu einem sinnvollen Ende bringen und das Töten, das ich verschuldet, und alles, was ich je getan, den Menschen mitteilen.

28

»Wir müssen die Grabung abbrechen«, sagte Teoman flüsternd, damit es ihre Kollegen nicht hörten.

Er ging an Esras Seite durch den baumlosen Garten des Hotels in Antep. Sie waren ungefähr zwei Meter hinter den anderen. »Wir schweben alle in Lebensgefahr«, schärfte er ihr zum wiederholten Male ein. »Wir dürfen keinen weiteren Mord in Kauf nehmen.«

Die Sonne blendete und begann bereits zu stechen.

»Und was ist mit dem Mörder von Kemal?«, entgegnete Esra vorwurfsvoll. »Soll er ungeschoren davonkommen?«

»Das ist nicht unsere Aufgabe. Wir sind keine Polizisten, sondern Wissenschaftler.«

Esra blieb stehen und sah Teoman herausfordernd an.

»Aber er hat doch unseren Freund umgebracht. Und vielleicht ist er unter uns.«

»Das mag sein. Wenn wir jetzt versuchen, den Fall aufzuklären, werden wir ganz bestimmt alles vermasseln. Vielleicht sterben dann auch weitere Freunde von uns. Ich bin dafür, die Arbeit abzubrechen. Komm, lass uns die weiteren Grabungen auf eine spätere Zeit verlegen!«

»Ich kanns nicht. Noch nicht.«

Sie ging weiter. Teoman blieb nichts anderes übrig, als ihr schnellen Schrittes zu folgen.

»Aber wann, wenn nicht jetzt?«

»Ich weiß nicht«, sagte sie. »Ich weiß es wirklich nicht. Und ich möchte nicht mehr davon sprechen.«

»Wir müssen aber darüber reden. Nimm diese Sache nicht persönlich. Ich respektiere dein Verantwortungsgefühl, aber diese Morde sind kein Angriff auf deine Grabung. Wir sind nicht das eigentliche

Ziel des Mörders. Kemal wurde nur umgebracht, weil er gerade am falschen Ort war.«

»Ich nehme es nicht persönlich, ich denke an alle, die hier sind«, widersprach Esra, aber sie wusste, dass Teoman recht hatte. Sie durfte die anderen nicht gefährden. Die Tafeln von Patasana waren jetzt vollständig. Das war eine gute Gelegenheit, die Grabung zu unterbrechen. Die antike Stadt der Hethiter hatte sie viel reicher beschenkt, als sie erwartet hatten. Jetzt war die Zeit gekommen, innezuhalten. Jeder andere an ihrer Stelle würde die Arbeit beenden. Wie Teoman richtig gesagt hatte, bestand ihre Aufgabe nicht darin, Verbrecher zu jagen, sondern die verborgene Vergangenheit ans Licht zu bringen. Sie musste es wirklich Eşref überlassen, den Mörder zu finden. Ihre furchtbare Wut konnte sie jedoch nicht bezwingen. Der Mörder hatte sie herausgefordert, ihren Freund getötet und ihr Leben aus der Bahn geworfen. Esra konnte sich nicht damit abfinden, dass er auf freiem Fuß war und nach ihrem Weggang vielleicht wieder zuschlagen würde. Die Grabung zu beenden und als erfolgreiche Wissenschaftlerin an die Universität zurückzukehren, erschien ihr als feige Flucht.

»Wenn du an alle denkst, musst du die Grabung beenden«, wiederholte Teoman. »Das ist das Vernünftigste.«

Sie waren nicht mehr weit vom Hoteleingang entfernt. An der Tür wartete Joachim mit zwei Kollegen auf sie.

»Wir sprechen nach der Pressekonferenz darüber«, sagte sie und eilte zum Eingang.

Joachims rote Haare fielen in der kleinen Gruppe sofort auf. Als er Esras geschwollene Augen bemerkte, fragte er: »Haben Sie nicht gut geschlafen?«

»So ähnlich. Ich habe nachts ein bisschen gearbeitet.«

»Das hätten Sie aber nicht tun sollen. Sie sollten alles vermeiden, was an einem solchen Tag Ihrer Schönheit schaden könnte.«

Esra hatte genug von diesem Thema. »Sind die Journalisten schon da?«, lenkte sie ab.

»Nein, es ist noch früh. Sie sind wahrscheinlich gerade erst abgeflogen.«

Sie retteten sich vor der drückenden Hitze in die klimagekühlte Luft des Hotels. Unter den neugierigen Blicken der Hotelangestellten gingen sie zwischen riesenhaften Plastikpflanzen hindurch, folgten dem Weg eines roten Teppichs und gelangten in den Saal im unteren Stockwerk. Der Raum war klein, hatte aber einen schönen Blick auf den Fluss Alleben, ein Wahrzeichen von Antep, an dessen Ufern alte Platanen wuchsen. Der lange, schmale Rednertisch stand am Fenster. Fünfzig leere Stühle warteten in ordentlichen Reihen auf ihre Gäste. Auf dem Tisch standen vier Schilder mit den Namen und Titeln der Redner. Esras Namensschild war das zweite von rechts. Auf der einen Seite von ihr sollte Professor Krencker sitzen, auf der anderen Timothy. Für Bernd war der Platz am anderen Ende des Tisches vorgesehen. Während Esra die Hotelangestellten beobachtete, die die Tischmikrofone ein letztes Mal testeten, dachte sie: Hoffentlich verliere ich beim Reden nicht die Fassung und heule los. Sie fühlte sich jetzt besser; der unerbittliche Knoten, der aus den Tiefen ihrer Brust emporgestiegen war und ihr die Kehle zusammengeschnürt hatte, löste sich wieder. Als sie sah, dass Murat und Teoman mit der Arbeit begannen, wurde ihr leichter ums Herz. Sie verteilten die Mappen mit den vervielfältigten Texten und den von Elif entwickelten Fotos auf die Stühle. Am Eingang des Saals zeigte Bernd Joachim seine Rede und beriet sich mit ihm. Er schien Kemals Tod und den Streit vergessen zu haben. Wie konnte er so entspannt sein? Timothy stand am Fenster und schaute zu den mächtigen Bäumen. Bei seinem Anblick wurde ihr warm ums Herz; ein Gefühl des Vertrauens erfüllte sie. Sie wollte gerade zu ihm gehen, da entdeckte sie Elif. Sie saß im hinteren Teil des Saals auf dem Rand eines Stuhls und hatte ihr Kinn in die Hand gestützt. Dieses fröhliche, unbeschwerte Mädchen war innerhalb weniger Stunden gealtert. Esra fühlte einen Stich im Herzen und ging zu ihr. Sie streckte ihr die Hand entgegen und sagte mit einem warmherzigen Lächeln: »Los, komm!«

»Wohin?«

»Komm«, wiederholte Esra und ergriff ihre Hand. Sie zog Elif hinter sich her. An der Tür fragte sie einen Hotelangestellten nach der Toilette. Er zeigte auf das Ende des Korridors. Auf der Toilette war niemand. Esra nahm Elifs Gesicht zwischen ihre Hände und schaute ihr liebevoll in die Augen.

»Jetzt machen wir dich zur schönsten Fotografin aller Zeiten. Wenn die Journalisten dich sehen, werden sie die Tafeln von Patasana sofort vergessen.«

Elifs moosgrüne Augen wurden feucht, sie zitterte.

»Er ist meinetwegen gestorben«, sagte sie mit kraftloser Stimme. »Wenn ich ihn nicht verlassen hätte, wäre er noch am Leben.«

»Nein«, widersprach Esra. Sie wischte Elifs Tränen weg. »Er ist nicht deinetwegen gestorben.«

»Ich habe ständig seinen Blick vor Augen … Wie er die Augenbrauen senkt und mich vorwurfsvoll anschaut …«

»Du bist überhaupt nicht schuld daran.«

»Aber er gab mir die Schuld. Er starb voller Wut auf mich. Er wird sich in meine Träume schleichen. Er wird mir keine Ruhe geben.«

»Das geht vorbei, meine liebe Elif, das geht vorbei, meine Perle, das geht alles vorbei. Er wollte dir nie etwas Böses. Und du ihm auch nicht.«

»Ja, ich ihm auch nicht. Hätte ich gewusst, dass es so enden wird, ich hätte ihn nicht verlassen.«

»Ich weiß«, sagte Esra. Sie umarmte Elif ganz fest, auch um ihre eigenen Tränen zu verbergen.

Als die Gruppe der fünfundzwanzig Journalisten und ihre Dolmetscher eintrafen, hatte Esra es geschafft, Elif ein Make-up zu verpassen, das sie vielleicht nicht zur schönsten Fotografin aller Zeiten machte, aber immerhin ihre trostlose Aura verbarg. Professor Krencker, der kinnbärtige, liebenswürdig lächelnde Leiter der Istanbuler Abteilung des Deutschen Archäologischen Instituts, der zusammen mit den Journalisten gekommen war, gratulierte jedem Einzelnen im Grabungsteam. Er überschüttete Esra mit Lob und ignorierte Bernds neidische Blicke. Den Journalisten erklärte er: »Die eigentliche Heldin der Ausgrabung ist diese junge Dame.« Dann fragte er, wo Kemal sei.

Nachdem alle einen Moment ratlos geschwiegen hatten, sagte Timothy: »Kemal ist leider krank. Er konnte nicht kommen.« Er wollte die Pressekonferenz nicht gefährden, indem er dem alten Archäologen, dessen Reaktion er nicht einschätzen konnte, die Wahrheit sagte.

Nach einer kleinen Erfrischung nahmen die Redner und Journalisten ihre Plätze ein. Die Pressekonferenz begann.

Esra fühlte sich von den Blitzlichtern der Fotografen und den Scheinwerfern der Fernsehkameras gestört. Sie konnte die Journalisten nur mit zusammengekniffenen Augen ansehen. Teoman, Murat und Elif standen rechts vom Tisch mit einem feinen Schleier der Trauer im Gesicht, die ihre Freude überschattete.

Die Eröffnungsrede hielt Professor Krencker. Er dankte den Journalisten, dass sie den weiten Weg auf sich genommen hatten, und berichtete von den zehn Abteilungen des Deutschen Archäologischen Instituts in verschiedenen Teilen der Welt. Er hob die erfolgreichen Kampagnen in der Türkei in den letzten siebzig Jahren hervor und zählte die archäologischen Erkenntnisse auf, die dank dieser Grabungen gewonnen werden konnten. Mit dem Satz, dass die Tafeln von Patasana ein überaus bedeutender archäologischer Fund seien, beendete er seine Einleitung.

Nach dem Professor sprach Esra. Sie war aufgeregt, ihre ersten Sätze klangen etwas unbeholfen, ihre Stimme zitterte. Sie erzählte über die Geschichte der antiken Stadt. Sie hatte ihren Text vor sich liegen, versuchte jedoch, nicht darauf zu schauen, weil sie befürchtete, das könnte sie durcheinanderbringen. Die Periode der späten Hethiter, in der Patasana gelebt hatte, erläuterte sie in einfachen, aber detailreichen Sätzen. Schließlich hatte sich ihre Aufregung so weit gelegt, dass sie ihre Zuhörer anschauen konnte. Da bemerkte sie den Hauptmann. In seiner Uniform fiel er unter den Zivilisten sofort auf. »Warum ist er zur Pressekonferenz gekommen?«, fragte sie sich. »Er bildet sich wohl ein, ich würde ihm verzeihen.« Sie hatte sich heute Morgen schrecklich über ihn geärgert, trotzdem konnte sie sich ein kleines Lächeln nicht verkneifen, als sich ihre Blicke trafen.

Als Esra geendet hatte, sprach Bernd über die Lage der Staaten in der Region um das Jahr 700 v. Chr. Er erläuterte die Beziehungen zwischen den Stadtstaaten der späten Hethiter und Urartu, Phrygien und Assyrien in allen Details, wobei seine Sprache für die Journalisten manchmal zu akademisch klang. Die Vermischung der Völker, die Beziehungen zwischen dem anatolischen Volksstamm Hatti und den indoeuropäischen Hethitern und die Rolle der semitischen Aramäer erklärte er anhand konkreter Beispiele, während er seine Brille, die immer wieder auf seine Nase rutschte, mit dem Handrücken zurückschob.

Als Letzter war Timothy an der Reihe. Er erklärte, dass die Texte der achtundzwanzig Tafeln vor 2700 Jahren in Keilschrift auf Akkadisch geschrieben wurden, und dass die Lehmtafeln gebrannt worden waren, um sie haltbar zu machen. Zur Veranschaulichung zeigte er den Journalisten die erste Tafel. Nachdem sie mit Fotografieren und Filmen fertig waren, fing er an, die Bedeutung der Tafeln Patasanas zu erläutern.

Esra fiel auf, dass die Stimme des Amerikaners lauter wurde, die Worte eine Harmonie bekamen und wie ein Gedicht, wie ein Klagelied aus seinem Mund strömten. Als hätte nicht Patasana, sondern er selbst die Tafeln geschrieben; als hätte er das massenhafte Morden vor 2700 Jahren mit eigenen Augen gesehen, die Schreie der Menschen im Todeskampf unter den Schwertern der Soldaten mit eigenen Ohren gehört, den Blutgeruch, der sich in den steinernen Gassen der Stadt ausbreitete, selbst gerochen; so erzählte er zornig, voller Leidenschaft, in Schmerz und Angst. Seine Rede erinnerte an den gequälten Schrei eines verwundeten Tieres und zog alle im Saal in ihren Bann. Aus dem Augenwinkel schaute Esra hin und wieder zu ihren Kollegen. Als sie Timothys kräftiges, rotbärtiges Kinn erregt zittern sah, fragte sie sich neugierig: »Was ist denn los mit ihm?«

»Womöglich werden manche Archäologen diese Tafeln für eine Legende oder ein Märchen halten und versuchen, eine Diskussion über ihre Wahrhaftigkeit zu entfachen«, sagte der Amerikaner. »Aber als Übersetzer der Tafeln kann ich schwören, dass Patasana diese Texte im Lichte seines Geistes geschrieben hat. Er hat versucht, die Wahrheit, die er mit seinem Geist und seiner Seele erfassen konnte, mit seiner ganzen Aufrichtigkeit auf diesen Tontafeln festzuhalten. Auf der Tafel, die ich Ihnen gezeigt habe, steht Folgendes: ›Unter allem, was ich geschrieben habe, gibt es kein einziges Wort, das nicht Wahrheit ist. Meine unwahren Worte habe ich in die Mauer am Wassertor geritzt, um den König Pisiris zu loben, in Briefen ausgebreitet, um den phrygischen König Midas hinters Licht zu führen, aneinandergereiht, um den urartäischen König Rusa zu verwirren, verschleudert, um den assyrischen König Sargon anzustacheln. Die übertriebenen, geschmückten, gelogenen Worte habe ich benutzt, um diese Könige, die sich mit dem Lob, das sie bekommen, aufblasen, diese Könige mit großen Namen und kümmerlichen Wesen gegeneinander aufzuhetzen. In die Tafeln, die du lesen wirst, fand kein einziges dieser gelogenen Worte Einlass.‹

Ich glaube ihm. Patasana war ein Vorbote der heutigen Intellektuellen. Dieser Staatsdiener, der die Probleme seiner Zeit auf die schmerzvollste Art und Weise erlebte, hat es geschafft, sein Denken vom Willen des Königs zu befreien. Er wollte alles, was ihm widerfahren war, den kommenden Generationen mitteilen, damit Grausamkeiten, Massaker und Liquidierungen ganzer Völker nicht wieder erlitten werden müssen; und das tat er, indem er sich selbst am schärfsten anprangerte und sich gegen seine Götter stellte. Patasana war einer der ersten Autoren, die das Ungeheure entdeckten, das dem Menschen innewohnt. Die Tafeln sind voll von Sätzen, die uns vor uns selbst warnen. Deshalb sind die Tafeln von Patasana ein sehr bedeutender archäologischer Fund. Sie sind aber nicht nur bedeutend für die Archäologie, auch für die Geschichtsschreibung, Soziologie, Politik und Ethik sind sie wichtig; das heißt, sie sind wichtig für die Menschheit.«

Timothy hielt inne, ließ seine glühenden schwarzen Augen über die Anwesenden im Saal schweifen, öffnete seine Hände und fügte hinzu: »Sie sind wichtig. Aber leider werden sie nichts nützen.«

Ein Raunen erhob sich im Raum. Die Journalisten sahen einander fragend an: »Haben wir uns verhört?« Seine Kollegen wiederum glaubten, der erfahrene Archäologe würde sich in einem Wortspiel versuchen, um seiner Rede Nachdruck zu verleihen.

»Sie haben sich nicht verhört«, donnerte Timothy. »So wie die Illias Homers, das Alte Testament Mose, die Bibel Jesu, der Koran Mohammeds und die unzähligen Bücher Hunderter Philosophen nichts genützt haben, werden auch die Tafeln von Patasana nicht die Kraft besitzen, der Brutalität des Menschen Einhalt zu gebieten.«

Esra konnte ihren Blick nicht mehr von Timothy abwenden. Irgendetwas war eigenartig an ihm. Die Adern seines Halses waren angeschwollen, sein Gesicht hatte sich vor Erregung verzerrt, und sein Kinn zitterte stärker. Er sprach so, als würde er mit jemandem streiten. Sie erkannte den besonnenen, erfahrenen Archäologen mit dem gesunden Menschenverstand nicht wieder. Das war nicht der Tim, der ihr vertraut war. Neben ihr saß ein wütender, emotionsgeladener, von seiner Leidenschaft beherrschter Mann. Auch Professor Krencker und Bernd versuchten zu verstehen, was vor sich ging. Doch Timothy kümmerte sich weder um die befremdeten Blicke seiner Kollegen noch um das Blitzlichtgewitter.

»Nachdem alle diese Texte geschrieben wurden, hat sich die Brutalität des Menschen nur noch vervielfacht. Das 20. Jahrhundert wird als das Zeitalter der Grausamkeit in die Geschichte eingehen. Zu keiner Zeit der Menschheitsgeschichte hatte es den Genozid der Nazis gegeben, noch niemals waren in einem einzigen Moment hunderttausend Menschen vernichtet worden wie in Hiroshima …«

Professor Krencker war vom Themenwechsel beunruhigt; er schrieb auf einen Zettel: »Sie kommen vom Thema ab, bitte fassen Sie jetzt zusammen!«, und schob ihn vor den amerikanischen Archäologen. Timothy las es und wandte sich an Krencker: »Ich komme nicht vom Thema ab. Ganz im Gegenteil, ich spreche vom Kern des Themas. Wenn Patasana nicht die Hoffnung gehabt hätte, dass der Mensch sich bessern würde, hätte er diese Tafeln nicht geschrieben. Er hat sie geschrieben, damit die Menschen sich nicht mehr gegenseitig umbringen, weil ihre Sprachen, Religionen und Herkunft verschieden sind. Auch die anderen großen Texte wurden dafür verfasst.«

Auf einmal wandte er sich an die Journalisten und fragte in einem Ton, als würde er nur mit einer Person sprechen: »Aber können Sie mir sagen, was es genützt hat? Gehen nicht an vielen Orten der Welt, jetzt, in diesem Augenblick, die Menschen sich gegenseitig an die Gurgel, um des Bodens, des Profits, der Eroberung von Märkten willen, unter dem Vorwand der unterschiedlichen Herkunft, Sprache und Religion? Schauen Sie, seitdem sind ganze 2700 Jahre vergangen, der Mensch hat die Geheimnisse der Erde, der Meere, des Himmels gelüftet, es aber immer noch nicht aufgegeben, seine Mitmenschen zu töten. Werden das, was all die heiligen Bücher, die Millionen von Menschen beeinflussen, nicht erreicht haben, die Tafeln von Patasana erreichen? Sind Sie wirklich so naiv, daran zu glauben?«

Im Saal wurde geflüstert und gelacht. »Warum haben Sie uns dann hierhergerufen?«, fragte eine Journalistin. »Wenn die Tafeln von Patasana nichts nützen, was hat es dann für einen Sinn, diese ganzen Leute von Istanbul hierherzuholen?«

Professor Krencker wollte etwas sagen, doch Timothy ließ ihn nicht: »Bitte, Professor, jetzt habe ich das Wort. Wenn ich fertig bin, werden Sie Gelegenheit haben, so lange zu reden, wie Sie wollen.« Er klang so gebieterisch, dass der alte Mann nicht insistieren wollte. Timothy wandte sich wieder an die Journalisten: »Sie werden nicht bereuen, dass Sie gekommen sind, meine junge Dame. Keiner wird es bereuen. Sie werden mit einer großartigen Meldung nach Istanbul zurückkehren. Aber Sie müssen sich noch ein wenig gedulden.«

Zwei weitere Journalisten wollten Fragen stellen, doch Timothy brachte sie mit den Worten »Noch ein wenig Geduld, bitte« zum Schweigen und fuhr fort: »Patasana hat den schwarzen Fleck im Herzen des Menschen gespürt. Er wusste aber nicht, wie er ihn definieren sollte. Er versuchte, sich aus der Affäre zu ziehen, indem er sich an die Hoffnung klammerte, die kommenden Generationen würden klüger sein, und indem er die Schuld auf die Götter schob. Patasana war ein Intellektueller; wie viele andere naive Intellektuelle bildete er sich ein, seine Schriften würden die Menschen beeinflussen und verändern. Aber dass der Mensch sich von Religion, Wissenschaft, Kunst oder Philosophie beeinflussen lässt und sich zum Besseren wendet, ist nichts als ein leerer, rosaroter Traum. Was den Menschen wirklich beeindruckt, ist weder Religion noch Kunst oder Wissenschaft. Das einzige Phänomen, das den Menschen wirklich beeindruckt, ist der Tod.«

Er schwieg. Niemand flüsterte oder lachte mehr.

»Der Mensch ist die intelligenteste aller egoistischen Kreaturen«, hallte seine Stimme in dem kleinen Saal. »Seine Existenz zu bewahren, schätzt er höher als alle Werte. Nicht nur in unserer Zeit; das war schon immer so. Und das Gegenteil der Existenz ist der Tod. Je beeindruckender, spektakulärer und ungewöhnlicher der Tod, umso mehr fürchtet sich der Mensch, ist davon ergriffen und findet es erregend. Es gibt nichts Aufregenderes für den Menschen, als den Tod zu spüren, ihm nahe zu sein, ihn zu berühren und zu beobachten. Deswegen ist der Tod in allen Sprachen der Welt eines der wirkungsvollsten Wörter. Wenn man von ihm spricht, schweigen alle beunruhigt und voller Achtung, wie es soeben auch in diesem Saal geschehen ist. Der Tod zieht die Aufmerksamkeit aller Menschen auf sich, egal ob jung oder alt. Deswegen führt der Weg, die Menschen zu überzeugen, dass sie nicht töten, leider über den Tod selbst. Wie ein türkisches Sprichwort sagt, reißt man einen Nagel am besten mit einem anderen heraus.«

Wie von einer Welle erfasst, gerieten die Zuhörer in Bewegung. Ein Brummen und Gemurre schwoll an. Esras Gesicht war kreidebleich. Weniger unter dem Schock dessen, was sie gehört hatte, als vielmehr darüber besorgt, was sie vielleicht noch hören würde, starrte sie voller Angst Timothy an.

»Wollen Sie damit sagen, dass Töten eine gute Methode ist?«, fragte die junge Journalistin von vorhin.

»Ja«, antwortete Timothy, ohne mit der Wimper zu zucken. »Es gibt keine wirkungsvollere Methode, um diese Botschaft zu verkünden.«

»Aber«, widersprach sie mit dem erhobenen Stift in der Hand, »bis heute wurden Hunderte von Kriegen geführt, Millionen sind gestorben, aber die Menschheit hat daraus nichts gelernt. Das Töten hat also nichts genützt.«

Ein eiskaltes Lächeln breitete sich auf Timothys glühendem Gesicht aus, ein Lächeln, das seine Kollegen von ihm nicht kannten. »Der Begründer des Sadismus, der große französische Philosoph Marquis de Sade, sagte: ›Ein einziger Mord kann unser Gewissen erschüttern. Aber wenn die Morde zunehmen, wenn sie sich ein Dutzend Mal, Hunderte Male wiederholen, dann schweigt das Gewissen.‹ Deswegen banalisieren die Kriege den Tod. Aber intelligent ausgedachte Morde entreißen ihn der Banalität und lassen die Menschen aufhorchen. Von nichts anderem möchte ich Ihnen berichten. Ich werde Ihnen von drei intelligent ausgedachten und meisterhaft ausgeführten Morden erzählen. Ich werde Ihnen die große Botschaft überbringen, die ein realistischer Intellektueller, der es ablehnt, sich wie Patasana mit rosaroten Träumen zu beschäftigen, der Menschheit anbietet.«

Der Themenwechsel vom Tod zum Mord ließ die Journalisten den Atem anhalten.

»Was für Morde, worüber reden Sie denn hier?«, rief Krencker dazwischen. Das rechte Auge des Professors, der diesen Unsinn nicht mehr aushielt, zuckte jetzt vor Nervosität. »Bitte beenden Sie doch endlich Ihre Rede!«

»Lassen Sie uns die Journalisten fragen«, entgegnete Timothy mit dem gleichen kalten Lächeln und einem Ausdruck im Gesicht, als würde er auf die ganze Welt pfeifen. »Wenn sie es nicht wünschen, dass ich zu den Morden hier in der Region etwas sage, bin ich bereit, sofort zu schweigen.«

Ein Stimmengewirr erfüllte den Raum: »Weiter, sprechen Sie weiter!«

»Sehen Sie?«, musterte Timothy seinen alten Kollegen mit verachtendem Blick und wandte sich wieder an seine Zuhörer: »Ich war mir sicher, dass Sie sich mehr für die Morde interessieren würden als für Patasana. Trotzdem möchte ich mich bei Ihnen allen bedanken, dass Sie mich bestätigt haben. Ja, Freunde, Sie haben es bestimmt auch schon gehört, seit dem letzten Freitag sind hier drei Morde verübt worden. Eine der bedeutendsten Persönlichkeiten des Dorfes, Haci Settar, wurde vom Minarett heruntergestoßen, der Führer der Dorfschützer Resat wurde geköpft, und zuletzt wurde Nahsen, der Sohn eines Kupferschmieds, in seinem Garten erhängt. Die Morde, die seit ungefähr einem Jahr geplant wurden, mussten innerhalb von fünf Tagen ausgeführt werden, um den Termin dieser Pressekonferenz einzuhalten. Diese Morde wurden vorbereitet und verübt, um auf drei Menschen, die auf die gleiche Art und Weise getötet wurden, aufmerksam zu machen. Vor achtundsiebzig Jahren wurde der Priester Kirkor vom Glockenturm der heutigen Moschee, die damals eine Kirche war, heruntergestoßen, Ohannes Aga wurde enthauptet und sein Kopf ihm in den Schoß gelegt, der Kupferschmied Garo wurde am Querbalken seines Ladens erhängt. Wie Sie an den Namen erkennen können, waren diese Menschen Armenier. Aber die letzten Morde wurden nicht verübt, um sie zu rächen.«

»Woher wissen Sie das?«, unterbrach ihn ein Fernsehreporter.

»Weil ich sie getötet habe«, sagte Timothy und lächelte.

Das Geständnis sorgte für Aufruhr. Für einen Augenblick wanderte Esras Blick zu Eşref. Er war genauso überrascht wie sie. Mit zusammengezogenen Augenbrauen dachte er angestrengt nach, um das Geschehen zu begreifen. Timothys Kollegen erging es nicht anders. Sie wollten es nicht glauben, ihr Verstand war noch nicht bereit, diese Tatsache, die ihnen so unverblümt offenbart wurde, zu erfassen. Sprachlos schauten alle Timothy an. In ihren Blicken lag noch immer ein Funken Hoffnung. Sie warteten, dass er seine Worte zurücknähme und erklärte, welchem Zweck sein falsches Schuldbekenntnis diente. Aber Timothy schwieg, als wollte er die Wirkung seiner Worte genießen. Esra gelang es als Erste, sich zu fassen.

»Was redest du da, Timothy?«

»Nicht Timothy«, korrigierte er. »Mein Name ist Armenak Papazyan. Ich bin der Enkel des getöteten Priesters Kirkor, das kleine Kind, das der verrückt gewordene Dikran Papazyan einem Waisenhaus überließ und das die Familie Hurley adoptierte. Ja, ich bin der Neffe jener alten Frau, die ehemals die kleine Nadya war und heute Nadide die Giaurin ist.«

Während die Journalisten hektisch auf ihre Auslöser drückten, waren die Mitglieder der Grabungstruppe und Hauptmann Eşref von diesem Geständnis erschüttert. Bernd, dessen blaue Augen vor Erstaunen weit aufgerissen waren, fragte: »Hast du wirklich diese Morde verübt?«

»Ich habe sie verübt.« Der Ausdruck in Timothys Blick hatte eine Klarheit, die jeden Zweifel ausräumte. »Alle habe ich verübt.«

»Also …«, sagte Bernd fassungslos, »du bist hierhergekommen, um diese Menschen zu töten?«

»Nein. Als ich vor fünf Jahren in diese Region kam, hätte ich nicht einmal im Traum gedacht, ich könnte jemanden ermorden. Obwohl man mir im Vietnamkrieg die Feinheiten des Tötens sehr gut beigebracht hat. Und ich, der immer an vorderster Front war, habe bewiesen, wie talentiert ich auf diesem Gebiet bin. Ich habe immer wieder den Tod berührt und mich zurückgezogen, ganze Nächte lang lag ich im Graben Seite an Seite mit ihm, atmete die gleiche Luft wie er, setzte meinen Fuß auf die gleiche Erde. Die Distanz zwischen uns hatte sich schon fast aufgehoben. Ich war so überzeugt, dass er mich eines Tages in Besitz nehmen würde, dass ich es aufgegeben habe, mich vor ihm zu fürchten. Aber der Tod liebt Überraschungen, er hat nicht mich, sondern meine Familie an sich gerissen. Die Hurleys, meine Adoptiveltern, starben bei einem Flugzeugunglück. Der Grund für meine psychiatrische Behandlung nach dem Krieg war auch der Tod dieser guten Menschen, die mir zu wirklichen Eltern geworden waren. Es war so, als hätte mich eine höhere Macht für all das bestraft, was ich im Krieg getan habe.

Als ich aus der Klinik entlassen wurde, war ich wieder genauso einsam wie damals im Waisenhaus. Ich hatte mir in den Kopf gesetzt, in Yale meinen Master zu machen und ein guter Archäologe zu werden, aber ich hatte kein Geld. Da habe ich angefangen, für ein bescheidenes Gehalt in einem Museum zu arbeiten. Am Ende des ersten Jahres geschah ein Wunder. Meine Mutter, die mich verlassen hatte, weil mein Vater verrückt geworden war, hat mich wiedergefunden. Sie erzählte mir von meinem Vater. Sie sagte, er käme von hier, aus dieser Stadt am Euphrat. Von diesem Moment an setzte ich mir in den Kopf, die Türkei zu besuchen. Aber das war vor zwanzig Jahren, und ich war ein junger Archäologe, der darauf brannte, seinen Beruf auszuüben. Dank der Hilfe meiner Mutter konnte ich mein Studium beenden. Fünfzehn Jahre übte ich diesen Beruf aus, der mir sehr am Herzen lag. In dieser Zeit reiste ich vom Irak, wo ich an Ausgrabungen teilnahm, mehrmals in die Türkei. Nun konnte ich die Gegend, in der mein Vater gelebt hatte, mit eigenen Augen sehen. Was ich hier sah, hat mich bewegt. Trotz der ganzen Rückständigkeit der Region haben mich die Warmherzigkeit der Menschen und die noch nicht gänzlich zerstörte Struktur der alten Kulturen beeindruckt. Nach der Kampagne im Irak kam ich wieder hierher. Eigentlich wollte ich nur einen Monat bleiben. Ich lernte David, den Chefarzt des Amerikanischen Krankenhauses, und seinen Vater Nicholas kennen. Ich verheimlichte meinen Namen und versuchte, Informationen über die Familie meines Vaters zu bekommen. Es war erschütternd, was ich erfuhr. Aber ich habe keine Rachsucht empfunden, ich habe nicht daran gedacht, jemanden zu töten. Ich kannte mich mit der Geschichte aus. Wie brutal die Völker einander behandeln, habe ich bei den Ausgrabungen mit eigenen Augen gesehen. Ich entschloss mich, das Geschehene zu vergessen und in dem Land meines Vaters nach den Spuren jener alten Kultur zu suchen, die auch die seine war. In dieser Zeit hat mich meine Frau verlassen. So blieb nichts mehr, was mich mit Amerika verband. Und das Land meines Vaters bot mir die Möglichkeit, ein neues Leben zu beginnen.

Ich ließ mich vorübergehend hier nieder. Ich wurde warm mit den Menschen und schloss sie ins Herz. Dann fand ich die Spur meiner Tante Nadide. Ich hielt meine Identität geheim und traf mich regelmäßig mit ihr. Immer wenn ich in ihr runzliges Gesicht schaute, versuchte ich, mir meinen Vater vorzustellen, den ich nie gesehen habe. Glauben Sie mir, in mir war kein Funken von Rachsucht.

Bis zu jenem Tag, an dem unser Bus auf dem Weg nach Antep in Osmaniye von kurdischen Guerillakämpfern angehalten wurde. Neben mir saß ein blutjunger Unterleutnant namens Ömer. Er reiste zusammen mit seiner Frau und seiner fünfjährigen Tochter. Er war gerade nach Antep versetzt worden, ein fröhlicher Junge, sprach ein bisschen Englisch. Als er erfuhr, dass ich Amerikaner bin, hat er die ganze Fahrt über Englisch gesprochen. Unser Bus wurde von der Guerilla umzingelt, während er gerade schlief. Er hörte die Geräusche und fuhr erschrocken hoch. Einer der Guerillakämpfer, die in den Bus eindrangen, musterte alle eingehend, prüfte unsere Ausweise und befahl uns beiden, auszusteigen. Während Ömers Frau weinend die Guerillakämpfer anflehte, sagte ich, ich sei amerikanischer Staatsbürger, und bat darum, dass sie mich freiließen. Weder auf sie noch auf mich haben sie gehört. Als ich in der Finsternis der Nacht den Bus betrachtete, der gleich losfahren würde, sah ich die verängstigten Augen jenes kleinen Mädchens, das die beschlagene Scheibe mit ihrer Hand abwischte und im Dunkeln ihren Vater suchte. Sie banden uns die Hände zusammen und schleppten uns in die Berge. Wir marschierten die ganze Nacht und wurden in eine Höhle gebracht. Sie banden unsere Hände los und ließen uns von einem bewaffneten Kämpfer bewachen. Sie haben uns nicht schlecht behandelt, alles, was sie gegessen und getrunken haben, haben sie auch uns angeboten. Ohne zu wissen, worauf wir warteten, blieben wir dort zwei Tage. Ömer war ruiniert, er zitterte wie Espenlaub und wiederholte ständig, sie würden uns töten. Um ihn zu beruhigen, sagte ich, ich würde es nicht zulassen. Ich wollte mit dem Führer der Guerillakämpfer sprechen, aber sie meinten, ich sei ein Agent, und lehnten es ab. Gegen Abend kam eine dreiköpfige Truppe und wollte Ömer ohne jede Erklärung mitnehmen. Er klammerte sich erschrocken an mich. Ich griff nach seinen Füßen und versuchte mit aller Kraft, ihn festzuhalten. Aber sie schlugen mit ihren Gewehrkolben auf meine Arme, rissen mich von ihm los und schleppten ihn weg.

In Vietnam hatte ich oft Ähnliches erlebt. Ich beteiligte mich sogar an Vollstreckungen. Damals tröstete ich mich mit dem Gedanken, dass wir im Krieg sind. Wenn ich ins zivile Leben zurückkehre, sagte ich mir, wird alles wieder normal sein. Und was war das, was ich hier erlebte?

Am nächsten Tag brachten sie mich ohne jede Erklärung zur Straße hinunter und ließen mich frei. Aber es hätte auch keinen Unterschied gemacht, wenn sie mich getötet hätten. Einen ganzen Monat streunte ich wie betäubt umher. Dann fing ich an, nachzudenken. Ich dachte an meinen Großvater, der vom Kirchturm heruntergestoßen wurde, an den ermordeten jungen Unterleutnant an meiner Seite, seine kleine Tochter mit den großen Augen und an mich. Ich dachte an die Menschen, die ich im Krieg umgebracht hatte, erinnerte mich an die Spuren der Brutalität, die wir bei den Ausgrabungen entdeckten; über alles, was ich schon wusste, dachte ich noch einmal nach. Was ich dabei herausfand, war nichts anderes als die Aussage meines Arztes Jerry, der mich in der Klinik behandelt hatte: ›Der Mensch ist ein erbarmungsloses Wesen, das die Grausamkeit liebt.‹ Ich hielt mich nicht für etwas Besseres. Ich war im Namen irgendwelcher Ideale wie die Verteidigung der Demokratie oder den Sieg über den Kommunismus in den Krieg gezogen und hatte Menschen getötet. Ich war genauso schuldig wie jeder andere. Diese Einsicht war der erste Schritt, der mich zum Mordprojekt führte. Ich musste die Aufmerksamkeit der Menschen auf sie selbst lenken, auf jenen dunklen Punkt in ihren Herzen, der ständig Aggressivität und Grausamkeit gebärt. Denn niemand spricht gerne über diesen dunklen Punkt. Es gefällt uns zu hören, wir seien gute, edle, nützliche, vollkommene Wesen. Niemand weist darauf hin, dass wir mörderisch, erbarmungslos, egoistisch, engstirnig und todliebend sind. Als hätten all die Massaker und Kriege nie stattgefunden, als wären all die Gräueltaten nie erlitten worden, wiederholt man unermüdlich die Lüge, wir seien ach so erhabene Geschöpfe.

Natürlich gab es auch solche wie Patasana, die versuchten, von dieser Brutalität zu sprechen, aber sie haben die falsche Methode gewählt. Deswegen haben ihre Schriften nichts genützt. Ich dagegen wollte, dass meine Warnung etwas bewirkt. Deswegen wählte ich die Methode, die die Menschen am meisten beeindruckt, also den Tod. Aber es musste ein intelligentes Morden sein, das Verwunderung auslöst und an die Vergangenheit erinnert. Deshalb habe ich mir diese drei Morde, bei denen auch mein Großvater getötet wurde, zum Vorbild genommen. Mir ging es auf keinen Fall um Rache. Es stimmt, dass die Armenier massenhaft ermordet wurden, aber wenn Armenier oder

Kurden oder Araber in der gleichen Situation wären wie die Türken, würden sie sich, da bin ich mir sicher, vor einer ähnlichen Vernichtung nicht scheuen. Ich bin kein Rächer einer Ethnie. Ich bin jemand, der versucht, einen Spiegel vorzuhalten. Jemand, der sich wünscht, die Menschen mögen in diesem Spiegel ihr eigenes fürchterliches Gesicht erkennen und sich Mühe geben, um sich von diesem abscheulichen Bild zu befreien …«

Nach diesen Worten sah er voller Scham Esra an. »Esra Hanim, von der ich weiß, dass sie mir nie verzeihen wird, auch wenn ich mich tausendmal bei ihr entschuldige, bot mir in jenen Tagen an, an ihrer Ausgrabung teilzunehmen. Sie wollte genau in der Region meiner geplanten Morde graben. Obwohl ich zwar beschlossen hatte, nicht mehr als Archäologe zu arbeiten, konnte ich mir diese Gelegenheit nicht entgehen lassen. Ich tat eine Weile so, als würde ich darüber nachdenken, und nahm ihr Angebot an. Wir begannen mit der Arbeit, und da passierte das Unglaubliche: In der Bibliothek der antiken Stadt wurden die Tafeln von Patasana entdeckt. In dem Augenblick, als von einer Pressekonferenz gesprochen wurde, ist mir klar geworden, dass die Zeit für die Verwirklichung meiner historischen Mission gekommen war. Und ich habe diese drei Personen, rechtzeitig zur Pressekonferenz, auf die exakt gleiche Art und Weise wie vor achtundsiebzig Jahren getötet …«

Als er das Wort »getötet« aussprach, war er von einer solchen inneren Ruhe erfüllt, als hätte er verkündet: Ich habe die Tafeln von Patasana übersetzt. Esras Gesicht, die ihn die ganze Zeit beobachtete, war blutleer, ihr Körper begann zu beben. Ihre Hände, die ineinandergeklammert auf dem Tisch lagen, zitterten, aber sie merkte es nicht.

»Wie kannst du so ruhig sein?«, stieß sie zornig aus. »Wie kannst du, nachdem du so viele Menschen getötet hast, vor uns treten und in solcher Ruhe davon erzählen?«

Timothy schaute sie mit aufrichtigem Bedauern an.

»Für Kemal tut es mir sehr leid«, sagte er. »Ich wollte ihn nicht töten. Aber er litt unter einer Eifersuchtskrise. Er muss wohl angenommen haben, ich wäre unterwegs, um Elif zu treffen, und muss mir heimlich gefolgt sein. Als er den Mord sah, griff er mich an. Ich war gezwungen, mich zu verteidigen. Er starb, und ich trug ihn in die Höhle, damit die Pressekonferenz nicht verschoben wird.«

»Es geht nicht nur um Kemal«, schrie sie. »Mein Gott! Ist dir denn gar nicht bewusst, was du getan hast, Timothy?«

»Hast du nicht gehört, was ich gesagt habe?«, fragte er traurig und verwundert. »Das war meine Aufgabe. Während die Menschen diesen alten, diesen furchtbaren Fehler Tag für Tag wiederholen, konnte ich nicht die Hände ruhig in den Schoß legen. Verstehst du denn nicht, ich musste es tun.« Enttäuscht schüttelte er den Kopf. »Schade, ich dachte, du würdest mich am besten verstehen, da habe ich mich wohl geirrt.«

»Was soll ich denn da verstehen!«, schrie Esra noch lauter als zuvor. »Dass du den Menschen Fallen stellst und sie, einen nach dem anderen, hinterhältig umbringst?« Zornig, aber auch mitleidig fügte sie leise hinzu: »Was hast du gemacht, Tim! Was hast du da bloß getan!«

»Ich habe das Richtige getan«, erwiderte er. »Auch wenn du es nicht verstehst, ich habe das Richtige getan.«

Esra konnte nur noch mit Mühe atmen, ihr blieben die Worte im Hals stecken, aber sie sprach, wenn auch stockend, weiter: »Was haben die armen Menschen verbrochen? Was hat Haci Settar verbrochen? Was hat Kemal, was hat dieser Dorfbewohner verbrochen?« Sie schwieg, fand keine Worte, um ihre Bestürzung auszudrücken. »Merkst du es denn nicht, du bist ein Mörder!«, konnte sie nur noch herausbringen.

Timothy antwortete nicht. Er war für einen Moment erschüttert, fasste sich aber schnell wieder. »Ja, ich bin ein Mörder«, sagte er. In seiner Stimme, in seinem Blick, in seiner ganzen Haltung lag Ironie. »Aber ein Mörder, der mordet, um das Morden zu beenden.«

Esra verlor auch das letzte Mitleid, das sie für Timothy empfand. Sie beachtete weder ihre Tränen, die unablässig über ihre Wangen liefen, noch das Geflüster der Journalisten. Jedes Wort einzeln betonend, fuhr sie fort: »Das ändert nichts an der Tatsache, dass du ein Mörder bist.« Ihre Stimme bebte vor Zorn: »Verstehst du, Timothy, du bist ein

Mörder … Nicht nur ein Mörder, du bist ein Schlächter … Ein … Ein …« Ihre Wut hinderte sie daran, weiterzusprechen. »Du«, sagte sie, »du bist ein niederträchtiger Schuft, der sogar seine Freunde betrügt, um sein Ziel zu erreichen!«

Timothy schaute Esra in tiefer Traurigkeit lange an. »Du hast recht«, sagte er und senkte den Blick. »Ich bin ein niederträchtiger Schuft, der in Zeiten erbarmungsloser Peiniger lebt.«

Achtundzwanzigste Tafel

Du mein geduldiger Leser, der meine Niedertracht kennengelernt, meine Feigheit vernommen, die furchtbaren Folgen meiner Arglosigkeit gesehen. Ich stellte mich gegen die Götter. Ich versuchte, das Schicksal zu ändern, das sie für mich vorgezeichnet. Ich brachte einem König, ihrem Vertreter auf Erden, den Tod. Sie haben mir dafür die schrecklichste Strafe aufgebürdet. Sie haben mich dazu verdammt, im Feuer der Gewissensqualen zu verbrennen.

Die tausend Götter des Landes Hatti, der Gott der Stürme des Himmels Teschup und seine Frau, die Sonnengöttin Hepat, ihr Sohn Scharruma und unsere Göttin Kupaba … Sie sind Besitzer deiner, meiner selbst, der Erde, des Himmels und des Euphrat, aber sie sind uns nicht wohlgesinnt. Sie sind grausame Wesen, die ihr Gefühl für Mitleid verloren haben und es genießen, mit den Menschen ihr Spiel zu treiben.

Das Böse ist in uns, aber dieses dunkle Gefühl haben die Götter uns eingepflanzt. Sie waren es, die diese Katastrophen über uns brachten; auf ihren Befehl hin erklärten Könige den Krieg, auf ihren Befehl hin töteten, quälten und plünderten die Menschen.

Ich bin ein Feigling, das ist mir gewiss; ich weiß auch, mir werden die Götter auch nach meinem Tode nicht verzeihen. Ich habe mich ihnen widersetzt und wurde besiegt. Ich werde sie nicht mehr um Vergebung bitten. Ich werde mich auch nicht wie Aschmunikal auf die Felsen werfen, nachdem ich diese Tafeln vollendet. Für einen Schuft wie mich wäre das zu heldenhaft. Ich bin kein Held. Weder ein Liebender wie mein Großvater Mitannuva, der für seine geliebte Frau jedes Wagnis auf sich nahm, noch ein adliger Staatsmann wie mein Vater Araras, der sich nicht scheute, in den Tod zu gehen, um sein Land zu retten; ich bin ein Niederträchtiger, der seinem Volk das schlimmste Leid zugefügt, der hinterhältigste Verräter aller Zeiten im Hethitischen Lande. Ich werde die Strafe auf mich nehmen, die die Götter für mich bestimmt, werde die Gewissensqualen, diese schwerste Last auf Erden, schultern und mit ihr leben bis zum letzten Augenblick.

Ich wünschte, die Menschen würden diese Tafeln lesen. Jedoch nicht, um sich gegen die Götter zu erheben. Ich wünsche niemandem die Schmerzen, die ich erlitt, aber ich wünsche, dass sie die Götter, die Könige und sich selbst kennenlernen. Deshalb schrieb ich diese Tafeln. Vielleicht können dann die Menschen sich ihrem Schicksal leichter erwehren. Vielleicht können Götter und Könige sie nicht mehr nach Gutdünken lenken. Vielleicht bestellen sie den ertragreichen Boden zwischen den zwei Flüssen mit Liebe, statt ihn mit dem Blut ihrer Brüder und Schwestern zu tränken. Vielleicht werden sie klug, verwandeln ihr Leben in ein Fest, das sie in Glück feiern. Vielleicht übergeben sie den kommenden Generationen nicht Pein, sondern Freude, nicht Tränen, sondern Lächeln, nicht Hass, sondern Liebe, nicht Tod, sondern Leben. Vielleicht.

Ahmet Ümit

Ahmet Ümit wurde 1960 in der südosttürkischen Stadt Gaziantep geboren. 1978 zog er nach Istanbul und begann das Studium der Verwaltungswissenschaften. Nach Beendigung seines Studiums an der Marmara-Universität (1983) verfasste er seine erste Erzählung. Weitere Gedichte und Erzählungen folgten. 1989 veröffentlichte Ahmet Ümit seinen ersten Gedichtband *Sokagin Zulasi (Der Diebstahl der Straße)*, der das Festhalten eines jungen Mannes an seinen Utopien und Idealen im Schatten politischer Bedrängnis zum Thema hat. 1992 folgt sein preisgekröntes Werk *Ciplak ayakliydi gece (Barfuß war die Nacht)*. Neun weitere Romane sowie ein Kinderbuch *Masal Masal icinde (Märchen im Märchen)* folgten.
1974 bis 1989 war er aktives Mitglied der Türkischen Kommunistischen Partei. Während der Militärdiktatur von 1980 bis 1990 nahm er an den Kämpfen im Untergrund für die Demokratisierung teil. 1985/86 studierte er illegal an der Akademie für Gesellschaftswissenschaften in Moskau. 1989 bis 1998 arbeitete er in einer Werbeagentur in Istanbul.
Ahmet Ümit arbeitet auch als Drehbuchautor für TV-Krimiserien, darunter *Cakallarin izinde (Auf den Spuren der Schakale)*. Einige seiner eigenen Werke wurden und werden verfilmt. 1996 erschien sein bisher meistdiskutiertes Buch in der türkischen Öffentlichkeit, *Sis ve Gece* (dt. *Nacht und Nebel*, 2005). Die Verfilmung ist geplant.

Bibliografie

Romane: *Ask köpekliktir* (2004); *Beyoglu Rapsodisi* (2003); *Kukla* (2002); *Şeytan Ayrıntıda Gizlidir* (2002; dt. *Der Teufel steckt im Detail*, 2008); *Patasana* (2000; dt. *Patasana*, 2009); *Agahta'nın Anahtarı* (1999); *Kar Kokusu* (1998); *Sis ve Gece* (1996; dt. *Nacht und Nebel*, 2005); *Bir Ses Böler Geceyi* (1994); *Çıplak ayaklıydı gece* (1992).
Kinderbücher: *Masal Masal içinde* (1995).
Gedichtbände: *Sokagin Zulasi* (1989).

Ausführliche Informationen zum Autor und seinen Büchern finden sich auf Ahmet Ümits Homepage: *www.ahmetumit.com*

Der Übersetzer

Recai Hallaç wurde 1962 in Istanbul geboren, wo er aufwuchs und eine deutsch-türkische Schule besuchte. In Brüssel absolvierte er eine Ausbildung zum Simultandolmetscher. 1990 übersiedelte er nach Deutschland, wo er als Redakteur und als Sprecher für Film- und Hörspielproduktionen arbeitet, darunter auch die Hörspielfassung von Orhan Pamuks Roman *Schnee*. Zudem ist er als literarischer Übersetzer tätig. Zu den von ihm übersetzten Autoren gehören Perihan Mağden, Aslı Erdoğan und Ahmet Ümit.

Ahmet Ümit *Nacht und Nebel*

Mine, die heimliche Geliebte des Geheimdienstmitarbeiters Sedat, ist verschwunden. Er selbst hat bei der Aushebung eines Terroristenunterschlupfs kaltblütig auf Fliehende geschossen. Gibt es zwischen diesen beiden Ereignissen einen Zusammenhang? Sedat macht sich auf die Suche. Je näher er der Lösung des Falls kommt, desto mehr zerfällt seine Selbstsicherheit. In einem furiosen Finale bricht seine Lebenslüge zusammen.

Aslı Erdoğan *Die Stadt mit der roten Pelerine*

Rio de Janeiro: Stadt des Karnevals, der Zufälle und der Maskerade. Özgür, eine introvertierte junge türkische Akademikerin, fühlt sich angezogen von der ebenso faszinierenden wie bedrohlichen Stadt. Sie führt den Leser durch die Labyrinthe dieser Großstadt, die gleichzeitig zum Impuls für ihr Schreiben und für die Schöpfung ihrer fiktiven Doppelgängerin Ö. wird. Atemberaubend ist die nuancierte Feinzeichnung der Menschen, die in Liebe und Leid auf oftmals tödliche Weise miteinander verschmelzen.

Ayşe Kulin *Der schmale Pfad*

Die Journalistin Nevra steckt in einer privaten und beruflichen Krise. Ihre ganze Hoffnung setzt sie auf ein Interview mit einer inhaftierten kurdischen Politikerin, das ihre Karriere retten soll. Doch zwischen den beiden Frauen, deren Lebensverhältnisse unterschiedlicher nicht sein könnten, stehen nur Vorurteile und Vorwürfe, bis sie entdecken: In ihrer Kindheit waren die beiden engste Freundinnen. Nun versuchen sie, die vergangenen Jahre heraufzubeschwören und ungelöste Rätsel zu lösen.

Murat Uyurkulak *Zorn*

Ein alter Kämpfer, mit Beinamen »der Dichter«, und ein junger Enthusiast reisen zufällig im selben Zugabteil nach Diyarbakir. Der Alte gibt dem jungen Mann ein Manuskript zu lesen, dessen lose miteinander verwobenen Erzählungen und Gespräche von seinem Vater handeln, den er nie kennengelernt hat. Gleichzeitig wird damit die Geschichte einer ganzen Generation erzählt, die die Hoffnung auf eine Revolution nie aufgegeben hat.